『リア王』の時代——一六〇六年のシェイクスピア

メアリとルークへ

目次

装丁　刈谷悠三（neucitora）

訳者まえがき

日本では十一月になると、街にハロウィーンの仮装や飾りつけが溢れるようになってきたが、イギリスではハロウィーンより人気なのが、十一月五日のガイ・フォークス・ナイトのお祭りである。花火は冬の風物詩というイメージがイギリスにはあるが、それはガイ・フォークス・ナイトと新年祝賀の花火の打ち上げのせいだ。

ガイ・フォークス・ナイトとは何か。それは、一六〇五年十一月五日に、国会議事堂を国王ジェイムズ一世ごと爆破しようとした計画――この計画《プロット》を火薬陰謀事件《ガンパウダー・プロット》と呼ぶ――が発覚し、未遂に終わったことを祝う祭りである。計画を事前に察知した権力側が国会会議場の下の貯蔵室を捜索したところ、そこに火薬を詰めた大量の樽を発見、それを見張っていた実行犯ガイ・フォークスがマッチ三本の所持品とともに逮捕された。ウェールズ最古の大学アベリストウィス大学の研究班の試算によると、もし本当に爆発が起こっていたら、四十メートル付近の建物は倒壊し、九百メートル先の窓も割れていたはずで、近くのウェストミンスター宮殿、ウェストミンスター寺院もなくなっていたはずだという。

拷問にかけられて計画の全容を白状したガイ・フォークスはのちに事件の首謀者のように扱われ、やがて十一月五日にガイ・フォークスに因んだ藁人形を曳き回したのち篝火《かがりび》で燃やす慣習が生まれ、これがお祭りとして定着したのである。そして最近では、映画『V for Vendetta（Vはヴァンデッタの V）』（二〇〇六年）でガイ・フォークスの仮面が用いられたのがきっかけとなり、ネット上のハクティビズム活動集団アノニマスが被ってみせたために、ガイ・フォークスの仮面は広く知られるようになった。

火薬陰謀事件は、エリザベス朝時代のイングランドがプロテスタントとなったことに不満を抱いていたカトリック教徒たちが、ジェイムズ一世が新たな国王となっても事態が変わらないことに失望した末に計画したものだった。

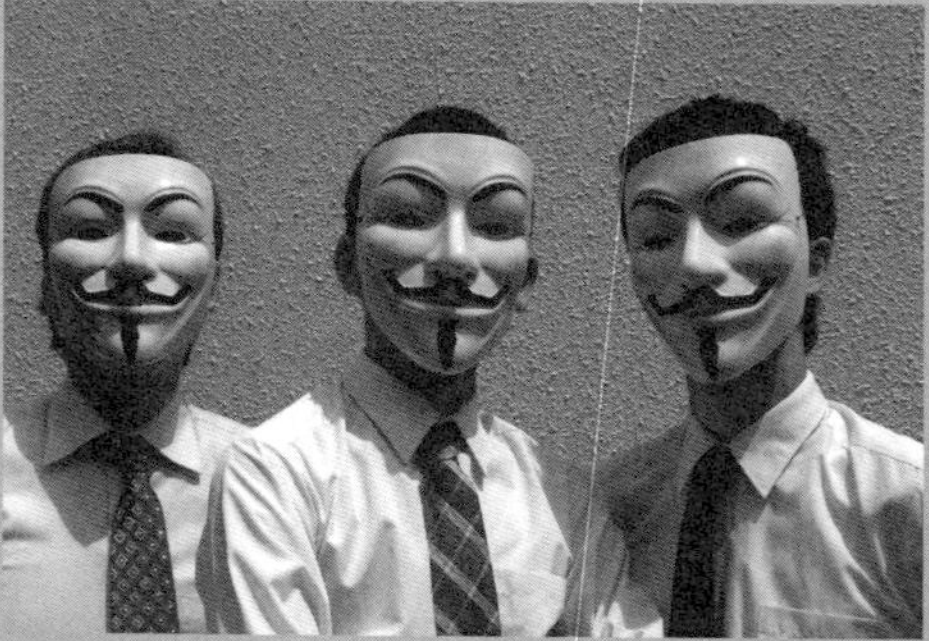
ガイ・フォークスの仮面をつけた人たち（撮影：河合沙和子）

そして、この事件がシェイクスピアに与えた影響は大きかった。『マクベス』にその言及があるだけではない。火薬陰謀事件の犯人たちには、本書で語られるように、シェイクスピアの親戚が多くいたのである。たとえば事件の首謀者ロバート・ケイツビーの伯父エドワード・アーデンは、カトリックの神父を庭師に変装させて家に匿っていたために一五八三年に謀叛人として捕らえられ、処刑されたが、このアーデン家は、シェイクスピアの母メアリ・アーデンの本家だった。しかもエドワード・アーデンの妻の名前は、シェイクスピアの母の旧姓と同じメアリ・アーデンであった。まかり間違えれば、シェイクスピアの家族に嫌疑が及ぶ恐れもあったかもしれない。

さらに、シェイクスピアの劇作家仲間のベン・ジョンソンは、ロバート・ケイツビーを含む事件の首謀者たちと一緒に会食をしたとも言われている。

いったいこの時代に何が起こっていたのだろうか。

シェイクスピア作品を理解するためには、作品が書かれた時代を理解することが肝要だが、シェイクスピア学者ジェイムズ・シャピロは、一六〇六年に焦点を絞って時代をクローズアップしてみせた。歴史的な流れのなかでこの年の意義を捉えようというのである。面白い読み物にするために、事実に推測を交えて書いたところがあり、そのため一部のシェイクスピア学者から批判を受けたが、本書では詳しい訳注を附して、事実と推測を区別し、一般読者にも安心してお読み頂けるように配慮した。

学者の本分とは独自の研究をすることにあり、誰も彼もが同じ意見しか言わないなら学者は要らない。その意味でシャピロの刺激的な本の存在価値はあるわけだが、どこでシャピロがあえて大胆な線を越えているのかについては専門家によるガイドが必要と考えて訳注を執筆したわけである。つまり、本書の訳注は、決して補足的な説明にとどまらず、問題の所在を明らかにする手引きとなっているとご理解頂ければ幸いである。

また、「訳者あとがき」に詳述したが、本書を攻撃する本も現れて、ちょっとした騒動になったので、その意味でも話題性に溢れる本だと言えよう。この攻撃書の指摘のうち傾聴に値するものはすべて訳注に取り込んで吟味してある。

なお、『リア王』の執筆年を一六〇六年とすることについて、シャピロ自身が407ページの「作品執筆年について」で解説しているが、これはシェイクスピア学界の通説とは少々異なる。作品の執筆年についての通説は「訳者あとがき」に詳述した。

本書は一六〇六年について語るとしながらも、結局前半部ではジェイムズ王が即位してから一六〇六年に至る経緯を詳細に語っており、火薬陰謀事件《ガンパウダー・プロット》——一六〇五年十一月の出来事——についての記述が始まるのは第五章になってからである。少々もどかしい思いがするかもしれないが、時代をしっかり理解するには焦りは禁物。じっくり付き合って頂ければ、得るものは大きいはずである。

凡例

翻訳に際して訳者が補った箇所は〔 〕で明示した。（ ）の部分は原書にあるものである。訳者による注記は巻末にまとめた。

但し、人物名に対する注記は、巻末の人物索引を事典の形にすることで示した。

当時の貴族や名家の姻戚関係は複雑であるため、訳者作成による系図を示した。

系図は次の六点ある。

✝アーデン家系図（484〜485ページ）
✝パーシー家／ノーサンバランド伯爵家系図（486〜487ページ）
✝ケイツビー家／ウィンター家／クイニー家系図（488〜489ページ）
✝ハワード家／エセックス伯爵家系図（490〜491ページ）
✝オックスフォード伯爵家／ペンブルック伯爵家系図（492〜493ページ）
✝スチュアート朝／テューダー朝系図（494〜495ページ）

戯曲引用について

『リア王』を除いて、シェイクスピア戯曲からの引用は、デイヴィッド・ベヴィントン編の全集第六版（*The Complete Works of Shakespeare*, New York, 2008）に拠った。『リア王』については、ゲイリー・テイラーが準備したテクストに基づくスタンリー・ウェルズの版（Oxford, 2000）に拠った。この版は一六〇八年のクォート版『リア王』をもとにしており、一六〇六年に上演されたものに近い（五幕でなく二十四の場面に分かれている）（日本の読者のために、五幕に分かれる通例の幕場表示も併記した）。最近の編者の例に洩れず、ベヴィントンもウェルズもシェイクスピアの綴りや句読点を現代化しており、私（シャピロ）も本書において、シェイクスピアの同時代の言葉を同じように現代化した（なお、シャピロはベン・ジョンソンの著作をケンブリッジ版より引用しているが、その行数表示は幕場表記がなく、通常の版と互換性がないため、むしろ混乱を招くと判断して、翻訳では伝統的に用いられてきたハーフォード&シンプソン編版に基づく幕場を表示した）。

PROLOGUE : January 5, 1606

マーティン・ドルーシャウトが描いた
シェイクスピア肖像画（1623）

プロローグ　一六〇六年一月五日

一六〇六年、年が明けて最初の日曜日、一月五日[*1]の黄昏時のことだった。薄闇迫るロンドンの通りをイングランドきっての名士六百人ほどが、ホワイトホール宮殿内の迎賓館《バンケティング・ハウス》をめざして馬車を駆っていた。シティと呼ばれるロンドン市街を西へ出て、ストランドを通ってチャリング・クロスを経てセント・ジェイムズ公園沿いに進む道は、もうほとんど馴染みの道となっていた。ホワイトホール宮殿を訪れるのはクリスマス以来六回以上という貴人も多かった。

ジェイムズが一六〇三年にイングランド国王となってから三度目となるこのクリスマス・シーズンには、宮殿において十八本の劇が上演された。そのうち十本は、シェイクスピアの劇団である国王一座によるものだ。客人たちは、大きなホールの三方の壁に沿って設けられた階段状の客席に、身分に応じて着席して観劇した。白い杖を携えた宮内大臣は、招かれざる客がいないか、身分をわきまえずに上席に着いた者はいないか目を光らせていた。ジェイムズ王自身も舞台の前に設けられた高台の真ん中に陣取って最も近しい側近に囲まれていたが、観客の注視を役者から奪わんほどに、その一挙手一投足を凝視されていた。

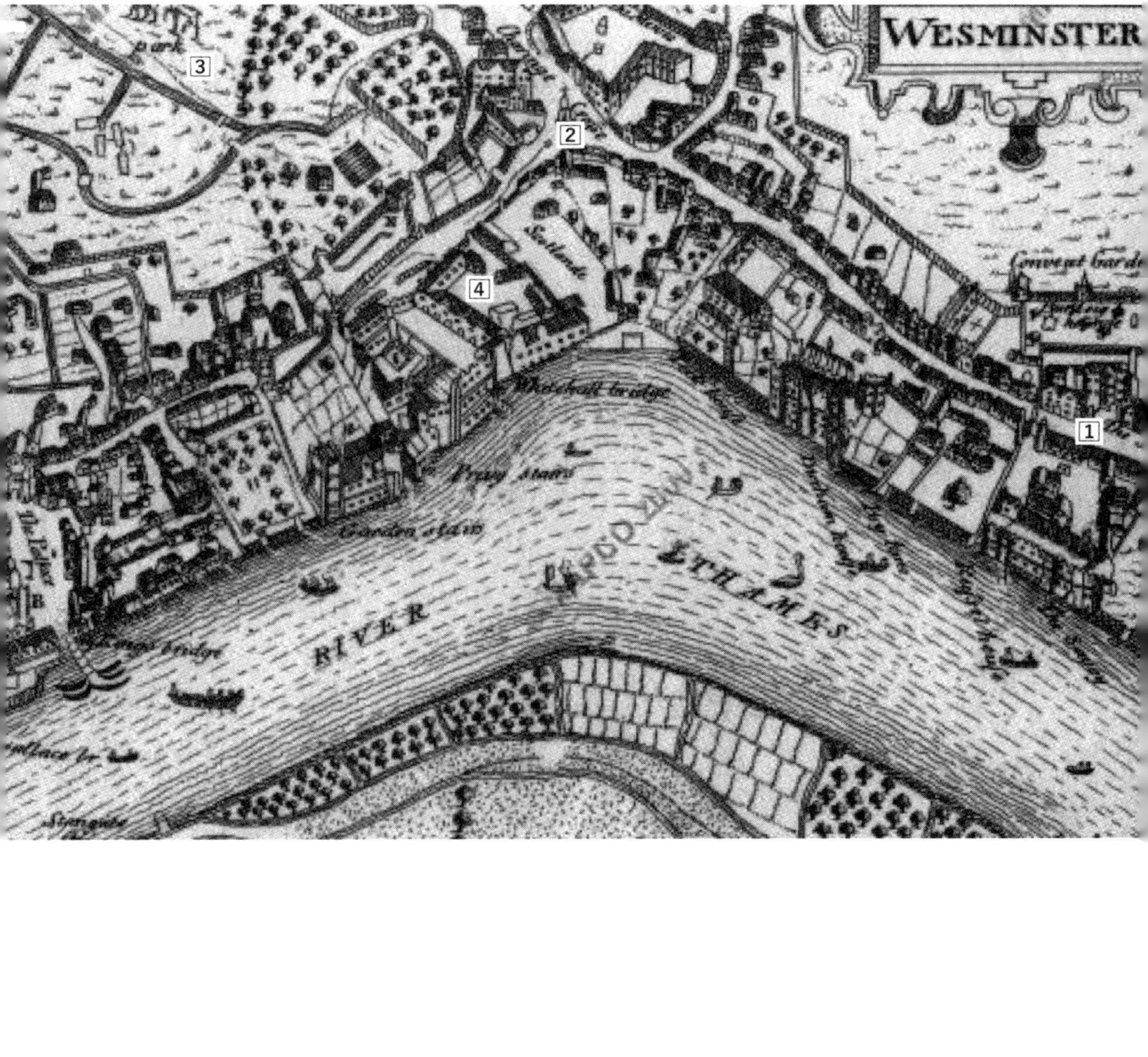

ウェストミンスター地図

1 ストランド
2 チャリング・クロス
3 セント・ジェイムズ公園
4 ホワイトホール宮殿

今宵の出し物は、どんな劇よりも遙かに大きな期待を集めていた。人々が迎賓館に馳せ参じたのは、これまでの悲劇や喜劇と鎬《しのぎ》を削る人気の演劇を一目見ようとしてのことだった。すなわち、仮面劇である。絢爛たる舞台美術、優雅な韻文、豪奢な衣装、演奏会級の音楽、振付された踊りは、いずれもイングランド一の優秀な芸術家たちに監修されたものだった。新国王が主催した仮面劇は贅を極め、たった一度の公演で三千ポンド以上という信じられない出費を伴った。このクリスマス・シーズンでシェイクスピアの劇団が宮廷で上演した十本の劇に支払われた総額が百ポンドそこそこだったのに比べれば、その規模の大きさが窺い知れよう。

この仮面劇の出演者は、国王一座に属するプロの役者数名は別として、著名な男性貴族たちと淑女たちだった。つまり、仮面劇には女性が出演するのを見られるという密かな楽しみもあったわけだ。ロンドンの公の舞台に女性が立つのは禁じられており、女役は十代の少年たちが演じていたが、その制限は宮廷仮面劇には当てはまらなかったのである。

迎賓館に入場を許された幸運な者たちは、イニゴー・ジョーンズのデザインした、息を呑むような衣装をまとった若い貴婦人たちが、宝石でその身を飾り立てて演じる様子を目撃した。「宮廷じゅう、いやロンドンじゅうの主だった宝石や真珠のネックレスをすべてかき集めてきたのではないかと思われた」と記す人もいた。こうした衣装を着たところを記念に絵に描かせた貴婦人もいた。なにしろ、普段はひどく思い通りにならない人生を送っていた多くの貴婦人にとって、人前で演じるのは、まさに晴れ舞台だったのである。

上演する会場となった建物だけが、残念と言えば残念だった。それは、かつてフランスのアランソン公爵がエリザベス女王に求婚しに来英した一五八一年に、女王が公爵を迎えるために建てさせた仮の迎賓館[*2]だった。遠くから見ると、石をモルタルで積み重ねた「周囲一〇一・二メートルある長方形」

の巨大な建物は立派に見えたが、近づいて見ると、実は脆い構造にだまし絵を描いたものだとわかった。高さ十二・二メートルの大きな木の柱三十本の上に、石造りに見えるように彩色した布を被せているだけだったのだ。数年後、エリザベス女王はわざわざ金をかけてこれを本物の石造りに建て替える必要はないと考えたため、ジェイムズが女王を継いで即位した頃には、四半世紀ものあいだ建っていた仮の建物は補修が必要になっていた。

ベッドフォード伯爵夫人ルーシー・ラッセル
1581 年生まれ。13 歳で結婚し、ベッドフォード公爵夫人となった。アン王妃の親しい友人。
この全身像は、25 歳のとき、ベン・ジョンソンの仮面劇『ヒュメナイオスの仮面劇』に出演したことを記念するもの。素晴らしい華麗な衣装は、イニゴー・ジョーンズがデザインした。
Woburn Abbey, Bedfordshire, UK

シェイクスピアは、この場所をよく知っていた。十四か月前の一六〇四年十一月一日に、この場所で上演していたのだ。それは、エリザベス朝時代のうちに書いた悲劇としては最後の作品となった『オセロー』の宮廷初演だった。[*3] ここ数年、シェイクスピアはホワイトホール宮殿で頻繁に上演していたので、観客のなかには知っている顔がたくさんあった。[*4] この一月の夕べに上演された仮面劇がシェイクスピアのその後の作品に影響を与えていることを考えると、このときシェイクスピアも客席のどこかにいたと思われる。[*5] 政治的な理想の世界を描く自画自賛的な仮面劇と、ジェイムズの宮殿の外に漂う不穏な気運との温度差を体感するには、これほどわかりやすい場所はなかっただろう。問題を抱えた統治者の宮廷を多くの劇で描いているシェイクスピアは、この仮面劇を観るのと同じぐらい、目の前の王を取り囲む状況を面白く見つめていたに違いない。

新しい王は、この古い迎賓館を毛嫌いしていた。これもまた、なくしてしまうべきテューダー朝の過去の遺物だった。この仮面劇が上演された数か月後、ジェイムズ王はこの建物を取り壊し、ステュアート王朝にふさわしい恒久的な「強くて堂々たる」石の建築物をその場所に建てるように命じた。それまでは、朽ちていく建物を放置していたわけだが、少なくともエリザベスの時代遅れの彩色が施された天井を取り替えさせることはした。エリザベスの好んだ花と果実の図案を、ジェイムズ王は「不穏な雲」という粋な図案に差し替えさせたのである。

ジェイムズ王は、先代の女王が遺した政治的腐敗もつくろわねばならず、この夜の仮面劇はなかばそのために催されたのだった。エリザベス女王がかつての寵臣であったカリスマ的な叛逆者、第二代エセックス伯爵ロバート・デヴァルーを処刑した[*6]一六〇一年から五年が経っていた。その処刑は、いまだにエセックス伯爵に心酔していた者たちの心に傷を残しており、ジェイムズ王治世下において政権や庇護から遠ざけられたエセックス伯派残党は、つまはじきにされて臍《ほぞ》を噛んでいた。エセックスが遺した当時十四歳の若き息子は、エセックス伯爵の称号を持っていたため、残党らによって担ぎ出されかねなかった。王国の分割を防ぐためにも、強硬なエセックス伯派をなんとか懐柔する必要があった。しかし、ジェイムズ王は――エセックス伯派のなかでも最も目立つサウサンプトン伯爵を出獄させて大目に見てやったように――エセックス伯派全員に目をかけてやるわけにはいかなかった。そうするだけの財力も役職も土地もあるにはあったが、そんなことをしたら宮廷での派閥争いが紛糾してしまう。かと言って、全員を粛清するわけにもいかなかった。となると、解決法は、政略結婚によって敵同士を結びつけてしまうよりほかなかったのだ。ジェイムズ王は、国家の庇護下にあったエセックス伯爵の嫡男を、エセックス伯爵に死刑を宣告した委員会メンバーでもあった強力なサフォーク伯爵トマス・ハワードの美しい十五歳の娘フランセス・ハワードと結婚させ、自らその仲人を務めようとしていたのである。今宵の仮面劇はその結婚を祝うものだが、同時にイングランドとスコットランドの政治的統合――二つの王国の結婚――を期待する側面もあった。この二つの王国が結ばれることをジェイムズ王は心から求めており、一月中に議会で両国関係を慎重に審議する段取りになっていた。

この頃シェイクスピアは、イギリス一経験豊富な劇作家となっていたものの、仮面劇を書いたことはなかった。執筆依頼があったとしても断ったのだろう。[*7]普通なら飛びついて引き受けたい依頼であったはずだ。「有名になりたい、偉くなりたい、お金がほしい」というのであれば、これほどいい話はなかった。仮面劇を書けば、普通の戯曲一本の執筆料の八倍以上稼げたからだ。芸術面に関しても、ほとんど無尽蔵な予算が使えて、特殊効果も何でも試せたし、なによりもシェイクスピアが『ヘンリー五世』の冒頭のコロスに言わせていた「出演するのは王侯貴族、素晴らしき場面を見守るのは君主たち」（第一幕冒頭、三〜四行）という状況そのものを仮面劇は与えてくれるのだった。

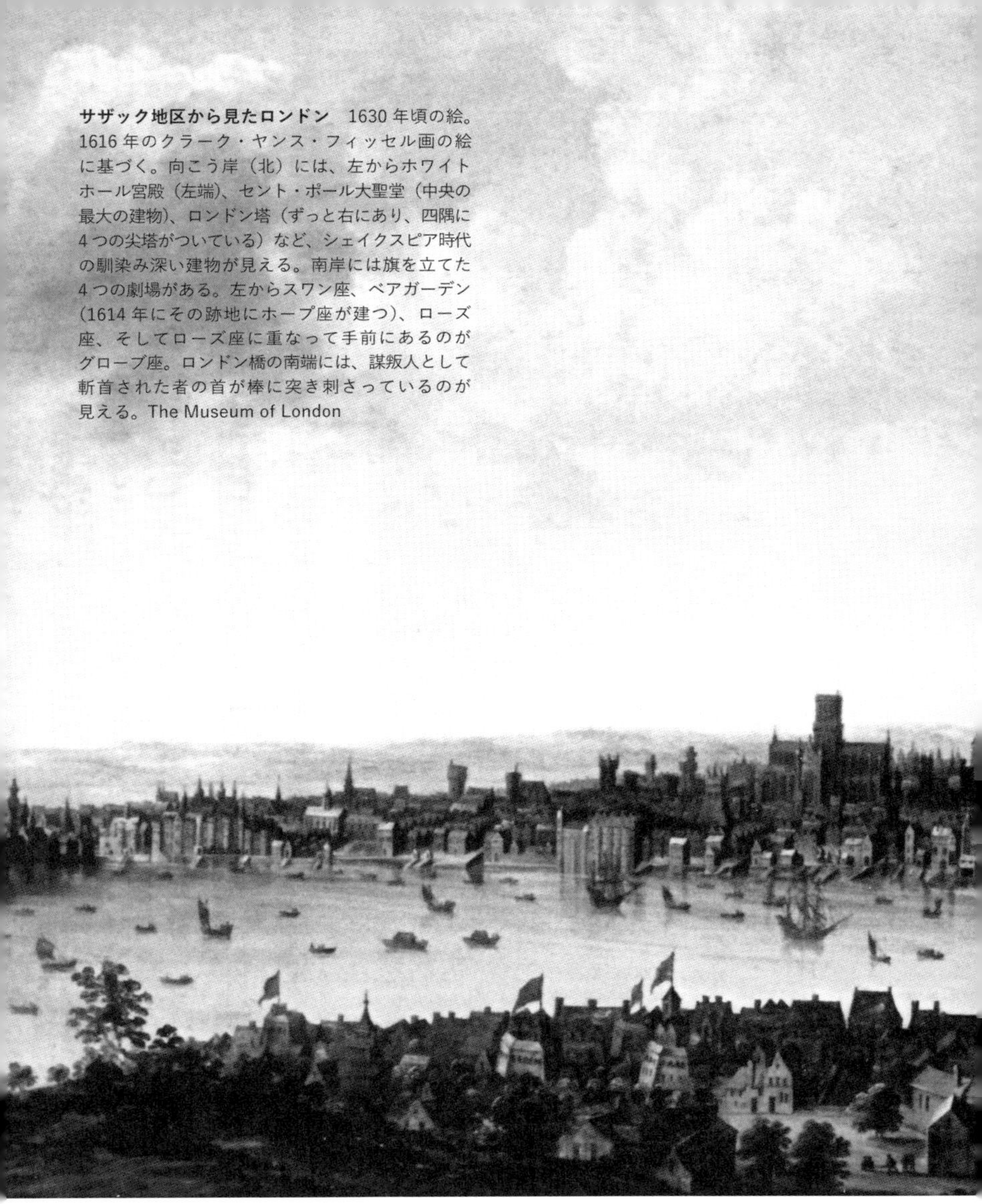

サザック地区から見たロンドン　1630年頃の絵。1616年のクラーク・ヤンス・フィッセル画の絵に基づく。向こう岸（北）には、左からホワイトホール宮殿（左端）、セント・ポール大聖堂（中央の最大の建物）、ロンドン塔（ずっと右にあり、四隅に4つの尖塔がついている）など、シェイクスピア時代の馴染み深い建物が見える。南岸には旗を立てた4つの劇場がある。左からスワン座、ベアガーデン（1614年にその跡地にホープ座が建つ）、ローズ座、そしてローズ座に重なって手前にあるのがグローブ座。ロンドン橋の南端には、謀叛人として斬首された者の首が棒に突き刺さっているのが見える。The Museum of London

シェイクスピアがそんな執筆依頼を一度も引き受けなかったという事実は、書き残された戯曲と同じくらい、シェイクスピアについて多くを教えてくれる。仮面劇執筆を引き受けたら、それなりの代償を払わなければならなかった。それは恥も外聞もなくへつらい、おもねなければならないということであり、シェイクスピアはそんな真似はしたくなかったのだ。仮面劇などというものはエリート主義のはかない芸術形式であって、自らの興味や才能にふさわしくないとも考えたに違いない。典型的なジェイムズ朝の仮面劇であれば、その晩の余興が最後の踊りで締めくくられると、いよいよ本腰を入れて飲み食いに入る。その頃にはシェイクスピアはとっくに下宿に戻って、十五年以上夜遅くまでやり続けていた仕事に取りかかっていただろう。すなわち、執筆である。

あるいは、執筆しようとがんばっていたと言い直すべきかもしれない。と言うのも、新しい王朝が始まって以来、執筆は以前ほど捗《はかど》らなくなっていたからだ。エリザベス朝時代には、シェイクスピアは年に三、四本のペースで書いていたのに、その驚くべき精力ぶりはもう過去のものとなったようだった。かつて書いていたソネット詩や物語詩も、もう書くことはなかった。これまでに喜劇、歴史劇、悲劇を二十八本書いたシェイクスピアだが、世紀の変わり目に『ハムレット』を仕上げて以降、一六〇六年現在に至るまでに書いたのは、そのうち五本だけだった。

新しい王の時代となって初めての戯曲『尺には尺を』[*8]を仕上げてからは、少し希望が出てきた。この戯曲は一六〇四年までに執筆したもので、宮廷・牢獄・修道院・売春宿を舞台にした暗い喜劇であり、ジェイムズ王のような知的な統治者が事のなりゆきを舞台監督のように操ってみせるという内容だ。

しかし、そのあとまた充電期間に入ってしまった。ジェイムズ王が王座に就いてから三年のうちに、シェイクスピアはもう一本、『アテネのタイモン』しか書いていない。[*9]『アテネのタイモン』では、若い頃にやったきりずっとやってこなかったことに戻った。つまり、ほかの劇作家と共同で執筆したのだ。書いたのは人間嫌いの悲劇。浪費の末にひどい目に遭った主人公が、世間から身を引いて、なにもかも罵りながら死ぬ劇だ。共同執筆者は有望な劇作家トマス・ミドルトン。*10賢い選択だった。シェイクスピアより十六歳年下のミドルトンは、すでに諷刺的な市民喜劇の大家になっており、洗練された客がついていた。だが、一六二三年のフォーリオ版に収められたこの劇のテクストを読む限りでは、二人の共同作業はひょっとするとうまくいかず、途中で放棄されたのかもしれない。「シェイクスピアなんて一昔前の人であって、もう古いよ」と、若いライバル劇作家たちは噂し出していたのだろうか。グローブ座や宮廷で再演されていたのは、シェイクスピアの昔の、もはや流行最先端ではない劇だった。

シェイクスピアの経歴において非常に重要な一六〇六年について明らかにしようとする本書にとって困ってしまうのは、この頃のシェイクスピアがひっそりと影をひそめていたということだ。この時期の代表的劇作家たちとは違って、シェイクスピアは国王を称える宮廷余興や野外劇《パジェント》を書いていない。しかも、ほかの作家がやったような仲間の作家の劇を褒める献詩（現代の推薦文句に相当するもの）すら書きしぶった。シェイクスピアがジェイムズ王時代に作家としての仲間意識を見せた唯一の出来事は、サザック地区にある、役者たちの行きつけの店として有名なタバード居酒屋で数時間を過ごしたあとで起こった。

壁の板目に名前を彫ったのだ。一緒に彫られた名は、ベン・ジョンソン、仲間の役者リチャード・バーベッジとローレンス・フレッチャー、そして――このことを一六四〇年代に記録したある人物によれば*11――「ジェイムズ朝時代につきあっていたそのほかの酒飲み友だち」だった。

シェイクスピアの出版作品は、そんな落書きほども目立っていなかった。一六〇〇年の時点で、シェイクスピアの新刊の戯曲を買いたいという演劇ファンは、買おうと思えば、『ヘンリー四世』二部作、『リチャード二世』、『リチャード三世』、『ロミオとジュリエット』、『ヘンリー五世』、『ヘンリー六世』第二部・第三部、『恋の骨折り損』、『ヴェニスの商人』、『夏の夜の夢』、『から騒ぎ』のどれを買おうかと選ぶことができた。どこもかしこもシェイクスピアの戯曲だらけだった。

ところが、六年後ロンドンの本屋に戻ってみると、新しい本は『ウィンザーの陽気な女房たち』と『ハムレット』の二冊しかなかった。一六〇六年は、シェイクスピアの詩も以前の戯曲の再版も出なかった年だ。こんなことは一五九三年にシェイクスピア作品が出版され始めて以来なかったことだ。シェイクスピアの執筆量が減ったからだと説明できなくはないが、シェイクスピアあるいは国王一座が新作の出版を差し止めた結果でもあった。どうしてなのかは、わからない。

しかもシェイクスピアは、もはやグローブ座の舞台でも馴染みの顔ではなくなっていた。シェイクスピアが毎日舞台に立つのをずっと観てきた人たちも、シェイクスピアを見かけなくなっていた。[*12] そもそも残っている記録そのものが少ないうえに、シェイクスピアの名前が出演者一覧に出たのは一六〇三年が最後であり、それ以降シェイクスピアがグローブ座の舞台に立った記録はない。一六〇七年の宮廷での「芝居の出演者」への支払い表に国王一座の他の主要劇団員の名前があるのにシェイクスピアの名前がないことからも、シェイクスピアは一六〇六年にはもはや毎日舞台に立つのをやめていて、必要とされるときだけ演じたり、宮廷での公演に参加したりしていたと思われる。

ただし、シェイクスピアが作家として有名になっていたのは疑いない。それは、当時の若いイギリス紳士が書いた手紙によって確かめられる。あまり知られていない手紙だ。ジョン・ポーレットなる十九歳の若者が一六〇五年末にパリから投函した手紙で、外国旅行での見聞を叔父に書き送ったものである。このオックスフォード大学卒業生は、いくぶん恰好をつけて、ブランク・ヴァースの韻律でこう記している――「冬の厳寒を凌ぐべく、毛を逆立てた雄豚を投槍にて追い、時に汗塗《まみ》れの尾短馬《カータル》に乗り、怒れる雄牛に猟犬をけしかけ、森を引き裂く日々を過ごしております」。ポーレットは続いてこう説明している。「こうしたスポーツは危険だから恰好いいのです。参加者は悲劇役者のようです。僕は狩りを語ってシェイクスピアだって演じられる気がします」。これはなかなか意味深い発言だ。若者が狩りにドラマを感じて、それを描写することで「シェイクスピアだって演じられる」、つまり劇的語りの最高潮に達しうるというわけである。

しかし、多くの賛辞と同様に、これも両刃の剣だ。若きポーレットが身につけたいと思ったスタイルは、甘い『ヴィーナスとアドーニス』を書いたエリザベス朝初期の詩人シェイクスピアのものだったからだ。『トロイラスとクレシダ』や『尺には尺を』の苦みばしったスタイルを真似しようというわけではなかった。

一六〇六年という年は、シェイクスピアにとってはよい年で、[*13] イギリスにとっては悲惨な年だった。これは偶然ではなく、逆境にあったほうがよい作品が生まれるのだ。観客の関心や不安を理解する才に長けたシェイクスピアが、ますます混乱を極めていくエリザベス朝末期に活動を始めたのは、幸運なことだった。シェイクスピアの初期の作品は、一世紀に亘るテューダー朝が終焉を迎えるに当たって露呈してきた政治的宗教的な亀裂を特に深く掘り下げるものだった。けれども、スコットランド出身のジェイムズ王による馴染みのない新統治のもとで表れてきた文化的断層について同じ鋭さをもって語るには些か時間がかかった。とは言え、迎賓館でのあの夕べまでには、すでにシェイクスピアには新たな文化的問題の大まかなイメージはつかめていた。この驚くべき時代を形作る力をしっかりと理解したシェイクスピアは、これから最もインスピレーションに恵まれた数年を迎えることになるのである。

一六〇六年にシェイクスピアは、四十二歳になった。平均寿命が四十代半ば[*14]という時代に、もはや執筆のための歳月はあまり残されていないとわかっていた。こんな疫病ばかり流行る時代に、誰が長生きできようか。シェイクスピアの両親は案外長生きしたが、四人の姉妹のうち成人したのは一人だけで、三人の弟たちのうち四十代まで生きたのも一人だけだった。

儲かっている劇団の株主として、そしてグローブ座の共同所有者として、シェイクスピアはそれなりの財産を蓄えており、そのほとんどを不動産につぎ込んでいた。たとえば前年の一六〇五年七月には、四百四十ポンドでストラットフォード・アポン・エイヴォン郊外の土地の十分の一税徴収権[*15]を購入したが、四百四十ポンドというのは当時の学校教師が二十年かかって稼ぐ金額だ。もはや悠々自適でストラットフォードに引退できるほどの金持ちになっていたわけである。

故郷には、五十歳になったばかりの妻アンが未婚の二人の娘スザンナとジューディスとともに暮らしていた。一人息子のハムネットが死んで十年が経ち、アンはもう出産年齢を超えていた。シェイクスピアの財産は、娘たちの将来の夫たちに受け継がれることになる。シェイクスピアが最近手に入れた紳士の身分は一代限りのものであり、その身分を示す剣もやがて手放される。しかし、一六〇六年の時点で、シェイクスピアには引退するつもりもなければ、これまでの業績にあぐらをかくつもりもなかった。まだやらなければならない仕事があったのであり、二十代半ばから作家として続けてきた執筆という困憊する稼業にうんざりしていたわけでもなかった。

あの仮面劇を観てまもなく、シェイクスピアは秋からずっと書き続けていた『リア王』を仕上げた。一六〇六年が終わらぬうちに、さらに二作、『マクベス』と『アントニーとクレオパトラ』も書き上げることになる。[*16]結婚や政治的統合について独自の考えを持つシェイクスピアは、あの晩宮廷で上演された絢爛豪華な仮面劇では無視されたり伏せられたりしたあれやこれやを書かねばならぬと思い、それがこの三つの悲劇となって結実することになるのだ。本書は、シェイクスピアが一六〇六年に何を書いたか、そしてこの波瀾に満ちた年に何が起こっていたのかについて語っていくが、それと言うのも、その二つは密接に結びつきあっていて、一方を理解せずに他方を理解するのは難しいからである。

　あの晩の仮面劇について当時の人たちが書き残したものからはまったく読み取れないが、この仮面劇を観に集まった人たちは、まさにそのちょうど二か月前、今で言うテロに遭って死ぬところであり、すんでのところでそのテロは阻止されたのだった。政府に不満をもったカトリックの紳士たちが、国会爆破を計画し、この国の政治指導者ら全員を王もろとも抹殺して、ヘンリー八世の時代に始まったプロテスタント革命を白紙に戻そうとしたのである。爆破とそれに伴う火災で何千人ものロンドン市民が危うく死ぬところだった。今日では「十一月五日」という日付で記憶されているこの一六〇五年末に発覚した火薬陰謀《ガンパウダー・プロット》事件は、その冬から春にかけて世間を騒がせ、捕らえられた陰謀者らは拷問や裁判にかけられ、公開処刑となった。

　この陰謀が失敗したあと、ウォリックシャー州でちょっとした武装蜂起が起こったことはあまり知られていない。イングランド中部におけるその陰謀の余波は、シェイクスピアの身辺にまで及び、シェイクスピアの隣人たちが逮捕された。と言うのも、陰謀者たちの隠れ処はストラットフォード近くにあり、暴動のために使うはずだった武器や、カトリックが復興したら用いるべく準備された宗教的な用具が隠されていたのだ。

　その運命の日には結局何も起こらず、陰謀者たちが苦しんで死んだだけだったため、「十一月五日」について、いろいろな物語《プロット》が紡がれた。とりわけ政府が国王の悲劇的な死を国民に想像させた手口は巧みだった。そうした筋書き《プロット》／陰謀《プロット》について誰よりもよくわかっていたシェイクスピアは、これまでも観客に王や王妃の死を想像させる戯曲を書いてきたわけだが、一六〇六年にも『マクベス』で王の死を思う戯曲を書くことになる。

　シェイクスピアは、この事件に対する大衆の反応も、劇に使えることを見逃さなかった。すなわち、渦巻く恐怖、復讐の希求、一瞬の国民的団結、そしてどこからそんな悪が出てくるのか理解したいという思い――そうしたものが執筆中の悲劇を形成する重要な要素となっていった。

　火薬陰謀事件の影響で、イエズス会士が用いた「曖昧表現《エクイヴォケーション》」が社会不安を惹き起こしたが、シェイクスピアが選んだ最新のこの言葉は、当時の病的興奮《ヒステリア》を何よりよく示していた。事件の影響で反カトリック法が制定され、教会を欠席する者はいないか監視されるようになった。「個人の心までガラス張りにしない」としていたかつてのエリザベス朝の妥協など過去の遺物となったのだ。カトリック信仰を頑固に守り、プロテスタントに与するのを拒む「国教忌避者《リクーザンツ》」[17]を取り締まる捜査も全国的に行われ、復活祭《イースター》までにはシェイクスピアの双子の子供の名付け親のみならずシェイクスピアの長女まで捜査を受けた。

　カトリックを危険と看做してこの年制定された忠誠宣誓[18]は、ローマ教皇庁を激怒させる騒ぎに発展し、政治的宗教的権威が抜本的に見直されることになった。

　一六〇六年は、舞台上で神を冒瀆する言葉を発することを禁じる法律が制定された年でもある。治安を乱す劇を演じたとして役者が投獄されていた当時において、この法律は、シェイクスピアの執筆に影響を与えたのみならず、これまでに書かれた戯曲すべてに遡って検閲の手が入ることになった。

　宗教分裂の隠れていた亀裂が表面化したように、ジェイムズ王がスコットランドとイングランドの統合を推し進めるよう政府に圧力をかけると、政治的な亀裂も明らかになった。王にとってみれば、イングランド王位を継いだスコットランド王という自分の存在こそが両国の統合を示すゆえ、両国が一つになるのは当然だった。しかし、国境の両側に分かれた民にとっては、イングランド人ないしスコットランド人であるとはそもそもどういうことなのか、その境を取っ払った「ブリティッシュ」であるとはどういうことなのかという、これまでなかった面倒な問題が起き、統合をめぐっての議論は熾烈を極めた。これもまた、シェイクスピアの執筆の材料となった。シェイクスピアはエリザベス女王のもとではイングランドの歴史劇を書いていたが、一六〇六年、ジェイムズ王治世下、『リア王』と『マクベス』の両方で「ブリテン」という新たな枠組みに目を向けたのである。一六〇六年はまた、王が第二回ハンプトン・コート会議[19]を開催して仕切り、王の絶対的権威に対してスコットランドの聖職者たちの異見を解消しようとした年でもあった。

このてんてこ舞いの年には、いろいろなことが次から次に起こった。見過ごされがちなのは、星室裁判所が調査した偽の悪魔憑きの事件である。[20] そして、一六〇六年は、スコットランド王に対する不満が募り、今は亡き女王ベス〔エリザベスの愛称〕への懐かしい思いが増すなか、ウェストミンスター寺院の墓から女王の遺体を掘り起こし、その異母姉メアリ女王の棺の上に載せて新たな碑を建てるのをロンドン市民らが見物した年でもある。そしてまた、イギリス国旗ユニオン・ジャックがデザインされ、最初に掲げられた年でもある。一六〇六年十二月にロンドンの埠頭を出た船隊がアメリカ大陸で最初の植民地ジェイムズタウンを創設したという大英帝国の歴史上重要な年でもある。これでもまだ足りなければ、一六〇三年の悲惨な疫病以来、最悪の疫病がロンドンに再発した年でもある。七月末から晩秋まで続いた疫病は、シェイクスピアの故郷近くまで蔓延した。

当時のイングランドの人たちは、一六〇六年のいろいろな出来事に驚いていたことだろう。ラジオ、映画、テレビ、インターネットはおろか新聞[21]さえない時代において、貧富を問わずに人々が集まる劇場は、自分たちの欲望や不安を面白おかしく描く新旧の劇を楽しめる唯一の場だった。シェイクスピアがこの年に紡ぎ出した物語群のおかげで、国王一座は人々の期待に応えることができたのである。

つまり、本書の核心には、ある一つのパラドックスがあるのだ。シェイクスピアの劇作人生においてこれほど重要な一年について語ろうとすると、劇作家自身の姿がどんどん見えなくなっていくのに、ハムレットが言う「時代と風潮にはその形や姿を示す」（第三幕第二場二三〜四行）という作品の働きはこれ以上ないほど大きくなるというわけだ。とは言え、一六〇六年という年がどんな年であったかを明らかにするのは、シェイクスピアの才能をもってしても容易ではなかった。

もう一つ、シェイクスピアの生涯において一六〇六年がどういう年だったか書くときに問題となるのは、シェイクスピアはエリザベス朝時代の作家であるというよくある言い方である。実際は、生涯の後半において、シェイクスピアはエリザベスではなくジェイムズ王の劇団である国王一座の一員として活躍している。私自身も「エリザベス朝」と言い慣わしてきた罪がある。これはなかなか改めにくいものだ。『恋に落ちたシェイクスピア』の最後に処女女王でなくてスコットランド王が登場することなど誰が想像できるだろうか。シェイクスピアの同時代人たちと私たちの感覚がずれてしまっているのだ。一六二三年に「シェイクスピアの記憶に捧げる」と題した詩においてシェイクスピアの業績を賞賛したベン・ジョンソンは、シェイクスピアの戯曲が両方の君主を喜ばせたことを次のように思い出している。

エイヴォンのやさしい白鳥よ！[*22] もしもまた
我らの川に現れてくれたらと願うは数多《あまた》。
飛んでおくれ、テムズ河岸で飛んだように！
イライザ〔エリザベス〕やジェイムズを夢中にさせたように！

現代の歴史家、小説家、映画製作者たちがテューダー朝を熱烈に歓迎しながら、重大な時代を統治したジェイムズ王のことを無視してしまうのは困ったものである。ジェイムズ王をイギリスの最も知的な統治者として尊敬すべきか、それとも（一六五〇年に政治家アンソニー・ウェルダンがそうしたように）「キリスト教圏で最も賢い阿呆」と切り捨てるべきかはともかくとして、ジェイムズ朝時代の暮らしがどのようなものであったかきちんと理解せずに当時のシェイクスピアが書いたものを理解することはできない。この問題をごまかすかのように、揺り籠から墓場までを描く伝記作家たちは、エリザベス朝時代のシェイクスピアにばかり注目し、どのようにしてシェイクスピアが大作家になったのかに興味を持つ。ジェイムズが即位した一六〇三年以降シェイクスピアが何をしていたか、どの本をめくってみても、あまり多くのページは割かれていない。その執筆人生の一つの頂点において、ジェイムズ朝時代にシェイクスピアが何を経験していたのか——シェイクスピアの人生を学ぼうとする者にとっては重大な点のはずだが——についてはそそくさと語られ、一六〇六年のところで立ちどまる伝記作家たちは（のちの時代に広まった噂話を根拠に）オックスフォードの宿屋の美しい女将と不倫をしていたのではないかなどというくだらない推測に数ページも割いたりする。

私は、シェイクスピアの生涯について研究したり執筆したりしてほぼ四半世紀を過ごしてきたが、シェイクスピアについて知りたく思う多くの事柄——その政治的思想、信仰、誰を愛したのか、よい父親であったのか、よい夫であったのか、よい友人であったのか、執筆や出演をしていないときには何をしていたのかといったこと——は、知りようがないのだと痛感した。そういった伝記を書ける可能性は、シェイクスピアを個人的に知っていた最後の人たちが墓へ入って何も語らなくなった十七世紀末になくなった。それでも推察で補ったり、資料がない代わりに戯曲や詩を自伝的なものとして読み解こうとしたりする現代の伝記作家たちは、結局はシェイクスピアではなく自分のことを書いているにすぎない。

一六〇六年にシェイクスピアがどんな気持ちでいたのかもはやわからないにしても、その時代との対話のなかでシェイクスピアが何を書いたのかを見れば、『リア王』、『マクベス』、『アントニーとクレオパトラ』という三作を書き上げているときに、何を考え、何に取り組んでいたかが見えてくる。読んでいたものへの反応さえたどることができる。『レア王』という古い戯曲であれ、サミュエル・ハースネットの著した悪魔憑きを暴く書物であれ、この頃シェイクスピアのお気に入りだったプルタルコス著『対比列伝』のなかの『アントニー伝』であれ、手掛かりはある。

どんなにシェイクスピアがその正体を隠そうとしたところで、まわりの出来事が光となってその姿を浮かび上がらせずにはおかないのだ。この年、グリニッジ宮殿、ハンプトン・コート宮殿、ホワイトホール宮殿で国王一座の団員として王の前で演じたり、御寝所係官として行幸に参加したりと[*23]、宮廷についてもシェイクスピアは特権的な立場から眺める機会がいろいろあったはずなのである。

こういう次第で、これからお読みになるのはシェイクスピアの人生の断面である。一読すれば、シェイクスピアの世界やその作品が息づいてくることだろう。当時が文化的に豊穣であったからこそ、それを読み解くのは容易ではなく、やりがいがある。隠されたシェイクスピアの姿を明るみに出すには、四世紀も昔に戻って当時の人々の希望や恐怖を肌身に感じ、大いに想像力を働かさなければならないからだ。ただし、その見返りも大きい。と言うのも、その豊穣さゆえに、この動乱の年にシェイクスピアが作り上げた悲劇を新たな目で見られるようになるからである。

I

THE KING'S MAN

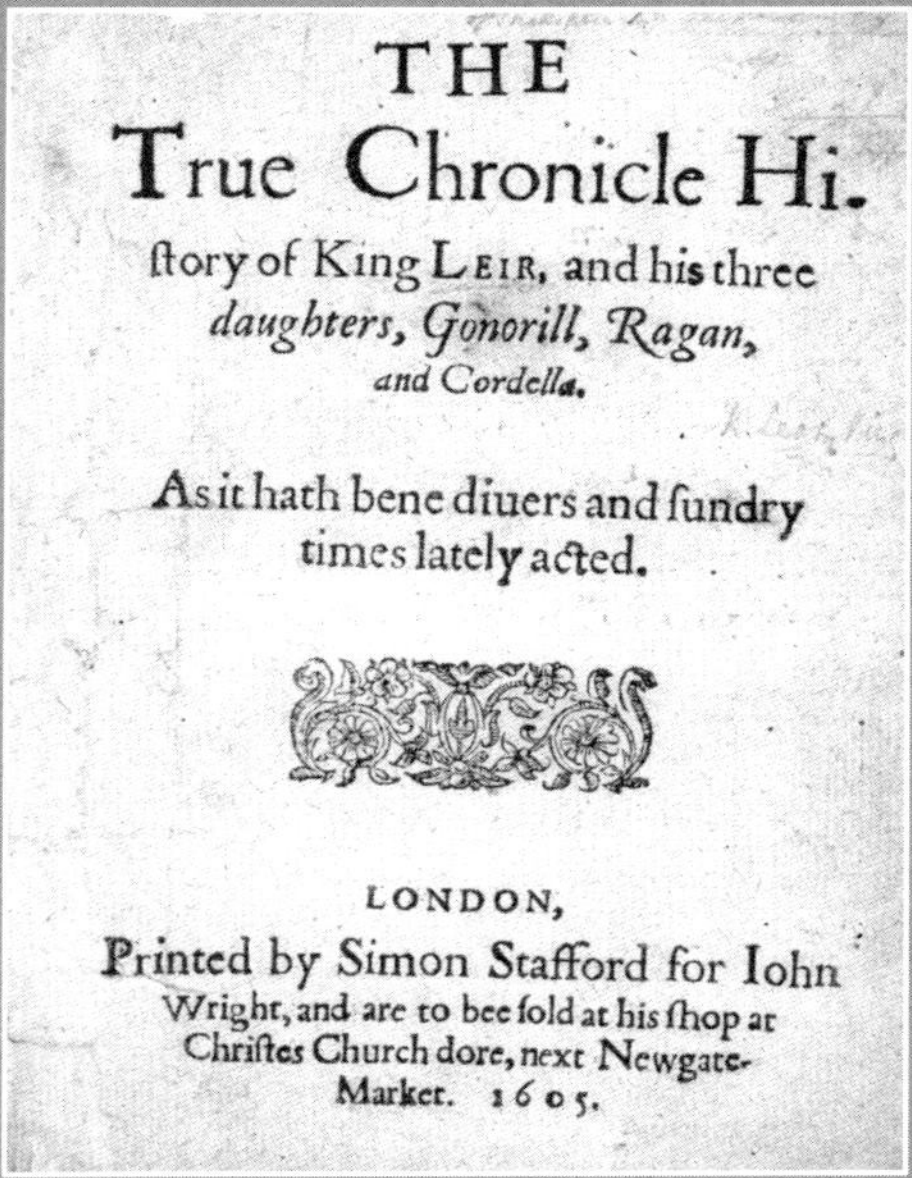
THE
True Chronicle Hi-
ſtory of King LEIR, and his three
daughters, Gonorill, Ragan,
and Cordella.

As it hath bene diuers and ſundry
times lately acted.

LONDON,
Printed by Simon Stafford for Iohn
Wright, and are to bee ſold at his ſhop at
Chriſtes Church dore, next Newgate-
Market. 1605.

『レア王』クォート版の表紙（1605）
©The British Library Board, C.34.k.18

第1章　国王一座

一六〇五年の夏、ロンドンの本屋ジョン・ライトは、一五九〇年頃に初演された『レア王の真の年代記』という戯曲を新刊として売り出した。それからまもなくして、ライトの本屋の近所に住んでいたウィリアム・シェイクスピアがその本を手に取った。[*1] シェイクスピアは数年前、グローブ座近くのサザック地区の下宿を引き払い、閑静な高級住宅街クリップルゲイトに引っ越してきていたのだ。新しい下宿先はシルバー通りとマグル通り〔別名モンクウェル通り〕が交わる角にあった〔次ページ地図参照〕。大家はクリストファー・マウントジョイとマリー・マウントジョイというユグノー〔フランスの新教徒〕の夫婦で、宮廷の貴婦人相手に流行の帽子やヘア・アクセサリーを売って生計を立てている帽子職人だった。

シェイクスピアの新しい下宿からライトの本屋までは歩いて数分だった。シルバー通りを西へ進み、教区教会である聖《セント》オーラヴ教会の前を通過して、そのままノーブル通りをセント・ポール大聖堂のほうへ南下すると、ノーブル通りは金細工会館を過ぎたところでフォスター通りと名前が変わり、やがてにぎやかなチープサイドに出る。東にチープサイド・クロス[*2]が見え、南にセント・ポール大聖堂があり、さらに南にはテムズ河が流れている。チープサイドを西へ進み、セント・マーティンズ通りを越えれば肉屋街だ。

マグル通り
シルバー通り
ノーブル通り
クライスト教会
セント・マーティンズ
フォスター通り
ニューゲイト市場
肉屋街
チープサイド
チープサイド・クロス
セント・ポール大聖堂
テムズ河
Litle Britaine
S. Bartholome
Carter lane
Knight Ryder streat
Watlinge streate
Maidenhed lane
Bowe church
Poules church
Tames streate

そこまで来ると、右手にクライスト教会が見えてくる。その先のニューゲイト市場にライトの本屋が軒を並べていた。

『レア王の真の年代記』の表紙にある「最近あちこちで何度も上演された」という宣伝文句の表現からすると、これは新作芝居だったようだ。作者や劇団の名前が黙って省かれているのも、その印象を強める。だが、シェイクスピアはこれがかつての女王一座の古い芝居だったと知っていたし、恐らくは（私たちには今もってわからないが）作者も知っていただろう。

女王一座とは、女王の庇護を得て一五八三年に結成された選りすぐりのオールスターの劇団だ。一五八〇年代、女王一座はイングランド一の劇団として道化役者リチャード・タールトンを看板役者としてあちこち巡業し、愛国的プロテスタントという政治色を打ち出し、勧善懲悪の芝居で知られていた。シェイクスピアも別の劇場の舞台に立って忙しくしていなかったら、一五九四年四月六日にサザック地区のローズ座で三十八シリングもの興行収入があった『レア王の真の年代記』公演（女王一座とサセックス伯一座の合同公演）を観ていたかもしれない。あるいはその二日後に、二十六シリングというまずまずの収益をあげた公演の客のなかにいたかもしれない。

振り返ってみれば、ローズ座での『レア王の真の年代記』公演から女王一座の衰退が始まっていたのだなと、シェイクスピアは気づいていたことだろう。この翌月に女王一座は重要な台本数冊をロンドンの出版業者に売り払って巡業に出ると、その後九年間ずっと地方回りを続けたあげく、女王が亡くなった一六〇三年に解散してしまったのだ。

一五九四年という『レア王の真の年代記』公演の年は、シェイクスピアを創立メンバーとする宮内大臣一座が創立された年でもある。このシェイクスピアの劇団が、そののち女王一座に成り代わってイングランド一の劇団となるのだ。

『レア王の真の年代記』は、手元不如意となった女王一座が一五九四年に手放した戯曲の一つであり、その権利を買ったエドワード・ホワイトはすぐさま書籍出版業組合にこの本の出版権を登録した。ところが、どういうわけかあまり売れる見込みがないと思ったらしく、ホワイトはこの本を出版しなかった。ホワイトのかつての弟子だったジョン・ライトが十年以上して出版権をホワイトから手に入れて、ようやく出版したのである。

一五八〇年代後半にあちこちで巡業をしていた女王一座はストラットフォード・アポン・エイヴォンでも興行したことがあるため、シェイクスピアが二十代前半に何をしていたのかわからないのをよいことに、シェイクスピアは女王一座に加わって演劇活動を始めたと語る伝記作家もいる。女王一座がストラットフォードへ巡業にやってきたのが一五八七年であり、ちょうどその直前に女王一座の役者ウィリアム・ネルが喧嘩騒ぎで死んだので、シェイクスピアがその穴を埋めたのかもしれないと言うのだ。面白い話だし、シェイクスピアがストラットフォードからロンドンへ出て行ったのには何らかの事情があったはずではある。しかし、シェイクスピアが女王一座に関わった証拠はなく、シェイクスピアが短期間でもこの老舗劇団の舞台に立ったか、あるいは戯曲を提供したかどうかはわからない。ただ、シェイクスピアが女王一座の上演作品に精通していたことだけは、のちにシェイクスピアが執筆した作品から明らかである。

女王一座がその二十年に及ぶ活動期間中に上演したと確実に言える作品は十二作に満たず、たいていは歴史劇だ。なかには『リチャード三世の真の悲劇』、『ジョン王の乱世』、『ヘンリー五世の有名な勝利』といった、どこかで聞いたような題名もある。シェイクスピアは、自分で筋を考え出すよりも、古い芝居の筋を焼き直すのが得意だったが、女王一座ほどシェイクスピアに題材をたくさんくれたライバル劇団はなかった。シェイクスピアは女王一座のレパートリーにあった作品を作り変えることで、一五九〇年代の半ばから後半にかけて、『リチャード三世』、『ジョン王』、『ヘンリー四世』二部作と『ヘンリー五世』という、今やわれわれに馴染みの深い一連の歴史劇を書いたのだ。

女王一座に対するシェイクスピアの態度は確かに微妙だった。恐らく修業時代に観客として、役者として、劇作家として、大いに面白がって夢中で観た芝居が、シェイクスピアのなかに残っていたのであろう。だが、こんな好戦的愛国主義を前面に打ち出す芝居など、演劇界でも政治界でも時代遅れだとわかっていたのだ。

ほかの作家の劇を鋭く批評できる目を持っていたシェイクスピアは、女王一座のレパートリー作品を厳しく見て、どうしようもなく時代錯誤だと断じたようだ。それは、『リチャード三世の真の悲劇』の忘れがたいほど劣悪な二行連句——「しわがれ声で大鴉《がらす》、復讐せよと叫びたり、けだものども集まりて、復讐せよと鳴き騒ぎたり」——をシェイクスピアが茶化していることからもすぐわかる。この古い芝居の詩行のひどさはシェイクスピアの脳裏に刻まれ、数年後、ハムレットが劇中劇を演じる旅役者たちに声をかけるとき、わざとひどい詩行として用いられることになる。「始めるんだ。さあ、『しわがれ声の大鴉《がらす》、復讐せよと鳴き騒ぐ』」（第三幕第二場二五一〜二行）。よく言えば、これは両刃の剣ともいえるオマージュだ。かつて楽しんだ古風な復讐劇を観客に懐かしく思い出させる一方で、『ハムレット』のような写実的な芝居が、女王一座の古くて大仰なスタイルに取って代わったことを示したわけである。

シェイクスピアが女王一座の人気作『ヘンリー五世の有名な勝利』を見事に『ヘンリー五世』〔初版一六〇〇年〕に作り変えてから六年が経っていた。その六年間、特に後半の三年における世界の変化はひどく速かった。『レア王の真の年代記』が人気を博していたエリザベス朝の古い世界は、この劇を上演した劇団同様、消えていた。逆にシェイクスピアは、劇場の共同所有者・劇団の株主として、経済的に裕福になっていった。ライトが『レア王の真の年代記』を一六〇五年七月に売り始めたとき（本は登録されてから発売までふつう二か月かかり、ライトが登録したのは五月だった）、シェイクスピアは大きな土地契約のために恐らくストラットフォード・アポン・エイヴォンにいたため、本を入手したのは恐らくロンドンに帰ってきてからであろう。

『レア王の真の年代記』は、一五九〇年代のたいていの歴史劇や悲劇と同様に、王位継承を描く芝居だった。エリザベス女王が子供のないまま死んだあと、イングランドが外国に統治されたり内乱になったりしないかと恐れる国民にとって、興味深い芝居だった。『タイタス・アンドロニカス』や『ヘンリー六世』三部作から始まって、『リチャード三世』、『ジョン王』、『リチャード二世』、『ヘンリー四世』二部作、『ヘンリー五世』、『ジュリアス・シーザー』、『ハムレット』と、シェイクスピアは王位継承のテーマを見事に扱ってみせており、権力を掴み取る狡猾さや知恵を備え、継承権や野心がある人物を次々に描いてきた。

王位継承問題は、女王の死期が近づいた十七世紀初頭に頂点に達したものの、一六〇三年に息子二人に娘一人がいる既婚者のスコットランド王ジェイムズ六世が平和裏にイングランド王位に就くと、消えてしまった。スペインの侵略はありそうになかったし、十五世紀後半に国を二分した内乱のようなものが起こることもなかった。このときの政治状況に珍しくもはっきりと言及したシェイクスピアの言葉が、ジェイムズの即位直後、ソネット一〇七番に記されている。

欠けたれど、月は残れり朝まだき
嗤《わら》うべし、占いに聞く悲しき言《こと》の葉《は》。
気がかりは、今や安堵の冠を戴き、

常しえに、平和掲げるオリーブの葉。

（ソネット一〇七番、五～八行）

はっきりと表現しているわけではないが、意味は明快だ。エリザベスという「月」が「欠け」るに当たっていろいろ不安な予言があったが、すべて杞憂だった。新たな王が即位して、平和の担い手となることで、「気がかり」を終わらせたというわけだ。

とは言え、ほかの気がかりは消えなかった。振り返ってみれば、政権交代前後の時期は、国民にとっても劇団を運営するシェイクスピアにとっても、ソネット一〇七番が一見示すようなお気楽なものではなかった。今やグローブ座を本拠地とした宮内大臣一座は、これまでにない競争相手と戦っていた。かつて一五九四年には、ロンドンに野外劇場は三つしかなく、ショアディッチ地区のシアター座とカーテン座、それにバンクサイドのローズ座があったきりだった。それが今や、ロンドンじゅうに新しい劇場が乱立し、芝居客の小銭を奪い合っていた。その当時、フォーチュン座（ロンドン北西のセント・ジャイルズ＝ウィズアウト＝クリプルゲイト教区）へ海軍大臣一座を観に行く客もいれば、ボアズ・ヘッド亭（ホワイトチャペル地区）へウスター伯一座を観に行ったり、セント・ポールやブラックフライアーズにある小さな室内劇場で少年劇団がロンドンの辛辣な若い劇作家たちの芝居を上演するのを観に行ったりする客もいた。サザック地区のパリス・ガーデン・ステアズ近くのローズ座やスワン座といった古い劇場も客を奪っていた。

しかもシェイクスピアの劇団の繁栄を脅かす思いもよらない事件が起きた。一六〇三年初頭、劇団の大切なパトロンである宮内大臣ジョージ・ケアリー（エリザベス女王のはとこ）が重病になったのだ。悪い知らせが続いた。まず一六〇三年三月十九日、女王が死の床に就いたために治安が乱れるのを恐れた枢密院が、「追って沙汰のあるまで」すべての公の興行を中止した。翌週、女王の死が報じられ、スコットランド王がイングランド王を兼ねるとの通達があり、体制交代は無血だとわかってほっとしたのも束の間、国喪のあいだ劇場は当分開けられそうもなかった。

ジェイムズ王はどれほど演劇を支持してくれるかと息をひそめていた演劇人たちは、次にやってきた嫌な知らせに動揺したに違いない。一六〇三年五月七日、最初の勅令のうちの一つが、日曜日の上演を禁ずるというものだった。日曜日はたいていの観客にとって仕事のない唯一の曜日であるから、劇場収入に大打撃を与える禁令だ。これは単に演劇嫌いのピューリタンどもの機嫌を取る作戦か、それとも新王は演劇などくだらないと思っているということか。

シェイクスピアとその劇団にとって打撃が続いた。ジェイムズ王は、病床のハンズドン卿ジョージ・ケアリーが死ぬのを待たずに宮内大臣の首をすげ替えたのだ。つまり、シェイクスピアの劇団はもはや宮内大臣一座ではなく、権力の座を降りたケアリーの劇団でしかなくなり、しかもケアリーは九月初旬に亡くなってしまった。劇団の新たなパトロンをどうしたらよいかという問題が、政権交代の流れのなかで解決されねばならなかった。へたをすると国王のご愛顧も失い、宮廷での上演も危うくなるかもしれない。長年のライバル劇団・海軍大臣一座のパトロンであるノッティンガム伯爵が新国王のおそば付きとなったのも、うれしいことではなかった。

政治体制が変わったために、演劇という実入りのよいビジネスの分け前をもらえるかもしれないと考えた貴族が出てきて、予想外の困った脅威も生まれた。リチャード・ファインズという貧窮した貴族が、年に四十ポンドの支払いをする代わりに、イングランドじゅうの観客から「一人当たり一ペニー」の人頭税を集める特権がほしいと言い出した。ファインズの言い分では、観劇は（王自らが「嫌な慣習」と言った喫煙と同様に）個人の嗜好であるから、国が税をかけて規制してよいものであり、その税徴収の監督にかかる出費は喜んで引き受けるので、代わりに劇場の収益をがっぽりもらいたいと言うのである。公共劇場への最低入場料は一ペニーであるから、ファインズの提案はおそろしくがめついものだった。幸いにして、これは取り上げられることはなかったし、アイルランド戦争で負傷兵となったフランシス・クレイトンという別の筋からの提案も実現しなかった。ファインズが勅許を求めたのは観客からの徴税だったが、クレイトンは上演に課税せよと議会に訴え、「上演一作につき二シリングという少額を……芝居の所有者や役者は私の生存中、私ないし私の指定した受取人に払うべし」としたのである。これは役者からすれば、ばかげた話だった。誰でも政治家にコネがあって、うまい案を思いついたら、役者が汗水流して得た利益を横取りできるなど、とんでもなかった。ファインズやクレイトンの提案は、結局立ち消えとなったものの、政権が代わったせいでシェイクスピアとその仲間が時に法外な、思いもよらない政治的な大盤振る舞いの犠牲になるかもしれないという、よけいな頭痛の種を増やしたのだ。

ところが不意に、シェイクスピアの人生行路を大きく変えるニュースが飛び込んできた。ジェイムズ王がシェイクスピアの劇団を公式に庇護するというのである。一六〇三年五月十九日、シェイクスピアと八人の仲間たちは国王一座と名乗り、宮廷やグローブ座のみならず、巡業を希望するなら国内のどこで上演してもよいという許しを得た。これは実質を伴った昇進だった。シェイクスピアは御寝所係官（a Groom of the Chamber）とされ、仲間の劇団株主とともに、王室のお仕着せ用の生地として赤い布四・五ヤード〔約四メートル〕を支給され、国家的行事の際にはそれを着用することになった。

なぜシェイクスピアの劇団が国王一座に取り立てられたのか、本当のところはよくわかっていない。もちろん評判の高い劇団だったからというのは理由の一つだろう。ローレンス・フレッチャーという無名の役者も一枚嚙んでいたかもしれない。このイングランド人はしばらくスコットランドの舞台に立っていて、ジェイムズ王のお気に入りになったらしいのだ。国王一座として認定された役者のリストに、劇団とはそれまで何の関係もなかったフレッチャーの名前がシェイクスピアのすぐ前に記されているのは、それゆえと思われる。とは言え、この男は一介の役者にすぎず、重要な橋渡し役になったとしても、シェイクスピアの劇団が取り立てられた主たる原因とは言えない。もっと強力な仲立ちが絶対いたはずだ。その一人は、パトロンだったジョージ・ケアリーの弟サー・ロバート・ケアリーだったかもしれない。エリザベスの訃報をロンドンから早馬を飛ばして逸早くエディンバラのジェイムズに届けたのは、サー・ロバートだった。

あるいは、シェイクスピアの以前のパトロンで、ロンドン塔から釈放されたばかりのサウサンプトン伯爵ヘンリー・リズリー、またはひょっとするとリチャード・バーベッジの大ファンで詩人や芸術家を庇護していたペンブルック伯爵あたりが動いたのかもしれない。どのようにしてシェイクスピアの劇団が国王一座に選ばれたかについては、謎が尽きない。重要なのは、とにかく選ばれ、劇団は存続したということであり、このあとシェイクスピアが書く劇は、さらなる注目を受けることになった。

やがてロンドンにすさまじい疫病が流行したため、国王一座はその幸運を祝っている暇もなかった。警戒が解かれたときでも、エリザベス朝のロンドンで疫病が起こっていないときはなかった。一五九七年には疫病のために四十八人の死者が出て、一五九八年には十八人、一五九九年には十六人、一六〇〇年には四人出たという記録がある。一五九九年にリスボンで新たに始まった急激な発症はスペインに広まり、大陸じゅうに蔓延したようだ。これは一六〇三年二月までにはロンドンに達し、五月には死者が週二十人を超えた。それから急激にロンドンでの疫病による死者が爆発的に増え、七月末までに一千人以上が毎週死んでいた。ジェイムズは戴冠のためにエディンバラから到着したばかりであり、感染者を王に近づけないようにと万全の警戒態勢がとられた。ウェストミンスター寺院付近の水陸の一般の通行は禁じられ、戴冠式のあとジェイムズは急ぎ比較的安全なハンプトン・コート宮殿へ退いた。計画されていた祝典や公の祝賀は延期せざるを得なかった。

疫病に襲われた町から逃げ出したのは、ジェイムズ王だけではなかった。罹病してしまった者さえが逃げ出そうとしたのだ。「町から出て野原の生け垣の下で死んだり、さらに遠くまで行ってから死んだりした人は大勢おり、ここハムステッドでも毎週そうした人たちが、家の庭や離れ家などが開いていると入りこんできてそこで死ぬのである」と公文書に記されている。発病者のなかには窓から身を投げたり、テムズ河に飛び込んだりする者もあった。酒や宗教にすがる者もあり、ロンドンの教会では特別の祈りが捧げられた。

疫病が最高潮となった八月末には、人口およそ二十万人のロンドンでは、週に三千人の死者を数えた。冬になって寒さで蔓延が抑えられたときには、すでに人口の三分の一近くが倒れていた。三万人以上のロンドン市民が死に、さらに三万人ほどが病気に罹りながら生き延びていた。その冬から春にかけて依然として死者が出続けたため、劇場は閉鎖されたままだった。一六〇四年四月に僅かのあいだ再開されたものの、暖かい気候が始まると疫病がぶり返し、また九月まで閉鎖された。疫病発生が長期に亘ると、国王一座としては地方の村々や地方の貴族の屋敷をまわって巡業するよりほかなかった(国王から支給された三十ポンドも生活の足しとなった)。一座の地方巡業の記録は多くないが、一六〇三年から一六〇五年のあいだにバース、シュルーズベリー、コヴェントリー、イプスウィッチ、マルドン、オックスフォード、バーンステープル、サフロン・ウォルデンで国王一座に上演の報酬が支払われた記録がある。

小冊子作家としても活躍した劇作家トマス・デカーが、『驚異の年』という皮肉な題名の小冊子のなかで、感染して隔離された家に閉じ込められる恐怖を次のように描いている。

がらんと静かな死体安置所に毎晩閉じ込められるのは、なんたる拷問か。ぶらさがったランプがぼうっと、何もない隅をチラチラ照らし出して、かえって不気味だ。床には緑の藺草《いぐさ》ではなく、枯れたローズマリー、しなびたヒアシンス、不吉なイトスギや悲しみのイチイの葉が敷かれ、そこに死者の骨が山のように混ざっている。自分の実の父親の肉のない胸骨があちらに横たわっているかと思えば、こちらには自分を生んでくれた母親の顎が落ちて中が空になった頭蓋骨が落ちている。あたりには一千もの死体がある。経帷子《きょうかたびら》に縛られて直立しているものもあれば、腐った棺桶のなかでなかば朽ちたものもあり、その棺桶が不意にがらりと開いて、悪臭が鼻をつく。目に見えるのは這い回る蛆虫だけだ。聞こえてくるのは蝦蟇《がま》や梟《ふくろう》の鳴き声やマンドレイクの悲鳴ばかりで、眠ることすらできやしない。これは地獄の牢ではないか。

幸いにして生き延びた者がこの悪夢にどう耐えたか、四百年後の今、想像するのは難しい。疫病のせいでグローブ座での新作の需要はなくなってしまったものの、王族が新しい余興を求める欲望は際限がなかった。エリザベス女王が王座にあったときは、シェイクスピアの劇団は、クリスマスから二月の懺悔節《シュローヴタイド》*3にかけて毎年宮廷で上演するようにと、とびきりの劇二、三本を選んでもらえていた。ジェイムズ王は狩猟ほどには観劇を楽しまなかったかもしれないが、エリザベス女王よりも多くの上演を命じ、たいていは自分の劇団のものを所望した。国王一座による御前上演は、一六〇三〜四年に九回、一六〇四〜五年の長期化したクリスマス・シーズンに十回、一六〇五〜六年のやはり長期化した冬期休暇にまた十回あり、この短期間でエリザベス女王の御前で上演した総数を上回った。

もどかしいことに、宮廷上演の記録には劇の題名や作者名が記されていない。しかし、一六〇四〜五年の冬期休暇のあいだに上演された劇について祝典局の素晴らしい記録があり、それを見るとシェイクスピアが重要な働きをしたことがわかる。この記録によれば、「シャクスバード（Shaxberd）」なる者が、十一月一日の万聖節《ハロウマス》*4から二月の告解火曜日（灰の水曜日の前日）までのあいだに御前上演された十本のうち七本の劇の責任者だった。その七本とは、『オセロー』、『ウィンザーの陽気な女房たち』、『まちがいの喜劇』、『尺には尺を』、『恋の骨折り損』、『ヘンリー五世』、そして二回上演された『ヴェニスの商人』である。『ヴェニスの商人』のアンコール上演は「国王陛下の命令」によるものだった。『オセロー』と『尺には尺を』の宮廷初演とあわせて、まだジェイムズ王の御家族がご覧になっていないエリザベス朝時代の大ヒット作を再演したわけである。

国王一座はほかにも、エリザベス朝時代に人気のあった『癖者ぞろい』と『癖者そろわず』*5というベン・ジョンソンの喜劇二編や、作者不明で現存しない『スペインの迷路《メイズ》』を上演した。毎年この調子だったとしたら、国王一座が宮廷で上演した作品の三分の二以上はシェイクスピア作ということになる。そして、一六〇四〜五年と一六〇五〜六年で合わせて十九回行われた御前上演においても、同じような割合でシェイクスピアのエリザベス朝時代の劇が御前上演されたなら、一六〇六年初頭までに御前上演された三十本近くのうち二十本ほどはシェイクスピア作で、シェイクスピアの古い劇のうち新しい宮廷で上演されなかったのはほんの一握りだったかもしれない。

新作を書くように求める気運は、どちらかというと高まっていた。宮廷で新しい余興を用意するようにと言われていたサー・ウォルター・コウプが国務大臣ロバート・セシル*6に宛てた一六〇五年一月付けの手紙が残っており、コウプは「今日は午前中ずっと使いをやって、役者や曲芸師といった手合いを探していたのですが、なかなか見つかりません」と不満を記している。誰もつかまえられなかったコウプは、さまざまな芸人に出頭するように書き置きを残した。コウプの手紙に、「バーベッジが参りまして、『新しい劇で王妃様がご覧になっていないものはございませんが、『恋の骨折り損』という古い劇を再演致しましょう、機知に富んだ愉快なものですので、さぞかし王妃様のお気に召すことと存じます』と申します」とあるので、国王一座のスター、リチャード・バーベッジ――ないしは、その兄でグローブ座の共同所有者だったカスバート・バーベッジ[*7]――が呼び出されたらしい。

バーベッジが一昔前のシェイクスピア喜劇をいかにほめそやそうと、「新しい劇で王妃様がご覧になっていないものはございません」というのは当局側が聞きたい返答ではなかった。需要が供給を急速に上回っており、古い人気作も種切れとなっていた。新作を書かねばならなかった。そして、シェイクスピアは、『レア王の真の年代記』の本を入手してほどなく新作の内容を決めたのだった。

これまで女王一座の芝居を何本もネタに使ってきたが、もう一度同じ手で新作をものしようというわけだ。新しいジェイムズ王の時代とのつながりを模索する劇作家にしては意外な手だった。とりわけ一五九〇年代の演劇を担ってきた劇作家が、今さらそんな古い芝居に手を出すとはどういうことか。とは言え、どんなに意外に思えようと、現在をつかむには過去を振り返るのが一番と考えたシェイクスピアは、人気のなかったエリザベス朝時代の古い芝居の筋を焼き直したのである。

女王一座が一五八〇年代のオールスターの劇団だったとすれば、国王一座は今をときめくオールスター劇団であり、宮内大臣一座時代から数えて十年以上の人気を誇るキャリアがあった。『リア王』執筆に本腰を据えたとき、リア王をリチャード・バーベッジに演じてもらうことになることはわかっていた。当代切っての名優だ。これまでにもバーベッジのために、リチャード三世、ハムレット、オセローなど当たり役を書いてきた。

バーベッジは、もうすぐ四十歳という年齢であったから、シェイクスピアは想像力の地平を拡大して、白髪交じりで人生に疲れた人物を主人公とする劇世界をも描けるようになっていた。一六〇六年が終わるまでに、シェイクスピアはバーベッジのために、リア王のみならず、マクベスやアントニーといった熟年の悲劇の主人公を書いた（この年ベン・ジョンソンは、バーベッジのために、おいぼれ老人のふりをするヴォルポーネという素晴らしい役を書いている）。これほど短期間のうちにこんなにやりがいのある役を次々にもらった役者はほかにいないだろう。シェイクスピアが「時代の魂」として記憶されたように、バーベッジは数年後、恐らくシェイクスピアへの賞賛の言葉を意識して「舞台の魂」と称えられるのだった。

偉大な劇作家たちとスター役者たちとの特別な関係を振り返って、十七世紀半ばにリチャード・フレックノーは「これほどの詩人たちに役を書いてもらえた当時の役者たちは幸せだ」と記し、詩人たちについても、バーベッジのような「優れた役者に自分の芝居を演じてもらえる」のは幸運であり、バーベッジは「すっかり役になりきり、服を脱ぎ捨てるように元の自分を捨て、芝居が終わるまで（楽屋でも）自分に戻ることがなかった」と記している。ありがたいことに、フレックノーは、バーベッジが長けていた自然な演技がどのようなものであったか描写してくれている。観客は「彼が話せば大喜びし、彼が黙れば悲しんだ。だが、黙っていてもやはり素晴らしい役者であり、台詞が終わっても役から離れず、表情や所作で最高の演技を続けた」と言うのである。バーベッジならリア王の言葉を伝えるのみならず、この役が必要とする感動的な所作や偉大な沈黙をも表現してくれるとシェイクスピアにはわかっていたのだろう。戯曲を読んだだけでは見えてこない部分である。

年をとったのはバーベッジだけではなかった。一五九四年に一緒に宮内大臣一座を結成した才能と野心のある役者仲間も、当時は二十代だったが、今は四十にならんとしていた。

シェイクスピアは四十二歳で、劇団の最長老だった。創立メンバーのなかには病気になったり、他界したりした者もあった。オーガスティン・フィリップスはすでに死亡し、ウィリアム・スライとローレンス・フレッチャーは、これから二年以内に埋葬されることになる。長年「雇われの役者」として劇団に貢献してきたジョン・シンクローは、シェイクスピアが十年以上に亘ってガリガリに痩せた男の役を当て書きした役者だが、一六〇五年以降音沙汰がなくなり、死んだか、役者をやめてしまったらしい。

リチャード・バーベッジ
ジャコビアン・イングランドのスター悲劇役者。1606年には、リア、マクベス、アントニーを演じた。また、恐らく作者不明の『復讐者の悲劇』のヴィンディチェ、ベン・ジョンソン作『ヴォルポーネ』のヴォルポーネも演じたであろう。もしそうであれば、これほど凄い五つの役を一人の役者が演じた一年はほかになかったであろう。

劇団の喜劇役者として第一級だったウィリアム・ケンプは、一五九九年に劇団を飛びだして独立し、劇団に衝撃を与えた。なにしろ、劇場に集まる観客は悲劇役者バーベッジの演技やシェイクスピアの言葉だけをお目当てにしたのではなく、ケンプの道化ぶりも楽しみにしていたからだ。

ケンプの代わりに入ってきた道化役者ロバート・アーミンは、かなりタイプが違った。[*8] アーミンは、シェイクスピアがケンプのために書いた『から騒ぎ』のドグベリーなどの道化役を演じられたかもしれないが、アーミンの冷笑的なウィットに富んだスタイルは、へんな顔をして笑わせたりするボケ役のケンプの即興演技とは、まったく違っていた。

シェイクスピアがアーミンに最もふさわしい役を書くまでにはしばらくかかった。最初に『お気に召すまま』のタッチストーンや『十二夜』のフェステといった役で成功を収め、『ハムレット』の墓掘りや、ひょっとすると『トロイラスとクレシダ』のテルシテス（英名サーサイティーズ）も演じたかもしれないが、アーミンの当たり役は、『リア王』のリアの道化までなかった（四年後に、アーミンが「道化を賢く演じた」とジョン・デイヴィスが褒めたのは、この役のことを言っていたのだろう）。

リアの道化は、シェイクスピアが書いたほかの道化とは違っていた。ウィットがあるかと思えば哀愁に満ち、孤独かと思えば怒っていて、予言さえする。気の効いたバラッドの歌詞を繰り出して、鋭い言葉の応酬をやってのける。アーミンがこうした言葉の応酬を得意としていたのはよく知られていた。アーミンの演技の幅は驚くほど広かったため、リアの道化役は途方に暮れるほどの難しい役となり、『リア王』の上演史で長らくカットされていたのも驚くことではない。[*9]

シェイクスピアがバーベッジとアーミンそれぞれとの関係を深めただけでなく、劇団を代表するこの悲劇役者と喜劇役者の相互の関係も深まっていた。かつてシェイクスピアは、道化と王を遠ざけがちだったが、今度は両者を結びつけ、異様なまでに親密で情の濃い絆を結ばせた。これは、シェイクスピアがこの二人の役者を個人的によく知っていて、二人とも互いにわかりあっていたからできたことだ。だからこそ、リア王の最も悲痛な叫びとしてバーベッジのために書かれた台詞──「わしの哀れな阿呆は首をくくられた」（第二十四場／第五幕第三場）──は鋭く、コーディーリアの死にざまを私たちに思い出させるのみならず、リアの愛した道化──アーミン──が劇の途中からふっといなくなっていることをも思い起こさせる。

天才は、傑作を生み出すのに必要な前提条件かもしれないが、それだけで傑作は生まれない。役者たちの強烈な才能があればこそ、シェイクスピアはジェイムズ王時代の劇を書けたのだ。残念ながら当時の配役はほとんどわからず、入手しうる他の配役表や断片的な逸話や記録からなんとか再構築するしかない。配役には、およそ十二人の男性と二、三人の十代の少年が必要だった。ということは、八人ばかりの株主の役者では足りず、経験ある「雇いの役者」を脇役に使い、女役として二、三人の少年を使ったはずである。リアと三人の娘たちの物語を書き直そうと決めたとき、シェイクスピアは演技の上手な十代の役者を少なくとも二人知っていたはずだが、その名前は私たちにはわからない。この二人は、一五九九年という早い段階で『お気に召すまま』のロザリンドとシーリアとしてその真価を発揮し、続いて『ハムレット』のガートルードとオフィーリア、『オセロー』のエミーリアとデズデモーナのペアも演じたかもしれない。一六〇六年には、もっと成熟した女役を演じてもらうことになる。まずは『リア王』のゴネリルとリーガン、それからマクベス夫人とマクダフ夫人、そして最後にクレオパトラとオクテイヴィアである。

劇団の古参であるジョン・ヘミングズとヘンリー・コンデルも年をとっていたから、グロスター、ケント、オールバニ、コーンウォールといった、ある程度年齢の必要な重要な役にふさわしくなっていた。シェイクスピアが『から騒ぎ』のヴァージズという脇役を当て書きしたベテランのリチャード・

カウリーも、そうした役を演じられただろう。若い男性の役を演じてもらうために、劇団はまだ二十代の希望の星ジョン・ローウィンとアレグザンダー・クック[*10]を入団させた。この二人にはエドマンドとエドガーのような役を演じさせたのだろう（ヘミングズの弟子のクックが主演の女役に抜擢されていなければ）。

いなくなる役者はいても、劇団にはまだ才能が結集しており、主たる役が十一もある『リア王』上演にはそうした豊かな才能が必要だった。現代の多くの劇団が身にしみて知っているように、長年ともに仕事をしてきて互いによく知っているという関係性がないと上演成功は望めないものだ。台詞配分はシェイクスピアにしてはずいぶんきれいになされている。リア役のバーベッジは劇全体の四分の一以下の台詞量であり、道化、エドガー、ケント、グロスター、エドマンドといったほぼ同じぐらい重要な役はあわせて劇の半分ほどの台詞量となり、残りの四分の一は他の役に割り振られている。もちろんシェイクスピアは必要とあらば舞台に立つ人ではあったが、午前中稽古をして午後に舞台に立つという疲れる仕事をしていては読書と執筆の時間が夜しかなくなってしまうので、すっかり執筆に専念したほうがいいと、一六〇六年までにはシェイクスピア自身ないしは劇団が考えるようになったようだ。こうして日中は自由になったので、一五九〇年初頭以来久しぶりに他の劇作家との共同執筆の時間もできた。シェイクスピアが最後に書いた十作のうちの半分が共同執筆である[*11]のは、明らかに役者を引退したからだ。ほぼ毎日稽古と本番を続けるのは、肉体的にもきつい。当時の舞台に立つのは若者の仕事だった。バーベッジのエリザベス朝時代のライバルとして名優の誉れ高かったエドワード・アレンなどは、三十代前半で舞台を引退したほどだ（数年後に短期間カムバックしたが）。一六〇六年に、四十歳を超えて舞台に立つ者はあまりいなかった。コンデルは四十歳を過ぎても役者を続け、ヘミングズもそうしたが、ヘミングズは四十代半ばにして残酷にも「おいぼれ、どもりのヘミングズ」と呼ばれていた。四十代後半まで、あるいは五十歳で亡くなるまでずっと毎日舞台に立ち続けたバーベッジは、恐らく別格であろう。

地方の公会堂や貴族の屋敷で上演するといった、特に疫病のときに強いられる巡業生活とも、シェイクスピアは別れを告げていた。つまり、一六〇六年のシェイクスピアは、これまでにない特別な立場にあったのだ。仲間の役者たちのそれぞれの強みを直接知っていて、その長所や才能を活かした芝居を書けるうえに、毎日一緒に仕事をしなくてよいのだ。これは単に役者仲間との絆が深まっただけでなく、自分の好きなように書けるという作品の書きぶりに大きな影響を及ぼした。シェイクスピアは、ジェイムズ朝の基準から言ってもさらに濃密で複雑な芝居を書くようになってきていたのである。

このことを確かめたければ、ライバルのベン・ジョンソンの反応を見ればよい。ジョンソンは、シェイクスピアがわざと意味のわかりづらいものを書くようになった証拠として、この年の作品を例に挙げたとされる。十七世紀後半、シェイクスピアの崇拝者でもあり翻案者でもあった劇作家ジョン・ドライデンは、「ベン・ジョンソンは『マクベス』のなかの理解できない大言壮語の台詞を読んで、これは恐怖だと言っていたが、そのとおりだと思う」と記した。ジョンソンの頭にあったのは、ダンカン王を殺すべきか否かマクベスが逡巡する独白かもしれない。マクベスはその恐ろしい行為の名を口にすることができないのだから、あの台詞はあれ以上すっきり始められなかった。「やってしまって、それで終わりになるなら、さっさとやってしまったほうがいい」（第一幕第七場一〜二行）。だが、犯罪の恐怖と王を殺してはならないという道徳的躊躇とが深まると、マクベスの台詞はますます苦悩の色を濃くしていく。そして、長い独白が終わりに近づき、殺人をやめようと決心したところで、手に取るようにわかるマクベスの安堵が、互いを急ぎ否定し合う一連の濃厚で逆説的なイメージで表現されるため、ジョンソンのみならず当時のグローブ座の観客はマクベスの思考の糸をたどるのに難儀しただろう。しかし、熱に浮かされた心理状態あるいは人間が道徳的な一線を踏み越えてしまう軌跡をこれほど鮮やかに捉えた独白はほかにあるまい。マクベスは想像力を飛翔させて、ダンカンの「美徳」が「ラッパを吹き鳴らす天使のように、王殺しの非道を高らかに訴えるだろう」（第一幕第七場一九～二〇行）と恐れる。この強力なイメージによって、マクベスは一種の高揚した言葉を口にするのだが、それがジョンソンを混乱させたのだ。

憐れみが、生まれたばかりの裸の赤子の姿を借りて
疾風《はやて》にまたがり、あるいは天のケルビムたちのように、
目に見えぬ天馬に乗って、おぞましい所業を
皆の目に吹きつけるだろう、
涙の雨で風が凪《な》ぐまで。

（第一幕第七場二一～二五行）

And Pity, like a naked newborn babe,
Striding the blast, or heaven's Cherubin, horsed
Upon the sightless couriers of the air,
Shall blow the horrid deed in every eye,
That tears shall drown the wind.

このような一節を「恐怖」と呼ぶのは言い過ぎだし、「大言壮語」も当たらない。どちらも嫉妬の臭いがするのみならず、表現し得ないものを描こうとするとき何を失うかでなく何が得られるかがジョンソンには理解できていないことを仄めかす。観客は、この瞬間マクベスが何を感じているかを理解すればいいのであって、マクベスが何を言っているのかはっきりわからなくてもいいのだ。何もかも明瞭であればいいというわけではない。

この一節は、昔から批評家が指摘してきたように、息を呑むような名文であり、これほど下手な解釈で歪められてきたシェイクスピアの詩行はない。ここでシェイクスピアが書いていることは実は曖昧ではなく、その濃厚な比喩の結びつきがわかりさえすれば意味は明快になる。ただし、その比喩は、劇のほかのところと深く結びついているのだ。マクベスが言っていることをすっきりと言い直してしまうと、素晴らしい詩句の謎や響きが失われてしまう。

ここでマクベスは「慈悲」を擬人化し、風にまたがる幼児ないしは空気に乗って空を舞う報復の天使としてイメージしており、それがマクベスの悪事を世に知らしめ、それを聞いた人々は哀れの涙を雨のように流して、その雨が風を止めてしまうというのである。ジョンソンの言うとおり、シェイクスピアの書き方は刷新され、ジョンソン自身の新古典主義的な韻文や口語的な散文よりも遥かに「わかりやすい」ものではなくなった。それはそのとおりであるが、役者と観客がわかろうと務めさえすれば、その見返りは遥かに大きいのである。

2 *DIVISION OF THE KINGDOMS*

「ユナイト」貨幣
1604年鋳造

第2章　王国分割

一五九九年、スコットランド王ジェイムズがまだイングランド王になるかどうかわからなかった頃、将来を見据えるジェイムズは、長男のヘンリー王子のために政治的指南書『王からの贈り物《バジリコン・ドロン》』を執筆した。そのなかで、子供のあいだで領土を分割する危険について息子に警告している。特にイングランド、アイルランド、フランスそして祖国スコットランドをヘンリーが相続できると想定しての親心だ。

ジェイムズは、聖書のアブラハムが自分の長男に対してふるまったように行動せよと説いた。「神の御心により、これら三つの王国を得ることになったとき、長男イサクにすべての王国を遺し、他の子供には私的財産を与えよ。これに反し、王国を分割すれば、子孫のあいだに分裂と不和の火種を生むであろう」と、『王からの贈り物《バジリコン・ドロン》』に記したのである。

国王が執筆したこの論文は、一六〇三年にジェイムズがエリザベス女王の跡を継いで王位に就くとベストセラーとなり、その年だけでもロンドンで一万四千部増刷された。イングランド版では、今の文にさらに数語書き足され、英国史上実際にあった昔の王国分割のことを思い出させている。「この島国がかつて、ブルータスの三人の息子ロクライン、アルバナクト、カンベルに分割されたように」

と、実際に何世紀ものあいだ流血と紛争に発展したブルータスと三人の息子の物語[*1]に言及しているのである。これはリア王伝説の出典でもあるジェフリー・オヴ・モンマス著『グレイト・ブリテンの歴史』に書かれた疑似歴史物語だったが、例として取り上げるのにふさわしかった。と言うのも、『ブルータス王の長男ロクラインの嘆かわしい悲劇[*2]』という劇によって、イギリスの観客には馴染みのある話となっていたからだ。

一五九一年頃に執筆されたこの劇は、のちにシェイクスピア作とまことしやかに言われて、一六六四年に出版されたシェイクスピアのフォーリオ第三版にシェイクスピア作として印刷された作品である。分割を避けた方がよいということは統合がよいということであり、ジェイムズ王朝初期においてジェイムズとその国民にとって最大の関心事は、スコットランドとイングランドの統合だったわけである。

一旦イングランド王となると、ジェイムズは、両王国の統合がすぐ正式に批准されると信じて疑わなかった。なにしろ、スコットランド王ジェイムズ六世にしてイングランド王ジェイムズ一世であるという自分の立場が、その統合を体現しているのだ。ジェイムズにしてみれば、統合は壮大な神の計画の一部だった。王がイングランドに到着した際、「神はこの二つの王国をそもそも言語においても、宗教においても、風習においても同じものにしているではないか」と王が発言したのは、「この統合を疑う者」に向けてなされたものであり、それは「陛下の臣民はみな、二つの王国が今統合されて一つの王国となり、両国の国民は一共同体の兄弟として一つになったことを認め、尊重すべし」と命じるものだった。

この統合を批准できるのは議会だけだと理解したジェイムズは、一六〇三年には自らを「ブリテン島全体の皇帝」と宣言する即位記念メダルさえ発行して、議会が批准するように仕向けた。この祝賀メダルを見た人は少なく、購入した人はさらに少なかったかもしれないが、一六〇四年に鋳造された「ユナイト金貨」と呼ばれる新一ポンド硬貨（本章扉）のほうは、多くの人に使用された。ジェイムズがグレイト・

ブリテンの王として表に刻印され、裏にはエゼキエル書第三十七節二十二のラテン語訳 *Faciam eos in gentem unam*（私が彼らを一つの国とする）が記され、聖書の力を借りて王としての宣言を行っていた。

一六〇三年の疫病蔓延のせいで、ジェイムズがロンドンに入場する儀式は繰り延べとなり、最初の議会開催も延期された。どちらも開催されたのは、エリザベスが亡くなってからほぼ丸一年後だった。統合こそがジェイムズにとっての最重要課題であり、入場儀式《パジェントリー》においても議会においても大きく取り上げられることとなった。だが、当初の歓迎の熱は長い遅延のせいでいささか冷めてしまい、統合すべきだという主張も弱まっていた。

一六〇四年三月十五日、ぎっしりと人で埋め尽くされたロンドンの通りを行進していくとき、ジェイムズが通過したさまざまな凱旋門は、一年近く前にこの日のために特別に造られたもので、しまわれていたところから運び出されたものだ。ベン・ジョンソンが考案したフェンチャーチ通りの凱旋門では、ジェイムズは「帝王の席」に迎え入れられた。その先のフリート通りの水道の上では「陛下の四つの王国」――イングランド、スコットランド、フランス、アイルランド――に扮した役者たちが国王陛下を出迎えた。この出し物のために、トマス・ミドルトンは統合をすでに達成されたものとして言祝ぐ台詞を書いて市当局から報酬を得た。ミドルトンは、賢くも『王からの贈り物《バジリコン・ドロン》』でジェイムズが言及したブルータスと王国分裂についてこう言及している。

美しき胸に抱くは四つの王国、
陛下の入場により祝福される豊かな帝国、
ブルートが分割するも、陛下により、
すべてがまた一つに結ばれるは何より。

ジェイムズ王

幼年期よりスコットランド王であったジェイムズは1603年、エリザベス亡きあとイングランド王位に就く。40歳となった1606年には、イングランドとスコットランドの統合を議会に批准させようと苦心惨澹するが成功せず。イングランド王となってまもなく描かれたこの肖像画では、途方もなく高価な宝石を帽子につけている。この宝石は「グレイト・ブリテンの鑑」と呼ばれ、四つのダイヤモンドはジェイムズの統治する王国を表し、統合の願望を象徴している。
Scottish National Portrait Gallery, Edinburgh, Scotland

いつもなら群衆を毛嫌いするジェイムズ王は、この歓迎に上機嫌だった。しかし、その日、何もかもうまくいったわけではなかった。別の劇作家トマス・デカーの用意した出し物では、イングランドの守護聖人である聖ジョージとスコットランドの守護聖人聖アンドルーがそれぞれ馬でやってきて王と出会い、「長き友愛を誓う」ところをご覧に入れる予定だった。だが、思った以上の人ごみのせいで、二人の乗り手は互いを見つけられず、王への挨拶もできなかった。悪い前兆だった。

四日後、自信を得た王は、イングランドの議会で初めての演説をした。統合を訴えるために、ジェイムズは、シェイクスピアが一連の劇で語ってきた薔薇戦争の話をした。すなわち、テューダー朝の始祖であるヘンリー七世が、白薔薇のヨーク家の最後の男子であるリチャード三世をボズワースの戦いで倒してようやく終結させたイングランドの血腥《ちなまぐさ》い戦争だ。ジェイムズは、「ランカスターとヨーク両家という王の血をひく二つの薔薇を初めて一つにまとめた王こそ、喜びをもって記憶される」とし、スコットランドとイングランドという「二つの古くからの名高い王国の統合も同じ」だと語った。演説は続く長き、議員たちは長々しい歴史の講義を受けることになった。

王は統合の利点のみならず、王国分割の危険についても次のように論じた。「この王国が、ウェールズのほかにも七つの小さな王国[*3]に分かれていたことを私たちはもう忘れてしまったのだろうか。それらが統合されたからこそ、わが国は強固になったのではないか」。そして、『リチャード二世』におけるジョン・オヴ・ゴーントの台詞――イングランドは「銀の海に浮かぶ貴重な石のようなこの小さな世界」であって、「自然によって守られている」（第二幕第一場四三～四六行）という台詞――を思い出させるような言い方で、「神は我らを一つの海に囲まれた一つの島国にお造りになり、それは決して分かれ得ない」ために、スコットランドとイングランドという真に結ばれた王国は、「今や、それ自体小さな世界となり、自然で素晴らしい強力な池ないし溝で周囲を守られているのであるから、この国にかつてあった恐怖はもはやなくなるのだ」と述べたのである。

ジェイムズは議会に対して具体的な要求はしなかった――権威とは、王たる自分に天から授与されたものであり、法律的なものではないと考えていた――が、小さいけれども重要な二つの措置をとるべきだと主張した。すなわち、自らを正式にグレイト・ブリテンの長と宣言したうえで、スコットランドとイングランドの代表者から成る委員会を設立して、統合の妨げとして残っているすべての問題の解決に当たらせるというのである。議会に対する王の演説のクライマックスは崇高で、よく引用される。政治的な問題を家族の問題に置き換えているが、それは長いあいだ王権をきわめて家長的で個人的問題とみなしてきた統治者の発想としては驚くに当たらない。

神が結ばれたものを、人が引き離してはならない。私は夫であり、この島全体が私の正当な妻なのだ。私が長であり、これはわが体なのだ。私が羊飼いであり、これはわが羊なのだ。それゆえ、福音のもとにキリスト教の王たる私が多妻主義者で、二人の妻を持つ夫だなどという不埒なことを何人も考えてはならない。

この趣旨に異を唱えることなど誰にできようか。政治問題を結婚ないし家族問題に譬えるのは結構だが、議会で譬えは通用しなかった。下院は頑として譲らず、統合問題は膠着し、ジェイムズはいらついた。ジェイムズは次に議会へ書面を送りつけ、「王としての私の願いは、何よりも、私が死ぬときには神を崇める気持ちを一つにしたいというものである。完全に統治された一つの王国、統合された一つの法体系を遺したいのである」とせっついた。

やがて統合問題に容易に決着がつかないことは明らかになったが、ジェイムズにも諦めるつもりがない以上くすぶり続け、これまであまり表沙汰にならなかった民族問題が噴出してきた。一六〇三年に王位継承が平和裡に行われ、しかも新国王は男性であるうえに既婚者で、男子の跡取りもいることで大きな安堵が生まれたせいで、スコットランドの王がイングランドを統治するのはいかがなものかという根深い問題点がなおざりにされていたのだ。

振り返ってみれば、それも無理からぬことだった。一五七一年の人口調査では、ロンドン在住の四千五百人の外国人のうち、スコットランド人はたった四十人であり、エリザベス朝時代のたいていのイングランド人はスコットランド人と直接会ったこともなく、スコットランド人のことは話に聞く程度だった。しかも、ホリンシェッドの『イングランド、スコットランド、アイルランドの年代記』（以下『年代記』）やら、ジェイムズ王の母親である裏切りのスコットランド女王メアリの記憶やら、長いあいだ流布してきたステレオタイプなイメージしかなく、舞台でも、マーロウ作『エドワード二世』ではバノックバーンの戦いでイングランドがスコットランドにひどい目に遭わされたことを言うし、シェイクスピアの最近の『ヘンリー五世』では「スコットランドのイタチ野郎」〔第一幕第二場一七〇行〕などと何気なく呼ばれていた。

一六〇三年にジェイムズ王の取り巻きとして多くのスコットランド人が――シラミだらけで貪欲だという噂とともに――やってきたとき、イングランド人はただ毛嫌いしただけだった。一五六〇年以前にイングランドとスコットランドがしばしば交戦していたことや、スコットランドがイングランドのかつての敵国フランスと同盟を結んでいるのを忘れるのは容易ではなかった。イングランドのほうが貧しくて遅れているスコットランドより優れていると、イングランド人が勝手に優越感に浸ったところで、どうしようもなかった。

さらに遅延が重なった。議会は一六〇五年二月に召喚されて、統合によって起きる法的問題を解決する予定だった。イングランドとスコットランドの委員たちが互いの立場の違いを解消するにはそれだけの時間が必要だった。一方、ジェイムズは一六〇四年十月二十日に新しい布告を発表し、「王の力と特権」によって、「グレイト・ブリテンの王」と名乗ることを宣言した。

ところが、問題解決を渇望するジェイムズの願いも空しく、新たな反発のために次の議会の開催は一六〇五年十一月初旬まで延期された。このために政治的な空白が生まれ、ここぞとばかりに統一の是非をめぐって大量の論文が発行された。ロンドンの書店には、統一についての最新の議論書がずらりと並び、この議論はイングランドとスコットランドの一流の法律家や政治家をも巻き込んだ。王に取り入ろうとする本もあれば、まだ気づかれていない新たな危険に警鐘を鳴らす本もあった。

一六〇五年に出版された魅惑的な小冊子の一冊に、ジョン・ソーンバラ著の小冊子『二つの有名な強大王国の喜びと至福に満ちた統合』がある。統合に賛成するソーンバラは、政治的な統合を、テレンティウス作のローマ古典喜劇『兄弟』に描かれた離別や再会と比較するのが有効だと考えた。テレンティウスの喜劇は、グラマースクールの教材の定番であり、ソーンバラは多くの読者が古い劇を思い出して正しい教訓を引き出すだろうと考え、「喜劇における兄弟同様、我々もまた長い歳月を経たのちにようやく互いをブリテン人として認め合えるのは喜ばしいことではないか。我々はどこからどう見ても互いにブリテン人だということは今や明らかなのだから」と説いた。スコットランドとイングランドの統合は、新喜劇流に解釈できたわけだ。すなわち、不幸な離別と混乱があって、とうとう互いに認め合い、やがては再会して喜びの和解となるという次第。だが、ソーンバラが「イングランド人であってスコットランド人でないということがありえようか。スコットランド人であってイングランド人でないということがありえようか」と最後に問うとき、国境のどちら側にいようとあまりにも多くの懐疑的な読者が「ありえる」と答えるのは目に見えていた。なぜイングランド人とスコットランド人は、「古代ローマ人が長い内乱のあとに和解したように、互いに抱き合えないのか」とソーンバラが問うとき、逆にスコットランドとイングランドは昔から仲違いをしており、ローマの平和が短かった[*4]ことを読者に思い出させてしまったのである。

王や批評家たちが政治的統合の問題を家族問題に譬えるなら、劇作家が、王家の家族の危機が政治問題となる芝居を書いてもおかしくはない。ブリテンの古い物語を利用するのであればなおさらだ。シェイクスピアが一六〇五年の秋に『リア王』執筆に取りかかっていたちょうどそのとき、ベテラン劇作家アンソニー・マンデイは新たな依頼を受けて、『再統合されたブリタニアの勝利』と題するロンドン市内の見世物《パジェント》の台本を書いていた。一六〇五年十月二十九日に上演されたこの見世物は、ロンドン新市長就任を祝うものだった。政治的メッセージを出すには、まさにどんぴしゃのタイミングだった。なにしろ統合を阻む問題を解決すべく遂に議会が再開される一週間前に予定されていたのだ。市長の見世物は、ロンドン市内での演劇としては見逃せないものであり、しかも一般市民はただで見物できた。

マンデーは筋書きに苦労することはなかった。ジェイムズが『王からの贈り物《バジリコン・ドロン》』で言及したブルータスとその息子たちの話が手近にあったし、この話に肉付けするには、ブルータスの統治についてホリンシェッドが記した物語に大きく依拠すればよかった。マンデーの見世物の内容は、スポンサーである洋服商《マーチャント・テイラーズ》組合の許可を得たはずであり、組合はこの凝った見世物に七百ポンド以上もの巨額の出資をしたが、これにはマンデーの執筆料のみならず、豪華な舞台装置、出演する子供の衣装費や食費、その後出版された本の印刷費なども含まれていた。マンデーは単に王国分割の悲劇を再び語るのではなく、ブルータスとその三人の子供らを現代に連れてきて、自らの愚行ゆえに起こった悲劇を目撃させた。

結果は大団円で、ブルータスが「最初私によって分割されたウェールズ、イングランド、スコットランドは」ジェイムズ王によって「再び結ばれ、幸福な統一を遂げ」、「この姉妹たる王国は互いに握手をしている」と述べる。分割されてもブリテン人としてのアイデンティティーは消えなかったというわけであり、ブルータスとその子孫を死から蘇らせてジェイムズ王のロンドンでその統合を祝わせることにより、マンデーは、統合は決して新奇なものではなく、むしろ長い時間がかかってようやく再統合されたのだという議論に与したのである。

ロンドンの十月二十九日の天気はひどく、この見世物に出演した子供たちは可哀想だった。「大雨で悪天候」のため、高価な装置は水びたしとなった。見世物がその日続行されたか定かではないが、洋服商組合はできるかぎりの対応をして、三日後に晴れたときに、再演か初演かはともかく上演した。統合賛成のメッセージが伝わらないといけないと、マンデーは、やがて流布することになる印刷本に、次の一文を加えた。「ジェイムズ王」は「われらがブルータスの再来」であり、「最初のブルータスによって分割されたイングランド、ウェールズ、スコットランドは、第二のブルータスであるジェイムズが王位に就くことで統合され、一つの幸福なるブリタニアに戻ったのだ」。

統合についての見世物だの政治議論だの噂だのを飽きるほど耳にしたジェイムズ朝時代の人たちにとって、ブリテンの遙か昔に戻って王国分割の結果を描く芝居なんてものが出てきたら、またかと思ったことだろう。そして、シェイクスピアはすかさず『リア王』をこの議論のなかに位置づけたのだ。「王国分割」をしてはならないというジェイムズ王の警告は、『リア王』冒頭でグロスターが「王国分割」（第一幕第一場三〜四行）について語る台詞に密接にリンクしている。さらに現代の問題であると感じられるようになるのが、劇の冒頭で「王はコーンウォール公爵よりもオールバニ公爵を贔屓なさっていらっしゃるのかと思いました」（第一幕第一場一〜二行）と言うケントの最初の言葉の効果だ。ジェイムズ朝時代の観客なら、ジェイムズ王の長男ヘンリーが現在のコーンウォール公爵であり、二男のチャールズがオールバニ公爵であることを知っていた。[*5] そして実際のところは、ジェイムズは病気がちな二男よりも長男ヘンリーのほうをかわいがっていた。オールバニ公爵の話をするということは、スコットランドの話をすることにほかならない。「オールバニ公爵」とはスコットランドの王族に与えられる爵位であり、ジェイムズもその父親もかつてはオールバニ公爵だった。つまり、『リア王』の冒頭は、シェイクスピアにとっては珍しい時事ネタ入りになっているのだ。冒頭の噂話のようなやりとりは、まさにジェイムズ朝の政治問題にほかならなかったのである。

シェイクスピアはこれまで何本もイングランド人気質についての劇を書いてきており、エリザベス朝時代に書いた英国史劇九本は、イングランド人らしさをはっきりさせるものだと言っても過言ではない。そのときイングランド人は特別だという意識が仮になかったとしても、劇団が国王一座となり、シェイクスピアがジェイムズ朝時代の観客とともに関心をイングランド人からブリテン人へと移したあとは、その意識が変わってきた。[*6]

シェイクスピアが『リア王』を書き始めた頃には明らかになっていたことだが、ジェイムズ王は（というより、イングランド人、スコットランド人の誰一人として）統合問題のせいで両国民がどれほど面倒なアイデンティティー問題に直面することになるかわかっていなかった。イングランド人とスコットランド人は、出生地以外の何が違うのか。両国の明らかな共通性——共通の国王、おおよそ共通の言語、共通の島国（ウェールズもあるが）、おおよそ共通の宗教、おおよそ共通の法観念、おおよそ共通の政治体制——は、両者の違いを乗り越えるのに十分ではないのか。フランシス・ベーコンのような知識人にさえわからなかった。ベーコンは、王のために統合問題について個人的に書いた論文のなかで、これらの共通性には「ある種の分裂の疑い、分裂の種のようなものが内包されている」と警告した。種はすぐに芽を出す。
名前が何だというのか？[7]　称号を「グレイト・ブリテン王」と公式に変えることで、長年のイングランドの法や協定が無効化してしまわないか（そう心配する法律家もいた）。二次災害のように、ようやく勝ち得た立憲政が覆ったりしないか。そう考えると、イングランドとスコットランドの議会を一体化しようとするジェイムズ王の統合計画の本当の動機は議会から権力をねじりとろうというものではないのかという不安も掻き立てられた。そうであるならば、王にはそんな考えをすぐに諦めてもらわなければならない。結婚だの友愛だのというのはお題目にすぎず、実際はどんな統合をしようというのか。大陸型の連邦制で、それぞれの法の違いはそのままになるのか。それとも、いわゆる「完全統一」で、イングランドがウェールズを呑みこんだように、征服に近い合併になるのか。ジェイムズはその点をはっきりさせておらず、できることをやっていこうという気らしい。議会が批准を遅らせれば遅らせるほど、統合への理論上、実際上の障害がどんどん増えていった。

これまでずっと当たり前のように使われてきた重要な用語さえ、意味が曖昧になっていった。「大英帝国《ブリティッシュ・エンパイア》」という語は（ベン・ジョンソンもトマス・ミドルトンも何の違和感もなく使っていたが）、単に独立した君主を冠した国家という古い意味なのか、それともパジェントで示されたように、周縁にいる者が服従を強いられる新しい体制――つまり、中央が弱い周縁の王国を帰属させていく領域の集合体――なのか。

十年前シェイクスピアは、『リチャード二世』で、国王の「二つの身体」という問題に深く切り込んだ。王の個人的身体と政体――つまり、私人としての王と、政治的機能を担った公人としての王――とを区別するのは大逆であるとする政治理論である（公人としての王のみに忠誠を誓うことが許されるなら、王の首のすげ替えが可能になってしまう）。いくつかの王冠を統合しようとなると、王の身体が多すぎて、この理論ではいろいろ面倒なことになる（だが、統合ができなければ、ジェイムズに言わせれば、政体が「分裂して、おぞましいことになる」）。

ジェイムズ王は、自分の王国は「一つの帝国の王冠」のもとに統合されると主張し続けていたが、そうならば、そしてそれが単なる比喩でないのなら、スコットランドとイングランドの王冠を溶かして一つのブリテンの王冠を作るべきではないのか。フランシス・ベーコンは、比喩を具体化すべく、王にそう検討するよう勧めたが、たとえそうしたところで新たな問題が生まれることも認めた。

ブリテンの王冠を作ったら、ジェイムズはまた「ブリテン」の戴冠式を正式に行わねばならないのか。そして、新しいブリテンの王冠の「枠組み《フレーム》」には「アイルランドとフランスの王冠」を意味するものが含まれるのだろうかとベーコンは考えた。シェイクスピアの新作劇『リア王』の冒頭で、リア王が「王の称号とそれにまつわるすべての栄誉」を持ち続けながら、正式に権力を放棄すると言った時点で、劇はまさに今述べた問題を提示している。なにしろリアは、オールバニ公とコーンウォール公に王冠を手渡してこう言うのだ。「この王冠を二人で分け合うがよい」。公爵たちはどうやって金属の王冠を分け合えるのだろうか。統合にしても同じで、何らかの解決策を考えたところで新しい問題が噴出するだけのように思われた。

シェイクスピアは、冒頭の場面のあとしばらくして、この王冠分割と王国分割という未解決の問題に立ち返る。道化がこう言ってリアをいじめるのだ。「卵をおくれ、おいちゃん、そしたら王冠を二つやるよ」。リアが相手をして「二つの王冠とは何だ?」と尋ねると、道化はリアを罰するかのように言う。「なあに、卵をまんなかで割って、中身を食っちまったら、殻で二つの王冠ができるのさ。あんたが王冠をまんなかで割って両方ともやっちまったとき、あんた、泥道をロバを背負って歩いたんだ。あんたが黄金の冠《クラウン》をやっちまったとき、そのはげた頭《クラウン》にゃ知恵がなかったんだね」（〔第一幕〕第四場一四八〜五六行）。まんなかで割ると、ぎざぎざになった殻が二つの王冠に似る卵は、王冠よりも簡単に分割することができる。そして、もとに戻すのは、王冠と同様難しい。

ブリテンの地図が舞台上に運び込まれる冒頭の場面から、『リア王』はブリテンとは何かという問題に取り組む。劇は古代ブリテンに設定されているものの、当時の観客にとってはイングランドやスコットランドが消えてブリテンとなるという問題があったのだ。国の起源を本当に忘れられるのか。それとも、もっと深い忠誠心と抑圧された愛国主義が生まれることになるのか。王冠分割の問題と同様に、そういった面倒な問題を導入するのは、それを解決するためでもなければ、何らかの立場を表明するためでもなかった。

フランス王国（少なくとも書類上はジェイムズの王国の一つ）の『リア王』での役割はさらに問題を複雑にする。グローブ座の観客は、フランスの侵略軍を倒そうとするブリテン軍に当然思い入れをする。しかし、フランス王と結婚した清く正しいコーディーリアが敵側にいるとなると、その気持ちは揺れてくる。そもそも『レア王の真の年代記』から借りてきたフランスに関する副筋全体がうまく機能していなかったので、シェイクスピアはコーディーリアの夫ではなくコーディーリア本人に侵略軍を率いさせたのだが、それでも問題は解決していない。

シェイクスピアは『リア王』で初めて「ブリティッシュ」という語を用いたが、その語は出てくるたびにしっくりこない。最初にその語を耳にするのは、エドガーが気違いトムとして歌う歌詞のなかだ。「ファイ、フォー、ファム、ブリテン人の血の臭いがする」（第十一場〔第三幕第四場〕一六六〜七行）。しかし、誰もが知っている懐かしい童謡では「イングランド人の血の臭いがする」のはずだ[*8]。これは、ジョン・ケリガンが指摘[*9]したように、シェイクスピアの冗談で、ジェイムズ朝時代の「政治的正しさ《ポリティカル・コレクトネス》」にしたがい、エドガーは自分で「イングランド人」などと言わないように自分で自分を正したのだろうか。あと二回この語が出てくるのは、愛国主義を考えると微妙な文脈である。まず、使者が「ブリテン軍がこちらへ進軍して参ります」と警告するときであり（ブリテン軍を攻撃するフランス軍をコーディーリアが率いていることが念押しされる）、それから、リーガンの召し使いオズワルドが、フランス軍の侵略に対して防御しているのは「ブリテン軍」であると繰り返すときだ。

フランス軍が負けて、ブリテンの君主制が復活したとしても、最後にイングランド人とスコットランド人のどちらが国を率いるのか。劇中生き残った僅かな者のなかで選択肢は限られている。イングランド人であるグロスター公の息子エドガーなのか――同名の十世紀の王エドガーは、イングランド王国を再統合して平和の治世を敷いたことで知られる――それとも北のスコットランドから来た為政者オールバニ公――劇の終わりで最も高位にある人物であり、スコットランド王と同じ称号を持つ人物――なのか。これは演劇的には、最後の台詞をどちらが言うのかという点にかかっている。当時の歴史劇には、最も身分ある者が最後の言葉を言うという約束事があったのだから。

リアが自らの王国を分割しようなどという決断をしたために不幸が起きたのだと劇が描いていることとは誰もが知るところだ。しかし、その結末ははっきりしない。この劇が上演されたのちでさえ、統合問題を議論する書き手の誰もリアの統治を例として挙げなかったのはそれゆえかもしれない。三人の娘に分け与えるのではなくて、邪悪ではあっても長子であるゴネリルに何もかも譲ったほうがよかったのか。それとも、コーディーリアの分け前を姉たちに与えてしまったのがリアの誤りか。つまり、三分割でなく二分割したのがいけなかったのか。あるいは、もっと根本的な政治的誤りは、絶対王政の原則を貫けなかったことか。王の名ばかりを自分のものとするのではなく、生きているかぎり王の権威を恣《ほしいまま》にすべきだったのか。最後にリアが権力に復帰したとしても、男性の後継者がいないなら、避けがたい内乱を一時的に遅らせているだけのことではないか。それに考えてみれば、この伝説的なブリテン史が今の世にどんな政治的教訓を与えてくれるというのだろう。なにしろこの昔話は、今では事実というより神話と看做されているジェフリー・オヴ・モンマス著『ブリタニア列王史』にあったものであり、これは当時ブリテンに都合よく書かれた話とされていたのだ。

しかも、シェイクスピアは、統合派にも反統合派にも不利な話の展開にわざとしているように思える。『リア王』に明確な立場を見出そうとする者は、がっかりすることになる――それでもこの作品は明らかに統合を支持していると断言する批評家もいれば、この作品は統合派の論じ方を覆して無効にしていると、同じくらい自信満々に主張する批評家もいるのだけれど。

さらにやっかいなことに、この劇における王国分割とそれにまつわる忠誠の問題は、統合をめぐる議論が長々と展開されるあいだ、一六〇六年二月の時点と十二月の時点とでは観客に違う受け止められ方をされるようになっていた。ブリテンの政治史を家族の問題として考えようというジェイムズの論法に促されて、シェイクスピアはかなり鋭くそうしてみせて、この論争のなかに深い文化の亀裂を発見したのである。その亀裂によってこの最も悲惨な悲劇が形作られ、その世界ではどのように政治を変えようと壊滅的な結果となってしまうのだ。

3

FROM LEIR TO LEAR

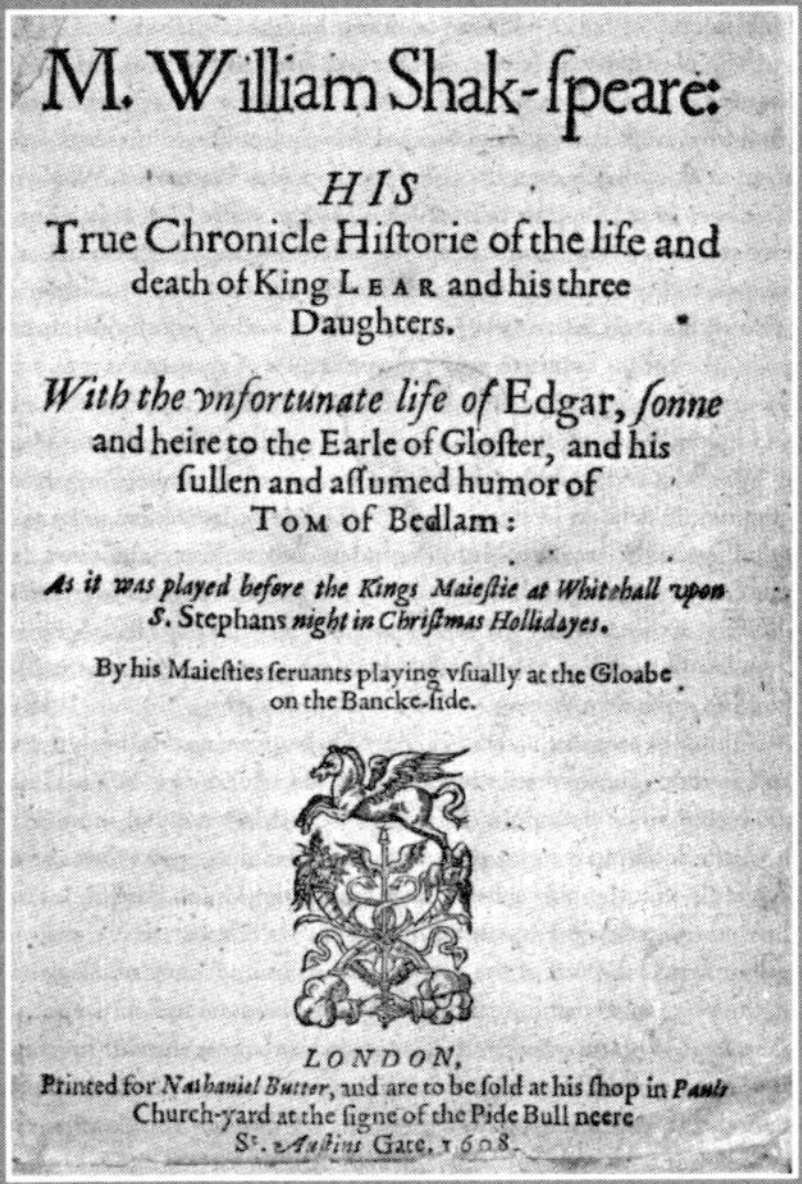

M. William Shak-ſpeare:

HIS

True Chronicle Hiſtorie of the life and
death of King LEAR and his three
Daughters.

With the vnfortunate life of Edgar, *ſonne*
and heire to the Earle of Gloſter, and his
ſullen and aſſumed humor of
TOM of Bedlam:

As it was played before the Kings Maieſtie at Whitehall vpon
S. Stephans *night in Chriſtmas Hollidayes.*

By his Maieſties ſeruants playing vſually at the Gloabe
on the Bancke-ſide.

LONDON,
Printed for *Nathaniel Butter*, and are to be ſold at his ſhop in *Pauls*
Church-yard at the ſigne of the Pide Bull neere
St. *Auſtins* Gate. 1608.

『リア王』クォート版の表紙（1608）
STC22292, Houghton Library, Harvard University

第3章 『レア王』から『リア王』へ

『リア王』はかなりしっかり『レア王の真の年代記』〔以後『レア王』と表記〕に基づいているので、シェイクスピアの記憶力がどんなに驚異的であろうと、数年前に『レア王』を演じたり観たりした経験を思い出して書いたのではないことは明らかだ。類似の箇所があまりに多い点からも、出版されたばかりの『レア王』を読んだことがきっかけとなってシェイクスピアの頭のなかに新作がイメージされたことがわかる。『レア王』は現存するので、文学的建築家としてのシェイクスピアのお手並みが拝見できる。古い芝居を換骨奪胎し、枠組みを活かして、ところどころ再利用しながら、古い素材を刷新したのだ。

新作を求める動きは、宮廷同様、公共劇場でも大きかった。エリザベス朝とジェイムズ朝の観客は毎日異なる芝居を観たがったので、劇団は年間二十本もの新作を用意し、少なくとも同数の比較的人気のあった旧作を交えてレパートリーを仕上げなければならなかった。お馴染みの芝居が新鮮味を失ってきたと感じられると客の入りが減ってしまい、グローブ座での上演作品に新風を吹き込む役回りはほとんどまちがいなくシェイクスピアに回ってきた。

シェイクスピアは四十作もの戯曲を単独ないし共同で執筆したことが知られているが、旧作にどれほど手を入れたのかはわかっていない。わかっているのは、初期悲劇『タイタス・アンドロニカス』[*1]（一五九〇～二年頃）に手を入れ、タイタスが激怒してナイフでハエを殺そうとする痛烈な場面を書き加えていることだ（旧版とそのあとの版を比較すればわかる）。トマス・キッド作『スペインの悲劇』（一五八七年頃）という古臭い芝居に台詞を書き加えたのはシェイクスピアだと信じる学者たちもいる。そんな調子でシェイクスピアは、劇団が所有していた何十もの戯曲に手を入れたかもしれない。古い人気作に冷徹なまなざしを向けて、今となってはズレているように思われるのはどこか、どこがうまくいかなかったのか見定めたのかもしれない。他人の作品の欠点を見つける能力はシェイクスピアの優れた才能の一つだったが、今日では称賛されることも知られることもない。自分で筋を思いつくより他人の考案した筋を利用するのが得意だったからこその才能である。

古い『レア王』の本を取り上げる前から、シェイクスピアはこの物語のいくつかのヴァージョンを知っていた。最初に読んだのは、すっかり使い古したホリンシェッドの『年代記』の本にあるリア王についての記述だったかもしれない。エドマンド・スペンサーの『妖精女王』のなかの短い記述も読み、『為政者の鑑』や『アルビオンのイングランド』で再びリアの物語が語られているのにも目を通したかもしれない。これらのいろいろな語りの起源であるジェフリー・オヴ・モンマスのラテン語版のリアの物語さえ参照したかもしれない。だが、『リア王』をこれらの材源それぞれと時間をかけて比較した学者たちは、シェイクスピアは確かに熱心な読書家であり、細かなところではこうしたいろいろな本を参照したかもしれないが、最も精読し、違いを打ち出していく基盤となったのは『レア王』だと結論した。

その「違いを打ち出していく」という点は、一六〇八年にロンドンの書店に並んだ『リア王』初版のクォート本の表紙を『レア王』の表紙と見比べれば明らかだろう。普通なら劇団はもっと時間が経ってからシェイクスピアの戯曲を出版者に売り払ったところだ。シェイクスピアがエリザベス朝時代に書いた戯曲ならだいたい二年ほど経ってから売りに出されたが、ジェイムズ朝時代の戯曲はまだ一本も印刷されていなかった。だから、『リア王』が、宮廷で上演されてから一年も経たない一六〇七年十一月に書籍出版業組合に登録されたのは二重に驚くべきことなのだ。

一六〇八年のクォート版『リア王』の完全な題名は、旧作の表紙に書かれている題名にいちいち突っ込みを入れるような感じになっている。旧作の表紙はこうだ──「レア王と三人の娘ゴノリル、ラーガン、コーデラの真の年代記。最近各所にて何度も上演された作」。新作では、出版者は戯曲の作者の名前を記した。しかも一番上にイングランド一有名な劇作家の名を最大の字で記したのだ。これは画期的だった。この戯曲がシェイクスピア作であることが大いに強調され、HIS（彼の）と大文字で記された一単語だけで一行も取っている。その下に続く主な題名は、旧作と大差ない。「リア王とその三人の娘たちの生と死の真の年代記」となっている。「リア王の真の悲劇」[*2]などとして違いを出すわけでもなく、やはり「真の年代記」としているが、リアとその三人の娘たちの「生と死」についてとする点が旧作と異なる。さらに旧作になかったものを加えている。「グロスター伯爵の嫡男エドガーの不運な人生と、彼がベドラムのトムに扮して見せる不機嫌な気分」についての副筋があるというのだ。シェイクスピアが自分の悲劇に副筋ないし平行する筋を含めたのは、これが最初にして最後である。

副筋が必要だったのは、『レア王』の物語には、リア王の抽象的な盲目性を文字通りの盲目性と対比させて強調させる対立項としての物語が必要だったからだ。副筋を導入することで、主筋の核にある権威と忠誠という概念そのものを浮き彫りにすることもできる。シェイクスピアの天才は、まずこの物語を完璧に引き立てる副筋を発見して、それをリアと三人の娘の物語につなぎ目の見えないように編み込んでみせたところにある。

シェイクスピアはその副筋を、一五九〇年に出版されたエリザベス朝で最も有名な散文物語、サー・フィリップ・シドニー作『アルカディア』を数年前に読んだときに見出していた。そこに、盲の父親と二人の息子（一人は善良な息子で、もう一人は悪い息子）の話があったのだ。盲の自殺願望の老人がその善良な息子に崖っぷちまで導かれ、二人とも襤褸《ぼろ》をまとって「風雨に耐えてきた」様子であるというシドニーが語る驚くべきイメージは、明らかにシェイクスピアの記憶に刻まれていた。

シドニーの言葉、とりわけ老人が死への跳躍の準備をしようとして、息子に「わが悲しみとそなたの苦労を終えるところへ連れて行ってもらえないとなれば、どうかわしを独りにしてくれ……わが盲目の歩みを心配せんでよい。これ以上ひどいところへ倒れることはない」と語る台詞もまた、シェイクスピアの心を強く打ったのだろう。この場面をシェイクスピアの新しい劇の中心にもってくるのには、ほんの少し加筆すればよいだけだった。シドニーの物語では、自殺願望の老人は、悪い息子に目を潰されて王国を奪われた王だった。シェイクスピアがこの老人をリア王につきしたがう伯爵にしたうえで、その悪い息子のせいで父親が破滅し、目を潰されるという筋にするのは容易だった。

あとから見れば必然に思えることも、その時はそうではなかった。古い芝居と散文物語の筋を混ぜ合わせて、二重螺旋のようにしっかりと組み合わせて互いに照らし合う構造を作るのは必然ではなかった。シェイクスピアはまた、リアの長女と次女が競ってエドマンドの愛情を求め合うようにし、エドガーと名づけられた善良な息子――シドニーでは、最後に王となる――を英雄のように登場させた。これらが、『レア王』のぐだぐだした、つまらない中間部に取って代わり、シェイクスピアはそこをほとんど消し去った。それで『レア王』の大きな問題も解決した。『レア王』を書いた無名の作家は、父と娘のあいだに、いささかぎこちない、あまり感情的に盛り上がらない和解の場面を書くので満足していたが、シェイクスピアの『リア王』はその場面の代わりに、一つのみならず二つの強力な再会の場面を書いた。まず、二つの筋が一つに交わるところで狂乱のリアと盲のグロスターが出会い、それからその直後、リア王とコーディーリアの再会があるのだ。[*3] どちらの場面がより涙を絞るか、議論が分かれるところである。

　リアの王国分割が、二つの家族の複雑な心理ドラマへと発展していくにつれ、動機はややこしくなり、わからなくなってくる。リアが狂ったのは、愚かにも王国を分割したからか。それとも娘とのひどい関係のせいか。どちらとも言えない。なにしろ、場面が進むたびに、政治と家族の問題が深く混ざり合い、最後には宇宙的なレベルに発展してしまうのだから。

　幸い『レア王』の本が残っているので、こうした書き換えにどれほどの匠の技が施されているか確認できる。だが、シェイクスピアはそれほどきちんと素材をつなげていないということも認めなければならない。自殺願望の男が息子に崖っぷちへ連れて行かれるというイメージを使うのはよいのだが、この時点で哀れなトムに扮しているエドガーがどうしてグロスターに自分の正体を明かさないのかという点は、観客の首を傾《かし》げさせてきた（父にこうした体験をさせることで父の考えを変えようとしているというエドガーの口実は、なるほどとは思えない）。

　それに、『レア王』で劇の中核を担うフランス軍のイングランド侵攻は、シェイクスピアの芝居では落ちつきの悪いものになっている。なんとかして古い芝居の筋を取り入れようとしながら、結局すっきりしないものになったという感じだ。この問題となる侵攻についてシェイクスピア自身――でなければ、劇団員たち――が手を加えようとしたようだが、ほとんどうまくいっていない。

　シェイクスピアが自身の多大な語彙に頼りきらずに、古い芝居の言葉を使い回しているのも、やや驚きだ。シェイクスピアは、かなり素朴な言葉であっても響き渡るパワーを秘めていることに気づく才能があった。たとえば、「何もない」（nothing）という語。これは『レア王』に何度も出てきて、卑猥な冗談にも使われる。ゴノリルとラーガンは、「何もない」男と一緒になる女のことを笑う。つまり去勢されて、「アレ（thing）」がないという意味だ[*4]（第二幕第三場二二～二三行）。だが、古い『レア王』ではこの語は特に強調されて使われてはおらず、フランス王がコーデラに、「すてきなあなたには（レア王は）何もくださらなかったんですか」と尋ね、コーデラがはっきりと「父は私を愛してないのです。ですから、何もくださいませんでした」（第二幕第四場七一行）と言うときも、何気なく「何もない」（nothing）という語を用いている。

シェイクスピアのどの戯曲にもはっきりとした音楽があって、交響曲のようにそのテーマは最初から決まっている。古い芝居を焼き直す早い段階で、シェイクスピアはこの「何もない」（nothing）が『リア王』の音楽のモチーフになると決めたようだ。最初にこの語が聞こえてくるのは、リアがコーディーリアに「さらに豊かな三分の一を得るために何を言うか」と尋ねたあと、コーディーリアがこう応えるときだ。「何も（Nothing）、陛下」。リアは、この返事に驚いて、この言葉を娘に投げ返す。「なんと？　何もなければ、何も出てこぬ（Nothing can come of nothing）」（〔第一幕〕第一場七八～八一行）。この最初の **nothing** が独自の命を得て、その時点からどんどん大きな力をもってこだましていき、リアと道化の次の鋭い対話で区切りが入れられる。

リア　これは意味のないことだ（nothing）、阿呆。
道化　じゃあ、報酬もらえない弁護士の弁論みたいなもんだ。何もくれないんじゃね。何にもない（nothing）を役に立てられないもんかね、おいちゃん？
リア　そりゃ、だめだ、小僧。何もないところから何も出てきはせぬ（Nothing can be made out of nothing）。（〔第一幕〕第四場一二二～六行）

シェイクスピアはリアとグロスターの二つの筋をつなぎあわせるために、巧みに「何もない」を役に立てる。コーディーリアの最初の父への返答が「何もありません（Nothing, my lord）」であったように、エドマンドが父グロスターとの最初のやりとりのなかで、今急いで隠した手紙の内容は何だと問われて、まさに同じ言葉を使って応えるのにはゾクッとさせられる。

「何でもありません（Nothing, my lord）」。

シェイクスピアの手にかかると、「何もない」（nothing）という語が試金石となり、虚無や否定の概念が終始一貫して劇の哲学的中枢を成す。残酷ながら、劇の終わりまでくれば、リアの言ったとおりだと判明する。何もないところから何も出てきはしない。ただ、リアは、最初にそう言ったときは、こんな悲劇的結末を意味していたわけではなかった。シェイクスピアは自分のリアの物語を考えた当初から、リアの旅路が最初の「何もない」で始まって、最終的にリアが何もない状態で終わるはずだとわかっていた。あるのはただ、愛《いと》しい娘が死んで二度と——「決して、決して、決して」——戻らないという認識だけなのだ。

劇のなかで「決して」や「何もない」という語は三十回以上繰り返され、**no**という語は百二十回以上、**not**はその倍用いられている。否定性は、**un-**という接頭語が六十回ほど出てくることでも強化される。「（孤立）無援」（unfriended）、「不当評価」（unprized）、「不運」（unfortunate）、「無作法」（unmannerly）、「不自然」（unnatural）、「無慈悲」（unmerciful）がその例だ。それを何と呼ぼうと——抵抗、拒絶、否定、却下、否認など何と呼んでもよいが——この執拗な、ほとんど黙示録的否定性は劇の基盤を成す通奏低音となる。

あと一つだけシェイクスピアが古い芝居のキーワードに新しい命を吹き込んだ例を挙げておけば十

分だろう。『レア王』の後半で、王が王国を分割してしまったことで自分を小さくしてしまったことを家臣に認める場面がある――「わしを陛下と呼ぶな。わしの影にすぎぬと思え」（第四幕第二場一六～一七行）。シェイクスピアはこの潜在的に強力なイメージをふくらませて、怒りのリア王にこの言葉を繰り返させ、今度は問いかけさせる。自分が何者になってしまったのかという深い認識に向かってよろめき歩いていくときに、こう言うのだ。

誰かわしを知っているか。これは、リアではない。
リアがこんなふうに歩くか、話すか。リアの目はどこだ。
リアの頭がぼけたか、ものの判断がつかなく
なったのか。眠ってるのか、覚めているのか、え？
いや、そんなはずはない。
わしが誰か言えるのは誰だ。
リアの影法師か？

（第一幕）第四場二二七～二三三行）

誰かが、たぶんシェイクスピア自身が、この力強い台詞を変えたかったのだろう。のちに一六二三年に出たフォーリオ版では、最後の行が道化の台詞に変わって、「リアの影法師だい」となっている。もはやリアの修辞疑問ではなく、道化の鋭い応答となったのだ。

シドニーの『アルカディア』から借りてきた崖の場面の例からもわかるように、シェイクスピアは材源のイメージを平気で借りたり、翻案したりした。古い劇で、レアが娘のラーガンにその罪を明ら

かにする手紙を見せて「この手紙を知っているか」と言うとき、ト書きには「彼女は手紙を奪い、引き裂く」とある。シェイクスピアは、このアクションをあとの場面のためにとっておき、オールバニが妻の不倫を暴く手紙を突きつけるときに用いた。

口を閉じるんだな、奥方。
でないと、この手紙でその口を塞ぐぞ。
とんでもない悪女め、自分の悪事を読むがいい。
おっと、破ってはいけない。

（第二十四場〔第五幕第三場〕一五〇～三行）

オールバニが信書を腕いっぱいに伸ばした先に掲げ、ゴネリルがそれをひったくってびりびりにしようとするという展開の方が、『レア王』にあったようにラーガンがひったくってちぎってしまうよりも見応えのある場面になる。

リア王が跪いてコーディーリアに赦しを乞おうとするという重要な場面もまた、古い芝居の焼き直しだ。この革新的な発想は、この話の昔の版のどこにも出てこなかったので、シェイクスピアは素晴らしいと思ったに違いない。欄外のト書きが、役者の動きを明確に示す。

コーデラ　でも、見て、お父様！　ご覧を、お願いです。〔see〕
あなたの愛する娘が話しかけているのです！〔thee〕　跪く
レア　おお、立ってくれ。跪くべきはわしだ。

わしのかつての罪を赦してくれ。　跪く

コーデラ　おお、どうかお立ちを。私に生きてほしいと、〔breath〕
お思いなら。私は死んでしまいます、さもないと。〔death〕　レア立つ

レア　では、おまえの望みどおり立とう。
だが、赦しをもらうまでは、また跪こう。　跪く

コーデラ　私が赦しを？　なんともったいない。〔me〕
でも、お立ち頂くため、そう申すしかない。〔knee〕
お父様が私に命をくださいました。今の私があるのも
お父様のおかげ。ただお父様だけのおかげです。

非常に緊迫した舞台ではあるが、老人がぎこちなく跪いてから立って、また跪いて立つというのは滑稽になる危険もあり、『レア王』の父娘の二重唱は今日と同様一六〇五年当時でもお涙頂戴と感じられたかもしれない。シェイクスピアは、この下手な二行連句[*5]を見やって、前任者が捉えた潜在的なパワーを理解し、この場面を大幅に単純化し、短くすると同時に、自己認識と相互理解の場面に変えたのだ。父娘は互いに一度だけ跪き、コーデラの「今の私があるのもお父様のおかげ」という何気ない台詞を胸の張り裂けるようなコーディーリアの簡潔な肯定文に作り直した。

コーディーリア　どうか、私をご覧ください。
そして祝福の手を私にかざしてください。
いえ、どうか跪かずに。

リア　からかわんでくれ。
俺はとても愚かな、たわけた老人だ。
八十を超えて、正直言えば、
どうも気が確かとは言いがたい。
おまえには見覚えがある。こちらの人も。
だが、自信がない。ここがどこだかも
わからんのだから。どう頭をひねっても
こんな服に覚えがない。昨晩どこに
泊まったかも思い出せない。笑わんでくれよ、
俺にはどうしても、このご婦人が娘の
コーディーリアに思えてならんのだ。
コーディーリア　ええ、私ですよ。

（第二十一場〔第四幕第七場〕五五〜六七行）

シェイクスピアの興味をとらえたのは、言葉や舞台のイメージよりもむしろ、古い芝居の枠組みだった。『レア王』の冒頭場面には面白いと思える要素がたくさんあり、もう少しでうまくいきそうに思えたのだ。父が娘たちを嫁がせ、母はおらず、愛情テストで王国を分割するという筋はよかったが、古臭い芝居は展開がまだるっこすぎた。そこでシェイクスピアは最初の七つの場面を一つの場面にまとめて半分の長さにした。手始めは、劇の冒頭にあるレアの長すぎる台詞だ。

こうして、今は亡き愛しい妃の葬儀が
悲しみのうちに執り行われた。
その魂が天の喜びに包まれ、
天使たちとともにあらんことを。
諸侯、みなの真剣な忠告を求めたい、
わが王女たちの身のふり方について。
王女と生まれたわが娘たちには、
王女にふさわしい結婚をさせたい。
どこぞの王と結ばれれば国も安泰。

（第一幕第一場一～九行）

Thus, to our grief the obsequies performed
Of our too late deceased and dearest queen,
Whose soul, I hope, possessed of heavenly joys,
Doth ride in triumph 'mongst the cherubims,
Let us request your grave advice, my lords,
For the disposing of our princely daughters,
For whom our care is specially employed,
As nature bindeth, to advance their states
In royal marriage with some princely mates.

(1.1.1-9)

文体的には、ここには残しておくべきものはない。下手な押韻や、行ごとに意味を区切る文体は古臭く、一昔前の芝居のものだ。シェイクスピアには、この古い芝居のキリスト教的敬虔さもとっておく気はなかった。レアの亡き妃のことにはふれないほうがいいと考え、「王女と生まれたわが娘たち」を三人いっぺんに結婚させるのでは多すぎるので、劇が始まる前に姉たちは先に片付いていることにし、姉たちの嫉妬の矛先を他へ向けたのだ。

冒頭はシェイクスピアにとって重大だった。別の作家の足跡をたどるときでさえ、シェイクスピアは最善の始め方を辛抱強く模索し、先人の始め方どおりにすることはまずなかった。『リア王』は例外と言えよう。シェイクスピアの始め方は何気なくずるずると始まるように思えるかもしれないが、そう簡単にカットできないことは最近の演出家が身をもって知っている。シェイクスピア作品において、『レア王』のようにのっけから主人公が登場することはめったにない。ロミオやジュリエット、シャイロック、ハムレット、シーザーやオセローが登場するのは、ほかの登場人物によって描写され、他人の目を通してその人物像を与えられてからのことだ（もちろん『リチャード三世』は例外だ）。シェイクスピアは、脇役たちの会話の途中から劇を始めることが多いが、『リア王』もそうであり、ケント、グロスター、そしてグロスターの庶出の息子エドマンドによる簡潔な三十六行の会話によって、家族のドラマへ一瞥を与えながら、劇の主たる政治的関心が「王国分割」にあることを明確に示しているのである。

愛情テストと王国分割とを結びつける『レア王』にシェイクスピアが心惹かれたのは疑いないが、シェイクスピアはこの二つをさらに強く結びつけようと努めている。『レア王』では、愛情テストは、レアが継承問題を解決するためにあえて行った「急遽策」とも言うべきトリックだった。末娘がブリテンの支配階級に嫁ぐのを拒んだので、レアは「わしの策で娘を欺けるものなら、ブリテン島のどこかの王に嫁がせよう」と言うのである。レアはその計画を詳しく説明する。

娘たちの誰がわしを最も愛しているか
試すことにした。急遽その策を
思いついたぞ。誰が一番かわかるまでは
落ちついてはいられない。
三人互いに、愛情を
競い合わせるのだ。
そしてコーデラが自分こそ一番
わしを愛していると言う機会を捉えて、〔best,〕
こう言うのだ、「では娘よ、わが求めに応えて〔request〕
姉たちと同様にわしを愛しているという証に、〔do,〕
わしが選ぶ者を夫に迎えてくれ、迷いなしに」。〔woo〕

（第一幕第一場七五〜八五行）

姉たちはすでにブリテンの伯爵たちと結婚することになっているのに対して、コーデラは愛のある結婚を強く望み、父が望むように「アイルランドの王と結婚する」（第一幕第二場九四行）つもりはない――『リア王』にとりかかったのが悲惨なアイルランド九年戦争が一六〇三年に終結する前だったとしたら、シェイクスピアはまちがいなくこのアイルランド問題を大きくとりあげていたことだろう。

娘を愛のために結婚させていいのか、父の望みにしたがって結婚させるべきなのかという点は、もう問題にするつもりはなかった。すでに『夏の夜の夢』や『ロミオとジュリエット』で大きく扱った問題だったからだ。『リア王』ではそんなことよりも、その先にある、面倒を見る必要のある父親と娘たちとのあいだの葛藤に目を向けたのだ。

レアの策も動機も筋の通ったものであり、レアがこの計画を打ち明けたスカリガーという不忠な相談役がこの計画を長女ゴノリルと次女ラーガンにすぐ漏らしてしまわなければ、うまくいったかもしれない。前もって知らされた二人は、嘘をついたりおべっかを言ったりしても罰せられないと知って、愛情テストでずるをし、コーデラひとりが真にテストされる恰好になる。

シェイクスピアはこの冒頭部分を効率的に改訂し、さくさく進めている。リアは短く「心に暗く秘めてきた」計画を明らかにすると告げて、ブリテンの地図をもってくるように言い――『レア王』のように婿同士で籤をひいたりせず――すでに王国を分割したと告げるのだ。

その間に、わが心に暗く秘めてきたことを話そう。
地図をここへ。わが王国を三つに
分割した。わしは国事の煩わしさから
すっかり解放されようと思うのだ。

（第一幕）第一場三六～九行）

リアの愛情テストは策ではなく、王国の一部をもらうのに対して娘それぞれがどれほどの長所をもっているかを確かめる儀礼的なものになっている。

教えてくれ、娘らよ。
おまえたちの誰が一番わしを愛しているか。
最も愛してくれるものに
最も大きな贈り物をやろう。
長女ゴネリルよ、おまえから話せ。

（第一幕）第一場四四～八行）

シェイクスピアは意図を明確にしないことで芝居を面白くしている。はっきりとした動機がわからないので、観客は答えを探さなければならない。なぜコーディーリアは父親のご機嫌をとるのをあんなにもいやがるのか。リアはコーディーリアに結婚させたいと思っているのか。もうすでに頭がおかしくなりかけているのか。

シェイクスピアのリアが怒るのは末娘が自分を無条件に愛すると言わないからであり、レアのように策に失敗したので気を悪くしたのではない。そして、少なくとも冒頭で、ゴネリルとリーガンが悪女だということに観客は気づかない。『レア王』ではゴノリルとラーガンは愛情テストより前にその邪悪さを示すのだけれども。

シェイクスピアは、二人が末の妹を嫌う理由も消してしまった。『レア王』では、コーデラは殊勝らしく、負けん気の強い「傲慢で生意気な女」（第一幕第二場二行）であり、なるほどそうだと思わせる描写がなされている。そして、シェイクスピアが古い芝居に対して行った最も重要な変更は、コーディーリアを黙らせ、台詞を百行も与えなかったことだ。『レア王』のコーデラは長々と語り、「あなたより私の方が神聖だ」と言わんばかりで、魅力に欠けていた。「私は教会へ行って、わが救世主にお祈り致しましょう。私が死ぬ前にお父様のお赦しが得られますように」（第四幕第一場三二〜三三行）という敬虔な台詞はいかにもコーデラらしい典型的な台詞だ。『レア王』では姉たちの嫉妬はコーデラへ向けられており、自分たちより先に結婚するのではないかと嫉妬されていた。シェイクスピアは、先に姉たちを結婚させておくことで、そのつまらない嫉妬を燃えるような憎悪へ変え、それをまず父親へ、それから夫へ向け、最後にはお互いに向けさせたのだ。

レア王は実はそれほどひどいことはしていないが、リア王はしている。この違いは、王のぶっきらぼうな臣下のケント（レア王の忠臣ペリラスから生まれた役）の存在によって強調される。怒りの王からコーディーリアを守ろうとするケントは、こう言う。

どうするつもりか、ご老体？　（第一幕）第一場一三七行）

What wilt thou do, old man?

リアを「ご老体」と呼ぶだけでも、現代人の耳には無礼に聞こえるが、自分の王を「おまえ、貴様」（thou）呼ばわりするのは、当時の人にとっては、それ以上にとんでもない、ありえないことだった。ジェイムズ朝のイングランドでは、thou と you は、はっきりと使い分けられていた。複雑なニュアンスや皮肉が籠《こ》められる場合もあるが、あえて簡潔にまとめてしまえば、目上の者に対して、あるいは上流階級の者同士で話すときは you と言い、目下の者へは thou を使ったのである。ゆえに、コーディーリアは「あなた（you）は私を生み、育て、愛してくださいました」（第一幕）第一場八七行）と父親に言うとき、尊敬の念を払っているわけだ。同じ身分の者にthouを使えば、侮辱と受け取られることもあった。たとえば、『十二夜』でサー・トービー・ベルチがサー・アンドルー・エイギュチークをけしかけて敵に向かって「三度ほど貴様（thou）呼ばわりすれば十分だ」（第三幕第二場四三～四行）と言ってthouを何度か用いるように命じるとき、グローブ座の観客はそれがどういうことかすぐわかったはずなのである。

さっきまで「リア王陛下」と敬意を籠めた呼びかけをしていたケントが、今度は「おまえのやっていることはまちがっている」などと王に向かって言うのであるから、シェイクスピアは冒頭の場面から当時の観客の度肝を抜いたわけである。こうした例が示すように、シェイクスピアは、ちょっとした何気ない細部で人物を作り込んだり、場面の雰囲気をがらりと変えたりするのに巧みだった。狂ったリアは「炙《あぶ》ったチーズ」だとか「庭の如雨露《じょうろ》」だとか口走るが（第二十場〔第四幕第六場〕八九、一八五行）、そんな日常生活の何気ない品を国家の悲劇を描くのに使おうとするような劇作家がほかにいるだろうか。

新しい芝居を観るときに、古い芝居のことを考えてしまうのは観客のみではなく、シェイクスピアも例外ではなかった。シェイクスピアがうっかり主人公の名前を「リア」でなく「レア」としてしまった箇所が、一六〇八年のクォート版の話者表示や台詞に残っている。冒頭の場面には、次のように三回ある。

レア　黙れ、黙れ、お前など
わしの機嫌を損ねるくらいなら生まれてこなければよかったのだ。
フランス王　それだけのことで？　言いたいことも
なかなか口にできぬという

無口なご性格ゆえに？　バーガンディー公は、
姫になんと仰る？　愛は愛ではなくなりますぞ、
肝心の点から外れてあれこれ余計なことを
考えだすと。結婚なさいますか。
姫ご自身が持参金だ。

バーガンディー　レア王陛下、
陛下が仰られたあの領地だけでも頂きたい。
そうすれば、コーディーリアの手をすぐにとりましょう。
バーガンディー公爵夫人として。

レア　何もない。誓ったのだ。

（第一幕）第一場二二三〜三五行

この時点でまちがいに気づいたシェイクスピアは、このあと一度だけしか「レア」と書いておらず、それもこのあとすぐのところだ（植字工がレアとまちがえてしまったとは考えにくい）。現代版では直されてしまうちょっとした誤りだが、シェイクスピアが書き始めたときに何を考えていたのかを知る手がかりとなる。

十八世紀に、偉大な批評家でもあった編者サミュエル・ジョンソンが『リア王』で気になる箇所について記したとき、この劇が道徳的な期待を満たさないことに不平を述べていた。

悪い奴がうまくいき、徳深い人がひどい目に遭う芝居は、いい芝居に決っている。なにしろ、人生によくある出来事をそのまま映し出しているのだから。しかし、まっとうな人はみな正義が大好きなので、正義が貫かれる芝居ではだめだとは思わないだろう。ほかの長所が同じであるなら、ひどい目に遭った美徳が最後には勝利するのを観れば観客は満足して帰るものではなかろうか。

この芝居に正義が欠けているというジョンソンの見方を考慮すると、この世には結局正義があるとする教訓めいた表現が『リア王』の至るところにあるのは驚きだ。古い『レア王』にそうした教訓がいっぱい詰まっていて、シェイクスピアはこの退屈な宗教的な台詞を削除せずにそのまま使ったのである。「神々は正しい」という意味の言葉があちこちで繰り返されている。ところが、神々は正しくない。目が見えなくなったグロスターが学んだように、「いたずら坊主がハエを殺すように、神は人間を殺して楽しんでいるのだ」（第十五場〔第四幕第一場〕三五〜六行）。古い芝居の教訓臭さの跡を残し、そのはっきりした善悪の観念と、自分の劇の登場人物の野蛮性や非道徳性とを対比させることで、シェイクスピアはエリザベス朝のゆるいメロドラマをやけどしそうなほど激しいジャコビアン悲劇に変えたのだ。コーディーリアの無事を願うオールバニ公の慰めの言葉――「どうか神の御加護を！」（第二十四場〔第五幕第三場〕二五二行）――に対して、シェイクスピアの劇は黙って、あまりにもつらい展開を見せる。殺された娘の遺体を抱えてリアが登場するのだ。

女王一座の芝居に対してシェイクスピアが加えたあらゆる変更のなかでも、エンディングに加えた変更ほどショッキングなものはない。シェイクスピアは、観客が、古い芝居の大筋を――王国が分割され、末の王女が追放され、内乱そしてフランスの侵攻があるといった筋を――知っていることを前提として改訂を行っているため、『レア王』からとってきた枠組みをぎりぎり最後のところまで利用している。『レア王』を観たり、流布しているリアの物語を読んだりしたことがある観客は、物語がどう終わるかすでに知っているのだ。敵対する勢力は戦争を起こし、フランス軍が凱旋し、その凱旋軍と一緒になってコーデラとレアも登場する。『レア王』では誰も死なないし、失われたものはすべて回復される。神々はコーデラをお守りになり、レアは王座に戻ってうれしく勝利を神に感謝し、義理の息子に感謝する。劇を締めくくる王の最後の言葉は、この回復を確認する最終旋律《コーダ》となっている。終わりよければ、すべてよしだ。

ああ、わがコーデラ、思い出されるは、そなたの返事。
わしは悪くとってしまったが、実は慎ましやかだった汝。
だが、今やはっきりわかる、こうなってみると、
おまえが子供らしくわしを愛してくれていると。
……（中略）……
さあ、私を支えてくれた息子よ、娘よ、
しばし休息ののち、いざフランスへ、ともに進めよ。
（第五幕第十一場二九～四四行）

Ah, my Cordella, now I call to mind
The modest answer which I took unkind:
But now I see I am no whit beguiled,
Thou lov'dst me dearly, and as ought a child.
……….

Come, son and daughter, who did me advance,
Repose with me awhile, and then for France.

(5.11.29-44)

一六〇六年の観客は、シェイクスピアの芝居もほぼ同じように、リアが王座に返り咲いて、コーディーリアも助かって終わると期待しただろう。リアとコーディーリアがようやく和解する場面まできたところで、もう大団円が近いと観客は思ったのではないか。それは三時間近く（二八〇〇行）経ったところ——シェイクスピアの劇の長さとしては、よくある長さ——であるが、『リア王』はそこで終わらず、まだ五〇〇行続くのだ。

そして、ついに芝居が終わろうというとき、リアもコーディーリアも死んでしまっており、観客が目にするのは悲惨な場面だ。とりわけ悪党エドマンドが心変わりをしてコーディーリアの命を救おうとして観客の期待感を募らせておきながら、望まれたハッピー・エンディングはなく、観客はなおさら大きな挫折感を味わうことになる。サミュエル・ジョンソンがエンディングをあれほど耐えがたいと感じたのももっともだ。「シェイクスピアは、普通の正義の概念とは裏腹に、正しかったコーディーリアを崩壊させるが、これは読者の期待を裏切るだけでなく、あろうことか、年代記に書かれた真実を曲げることになる」。その結果生まれたのは、シェイクスピアの最高に暗い悲劇である。期待に反して衝撃を与えられた一六〇六年の観客にとって、これはなおさら悲痛で、途方に暮れる演劇経験だったことだろう。

4 *POSSESSION*

ピエール・ボエスチュオー著『驚倒すべき物語』（1598）より「悪魔憑き」
The National Library of Scotland (public domain)

第4章　悪魔憑き

一六〇五年十月五日、執拗な疫病流行のため、枢密院はロンドンの劇場を再び閉鎖し、患者を隔離せよとの布告を発した。翌週フィレンツェ大使が故国へ書き送った手紙には、「参事会員らは各種対応に乗り出し、芝居や公共の牛いじめ、熊いじめが禁止され、あらゆる種類の野犬が捕獲された」とある。疫病は、人間にとって恐ろしい以上に、犬にとって悲惨だった。犬が疫病を拡散すると誤って信じたロンドン当局が、犬狩りをして虐殺したのだ。

国王一座は、この枢密院の布告直後に、閉鎖されたグローブ座をあとにしたはずだ。たった四日後に、オックスフォードで上演している。シェイクスピアが同行したかどうかは不明だが、劇団と一緒に巡業へ出る気があったらオックスフォードへ行っただろう。そこからならたった一日あれば馬でストラットフォード・アポン・エイヴォンの自宅へ帰れたのだから。

誰もがロンドンから出て行ったわけではなかった。オックスフォードで国王一座が上演したその日の晩、ベン・ジョンソンはロンドンで夕食をとっていた。カトリックの紳士たちと一緒に、ストランド街の「アイリッシュ・ボーイ」という店で夕食をとっているところを目撃されている。この紳士たちは、ジェイムズ王がロンドンに戻って国会を再開することを異様に熱望していた。そのなかのロバート・ケイツビー、フランシス・トレシャム、トマス・ウィンターは、これからお馴染みの名前となる。

ジョンソンは重要な新しい仕事の依頼を受けていた。遅筆の作家として悪名高かったので、その仕事にはすでにとりかかっていただろう。ジョンソンは、新年の第一週に上演される宮廷仮面劇を執筆すべく雇われていたのである。最近出獄したばかりだったので、執筆依頼を受けられたのは幸運だった。

ベン・ジョンソン
1606年には、ジョンソンは『ヴォルポーネ』や宮廷仮面劇『ヒュメナイオスの仮面劇』を含むいくつかの代表作を書いている。国教忌避の嫌疑もかけられた（火薬陰謀事件の犯人たちと食事をしているところも目撃された）。
©National Portrait Gallery, London

ジョージ・チャップマンとジョン・マーストンとともに人を中傷する『東行きだよお』[*1]を書いた咎《とが》で、危うく鼻を斬り落とされて耳を切られる処罰を受けるところだったのだが、なんとか短い禁錮ですんだのだ。ジョンソンたちはスコットランド人を揶揄しても大したことはないと思っていたのだが、政治の風向きが変わったことに気づいていなかった。諷刺は、これまで以上にかなり真剣に受け取られるようになってきていた。

　この秋ジェイムズ王自身が、無名の諷刺による攻撃を受けて動揺しており、王はそれを「ブリテンの名のもとに私を非難した残酷にも悪意のある政治諷刺」と描写した。今では失われたその国王批判の詩は、統合を揶揄するにとどまらなかった。その年の収穫期に「何か」が起こると「予言」したのだ。その何かとは、国王暗殺ではないかとジェイムズは恐れた。

　疫病がロンドンに蔓延する一方、ジェイムズは夏のほとんどと初秋を郊外で過ごしていた。シェイクスピアの劇団が大学町オックスフォードで上演する六週間前に、王はこの大学町を訪れており、その際に学者たちによる何本かの芝居の上演が依頼されていた。普段からあまり熱心な観客ではなかったジェイムズにとって、これらの芝居はつまらなすぎて耐えがたいものだった。王は最初の「喜劇が半分も終わらないうちに」立ち去ろうとして、とどまるように懇願された。次の芝居では居眠りをし、目を覚ますと「出て行きたがり」、激怒して「私を何だと思っているんだ」と言ったという。それ以上は嫌だということで、王は三本目の芝居の途中で出て行った。

　しかし、オックスフォードに着いた日には、二つの驚きに出会って王は喜んだ。八月二十七日の午後、アン王妃、ヘンリー王子、それにお付きの貴族たちを伴って王が馬車で町へ入ると、セント・ジョンズ学寮の門の外で、見物客の記録によれば、「妖精の恰好をした」三人の若者に挨拶されたのだ。実はこの三人は、古代に予言を行った巫女シビラを演じており、最初にラテン語で、それから王妃のために英語で（ラテン語版しか残っていないが）王とその一行に話しかけた。シビラたちは、大昔に、バンクォーから際限なく王国を統治するスコットランド王の長い家系が生まれるだろうという予言をバンクォーに告げた話をした。そして、同様に、バンクォーの子孫であるジェイムズ王に同じ未来を予言した。このとき、最初のシビラがラテン語で叫んだ。"*Salve, cui Scotia servit*"――「万歳、スコットランド王」（とわかりやすく訳すこともできるが、直訳すれば「万歳、スコットランドがお仕えするお方」）。次のシビラは「万歳、イングランド王」とジェイムズに挨拶し、三人目は「万歳、アイルランド王」と呼びかけた。そのあと三人が声を合わせて「万歳、分裂したブリテンを一つにまとめるお方」。王はこの趣向を「大いにお喜びになった」と、見物客の一人は記している。

この歴史的な野外劇《パジェント》の作者は、ロンドン在住の医者にして学者の劇作家マシュー・グウィンであり、この歓迎式典を準備するためにオックスフォードに連れて来られていた。グウィンはこの短い劇のラテン語版を誇らしげに出版したが、この話はそもそもホリンシェッドの『年代記』に基づいていた。参考にしたのは、たぶん一五八七年版の『年代記』であり、「運命の女神ないし妖精とも言われる、予言能力のある三人の魔女」がバンクォーとその友マクベスの前に現れて、まず、「万歳、マクベス、グラームズの領主」と言い、次に「万歳、マクベス、コーダーの領主」、それから「万歳、マクベス、やがてスコットランド王となるお方」と言う。そのあとになって三人がバンクォーに向かって言う言葉は、グウィンが書き直した表現では、こうだ――「マクベスよりも大きな利益が汝に与えられることを約束しよう。マクベスは、統治はすれども不幸な結末を迎える。自分の跡を継ぐ後継者も遺さぬ。しかるに汝は、統治はせぬが、末長くスコットランド王国を統治する家系を生み出すのである」。グウィンの野外劇《パジェント》はこの時点でまだ書かれていない『マクベス』の冒頭をはっきりと先取りするものであり、この日シェイクスピアはオックスフォードの町でこれを観た群衆のなかにいたのだと考えたがる伝記作家もいる。それよりはむしろ、シェイクスピアがこの王室の余興を人づてに聞いた可能性のほうが高いだろう。六週間後にシェイクスピアの劇団がオックスフォードを訪れたとき、まだ大学町では国王訪問のときのことが話題となっていたと思われる。

公式の歓迎、贈り物の贈呈、演説、野外劇《パジェント》、祈り、学問的議論などで忙しいスケジュールにも拘わらず、ジェイムズ王はその日の午後、国民と過ごす時間があった。と言うのも、この日、王は問題を抱えた若い女性と出会い、その問題に心を傾けることになるからだ。二人の出会いは、スコットランドから国王につきしたがってきたロバート・ジョンストンというスコットランド人がラテン語で執筆した『ブリテン史』に最も詳しく記されている。そのラテン語の一節を訳してみよう。

王がオックスフォードに滞在中、十八歳ぐらいの少女が奇妙狡猾にも多くの人を騙して驚かせ、ブリテンの人々を驚愕せしめた。そこでジェイムズはそれほど世人を騒がせた人物に会いたいと望み、少女は直ちに御前に連れ出された。同席した者が大いに驚いたことに、少女はピンで刺されても痛みを感じなかった。この不思議さに一同は騒然とした。その場にいた者が目撃して驚いたのはそれにとどまらなかった。少女はなんと口や喉から釘や針を吐き出すという信じがたいことをしてみせたのだ。少女が突然吐いた無数の針はどこからきたのかと訝《いぶか》った王は何度も少女に質問したが、少女は奇蹟によってこうなったのであり、しばらく失せていた感覚も神の御意思によって戻ってくると頑固に主張するばかりであった。

少女の名前はアン・ガンター。この話は、歴史家ジェイムズ・シャープによってまとめられている（私が依拠しているのもその素晴らしい本『魔法にかかったアン・ガンター』である）。少女はオックスフォードの十九キロ南にあるノース・モアトン村に住んでいた。少女の父ブライアン・ガンターは、オックスフォードに強い人脈を持つ紳士であり、エクセター・カレッジの学長はその義理の息子だった。アン・ガンターは父親によってジェイムズ王のもとへ連れてこられたその夏恐らく二十二歳であって、ロバート・ジョンストンが推測したように十八歳ではなかった。

その二年前、アンは奇妙な病気に罹っていた。最初、癲癇か「マザー」――ヒステリーを指す当時の言葉――にでもなったのだろうと両親は考えた。医者が何人か呼ばれたが、病気の原因はわからず、両親は超自然的な原因を疑い始めた。気絶したり、発作を起こしたり、口から泡を吐き、トランス状態となり、嘔吐して、やがて口や鼻から針を吐き出したので、これはもうアンが悪魔に憑かれたと結論するしかなかった。誰かが呪いをかけなければこんなことにはならない。いったい誰が呪いをかけたのか。

当時の悪魔憑きの話ではいつもそうだが、悪魔のせいで起こる症状を隣人たちが見にやってくるものだ。なるほど悪魔のせいに違いないと確認してもらおうと、家族が訪問を歓迎するのである。最初の悪魔憑きの症状が出てから数週間後、アンは近所に住む三人の女性が自分を苦しめているとして、その名を挙げた。エリザベス・グレゴリー、アグネス・ペプウェル、そしてアグネスの娘メアリである。アンは、三人が自分を苦しめるために送り込んだ悪霊を説明することすらできた。「エリザベス・グレゴリーの悪霊は、ブタの顔をした黒いドブネズミみたいで、イノシシの牙が生えている。アグネス・ペプウェルのは、人間の顔をして長いあご髭を生やしたハツカネズミみたい。メアリ・アグネスのは、白っぽいヒキガエルみたいで、ヴィジットっていう名前」。ここまではっきりした証拠を見聞きして、ノース・モアトンの村人たちは、アンが悪魔にとり憑かれたと確信した。オックスフォードからやってきて発作を詳細に観察した医者たちや牧師たちもそう確信した。罰を受けるのを恐れたアグネス・ペプウェルは逃亡した――そうでなくても魔女だという噂がたっていた女だった――が、残りの二人の女性は、近くのアビントンの裁判所に引きずり出され、エリザベス朝の法律よりも厳しくなった一六〇四年に発令されたばかりの魔法禁令で裁かれることになった。この新法によれば、「何らかの悪霊」を呼び出し、「魔法、呪文、まじない、妖術によって人を殺害、破滅、消耗、疲弊、憔悴させ、あるいは不具にした者は重罪として死刑」となっていた。

裁判は一六〇五年三月一日に行われ、陪審員は八時間に亘って証言を聴いた。裁判のクライマックスはアン自身による証言だった。アンは、椅子に座らされて法廷に運び込まれ、すぐに発作を起こし、げんこつを打ち合わせ、目を激しくぐるぐる回し、ぶつぶつ言い、それからトランス状態で床にのびてしまった。父親のブライアン・ガンターは、エリザベス・グレゴリーに呪文を読ませれば、その効果が目撃されるはずだと法廷に要求した。そのようにされたが、ブライアンの満足のいく結果にはならなかった（ブライアンは、エリザベスがきちんと読まなかったと主張した）。エリザベス・グレゴリーとメアリ・ペプウェルは無罪放免となった。裁判は終わったが、アン・ガンターは依然として悪魔憑きの症状を見せていた。激怒したブライアン・ガンターは、判決は納得できないとして、再審を要求した。

魔術の危険についてジェイムズ王が揺るぎない確信を抱いていることは、二つの点でイングランドの国民にはっきりしていた。一つは、十五年前ノース・バーウィックでの裁判で百人ものスコットランド人の魔女を王自らが訴えたという事実だ。被告らは、ジェイムズ王とそのオランダ人の妃アンの命を狙ったとされ、新婚だった二人がデンマークからスコットランドへ帰国する際に嵐を起こそうとしたのみならず、ジェイムズ王を象《かたど》った蠟人形に魔法をかけたという嫌疑をかけられていた。二つ目は、ジェイムズ自身が魔術に関する書籍『悪魔学《デーモノロジー》』を一五九七年にエディンバラで初めて出版し、イングランド王となった年にロンドンで二度再版を出していることだ。魔術の邪悪な力を信じているブライアン・ガンターにしてみれば、ジェイムズ王のような悪魔研究家が、これほど明白な悪魔憑きの事件で味方になってくれないはずはなかった。娘に呪いをかけた連中を取り逃がしてから五か月後、ブライアン・ガンターは機会を捉えて、オックスフォードの影響力のある友人を頼って、娘を王に会わせる算段をした。ジェイムズ王はこの件に夢中になり、九月にもう一度、十月初旬にさらに二度、アン・ガンターと会っている。十月末に再び会う予定にしていたのだが、思いもかけない大事件のせいでそうできなくなってしまう。

魔女とは悪魔の手先であるとジェイムズ王が信じていたことは、このあとしばらくしてサー・ジョン・ハリントンが書いた手紙を見ればわかる。その手紙に、ハリントンは、最近王と個人的に会って話したことを書いている。その会話のなかで、「陛下は、魔法におけるサタンの力に関して私の意見を強くお求めになり、かなり真剣にこう尋ねられた。『悪魔がとりわけ老女に働きかけるのはなぜかわかるか』と」。ハリントンは、自分は試されているだけだと思ったか、あるいはこれほど意味深長な質問に対してまちがった答えをしてはいけないと思ったか、下品な女性差別のジョークを言って話題をそらそうとした。しかし、ジェイムズはそれで話題を変えることなく、超自然の力を信じて話を続け、自分の母であるスコットランド女王メアリの死は、「実際に起こる前に、スコットランドで目撃された。透視力のある者が、空中に血塗れの首が踊るのを見たと密かに教えてくれた」と言ったという。ハリントンがさらに書き加えているところによれば、この透視の才能を高く評価した王は、「ある種の本を読んで、将来起こることを知る確かな方法を得ようとしていた」という。

王との会話についてのハリントンの記述をそのまま信じるなら、ジェイムズは魔女、悪魔、超常現象を信じていたのみならず、どのようにしてそんな不思議が起こるのか深い興味を持っていた。ジェイムズ王のこうした知識の追及、とりわけ将来何が起こるか知りたいという強い希求には、マクベスを思わせるところがある。だが、魔法とのつきあい方がわかっていない者がそのような追及をすると、「悪魔との相談」という危険な道に踏み込むことになってしまうともジェイムズは気づいていた（マクベスが劇の後半で魔女たちを捜し出そうとするところなどは、まさにそれだ）。

だから、ブライアン・ガンターが王に訴えたのは、それなりに意味があるはずだった。しかし、どんなに悪魔に興味があろうと、ジェイムズはまた、インチキを見抜き、陰謀を暴くことに誇りを持っている統治者である点をガンターはしっかり理解すべきだった。ジェイムズは、自分の命を狙う魔術は深刻に考えても、家臣の安寧を脅かす魔術については眉唾ではないかと疑いの目を向けるかもしれないのだ。

どこまでが自然な説明でどこからが超常現象的な説明なのかを見極めるのは頭の痛い問題であり、その点をジェイムズがどのように考えていたのかは、王が国務大臣であるソールズベリー伯ロバート・セシルへ宛てて一六〇五年十月七日に書いた手紙に垣間見ることができる。そのなかで、王はアン・ガンターについての最新ニュースを語ろうとするのだが、その前に、一六〇五年九月十七日の月食と十月二日の日食[*2]という続けざまに起こった珍しい天体の出来事に対する多くの人々の迷信じみた反応について冗談を言っている。ジェイムズは、これぞまさしく天の啓示だとする悲観的予言者たちをからかい、日食や月食が宮廷人の結婚生活に与える影響を面白おかしく想像したうえで、超自然現象の兆候というものは、日食月食についての予言と同様、とんでもないものだと断言しているのである。「まず、偉大な夢見る聖者がその予言者めいた口を閉ざして再び浣腸器[*3]を手にした。ごく最近では奇妙に霊に憑かれた少女の胸が、針の刺さった枕となった」とある。「偉大な夢見る聖者」とは、熟睡しながら説教ができるとして有名になったピューリタンの医者リチャード・ヘイドックのことだ。ジェイムズ王はヘイドックをホワイトホールへ招き、その説教を聞こうと夜更かしをした。ほかの者はすっかり騙されたが、ジェイムズはやがてこれがインチキだと暴いてみせた（そして、文書による告白をさせたあとで、寛容にも赦してやった）。そして「奇妙に霊に憑かれた少女」とは、アン・ガンターのことにほかならない。

シェイクスピアは、このどこまでが自然な説明でどこからが超自然な説明なのかの文化的断層について、『リア王』の最初のほうのグロスターの台詞で掘り下げている。それは恐らくこの秋の日食に続く月食という驚くべき現象の直後、ジェイムズ王の手紙と同じ頃に書かれたものと思われる。

最近の日食や月食は不吉の前兆だ。自然科学でこれこれこういうわけだと説明できても、そのあとに起こる不幸を見れば自然界が傷ついているとわかる。愛は薄れ、友情は冷え、兄弟が仲違いする。町では叛乱、田舎では喧嘩、宮廷では謀叛、息子と父親の絆にも罅《ひび》が入る。

（第一幕）第二場一〇一～一〇七行）

グロスターによるこの自然現象の解釈は、まさにジェイムズ王がソールズベリー伯への手紙で嘲《あざけ》ったのと同じ調子だ。似たような例はやがてあちこちで見られるようになり、数か月後に印刷された『不思議な恐ろしい真実のニュース』と題された小冊子では、この日食と月食から「謀叛の計画、王国転覆、権力の転移、権力者の失墜、嫉妬、野心、革新、派閥、分裂、そして宗教と教会に関する混乱と問題」を予言している。

シェイクスピアは、グロスターにこの手の政治的予言をさせておきながら、庶子のエドマンドに、ジェイムズ王の手紙にあったような、誤りを暴くような態度でそれを批判させる。

まったく世間ってやつはほんとに馬鹿だ。落ち目になると人は――たいていは自業自得なのに――自分の不幸を太陽や月や星のせいにする。悪党になったのもしかたない、馬鹿をやったのも星の巡り合わせ……〔中略〕……悪いことをしたのも神様の思し召しってわけだ。女遊びがやめられないやつには最高の言い訳だ。てめえの助兵衛根性も星のせいにできるんだからな！

（第一幕）第二場一一〇～一一九行）

ジェイムズ王は、エドマンドのように根本的に疑っているわけではなく、偽の兆候は本物の兆候と区別できると信じていたのだ。オックスフォードで最初にアン・ガンターと出会ったあと、娘をカンタベリー主教の監督下に置いたのは、娘の嘘を暴くためだった。主教は主教で、部下の牧師サミュエル・ハースネットに娘を調べさせた。ハースネットは、悪魔憑きだと主張する詐欺についてはイングランド一の専門家だった。ハースネットの精査を受けたアン・ガンターが、これまで見せた症状はすべてでっちあげだったと白状するまで長くかからなかった。すべて演技だったのだ。ジェイムズ王は、この件において自分がソロモンのように賢明な処置をしたことを明らかに喜んで、この結果を知りたがっているソールズベリー伯にこう伝えた。

アン・ガンターについてだが……つい先頃まで衰弱して無力な様子をしていたが、昨日我らが目の前で体を器用に動かして敏捷に跳ねまわり、力強く美しく踊ってみせたので、この大変化に驚いた我々は、この件について今日娘を取り調べた。そして、娘はすっかり治ったのだと告白し……悪魔に憑かれたこともなければ魔法にかかったこともなく、針の一件は、あれはそもそも自分で口に入れたものであって、父親から、悪魔のせいで針を吐き出すふりをするよう強制されたと言う。そのあと、針のトリックに似た他のトリックを用い、「マザー」という病気によく罹って腹が膨れることがあったのを利用して、見に来た人に本物の悪魔憑きのふりをしてみせていたのだと言う。

詐欺が露見したあとも、ジェイムズと枢密院はこの件に深く関心をもっていたため、この事件の詳細はかなりわかっている。一六〇六年二月には星室裁判所さえ開かれ、イングランドの枢密顧問官らが、もっと緊要な国家の案件があるにも拘わらず、アンの事件について知っていることを話すように連れてこられた六〇人以上の証人の証言を吟味するよう求められた。それらの証言により、ブライアン・ガンターが最近の悪魔憑きの症例について多くの本を読んでいたとわかった（アンの様子を見に来た人からもらった本もあった）。アンはそうした本のなかに「ウォーボイズの魔女の本」があったことを覚えていた。すなわち、『告発されたウォーボイズの三人の魔女の最も不思議で驚くべき真実の暴露』という本である。アンの父親は、ウォーボイズの本のほかにジョン・ダレル著の「魔法にかけられた者に関する」本と「デナムで悪霊に憑かれたとされる人々についての本」を所有していたと枢密院に認めた。

この最後の本は、『途轍もない教皇派のまやかしに関する報告』（一五八六年にバッキンガムシャー州デナムにてカトリック司祭らによって行われた虚偽の悪魔祓いについての本）であり、これがガンター家の詐欺の成功の鍵を握った。著者はサミュエル・ハースネット。まさにアン・ガンターの調査を任されたその人である。ハースネットは虚偽の悪魔祓いを見破ってきた経歴の持ち主であり、プロテスタントの詐欺師ジョン・ダレルがウィリアム・サマーズという少年に悪魔祓いをしたという嘘を見破って評判になっていた。ハースネットは、ダレルの罪を確定する委員会のメンバーとなり、それから一五九九年に『ジョン・ダレルの詐欺行為の暴露』を出版したのだった。

ハースネットは、反カトリックの本『途轍もない教皇派のまやかしに関する報告』(一六〇三年初版)において、何年も前に悪魔憑きを演じたことがあると告白した者の証言を使っているが、そのなかには多くの人を騙してみせた十六歳の少女フリズウッド・ウィリアムズがいた。カトリックの指導者が次のようなことをしたのだと言う。

サック酒〔シェリー酒の一種〕とサラダ油にスパイスを混ぜたものを一パイント飲ませたのだ。「聖なる飲み物」と連中は称したが、とても飲めたものではないので少しずつ少女に飲ませると、腹の具合が悪くなり、そこで司祭が言った。「あの聖なる飲み物を嫌う悪魔の仕業だ」と。少女は押さえつけられ、何度も口をこじ開けられて、全部飲まさせられた。すると大いに気分が悪くなり、頭がふらふらし、悪寒がした。そして、司祭が言うように、悪霊のせいでこんなことになったと信じた。

少女は、この飲み物で「感覚が麻痺して、感じられなくなった」ので、「司祭の一人が少女の脚に針を二本突き刺しても」感じなかったという。一六〇六年二月に星室裁判所で宣誓証言したアン・ガンターは、いかにも悪魔憑きになったかのような症状を見せるように、やはり父親にそのようなひどい飲み物を飲まされたと認めた。ブライアン・ガンターは、ハースネットが本に書いた別のトリックも娘にやらせていた。燃える硫黄の上に顔を押さえ込んで、ガスを吸い込ませるのだ。ハースネットは詐欺を見抜くために本を書いたのだが、ブライアン・ガンターは娘と一緒にその本を逆手にとってハウツー本として利用したわけである。

そんなことをしたのはガンター親子だけではなかった。親子と同じくシェイクスピアも、悪魔憑きのふりを研究するためにハースネットの本をガイドとして利用していた。『リア王』の副筋で重要なのは、父親の家から逃げ出すエドガーの変装だ（エドガーが父親の命を狙っているという嘘をエドマンドがグロスターに吹き込んだあとの展開である）。追われる身となったエドガーは、なんとか生きる道を探そうと、想像しうるかぎり「最も卑しく貧しい姿」になろうとして、気が狂って悪魔に憑かれた乞食に扮する。これはシドニーの原作にはなく、シェイクスピアの発案だ。この乞食は、悪魔が針や釘でつついてくると言って、いつも悪魔に悩まされているのである。

この国にはいい手本がある。
ベドラムの乞食だ。喚き散らし、
感覚のない剝き出しの腕に、針や棘、
釘、ローズマリーの小枝を刺してみせ、
そんなひどい姿で、貧しい農家や、
しみったれた村、羊小屋、水車小屋を巡り、
狂人らしく脅したり、祈ったりして、施しをせがむ。
「哀れなターリゴッド、哀れなトムでございい！」
まだ何とかなる。もはやエドガーでは、ない。

（第七場一七八～八六行〔第二幕第三場一三～二一行〕）

こうしたいかにもそれらしい描写は、『途轍もない教皇派のまやかしに関する報告』に記された

さまざまな悪魔憑きの話から採ったのだろう。本には「一千本の針で割かれる」ふりをする人や、「たくさんの燃える針がいっぺんに皮膚に刺さっている」と訴える人の話がある。やがてエドガーは芸域を広げて、自分のなかにいるあの「汚い悪魔」、「黒い天使」ホッペンダンスに向かって叫びながら、悪魔に憑かれた人を演じてみせる。「汚い悪霊が、ナイチンゲールの声で哀れなトムにとっつくよ。ホッペダンスがトムのおなかで、白ニシン二尾欲しいって叫んでる。わめくな、黒天使め。おまえにやる食いもんはないよ」（第十三場（第三幕第六場）二五～八行）。ほかにもエドガーは悪魔の奇妙な名前を挙げているが、いずれもハースネットの本から採られている。悪魔に憑かれた人物のそれらしい言動を描こうとして、シェイクスピアはハースネットの本を便利な手引きとしたわけである。

シェイクスピアは初期の劇でも憑依を扱っているが、『リア王』とはずいぶん違う。最初は、初期喜劇『まちがいの喜劇』で、エフェソスのアンティフォラスとその召し使いドローミオが〝ピンチ先生〟に悪魔祓いのようなことをされ、「主人も召し使いも悪魔に憑かれています。あの死相の浮かんだ蒼い顔でわかります」（第四幕第四場九二～九三行）と言われる。この場面がおかしいのは、二人が正気なのに悪魔祓い師のほうが独断的な愚か者であって、こんなばかげた悪魔祓いなど意味がないと観客にはわかっているからだ。これはどたばた喜劇《スラップスティック》だ。

『十二夜』の悪魔祓いのほうは、いやらしく、しつこい。いたずらを仕掛けられたマルヴォーリオは、悪魔に憑かれた男に仕立て上げられ、残酷なからかわれ方をする。このピューリタンのような堅物野郎に復讐しようという連中がマルヴォーリオいじめを計画し、フェステがマルヴォーリオを治癒すべく悪魔祓いの真似をして、いかにもそれらしい口調でこう言う。「黙れ、とち狂った悪魔め！　この男を苦しめるな！」そして、「気が狂ったふりをしているだけ」（第四幕第二場二六、一一五行）なのかと尋ねるのだ。どちらの喜劇でも憑依の経験よりも悪魔祓いが強調されており、アンティフォラスもマルヴォーリオもひどい目に遭って激怒するものの、いずれの場合も超常現象や悪魔は出てこない。どちらの劇においてもシェイクスピアは、悪魔祓いの儀式が実は残酷であることを利用し、そうすることで喜劇を暗くし、本来なら同情に値しない人物を可哀想に思わせるのである。しかし、実際の悪魔憑きの可能性をすっかり避けて展開するため、いずれの劇でも人間の悪意を示すのみで、実際には恐ろしいことは何もない。

シェイクスピアにとって、ハースネットの魅力の一つは、悪魔に憑かれた人たちを演劇用語で描写する癖があるところだろう。本には、「演技」「役者」「ふり」「真似」「悲劇役者」「喜劇役者」「うまく演じる」といった表現がたくさん出てくる。ちょうどいい比喩を探していたハースネットは、旅まわりの役者や、古い道徳劇の悪徳や、パリス・ガーデンでの熊いじめ見物といったものを引き合いに出す。偽の悪魔祓い師の正体を暴くことを、演劇のさまざまなジャンルと比較さえして、この「悪魔の虚構」は喜劇でも悲劇でもなく、両方を合体させた悲喜劇だと言う。なるほど悪魔に憑かれた人（偽物であれ本物であれ）の苦痛には同情を禁じ得ないため、シェイクスピアも悲喜劇だと同意したかもしれない。

ハースネットが演劇用語を多用するには理由があった。ロンドン主教リチャード・バンクロフトのもとで牧師をしていたとき、ハースネットは印刷のために用意された芝居を読んで認可する仕事もしていたのだ（なかには、シェイクスピアの劇団が上演したベン・ジョンソン作『癖者ぞろい』もあった）。ハースネットは、演劇の驚異的な力を理解して、偽の悪魔祓いが演劇の力を利用するのを困ったものだと考えていた。ハースネットを演劇嫌いのピューリタンだと戯画化したり、その怒りがロンドンの役者たちやその芝居に向けられていたりしたと考えてはならない。

ハースネットはある人物が悪魔に憑かれたふりをする様子を描くのに的確な語彙を用いるのみなら

ず、いきいきとした文体で記しており、シェイクスピアがその点に反応したことはまちがいない。

イタリアで悪魔に出てきてお告げをしてほしいなんて奴がいたら、イングランドのロンドンへ来させるといい。ロンドンなら、ダレルの妻、[*4]モアの手先、[*5]シャープ、スケルトン、エバンズ、スワン、ルイス[*6]といった悪魔祓い師や悪魔祈禱師が揃っていて、ウォルサムの森でウサギが飛び出すぐらいの勢いで悪魔を通りに出してくれるし、ウェストン[*7]やディブデイルの悪魔と同じくらいさえない答えを悪魔から引き出してくれる。しかも、そこに集まる困った男女の見物客ときたら、頭のおかしな暴徒、烏合の衆、群衆であって、とりわけ暇な困った女どもは、その暇な困った存在によって悪魔モデュに栄誉を与えるのである。

「ディブデイルの悪魔」とあるのを見て、シェイクスピアは、ぎょっとしたかもしれない。と言うのもイエズス会士の悪魔祓い師ロバート・ディブデイルはストラットフォード・アポン・エイヴォン出身で、シェイクスピアの八年上の先輩だったからだ。この本に出てきたストラットフォード・アポン・エイヴォンはそれだけではなかった。シェイクスピアが十五歳のときに故郷で教えていたコタム先生の弟のことも、ハースネットは殉教したイエズス会士トマス・コタムとして攻撃していた。そしてまた、一五八三年に謀叛の咎で処刑されたパーク・ホールのエドワード・アーデン[*8]のことも書かれており、シェイクスピアは気になったかもしれない。つい数年前、シェイクスピアは父親ジョンとともに紳士階級の身分を手に入れ、その紋章をこの母方の名家の紋章に組み合わせる申請を紋章院に行ったばかりだった。[*9]

シェイクスピアは、自分がいる文化的状況を抜け目なく見極めており、最近権力側が悪魔憑きに対して示す執拗な興味がかなり深刻なレベルに達しているということを理解していた。権力側の関心は、『途轍もない教皇派のまやかしに関する報告』の特別補遺としてつけられた悪魔祓いの犠牲者たちの告白の記録にも窺えた。この記録は結果として、カトリックの悪魔祓いの犠牲者たちからプロテスタント側がまた無理やり別の告白を引き出し、カトリックの主張の反証とするものになっていた。政府は、イエズス会によるものであろうとピューリタンによるものであろうと、大衆の前で行われる悪魔祓いがカリスマ性を帯びるのを警戒しており、悪の力とどのように戦えばよいかは政府だけがわかっていると思わせようと必死だった。これはわからないでもない。むしろ、神から王権を与えられた国王が国民に手をかざせばその病を治せると信じられていた文化において、当然のことだろう。このため、一六〇四年にイングランドの教会法が改定され、これ以降、主教から特別な許可を受けていない者は、「どんな理由があろうと、悪魔に憑かれた、ないしそう思い込んでいると称して、悪魔ないし悪魔たちを祓うべく祈ったり断食したりしてはならず、これをした者は詐欺、騙りとして告発され、聖職を剥奪される」ことになった。

だが、公的許可がないまま悪魔祓いをしてはならないといっても、悪魔の存在が否定されたわけではなかった。「悪魔に憑かれた、ないしそう思い込んでいる」ケースは依然として認められ、その大前提となる魔女や悪魔がいるという信念は変わらなかった。ジョン・ダレルの弁護人の一人は、悪魔に対する疑念自体が危険であるとして、「悪魔なければ、神もなし」と挑戦的に断言した。

主流であるプロテスタントのジェイムズ朝文化においては、なぜ悪魔が（専ら）若い男女にとり憑くのかという説明は十分になされず、法的に認められた対処法も不十分であったのに対し、カトリックの悪魔祓い師は「神聖な水、神聖な油、神聖な蠟燭、清められた硫黄」が必要だと具体的な方策を示し得ていたため、悪魔的なものに対してはカトリックのほうが一枚上に見えた。

無許可の悪魔祓いを禁じたのは、この議論の核心にある口に出されぬ緊急な問題——すなわち、悪はどこからやってくるのかという問題——に目を向けることを避けるものでもあった。リチャード三世、クローディアス、イアーゴーといった登場人物について考えたことのある人にはかなり重要な問題である。これは、まさに『オセロー』の最後で出てくる問いだ。イアーゴーを殺そうとして失敗したオセローが、「悪魔は足先が割れたひづめになっているというが、あれは嘘だな。おまえが悪魔なら、俺には殺せない」（第五幕第二場二九四〜五行）と言い、なぜこの「小悪魔」イアーゴーがオセローの「魂と肉体を罠にかけたのか」説明がつかないと言う（第五幕第二場三〇九〜一〇行）。

『オセロー』の最後のこの問いは、次のシェイクスピア単独作の悲劇『リア王』でも取り上げられている。人々は文字どおり悪に憑かれるのだろうか。むしろ悪事とは、生まれた環境や文化のせいで起こるのではないのか。それとも、もって生まれたものなのか。これこそが、リアを苛立たせ、やがては狂気へ追いやった問いである。「リーガンを解剖してみろ。心臓に何が生えているか。こんなひどいことをするのには、生物学的理由があるのか」（第十三場（第三幕第六場）七〇〜二行）。エドマンドもまた、劇の最初のほうでこのことを考え、育ちより生まれが重要だとしている。エドマンドに言わせれば、生まれつきの悪党というものがあるのだ。「この俺が妾腹から生まれたときどんなに貞淑な星が輝いていようと、俺は俺だったさ」（第一幕）第二場一二二〜四行）。だが、コーディーリアとケントとエドガーは良い人で、ゴネリルとリーガンとオズワルドとエドマンドは悪い人というふうに複雑な人物たちをこんなに善悪で分けてしまっていいのかと思える『リア王』でさえ、シェイクスピアは道徳劇にはしていないし、悪の理由を説明しようともしていない。

シェイクスピアは当初エドガーの変装をそれらしく見せようとして『途轍もない教皇派のまやかしに関する報告』に依拠したかもしれないが、ハースネットの扱う人物たちをよく知るようになった結果、次のような二つの新たな方向に進むことになった。一つは、ジェイムズ朝の社会に亀裂を入れている社会的悪を映し出すことであり、もう一つは、そもそも人間は何に憑かれて悪事を働くのかという一般的な問題の探究だ。ハースネットは世の中に充満している悪事を多数記述しているが、ロンドンの本屋に並ぶ他の本はここまで詳しく生き生きと書くことはない。しかも、ハースネットは、自ら記述している社会的文脈を特に不道徳と看做しているのか明らかでさえない。フリズウッド・ウィリアムズが脚に針を刺されても感じなかったように、他人の苦しみなどどうでもよいと思っているふしがある。カトリックの悪魔祓いの嘘をこれ見よがしに暴いてみせる本ではあるが、図らずも十七世紀初期のイングランドの主流の文化がどれほどひどい状態にあったかを詳細に記録する本ともなっているのである。すなわちそれは、冷淡で独善的な男性権力の世界であり、すぐに暴力が振るわれ、わざと人を騙し、若者が見捨てられたり不当に扱われたりする野蛮な世界であり、肉体的・精神的に障害のある者がひどい目に遭い、「まちがえた」答えをした者は罰せられるという、『リア王』の世界から遠くない不穏な社会なのである。

学者たちは、『リア王』には、八十箇所以上、ハースネットの本に依拠した箇所があるとしている。一つの材源から言葉遣いをこれほど大量にそのまま持ってきてしまうとは、シェイクスピアには珍しい。種本としてはもっと重要な本がほかにあるわけだが、一冊の本からこれほどたくさんの言葉や表現を借りてきた例はないのだ。ハースネットの本からシェイクスピアが借りたのは、**meiny**（家来の身体）、**propinquity**（近親性）、**auricular**（耳の）、**carp**（不平を言う）、**gaster**（だめにする）、**yoke-fellow**（仲間）、**asquint**（やぶにらみ）、*Hysteria passio*（ヒステリー）、**vaunt-courier**（先駆け）といった、シェイクスピアがこれまで使ったこともなければこのあとも二度と使わない言葉だった。ときには、単に変な言葉以上のものが借用された。たとえば、ハースネットの本に「このように知覚しうる出来事がアルキメデスの天球儀のように宙に浮かび上がる（pendulous in the air）」とあったその言葉遣いとイメージの両方を思い出して、シェイクスピアのリアは「宙に浮いた（in the pendulous air）疫病が人間の罪にまとわりついている」（第十一場〔第三幕第四場〕六〇～一行）と言う。そのほかにも、ハースネットの本は〃元の字を消して新たな字を書く羊皮紙《パリンプセスト》〃のように機能しており、変装したエドガーが自分のことを「豚なみの怠け者、狐顔負けの泥棒、狼そこのけに貪欲、犬みたいに狂って、餌食を狙うはライオン並み」（第十一場〔第三幕第四場〕八三～四行）と言う表現は、ハースネットの「ロバの恰好をした怠惰の精神、犬の姿をした嫉妬の心、狼の形を借りた貪欲さ」から借りている。ただし、借用された言葉やイメージは、たいていハースネットとはかなり違う文脈で用いられている。どうやらシェイクスピアの記憶にとどまっていて、『リア王』執筆時に飛び出してきたらしい。ハースネットの本で描かれる、冷酷なまでに邪悪で人をおとしめようとする厄介な世界は、悪魔が生み出す世界よりももっとひどいことを人間が互いに行う世界であり、それが『リア王』に染み込んで暗くする釉《うわぐすり》のように機能しているのだ。

シェイクスピアがハースネットの本に出てくる悪魔の名前を偶然見つけたのは、お宝を見つけたようなものだった。その多くは、ハースネットの「悪魔の不思議な名前に関する」章にまとめあげられている。たとえば、神父たちが少女サラ・ウィリアムズの体から追い出した悪魔の名前を「元気なディック、キリコ、ホブ、コーナーキャップ、パフ、パー、フラテレット、フリバーティジベット、ハバーディカット、ココバット、マホー、ケリコキャム、ウィルキン、スモルキン、ナー、元気で陽気なジェンキン、ポーテリチョー、テイムのプディング、ポルデュ、ボンジュール、モテュビザント、バーノン、繊細な……」と、ずらずらと並べるが、シェイクスピアもこれを真似ている。今挙げた名前のいくつかはそのまま『リア王』で使われており、パフ、パー、フラテレット、フリバーティジベット、マフー、スモルキン、オビディカットは、あばら家の場面とドーヴァーへ至る道の場面という二つの重要な場面で用いられている。まるで呪文のように唱えられるので、耳につく効果がある。「元気な悪霊が五匹いっぺんに哀れなトムのなかに入っちまったよ。オビディカット、口のきけないホビデンス王、盗みのマフー、殺しのマドー、嘲ってしかめ面するフリバーティジベットだ。それ以来、宮廷の侍女たちに取り憑いていたやつらだ」（第十五場〔第四幕第一場〕五六～六〇行）。この最後の、悪霊が「それ以来、宮廷の侍女たちに取り憑いていた」というところは特に面白い。こうした時代を超えた悪霊の存在を通して、この芝居の舞台設定となっている古代ブリテンと、今も悪霊が悪さをしている現在のジェイムズ朝の世界とが結びついているのだ。

『リア王』には超常現象が出てこないため、シェイクスピアの偉大な悲劇のなかでも特別視されることがある。シーザーの亡霊（『ジュリアス・シーザー』）、先代ハムレット王の亡霊（『ハムレット』）、デズデモーナのハンカチにかけられた呪文（『オセロー』）、『マクベス』の魔女たちといったものは確かに出てこない。だが、『リア王』の悪魔憑きは、エドガーがそのふりをするだけであるものの、やはり同様な機能を果たしている。「悪魔」や「悪霊」を呼び出す台詞は、文字どおりの意味と比喩的な意味とのあいだをぎこちなく行き来しながら、劇のあちこちに顔を出す（「悪霊」だけで二十一回）。たとえば、オールバニ公がゴネリルに「己を見るがいい、悪魔め。悪魔の歪んだ姿は女として現れたとき最もおぞましい」（第十六場〔第四幕第二場〕五八～六〇行）と言うとき、単なる比喩を超えてゴネリルが悪魔なのだと感じられる。同じく、リアがつれないゴネリルのもとを立ち去り、同様に残酷なリーガンのもとへ出かけるとき、リアは「暗闇の悪魔たち」を見る。リアのますます狂って錯乱した想像力のなかでは、女とその性器は、悪魔の棲む地獄のような場所と思えてくる。

神からもらったものは腰から上だけ。その下は悪魔の体だ。地獄があって、暗闇がある。
硫黄が燃えて、焦げて焼けつく臭いがする。
くさい。燃える。嫌だ、嫌だ、嫌だ、ぺっ、ぺっ！

（第二十場〔第四幕第六場〕一二一～四行）

これがハースネットの悪魔が「おぅ、おぅ、おぅ、体が焼ける、焼ける、火傷する、煮える、苦しい」と地獄で叫ぶ声と似ていないとは言えないだろう。*10 リアは自分が地獄にいると感じているかもしれないが、悪魔に憑かれているわけではなく、ただ正気を失ったのだと観客にはわかっている（ただし、この劇では、正気を失うのと悪魔に憑かれるとの差は微妙になっている）。リアの経験は、デナムでの残酷な悪魔祓いの儀式にかけられたリチャード・メイニーの経験を思わせる。「やつらが私を本当に狂わせたなら、私が狂人のような話し方や振る舞いをしても当たり前だ」とメイニーは言ったのだ。ハースネットは、「悪魔の激しさや苦しみの真似」があまりに「巧み」であるがゆえに、「見ている連中が全員その嘘の演技に騙されて哀れんだり同情したりして、その偽の悪魔と同じくらい大声で泣いたり、叫んだりする」と揶揄している。ちょうどリアが哀れなトムと出会うとき、民の苦しみに同情を覚えてこう白状するのも、トムの演技に騙されたからと言えよう。

私は、こうしたことに今まで
気づかなかった。いい薬だな、虚栄よ、
哀れな者が感じる思いに身を任せるがいい。

（第十一場〔第三幕第四場〕二九～三一行）

こうしたハースネットへの言及のほとんどは、リアとエドガーの台詞にうまく分配されている。たいていは第三幕で主筋と副筋が交わるところ、特に「疑似裁判」と呼ばれる六百語ばかりの場面〔第三幕第六場〕に集中しており、ここに悪魔憑きの言葉が溢れている。筋の進展に関係ないので、上演の際に容易にカットしうる場面だ。すでに陰鬱な展開になっているのに、この場面はさらに心を掻き乱す。その陰鬱な雰囲気は、哀れなトムに扮したエドガーがこう叫ぶときに始まる。「フラテレットが呼んでる。ネロが地獄の池で釣りしてるって言ってる」。そして、リアが本当に悪魔に憑かれてしまったのではないかと思える言葉で答えるとき、リアはまさに地獄の光景を初めて目にしているとわかるのである。「王だ、王だ！　赤く焼けた焼き串を持った千人ものやつらに、シューシューいわせながら襲いかからせろ！」（第十三場〔第三幕第六場〕一一～一二行）。

そのあとに起こるのは、ハースネットの言葉に深く影響を受けた尋常ならざる会話だ。正気を失って今や悪魔に憑かれたようになったリアが、椅子を残酷な娘ゴネリルとリーガンだと思い込んで尋問する。散文とブランク・ヴァースと歌が入り乱れるこの場面では、意味がわかったりわからなかったりして、正気だった者が強烈な恐ろしい幻影へ崩れてしまうさまが描かれる。悪魔に憑かれた者と真の狂人との差が崩壊し、シェイクスピアらしからぬ、ジャコビアン・ドラマというよりサミュエル・ベケットに近いものとなっている。長く引用する価値があるだろう。

エドガー　汚い悪霊が背中に噛みつくよぉ。

道化　気が狂ってるんだよ、狐がおとなしいとか、馬が健康だとか思うやつは。小僧の恋や娼婦の誓いを信じちゃだめだ。

リア　やってやろう。すぐに裁いてくれる。
さあ、学識ある判事殿、そこに座ってくれ。
賢いあなたは、そこに。さて、このメス狐どもめ。

エドガー　ほらそこに立って睨んでる。裁判の傍聴人がほしいか、奥さん？
小川を渡っておいでよ、ベッシー。

道化　娘のボートにゃ穴が開き、
娘は黙ってなきゃならぬ。
あんたのところにゃ、行きやせぬ。

エドガー　汚い悪霊が、ナイチンゲールの声で哀れなトムにとっつくよ。ホッペダンスがトムのおなかで、白ニシン二尾欲しいって叫んでる。わめくな、黒天使め。おまえにやる食いもんはないよ。

ケント　どうなさいました？　そんなに驚いて立ったままでなく、このクッションに横になってお休みになりませんか。

リア　こいつらの裁判が先だ。

（第十三場〔第三幕第六場〕一三〜三一行）

このきわめて実験的なやりとりは、この調子でさらに四十行ほど続くのだが、観客には荷が重すぎ、ひょっとするとシェイクスピアの仲間の役者たちにすら受け入れられなかったのかもしれない。戯曲が一六二三年のフォーリオで再版されたときには、削除されてしまった。

そのあと、超自然を描かないこの芝居に超常的場面が出てきて、リアは地獄の苦しみを味わう。ついにコーディーリアと再会する場面で、リアは天の精霊と出会っていると考えるのである。

俺を墓から引き出したりせんでくれ。
おまえは天国の霊魂だな。俺は
炎の車輪に縛られているから、涙が
溶けた鉛のようにこの身を焦がす。

（第二十一場〔第四幕第七場〕四三〜六行）

この苦悩の劇のなかで正視に耐えられない場面は、まちがいなく、コーンウォールがグロスターの目を抉り出す場だ。ここにも、暴力や安易な残酷さに満ち溢れたハースネットの本の影響が感じられる。シェイクスピアは、この場面がどのように上演されるべきか明確に示している。コーンウォールは、グロスターの目をブーツで踏み潰す前に、まず従者たちに「こいつのcorky（コルクのような）腕を縛れ」と命じ、それから「椅子に縛りつけろ」と言うのだ。ハースネットによれば、悪魔祓いの中心的な技法の一つは、相手を「聖なる椅子」に縛りつけることだ。たとえば、アン・スミスはひどく残酷な縛られ方をした。「椅子に……腕がだめになるほどぎゅうぎゅうに縛りつけ、体中あざだらけになるほど押さえつけ、結わえつけ、ふんじばったのだ」。コーンウォールは召し使いたちにグロスターを縛るように命じてから、もう一人に「縛るんだ、おい」と繰り返す。それからリーガンはもっと乱暴にやるようにと、「もっと強く、強く」とけしかける。椅子にしばりつけられたグロスターの恐怖と混乱──「どういうことです？　どうかお考え下さい。お二人は私のお客様。ひどいことをなさらないでください」──は、『途轍もない教皇派のまやかしに関する報告書』にある乙女の記述を思わせる。

フィッド・ウィリアムズは、椅子に座らされると、「タオルで椅子に縛りつけられたので、大いに驚き、また、何をされるかわからないので大いにおびえた」。グロスターの腕を描写したcorkyという珍しい形容詞は、最近英語の仲間入りをしたばかりであり、シェイクスピアがこの語を用いるのはこの箇所のみだ。案の定、この語が初めて印刷物で用いられたのは『途轍もない教皇派のまやかしに関する報告書』においてであり、ハースネットは「corkyな老婆が身をよじり、転げまわり、飛び跳ね、モリス踊りを踊る」ほど痛めつけられる様子を描いている。

シェイクスピアの劇の最大の皮肉は、盲目で自殺願望のあるグロスターを絶望から救うエドガーが、自分のことを、ドーヴァーの崖っぷちまでグロスターを連れて行った「悪魔」であるとグロスターに信じ込ませたことであり、グロスターはその崖から飛び降りたのに奇跡的に助かったと思い込んだことである。エドガーは、目の見えぬ父親に対して、手を引いていた悪魔がどんなふうであったかを詳細に説明してみせる。

まるであの目は、
二つのまん丸いお月様みたいだった。鼻は一千もあって、
にょきにょき生えた角は荒海のように波打っていた。
ありゃ悪魔だ。だから、運のいい親父さん、
清らかな神様がたが助けてくれたと思うんだな。
人間にはできないことをしてくださったんだ。

（第二十場〔第四幕第六場〕六九～七四行）

エドガーが父親になしたことは悪魔祓いではないが、似たような結果になっている。グロスターは、それまで一緒にいた相手を誤解していたと認める。「おまえが言ってるやつをわしは人間だと思っていた。『悪魔だ、悪魔だ』って言ってたっけ」。

自殺願望を捨てたグロスターは、「苦しみのほうがまいったと言って消えてしまうまで我慢する」と同意する。この場面は難解だ。エドガーはドーヴァーへの道すがら父親に自分の正体を明かしそうなものなのに、劇の残酷な論理はそれを許さないのだ。

『リア王』の物語が進むにつれ、ハースネットの本との関わりは深まってくる。ハースネットの本の至るところに透けて見える権力の濫用は、リアがついに認識する悪夢のようなものだ。リアにとって――そして観客にとって――権力など恣意的なものにすぎないことが劇の最後に示される。その「偉大なるイメージ」は、吠える犬から逃げる乞食でしかないのだ。リアが暴力と虚偽と偽善が王国につきものだと結論する場面は、恐らくシェイクスピア全作品のなかで最もはっきりとした社会批評だと言えよう。

この恥知らずの役人め、その汚い手をひっこめろ。
なぜその娼婦を鞭打つ？　自分の背中を出すんだな。
おまえの血だって、おまえが罰するその娼婦同様、
欲情して興奮しているくせに。高利貸しが詐欺師の首を吊る。
襤褸《ぼろ》の服をまとえば小さな悪徳が見えるが、
ローブや毛皮のガウンなら隠しおおせるのだ。

（第二十場〔第四幕第六場〕一五四～九行）

権力濫用に由来する悪もあれば、自分勝手や残酷な性癖などというものでは説明しきれない種類の悪もある。悪魔についての本において、ハースネットはこの説明できない人間の悪を前提としているが、面と向き合うことはなく、『リア王』でシェイクスピアが格闘するのはこの種の悪なのだ。

その冬起きた歴史的事件のせいで、『リア王』を書き終えるときに、この問題はさらに大きな意味合いを持つことになる。しかも、ハースネットとはこれで終わりにならなかったし、悪魔憑きや悪がどこから生まれるかという問題はまだ決着がついていなかった。

5 THE LETTER

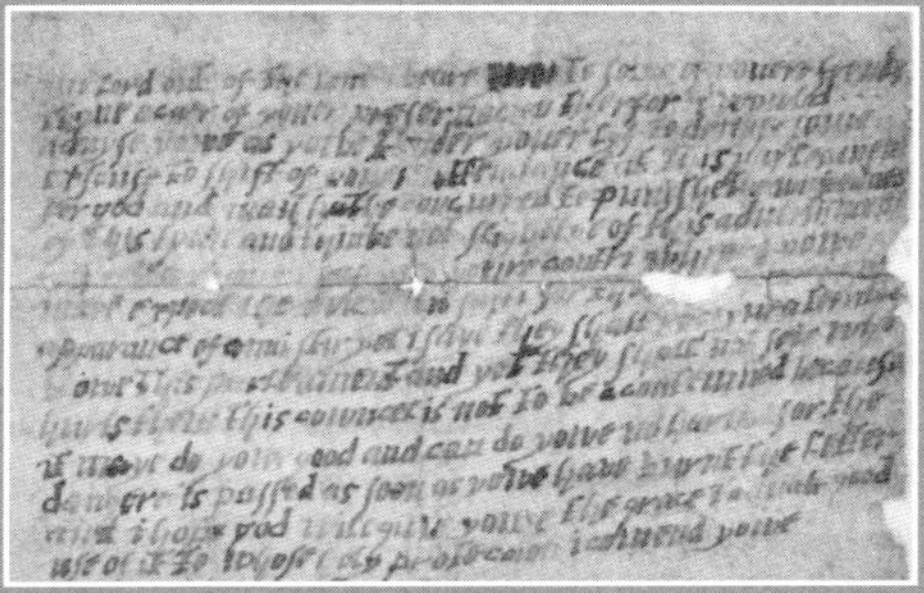

モンティーグル書簡（1605）
National Archives

第5章　手紙

一六〇五年の十月末には涼しくなってきて、疫病による死もややおさまって、イングランドの貴族たちは安全にロンドンに戻ってくることができ、遅れに遅れた国会もついに召集された。ロンドンの劇団は、十月上旬に宣告された上演禁止令が解除されるのは今か今かと期待したはずだ。ロンドンに戻ってきた人たちを相手に儲けるチャンスだ。

このときまでにシェイクスピアは『リア王』の冒頭部をすっかり書き終えていただろう。グロスターが登場し、エドマンドが慌てて手紙を隠すのを見て、それをよこせと要求する場面もすでにできていたことだろう。エドマンドがしぶしぶ手紙を渡すと、グロスターは手紙を音読する。

「この敬老なんていう年寄りの策略のせいで、こっちの一番いい時代はさんざんだ。俺たちに財産が与えられるのは、俺たち自身が年取ったとき。そのときには金があったところで何も楽しめない。じじいの横暴どおりにおとなしくしているなんて馬鹿げた意味のない屈従だ。年寄りに支配力があるわけじゃない。こっちが言うことを聞いてやっているだけだ。このことで話したいことがあるから、来てくれ。俺が起こすまで親父がずっと眠っているなら、親父の収入の半分は永遠におまえのものであり、おまえは兄の愛を受けて生きることになる。エドガー」

（第一幕）第二場四五〜五二行）

グロスターはこの意味の隠されたメッセージを熟考し、主たる表現を読み返して繰り返す——「起こすまで親父がずっと眠っている」「親父の収入の半分は永遠におまえのもの」——それから、エドマンドにこう尋ねる。「これをいつ手に入れた？　誰が持ってきた？」エドマンドはずる賢く、グロスターに自分で手紙の意味を解読させておいて、その出所を謎のままにしようとする。「届けられたんじゃありません。そこが巧みなところで、私の部屋に窓から放り込んであったんです」。グロスターは、これは自分を殺す陰謀を唆《そそのか》す手紙だと思い込み、唆した奴はどこにいるかと尋ねる。するとエドマンドは、慎重に事を進めるようにと言う。「わかりません。どうかお怒りを鎮め、どういうことなのかはっきり兄から聞き出したほうがよいでしょう……父上がそれがよいとお思いなら、この件について私が兄と話すところをお聞きいただけるところへ隠れて頂きましょう」。グロスターはこの計画を気に入り、エドマンドに「この悪党を捜し出せ」と命じる。このような意味のはっきりしない偽手紙を用いる話は種本のどこにもなく、シェイクスピアが初めて導入した展開だ。

これと似たような手紙がホワイトホールで回覧されたのは、シェイクスピアがこの場面を書いてしばらくたった十月二十六日の夜のことだった。枢密顧問官たちが国事についての会議中で、王はロイストンにて狩猟中で留守だった。会議は、モンティーグル卿ウィリアム・パーカーの来訪により中断された。夜遅いというのに、一・六キロほど離れたショアディッチ地区にある自宅からやってきたのだ。

モンティーグル卿は、これから召集される国会の貴族院に議席を持っており、一同には顔馴染みだった。四年前、エセックス伯の不運な蜂起に参加した男でもあった。

ソールズベリー伯は、モンティーグル卿がロンドン塔から慈悲を求める手紙を書き送ってきたときのことをよく覚えていたはずだ。モンティーグル卿は、命は助けられたが、罰金を科せられた。卿の反逆精神はそこで終わりにならず、やがてエリザベス女王の統治の最後の数か月には、女王の命を狙うスペインの陰謀に加わったものの、また処罰を免れた。新しい王がやってくると、二十代後半となったモンティーグル卿は、「これまでの陰謀から一切手を引く」ことを公言した。公にカトリックの教えを捨て、イングランドの役人として、スコットランドの役人たちと会議を開いて両国の統合の障害を取り除こうとさえしていたのだ。だが、ソールズベリー伯とその仲間の顧問官たちは、モンティーグル卿がまだ「イエズス会士たちを唆して国王暗殺のために武装しようとしている」との噂を耳にしていた。モンティーグル卿は敵か味方か、顧問官たちは迷ったに違いない。

モンティーグル卿は、顧問官たちに読んでもらおうと手紙を持参していた。それには、このように記されていた。

閣下。閣下のご友人に対して抱くわが愛ゆえに、私は閣下の身を案じております。それゆえに申し上げますが、お命を大事とお考えなら、今度の国会へのご出席を何か口実をもうけてお控えください。当世の邪悪を罰すべしと、神と人とが同意したのです。この申し出を軽んじますな。ご領地へお帰りになって、安全に事の成り行きを見守りください。今は何も起こる気配はありませんが、この国会は大打撃を受け、しかも誰がやったかはわからないでしょう。このご忠告を軽視してはなりません。閣下のためになるものであり、この手紙を焼き捨てれば危険はなくなり、閣下の身に危害が及ぶ恐れもありません。どうか神のお導きのもとに、この手紙を正しく利用し、神のご加護をお受けになりますように。

エドマンドの手紙と同様に、どこから来たのかは謎に包まれている。どうやって入手したのか尋ねられたモンティーグル卿は、その日の夕暮れ、「それなりに背の高い」見知らぬ男が卿の下男を呼び止めて手紙を渡し、主人に渡すように命じて去っていったと言う。「どう考えたらいいかわからず」、手紙を燃やすようにという警告は無視したほうがいいと思ったモンティーグル卿は、もう遅く暗くなっていたにも拘わらず、ホワイトホールへ急行して枢密顧問官たちに渡すのがよかろうと判断したのだった。

ソールズベリー伯はその手紙を読み、サフォーク伯に渡した。二人は、非国教徒たちが叛乱を起こそうとしているというフランスから得た情報と同じだと同意した。それから、手紙を、ウスター伯、ノッティンガム伯、ノーサンプトン伯に見せた。一同は、「それがどのようなことにつながるのかはともかく、重要な情報」を通知してくれたモンティーグル卿に感謝した。モンティーグル卿としては、自分にあらぬ疑いがかからないようにと、まるでエドマンドの訴えのように、「これがどのようなことになろうと、自分は無関係だ」と訴え、「献身の証として」手紙を渡したのである。

五日後の十月三十一日、ジェイムズ王がロンドンに帰ってきた。ソールズベリー伯は翌日の午後になるまで手紙を見せなかった。アン・ガンターとリチャード・ヘイドックの言い逃れを暴いたばかりのジェイムズ王は、この謎めいた手紙を見せられると、また推理探偵のような腕前を発揮することになるのである。

ひと月後に公表された記述（ジェイムズの『選集』に再録）によれば、ジェイムズは「手紙を読み、」「しばらくして」読み直し、二つの重要な表現に気を留めた。「この手紙を焼き捨てれば危険はなくなり、」「この国会は大打撃を受け、しかも誰がやったかはわからない」という箇所だ。これだけの手掛かりがあれば十分だった。たとえ「普通の文法的なつながりを常識的に解釈しただけではわからなく」とも、ジェイムズには「火薬爆発によって何らかの危険が迫っている」ということが直感的にわかったのだ。「国会の期間中にそれ以外の謀叛や叛乱ないし密かな絶望的な試みがなされるとは考えられない。そしてその犯人が見つからないというのは、火薬の爆破によるものだからだ」とその記述にはある。

ソールズベリー伯は、この手紙の謎を解読したのは王であり、陰謀を発見した功労者は王のみだとしている。だが、この少し後にソールズベリー伯が書いた手紙によって、サフォーク伯と二人で即座に事態の目鼻をつけていたことがわかる。「大打撃と言うからには、国会の会期中、王がご出席のときに爆破でも起こるのであろうと、私たち二人は考えた」と、伯は記しているのだ。そして、国会議事堂の構造を知っていたサフォーク伯は、攻撃は「国会会議場の下にある、薪《まき》や石炭の貯蔵以外には決して使われない巨大な貯蔵室」からなされるのであろうと推測した。

あくる日、王の指令により、国会議事堂の「上から下まで」の調査が決定された。だが、まだ決行はされなかった。国会が開かれる前日まで待ったほうが、「つまらぬ噂」が広がらずにすむし、犯行の準備をさせておいたほうが陰謀者たちを捕まえやすいと判断されたのである。ついに、十一月四日、国会議事堂の下の「巨大な貯蔵室」の調査がなされた。[*1]

そこには「山ほどの焚き木や薪」が積まれていた。誰がここを使ってよいと許可したか調べると、トマス・パーシーが許可したことがわかった。トマス・パーシーとは、儀仗衛士、つまり国王の近衛兵の一人であり、親戚である強力な枢密顧問官であるカトリックのノーサンバランド伯[*2]によってその職務につけてもらった男だった。パーシーは、エリザベス女王存命中、ノーサンバランド伯がスコットランド王ジェイムズに、カトリックに対して女王よりも寛容であってほしいと訴え出たとき、伯爵と王とのあいだの信頼できる内々の使者として働いたこともある男だ。

パーシーの名前が出たため、さらに疑惑がふくらんだ。なぜ国王の近衛兵が、国会会議場の下の貯蔵室を貸したのか。

調査隊はここで一旦調査を打ち切って、薪の山とそこで出会った「尊大で自暴自棄の男」について、王と枢密顧問官らに打ち明けることにした。知らせを受けたジェイムズ王は、その夜遅く調査を再開するように命じた。一同が貯蔵室へ戻ってみると、「ドアの外にはトマス・パーシーの配下の者と称する男が立っていて」、拍車のついた乗馬用靴を履いていた。男は直ちに逮捕され、貯蔵室は再び調査された。この徹底した調査の際に「薪と石炭」がひっくり返され、下から火薬の樽が出てきた。さらに調べてみると、全部で三十六の樽が発見された。パーシーの配下の男は身体検査をされ、「マッチ三本と、火薬を爆破するためのその他の道具」が発見された。その夜、調査に失敗していたら、翌日国会が開かれている最中に、ほとんど想像もつかないような恐ろしいまでの大惨事となりかねなかった。ジェイムズ王、アン王妃、ヘンリー王子、チャールズ王子を始めとして、国じゅうから集まってきている貴族、議員、主教といったイングランドの指導者たちが、ただ一撃で消し去られるところだったのだ。

パーシーの配下の男はホワイトホールへ連行され、十一月五日の早朝に尋問を受けた。自白によれば、名前はジョン・ジョンソンで、ヨークシャー州ネザーデイル出身のカトリックだと言う。尋問者たちの報告によれば、ジョンソンは「自分の大義を深く信じ込んでいたので、我々皆は、イングランドにムキウス・スカエウォラが再来したのかと思ったほどでした」という。ガイウス・ムキウス・スカエウォラという有名なローマ人の暗殺者は、拷問で自白を強いられると、自分の手を火につっこみ、炎で手が燃え尽きるまで腕をひっこめなかった男だ。ジョンソンは、パーシー以外の共犯者の名前を明かすことを拒否したが、「もしあの晩逮捕されなかったら、王や諸侯や主教もろとも国会をぶっとばすつもりだった」と平然と認めた。ジェイムズ王亡きあと、誰が国を統治すると考えていたのかと問われると、「パーシーとはその点まで相談することはなかった」と言い、「国民自ら決めることだ」と述べた。動機を問われると、「爆破が成功したら、カトリック教徒たちに宗教をもとに戻すための処置だったと説明するつもりだった」と答えた。ジョンソンはまた、「この国会で成立するはずだったスコットランドとの統合を妨げる」ことにもなるので、政治的理由からこの陰謀を支持してくれる人もいるはずだと思っていた。そして、尋問の場となっていた王の寝室に集まっていたスコットランドの宮廷人たちに向かって、ぬけぬけと、この爆破で「連中をスコットランドまでぶっとばして送り返してやれる」ところだったと嘯《うそぶ》いたのだ。

政府は、この陰謀の根がどれほど深いのかわからず、黒幕は誰なのかを一刻も早く明らかにしようとした。ジェイムズ王は、ジョンソンに尋ねたい質問について詳細なリストを自ら書き上げた。そして、白状しないと、拷問は最初のうちは手ぬるいが、「段々と極限まで至る」とラテン語で脅し文句も書き添えていた。

もう一人だけ名前のわかっている容疑者トマス・パーシーの居場所をつきとめようと大捜査が始まり、国じゅうの港が閉鎖された。ヴェニス大使は、百人もの人間が派遣されて、パーシーが大陸へ逃げないように手段が講じられたと本国に書き送っている。パーシーが国外逃亡をしようとしているのか、それとも手筈の整った叛乱を起こすべく他の陰謀者たちと落ち合おうとしているのか知るのが急務だった。

王の勅命にしたがって文書が急ぎ印刷された。「指名手配」のポスターだ。「当該のパーシーを徹底的に捜し、何としても逮捕し、特に他の陰謀者たちも発見できるように生け捕りにすること」と通達された（『リア王』第六場〔第二幕第一場〕八一〜三行で、エドガーを捕まえようというときに、「王国じゅうの者がわかるように」「似顔絵」があちこちに送られたのを少々連想させる）。「未だかつてない最も恐ろしい謀叛の共謀者」パーシーは、「背が高く、大きな髭を生やし、立派な顔をしており、髭と髪には白いものが交ざっているが、髭よりも頭のほうが白髪であり、なで肩で、血色はよく、大足だが、短足だ」と描写された。

十一月五日の朝に目覚めて、陰謀未遂のニュースを聞いたロンドン市民は大騒ぎをした。年代記作家エドマンド・ハウズは、「枢密院は、この陰謀がどれほど広がるのか、誰がどの程度陰謀に関わっているのかがわからないまでも、どこかのカトリックの不満分子が始めたのであろうと当たりをつけて、ロンドン市長にすべての門に見張りを立てるように命じた」と記している。

その夜、ロンドン市長の命令で「主たる通りでは」二つの目的のために篝火《かがりび》が焚かれた。すなわち、命拾いをした安堵を示すと同時に、かつて外国の侵略を警戒したときにそうしたように、緊張の走るロンドンを夜じゅう明るくしておくためだ。貴重な史料の提供者である当時の偉大な手紙作家ジョン・チェンバレンは、「これほど鐘が鳴らされ、大量の篝火が燃やされたことは、私の知るかぎり、ない」と記している。

十一月五日に事件は未然に防がれたものの、流血が避けられたのかどうかはまだわからなかった。ヴェニス大使ニコロ・モリーノは、ロンドンを捕らえた恐怖を次のように生き生きと記している。「市は大変な混乱のなかにある。カトリック教徒は異教徒を恐れ、異教徒はカトリック教徒を恐れ、どちらも武装している。外国人は家で恐怖に震え、この陰謀の根っこにはどこかの外国の王が絡んでいると思い込んだ暴徒の略奪を受けている」。

「騒動を避けるために」通りのあちこちに訓練を受けた自警団が立った。「大騒ぎだった」と記す目撃者もいた。モリーノは、政府が「この陰謀に外国の君主は関与していないと宣告を発して市民たちの感情を鎮めてくれた」ことをありがたく思い、「これで街が落ち着いてくれるとよいのだが、実際は誰もがそれなりにびくびくしている」と記している。

ソールズベリー伯は、人々が「スペインの仕業だと噂をして騒いでいる」ために警戒をしたほうがいいと警告を受けた。ロンドン塔長官は、まだ見えぬ脅威に備えて、軍事的準備は整っていると枢密院に報告した。「ロンドンの城門がすべて閉鎖されたと聞きましたので、すべての守衛を塔に召集し、裏口に見張りを置き、聖キャサリン教会の門および桟橋を警護しております。ロンドンの夜警はキリスト教国のどんな要塞よりも厳重です」。

この陰謀がどれほどの根を持っているのか、まだ誰にもわからなかった。国会爆破はほんの始まりで、これから大々的に国際的な暗殺が起こり、無政府状態となるという噂が渦巻いた。ハウズによれば、「例の火曜日〔十一月五日〕に、フランス王とデンマーク王も暗殺されるところだったのであり、サクソニー公にも同様の暴行が加えられるところだった」などと「うるさい連中が言っている」ということだった。ロンドンにいる外交官たちは、ロンドン市民の怒りを鎮めるために自らの措置を講じていた。スペイン大使は祝賀の篝火を焚いて、「人々にお金を投げ与え」、オーストリア大使もフランス・オランダの改革派教会もそれに倣った」。改革派教会というのは、プロテスタントのユグノー派である。以前ロンドンで外国人差別の暴行を受けたことがあったので、慎重な処置がとられたのだ。シェイクスピアがフランス人ユグノーの家に下宿していたシルバー通りとマグル通りが交わるあたりはどのようだったのかは想像するしかない。

エドマンド・ハウズは、事件の直後、「一般の人々はあれこれ想像を逞しくして言いたい放題言い、貴族は何を言うべきか誰を調べ疑えばよいのかわからず、何日かは誰もかれもが不安でじりじりしていた」と思い出を綴っている。どんなことが言われ想像されたのか、当時の国情を理解するのに必要な「不安でじりじり」という全体的な雰囲気がどのようなものであったのか、はっきりしたことはわからない。

言いたいことを大声で言ってもいけないことは、フェター横町に住んでいたビアードという男がその日、身をもって学んだ。ビアードは、ブーツを新調するために足のサイズを測りにきたホルボーン地区の靴屋の召し使いに、ロンドンでの「見張りや警戒」について質問したあと、「もし爆発しちまってたら、すげえ面白かっただろう」と口走ったのだ。しかも「ふざけたり笑ったりしながら言った」のではなかった。ビアードは不謹慎なことを言ってしまったと気づき、「陰謀を大いに非難した」が後の祭りであり、通報された。その日、口をすべらせて余計なことを言う人がいた一方で、陰謀の共犯者ないしその支持者に対する大捜査網に協力して権力側にごまをすろうとする告げ口屋もいたわけである。このビアードの事件が私たちに知られるようになったのは、フランシス・ベーコンが自ら調査に乗り出し、法学院へ行って枢密院が興味を抱きそうなことを調べたからだった。

この時点での問題は、モリーノの言葉を引用すれば、「真実に達するのが至難であった」ことであった。不平を抱えた宮廷人（とその部下のジョンソン）が計画した陰謀などという説明ではどうにもならなかった。どこかに野心満々の強力な黒幕がいるはずなのだ。「この陰謀の根は深いと人は噂した」と、モリーノは付記した。「パーシーが悪いとしても、たった一人で目的もなくこんなことをしでかすはずがないのだ。なにしろ、ただ王の暗殺のみならず、王子たちも貴族たちもすべて抹殺しようというのだ……それゆえ、まず不満を抱く貴族たちが疑われた。その主たる人物はノーサンバランド伯だ」。

政府は、目立ったカトリック教徒や不穏分子らにとっくに目をつけており、十一月五日のうちにその何人かを尋問していた。火薬陰謀事件の翌日には、ソールズベリー伯は容疑者のリストを入手していた。いずれもカトリック貴族の不満分子だ。しかも誰もまだ関係者とわかったわけではないのに、このリストは驚くほど正確なものだった。「疑わしきは……ロバート・ケイツビー、アムブローズ・ルークウッド、キーズなる者、トマス・ウィンター、ジョン・ライト、クリストファー・ライト、それからグラントなる者も怪しい」[*3]。たいてい過去に政府と揉め事を起こしたことがある連中であり、エリザベス女王が死んでジェイムズ王の平穏な継承が確実になるまでの不穏な時期に、警戒のために拘束された者も含まれていた。

このリストは、ひと月前ストランド街の居酒屋アイリッシュ・ボーイで食事をしていたところを目撃された人物のリストなどと突き合わされてできたのであろう。居酒屋にいたのは、ロバート・ケイツビー、トマス・ウィンター、モードーント卿、フランシス・トレシャム、ノーサンバランド伯の弟サー・ジョスリン・パーシーら[*4]であり、非国教会教徒として知られていた劇作家ベン・ジョンソンもこのグループと食事をしているところを目撃されていた。ジョンソンは見られたとは気づいていなかったのかもしれないし、その連中のなかに陰謀の容疑者がいたことも知らなかったかもしれない。しかし、非国教会教徒の狭い付き合いを考えれば、芋づる式に逮捕される危険は誰にでもあった。だから、枢密院からベン・ジョンソンに命令書が届いて、カトリック関係の交友を利用して（名前の記されていない）ある司祭を見つけて連れてくるようにと指示を受けたとき、ジョンソンはあせったに違いない。治安判事サー・ジョン・ポパムが送った容疑者のリストがソールズベリー伯の机に届いた翌日のことだ。恐らく、その司祭は、逮捕されたジョン・ジョンソンなる男を説得して、共犯者の名前を明かす必要があり明かしてもかまわないのだと納得させるために必要だったのだろう。

ベン・ジョンソンは、どうやら言われたとおりにしたらしい。少なくとも、そうすると言って、権力側にすり寄るような十一月八日付の手紙で、「良心の持ち主なら、あるいは愛国心がある者なら、当然のこと」として、直ちにモリーノ付きの牧師に接触して協力を求めたと説明している。しかし、司祭は——見つけようとしたのかどうかはさて置くとして——見つからなかった。逃げてしまったのだとベン・ジョンソンは主張した。

このときちょうど宮廷仮面劇を書いていたジョンソンは、密かに政府のスパイをしていたのだろうか。していたとしたら、しぶしぶとしていたのか、それとも、莫大な報酬の見返りか。スパイをしておきながら火薬陰謀事件の共謀者の支援をしたのだろうか。四世紀も経った今となっては、もはや知る由はない。だが、どれほど深く関わっていようと、またどちらの側についていようと、国家を破壊しようとした連中を捕えるこの大捜査網に触れたのだから、恐怖で震え上がったはずだ。

一週間後、モリーノはこう記している。「誰かが逮捕されたとか、どこかの男爵が自宅謹慎になったとか、他の人の監視下に置かれたとかいった事件が起こらない日はない。カトリックの指導者ゆえに、念のためにとられている対策であり、事件全体が明るみに出るまでこうした逮捕は続けられる」。ジェイムズ王自身、にこやかな顔を公に見せていたものの、命の危険を感じて震え上がっていた。モリーノは、「王は怯えている。いつものように姿を見せず、公の席での食事もなさらない。奥の部屋に引きこもって、接触できるのはスコットランド人だけだ」という情報をつかんだとヴェニス本国へ書き送っている。

三十六もの樽に詰まった火薬が大爆発を起こしたら、樽が置かれていた貯蔵室の上にあった貴族院が吹っ飛ぶだけではすまなかっただろう。ジェイムズ王は個人的にモリーノに、「計画が実行されていたら、三十万人もの人が一瞬で死に、ロンドンには略奪が起こり、金持ちが貧乏人より打撃を受け、要するに、前代未聞の恐ろしい大惨事になっていたことだろう」と語った。三十万人というのは言い過ぎだろうが、爆発物の知識のある当時の人は、確かに被害は甚大で広範囲に及んだであろうと同意している。イングランドの法律と歴史の宝庫であり、ロンドンの目印とも言うべき「王立裁判所、記録裁判所、ウェストミンスター寺院、シティ・オヴ・ウェストミンスター、そしてホワイトホール宮殿」といった最も重要な建築物が爆発に巻き込まれ、炎上したことだろう。

具体的な被害がなかったため、その恐ろしい結果は想像するしかなかった。爆破計画の具体的証拠は、意味の曖昧で無署名の例の手紙を別にすれば、爆発しなかった幾樽もの火薬、そしてそれに火をつけようとしていた謎の召し使いだけなのだ。黒幕が誰なのかもわからない。だが、余計な噂が広まる前に、世間を納得させられるような説明を直ちにつけなければならなかった。政府は、陰謀者の正体やその動機を忖度するのではなく、この陰謀のひどさや破壊力について誰もが同意する話を作ることに直ちに全力をあげた。

しかし、火薬陰謀事件の破壊の影響が国王自身に及ぶと国民に想像させることで、政府は矛盾に陥っていた。イングランドでは一三五一年に法令が発せられており、「国王の死を意図したり、想像したりする者は謀叛人である」とする法律は当時も有効だったのだ。法務長官サー・エドワード・クックは、この後の裁判において、この法令を持ち出し、「国王、王妃、ないし王子の死を意図したり、想像する者は謀叛人である」と火薬陰謀事件を企てた連中に思い出させた。政府はまさに国民にそうした法に触れる行為をさせようとしているというのっぴきならない立場にあることになる。ロンドンの公共劇場で観客にそうした事態を想像させる歴史劇や悲劇について、政府はあれほど目くじらを立てていたというのに。

事件直後の日曜日〔十一月十日〕に、ウィリアム・バーロウ主教は、セント・ポール大聖堂の説教壇に立ち、戸外に群がる大勢の市民に語りかけた。噂や風聞しか聞こえてこないため、市民はきちんとした説明を聞きたがっていた。かなりひどい噂まで出回っていたので、筋の通ったしっかりした説明が必要だった。バーロウは、つい数年前、エセックス伯の謀叛未遂の騒ぎの際にも、まさにこの説教壇から市民たちを静めた主教であり、この仕事にはうってつけの人物であった。

主教は、最初の爆発で多くの指導者や市民が殺傷されただけで破壊は終わらなかったであろうと市民に語った。恐ろしい余波が、国民という織物をずたずたにし、その混沌のなかで社会契約そのものが崩壊したであろう。無防備になったイングランドが外国に征服され、荒野となるのは時間の問題であった。最初の爆発で死んだ者は幸運だったと言われるようになっていただろうと、バーロウは言った。「いかなる婦女暴行、いかなる略奪、いかなる盗み、いかなる殺人が起こったことであろう？　いっそ死んでいたほうがよかったというおぞましいことが起こったのではないか」。「外国人が侵略し」、「国内の王位簒奪者がのさばる」のにふさわしい時となったであろう。このような黙示録的光景を描いて見せたのち、バーロウは、二週間前モンティーグル卿が枢密院に届けた手紙を群衆に読んで聞かせた。幸運にも国王と王国を救った手紙だ。権力側がこの密告の書を一般公開すべきだと考えたのは当然だった。大変な事件が起こったというのに、何も目に見えるものがなかったのだ。

政府は、どのような災害が起こり得たか発表するのに、五日と待っていられなかった。バーロウがセント・ポール大聖堂に集まった群衆に説教をした日の前日、まさに皆が死にかけた場所である国会議事堂でジェイムズ王自ら、この国の政治的宗教的指導者たちに「前代未聞の大がかりで恐ろしい企て」について語っていた。ジェイムズは冒頭でこの事件を黙示録に譬えており、演説というより説教になっていた。

暗殺未遂は今に始まったことではないものの、今回の陰謀は「私のみならず、今ここに集まっている全員が、地位、年齢、性別にかかわりなく、みな殺されるところだった」と、ジェイムズは述べた。王の演説では、「残酷で無慈悲」「おぞましく恐ろしい」「猛烈で血も涙もない」といった調子のよいキーワードがときに対になって繰り出されており、それこそ当時の人たちがこの陰謀の邪悪さをなんとか表現しようと探していた語彙にほかならなかった。

王というより「聖職者のように話した」ことは自ら認めたものの、ジェイムズは統合の議題に戻りたくてたまらなかったのだ。その日集まった議員たちに、十一月五日に王の出席が必要だったのは、統合の法案を通すためだったと思い出させようとしていたのである。イングランドとスコットランドの統合のために命までも懸けた以上、ジェイムズは一月二十一日の国会再会時に法案を批准することを求めた。

政府が発表した事件の説明が四百年後の今もほとんどそのままであることは、その説明の優秀さを物語るものだ。政府の見解を強化するために、ジェイムズの国会での演説がその月のうちに急ぎ印刷され、広く読まれ、新たな史料が付け加えられて再版され、単に『王の本《キングズ・ブック》』と呼ばれた。十九世紀になると、事件についての政府の見解は、現存する主要文書とともに「火薬陰謀事件ブック」として編纂された。なかでも一番重要なのはモンティーグル卿の手紙だ。この神のお導きを示す筋書きを固めるために、一六〇六年一月に国教会の祈禱書に新たなセクションが加えられた。「教皇派の裏切り」を非難しつつ、この日国民が無事に過ごせたことを記念する感謝の礼拝が加えられたのである。

このような都合のよい政府側の説明を受けつけない反体制側は、多くの証拠がもみ消されたのだと言い、記録に齟齬があることから、十一月五日の前から権力側は陰謀のことを知っていたのに、国家の目的を推し進めるため、とりわけイングランド在住のカトリック教徒を抑圧するために泳がせておいたのだと主張した。この見解のなかでも特に極端な考えによれば、陰謀を思いついたのはカトリック嫌いのソールズベリー伯であり、陰謀者たちは操られて墓穴を掘ったのに過ぎず、いよいよ処刑されることになるまで命は助けられると信じていたのだという。しかし、こうした主張はあまり人気を得なかった。なにしろ、ジェイムズ王朝体制は証拠をほぼ独占しており、なぜを語らず、どうなっていたかもしれないかを強調することで効果的に体制側の都合のよい物語を語ったからだ。

つい忘れがちだが、火薬陰謀事件がその後の悪名高いテロリズム事件（とりわけ、やはりその日付で記憶されるほど大きな事件）と違うのは、今回は何も起こらなかったという点なのだ。つまり、偉大なジェイムズ王朝の劇と同様に、実際に暴力を受けた被害者がいるわけではなく、人々はいわば悲劇を想像したにすぎないのだ。それも、『リア王』や『マクベス』のように本当と感じられるような忘れがたい悲劇だった。この悲劇のカタルシスを感じるには、犯人の捕り物、拷問、そして連坐した者の公開処刑の一場を観るまで待たねばならなかった。

イングランドの劇作家たちは、当時の出来事についてぼやかして書くことしか許されていなかったが、お株を奪われたと臍を噛んだに違いない。勘のいい劇作家なら、何一つ破壊されたわけでもないのに、昨日までと世界が変わってしまったことに気づいただろう。こうした陰謀があったこと自体、水面下に不満があったことの証であり、抑圧を感じ、憎悪や夢想をふくらませていた連中がいたことを、スパイ組織を有する政府でさえ見逃していたのだ。それは、情報の把握に失敗したというより、想像力の欠如の問題だった。ジェイムズ王の治世となって三十か月が経った時点で、国民のなかに我慢も限界だと思っている者がいると理解できなかったのが元凶なのだ。そして、悪魔の仕業だと言い立てることはできるくせに、悪魔に憑かれていようといまいと、人間がこんな無差別殺人という残虐行為ができるほど凶悪になりうると想像できなかったのが敗因なのだ。この事件の翌年、イングランドの作家たちはこの謎に満ちた事件をさらに深く探り、究極の問題点は何かを調べることになる。

6 *MASSING RELICS*

ジョン・スピード作図によるウォリックシャーの地図（1610年頃）

第6章　ミサの遺品

火薬陰謀事件の翌日、この未遂事件の知らせが国じゅうに広まるよりも早く、十一月六日早朝にウォリック町の厩《うまや》から十頭の馬が盗まれたとの通報が宮廷に入った。ロンドンから百三十キロも離れていたが、この一見無関係の出来事は政府当局の注意を引いた。と言うのも、盗まれたのは旅行に用いるような普通の去勢馬ではなく、一頭「約六十ポンド」もする特別な軍馬だったのだ。

盗難があった場所も問題だった。二十キロ先のコーンブ修道院には、ジェイムズ王とアン王妃の九歳の娘、エリザベス王女が、ハリントン卿の保護下で育てられていた（王家の子は両親と別居するのが慣例だった）。ウォリックの厩の責任者だったベノック氏は、これは一大事だと、ハリントン卿へ手紙を書き、「今宵、大切な馬がすっかり厩から盗まれてしまいました」と告げ、「大きな謀叛が迫っているに違いありません」と記した。馬泥棒の一味を目撃したベノック氏は、そのなかに国教忌避者としてその地方で有名な紳士ジョン・グラントがいることに気づき、そのほかの連中も「ローマ・カトリック教徒」だったと断言した。グラントの屋敷は、つい六キロ先にあるストラットフォード・アポン・エイヴォンへ行く途中の町ノーブルックにあった。

アン王妃
デンマーク生まれのデンマーク育ちの王女であり、弟をデンマーク王にもつアンは、1589 年にジェイムズ王と結婚した。演劇、仮面劇、音楽、建築といった主要なイングランド芸術の主たる擁護者だった。個人的にはカトリックだったが、プロテスタントの説教や礼拝に参列した。1606 年 6 月に娘ソフィアを出産したが、夭折。ジェイムズ王とのあいだの最後の子だった。

このグラントという男は、シェイクスピアの知り合いだったかもしれない。[*1] 両家は一緒に仕事をしたことがあるのだ。グラントは、その地域で最高の教育を受けており、筋金入りの国教忌避者であった。よそ者の出入りに敏感な田舎の人々は、聖職者たちがほぼ毎週ノーブルックに徒歩や馬でやってきて、ミサを開いていたのを見かけたことだろう。

グラントは、四年前のエセックス伯の叛乱に連坐していた。ウォリックでの盗難事件の直後、当局がグラントらの足取りを洗って、一味がノーブルックへ向かったことを把握するのに時間はかからなかった。すでに逃げ去ったあとではあったが、グラントの荘園は捜索され、「見張りと警護が厳重に配置された」。グラントの召し使いたちの供述によれば、早朝三時頃、六十人ほどの人が馬でやってきて、「飲み物と暖炉の火のあるところで休みたい」と言い、そのあと「剣や短剣や、ピストルやペトロネル〔騎手が用いる銃身の長い銃〕で武装した」。謀叛人たちは五十丁のマスケット銃とキャリバー銃――歩兵隊の武器――を持って急ぎ立ち去ったという。これらの武器は、火薬の入った樽や鎧兜と一緒に、その屋敷に前年の夏至から隠されていたものだった。ミッドランド蜂起のための武器倉庫にして、恐らくはエリザベス王女誘拐計画の司令塔となっていたこの屋敷は、ストラットフォード・アポン・エイヴォンのつい数キロ北にあった。

ハリントン卿はその日の朝のうちにベノック氏からの手紙を宮廷へ届け、ソールズベリー伯の「意見を求め、王女に関する国王の意向」を伺ったが、ミッドランドから新情報が入り、卿は考え直した。自分の警護不足によりエリザベス王女が誘拐ないし殺害されるかもしれない可能性に思い至ると、先手を打って即座に王女を近くのコヴェントリーの安全な場所へ移したうえで、改めてロンドンの枢密院に手紙を送ったのだ。ハリントン卿の手紙を託された使者は、大急ぎで二時間ごとに馬を乗り換え、最近の大雨のせいでぬかるんだ道で難儀をしながらも、ロンドンまでの百三十キロを八時間もかけずに走り抜いた。この馬盗難事件が前日のロンドンでの火薬陰謀事件の発覚とどのようなつながりがあったのかなかったのか、今となっては知る由もない。

あくる十一月七日、イングランドの田舎道を使者たちが駆け抜け、ウォリックシャー州の事件とロンドンでの陰謀未遂とをつなげる報告を大慌てで届けると、政府はパーシーおよびウォリックで軍馬を盗んだ正体不明の共犯者たちを糾弾する勅令の草稿作成に急ぎとりかかった。「わが国で何らかの謀叛を起こそうとしていた」としたのである。

このとき初めてシェイクスピアは、自分が二つの震源に意外と近いところにいると感じたかもしれない。ロンドンでの爆破計画と、ウォリックシャー州の自宅近くでのカトリック教徒たちの蜂起は、いわば先端が二つに割れている同一の攻撃なのだとわかってきた。王と枢密院は、ミッドランドで謀叛が起ころうとしていると確信し、鎮圧のために軍隊を派遣しようとしていた。その後謀叛に加わったイエズス会士オズワルド・テシモンドによれば、謀叛に加わろうとした人の数は「一千以上になったと言われるようになり、さらに増えると思われたため、王は徴兵の命令を出した」という。政府軍を率いたのは、一六〇三年にアイルランドの蜂起を残虐なやり方で鎮圧したエリザベス朝時代の英雄デヴォンシャー伯だった。伯の活躍によって、エセックス伯に侮辱を加えたアイルランド軍司令官のティローン伯は破れ、九年戦争[*2]が終わったのだ。

テシモンドは、「いつかウォリックシャー州知事を敗走させることができれば、大勢が共謀者に加わるだろう。王の軍隊がやってくる前に、そうした勢力を組織化する時間がたっぷりあるはずだ」と自信をもっていたが、もちろん楽観的観測にすぎなかった。ロンドンの政府当局もそれぐらいの警戒はしていた。ヴェニス大使によれば、デヴォンシャー伯はすぐに「イングランド人、スコットランド人、あわせて千二百人の紳士を率いた」とのことだった。これらの紳士志願兵は、より大きな徴兵軍を率いることになる。イングランドには常備軍がないためだ。この数字は誇張されているように思われるが、それに近い数の紳士が集まったということは、すぐに徴兵しようという熱意の広がりを感じさせる。

ソールズベリー伯から海外駐在のイングランド大使へなされた報告には、急遽組織された軍についてもう少し詳しいことが記されている。「ロビン・フッドどもが集まっているところへ腕に覚えのある連中が駆けつけて、善を助けて悪をくじくのはよいことだ。そのためにデヴォンシャー伯を司令官とする命令が出たわけだが、伯が三十キロも進まぬうちに、こんな薪束は焼かれて灰となるだろう」。ミッドランドの叛乱軍をふざけて「ロビン・フッドども」と呼んだソールズベリー伯は、ひょっとすると『お気に召すまま』のアーデンの森で襤褸《ぼろ》をまとった牧歌的なアウトローたちが「イングランドの古きロビン・フッドのように暮らしている」と呼ばれていたのを思い出したのかもしれない（第一幕第一場一一一〜一一二行）。

この急遽集められた軍隊は、マクベスを倒すためにマルカムがイングランド軍に頼って以来のアングロ＝スコット軍[*3]ということになるが、政治的に問題含みだった。ジェイムズ王が自分の命が狙われているのではないかとまだ恐れていて、「王が身辺にスコットランド人を置きたがったと公表した」ため、「伯につきしたがおうとしていたスコットランド人全員がすぐに撤退し」て、軍の構成員がかなり変わったのだ。シェイクスピアは、軍事活動についていろいろ読んだり聞いたりして行進中の軍隊の活動を知っていたはずだが、ミッドランドを馬で通過する軍隊を見つめていたシェイクスピアの考えがどのようなものであったのかはわからない。ウォリックシャー州生まれの元巡業の役者でしかないというのに、シェイクスピアほど道や町や領土に詳しいイングランド人はいなかっただろう。

十一月六日と七日、ロンドンでは噂が飛び交い、軍備が整えられ、大変な騒ぎとなったが、イングランドじゅうどこも似たようなものであり、とりわけストラットフォード・アポン・エイヴォン周辺の町々ではひどかった。詩人サー・フルク・グレヴィルの父親で、同姓同名のウォリックシャー州副知事サー・フルク・グレヴィルは、国会開催時にロンドンで勤務についていた数少ない経験者の一人であった。この男は早速、「家を留守にしていたり、疑わしい警戒をしていたりする近辺の紳士たちから武器や武具を」確保したが、これには国王からお褒めの言葉が与えられることになる。ウォリックの盗難事件が起こったまさにその日、グレヴィルはすでに、謀叛人たちのところから逃げてきた召し使いたちや、取り残されて逮捕された召し使いたちを尋問していた。ある投獄された労働者は、叛乱軍がどこへ向かっているのか知らないが、「叛乱軍は急ぎウェールズに向かうつもりだと、ジョン・グラントさんのところの小僧が言っているのを聞いた」と、グレヴィルに告げた。

あくる日、グレヴィルの義理の息子である州知事リチャード・ヴァーニーとその同僚のウィリアム・クームとジョン・フェラーズ[*4]がこの情報をソールズベリー伯に報告し、さらに「その数は増加の一途をたどり、二百ほどになっていると思われる」と告げたが、これには枢密院顧問官たちは仰天しただろう。シェイクスピアはグレヴィルをよく知っていた[*5]が、どれほどのつながりがあったのかわからないし、グレヴィルのパトロンが誰だったのかもわからない。ヴァーニーもクームもフェラーズも、シェイクスピアのよく知っている人物だった。ウォリックシャー州は、人付き合いの点でも経済の点でも、小さな世界だったのだ。

まさにこの瞬間にストラットフォード・アポン・エイヴォン付近にいて、事件の渦中にいたらどんな感じがしたのか想像するのは難しい。ウォリックでの盗難事件の報告が入ってきて、軍馬が田舎道を駆け抜ける音が聞こえ、ノーブルックで叛乱軍が軍備を整えているかと思えば、エリザベス王女誘拐の噂がかけめぐる。橋という橋に鎖をかけ、町を防衛すべき時が来たのだ。但し、地方の軍備といっても、シェイクスピアが『ヘンリー四世・第二部』で描いてみせた情けないイングランドの徴兵と大差なかった。ストラットフォード・アポン・エイヴォンの学校教師アレグザンダー・アスピノルは、町の防備の旗振り役だった。十代のシェイクスピアが町で暮らしていた一五八〇年代初期から町で教えており、一五九四年にクワッド礼拝堂へ引っ越した（三年後に購入されたシェイクスピアの家ニュー・プレイスの目と鼻の先だ）。一六〇五年末にアスピノルは、ストラットフォードの会計係のみならず参事会員としても務めており、町の防備費の責任者だった。十一月上旬、アスピノルによる会計は、それまで眠っていた町の警護をいきなり戦争状態にするものだった。基本的な武器配備が必要とされ、十一月六日に配管工リチャード・デューズと居酒屋のオーナーであるクイニー夫人から火薬が購入された。なぜ二人が火薬など持っていたのかはわからない。クイニー夫人の夫リチャード（シェイクスピアに宛てて書かれた手紙として唯一残っている手紙の書き手）は三年前に亡くなっていた。夫人はシェイクスピアの娘ジューディスの将来の義理の母でもあった。町を守るために武器が集められ（多くは壊れていたり錆びていたりして使いものにならなかったが）、それを使うために一握りの新兵が徴兵されていた。

翌日、地元の大物バーソロミュー・ヘイルズが町の軍備を検分した。ヘイルズとシェイクスピア家との関係は何年も前に遡る。シェイクスピアの叔父ヘンリーが、スニッターフィールドにあるヘイルズの荘園に住んでいたのだ。ヘイルズの検分によって武器のほとんどが使いものにならないとわかったのち、使えるようにするために町の刃物屋が雇われた。十一月九日までには、州知事ヴァーニーは、「訓練された兵士はすべて集め、馬を準備する手配をした」と確認できた。ミッドランドのほかの地域も準備ができていた。リリントン出身の労働者は、「叛乱のとき、巡査の命令を受けて、鎖がかかって通行止めになったシェフォード橋で五晩見張りをした」という。

こうした準備は決して時期尚早ではなかった。と言うのも、地方で強い警戒態勢がとられたその晩に、「サー・フルク・グレヴィルの家が包囲されたという」のである。十三キロ先のビーチャム・コート[*6]にあるグレヴィルの家を叛乱軍が攻撃するのは筋が通っていた。うまくいけば、この地域の鍵を握る敵を消したうえに相当量の武器や馬を奪えるのだ。

ストラットフォード・アポン・エイヴォンの護衛隊は、この攻撃の噂に警戒しながらも無事に町に留まり、その夜は気炎を上げるつもりだったのか、蠟燭を点してクイニー夫人のワインを飲んで過ごした。ビーチャム・コート攻撃の知らせは、不穏な当時大きく広まる他の噂同様、やはり根拠のないものだった。

ストラットフォード・アポン・エイヴォンの護衛隊は、それから数週間かけて弾薬を購入したり剣や短剣の数を少し増やしたりして、戦争に備える態勢を強めた。その準備は十二月二十一日になってもまだ続いており、剣や短剣を磨き、「古い剣の新しい鞘」を購入するなどしている。振り返ってみれば少々滑稽であり、目の色を変えて軍馬で突撃しようというプロの軍人たちを相手に、一般市民が何をするつもりだったのか想像がつかない。だが、こうした準備があったことで、ストラットフォード・アポン・エイヴォンの内外での緊張がクリスマスまで続いたとわかる。

この少し前の七月にシェイクスピアが十分の一税を獲得した土地[*7]は、カルー卿の所有になるクロプトン・ハウスに隣接していた。アイルランドで軍務につき、そこで叛乱軍を倒すのに手を貸したカルー卿は、その後アン王妃の顧問官に任命され、妻とともにロンドンのサヴォイ宮殿の近くに住んでいた。

カルー卿夫妻がしばらくロンドンを離れることを知っていた若いカトリック紳士アムブローズ・ルークウッドは、一六〇五年九月末の土曜日に、ジョン・グラントおよび近くのハディントンに家を持つロバート・ウィンターという二人の友人を伴って、クロプトン・ハウスを訪れていた。三人はカルー家の留守を預かっていたロバート・ウィルソンに接触し、ルークウッドはこれから四年間家を借りるつもりだと何気なくウィルソンに漏らした。ウィルソンは、主人の許可なしにそんなことは認められないと答えた。ルークウッドは、自分は「カルー卿によく知られている紳士であり、卿の許可はすぐ得られる」と言い張った。そして、ウィルソンのその後の証言によると、「それ以上騒ぎもせず」、ウィルソンが家を出ていたすきに、ルークウッドは図々しくも自分の家財を運び込んだ。在宅していたウィルソンの妻には、「旦那様とはすっかり話がついている」と言ったという。

一旦引っ越してくると、ルークウッドは大勢の客をクロプトンへ招いた。客のなかには、トマス・ウィンター、ジョン・グラント、グラントの義兄弟ボス氏、エドワード・ブッシェル、ロバート・ケイツビー、その召し使いトマス・ベイツなどがいた（いずれも火薬陰謀事件首謀者）。ウィルソンはとりわけ「ミカエル祭（九月二十九日）直後の日曜日に」クロプトンで「たくさんの知らない人が集まって晩餐会を開いていた」のを思い出している。しかも十一月四日には、さらなる「よそものたち」が「馬車」で到着した（馬車は最新の乗り物であり、ほとんどロンドンで用いられていたので、馬車に乗ってくるというのはかなり特別であった）。ここでウィルソンが「よそものたち（strangers）」という言葉を選んでいるのも気になる。この語は、今日、外国人を aliens と呼ぶように、外国人を指す特殊用語だった。当時の人がよそからやってきた連中に警戒の鋭い目を向けていたことが感じられる。この例においては、ウィルソンにはそうする理由が確かにあった。と言うのも、クロプトンこそが火薬陰謀事件のアジトとなっていたからだ。

トマス・テンペストなる素晴らしい名前の召し使いが、クロプトンの家での人の出入りについて、ロンドンのカルー卿夫妻へ手紙を書き送っているが、それによれば、州知事ヴァーニーが十一月九日に「大人数で」クロプトンにやってきて、家宅捜査を開始した。また、テンペストの手紙には、「聖職者のマント、衣服、十字架、キリスト磔の像がついた十字架、聖杯、その他のミサの道具がたくさん入った」大きな「鞄」が没収されたともあった。こうした品物がどこからきたのか、どのようにしてどこで没収されたのか、はっきりしない。テンペストによれば、品物はノーブルックから来たもので、「ジョージ・バジャーなる人物へ届ける」ことになっていた。バジャーは現行犯で逮捕され、投獄された。そうしたカトリック用品を手に入れようとするとは危険で大胆だったが、バジャーの近所の者は驚かなかった。なにしろ、バジャーは町では筋金入りのカトリックとして長いこと知られており、信仰のためなら参事会員としての立場を失ってかまわないという態度だったのだ。バジャーは、長いあいだシェイクスピアの隣人でもあった。当時はシェイクスピアの母が住んでいたヘンリー通りのシェイクスピアの生家の隣家の所有者だったのだ。

クロプトン・ハウスは、蜂起を計画するための隠れ家とされたのみならず、将来イングランドにカトリックが復活した暁には礼拝で用いられるよう、貴重なカトリックの道具類をずっと隠しておく場所にもなっていたようだ。こうした「カトリックの遺品」を近くのノーブルックにある悪名高い国教忌避の家ではなく、ここにしまっておくとは抜け目ない手だったと言えよう。

一六〇六年二月二十六日、二十四人の代表的市民からなる委員がストラットフォード・アポン・エイヴォンの町役場に集まり、捕らえられたバジャーが隠そうとしていた品物を「査定」していた。委員のなかには、シェイクスピアの友人や知り合いもおり、たとえばジュライ・ショーなどがそうだった。ニュー・プレイスの二軒先に住み、十年後にはシェイクスピアが遺書に署名を依頼することになる友人だ。

委員のそのときの責務は、かつて謀叛人が所有していたために今は国王のものとなったそれら二十数品目の価値を現金に換算して査定することだった。こうした品物が公に使われていたカトリックのメアリ女王が亡くなってから四十七年が経っていた。半世紀近く隠されて丁寧に保存されてきたそれら品物のなかに、委員はイングランドの消滅した過去を見た。そこにある衣服を司祭が身につけているのを目にし、そこにあるロザリオをまさぐり、祈禱書のページをめくり、十字架についたキリストの像を見つめた子供時代の思い出があるのは、年取った委員だけだったろう。特に高齢者のなかには、エリザベスが即位してカトリック信仰が禁じられても、ひょっとしたら旧教が復活するかもしれないと考えて、町の人々が高価なヴェルヴェットや深紅の衣装を十年以上保存していたことを覚えている者もいたはずだ。

こうした品物が懐かしいのかそれとも毛嫌いされたのかはわからない。それは宗教上何を信じるかによる。日曜毎にともに祈りを捧げて生活をともにする近所同士なら互いにどれほど信心深いかかなりわかっていただろうが、個人の宗教には深く立ち入らないとするエリザベス女王の決定により、たとえ気まずい思いがあっても波風を立てない共存がイングランドに根を下ろしていたのである。人が胸の内で、あるいは家でこっそり何をしているかは、大概の場合その人だけの問題だった。教会出席は義務だったが、ストラットフォード・アポン・エイヴォンは、聖餐を拒絶する「隠れカトリック」〔表向きは英国国教会にしたがうが実はカトリックの信徒〕を密告するような町ではなかった。しかし、その日、町役場に集まった委員たちも感じたであろうが、今やプロテスタントとなった国のカトリックの過去は決して本当に消え去りはしなかったのだ。血腥いカトリックの蜂起がいよいよ現実味を帯びてきた当時、まだ旧教にしがみついている人をどうして信用できようか。

委員たちは、これらの品物を皆で回覧してからその価値を査定した。まず回覧したのは「金と銀の蓋つきの聖杯」、これは二十六シリング八ペンスとされた。「小さな銀の鐘」は二十シリング。「キリストの磔像のついた銀と金の十字架」は三シリング四ペンスとされた。委員たちは次に、ミサで用いる品物に注意を移した。「白いサープリス〔聖職者や聖歌隊が着る広袖の白衣〕二着」、「赤いサテンの法服と、それに付けるパリウム〔帯状の肩被い〕と腕飾り、および法服を包む赤い薄絹」、それから「黒いダマスク織の法服と、それに付けるパリウムと腕飾り」。これらは、まとめて六十シリングと査定された。
恐らく今まで見たこともなく、ただ話に聞いていただけのこうした珍しい品物を、委員たちは回覧し続けた。それなりに国教忌避者はいるものの、指導者が清教徒の信仰《ピューリタニズム》に傾いているこの町で、こんな「ミサの遺品」など見たくもないと思われたかもしれない。なにしろ、清教徒気質が嵩じて、この町では国王一座を含む巡業劇団の上演が禁じられたほどなのだ。ただ、どんなに嫌だと思う人でも、その部屋にいる誰もの祖父母にとって、いや恐らく両親にとってさえ、これらの品が神聖だったということはわかっていたはずだ。委員たちは次に「琥珀色の十の数珠玉をつなげた腕輪」、「骨でできた数珠《ロザリオ》」を調べたが、どちらも数ペンスの価値もないとし、祈禱書と小さな一般用詩篇を含む五冊のラテン語の本にも価値がないとした。

恐らくジャコビアン時代のイングランドでこれほど大量のカトリック用品が保存されていた例は他に類を見ない。その詳細な品目を列挙したリストの一部が現存しているが、それらの品がその後どうなったのか記録されていない。本は焼かれ、豪華な服は――ひょっとするとイタリアかスペインの悲劇を演じるための衣装を探している旅回りの役者たちに――売り払われたかもしれない。貴重な銀と金の十字架は溶かされただろう。

こうした事例に対応するため、また、没収したカトリック用品を信者たちに再び使わせている地方役人がいることに苛立った国会は、数か月後、「カトリックの国教忌避者による危険を防ぎ、回避するため」の法案を通した。火薬陰謀事件の影響を受けて、まだ旧教にしがみつく者を抑制し、罰するために作られた法的手段の一つである。これ以降、「祭壇、パクス〔ミサの際に平和の接吻をするための板〕、数珠、絵画といったローマ・カトリックの遺品ないし本などが見つかった場合」、直ちに「損壊して燃やし、……十字架ないしは価値のある遺品の場合は損壊すべし」。

この当時かなり気の滅入る光景と言えば、ロンドンへ尋問のために引いていかれる囚人の行列であったろう。その多くは隣人であり、女性の数も驚くほど多く、どの宗教を信じるかに拘わらず、見ていられるものではなかった。州知事ヴァーニーは、十一月十二日付の枢密院宛ての手紙に、「先般の謀叛の主犯たち」の妻（その多くは寡婦）を含む多数の囚人を捕まえたと記し、追って指示があるまでその子らを保護すると確約している。

その手紙にあるとおり、こうした囚人たちが入れられた牢獄や家屋は満杯状態だったため、囚人たちをロンドンへ送ってヴァーニーはさぞかしほっとしたことだろう。囚人を拘束しているあいだにヴァーニーの自宅が二度放火されていることからも、地域では反発が起こっていたことがわかる。ヴァーニー自身が認めているように、捜査網にひっかかった者の多くは「まちがって不必要な拘束を受けた」のだ。まずいときにまずいところにやってきてしまった旅人を含めて、怪しい者は誰でも通報されたからである。囚人たちを送るに当たって、ヴァーニーは、ウォリックシャーはまだ危険であると枢密院に警告している。「この国は国教忌避者だらけであり、多くは遠くの田舎に潜んでおり、たいてい馬や鎧兜を十分に持っています」と。

一日後、ヴァーニーは再び手紙を書き、「枢密院の令状によりロンドンへ連行される」グラント夫人は、バーソロミュー・ヘイルズがロンドンまで護衛すると知らせた。謀叛人たちを罰したいヴァーニーではあったが、この隣人については気が進まないようだった。と言うのも、「夫人はどんな尋問にも素直にごまかさず答えており、そのことから私が思うのは、夫人は夫の行為に大いに苦しめられたのであって、今は夫の罪に情けない思いでいるということである」。

三日後、さらに別の二十五人の囚人——今度は全員男性であり、主人、召し使い、かなりな数の疑わしき司祭たち——が南へ引かれていった。総計およそ五十人ほどになるウォリックシャー州の囚人たちは、オルスターにある満杯の仮設牢屋からストラットフォード・アポン・エイヴォンのクロプトン・ブリッジへ連行され、それから南下してロンドンへ向かい、そこで幽閉され、尋問されるのだ。

　こうした囚人たちを目にして、隣人たちは何を思ったのだろうか。つい最近まで一緒に仲良く暮らしていた仲間たちなのだ。嘲笑したのか、罵ったのか、それとも黙って憐みの目で見つめたのか。いずれにせよ、暴動の根がどれほど深いのか誰にわかっただろう。これがどれほど前から計画されていたのか、今となっては誰を信じたらいいのか、誰にもわからなかった。つい先頃まで穏やかで静かな暮らしだったのに、これから先は安心できそうもなかった。

　シェイクスピアがロンドンから北へ馬を走らせ、幼馴染みの町の人たちを含むこの囚人の集団とすれ違ったらどうだったかと想像してみたくなる。だが、もうすぐ宮廷でクリスマス・シーズンになろうという十一月にシェイクスピアが生まれ故郷に向かって旅をしていたとは思えない。伝記作家ジョン・オーブリーは、十七世紀半ばに、シェイクスピアは年に一度帰郷したと記したが、もしそうなら、告解火曜日から復活祭《イースター》まで続く休演期に帰郷しただろう。四旬節《レント》に帰郷したなら、シェイクスピアの隣人のジョージ・バジャーが隠そうとしていたカトリック用品の取り調べの直後に着いていただろう。そして両側から――バジャーの家族からと、それらの遺品を査定したジュライ・ショーたちから――話を聞く羽目となり、ひどく落ち着かない故郷に帰ってきてしまったと思ったことだろう。

　長いこと個人的な問題だった宗教は、公の問題となっていた。シェイクスピアがニュー・プレイスに着くと、友だちも家族も陰謀事件の裁判や処刑の詳細などロンドンの様子を聞きたがっただろうし、シェイクスピアもストラットフォードで事件に巻き込まれた人たちがどうなったのか教えてもらいたがっただろう。大人になってから歴史上の重要な時代について読んで書く作家として生きてきたシェイクスピアにとって、今自分がそうした時代を生きているのだと気づいたとしたら新鮮な経験だっただろう。しかも最近の事件がほかの人たちにその形を変えられてしまうさまを目の当たりにして、それが結局どういうことなのか、どのように自分の世界は変わるのかといった、まだ答えの出ない問いを考える契機となったであろう。

ジャコビアン時代のイングランドで、シェイクスピアほど火薬陰謀事件関係者と複雑なつながりを持つ人はそう多くはいないのではなかろうか。ミッドランドの紳士階級という小さな世界では、つながりがないほうが難しいのだ。一五九〇年代末にシェイクスピアと父親が紋章と紳士の身分を申請して獲得したとき、パーク・ホールのエドワード・アーデンとの血縁を利用したが、エドワード・アーデンは、たまたま陰謀の主犯ケイツビーともう一人の陰謀者トレシャムの伯父にも当たるのだ。[*8] シェイクスピアはエドワード・アーデンとの縁故を言い立てることで二人の陰謀者の親戚ということになってしまったわけで、馬鹿なことをしたと後悔したかもしれない。また、アーデン家の家系をたどると、シェイクスピアはもう二人の陰謀者ロバート・ウィンターとトマス・ウィンターの兄弟とも遠縁の親戚だったということになる。[*9]

また仕事面でもつながっていた。シェイクスピア宛ての手紙として唯一残っているもの[*10]のなかに、「ブッシェル氏」を保証人として金を貸してほしいと記されているが、これは婚姻により多くの陰謀者と親戚になった地方紳士トマス・ブッシェルのことだろう。この濃厚な人物関係は、次の世代にも続き、シェイクスピアの娘ジューディスの義兄エイドリアン・クイニーはのちにエレノア・ブッシェルと結婚するのだが、エレノアの義理の叔母エリザベス・ウィンターもまたトマスとロバート・ウィンター兄弟の叔母であった。[*11]

一六一三年にシェイクスピアは、ロンドンでブラックフライアーズ・ゲイトハウスという家を購入するが、この家こそカトリックの隠れ家として知られていたところだった。火薬陰謀事件の共謀者たちもそこに集合しようとしたし、事件発覚後は追跡を受けた聖職者の一人がここに逃げ込んだのだった。購入の際に保証人になってくれるようにシェイクスピアが頼んだ友達のウィリアム・ジョンソンは、自分の経営するロンドンの宿屋に共謀者たちを泊めたことがあった。それだけではない。シェイクスピアは、この悲惨な事件に絡めとられた同郷人たちと意外に深い結びつきがあった。ノーブルックやクロプトン・ハウスにいた人たちに限らず、ジョージ・バジャー、クイニー夫人、アレグザンダー・アスピノル、フルク・グレヴィル、バーソルミュー・ヘイルズ、そのほか没収された「ミサの遺品」を吟味した委員となった隣人たちはシェイクスピアもよく知っていたのである。

そして、十一月五日の出来事の衝撃は、復活祭《イースター》が近づいてもストラットフォード・アポン・エイヴォンでまだ響き続け、さらにシェイクスピアに近い人たち——シェイクスピアの双子の名付け親となってくれたジューディスとハムネット・サドラー夫妻、それから長女スザンナさえも——が、その余波をひっかぶることになるのである。

7

REMEMBER, REMEMBER

クリスピン・ファン・ドゥ・パス画「火薬陰謀事件陰謀者たち」(1606)
右からトマス・ウィンター、ロバート・ケイツビー、ガイ・フォークス、
トマス・パーシー、ジョン・ライト、クリストファー・ライト、ロバート・ウィンター、ベイツ
Culture Club / Contributor

第7章　忘れるな、忘れるな

「ミサの遺品」の審査がストラットフォード・アポン・エイヴォンで行われた二月末までには、陰謀者の一人アンブローズ・ルークウッドは処刑されていた。その友ジョン・グラント、ロバート・ウィンターも同様であり、クロプトン・ハウスで一緒に計画を練っていた者の多くが他界していた。

強情だったジョン・ジョンソンも、執拗な尋問と拷問を受けて衰弱し、ついに根を上げた。十一月九日にすべて告白をしたときには、弱り切っていて署名もままならなかったが、本名のグイド・フォークスと署名した。[*1]誰もが知るガイ・フォークスである。

ガイ・フォークスとその仲間の陰謀者たちは、「国王とその側近の貴族たちを国会ごとぶっ飛ばす」計画を立て、「エリザベス王女を誘拐し」、「王女を女王とし」、「その御名のもとに、王国の統合に反対する宣言を準備する」つもりだった。陰謀者の一人サー・エヴァラード・ディグビーによれば、王女誘拐のために北上する前に、王女こそ王位継承者であることをケイツビーがチャリング・クロスで宣言するはずだった。単なる夢を抱いただけでなく、カトリックでない国民に対しても呼びかけようという現実的な面はあったのだ。フォークスは、「イングランドじゅうの不満を抱えた人々を利用する」

つもりだったと告白している。その訴えは、「後見人制度や利益独占」の撤廃を含む広範囲のものとなるはずだったと、ディグビーは記している。

　そもそもこの陰謀は、ロバート・ケイツビーとそのはとこのトマス・ウィンター[*2]、そしてジョン・ライト[*3]の三人から始まった。カリスマ的なケイツビーが、ジェイムズ王と国会を爆破する計画を思いつき、他の二人にそれを打ち明けたのは一六〇四年初頭だった。三人はそれからトマス・パーシーとガイ・フォークスを仲間に入れた。フォークスのオランダ・ベルギーでの軍隊経験と鉱山技師としての技能を買ったのだ。五人はやがて、もっと協力者と金が必要だと気付き、一、二年のあいだに慎重な人選を行い、最終的にさらに八人を仲間に加えることになる[*4]。

　パーシーが古いウェストミンスター宮殿の隣の建物を借り受けたので、そこから貴族院の下までトンネルを掘って、そこに爆弾を仕掛けようということになった。新たに加わったジョン・グラント、クリストファー・ライト、そしてケイツビーの信頼のおける家来のトマス・ベイツの三人が掘削を手伝った。そんな作業に慣れていない紳士には疲弊する手仕事であり、音もうるさく、人に気づかれてしまうため、一六〇五年三月に貴族院の二階のすぐ下の一階に広い貯蔵室を借りることができたとき、一同は大いに安堵した。パーシーが手配したこの賃貸により、貯蔵室に一トン近い火薬を隠すことができた。火薬は石や木や鉄棒で覆って隠したが、これは爆破力を高める効果も狙っていた。

　計画の経費がかさんできたため、さらに二人、サー・エヴァラード・ディグビーとアムブローズ・ルークウッドを仲間に入れ、必要な資金を提供してもらった。だが、最後の最後にもう一人仲間を増やしたのが命取りだった。事件が発覚するつい三週間前に加わった裕福なフランシス・トレシャムこそが、恐らくその義弟のモンティーグル卿に手紙を書いた本人と思われる。最初、計画の詳細を知らされたとき、トレシャムは仰天して、もし失敗したら「国じゅうの人」が「カトリックと看做された者に」怒りをぶちまけるだろうからと、計画を中止して国外逃亡する旅費を出そうと申し出たほどだった。彼ら以外にも多くの人たちが――告解を聴いたイエズス会司祭や、大陸にいて連絡を取り合っていたカトリックのイングランド人のほかにも大勢が――何らかの陰謀があるとわかっていたか勘づいていたと思われるが、誰が気づいていたかは今となってはわからない。

陰謀者たちには共通点が多かった。血縁や姻戚関係でつながっている者が多く、ミッドランド出身者ばかりである。たいていは三十代の紳士であり、大胆になる若さはあるものの、十分成熟しており、失敗を知らないわけではなかった。みなイングランドでのカトリックへの不当な扱いに腹をすえかねた国教忌避者であり、新しい治世が三年目となった今、事態は好転しないと諦めていた。

フォークスが捕まったという知らせが、十一月五日未明に届いた。一味は百三十キロの距離のダッシュをかけ、新しい馬に乗り継ぎながら、ウォリックシャー州まで急ぎ北上し、その日の夕方に約束の場所であるダンチャーチの宿屋でディグビーの狩猟の一行と落ち合った。狩猟の恰好をしていたのは、エリザベス王女誘拐計画をごまかすためだ。

途中で武装をするためにアシュビィ・セント・レッジャーズ村にあるパーシー宅にのみ立ち寄った。ディグビーの一行と会ったとき、ケイツビーは、ロンドンで起こったことについてあからさまな嘘をついた。何とかして謀叛をだめにしたくないと思って、ディグビーに「王とソールズベリー伯の死によって国じゅうが大騒ぎになっており、今こそカトリックは立ち上がるだろう」と告げたのだ。スタフォードシャー州にあるスティーヴン・リトルトンの屋敷ホルベッチ・ハウスに味方の一千の軍が集結しているという噂もあった。だが、真実はいつまでも隠しおおせるものではなく、ディグビーの友人のほとんどは、仲間になるどころか、その夜静かに姿をくらませたのだった。この時点で一行のもとに残ったのは「騎兵五十もなかった」が、これから支持者を得て、蜂起を成功させるつもりでいた。

要するに、わかっていなかったのだ――イングランドのカトリック信徒たちは、国教忌避者を罰する法律に痛めつけられ、厳しすぎると不平不満をこぼしても、何もかも失う危険を冒して謀叛を起こしてまでして不正を正すつもりなどないのだということを。

とは言え、実のところ、この時点でカトリック信徒のはらわたがどれほど煮えくり返っていたのか確かめた者は誰もおらず、政府は確かにカトリックの蜂起の可能性を真剣に考えていた。謀叛が試みられたら、カトリックのイングランド人は皆立ち上がるのだろうか。

ディグビーは、人民の支持を得られなかったことで特に落ち込んでいた。「大勢の味方を期待したのに、一人としてわが味方につかなかった」と、ディグビーは嘆いた。自分自身の召し使いたちでさえ逃げ出したのだから、さらなる離脱を避けるためにも見張りを置かなければならなかった。

次の四十八時間は、朦朧たる悪夢のうちに過ぎ去った。ウォリックまで二十五キロを駆け抜けてベノック氏の馬を盗み、さらに四十キロほど走ってノーブルックで小休止のあと、ハディントンへ向かったのだ（「その数は増加の一途をたどり、二百ほどになっている」などという噂とは裏腹に、その数は減少の一途をたどっていた）。オルスターを通過したとき、トマス・ベイツが一行から離れて、数キロ北でディグビーが借りていた屋敷コウトン・コートへ馬を走らせた。その任務は、そこに隠れているイングランドの偉いイエズス会士ヘンリー・ガーネットに手紙を届けるというものだった。計画のことも知っているガーネットに、仲間に加わってほしいと依頼する手紙だった。

ガーネットは断ったが、別のイエズス会士オズワルド・テシモンドがベイツと一緒に馬で戻ってきた。そして二人は、依然としてハディントンへ必死で馬を飛ばす一味に追いついたのである。六日の夜はハディントンで一泊。あくる朝早く、地元の警護団に尾行された一行は、少し回り道をしてさらなる武器を調達（だが、やはり残念なことに新たに仲間を増やすことはできなかった）。それから、ヒーウェル・

グランジにあるウィンザー卿の屋敷を襲ったのだった。

人々が仲間になりたくないなんてことがあるだろうかという疑念が残っていたとしたら、ここではっきりすることになった。ケイツビーが村人たちに「一緒に来ないか」と叫ぶと、一人が「あんたがたが何をするつもりかわかったらね」と答えた。ケイツビーは「神様と国のために立ち上がるのだ」と返事した。そう聞いても、誰も仲間になろうという者はなかった。村人の一人が冷やかに言った。「俺たちはジェイムズ国王陛下の味方だ。神様と国も大事だが、陛下に逆らったりはしない」。

疲れ切った一隊は、どんどん脱落者を出しながら、武器を山と積んだ荷車を引いて泥道を今やかなりゆっくりと北上していた。安全と思われたウェールズへ向かう西へ行かなかったのは、そこへ至る道や橋が警護されていると聞いたからかもしれない。スティーヴン・リトルトンの自宅であるホルベッチ・ハウスへ着いたのは、十一月七日の夕方だった。それ以上進むつもりはなかった。ロンドンを出たのはつい三日前で、二百キロ以上の強行軍をしてきたのだ。

その夜、雨に濡れた火薬を乾かして広げているときに、大事故が起きた。火薬が誤って爆発し、ルークウッド、ケイツビー、グラントを含む主要メンバーが重傷を負ったのだ。「顔は焼けただれ、目は潰れかかっていた」。この皮肉な結果に縮みあがらない者はいなかった。動揺したジョン・ライトは、負傷したケイツビーをつかんで「何ということだ」と言い、「みな一緒に吹き飛ばされるがよい」と、残りの火薬も広げようとした。消沈したケイツビーは、「こんなひどい結果になるとは、この陰謀に神が怒っていると考え始めた」という。

陰謀者たちとその僅かな支持者たちは、そこを最後の持ち場として戦って死ぬ決意をした。朝までには、ホルベッチ・ハウスは包囲されていた。何人かのリーダーが外へ突撃をかけると、地元の軍隊に一斉射撃をされ、パーシーとケイツビーが撃たれた。ほかのメンバーもやがて撃たれたり刺されたりして致命傷を負った。負傷がひどくて戦えない者も含め、何人か捕らえられた。どさくさにまぎれて逃げおおせた者もいないわけではなかったが、遠くまではいけなかった。ロバート・キーズは翌日捕まった。ロバート・ウィンターとスティーヴン・リトルトンは二か月間逃げ回ったが、発見され、逮捕された。ウィンターがのちにガイ・フォークスに語ったところによれば（ロンドン塔での二人の会話がスパイに立ち聞きされたのだ）、逃亡中悪夢を見て、「尖塔が曲がって建っていて、教会のなかに奇妙な知らない顔がたくさん見えた」が、「焼けただれた仲間の顔が夢のなかで見た顔にそっくりだ」と気づいて恐怖を感じたという。テシモンドだけが、さすが長いあいだイエズス会士としての潜伏活動に慣れているだけあって、追手を逃れ、無事に大陸まで逃げおおせた。

ミッドランドの蜂起は終わった。だが、ホルベッチ・ハウスに集結した兵隊たちは拍車や長靴下といった分捕り品を奪い合うのに夢中で、終わったと気づいていなかった。ミッドランドじゅうの兵隊たちは警備を解かず、イングランドの港も閉鎖されたままだった。デヴォンシャー州の軍隊はまだ志願兵を集めていた。そして、ロンドンにいながらまだ捕まっていない最後の一人となったフランシス・トレシャムは、大胆にもその志願兵となっていたのである。

ジェイムズ王が翌日の十一月九日に国会で行った演説では、もっぱらロンドンで起こったことに注意が向けられていた。ホルベッチ・ハウスでの銃撃戦の知らせが宮廷に届いたのはその日であり、陰謀者の残りが雨でずぶ濡れになりながらロンドンに連行されたのはその三日後、ちょうどロンドンを逃げ出してから一週間後だった。どのような刑罰が待ち受けているか重々承知のうえでの帰京となった。

ジェイムズ王が書いたとされる『王の本』に、一行がロンドンに入ってきた様子が描かれている。王が書いたとされて、一六一六年のジェイムズ王著作全集に再録されたこの記述には、「まるでひどく珍しい化け物でも見ようとするかのように有象無象が集まってきた。笑う痴れ者あり、驚嘆する女子供あり。前代未聞の悪行が暴かれたのを見て、庶民は目を見張り、賢者は好奇心を満たした」とある。見物客が感じたのが怒りなのか憐みなのかその両方なのかがどうあれ、とにかく異様な光景だったに違いない。この「ひどく珍しい化け物」を凝視する群衆についての公式の（王様の）記述はシェイクスピアの記憶に残ったのではないだろうか。その言葉は、次の芝居で悪魔のようなマクベスに対するマクダフの挑戦に影を落としている。

降参しろ、臆病者。
そして生きて世間の見世物、さらし者となれ。
珍しい化け物のように、
柱に絵看板をぶらさげて……
（第五幕第八場二三〜六行）

ジェイムズ王を殺そうとした「珍しい化け物」についてジェイムズ王が語った言葉がこのように用いられる——しかも、この言葉をつきつけられているマクベスは実際にスコットランド王を殺した——とは、一六〇六年にグローブ座に集まった人たちにはショックだったことだろう。ちょうど『ヘンリー五世』のコロスがエセックス伯の凱旋をロンドン市民に告げるのと同じで、過去と現在とが重なって芝居の時事性が研ぎ澄まされた瞬間だ。

政府としては、まだ興奮が冷めやらぬその週のうちか翌週に裁判を始めてもよかった。謀叛は明らかとなったのだ。だが、裁判と処刑は一月末まで延期された。その理由の一つは、たった一握りの紳士階級の連中が外国の助けもなしに、あるいはどこぞの大物貴族の黒幕なしにこんな企てができたとは、政府の誰にも信じられなかったためである。王もそう考えた。

ヴェニス大使モリーノは、ジェイムズ王は「これほど大規模で大胆な計画が、こんなにも身分の低い落ちぶれた男の頭で思いつけたことに驚いていた」と記した。それゆえ、生き残った犯人たちは――この計画のことを知っていた者たちとともに――執拗な尋問を受け、その黒幕を見つけるべく何度も供述が照合されたのだった。

十一月中旬、ブリュッセル駐在のイングランド大使サー・トマス・エドモンズは、「例の陰謀の真実」をわかってもらうのは難しいと報告した。大陸にいる人と話すと、あれはいかがわしいピューリタンの陰謀か、オランダに吹き込まれた反君主的策謀でなかったとしたら、イングランドからカトリックを駆逐しようというプロテスタント寄りの悪魔の仕業に違いないと決めつけられるという。エドモンズはカトリックの味方ではないので、イングランド政府は「これを利用すればよい。そうする権利はある」と思うと述べた。この言葉は、政府が直面していた二つの大きな問題を示唆していた。

まず、すでに巷に溢れている話を駆逐する新たな物語を作らなければならなかった。『先頃の最も野蛮な謀叛人どもに対する全処置の真実の完全な叙述』という題でまず一六〇六年春に出版された公式報告書は、この目的のために作られたものだった。「人から人へと伝わった」「不確かでいい加減な様々な憶測」を排除しなければならなかった。

第二の問題は、どのような政治的な利点が得られるかを発見することだ。「どんな破局も無駄にしてはならぬ（転んでもただでは起きぬ）」という政治的金言の初期近代版である。だが、ジェイムズ王は過激派を罰することしか考えていなかった。王の第一の政治目標は統合なのであって、治安を乱すカトリックのみならず急進的なピューリタンからも脅かされていると感じていた王にとって、王国に新たな分裂を生むことは避けたかった。

それでも、物語は、それがどのように用いられるにせよ、語られねばならなかった。そして、その仕事はソールズベリー伯に委ねられた。ジェイムズ王の国会演説の原稿にもセント・ポール大聖堂でのバーロウの説教の原稿にもソールズベリー伯が手を入れたことは見え見えだった。それから二か月間、ソールズベリー伯の果たした役割は、ロンドンの劇作家たちがいつもやってきたことにほかならなかった。資料をよく読み、鍵となる筋（プロット）と登場人物を選ぶのだ。ホルベッチ・ハウスでの銃撃戦で生き残った者と、ロンドンで捕らえられた陰謀者たちは、長々しい詳細な供述を強制された。ソールズベリー伯は、次にそれらの自白をつなぎ合わせ、政府に都合のよい物語を織りなしたのだ。主役と悪役をはっきりさせ、主筋（ロンドンでの事件）と副筋（ウォリックシャー州の例の「ロビン・フッドたち」）とのバランスをとらなければならなかった。ジェイムズ王にはこの陰謀の発見者として主役を演じてもらわなければならず、最優秀の脇役にはモンティーグル卿を配した。悪役の筆頭には何人かの候補がいた。最初の台本どおり、これはパーシーの陰謀とすべきか。あるいは、実際に計画を練ったケイツビーを最悪の謀叛人とすべきか。ソールズベリー伯は、必ずしも満足のいく選択ではないものの、さほど目立たない役者を配役することにした。一番世間の想像力をとらえ、みなの心に火をつける役を演じた男、「貯蔵室の悪党」、「マッチを持つマキャベリアン」とも呼ばれ、謎めいて「グイド」という外国人のような異名をもつガイ・フォークスだ。

この大がかりなドラマでやっつけられるのは陰謀者たちだけだが、王と王国が悲劇的犠牲者として強調されなければならない。つまり、セント・ポール大聖堂でバーロウが早々にこの陰謀を「悪魔のように野蛮で、とてつもなく、超極悪非道の悪魔の仕業」としたのは正しかったのだ。だが、「この最近の悲喜劇的な謀叛」と言ったのはやりすぎだった。「喜劇」はまずかった。王や王の統合計画に好ましくない光を当てるような、陰謀者たちの批判的な言葉も抹消しなければならなかった。爆発事件後に虐殺するために陰謀者たちが持っていたとモリーノが話した、「スコットランド人の住む家の全リスト」のことも、この事件の政府の記述から一切こっそり消されていた。

ヴィジュアル面も必要だった。枢密院ががっかりしたことに、スタッフォードシャー州当局は無思慮にも、ホルベッチ・ハウスで殺害して身ぐるみを剝いだ陰謀者どもの死体を埋めてしまっていた。そこで、遺体を「墓から掘り出して、内臓を抜き、四つに裂いた遺体をその者にゆかりある町で掲げよ。パーシーとケイツビーの首級はロンドンへしかるべく送るように」と命じたのだった。陰謀者の首は、まもなく鉄の棒の先に刺して国会で展示され、期待どおりの効果を見物客に与えた。ウェストミンスター校の十六歳の学生は、この恐ろしい光景にショックを受けて、『謀叛人パーシーとケイツビーのプロソポペイア〔活喩法：不在のものを語らせる技法〕』という詩を書き、まるで夢のなかのように、切られた首たちが会話をするのを想像した。それはおぞましい世界だった。

よからぬことを企んだ二人の化け物の頭蓋骨が、
いかめしく、亡霊のように青白く、髪は乱れ、硫黄のような目で、
吠えるような叫び声で空気を劈《つんざ》く。

つまり、ロバート・ウィンターが友の焼かれた顔を夢見、この十代の少年が話す首を夢見るというように、火薬陰謀事件はどちらの側でも悪夢を生み出し、ジェイムズ朝時代の政治的・宗教的不安を大いにかきたてたと言えよう。

一月二十七日、生き残った陰謀者八人――ガイ・フォークス、トマス・ウィンター、ロバート・ウィンター、ロバート・キーズ、ジョン・グラント、トマス・ベイツ、アムブローズ・ルークウッド、サー・エヴァラード・ディグビー――は、ウェストミンスター・ホールでの裁判にかけられるために、ロンドン塔から移送された。

裁判にはジェイムズ王もお忍びで出席し、妊娠三か月のアン王妃とヘンリー王子も列席した。公衆劇場と同じように、よく見える席につくには追加料金を払わなければならなかった。ある国会議員は、議員のための傍聴席として用意された立見席に「他の大勢」と同様に十シリング払ったのに、たくさんの「卑しい連中」が一人当たりたった三ペンスか四ペンスでぎゅう詰めの場所に押し込まれているのを見て、騙されたと感じた。この一生に一度あるかないかの出来事を観ようという観衆の熱気につけ料金の高さにつけ、公衆劇場での満員御礼の公演でさえ遥かに及ばぬものだった。

裁くのが政府高官から成る特別委員会だったことも、一見に値した。それは今からすれば、裁判とすら言えなかった。被告に弁護は許されず、誰かに相談することもできなかったのだ。国家側からすれば、そんな必要はなかった。それゆえ、「一般の期待に反して」ディグビー以外の全員が無罪を主張したとき、傍聴席はどよめいたに違いない。ディグビーは次のような説明とともに有罪を主張した。すなわち、政府の「カトリックとの約束が破られた」から行動に踏み切ったというのだ。

判決が読み上げられる前に、几帳面な司法長官サー・エドワード・クック[*5]が最後の言葉を述べた。国王陛下が「新たな拷問や苦痛」をお考えにならなかったことは、この謀叛人どもには実に幸運なことであったとその場にいる人たちに告げたのだ。そして、これから始まる見世物の筋立てを説明した。何が起こるのかわかりきっていたけれども、この謀叛人どもは恐ろしい罰を受けるのだともう一度聞かせてやらなければならないことをクックは理解していた。「処刑場まで引き回され」たのち、首を吊られ、窒息する前に綱を切られ、まだ息のあるうちに「生殖器を切り落とされ、当人の顔の前で燃やされ」、そのはらわたを「取り出し、燃やし」、それから首を「切り落とす」のだ。最後に、遺体は「四つ裂きにされ、それぞれの部分をどこか人目につくところに高く掲げ、人々が嫌悪を抱くように曝《さら》し、鳥どもの餌食にする」というのである。

見世物の裁判は終わろうとしていた。有罪の判決が下されると、ディグビーは赦しを求め、ロバート・ウィンターは慈悲を求め、その弟のトマスは男らしく「私を絞首刑にして兄を助けてほしい」と乞うたが、むなしかった。目が見えなくなっていたグラントは、「しばらく黙っていた」が、「計画したが実行はしなかった謀叛」の罪があることを認め、最後まで喧嘩腰だったフォークスは、この計画に巻き込まれたイエズス会士たちを無罪にしようと、「連中に計画を打ち明けたことはない」と主張した。ルークウッドは、死を恐れたわけではなかったが、「これほど恥辱的な死は、自分の名誉と血筋とに末代まで永遠の汚点を残す」として慈悲を求めた。

一月三十日、ディグビー、ロバート・ウィンター、グラント、ベイツは縛られて、編んだ橇《そり》でセント・ポール大聖堂へ運ばれ、そこで首を吊られ、去勢され、内臓を抜かれ、ばらばらにされた。「王国を首なしにしようとしたのみならず、その体もなくそうとした」と説教師サミュエル・ゲアリーは言ったが、謀叛人たちはまさにその運命をわが身に受けることになったのである。

ロンドンそれ自体が舞台となり、少しでも見たいと思えば誰でも見られた見世物だった。処刑台への行列では、家族との最後の別れのドラマが見られた。マーサ・ベイツは、武装した警護をくぐりぬけて、セント・ポール大聖堂へ引きずられる夫トマスの縛られた体にすがりついた。処刑はセント・ポールの境内の西の隅で行われ、神聖なのか野蛮なのかわからない見世物となっていた。ディグビーが最初に処刑台に上がり、そのあとにウィンター、グラント、そしてベイツが続いた。伝記作家ジョン・

オーブリーによれば、ディグビーは最後まで雄弁だった。赦しを求めたのち、十五分静かに祈り、「時折、地面へお辞儀をし」、それから台に上ったのだ。吊られたのはごく短い時間で、すぐに綱を切られて、体を刻まれた。処刑執行人が心臓を取り出して、「これが謀叛人の心臓だ」と群衆に叫んだとき、ディグビーは最後の息を振り絞って「嘘だ!」と叫んだという。本当かどうかわからないが、集まった一般大衆は「その豪胆さに驚き」、「そのことばかり」話したという。

こんなときに政府がこのような処刑を行ったことを批判するのは賢明ではなかったが、アルマダ海戦で大きな功績のあった騎士サー・アーサー・ゴージズはあえて批判を行い、セント・ポール大聖堂は「その境内で人の体を切り刻むにはふさわしくない」場所であり、「わが王国の最も有名な教会のほとんど軒先で」そのようなことをするのはよろしくないと、ソールズベリー伯に対して不平を言ったのだ。ゴージズは、これではジェイムズ王とエリザベス女王とのあいだに不当な比較が生まれてしまうと言い、「あそこは、われらが今は亡き畏れ多くも懐かしき女王陛下がスペインに対する大勝利を神に感謝しようと慎ましくもお跪きになった場所であり、今、絞首台だの処刑人だの謀叛人どもの血で汚してはならない場所なのだ」と述べた。ソールズベリー伯はゴージズの言うとおりだとわかって、苦労して作らせた処刑場を解体させて、急ぎウェストミンスター宮殿の庭へ移動させた。このため翌日、ロンドン市民は、再演を観られた。この日、トマス・ウィンターが最初で、そのあとルークウッド、キーズ、そして最後の最後にスター登場となって、ガイ・フォークスが処刑された。拷問を受けて衰弱しきっていたフォークスは「階段を上ることもままならなかった」。しかし、その最後は、他の連中よりも幸運であった。と言うのも、吊るされたときに、喉が締まってしまい、そのあとに体になされる恐怖に耐えることもなく落命したのだ。大虐殺が終わると、「そのばらばらの遺体はロンドンの各門の上に展示され」、その首はロンドン橋の上に高く掲げて並べられた。

火薬陰謀事件の共謀者の処刑
大陸で印刷された当時の版画に 1606 年 1 月末のロンドンの街の様子が描かれている。火薬陰謀事件の犯人らの処刑を見物しようと集まった人たちでいっぱいである。セント・ポール大聖堂そばの処刑場へ、犯人 4 人が縛られ、編まれた橇《そり》に載せられ、足から先に引かれている。

火薬陰謀事件の騒ぎがシェイクスピアに個人的にどのような影響を与えたのかは知る由もないが、それが作品に残した跡を見つけることはできる。最もはっきりしているのは、この直後に書いたスコットランド王殺害の話『マクベス』への影響だ。冒頭の場面で〔雷と稲妻の効果を出すために〕爆竹――硫黄と硝石でできた、破裂音を出す小型花火――が使われ、火薬陰謀劇の臭いがしたことだろう。事件は、上演される前の『リア王』にも痕跡を残した。十一月五日にまだなってもいないというのに、古い悲喜劇を書き直す際に、誰が書いたかわからない偽手紙によって最終的にはブリテンの王家が全滅してしまうという黙示録的な終わり方をする話を思いつくとは、ちょっと背筋が凍らないだろうか。劇の最後でのケントの厳しい問い、「これが約束された終わりなのか?」と、エドガーの返答「あの恐怖のかたちなのか?」(第二十四場〔第五幕第三場〕五九～六〇行)は、『王の本』やバーロウによる火薬陰謀事件の説教における言葉遣いの先駆けとなっている。荒野で、忘恩を罵り、わが身が砕け散ってしまえばよいと嵐に向かって叫ぶリアの言葉は、シェイクスピアが書いた最も強力な台詞のうちの一つだ。

風よ、吹け、その頬が割れるまで!　吹きまくれ!
豪雨よ、嵐よ、怒濤の水で
尖塔を沈め、風見鶏を溺れさせろ!
思考の速さで広がる硫黄の火、稲妻よ。
樫の木を裂く雷の先駆けよ、焦がせ、
この白髪頭を。すべてを揺るがす雷よ、
この丸い世界をぺしゃんこにしてしまえ!
自然の母胎を裂き、恩知らずの人間を生みだすあらゆる種をぶっ潰せ。

（第九場〔第三幕第二場〕一〜九行）

この台詞の効果は、謀叛人たちの裁判で更に強まったことだろう。このような自然の激しさと、十一月五日に放たれるところだった力とを結びつけて次のように語ったサー・エドワード・クックの言葉はまだロンドン子たちの心に響いていただろうから。「ああ、何という風が吹き、何という火が燃え、どれほど大地と空とが揺れ動いたことだろうか！」

劇のなかで道化が独占のことを揶揄する、それとない政治批判（〔第一幕〕第四場一四六行）は、つい数か月前だったら検閲官も見逃したかもしれないが、国王が独占を非難したことが火薬陰謀事件の共謀者たちにより国王殺しの理由の一つとされた今となっては、削除しなければならなかった。そして、十一月上旬に国会で王国統合の懸案に決着がつくはずだったのが再び延期されてしまったために、王国分割を描く『リア王』の政治性は、まさに時宜を得て、意味深長なものになってしまったわけである。

まだ書いていない劇にも影響があった。シェイクスピアは、これまで何度もいろいろな作品でカトリックの残り香への郷愁を示してきたが、十一月五日ののち、それをやめてしまった（晩年の共作『ヘンリー八世』は例外）。カトリック世界の存在を示すものとして最も有名なのは、煉獄から亡霊がやってくる『ハムレット』だ。シェイクスピアがそうしたことを考えなくなったというわけではない。相反する宗教を信じる隣人たちがこれまでになく互いに目を光らせるようになった時代に、誰が宗教に考えを巡らせずにいられよう。ただ、あまりにも不安定なこの時代に、かつてのように気軽に直截的な描写はできなくなったのだ。

シェイクスピアのロマンス劇と欽定訳聖書と肩を並べて、ジェイムズ王統治の最初の十年で創られた文化遺物として唯一、四百年後まで生き残ることになったのは、十一月五日を記念する物語だ。なぜ、この三つなのか。欽定訳聖書が恐らく最も説明が容易だろう。聖書新訳のために、ジェイムズがハンプトン・コート会議に招集した学者や聖職者のチームは著しく博識多才であり、当時の大勢の有名な詩人や劇作家が認めているように、このとき英語は豊かに発展する揺籃期にあった。その結果、委員会による仕事としては珍しく、格調高い翻訳ができあがり、聖なる言葉がさらにわかりやすく、かつ引き締まったものとなったのである。言語的発展を見たこの時代の成果を受けて、きわめて「シェイクスピア的」な英語にも思えるというおまけもついた。

「十一月五日」が今日まで生きているのは驚くべきだ。ある日を祝日に定めても、永遠に続くものではない。もしそうなら、今でも八月になればガウリ記念日を祝ってスコットランド人とイングランド人は篝火を焚いていたはずだ。さらに不思議なのは、十一月五日というのは誰もが助かったという集団体験を記念する日ではあるが、実際は何も起こりはしなかったことだ。「忘れるな、十一月五日を忘れるな」というフレーズが今もってイギリス人の心を深くとらえるのはどういうことなのかをきちんと説明した人は誰もいない（ただ、最近ではそれも弱まってきて、ガイ・フォークスと言えば、ハッカー集団「アノニマス」がつける「ガイ・フォークスのお面」を連想させるようになってきたけれども）。

この祝日が意味する宗教的・政治的問題は容易にこれと特定できないものであり、シェイクスピアの劇と同じく、時間とともに政治的宗教的状況や不安が変わるなかで新しい意味を持つようになってきた。もしかすると、十六世紀にカトリックの見世物《パジェントリー》や盛儀が消えて、聖人の祝日も公式の暦から削除されたためにできた穴を、公衆劇場と同様に、この祝日が埋めたと言えるのかもしれない。欽定訳聖書とシェイクスピアの劇と十一月五日とで、過去（神聖なる過去と世俗の過去と）が保存され、現在の要求に応えられるようになっているのだ。陰謀者たちがやろうとしたことは逆に、宗教改革後のイングランドの歴史を消し去ろうとすることだった。イングランドの為政者たちを議会や教会の過去とともに葬り去るはずだったのだ。その試みが成功していたら、時計は六十年前に戻るところだった。

一六〇八年生まれで、火薬陰謀事件を直接知らない世代のジョン・ミルトンが、十代のときにこの事件に夢中になり、学校への提出物として、事件について短いラテン語の詩五篇を書いたことはあまり知られていない。その後も、題名もそのものずばりの「十一月五日に寄せて《イン・クィンツム・ノヴェムブリス》」という長いラテン語の詩を、事件の十二周年記念に書いている。この詩では、サタンがローマへ飛んできて、イギリスの指導者たちを破滅させるようにローマ教皇に促し、「連中が集まる部屋の下で火薬を爆破させて、連中の体を空に撒き散らし、灰になるまで燃やし尽くせ」と唆すのだ。だが、神が介入して、「とんでもないローマ教皇派の暴動を鎮圧した」。悪者らは罰せられ、神は感謝され、篝火が焚かれ、今後「一年を通して、十一月五日ほど盛大に祝われる日はない」と約束されるのである。誘惑や悪と神の力を描くこの詩は、数十年後にミルトンが『失楽園』で鋭く切り込んだ問題を先取りしていた（とりわけ、神の力に逆らう武器として、サタンが火薬を発明する第六巻は特筆される）。だが、ミルトンの十一月五日に寄せる詩が今日あまり読まれなくなってしまったのは、若いミルトンにとって、この火薬陰謀事件は問いではなく答えだったからだ。悪がどこから生まれるかミルトンにはわかっていたのだ。善玉と悪玉、きれいと汚いとが、はっきりしていたのである。『失楽園』ではそうではないし（ミルトンがそのつもりであったとしても）、もちろんシェイクスピア作品においてもそうではない。

シェイクスピアは『リア王』を書き終えていたが、ハースネットの悪魔憑きや虚偽や悪事に走る人間の傾向について考え続けた。「悪事の寄せ集め」と呼ばれた十一月五日は、そうした問題に新たな意味を与えたのだ。と言うのも、この事件をきっかけに、シェイクスピアに限らず国じゅうの人がこれまで考えてもいなかった問題に深く必死で向き合うことになるからだ。すなわち、どうして普通の人々がこんなに恐ろしい、ありえない犯罪をしようとしたのかという問題である。その過程で、犯人たちはどんな嘘やでっちあげを自分や他人に語らねばならぬのか？　この悪は、悪魔的な力から生み出されるのか、それとも自分のなかから生まれるのか？　私たちを結びつけるのは何か——家族か？　結婚か？　国か？——そしてその結びつきを破壊するのは何か？　シェイクスピアは自分の世界に押し寄せてきたこれらの問題を探る芝居を人々は求めているのだと悟って、マクベスについて調べ始めていた。

8

HYMENAEI

ジャック・カロ画「バリエールでの戦い」(1627)
Private Collection

第8章『ヒュメナイオスの仮面劇』

一六〇六年新年の祝賀は、国王にとっても国王一座にとっても、祝日にはならなかった。十二月初旬にロンドンから抜け出したジェイムズ王は、クリスマスのつい三日前にホワイトホール宮殿へ帰ってきていた。ジェイムズは帰ってきた翌日、「とても落ち込んでいて、礼拝堂でもそのあとの食事時でも憂鬱そうだった」と、ヴェニス大使モリーノは本国へ報告した。珍しいことに、食事も黙って食べたという。王が暗い気分になるのも無理はなかった。命を狙われてもだいじょうぶだったということで政治的に有利な展開になったものの、この小康状態がいつまで続くかわからなかったし、国内外で平和を目指す王としては、前途多難だったのだ。

議会はますます聞く耳をもたなくなってきたものの、少なくとも一か月以内に召集されて統合をどうするか議論することになっていた。金遣いが荒くて財政的に問題のある君主に補助金を出すかどうかの決議もなされるはずだ。イングランドにいるカトリック教徒らをあまりに厳しく取り締まりすぎると、また王の命を狙われるかもしれなかった。かといって寛容すぎると、国教忌避を厳しく取り締まる法案を通したがっている下院を敵に回して、やはり命を狙われるかもしれなかった。さらに面倒なことに、王妃アンが、ルター派のプロテスタントとして育ったにも拘わらず、カトリックに改宗してしまい、外面を保つためにプロテスタントの祭式に参加していた。国内問題だけでも手がつけられないのに、海外からの脅威は火に油を注いだ。イングランドのカトリック信徒の行く末を心配したローマ教皇パウルス五世が対抗処置に出ると警告してきたのだ。

クリスマス前のその日曜日〔十二月二十二日〕の陰鬱な食事のあと、ジェイムズ王は、「激しくお怒りになり」、憂鬱な沈黙が爆発的憤怒となった。モリーノは本国への報告に、王の怒号を一語一語伝えようとしていた〈微妙な問題なので、暗号にしていたが〉。モリーノが引用したジェイムズ王のとどまるところを知らぬ怒りの言葉を見ると、当時、王がどのような精神状態にあったのか垣間見ることができる。

教皇が私〔ジェイムズ王〕を破門するというローマからの急使があった。カトリックどもは、私が信仰の自由を認めないかぎり、私を廃位し、命を奪うと脅すのだ。こうなったらやつらの血でこの手を染めざるを得まい。それが我が意に沿わぬことであっても。だが、私を脅せるなどとやつらに思わせるわけにはいかない。まずやつらに苦悩を味わってもらわねばならん……王の命を狙う陰謀を企てることを許し、王冠と笏杖を王から奪うなどというローマの邪悪な教義はいったい何を根拠にしているのか私にはわからない。

ジェイムズ王はこの調子で一時間続けた。聴いていた者は、王の言うことすべてを「褒めて賛同」せざるを得ず、「カトリックに対して厳しい対応をすべきだ」と王に促した。モリーノは、仲間のカトリック信徒の苦境を慮って、こう本国に報告した。「聖職者の逮捕のニュースばかりあり、まだ大多数は隠れているにせよ、役人の仕掛ける罠に不安は禁じ得ない。すでに逮捕された者も多く、死刑になると思われている。そして、次期国会ではカトリックに厳しい対応がなされるであろう」。

こうしたことに采配を揮《ふる》うのだけでも大変だというのに、ジェイムズ王は新年の祝賀を利用して、故エセックス伯の息子をサフォーク伯トマス・ハワードの娘フランセスと結婚させて未だ膿んでいるエリザベス朝時代の古傷を癒そうとしていた。十代の恋人たちの犠牲的な統合によって、遺恨ある家同士が一つになるのであるから、これはジャコビアン版『ロミオとジュリエット』だ。この婚姻の裏にある政治的思惑は、誰の目にも透けて見えていた。抜け目なく噂好きな観察者であるモリーノは、「エセックス伯がもう少し大きくなったら、復讐を唆す声が聞こえてくるのは必定だ。ソールズベリー伯は、姻戚関係を結ぶことでそうした古い怨恨の記憶を消そうというのである。だが、そんなことをしても焼け石に水であるというのが大方の意見である」と記した。

ソールズベリー伯とハワードの一派もそう思ったのであろうか、フランセスの姉たちも結婚させて、敵対する両家の結びつきを固めようとした。クリスマスの二日前には、十九歳の姉エリザベスが、故エセックス伯の叔父サー・ウィリアム・ノリスと結婚した。[*1] ノリスの最初の妻ドロシーはノリスより二十歳年上の元寡婦で、二か月前に都合よく亡くなっていた。当時六十歳となっていたノリスは、後継ぎを望んでいたため、十代の娘を嫁に迎えて喜んでいた。失くしたばかりの先妻より六十歳若い妻だった。ハワード家の三女キャサリンは、ソールズベリー伯の一人息子ウィリアムと結婚することになっていた（花婿は十七歳で、花嫁は二十歳）。若きエセックス伯とフランセス・ハワードとの結婚は一六〇六年の宮廷祝賀の要となり、一月五日の仮面劇に引き続いて、その日の夜、十二夜には、対立する両家が戦う馬上試合が催された。

ジャコビアン仮面劇は、まだその揺籃期にあった。新たな治世の最初の数年のあいだに仮面劇のような余興は恐らく六つほどあったが、仮面劇の形式を決定づけたのは二つの初期作品だ。すなわち、アン王妃により出資されて一六〇四年一月にハンプトン・コートで上演されたサミュエル・ダニエル作『十二女神のヴィジョン』[*2]と、やはり王妃の出資により一年後に旧迎賓館で上演されたベン・ジョンソン作『黒の仮面劇』[*3]である。

ダニエルの仮面劇は、かつてのエリザベス朝時代の政治的修辞を新たにジャコビアン風にまとめ直したものであり、衣装さえもが過去の手直しを示していた。先代の女王の衣装が再利用され、今となっては着られない何千着ものドレスを裁断して新しい服に仕立て直したのだ。ダニエルは、「あらゆる謎に通じた学者」が何と言おうと、仮面劇は「夢や見世物」にすぎないとして、芸術的価値があるかのようなことは言わなかった。

ジョンソンは、そうではなかった。ジョンソンの野心は大きく、もっと複雑な形式に近づこうとしていた。仮面劇の「さらに深い謎」のなかに一つの芸術性を見出そうとしていたのだ。それは、上演という短い瞬間を超え、その逃れようもなくへつらう性質を凌駕する芸術性である。一六〇六年に仮面劇執筆を依頼されたのは、ダニエルではなく、権力側とぎくしゃくした関係にあったジョンソンだった。その仮面劇は『ヒュメナイオスの仮面劇』（婚姻の神の仮面劇）と呼ばれ、結婚のみならず政治的統合をも祝おうとするものだった。

『ヒュメナイオスの仮面劇』[*4]は、イングランドで上演された最も金のかかる余興の一つだった。ジョンソンが脚本と全体の構想を担当し、舞台装置はイギリス一の建築家にしてデザイナーであるイニゴー・ジョーンズが請け負うという共同作業だった。舞踏家のトマス・ジャイルズが振付を担当し、音楽は作曲家アルフォンゾ・フェッラボスコが担当した。八人の若い淑女とそのお相手の八人の宮廷人がこの仮面劇のスターであり、馬上試合が催された二日目には、三十四人の貴族が、綿密な台本にしたがって上演される凝った見世物に出演した。こうした才能が一堂に会し、五十人近い紳士淑女がああしろこうしろと受けたこともない指示にしたがって、一度きりの公演の慣れない稽古に耐えたのだから、ものすごいことだ。贅沢な衣装をまとった貴族たちが仮面劇や馬上試合の中心にいたものの、宮廷音楽師たちやプロの役者たちも——花嫁と花婿役を演じる二人の役者も含めて、少なくとも大人の役者五人と恐らく少年俳優五人が——必要だった。そうした役者たちは、まずまちがいなく、のちのジョンソンの仮面劇にも出演することになる国王一座から選ばれていただろう。

この頃ひっぱりだことなっていたシェイクスピアの劇団にとって、この仮面劇と馬上試合の稽古と一月五日と六日の本番に出演するのは、スケジュールのごく一部にすぎなかった。十二月十六日に二か月ぶりに商業劇場での上演禁止が解除されたという知らせを聞いても、この状況ではそれほどありがたくなかったかもしれない。久しぶりに芝居を観ようと観客がどっと押し寄せ、グローブ座もライバルの劇場も、このクリスマス期に満員になるのは目に見えていた。

日の出は朝八時、日没は午後四時だったから、役者たちは夜が明けたらすぐにその日の芝居の稽古を始め、暗くなる前に公衆劇場での上演を終えるために、いつもどおり午後二時には開演しただろう。そしてもちろん、宮廷仮面劇に参加する劇団員は時間を見つけて台詞を覚え、迎賓館での複雑で厳密な振付のついた公演の稽古もしなければならなかった。

エリザベス女王の時代、やくざな役者は、数えるほど僅かの宮廷での上演のために一年中稽古をして準備をしていたから大目に見られていたなどという話はでっちあげである。ジェイムズ王の時代、とりわけ冬のあいだは、国王一座はつらい思いをしていたはずなのだ。一六〇五年初頭に国務大臣ダドリー・カールトンがジョン・チェンバレンに、宮廷での果てしない余興について、「一年中クリスマスになるようだ」と書いたとき、国王一座の宮廷での仕事が増えることは一座にははっきりわかっていたことだろう。しかも、火薬陰謀事件の謀叛人らの裁判とそれに続く処刑のために、一六〇六年一月末から二月上旬にかけて宮廷上演どころではなくなったうえ、王子一座[*5]がすでに三月三日と四日にホワイトホールでの懺悔節の公演を予約していたので、シェイクスピアの劇団は、クリスマスの翌日からたぶん一月中旬には終わってしまう驚くほど短い期間に自分たちの公演を押し込まなければならなかった。十二月二十六日、二十八日、二十九日、三十一日、それから一月二日と三日にはたいてい宮廷での上演があり、一月五日と六日はジョンソンの仮面劇に出演し、そのあとの二週間にはさらに四公演が予定されており、ハード・スケジュールだったうえ、午後にグローブ座で実質マチネ公演を打ったあと宮廷で同じ日の夕方に上演するとなると一層大変だった。

宮廷上演のもう一つの（あまり知られていない）特徴が、このきつい日程をさらに厳しいものにしていた。ジェイムズ王のみならずエリザベス女王時代にも宮廷祝典局長を務めたエドマンド・ティルニーには宮廷で上演されるあらゆる劇を吟味する責任があり、王や宮廷人たちが目の前で上演されるものに立腹することのないように配慮するのが仕事だった。ティルニーはすでに公に上演された旧作・新作の劇から候補作を選んだ（そうした劇の台本にも、僅かな謝礼で上演認可を与えていた）。だが、潜在的に危険な内容でないことを確かめ、最近の出来事に照らして時事的に問題となるような古い劇を除外するために、ティルニーは劇団に事前の通し稽古を見せるようにと命じて、クラーケンウェルの旧聖ヨハネ修道院にある祝典局まで来るように要求した。

「我々の宮廷劇がかつて毎年稽古をして、王や貴族にご覧頂く前に手直しされて完璧にされたのは」ティルニーの事務局においてであったと、ベテランの劇作家トマス・ヘイウッドは回顧している。ティルニーも自分の責任をそのように捉えており、一六〇六年のシーズンのための経費の明細を記すとき、「稽古を監修し、劇や喜劇を選択し、改修した」費用も含むと明記していた。

これらの記載におけるキーワードとは、「手直しされて完璧にされた」や「改修した」という語だ。「検閲」と言うべき内容ではなかったようだ。文筆家でもあるティルニーは、自らの役割をむしろ編集者ないし協力者と看做していたらしい。ともかく、一般公演のためにすでに役者たちが覚えた台本に修正が加えられなければならなかったのだ。今はこれまでになく政治的に難しい時なのだと国王一座に説明する必要はなかった。ロンドン塔の囚人たちは拷問を受け、聖職者たちは追跡され、まだ捕まっていない火薬陰謀事件の共謀者もいたわけだ。ジョンソン、チャップマン、マーストンは、最近『東行きだよぉ』でスコットランド人を揶揄して権力側を怒らせたばかりであり、古い劇の一見穏やかな場面であっても思わぬ意味があるとされるかもしれなかった。劇団の十作品――宮廷で上演されることになったシェイクスピア作品を含む劇団所有の作品――をどう修正すべきか、ティルニーの指示にしたがって考えるのはシェイクスピアの責任だった。

ときどき詩を書いては、王の統合の未来像を両国の《結婚》として律儀に後押ししてきたベン・ジョンソンは、ジェイムズ王がロンドンに到着して以来、このようなたんまり報酬をもらえる執筆を引き受けたいと手を挙げ続けてきたようなものだった。一月五日に予定された仮面劇は、宮廷の派閥を一つにまとめることを祝うのみならず、スコットランドとイングランドの統合を推し進めるのに完璧な機会だった。

結婚は強力な政治的メタファーではあったが、舞台上で結婚式を演じるのはタブーだった。統一令により、英国国教会の牧師以外の者がキリスト教の儀式を執り行うことは禁じられていたのだ（シェイクスピアの喜劇が結婚を誓う婚約で終わり、結婚式にまで至らないのはそれ故である）。『ヒュメナイオスの仮面劇』では、ジョンソンは、十代の花嫁花婿をキリスト教徒ではなく、古代ローマ人に設定するという抜け道を見出した。古代ローマの結婚式を本格的に調査したほどだ。ジョンソンはその博識ぶりを見せびらかしながら、自らを現代のアウグストゥス・カエサル（シーザー）と思っている王を喜ばせて点数を稼いだわけである。
この結婚祝賀と祝福は、処女女王の時代を懐かしく振り返り始めている人たちを静かに諫め、子供のないエリザベス女王のもとで如何にイングランドの将来が危ういものとなっていたかを思い出させるものだった。
『ヒュメナイオスの仮面劇』の冒頭の台詞は、ジェイムズ王と妊娠中の王妃とに向けられ、政治的統合や犠牲としての結婚を称えて、処女性崇拝を批判するこの仮面劇の複雑な議論をまとめるものであった。そのメッセージはすっきりしていた。「統合（結婚）を信じないなら、立ち去れ」というのだ。

不敬なものよ、去るがよい。
ここで我らが神秘を今宵、
観る者は、自らも同じく、
結婚に身を捧げざるべからず。
あるいはいつの日か必ず
結ばれんとする者のみ観るべし。
これらの儀式を執り行う
統合の女神は、夜と同様
素朴な目でこれを行う。

ジョンソンは、それまでの面白味のない宮廷余興をよく知っていたので、仮面劇を単なる見世物《パジェントリー》以上にするためには、何らかの葛藤なり脅威なりが必要だとわかっていた。そこで、「四つの気質と四つの感情[*6]」に扮した八人の宮廷人を、宙に浮かんでいるように見える金銀で彩色した巨大な一つの球体のなかに隠しておいて飛び出させるという劇的な登場をさせた。

これは、イニゴー・ジョーンズが今回のために創った驚くべき仕掛けであり、たぶんサザック地区にあるもう一つの地球《グローブ》〔座〕のことも少々考慮したかもしれない。ある目撃者の証言によれば、ジョンソンはこの時点で上演を仕切る守護霊として仮面劇に入り込み、八人の出演者が二人ずつ球体から出ていくときに自らその巨大な球体を回したという。

「戦いを鼓舞する音楽」に合わせて八人の貴族が剣を抜いて登場すると、ヒュメナイオス役のプロの役者が次のような解説を続けた。「処女らを救え!……あらぶる四気質飛び出して、激しき感情伴い右往左往し、あらゆる宗教を倒さんとする」。この危機の瞬間、《理性》役のプロの役者が介入し、静まるように命じて、脅威を終わらせる。《理性》に諭された貴族たちは「剣を鞘に収め、驚嘆して舞台袖へ退場する」。

貴族たちがいなくなったところへ、ユノー〔ジュノー〕とその軍団が登場する。「ユノー」の名前にあるIUNIという語は、アナグラム的に「統合〔Union〕」を意味するとジョンソンは注記している。その登場は息を呑むものであり、イニゴー・ジョーンズの舞台技術の粋を集めたものだった。ジョンソンは、「二羽の美しい孔雀に支えられた玉座に座って」ユノーが現れるさまを、生き生きと詳しくこの仮面劇の出版台本に描いている。ユノーの下には、虹を表すもう一人の神話的人物アイリスがおり、「豪華な衣装をまとった」八人の淑女たちがいた。八人の淑女は次に八人の紳士たちと出会うが、これはジェイムズ朝の仮面劇としては驚くことだった。普通は男性のみか女性のみで上演され、両性が交ざるなど初めてだったからだ。そのあとに起こったことは、幸運にもそれを目撃した人たちにとっては最も目を奪われる瞬間だっただろう。巧みな踊りが最高潮に達したとき、若い新郎新婦の名前が、振りつけられたステップによって綴られたのだ。それから仮面劇の魔法のようなクライマックスでは、踊り手たちが前へ出てきて、踊りの新しいパートナーとして、王妃、ヘンリー王子、花嫁と花婿、大使たち、その他の重要な貴族や淑女たちの手を取ると、幻想的な劇世界は宮廷世界と融和したのだった。

ジョンソンは、自分の仮面劇がいかに愉しいものであるかわかっており、その台詞、アクション、メッセージ性が見事に一つになっていることを理解していた。自分の功績を誇りに思ったジョンソンは、これを一六〇六年にクォート版で出版したが、その劇的効果を説明するのに言葉に窮しながら次のように記している。「それほど素晴らしい上演であったので（荘厳さ、華麗さ、あるいはそうした舞台美術と呼べるものを別としても）それだけでも（他の一切がなくても）驚くべき喜びの力を持っており、観客の心を奪ったのだ」。この本のなかで、ジョンソンは自らの芸術の原則を宣言し、仮面劇とその永遠の価値を強く弁護している。それは、フランシス・ベーコンが『随想録』で言うような、単なる金のかかる「玩具」ではないのだ。そんな説を認めるなら、〝感覚に訴えるもの〟と〝知性をより深く貫くもの〟とを混同することになると、ジョンソンは論じている。

十二夜が近づくと、宮廷は大宴会の長い夜を眠りで締め括り、イニゴー・ジョーンズ設計の手の込んだ舞台装置は労働者たちによって解体された。その代わりに、長い部屋の中央には、武装した闘士たちを隔てるための木製の柵が建てられた。それから、王と王妃を戦闘から守るための金網の衝立《ついたて》も立てられた。ジョンソンが花嫁に対して「優しき乙女よ、恐がるなかれ、恐れておいでのものをあなたは愛することになるでしょう」と、いやらしく励ましたにも拘わらず、若きエセックス伯とフランセス・ハワードはその夜ベッドをともにしなかった。結婚は政治的なパフォーマンスでしかなかったのだ。

シェイクスピアの時代の結婚について広く信じられていることとは裏腹に、十代の結婚は稀であり、十代で結婚しても性的関係を結ばないほうがよいと強く考えられていた（まだ成長中の体には危険であり、特に少女が出産するのは常に危ないとされていた）。当時のイングランドの平均結婚年齢は、男女を問わず、およそ二十五歳だった。同盟関係を固めたり男子の世継ぎを確保したりするために幼い子供を結婚させるのは、一握りの富裕な貴族の話だ。

法的に結婚が認められたのは、男子が十四歳、女子が十二歳だった。それゆえ、アーサー・ウィルソンがのちに記したように、エセックス伯とフランセス・ハワードは「結婚するには早すぎるが、結婚できる年齢」だったのである。二人の肉体が結ばれるのは延期され、若きエセックス伯は荷物をまとめて長い大陸旅行へと出かけ、花嫁は実家へ戻された。二人とも配役された役どころをじょうずに演じてみせて、幕引きとなったのだ。

ジェイムズ王自身は、後悔していたかもしれない。前年のクリスマス・シーズンに、二十歳のフィリップ・ハーバートを、オックスフォード伯の十七歳の娘スーザン・ドゥ・ヴィアと結婚させたばかりだった。[*7] 寵臣ハーバートは人目もはばからずジェイムズ王といちゃつき、王は明らかに心を惹かれていたのだ。一六〇四年の元旦に、ハーバートは緑の野に立つ種馬を描いた儀式用の盾を手にして王の前に現れた。王がその意味を尋ねたところ、若者は「これに乗れるのはアレグザンダー大王ほど偉大なる者のみです」と、誘いをかけるかのように答えた。王はその仄《ほの》めかしの意味を理解し、ダドリー・カールトンが報告するところによれば、「この青二才《コルト》（仔馬）を馬屋へ送るぞと陽気に脅かした」。ジェイムズは花嫁とも冗談を交わし、「もし王妃がいなければ、あなたを結婚させずに自分のものとしていたのに」と言ったという。仮面劇が結婚による貞節を言祝《ことほ》ごうが言祝ぐまいが、王の欲望はまったく別のところにあったのだ。

結婚仮面劇[*8]が宮廷で上演された翌朝、ジェイムズ王は「シャツとナイトガウン姿で」まだベッドから出てもいない新婚夫婦を訪ねた。ダドリー・カールトンはこの三角関係について、ジェイムズは「二人とベッドの中で、あるいは上で楽しい時をお過ごしになった」と記載し、「中なのか上なのかはご想像にお任せする」と付け加えた。エセックス伯とフランセス・ハワードは少なくとも、王の不意の訪問を受けずにすんだというわけである。

　十二夜に催された馬上試合での象徴的な戦闘は、宮廷人とりわけ参加者がとても楽しみにしていたものであり、前夜の見世物とは違ったドラマを約束していた。三十二人の騎士が戦士として選ばれ、十六人対十六人で戦うのだ。どちら側につくか適当に決められたわけではない。一方の側は、ほとんどエセックス伯派であり、エセックス伯の色として知られた「淡紅色と白」[*9]を身につけていた。対するはハワード派であり、水色と白を纏《まと》っていた。両者は象徴的な意味合いのある柵を挟んで対峙した。エセックスの主張をよしとする者は、スペインとの和平に反対し、スコットランドとの統合を嫌う攻撃的プロテスタントであり、領土拡大を主張し、新旧の政治的権益を守ろうとするもので、ジェイムズ王には我慢ならない立場だった。

　馬上試合は、「舞台の下で戦闘の音が響いて」わくわくするように始まり、互いに自分こそ《真実》であると主張する二人の役者が登場した。二人は双子のようで、「まったく見わけがつかなかった」。《真実》はどちらか一方のはずなので、もう一人は《真実》を騙る《意見》だ。火薬陰謀事件との関わりをまだ疑われている宮廷人もいた当時、特に火薬陰謀事件の共謀者の多くがかつてのエセックス伯の叛乱に連座していたことを鑑みると、真実と虚偽とを見分け、きれい《フェア》と汚い《ファウル》を区別するのは急務だった。少なくとも馬上試合では決着がつくはずだった。エセックス伯派が守る《真実》とは、強烈に処女性を擁護し、結婚は服従に過ぎぬと主張するものであるのに対して、対するハワード派が守る《真実》は統合を祝い、処女性などは「奇妙な手に負えないもの」として批判するので、観客からすれば答えははっきりしているのだが、それでも戦闘で勝敗がつくことになる。それゆえ、最初からエセックス伯派は劣勢だ。

　結果は最初からわかっていたとは言え、その夜ホワイトホール宮殿に集《つど》った人たちにとって――そこが五年前にエセックス伯派が占拠しようとした場所だけに――両陣営が槍と剣を構え合うの見て平常心ではいられなかったに違いない。試合参加者の多くにとって、これは個人的な問題だった。ハワード派の二人、エフィンガム卿とサー・ロバート・マンセルは、かつてエセックス伯邸の包囲攻撃を指揮して、叛乱を鎮圧し、その後マンセルは率先してエセックス伯派の検挙に尽力していた。二人の側について戦うサー・ジョン・グレイは、エセックス伯の叛乱時に逮捕者数名の身柄を預かった男であり、対戦相手にエセックス伯の強力な味方で叛乱に加わって逮捕されたサセックス伯とサー・ケアリー・レノルズや、やはり逮捕されて一六〇一年に危うく処刑されるところだったサー・ウィリアム・コンスタブルとサー・オリヴァー・クロムウェル（のちの護国卿クロムウェルの伯父）*10もいるのがわかったことだろう。エセックスの色を身につけた者の多くは、カディス遠征ないしはアイルランド遠征時に伯爵によって騎士に叙された者たちであり、伯爵への忠誠を固く守っていた。反対側には、伯爵に騎士に叙されながら叛乱に参加するのを拒んだ者もいて、複雑な心持ちだったであろう。仲間はずれとなったのは、疑いなくモンティーグル卿だ。エセックス伯の叛乱の主たる支持者であったにも拘わらず、つい最近国を救う大活躍をした者が《真実》を敵に回して戦うわけにはいかず、勝利する側についたのである。

　三十二人の戦士たちは、最初は一騎打ちで、次に三対三の試合で槍を突き出し、数時間にわたって切れない剣を振り回した。エセックス伯派の誰がどの敵と戦ったかはわからないが、ジョンソンは両方とも真剣に戦ったと記している。

最後の組となった六人の戦闘がまだ「終わらぬうちに」突如広間に閃光が走り、新たな役者が登場した。《真実》がまもなくやってくると告げる「天使ないしは栄光の使い」である。《真実》はまさにローマ風の凱旋のように二輪戦車に乗って華々しく登場し、彼女が捕らえた敵が屈辱のなかで行進させられる。

その馬車の車輪で拷問を受けるは偽善。
虚栄に支えられた僻目《ひがめ》の中傷は悄然、
運命輝き、真実の眼光に焼かれ、
凱旋の真実は天使に導かれ、
指先でひねるは星々の扇。
霧纏《まと》う誤謬を退けるが奥義。

《真実》は戦車から降り立つと、敵が自分になりすました《意見》であることはお見通しだと宣言する。《真実》はエセックス伯派を宥《なだ》めるが、「正義に降伏することこそ征服です」と言って、降伏するように強く勧告する。それから《真実》は自分より大きな権威である王に服従する。《真実》でさえ、王の意向に沿わなければならないからである。それは、二日にわたる余興のなかで示されてきた、処女が結婚にしたがい、妻が夫にしたがい、臣下が支配者にしたがうという服従のメッセージを繰り返すものだった。「和解した」敵が外へ導き出されると、ジョンソンは、それまで口にされなかったが誰の心にもずっと気にかかっていた最近の陰謀にほんの少しだけ言及して馬上試合を締め括った。「最後に、この心とともに、あらゆる心が真実たれ。そしてその人の真実をして謀叛を悔やましめよ」。

少なくとも旧迎賓館のなかでは、暴力と分割が抑えられ、余興のあいだは、王国から謀叛の恐れが取り除かれたのだ。

『ヒュメナイオスの仮面劇』は英文学に末永くとどまるであろうと考えたジョンソンはまちがってはいなかった。とどまりはしたのだが、ジョンソンが思ったようにではなかった。観客の中にシェイクスピアもおり、いろいろなレベルで、この劇から意欲をかきたてられていた。[*11] シェイクスピアが受けた最初の反応は、初めて本格的なローマ風凱旋を、その年のうちに『アントニーとクレオパトラ』において、舞台で描くことにしたことである。壮大なるローマ風凱旋――アントニーもクレオパトラも自分たちの敗北として恐れていたこと――を舞台上のスペクタクルとすればこの劇で重要な役割を果たすが、最近ではいつもカットされてしまう。その豊かな意味合いが失われ、ローマの将軍が「凱旋するように」敵を蹴散らして二輪戦車で登場するとト書にあっても、現代の演出家にはどうしてよいかわからないのだ（第三幕第一場〇行ト書）。

シェイクスピアはジョンソンの仮面劇を観て衝撃を受け、まずまちがいなく『ヒュメナイオスの仮面劇』の本を入手しただろう。シェイクスピアが妬んだりするとはあまり考えられていないが、もしこの劇を観たあとにそんなふうに感じたとしたら、その理由ははっきりしている。つい数年前、エリザベス女王治世では、特に九〇年代後半は、シェイクスピアの劇は宮廷でのクリスマス期の目玉となっていたのだ。それは毎年シェイクスピアが書いていた新作二、三本という数が、女王陛下の前で上演するよう劇団が依頼された数とほぼ一致していた時代のことである。ところが、シェイクスピアの新作は今や、クリスマス期に上演される大量の劇に押しのけられそうになっていたのみならず、宮廷仮面劇の壮大さと比べても色褪せて見えていたのだ。

つい数年のあいだに、どうしてシェイクスピア作品は真打ちから前座へ落ちてしまったのだろうか。

サミュエル・ダニエルでさえ、慎重な言い方をしてはいるが、仮面劇は「世間を最も楽しませるもの」と認めている。自分の劇団員の衣装は古着でしかなく、音楽的技量もそこそこで、何もない舞台でせいぜい馴染みの小道具を数点使う程度の舞台技法などでは、仮面劇の壮大さや特殊効果にかなうはずがなかった。シェイクスピアの喜劇は、ライバルの劇団のような下品なジグ踊りではなく、きちんとした踊りを踊って終わったかもしれないが、超一流の振付の足元にも及ばなかったし、宮廷人や王家の人々が人前で踊るという特ダネ要素もありはしなかった。

シェイクスピアは宮廷仮面劇を一本も書かなかったが、まちがいなく魅了されており、とりわけ『ヒュメナイオスの仮面劇』がお気に入りだっただろう。シェイクスピアが『ヒュメナイオスの仮面劇』を観る前に劇中で描いた結婚式の仮面劇と、観た後で描いたものとを比べてみれば、その影響は一目瞭然だ。六年前に『お気に召すまま』の終わりでは、婚姻の神ヒュメナイオスが音楽の奏されるなか登場して、結婚を褒め称える短い讃美歌を整った形式で歌っていた。

婚礼は女神ユノーの栄誉、
食卓と閨《ねや》の絆に幸《さち》よあれ、命の限り！
人を増やすはヒュメナイオスの天命よ。
ゆえに称えよ、夫婦の契り。
誉めよ、称えよ、あらゆる町にいます
神ヒュメナイオスの名を、益々！

（第五幕第四場一四〇〜五行）

だが、この神の予期せぬ登場は、神の超越性を全然感じさせないため、二百年にわたってシェイクスピア批評家たちはこのヒュメナイオスは本物の神ではないと主張してきた。ロザリンドが、コリンか誰か森の住人を結婚の神に扮させたのだ、と。もちろん、誰がヒュメナイオスを演じるか、どれほど立派な衣装を身につけるのか、どれほど壮大な登場になるのかで話は変わってくるが、そうしたことは何一つテクストに指定されていない。シェイクスピアは、仮面劇の要素を実験的に取り入れて、この瞬間までシェイクスピア劇を仕切ってきた自然主義を乗り越えようと試みただけなのかもしれない。だが、エリザベス朝後期のこの時代に、そもそも仮面劇なるものが形式的にも観念的にもどこまで壮大になりえるかとか、どれほど決定的な特殊効果が可能かなど、シェイクスピアはもちろん、誰にもまだ知り得ぬことだった。

『ヒュメナイオスの仮面劇』を観た五年後、シェイクスピアはやはり仮面劇を埋め込んだ劇を書いた。『テンペスト』である。グローブ座と劇団が新たに入手した室内劇場ブラックフライアーズ劇場で上演するべく書かれた『テンペスト』は、一六一一年十一月一日にホワイトホール宮殿でも上演された。恐らく新迎賓館《バンケティング・ハウス》で上演されたのだろう。第四幕での婚礼の仮面劇は、追放されたミラノ公爵プロスペローが演出し、プロスペローはそれを「わが技芸の聊《いささ》かの虚栄」と呼ぶ。プロスペローの命令にしたがってエアリエルその他の精霊によって演じられるこの仮面劇は、プロスペローの娘ミランダと、ナポリ王の息子ファーディナンドとの婚約を祝うものだ。『ヒュメナイオスの仮面劇』と同様に、これもまた古い政治的亀裂を癒すための未熟な若い恋人たちの結婚であり、その床入りは延期される。

『テンペスト』が『ヒュメナイオスの仮面劇』に負うところは大きい。虹の女神アイリスがここでも主役を演じているし、女神ユノーも登場する。ユノーは、ジョンソンの仮面劇で「二羽の美しい孔雀に支えられた玉座に座って」登場したが、この珍しい支えがシェイクスピアのテクストにも再び現れる。ユノーの「孔雀が全速力で飛ぶ」と、アイリスが言うのだ（第四幕第一場七四行）——恐らくユノーの供回りを演じる役者が衣装を着けて演じるのだろう。グローブ座とブラックフライアーズ劇場に仕込まれた舞台機構によって、シェイクスピアはユノーの劇的登場を再現できた。舞台屋根の天井がパカッと開いて、巻き上げ機を使ってゆっくりと役者たちを舞台へ下ろしたのだ。『テンペスト』のこの場面には、観客にはわからないことだが、シェイクスピアがいつも以上の情報を盛り込んでおり、まるで仮面劇のように詳細なト書がある——「エアリエルは雷鳴とともに消える。すると、心地よい音楽に合わせて、再びいろいろな姿の者たちが現れて、からかう所作やしかめ面をしながら踊り、テーブルを運び出す」（第三幕第三場八二行ト書）。いつも役者へ簡潔な指示しか書かないシェイクスピアがこんな詳しすぎるト書を書いたはずがないと主張するシェイクスピア学者もいる。手の込んだ『ヒュメナイオスの仮面劇』の本をしっかりと参考にしたシェイクスピアは、どうやらこうしたト書を書く時にライバルの派手なスタイルをうっかり真似してしまったようだ。プロスペローが舞台の「てっぺん」に現れて自分の作品を観察するという珍しい、かなり詳細な（やはり『ヒュメナイオスの仮面劇』から借用された）ト書も例外ではない（第三幕第三場一八行ト書）。シェイクスピアは、慎重にプロスペローを観客の視野に収め、迎賓館で仮面劇作者が自らのショーの一部となっていた効果を再生してみせたのである。

シェイクスピアは、男女が初めて一緒に仮面劇で踊ったという『ヒュメナイオスの仮面劇』の記憶すべき場面さえ再現してみせた。アイリスの命令によって、田舎の収穫者たちの集団がやってきて、同数のニンフたちと一緒になって「優雅な踊り」を踊るのだ（第四幕第一場一三八行）。プロスペローの魔法は、ジョンソンの仮面劇にあった理想の具現化を完璧にやってみせる。天と地がアイリスの虹によって結ばれ、豊饒の女神ケレースと女性の守護神ユノーによって象徴される和合のイメージが、収穫者とニンフたちのきちんとした踊りによって強められるのだ。だが、こうして小規模でもジャコビアン風仮面劇を作ることができ、その思想的意味合いも構造的要素も完璧に理解していることを示したまさにそのときに、シェイクスピアは驚くべきことに、仮面劇を突然中止して全体の企画を破棄する。すなわち、「奇妙な混乱した音」によって仮面劇は中断され、踊り手たちは雲散霧消するのだ。自らの魔法が生み出したものに夢中になっていたプロスペローは、あまりに気が逸れてしまって、「獣のようなキャリバンとその一味が自分の命を狙って汚い陰謀を巡らせていることを忘れていた。その陰謀の時が近づいている」と気づいて仮面劇をやめさせたのである（第四幕第一場一三九〜四二行）。プロスペローは、かつてそれほど「秘密の研究に夢中になって我を忘れた」とき、ナポリ公国を失ったのだった（第一幕第二場七六〜七行）。現実世界の陰謀が、我を忘れた独善的祝賀となりがちな仮面劇の儚さを暴くのである。

そのあとに来るのは、シェイクスピアの最も忘れがたい美しい台詞である。懲りたプロスペローは、将来の支配者たる若い恋人たちに、自分がすでに知っていることを説明する。すなわち、仮面劇は束の間の儚いものであると。この言葉はこれまでずっと、ストラットフォード・アポン・エイヴォンへ引退しようとしているシェイクスピア自身の演劇活動の最後の弁であり、自らの芸術観を述べた自伝的なものであると解釈されてきた（このあとシェイクスピアが少なくとも三本の劇を書き、さらに書くつもりだったかもしれないと学者たちが認める前の話である）。詳しく観てみると、ここに詳しく記されている視覚効果は、どうも『テンペスト』の中にあるものとして今確認した仮面劇の特殊効果ではなく、巨大な地球（球体《グローブ》）や何やらを含めて、むしろ数年前に迎賓館でジェイムズ王の御前にて上演されたときシェイクスピアが観た精巧な特殊効果のことを思い出しているように思われる。

余興はもうおしまいだ。今の役者たちは、
前に言ったように、みな精霊であり、
空気に、淡い空気のなかに溶けていった。
そして、空中楼閣の如き今の幻同様、
雲を衝《つ》く塔も、豪奢な宮殿も、
厳かな寺院も、巨大な地球《グローブ》そのものも、
そう、この大地にあるものはすべて、消え去るのだ。
そして、今の実体のない見世物が消えたように、
あとには雲一つ残らない。

（第四幕第一場一四八〜五六行）

どうせ中止するのに、なぜわざわざ昔の仮面劇を思い出すのだろう？　『ヒュメナイオスの仮面劇』から挑戦を受けたシェイクスピアは、公共劇場での演劇と比べたときに宮廷仮面劇の本質的な限界と思われる点を、政治的芸術的レベルで示しているのではないだろうか。プロスペローの余興を自らの劇という大きな枠組みのなかに置くことで、シェイクスピアは、仮面劇がいかに心を奪うものであろうと、どうしても政治的な利己心に関わるものであることを観客にわからせているのである。そうすることで、宮廷仮面劇がなおざりにしてきた問題を呈示しているのだ。

プロスペローが「空中楼閣の如き今の幻」と言うのは、「実体のない見世物」に根拠がないと認めるものなのだろうか。その白魔術は、プロスペローが臣下に権力をふるう絶対君主制から我々の注意を逸らすためのものなのだろうか。仮面劇とは違って、シェイクスピアがこの二十年間書いてきた劇

は、そうした問いを観客に考えさせるものだった。だからこそ、シェイクスピア劇は今日までずっと上演され続けているのであろう。シェイクスピアが劇中で批判的に用いている仮面劇自体は、今日ほとんど忘れられかけているのと違って。

『テンペスト』が一六一一年にホワイトホール宮殿で上演されたとき、観客の多くは、第三代エセックス伯とフランセス・ハワードの早熟な結婚が破綻していたことを知っていた。このときになって二人の結婚を祝う『ヒュメナイオスの仮面劇』を思い出す皮肉は大きかった。若き伯爵が三年の海外旅行から帰ってきたとき、二人は互いに悲惨な思いをさせあった。若妻は夫が不能だと訴え、夫は他女とはそんな問題は起こらないと主張したのである。結婚は解消され、ジェイムズ王の治世の最大のスキャンダルとなってしまった。

『テンペスト』が宮廷で上演された頃、フランセス・ハワードは王の美男の寵臣ロバート・カーと浮名を流していた。やがて王自身の仲裁で以前の結婚を無効としたので、フランセスはカーと結婚できるようになった。ところが、カーの友人サー・トマス・オーヴァベリーに結婚を邪魔されると心配でしかたがなかったフランセスは、オーヴァベリーを毒殺する陰謀を巡らし、そしてその罪を結局認めたのである。[*12] これによりフランセスとカーはともにロンドン塔に幽閉された。ジョンソンが「結婚の結びつける力」と呼んだ結末がこれである。一六一六年のジョンソン選集に『ヒュメナイオスの仮面劇』のクォート版を再版するとき、ジョンソンは仮面劇に参加した貴族の名前を黙ってすべて削除し、ジェイムズ王自身の名誉を傷つけたスキャンダルに関わりがあった人たちの迷惑にならないように配慮したのだった。

シェイクスピアが一六〇六年以降に取りかかった劇を何らかの手がかりと考えてよいのであれば、一六〇六年一月上旬にシェイクスピアが迎賓館で観た仮面劇や馬上試合は、そうしたものでは取り繕えない〝仲違い〟や〝断絶〟に対するシェイクスピアの感性をひたすら研ぎ澄ませたと言えよう。イングランドのカトリック問題も喫緊の問題として残っていたし、エリザベス女王を懐かしく思う気持ちも高まっており、統合を巡って続く議論は、国家としてのまとまりに深い亀裂が走っていることを明らかにするものだった。仮面劇が抑え込もうとし、馬上試合で解決がつかなかったこうした〝対立〟こそ、まさにシェイクスピアが次の劇で取り組もうとしていたテーマであった。この時点で『マクベス』の執筆を開始していなかったとしても、すぐに始めていたことだろう。この劇はジェイムズ王のご機嫌を取るために書かれたのだと信じている人たちは、シェイクスピアが国王にごまをすりたければ、もっと容易で莫大な報酬を得られる方法があったことを理解していないのである。[*13]

9

EQUIVOCATION

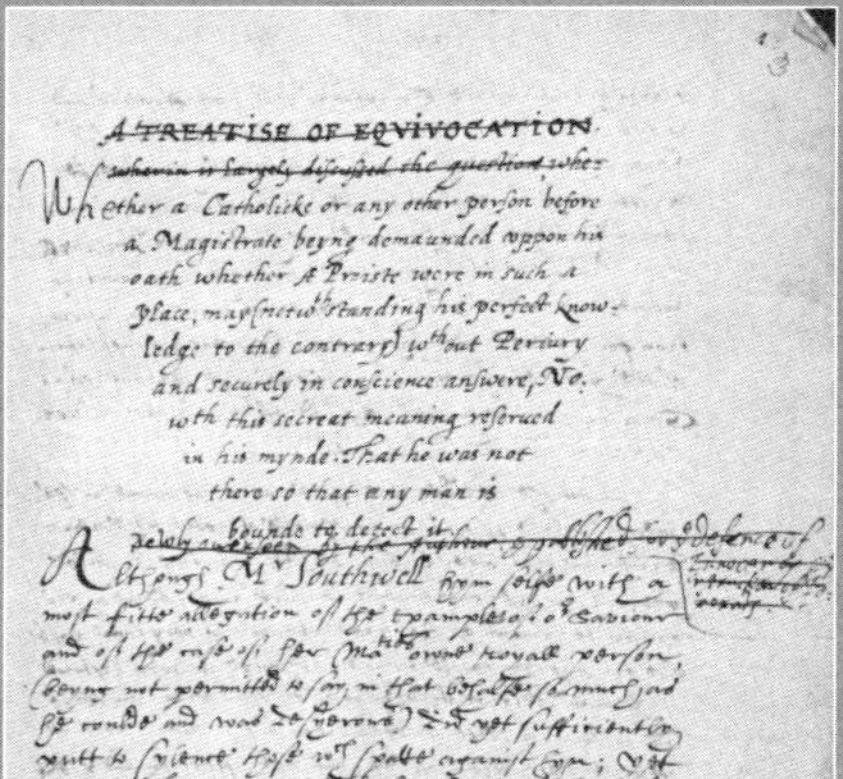

A TREATISE OF EQUIVOCATION.

Whether a Catholicke or any other person before a Magistrate beyng demaunded uppon his oath whether A Preiste were in such a place, may (notwithstanding his perfect knowledge to the contrary) without Periury and securely in conscience answere, No. with this secreat meaning reserved in his mynde: That he was not there so that any man is bounde to detect it.

ヘンリー・ガーネット著『二枚舌論』の表紙（1598 年頃）
The Bodleian Library, University of Oxford, MS. Laud Misc. 655, fol.3

第9章　二枚舌

『マクベス』より以前、「二枚舌《エクィヴォケーション》」という語は、シェイクスピア劇に一度出てくるのみだ。ちょうど世紀が変わるとき、ハムレットが口のうまい墓掘り人夫のひねくれた返答を受けて、ホレイシオにこう言うのである。「なんて屁理屈をこねやがる、こいつ。こちらも気をつけて――原文は「カードにしたがって」――ものを言わないと、二枚舌《エクィヴォケーション》にやられそうだ」（第五幕第一場一三七～八行）。「カード」（card）というのは、船乗りが使う羅針盤の指針面のことで、羅針盤の方位が記されている。つまり、ハムレットは、会話の流れの中で慎重に舵を切って言葉を選ばないと航路を外れてしまうと言っているのである。

「エクィヴォケーション」はもともと珍しい学術用語であり、十六世紀のイングランドでは数十冊の本でしか用いられておらず[*1]、それもたいていは宗教論で、戯曲や詩や物語で用いられたことは一度もなかった。この語を侮蔑的な強い反カトリック的意味合いで使い始めた一部の神学者を例外として、この語を知っているイングランドの著述家たちは、これは「曖昧な表現」を意味する語だと考えていた。一六〇五年秋の時点で、フランシス・ベーコンはこの語を『学問の進歩』でその意味で用いている。

ところが、一六〇六年にシェイクスピアがこの語を用いたときは、もはや誰もが知っている言葉となっていた。ほとんど一夜にして、国民にショックを与えるキーワードとなり[*2]、シェイクスピアが執筆中の『マクベス』で強力な光を放ったのだ。もはや無色透明な語ではなく、「あることを言いながら実は別のことを意味して真実を隠す」という意味で理解されるようになっていた。シェイクスピアは、観客がその意味で理解するとわかっていて、マクベスに「決意がぐらつきだした。真実のように嘘をつく悪魔の二枚舌《エクィヴォケーション》だったのではないか」（第五幕第五場四二～四行）と言わせている。昔からあった語の主たる意味がこんなにもすぐ変わってしまうとは珍しく、前代未聞と言ってもよかった。それよりも驚くべきは、この急激な変化の原因であり、ある文書が発見されたことで明らかになったのだ。その文書には、数年前にカトリックの囚人が性的暴行を受けて転向することがなければ決して書きとめられることはなかったであろうと思われる危険な議論が記されていた。

　火薬陰謀事件が発覚してから、政府は着実に捜査網を広げていた。ロンドンで潜伏を一人で続けていた共謀者のフランシス・トレシャムは、ついにイナー・テンプル法学院の宿から出頭するように枢密院命令を受け、十一月十二日にロンドン塔へ連行され、その一か月後に死亡した。公式発表では病死だった。死亡する前にトレシャムとその兄弟および友人ジョージ・ヴァヴァソーを尋問したのは、サー・エドワード・クックだ。

　クックは頭脳明晰で虚栄心に富み、情け容赦なく、（のちの国務大臣サー・エドワード・コンウェイが表現したように）「少なくとも七年ごとに偉大な人物を破滅させなければ気がすまない」という男だった。この数年のあいだに、エセックス伯とサー・ウォルター・ローリーを引きずり下ろすのに一役買ったが、火薬陰謀事件の首謀者たちをやっつけられればさらに自慢の種が増えることになるわけだ。そのクックがトレシャム兄弟とヴァヴァソーのことをよく知っていたのは、彼らが最近亡くなったばかりの有名な国教忌避者サー・トマス・トレシャムの息子たちと友人であるのみならず、いずれもイナー・テンプル法学院に在籍していたからである。それは、ロンドンの法曹界や政界で立身出世を狙う若者らの教育の場であり宿舎であり、クックの母校でもあった。クックとイナー・テンプルとの関わりは三十年以上に及び、選挙で選ばれる役職のなかで最も重要な財務部長を務めたこともあった。

当然ながらイナー・テンプルの宿舎に捜査の手が伸び、クック自身も参加した。十二月五日、クックが驚くべき大発見をしたのは、そこだった。それは、ほとんどガイ・フォークスを現行犯逮捕したのと同じぐらい驚愕すべき発見だった。

捜査官たちが見つけたのは、よもやこんなことが紙に書かれていたりはすまいと言うべき文書だった。その内容は、誓言をしながら嘘をつく方法を特にカトリック信者に教える二枚舌論だ。クックは自分が見つけたという手柄を明確にするために（あるいは証拠としてきちんと扱われるように）その文書の見返しに、何をどこで見つけたのか次のように注意深く書き込んだ。「六十一ページから成るこの本を、私はイナー・テンプルの一室で発見した。それはサー・トマス・トレシャムが宿泊し、二人の若い息子らのために確保していた部屋である。一六〇五年十二月五日。エドワード・クック記す」。

クックの捜査官たちがこれを見つけた場所は、ウォリックシャー州の国教忌避者が修道士を匿っている家などではなく、クック自身の母校だったのだ。その本はもともと「曖昧表現論《エクイヴォケーション》」と題されていたが、それが消されていて、その前のページに「嘘と詐欺まがいの曖昧表現についての論」と書き直されていた。だが、それもまた直され、「についての」（of）が線で消されて、逆の意味となる「への反」（against）と直されていたので、「嘘と詐欺まがいの曖昧表現への反論」と読めるようになっていた。

フランシス・トレシャムの兄弟たちは再尋問され、ジョージ・ヴァヴァソーも再び取り調べられた。その結果、ヴァヴァソーが四、五年前、フランシス・トレシャムの要望に応じて、この原稿の写しを作ったことが判明した。イエズス会士たちが二枚舌を励行していると確認するだけならまだしも、それを実行に移すための指南書が見つかり、しかもイングランドの上流階級の指紋が至るところについていた*3のだからとんでもない話だった。かててくわえて火薬陰謀事件の共謀者の一人がその写しを取るように命じたとなれば、ますますおだやかではない。クックはこの原稿を詳細に調べ、注記を附し、来るべき政治犯裁判で有罪を決定づける証拠として提出するつもりだった。その裁判では、クックは司法長官として求刑する立場にあった。

クックがこの論文から学んだのは、イエズス会士は曖昧表現《エクィヴォケーション》に四通りあるとしていたことだ。第一の単純な方法は、わざと曖昧な表現を選ぶやり方。自宅に神父を泊めていても、神父は「私の家におりません（lyeth not in my house）」と言って否定してよい。なぜなら「おりません（lyeth not）」にある lie という動詞は「嘘をつく」の意味にもなるので、「神父は私の家で嘘をついていません」は真実だからだ。第二の方法は、重要な情報の省略。たとえば、自分は友人の家に食事をしに行ったのですと言って、食事をしたほかにカトリックのミサを開いたことは伏せておく、など。「創世記」第十二章でアブラハムがエジプト人に自分の妻のサライのことを「妹」だと言った（そうしないとアブラハムは殺され、サライは奪われた）のは、この主の曖昧表現であると、論文は主張している。*4第三の方法は言葉と所作を交ぜて用いる。「権力側が捜している人物はどこにいるのか」と尋ねられたとき、「こちらのほうには来ません」と言いながら、袖のなかでこっそり別の方を指さす。これら三つの方法はいずれも権力側にとって腹立たしいものではあったが、真に社会を揺るがしたのは第四の方法だった。当時のイングランドの著述家たちが「心裡保留《メンタル・リザベーション》」と呼ぶもので、思っていることと口にしたことが食い違っているのだが、相手には食い違っているとわからないという方法である。たとえば「ジェラール神父を……見かけていません」と言うとき、心のなかで「巧みに作られた隠れ場所に隠れていらっしゃるところを」と付け加えるといった具合だ。質問している相手にはこちらの心の中まではわからないが、確かに神が心の中をご存じであると信じるなら、それは嘘でないと言えるかもしれない。だが、これが嘘でないなら、何が嘘だろうか。数年後、心裡保留の意味がよく理解されたとき、法廷は、誰もがやってみたがりそうなこんな教義がまかり通ってしまえばいかなる混乱をきたすかと恐れて、「この邪悪な教義をしっかりつぶさないと、社会は成立しなくなる。こんなものが人々の心に根づいたりしては、誠実さも真実も信用もあっという間に崩れ、きちんとした社会は崩壊してしまう」と指摘した。

このように真実も信用もない絶望的な社会観が示されるとき、二枚舌を使うマクベスが統治するスコットランドがまさにそういう社会になっていることを思わずにはいられまい。そこは、言葉が意味を裏切り、正直なやりとりが不可能となった悪夢の世界だ。マルカムが仲間のスコットランド人マクダフに、信用したいができないと言っているのはそういうことだ。「あなたという人を、僕の考えで変えることはできない」(第四幕第三場二二行)とマルカムは警戒する。そのような世界では、同じように疑心暗鬼のマクダフは、曖昧な表現で答えるしかないと感じてしまうのだ。

クックは、一月二十七日に開催された国事犯裁判で、この危険な教義を公表し、発見したばかりの原稿を生き残った八人の火薬陰謀事件首謀者たちの前で振り上げてみせた。そのうちの一人でもそれを見たことがあったのか、あるいはその存在を知っていたのかわからなかったが、それは大した問題ではなかった。クックにとって、そしてジェイムズ王も含めて裁判を傍聴しようと詰めかけた人たちにとって、それは謀叛人どもがイエズス会の祝福を受けながら自分たちの計画を隠してもよいことを示す参考資料となったのだ。

クックは、「イエズス会に教唆され認められ正当化された、この二心ある曖昧な偽誓方法は、明らかな真実を隠し、否定するのみならず、自ら真っ赤な嘘と知っていることを魂にかけて正しいと証言し、まちがいないと誓っても地獄堕ちにならないとするものである」と述べた。クックは、「密かな意味をこっそりと胸の内に保留していれば、どのような質問を言い逃れても大丈夫で、法を犯したことにならない」とする「心裡保留」がイエズス会の主張の核となっていることを説明した。宣誓のもとで口にされた言葉が秩序ある社会の基盤であると信じる弁護士でもあるクックは、このような曖昧表現がいかに危険であるか強く訴え、人や建物を破壊する樽いっぱいの火薬と同様に社会を崩壊させる「詐欺術」であると断じたのである。

この裁判により、火薬陰謀事件についての政府の説明が十一月初旬の当初より移り変わってきたことが明確になった。最初、悪党の代表としてガイ・フォークスが担ぎ出されたが、それは悪しき首謀者パーシーとケイツビーの物語に発展し、今また改めて語り直されることになった。もはや一握りのカトリックの不満紳士たちが国王の死を謀った事件というより、その計画を可能にした邪悪な思想の問題となっていたのだ。謀叛人なら内臓を抜き、斬首し、四つ裂きにできたが、思ったことを口にしないという心の謀叛を根絶やしにすることは難しかった。

遡ること一五八六年春、イエズス会上層部は、二人の若い新会員をイングランドへ派遣していた。それまでにイングランドへ派遣された者たちの運命を考えれば、すぐに捕まって拷問の末に公開処刑されるのは確実で、ほとんど自殺しに行くようなものだった。プロテスタントのエリザベス女王がカトリックの義姉メアリを継いで王位に就いてから二十八年が経っており、ローマ教皇ピウス五世がエリザベスを破門してから十六年が経っていた。その前年、スペインの侵攻の恐怖が大きく立ちはだかったとき、エリザベス女王は、「女王陛下の臣民を陛下への服従から引き剝がすのみならず、治安を乱し先導すべく」ローマから派遣された「公然たるイエズス会士」および「カトリックの聖職者」は謀叛人と看做して死刑とするという法令を出した。法令では、そのような者を匿っても重罪とされていた。

エリザベスの治世の最後の四半世紀のあいだ、五百人ほどのカトリック神学校出の聖職者がおよそ四万人の国教忌避者の心を密かに慰めていたが、その仕事を監督するイエズス会修道士は一握りしかいなかった。二人をイングランドへ派遣するという決定がなされた時点で、イングランドでのイエズス会の足場はほぼ完全に崩れていた。二人が到着したとき、ウィリアム・ウェストンという一人のイエズス会士のみがスパイ捜査網を潜り抜け、執拗な役人（逮捕令状を発行できる役人）たちから逃れていたのである。

派遣されたのは、ロバート・サウスウェルとヘンリー・ガーネットの二人だった。一五八六年五月、二人は一緒にローマを出発し、故郷を目指した。誰にも気づかれずに上陸し、危ないところだったが逮捕を免れ、ロンドンでウェストンと合流した（ウェストンはその後すぐ逮捕され、投獄された）。それから、安全のために二手に分かれ、カトリック紳士の家に匿ってもらった。二人は年に二度しか会ってはいけないと命じられており、孤独でつらい生活を送ることになった。スパイや密告者が至るところにいたし、どのカトリックの家に裏切られて命を失うことになるかわからなかったため、サウスウェルとガーネットは、聖職者としての務めを果たしたいという思いと自己防衛本能とのあいだで引き裂かれることになった。サウスウェルは執筆に慰めを見出し、「燃える赤子」という詩[*5]を書いたが、ベン・ジョンソンはこれを大層賞賛して、こんな詩が書けたなら自分がこれまでに書いた多くの詩などなくなってもいいと言ったほどだった。

サウスウェルとローマで会ったことのあるイングランド人聖職者が逮捕されて、サウスウェルの人相が割れたときから、逮捕される危険性は高まった。「三十歳、髭なし、赤褐色の髪、中肉中背」というものだ。これだけでも十分だった。最高にサディスティックな役人リチャード・トップクリフは、追及の手を倍に強めた。イングランドで認められていた拷問は、以前は手足を引き伸ばす方式に限られており、その種の拷問台はロンドン塔にあるのみだった。だが、トップクリフは自分の拷問室を造る許可を得て、ウェストミンスターのゲイトハウス牢獄の隣にある自宅にプライベートな拷問室を持っていたのだ。

トップクリフは、情報を引き出すのに拷問台を必要としなかった。同じぐらい効果があって金のかからない方法を編み出していたのである。鎖をつけた犠牲者の手に枷をはめて、壁側に立たせて手枷からぶらさがるようにするが、足先は床についた状態にする。これをやられたイエズス会士は次のようにその効果を描写している。「体じゅうの血が腕と手に集まって、指先から血が滴るのではないかと思われた*6……苦痛は凄まじく、とても耐えられないと思った」。権力側の見解では、トップクリフの方法は、尋問を受ける者をあからさまに痛めつけるわけでもなく、命を脅かすものでもないので、拷問には当たらないとされた。トップクリフ自身がエリザベス女王への手紙に、楽しそうに記している。「陛下が囚人の〝心〟に何があるのかお知りになりたければ、」囚人を「壁に立たせ、地面に足をつけたまま、手をできるだけ高く上げるだけ」で「何もかも白状」させてご覧に入れましょうというのである。

一五九二年一月二十六日、あるカトリックの女性が、ロンドン主教の命令により「強情な国教忌避者」として逮捕され、ゲイトハウス監獄に収容された。名前はアン・ベラミー。二十九歳の未婚女性で、リチャード・ベラミーとメアリ・ベラミーの娘だった。ベラミー家は国教忌避の家族として知られていた。六年前、カトリックのスコットランド女王を救出しようとしたバビントン事件*7に関わった人たちを匿ったことさえあった。そのためにアンの親戚のジェローム・ベラミー*8は処刑され、家族のほかの者は投獄されたのだった。トップクリフ以下の聖職者狩りのメンバーは、アンの両親が「自宅にイエズス会士やカトリック神父を十五、六人受け入れ、慰め、匿っている」（とはトップクリフの言葉）

と確信していた。ベラミー家は、城壁で守られたロンドン市から十二マイル馬を走らせたところにあるアクセンドンの家を隠れ家に使っていた（現在の地下鉄メトロポリタン線とベイカールー線とが交わるあたりだが、シェイクスピアの時代では木がぼうぼうの田舎だった）。家には、巧みな隠し戸の仕掛けがいくつもあり、密告があっても、あるいは逮捕しようと家に踏み込んでも、簡単には尻尾を出さないようになっていた。その家で捕まった聖職者は一人もいなかった。サウスウェルほどの注意深い獲物を捕まえるには、周到な計画が必要だったのである。

一五九二年一月下旬にゲイトハウス監獄に収容されたアン・ベラミーの身柄は、やがてトップクリフに引き渡された。そのあと何が起きたのかについて、歴史家が手がかりとしうるのは、トップクリフの書簡、アンの弟トマスの供述、そして家族の友人ロバート・バーンズ（のちにトップクリフと争うことになる人物）の供述だけだった。バーンズによれば、アン・ベラミーは投獄されて六週間経たぬうちに「極めて不届きな状態となった」。それがどういう意味がはっきりしないが、三月末にアンは妊娠していた。トップクリフが父親であることはほぼまちがいなかった。どうしてそのようなことになったのかはわからないが、これまで性的暴行の前科などない六十歳のトップクリフにとって、セックスが目的ではなく、言うことを聞かせようというつもりだったらしい。囚人の心の壁を破って転向させる最も効果的な手段と考えたのであろう。アン・ベラミーは孤立させられ、もちろん怯えきっており、当時最も暴力的な男の支配下にあった。アンの同意があった（と、のちにあるイエズス会士は仄めかした）かどうかは関係なかった。トップクリフの思いのままだったのだ。アンを妊娠させたトップクリフは、次にアンを使ってサウスウェルを罠にかけるため、アンを放り出した。そこまですっかり計画どおりであった。

この時点でトップクリフは、アン・ベラミーを思いのままにできると自信たっぷりでアンを保釈した。ただし、故郷へ帰ることや、ロンドンから一マイル外へ出ることは禁じた。アンはロンドンのホルボーンに宿を取った。弟トマスが夏至祭の日にロンドンへやってくると、アンはフリート通りの近くで会いたいというサウスウェルへの伝言を弟に託し、サウスウェルはトマスと一緒にアクセンドンへ出向くことになった。アンはこの情報をトップクリフに流し、サウスウェルが隠れていそうな家にある秘密の場所への行き方も教えた。トップクリフはアンが出した一つの条件を呑んだ。家族は助けてやるというものである。

サウスウェルがアクセンドンに向かったというニュースがグリニッジにいるトップクリフの耳に入ると、トップクリフは武装した部下を引き連れて現場に急行し、突入するべく深夜まで待機した。そしてトップクリフは、アンから手に入れたサウスウェルの隠れ場所についての詳細な指示を家族に見せてやった。ヘンリー・ガーネットがのちにローマに書き送ったように、サウスウェルは「もはやこれまでと諦め、その場ですぐトップクリフの前に現れた」。両手両足を縛られたサウスウェルが連行された先は、トップクリフのプライベートな拷問室だった。野蛮な取り調べは、やがてゲイトハウス監獄に場所を移され、そこで枢密顧問官たちもサウスウェル尋問に参加した。同席した将来のソールズベリー伯がサウスウェルと話し合ったのは、とりわけ、カトリック信徒が誓言をしたうえで、あることを言いながら密かに別のことを考えることが許されるというイエズス会の教義についてであった。

サウスウェル逮捕ののち、トップクリフはアンにゲイトハウス監獄に戻るように命じた。そこからトップクリフは、たぶんアンの妊娠がばれてしまうのを恐れてアンをまずトップクリフの姉の家へ送り、次にリーンカーンシャー州にあるトップクリフ宅へ送った。そこで十二月下旬、アンは出産した。トップクリフはさらなる予防線を張って——アンの家族も知らぬうちに——織物屋のニコラス・ジョーンズという「小僧」とアンを結婚させようと夏じゅう画策していた。ニコラスはゲイトハウス監獄でトップクリフの助手をしていた男だ。トップクリフはそれからアンの家族に、二人に立派な持参金をつけてやるようにと手紙を書いた。怒った父親がこれを拒絶すると、トップクリフは聖職者を泊めた咎で父親を逮捕させた。母親も、その友人親戚とともに逮捕され、投獄された。

トップクリフの度重なる拷問を受けながらも、サウスウェルは口を固く閉ざし、牢獄で衰弱していった。殉教者などを出したくない政府は、裁判と公開処刑も得策でないと思っていた。結局のところ、サウスウェルがしたことは、法に背いて故国に帰国しただけのことなのだ。やがて肉体的に弱ったサウスウェルは裁判にかけられることを求めた。その結果どうなるか十分わかっていてそうしたのだ。一五九五年二月、その希望はかなえられた。ウェストミンスターの王座裁判所にて陪審裁判が開かれた。原告側には主席裁判官サー・ジョン・ポパムのほかにリチャード・トップクリフとサー・エドワード・クックがいた。だが、政府が注意深く準備した起訴は、サウスウェルが堂々と自分を弁護すると崩壊した。口喧嘩はみっともない怒鳴り合いとなり、サウスウェルがトップクリフの拷問を責めると、慌てたトップクリフは「壁に立たせただけだ」と言い返した。

原告側はクックが驚きの証人を呼ぶまで苦戦していた。証言を求められた唯一の人物、それはアン・ベラミーだった。クックがサウスウェルに罪を負わせることができたのもこの人物のおかげだった。アンは、「聖職者を見たかどうかを誓言のうえで尋ねられ、たとえ見ていたとしても、見ていないと答えてよい。聖職者を暴露するつもりで見ていないと心のなかで唱えていれば」とサウスウエルが教えてくれたことを法廷に告げた。これではまるで、サウスウェルの命を救うためなら、宣誓して嘘をついてもかまわないと教えたかのようだった。サウスウェルは弱みを衝かれた。アンに心裡保留を勧めたのは、その正当性が「自分の意見であるだけでなく、カトリック教会の教父や神父の意見でもある」と主張して、なんとかして自分の正しさを弁護しようとしたが、薄弱な弁護となり、原告側から「故意の偽証をしても違法ではない」と教える「野蛮な教義」であるとして何度もさえぎられた。

それからサウスウェルは切り札を出した。「この教義を認めなければ、あなたは女王のよき臣民でも味方でもないということを証明しよう」と、クックに挑戦したのだ。クックは、好奇心に駆られて、最後まで話を聞くことに同意した。そこでサウスウェルは、フランスがイングランドに侵攻し、エリザベス女王がどこかの個人宅に避難したと想定してほしいと求めた。クックだけが女王の隠れ場所を知っている。尋問を受けても、その居場所を知らないと誓うのを嫌がれば、女王がその家に隠れていると敵に感づかれる。そのような場合、誓言をして嘘を言うのを拒めば、クックは「陛下のよき臣民でも味方でもない」ことになるとサウスウェルは結論した。窮地に立たされたクックは、弱々しく「本論とは無関係だ」と言ったが、明らかに関係があった。最終的にサウスウェルに反論したのはポパムだった。口にすることと違うことを意味するとはどういうことかようやく腑に落ちて、こう述べたのだ。「この教義が認められれば、あらゆる正義が押しのけられてしまう。我々は人間であって神ではないのだから、人の表面的な言動によって判断するしかなく、内的な秘密の意図によって判断することはできない」。

この点こそサウスウェルの唱道する教義の真の問題であることは本人にもわかっていたはずだ。ポパムがしてみせたように、この教義を戯画化し、正直な人たちのやり方からすればとんでもないものに貶めることはあまりにも容易いことだった。どう反論できようか。聖アウグスティヌスがあらゆる嘘は罪深いとしたのは誤りだったとでも？　不法な告発と拷問の時代においては、心裡保留は正当化されると？　言葉それ自体がそもそも当てにならないものだと？

もはやどうすることもできなかった。そうした哲学的議論や聖書の先例を陪審にじっくり語っていくことなど、拷問と独房監禁とで記憶もぼろぼろとなった今は、とてもできなかった。クックから

「小僧の聖職者」と馬鹿にされて、しょっちゅう発言を妨げられたこともうまくなかった。法廷の秩序は回復され、サウスウェルの弁護は中止され、陪審員はクックにより解散された。有罪判決が出るまで十五分とかからなかった。この厄介な教義についてのアン・ベラミーの証言が——法廷の記録には記されていないが——クックが期待したとおり、政府側の決定打となったのだ。翌日サウスウェルはタイバーン監獄へ連行され、そこで絞首刑となり、引き裂かれた。

三年後、一五九八年四月、ヘンリー・ガーネットはローマの友人に、「曖昧表現論」を執筆したと書き送った。それは、裁判のときにサウスウェルがきちんと弁護できなかった点を一つ一つ弁護するもののように読めた（サウスウェルは「ずっと前に」この件についての所見を記していたはずだが、見つからなかったとガーネットは書いている）。ガーネットは、恐らくクックとポパムを嘲って指しているのだろうが、「王座裁判所の新たな神学者たち」に厳しい言葉を投げかけている。アン・ベラミーの証言にまで遡って、サウスウェルの命を救うためなら神父が「父の家にいた」かどうかについて誓言の上で嘘をついてもまったく違法ではないと示してみせると約束していた。ガーネットがこれを書いたのは、自分が正当な教義と考えるものを弁護する必要があったのみならず、友人への義理からだという。ただ、権力側がこれを悪用し、イエズス会士やこの教義を守る人たちを捕らえる武器として用いる危険もあった。

こうして、この教義には名前がついた。エクィヴォケーション——つまり「二枚舌」である。[*9] その当時、ガーネットには知る由もなかったが、この教義を守ろうとしたことでガーネットは、サウスウェルと同様に、命を落とす運命になるのである。

＊

ジェイムズ朝の芝居好きがセント・ポール大聖堂での説教に古い芝居の台詞を聞くことなどめったにあるものではないが、一六〇六年六月一日、ジョン・ダヴがそこで説教したときは例外だった。二枚舌の源と歴史を説明していたダヴは、恐らくグラマースクール時代に、「アイオ・テ（汝に告ぐ）、アエアキダ[*10]（アイアコスの末裔よ）、ロマノス（ローマ人）・ウィンケレ・ポセ（征服する）」という表現に初めて出会ったことを思い出している。この曖昧なラテン語は「ローマ人を征服する」とも、あるいは逆に「ローマ人が征服する」とも読める。ローマの古典の物語をキリスト教の言葉で言い換えて、ダヴはその日セント・ポール大聖堂の外に集まった群衆に向かって、これこそがアポロンの神託がピュロス[*10]に与えた「曖昧な答え」であると告げた。ピュロスは、ローマ人との戦闘の前に「悪魔の忠告を求め」にアポロンのもとへ赴いたのであり、あろうことかピュロスはそれが二通りに読めることに気づかず、自分が勝利すると単純に考えてしまった。ところが、「悪魔はそれをもっと悪い意味で理解しており、そのとおり、ピュロスの思惑とは裏腹に、ピュロスは征服されてしまったのだ」。ダヴの語りのなかでは、ただその台詞が曖昧であるというだけでなく、悪魔がピュロスの有頂天を知りながら、巧みにその信じやすさを利用したということになっている。この物語が当時の事情にどう当てはまるかは、ダヴにとって明らかだった。二枚舌とは悪魔が用いるものであり、ローマ教皇は「サタンのやり方をキリスト教徒に行わせて」おり、そのせいで今や二枚舌が広まってしまっているというわけである。

群衆のなかには、ダヴがこの話をしたとき、「おっ」と思った人もいたかもしれない。と言うのも、多くの人がグラマースクール時代に馴染んでいるはずのこのラテン語がそっくりそのまま、現在『ヘンリー六世・第二部』として知られている古いシェイクスピアの人気作で使われているのを聞いた（ないしは読んだ）人がいたはずだからだ。この芝居は一六〇〇年に再版が出て、一五九〇年頃に初演されてから十五年ほど上演され続けていたと思われる。

この芝居の最初の方には、マクベス夫人の先輩とも言うべきグロスター公爵ハンフリーの妻エレノアが出てくる。その「野心」はあまりにも大きく、慎重な夫を焚きつけて、敬虔で疑う心を持たないヘンリー六世王から王冠を奪うように唆すのだ。「私たちは一緒に頭を天へ持ちあげましょう。大地に目を向けるような、そのような卑しいことをしてはなりません」（第一幕第二場一四～一六行）と、夫を促すのである。エレノアは「狡猾な魔女」マージャリー・ジュールデンと「祈禱師ロジャー・ボリングブルック」の援助を募る。二人は「地下の奥深いところから」霊を呼び出し、「奥様がお尋ねになる問いには何でも答えさせせましょう」と言う（第一幕第二場七九～八一行）。霊を呼び出すラテン語の呪文が唱えられ、『マクベス』と同様に、雷と稲妻を伴う壮観な場面で霊が現れる。ゆっくりと迫《せり》から上がってきて、命じられるままヘンリー六世王の運命を告げ、エレノア夫妻と王冠のあいだにいる邪魔な人々のことを告げる。祈禱師ボリングブルックはこの「不実な悪霊」の予言を順々に書きとめるが、どれも案の定『マクベス』と同じく曖昧表現となっている。

このとき、この謀叛の計画を漏れ聞いていたヨーク公が武装した護衛を率いて踏み込み、祈禱師と魔女を逮捕する。それからヨーク公は「さあて、悪魔の文句を見てみるか」（第一幕第四場五八行）と言って、ボリングブルックが書きとめたばかりの二枚舌の予言を読みあげる。この曖昧な予言というのは、ダヴの説教に出てきた有名なラテン語の文句を思わせるもので、ヨーク公は何気ない傍白をして、決まり文句のようにそのラテン語を引用し、地獄の悪魔が伝えた返答を馬鹿にするのだ。『マクベス』と同様、シェイクスピアはこうした「わかりづらい」予言のどちらともとれる性質をわざと強調しているのである。

「公爵は生き延びて、ヘンリー退位さす。
だが、彼より長く生き、非業の死を遂げる。」

なんだ、これじゃまるで、「アイオ・テ、アエアキダ、
ロマノス・ウィンケレ・ポセ」じゃないか。

（第一幕第四場六〇～三行）

それからヨーク公はサフォーク公の運命を読みあげる――「ウォーター（水）により死すべし」――そしてサマセット公の運命も――「城を避けるべし」。言葉遊びによる少々無理な二枚舌だ。というのも、サフォークはウォルター・ウィトモアという男に殺されることになり、サマセット公は「城」という酒場の看板の下で死ぬからだ（第一幕第四場六四～六九行）。この短い場面は、『マクベス』の初期簡潔版のようであり、『マクベス』ほど巧みに作品に織り込まれてはいないものの、その構成要素――野望を抱く妻、迷う夫、国王殺害計画、魔女、雷、呪文、悪霊たち、そして二枚舌の悪魔の予言――はすべて揃っており、駆け出しのシェイクスピアがまだはっきりとは見えていないが何かもっと深いものに向かって手探りで進んでいるように読める。

『ヘンリー六世・第二部』は当時人気作ではあったが、今では教室で読まれたり上演されたりする機会が少ないため、のちに二枚舌として知られるものにシェイクスピアが初めて取り組んだこの興味深い一節は、あまり知られていない。シェイクスピアの劇の種本を探す人たちはシェイクスピアが自作を利用していることを見落としがちだが、この例が示すように、シェイクスピアはちょっとした糸口を自分の作品に見出したり、試しにやってみたことを考え直したりしているのである。

この呪文の場面を書いたとき、シェイクスピアが歴史的な材源からはっきりと逸脱している点も注目すべきだろう。究極の種本であるエドワード・ホール著の『英国史』には、エレノアが「魔術と呪文で……王を亡きものとしようとし」、「夫を王座につけようとした」とある。ところが具体的な陰謀

となると、ホールはまったく違う話をしている。エレノアはロジャー・ボリングブルックとマージャリー・ジュールデンと共謀して「王の姿をした蠟人形を作り、魔術によってそれを少しずつ溶かして、それによって王自身を亡きものとしようとした」というのである。歴史書に詳しい観客だったら、蠟人形が出てくると期待したことだろう。舞台で使いやすい小道具だし、巡業にも持って行きやすい。ところが、シェイクスピアの想像力はそれを採用せず、大がかりな呪文の場面に魔女と悪霊たちとを登場させ、曖昧な言葉を吐かせたわけだが、そんなことは種本のどこにも書かれていなかった。

どうしてシェイクスピアがそちらへ舵を切ったのかはわからない。ひょっとすると背景にあったのは、最近になってスコットランドからロンドンに伝えられた、一五八〇年代にジェイムズ王の命を狙って謀叛を企んだ何十人もの《魔女たち》の話だったかもしれない。あるいはもっと可能性が高いのは、シェイクスピアがほぼまちがいなく読んでいたはずのジョージ・パットナム著『英詩の技法』だったかもしれない。シェイクスピアの時代の最も重要な詩学の解説書であり、ちょうど出たばかりだった。可能なかぎりの言葉の仕掛けを説明し、その例まで挙げてくれるこの本を、野心ある作家が夢中で読んだということは大いにあり得るだろう。そこで見つけた技法の一つは「アンフィボロジア」という奇妙な名で、パットナムの説明では、「はっきりしないことを言ったり書いたりして、意味が二通りに取れる」場合に起きる。パットナム自身は「二枚舌」という言い方はしていない。数年後のダヴにとっては、これは悪魔の口のきき方だったが、パットナムにとっては政治的で事務的な技法だった。「こうしたはっきりしない言い方は、迷信深い人たちを騙して空しい希望や無意味な恐怖を植え付けるために当時の宗教者が考案したデルフォイの神託やシビュラの託宣[*11]の例に見られるように、偽の予言者が昔よく用いた」というのである。

パットナムは、そうした曖昧な予言が英国史を形成するのに果たした役割に特に感銘を受けた。そうした予言がジャック・ケイドの叛乱のような「多くの暴動や叛乱」を惹き起こしたと記して、書き手が特別な意図を持っていないかぎり、「そのような曖昧な表現は一切避ける」べきであると警告している。シェイクスピアは恐らくこの点によく注意したのだろう。と言うのも、ジャック・ケイドの叛乱は『ヘンリー六世・第二部』に大きく取り上げられているからだ。パットナムから受けたのはヒントだけかもしれないが、シェイクスピアはこの劇のジャック・ケイドの場面よりも悪魔を使ったエレノアの陰謀の方で二枚舌を巧みに使っている。

いろいろな二枚舌のやり方があることに明らかにシェイクスピアは魅了されており、「二枚舌《エクイヴォケーション》」という名前が世間に定着するずっと前から、自分の劇や詩でこの技法を用いてきた。良きにつけ悪しきにつけ、それは要するに意思疎通の問題なのだ。「わが恋人が私は真実と誓うとき、嘘とわかっても信じてしまう」で始まる極めて二枚舌的なソネット一三八番などに完璧に要約されている発想だ。役者にしたところで、心にもない言葉を心を籠めて言い、自分の考えを抑圧することで生計を立てているではないか。劇作家だって、戯曲に検閲が入っていた時代に、役者たちにあることを言わせながら、狡猾に別のことを匂わせるではないか。『ヘンリー六世・第二部』の問題の場面は、二枚舌と呼ばれるようになるものをシェイクスピアがはっきりと利用した最初のケースではあるが、こうした言葉のトリックはシェイクスピア劇のあちこちで用いられている。シェイクスピア作品を読む大いなる喜びは、さまざまな恋人たち、ライバルたち、召し使いたち、復讐者たち、悪党たちが、時にふざけて言葉を弄び、時に考え得るかぎり巧みに二枚舌を使って相手を陥れてしまうのを見るところにある。二枚舌を悪魔的なものであるとしたり、そんなものは根絶してなくしてしまえると考えたりするのは、あまりにも純朴に過ぎ、場合によっては危険でもあるとシェイクスピアは理解していたことだろう。

＊

一六〇六年一月十五日、政府は、ヘンリー・ガーネットと他二名のイエズス会士の指名手配書をあちこちに送った。それによれば、ガーネットは太っていて白髪交じりだという（フォールスタッフのようなガーネットはサック酒をがぶ呑みする「女たらしの老人」だという噂がすぐに広まったのは、その名誉を傷つけようという政府側の工作である）。「五十歳から六十歳ほど」で、「中背、丸顔、太った体」の男に気をつけるようにというのだが、なぜ今さらこんな布告が出されたのか。火薬陰謀事件に関与したイエズス会士など皆疾《と》うに国外に逃げたと生き残った陰謀者たちは思っていたし、政府だってそう思っていたはずだ。政府は恐らく新たな手に打って出たのではないか。イエズス会の指導者を告訴して、王に忠誠を誓うカトリックのイングランド人に罪はないとすれば、ローマに忠誠を誓う者と王に忠誠を誓う者とのあいだに亀裂を生じさせることができる。この布告は、ガーネットらイエズス会士は、「悪意と虚偽と裏切りの心でケイツビーらの一味に」、「王とイングランドじゅうの異教徒を……殺害するのは正当でありよいことなのだと説き伏せた」という容疑を記していた。

その前年の十一月上旬、ケイツビーの部下トマス・ベイツがコウトン・コート[*13]へ派遣され、（結局破綻することになった）ウォリックシャー州での蜂起に参加するようにガーネットに説得しようとして果たせなかったのち、一週間か二週間のあいだ、ガーネットはじっと動かなかった。だが、ホルベッチ・ハウスでの蜂起が総崩れになったという知らせを聞くと、もっと安全な隠れ家を見つけた方がいいと考え、二十五キロ西のウスター市のすぐ外にあるヒンドリップ・ハウスへ移った。国教忌避のトマス・ハビントンの家である。この家は聖職者たちを匿うために建てられた家であり、巧みにカモフラージュされた隠れ場所があちこちにあった――秘密の階段、床の落とし戸、煙道が二重になっている煙突――その一部を設計したニコラス・オーウェンという腕のいい大工は、たまたまそのときガーネットと旅をともにしていた。その家に着くとガーネットは、食堂の下の、窮屈ではあるが巧みに隠された部屋に落ち着いた。

今ロンドン塔で拷問を受けている陰謀者たちがいずれは自分の名前を出すのではないかと恐れたガーネットは、枢密院に手紙を書き、確かに国会爆破未遂の前に陰謀者たちに聖餐を与えたものの、「従犯」ではないし、ケイツビーたちも計画を「認めてほしいと求め」てはこなかったと主張した。これは微妙だった。と言うのも、一六〇五年六月の段階でケイツビーは、やむを得ず敵の町を攻撃するとき罪のない人々を殺すのは正当かどうかを尋ねてガーネットに探りを入れており、何も知らなかったとするのは二枚舌とも言えたのだ。その会話の一か月後には、その頃には計画をすっかり知ってしまったテシモンドが上司のガーネットとこの件を話そうとしていた。ガーネットは、それを聞いたのは告解という秘蹟の最中であって、王への忠誠よりも勝る信仰の教義に縛られていたがゆえに、計画に気づいていたとは言え、善き良心に照らして自らの言動を控えなければならなかったと主張した。

一月二十日、布告が出て五日後の夜明け、ウスターシャー州知事ヘンリー・ブロムリーと百人の武装隊はヒンドリップ・ハウスを襲撃し、門を破壊した。隠れていた者たちが逃げる間もなかった。ヒンドリップ・ハウスで長く司祭を勤めていた仲間のイエズス会士エドワード・オールドコーンがガーネットの狭い部屋に一緒に入っていた。部屋には二か月分の十分な食料があったが、立つことはおろか、足を伸ばすことすらできないほど狭かった。最悪だったのは、排泄物を始末することができず、その悪臭はどんどん耐えられなくなっていたことだ。家のほかの場所にはニコラス・オーウェンとラルフ・アシュリー信士も隠れていたが、二人で一つのリンゴしか持っていなかった。捜索四日目に、飢えたオーウェンとアシュリーは逃げ出そうとして捕まった。

これほど長く続いた聖職者狩りは珍しいが、当局側は諦めず、一月二十六日、少なくとも一人のイエズス会士がまだ隠れているという情報を得た。そのタレコミをしたのは、オールドコーンが今現在ヒンドリップ・ハウスにいると聞きつけた国教忌避者ハンフリー・リトルトンだった。リトルトンは、逃亡中の甥スティーヴン・リトルトンのほかに逮捕を逃れていた最後の火薬陰謀事件共犯者ロバート・ウィンターを家に泊めていたところを捕まったばかりだった。三人とも逮捕され、近くのウスターで尋問を受けて自暴自棄となったリトルトンは、命を助けてやるからと騙されて、ヒンドリップ・ハウスに隠れていた人たちの命を代わりに差し出すことにしたのだ。あくる日の一月二十七日——生き残った陰謀者八人の裁判がロンドンで開かれた日——もはや悪臭に耐えられなくなっていたガーネットとオールドコーンは降伏した。逮捕した者たちでさえ、その隠れ場所の惨状には大いに眉をひそめたという。

ガーネットはロンドンへ連行され、投獄された。二月十三日、ウェストミンスターの星室庁に引き出されたが、そこはちょうど二日前、枢密顧問官たちがブライアン・ガンターに娘アンの虚偽の悪魔憑きについて質問をしたまさにその部屋だった。枢密顧問官たちにとって、虚偽の悪魔憑きもイエズス会の二枚舌も社会秩序を揺るがす危険なものにかわりなかった。火薬陰謀事件の裁判も進行中だったにも拘わらず、悪魔憑きの尋問には六十人を超す証人が星室庁に召喚されたが、今回はガーネットが一人いれば、そしてイエズス会士の教義さえあれば十分だった。それだけで、あれほどジェイムズ王が夢中になった悪魔憑きの事件などかすんでしまう裁判が開かれたのである。

十一月五日にどこにいたか、あるいは計画についてどこまで知っていたのかを厳しく尋問されるだろうとガーネットが思っていたとしたら、それは考え違いだった。尋問のために集まった枢密顧問官たちはひどく親切だった。跪くと、立つように言うし、ガーネットに話しかけるときには礼儀を尽くして帽子をとったと、ガーネットは友人に書き送っている。

ベイツがコウトン・コートにやってきて陰謀に加わるように頼んだとき、自分は「そのような邪悪なことをしてはならない」と言ったとガーネットは必死に主張した。尋問はそのあと三時間続いたが、それきり誰も陰謀のことなど口にしなかったようだ。その代わりに、ソールズベリー伯は話題を教義のことに切り替えた。クックが最近発見した文書の写しが手渡され、それについて知っていること、そして曖昧表現（二枚舌）についてどう考えているかとガーネットは尋ねられた。

有罪か無罪かという議論でなくなったことに明らかにほっとしたガーネットは、その文書を訂正して題名を変更したのは自分だと認めたが、出版はやめさせようとしたのだとも言った。ガーネットは罠に嵌《は》まったのだ。まさかソールズベリー伯が、「人の会話のあらゆる絆を断ち切ってしまう最も奇妙にして忌まわしい教義」として二枚舌を激しく非難する本――伯が生涯出した唯一の本――をちょうど出版したばかりだったとは、つゆ知らなかったのである。ソールズベリー伯はすぐに『曖昧表現論』は「ローマ教皇派の教義の虚偽を明白にするもの」でしかないと断言した。二週間前の国事犯裁判でのクックの発言と併せて、これは「ローマ教皇派の信徒たちが心裡保留によってあらゆる真実を否定することを正当化している」ことへの集中砲火の第一弾であった。ソールズベリー伯の本『けしからん文書への返答』は、すでに「貪るように読まれ」ており、出たばかりのこの本を称賛する人たちのなかにはヘンリー王子さえいたのである。

二枚舌を擁護するガーネットの発言の完全な記録は残っていない。わかっているのは、この議論が三月末のガーネットの裁判まで、そしてその後も容赦なく続けられたということである。ジェイムズ王自ら、ガーネットに答えさせるべき質問を伝えたが、そのなかには「『曖昧表現論』の教義をどう考えるか」説明せよというものもあった。審議の早い段階でガーネットは言うべきでないことを言ってしまったと気づいたらしく、裁判の前に、以前の発言を修正したいと、慌てふためいた手紙を書き送っている。「曖昧表現について、道徳的に非難したと思いますが、それは友人同士のあいだで誠実さという美徳が必要とされる道徳的な普通の会話においてという意味で申しました。誠実さを損なえば、曖昧表現はあらゆる人間性に害を及ぼします」[*14]。だが、あとから修正したところで、逆に問題となっている言い抜けを自ら行ったとして自分の首を絞める結果となった。

さらにまずいことに、ガーネットは自分の主張を実行しているところを捕まってしまった。ロンドン塔に収容されていたとき、仲間の聖職者オールドコーンの近くの牢にわざと入れられ、二人が会って密かに話ができるのは牢番が同情的なためだと思わされていた。ところが、政府のスパイ二人が近くに隠れていて、二人の会話を記録していたのだ。二人は互いに告解を聴いたのち、有罪になるようなことは口にしなかったが、口裏を合わせようと図った。問題は、ガーネットがのちに問い質されたとき、「魂に誓って」二人は話をしていないと言ってしまったことだ。話をしたことを認めたオールドコーンの文書を見せられると、ガーネットは、「曖昧表現が役に立たないのであれば、私は罪を犯したことになる」と言った。ちょっとした嘘をつくために過去に遡って曖昧表現を適用しようとしたことで、政府側は激怒した。しかも運の悪いことに、ガーネットが書いた手紙が政府側の手に渡り、真実が明らかになってしまった。ガーネットの陳述書に「この陳述書は曖昧表現を用いていない」と書き足させる事態にまでなったが、そんなことをしても何の意味があるか定かでなかった。

三月二十八日、ヘンリー・ガーネットはギルドホールまで馬車で連行されて裁判を受けた。その場所が選ばれたのは、犯罪の重大さを強調するためだ。貴婦人ジェイン・グレイが裁判を受け、死刑判決を受けたのもここだったし、サリー伯、クランマー大主教、医師ロペズといったテューダー朝の大物謀叛人たちがここで散っていった。大きなホールはぎゅう詰めとなり、王自身さえ、枝編み細工の幕に隠れて参列していた。

　有罪判決を引き出すまで、クックは六時間もかけることになった。計画はガーネットの思いついたものではなかったし、失敗したらイギリスにいるカトリック教徒に多大な迷惑がかかるとガーネットは明らかに心を痛めていたので、ガーネットを有罪するのは容易なことではなかったのだ。クックは、ガーネットを一種の劇作家として捉え、筋書きを書く人物であって、実行犯は単なる役者だとし、ガーネットの裁判こそ「一般に〝火薬謀叛《パウダー・トリーズン》〟と呼ばれているあの重苦しい悲劇の最終幕」だとしたのである。

　頭韻のセンスがあるクックは、ダーシー、ロバーツ、フィリップ、ウォーリー、ファーマーなどという偽名を使ってきたガーネットを、今度は「欺瞞」（dissimulation）、「王の廃位」（deposing of princes）、「王国解体」（disposing of kingdoms）、「国民を震撼させ慄かせしめた」（daunting and deterring of subjects）、そして「破壊」（destruction）の英単語の頭のｄの文字をとって「五つのＤの博士」と呼んだ。ガーネットの欺瞞は二枚舌に基づいており、二枚舌以外に証拠もないため、ガーネットが二枚舌によって「単純な嘘ではなく、恐ろしい地獄堕ちの冒瀆を教えた」のかどうかが裁判の要となった。

「この二枚舌という嘘は、誓って約束しながら裏切る不貞のようなものである」として、ガーネットの教義は心と舌とが離れた不信心の形であるとされた。このことを証明するために、クックはガーネットに、なぜフランシス・トレシャムはロンドン塔で死ぬ前に、ガーネットとは十六年間話していないと「魂にかけて」誓ったのかと尋ねた。ガーネットは、トレシャムが何を言ったか知らぬまま、二人は常に連絡を取り合っていたと何気なく認めてしまっていた。ガーネットがクックにできた説明は、おそまつで、自分の首を絞めるものだった。「それは、閣下、彼は曖昧表現を使っていたのかもしれません」と答えたのである。

曖昧表現が断罪されるべきかどうかがガーネットの罪の有無と同一視されるようになった以上、ガーネットは曖昧表現を何が何でも弁護しなければならなかった。サウスウェルには以前からわかっていたように、それは容易なことではなかった。曖昧表現に関して誰よりも巧みに論じられ、聖書から適切な引用をするのも得意なガーネットではあったが、「我々の言う曖昧表現とは、嘘をよしとするのではなく、ある種の命題の使用を弁護するもの」だと主張するあまり次のように言ってしまったときには、思いがけず滑稽な表現となり、墓穴を掘った。「何人《なんぴと》も真実を言わねばならぬときに曖昧表現を用いてはならぬが、そうでない場合はそのかぎりではない」。用意周到なクックは、これでガーネットの防御を崩しにかかった。ガーネットは二十五年前に遡るあらゆる謀叛に関与してきたとされ、国会爆破という大事を知りながらそれを明るみに出さなかった罪を咎められていたものの、結局、起訴されて有罪となったのは、曖昧表現を弁護できなかったためなのである。このあと、陪審はたった十五分考えただけで有罪判決を下した。

ガーネットの処刑は五週間延期された。五月祭の五月一日に予定された処刑がさらに二日延期になったという話が広まると、ダドリー・カールトンは友人のジョン・チェンバレンに、「ガーネットは、水曜日にセント・ポールの境内に建てられた処刑台に五月祭のお祝いをしにくればよかったのに、そうした無礼講の日に徒弟どもが何をしでかすかわからないので、考え直して明日（五月三日）に延期されました」と書き送った。カールトンは、恐らく当時誰もが言っていそうな冗談を付け加えずにはいられなかった。「多分処刑台でも二枚舌を使うでしょう。だけど、まちがいなく——曖昧表現なしに——処刑されるでしょう」。

目撃証言によれば、「大勢の人」がガーネットの死に際を見に集まった。「窓という窓から顔が出ていて、そう、屋根にも人がぎっしりだった。こんなことは、これまでのどの処刑にもなかったことだ」という。

火薬陰謀事件の共謀者の処刑

クラース・ヤンス・フィッセルの当時の銅版画には、屋上や窓や街路からロンドン市民が見守るなか、火薬陰謀事件の４人の犯人が処刑場へ引き出される様子が描かれている。この絵が描くのは、ある一つの時間ではなく、見世物として犯人が首を吊られ、内臓を抜かれ、首を斬られるという処刑のさまざまな段階がすべて描かれている。

最後に謀叛を告白するように求められると、ガーネットは、告解を受ける聖職者の義務ゆえに計画を知りながら隠していたことだけは認めた。処刑台の上で「それは二枚舌を使っているのであろう」と挑発されると、ガーネットは、この件を執拗に繰り返されて明らかにうんざりして、「今は曖昧表現を使うときではない。いつ使えば正当なのかはこれまで他のところで我が心に示してきた。私は今、曖昧表現は使っていないし、告白した以上のことは知らない」と、疲れたように答えた。同情した群衆の何人かは、首を吊られてからまだ息があるうちに内臓を取り出されるのを自分で見なくてすむように、首を吊られたときに足を引っ張ってやった。ガーネットの首は切り落とされ、棒に刺してロンドン橋の上に曝された。数日のうちにロンドンの印刷屋が公式な話を告げるバラッドを発行した。こんな内容である。「陰謀知りたるガーネットさん、二枚舌使って白を切る。ローマ教皇ありがとさん、悪事隠して十字切る」[*15]。

ひと月後の六月一日、ロンドン市民はジョン・ダヴが二枚舌について説教するのを聴きに、処刑があった場所へ戻ってきていた。ダヴが引用したのは、ガーネットの悪名高い論文に引用されていたのと同じ「創世記」第十二章であり、アブラハムが生き延びようとして二枚舌を使う一節だ。ダヴは二枚舌を使ったアブラハムを批判し、とんでもないことであり、「嘘をついたのであるから、弁明の余地はない」と断じた。そして、集まった人々に、プロテスタントの殉教者たちは自分の命を救おうとしてそんな手段に訴えたことはないと話した。二枚舌の陰険さとの戦いはまだまだ終わりではなかった。「嘘をつく者は、嘘つきと看做されるがゆえに、世間でのあらゆる信頼を失う。それゆえ、一度隣人を二枚舌で騙した者は、常に二枚舌を用いるものと疑われよう」と、ダヴは説教した。二枚舌論は法も経済もだめにしてしまう。「二枚舌による欺瞞が用いられるとき、互いに疑い合うことになり、人と人のあらゆる誓約、契約は機能しなくなる……そうなると、国家は立ち行かなくなり、市民社会は維持できなくなる」。結局、ダウにとって、神の動かぬ言葉と信心が一方にあり、その反対側に悪魔、イエズス会士、言葉の危険な融通無碍があるのだ。曖昧を許してはならず、「悪をなさんとして悪意ある嘘をつくのも、楽しませる目的でふざけた嘘をつくのも」ダウは徹底的に非難した。

ガーネットは死んだものの、ガーネットと強く結びつけられた曖昧表現論は脅威を持ち続けた。曖昧表現への攻撃は八月まで続き、そのあとゆっくりと弱まった。クックは八月四日にノリッチの巡回裁判で演説する際、大いに曖昧表現を攻撃したが、この演説は重要と看做されて出版されたほどだった。法学院で修業を積んだ多くの者と違って、クックは観劇にあまり興味を示さなかったようだ（そして、まさにその同じ日にノリッチで、クックは「わが国に多大な迷惑をかけてきた舞台役者たち」を厳しく取り締まるようにと地方権力に促していた）。けれども、五年前、クックは『リチャード二世』を熟読していた。エセックス伯の叛乱前夜に、この古い劇を上演するようにと宮内大臣一座がエセックス伯の支持者たちから四十シリングを受け取った事件[*16]があったために読んだのである。エセックス伯の味方は、シェイクスピアの言葉を自分たちの政治目的のために歪め、リチャード二世も世継ぎのないエリザベス女王も、どちらも追従者に囲まれ、アイルランド戦争に難儀し、国家のためには退位すべき王であるとして、二人の王にはっきりとした共通性があることを観客にわかってもらおうとしたのだ。失敗したエセックス伯の叛乱を調査する過程で、クックはシェイクスピアの仲間の劇団株主の一人に質問し、問題の劇を読み、宮内大臣一座を起訴するのは筋違いであると判断した。『リチャード二世』の偉大な台詞の一つが、クックの胸に残った。イギリス国家に迫る危険についてジョン・オヴ・ゴーントが予言する箇所だ。ゴーントは、記憶に残る言葉で、この国の素晴らしさを次のように描写する。

この歴代の王の玉座、この王笏に守られし島、
この荘厳なる大地、この軍神マルスの座、
この第二のエデン、地上の楽園、
大自然の女神が汚染や戦の手から
身を守らんと自ら作りしこの砦、
この幸多き民、この小宇宙、
銀《しろがね》の海に輝くこの珠玉《しゅぎょく》……

（第二幕第一場四〇～四六行）

そして、これらすべてが今や危険に曝されていると警告するのである。火薬陰謀事件の直後、ゴーントの語る王国の危機のイメージに新しい意味を見出したクックは、この台詞に新たな政治的な読みを織り込んでいった。クックは、この「海に囲まれた島」が「非人間的な野蛮人たちによって企てられた最近の恐ろしい謀叛」による深刻な危険に曝されたと訴えて、こう語ったのである。

何と言ってよいやら言葉を失いますが、あの下劣な陰謀の、裏切りの、おぞましい、暴虐な、血腥い、殺人的な極悪さのことですが、これだけは言えます。あのひどい事件が実際に起こったとしたら、この海に囲まれた島、世界の美と驚異、この名高き、名にし負う大英帝国は、たった一撃で回復不能な廃墟となり、血の海に沈み、ありとあらゆる悪事が一遍に起こり、この王国のなかでも最も幸多き王国を、最も不幸なものとしてしまったことでしょう。他を征服するわが国が自らに征服されるのです。その美しき豊かな胸が自分の国民によって（穢れた、非情の子供ですが）

粉々にされ、世界じゅうの国に軽蔑される。この緑豊かな、快適で、実りある、世界の冠たるエデンの楽園が、もう少しで陰鬱な広大な荒野となり果てるところだったのです。

シェイクスピアの言葉が当時のイングランド人の世界観を形成しているのが読み取れよう。変更されたのは、危険の源が国民となった点だ。それはシェイクスピアの原書では、ゴーントにとって、無能なリチャード王だった。エセックス伯派にとっては、おべっか使いの取り巻きに操られる女王だった。クックにとっては、「悪魔のような詭弁を弄する二枚舌の」イエズス会士だった。

クックは、陰謀者たちが「企んだおぞましい計画を見れば、地獄の炎と硫黄で我らを破壊しようとした連中の極悪さはまさに悪魔そっくりだとわかります。その悪事を働く主たる役者（主演俳優）は自ら破滅してしまったものの、連中がずっと企みを温めていたということを考えて我々は警戒をしなければなりません」と語った。破壊的な陰謀は失敗に終わったにせよ、二枚舌の教義によって与えられる悪魔的な脅威は残っているというわけである。

10

ANOTHER HELL ABOVE THE GROUND

「火薬謀叛」の詳細（1620年頃）
©The Trustees of the British Museum

第10章 地上の地獄

このように心に傷を負わせるような事件が起きてまもなく、フランシス・ベーコンは、投獄された友人トービー・マシューをやんわりとたしなめた。マシューはわざわざこの危険な一六〇六年という年にカトリックに改宗し、そのために投獄、追放の憂き目に遭っていたのだ。ベーコンは「例の最近の火薬謀叛《パウダー・トリーズン》」は「地上の地獄として、瞑想室に描いて飾っておくにふさわしい」と考えるよう、友に促した。ベーコンが予言したかのように、のちに事件は（単に心に描かれるだけでなく）生き生きとした絵に描かれた。それは「火薬謀叛」と題された版画で、描いたのはミヒエル・ドルーシャウト（一六二三年のフォーリオ版にシェイクスピアの肖像画を描いた画家の父親）である。大判の紙に文字や絵がぎっしり詰まっており、中央のパネルにはジェイムズ王を筆頭に召集された国会の場が描かれている。爆破されるはずだった現場である。犠牲者となるところだった議員たちは、まわりに天使や悪魔がいるのに気づかずに仕事をしている。上部では、神の注意深い目の下で天使たちが保護するように宙を漂い、中央パネルの貴族院の下の貯蔵室には、火薬の詰まった樽が並び、ガイ・フォークスがいる。その左下には、聖職者が爆破を計画する者たちに秘密を誓わせている。右下では首謀者たちの凄惨な処刑が行われている。

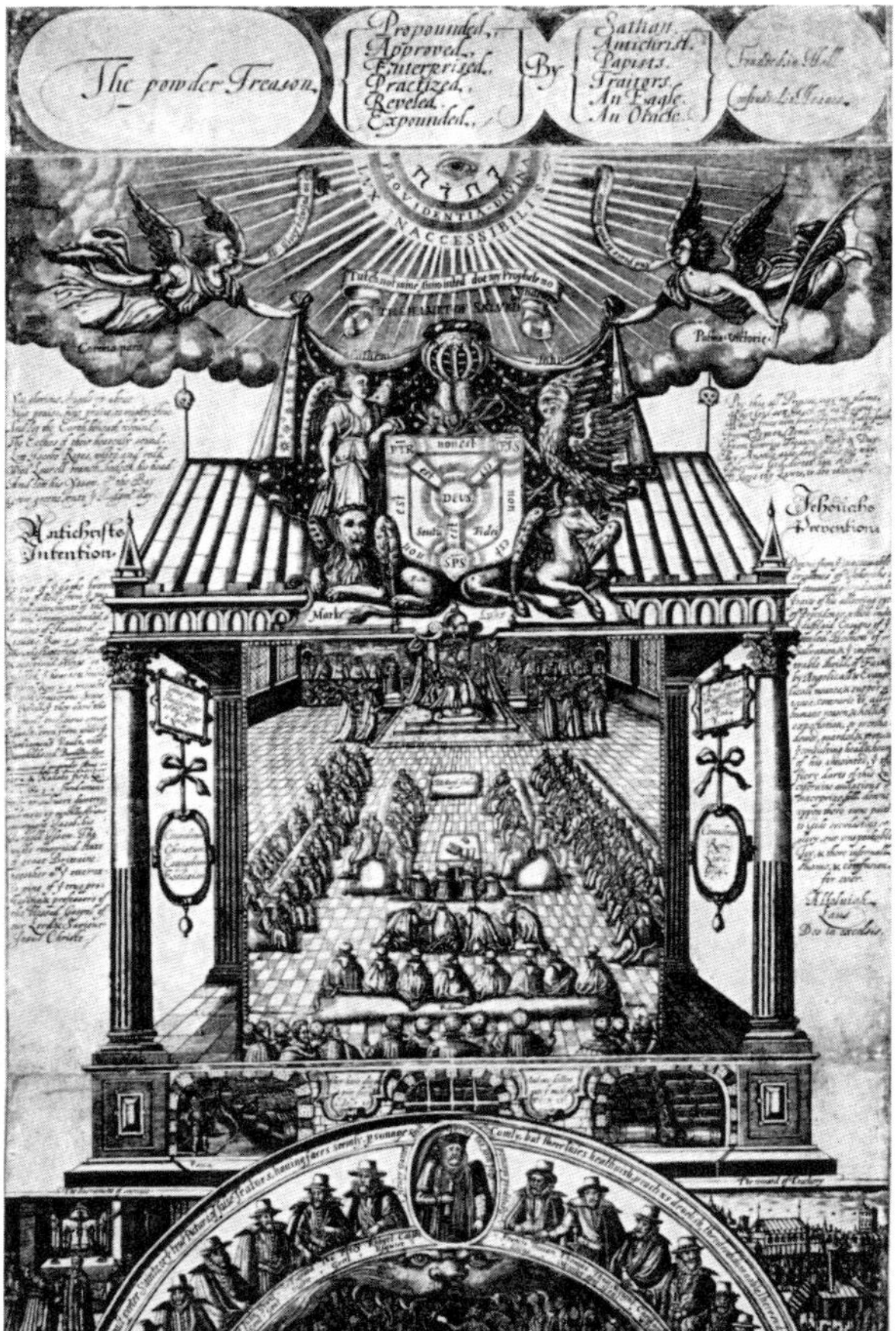

火薬謀叛

ジェイムズ王統治終盤にミヒェル・ドルーシャウトによって彫られた、この複雑な版画は、神が護りたもう上部の天から、下にある地、そして地獄に至るまで、上下の構図で火薬陰謀事件の物語を描いたもの。絵の中央では、ジェイムズ王が国会で演説している。挟み込まれた絵に描かれているのは、ガイ・フォークス、火薬の樽、司祭の前で秘密を誓う陰謀者たち、その処刑、最後の晩餐の戯画のようにヘンリー・ガーネットを中心として描かれる陰謀者13人、悪魔がその謀叛人たちを待ちうける地獄の口である。

その二つの場面をつなぐのが、この絵の最も目を引く箇所だ。ガーネットとその十二人の共犯者が〔最後の晩餐のパロディのように並び〕己の恐ろしい運命を目撃する観客として描かれているのである。目の前にあるのは地獄の口で、悪魔たちが謀叛者の魂を待ちうけている。「プリンケプス・プロディトールム〔裏切りの者たちの指導者〕」[*1]という大判の印刷物から剽窃された「その人生は異教的、行いは悪魔的、行為は地獄堕ち、最期は悲惨」というわかりやすい言葉により、メッセージは明快になっている。この絵が示そうとしているのは、ページの最上部に「地獄で生まれた」「悪魔の仕業」と記された国王殺害という謀叛ではあるが、それはこの絵には描かれていない。

一六〇六年の春にシェイクスピアの『マクベス』の初演[*2]を観た観客は、劇の核となる場面、すなわちすべての元凶となるダンカン王殺しの場を見られなかったことに驚いたかもしれない。殺人の現場を演じないというのは異例の判断である。観客もそれを見たいと思っていただろうし、シェイクスピアのそれまでの悲劇では見せてきたのだから。

何年にもわたって殺しは舞台上で演じられてきた。タイタスはタモーラを殺し、ロミオはティボルトを刺し、共謀者たちはジュリアス・シーザーを虐殺し、ハムレットはクローディアスを刺してから毒殺し、オセローはデズデモーナを絞殺して自らも刺し、エドガーは妾腹のエドマンドと闘って致命傷を負わせた。ダンカンがスコットランドの王であるために、とりわけこの不穏な時期に殺害シーンを上演するのは無理だっただけなのかもしれない〔だとしたら、マクベスというスコットランドの王を——やはり驚くべきことに舞台裏で——殺すことで芝居が終わるというこの芝居の筋そのものが、検閲にひっかかったはずだ〕。シェイクスピアが王殺しによって起こる悲劇を書きながら、王殺しそのものを演じさせないのは、逆にシェイクスピアにとって、王殺しという行為はジェイムズ王を殺してイギリスをぶっとばす爆発にも似た、「瞑想室に描いて飾っておくにふさわしい」ものだったということになろう。ただし、シェイクスピアの劇がドルーシャウトの国家的宣伝のような絵と違うところは、その宇宙観にあり、地獄を地下にあるものとして描かないところにある。シェイクスピアが『マクベス』で見せる悪夢のような悲劇がより一層恐ろしいのは、ベーコンの言葉を借りれば、それが「地上の地獄」で起こっているからなのだ。

ダンカン王が舞台裏で殺された直後、殺害の場がなかった埋め合わせに、シェイクスピア作品のなかで最も場違いな場面がやってくる。あまりにも変わった場面なので、サミュエル・テイラー・コールリッジら初期の批評家たちは、「大衆を喜ばせるために誰かほかの人が書いたのではないか」と疑ったほどだ。二日酔いで、くだらぬことをよくしゃべる門番が、城の門を叩く音を聞いて訪問客を迎え入れる自分の仕事を果たそうと、ゆっくりと音に反応する。この役は恐らく初演時に、劇団の賢い喜劇役者ロバート・アーミンが演じて評判をとったのだろう。アーミンのためにシェイクスピアはつい最近『リア王』の道化役を書いたばかりだ。門を叩く音は、門番の登場前から始まる。最初にそれを聞くのはマクベスだ。「何だ、あの音は？　どうしちまったんだ、俺は、ちょっとした音にもびくつくのか？」（第二幕第二場六一〜六二行）とマクベスは言う。ちょうどマクベス夫人が舞台裏の寝室で眠っている護衛たちにダンカンの血をなすりつけているときだ。戻ってきたマクベス夫人も、音を聞いて夫に言う。「南の門を叩く音が。お部屋に戻りましょ」（第二幕第二場六〇〜七〇行）。音は執拗に再び聞こえて、夫婦は急ぎ退場する。

門番の場をシェイクスピアが書いたかどうかをコールリッジが問題視した数年後、トマス・ドゥ・クィンシーが「『マクベス』の城門のノックについて」という見事な論文で、この場面を擁護した。「別の世界が入りこんできており、人を殺したマクベス夫妻は人間界の外へ、人間的目的や人間的欲望の領域外へ連れ出された。夫妻は姿も変わり、マクベス夫人は女でなくなり、マクベスは自分が女から生まれたことを忘れ、二人とも悪魔さながらのイメージである。悪魔の世界が忽然と現れたのだ」と、ド・クィンシーは論じる。[*3] シェイクスピアは悪魔的なものに安易な説明をつけず、マクベス夫妻がこれから経験し、スコットランドに味わわせることを生き地獄としてイメージさせている。そのために、門番に自らを「地獄の門番」（第二幕第三場二行）と想像させるのだ。中世イングランドにあった今ではほとんど忘れかけられた聖史劇のお決まりの登場人物である。そんな発想をすることで、この劇の最も実際的な場面において、地獄を呼び出すという行為を見せてくれているのである。シェイクスピアは、『リア王』でもそうしたように、悪魔を出すとどうしても強くなってしまう道徳色を回避しつつ、超自然なるものを呼び起こしている。

門をさらに叩く音が聞こえ、門番が地獄の閻魔大王を呼びながら、どんな地獄落ちの手前勝手な魂が門を叩いていやがるんだと文句を言う。「ドン、ドン、ドン！　誰だ、閻魔大王の名にかけて答えろ。おお、こいつは、豊作になりすぎて大損すると首くくった農夫だな、入れ、日和見野郎、手拭い一杯用意しとけ、ここじゃたんまり汗かかされるぞ」（第二幕第三場七〜十一行）。「農夫（farmer）」はありふれた語ではあるが、シェイクスピアがほとんど使わなかった語だ。[*4] ひょっとすると、ガーネットが「ファーマー」という変名を使っていたのを耳にしたのかもしれない（裁判ではいくつかの変名が示された）。

この変名が公的記録や現存する英語文書に出てきたのはこの一回きりだったが、ガーネットは仲間内ではファーマーと呼ばれていた。そのことは、当時ロンドンのスペイン大使の屋敷に住んでいたイングランド人のイエズス会士と通じていたルイーザ・ドゥ・カヴァヤル・イ・メンドーザという女性の手紙からわかる。ルイーザは、イングランド人のイエズス会のことをよく知らないスペインの友人に、「ファーマーさんというのは……ガーネット神父のことです」と書き送ったのだ。ただし、『マクベス』の門番がこの語を用いるのは単なる偶然かもしれない。現存する証拠から見るかぎり、ガーネットの変名は当時それほど広く知られていなかったのだから。

門番は次に、地獄にまた誰かやってきたと想像する。名前のない「二枚舌野郎」だ。「ドン、ドン。誰だ、悪魔の名にかけて答えろ。いよっ、こいつだな、言い逃れをする野郎は。こうも誓えば、ああも誓う、神様のためなんて言って謀叛を犯しやがって、神様には二枚舌は通用しなかったわけだ。おう、入れ、二枚舌野郎」（第二幕第三場七〜一一行）。まるでシェイクスピアは、その春流行っていたジョーク——つまり、謀叛人のガーネットが「処刑台で二枚舌を使うだろう」というジョーク——を聞き及んでいたかのようだ。それをさらにひとひねりして、イエズス会士が二枚舌を使ってうまいこと天国へ行こうとして失敗し、とうとう地獄にやってきてしまったかのように観客に想像させたのである。

関連は、そればかりではない。門番は、最後に登場したマクダフに対して、なぜ門を開けるのにこんなに時間がかかったのかを二枚舌を使い続けながら説明する。「はっ。二番鳥が鳴くまで飲んでおりました。酒は、三つのことを惹き起こしますんで」（第二幕第三場二三〜二四行）。マクダフが挑発に乗って、「何だ、その、酒が惹き起こす三つのことっていうのは？」と尋ねると、門番は答える。

はい、鼻が赤くなること、眠ること、それに小便であります。女とやりたいって気にもさせますが、萎えさせもします。欲望を刺激しながら、実行はできないようにする。それゆえ、大酒は、色事に二枚舌を使うと言えます。その気にさせて、だめにする。むらむらさせて、ふにゃっとさせる。突っ張っといて、がっかりさせる。立たせておいて、立たなくさせる。結論としまして、二枚舌で眠らせ、よう、この嘘つき野郎、よう、よう、と用を足して、しゃーっと出て行きます。

（第二幕第三場二七〜三五行）

好色、飲酒、二枚舌についての冗談は、さらに、二枚舌を使うガーネットの深酒と有名な女遊びへの当てこすりとなっている（ソールズベリー伯でさえ、このことでガーネットをからかわずにいられなかった）。だが、二枚舌に関する門番の台詞はそれ自体が曖昧表現となっている。ガーネットについての当時の話を繰り返すようでいながら、この悪名高い〝二枚舌野郎〟に同情的にも読める。ガーネットが陰謀に関与したという政府側の主張を多くの人は確かに受け入れたものの、自分のためではなく「神様のために謀叛を働いた」信心深い人物であるから寛大な処置をすべきだと考える人たちもいたのだ。強要され、拷問すら受けて二枚舌を使ったかもしれないが、「神様には二枚舌は使えなかった（he could not equivocate to heaven）」というのは、そのようなつらい状況で心裡保留をするときに胸の内に何があるか神様にはおわかりだからである。

この場面設定も問題だ。悪魔の手先のつもりでいる酔っ払いの門番の言葉をどこまで真面目に受け取るべきか。しかも、門をノックしていた〝二枚舌野郎〟は実はマクダフであり、誓言して嘘をつく謀叛人とは程遠い。

この劇における最も重大な曖昧表現は、マクベスとバンクォーが最初に魔女たち――実は「魔女」とは一度も呼ばれておらず、「この世のものでない姉妹（運命の三姉妹）（Weird or Weyard Sisters）」とのみ言及されているのだが――と出会う場面で起こる。最初の魔女がマクベスを「グラームズの領主」と呼び、二人目が「コーダーの領主」と呼びかけ、三人目が「やがて王となるお方」と呼ぶ。それからバンクォーに「王を生みはするが、ご自身は王にならぬお方」と言う（第一幕第三場四九～六七行）。どれも嘘ではないが、重要な情報を告げていないという点で二枚舌になっている。つまり、王になるためには王を殺さねばならないとマクベスに告げていないし、バンクォーには、生きて予言の成就を見ることはないと告げていない。二枚舌のせいで、『マクベス』の対話を理解するのは精神的に疲れることになる。観客は――二枚舌を使うイエズス会士と話をする役人同様に――言葉どおりの意味なのか、そうでないなら、心裡保留によって隠されていることは何なのかを理解しようと努めなければならない。しかし、二枚舌を使って言葉にされなかったものがあるとすれば何なのか、決してわかることはない。「きれいは汚い……」（第一幕第一場一一行）という一見矛盾する表現の意味がはっきりするのは、「嘘の外面を見抜きさえすれば」という条件をクリアしてその答えが得られたときのみなのだ。

二枚舌（曖昧表現）はこの劇の至るところにある。マクベスが妻に手紙を書くとき、バンクォーの末裔が王となるという予言は言わずにいる。ダンカンの護衛たちを殺したことの言い訳をするときも、二枚舌を使っている。「誰がじっとしていられよう、愛する心があるのなら、そしてその心に愛を示す勇気があるのなら？」*5（第二幕第三場一一八～二〇行）。心裡保留がマクベスの第二の天性となっているのだ。マクベスは、バンクォーとフリーアンスを殺すために放った二人組の殺し屋たちに、三人目が加わることをわざと言わない。そして、夫人がマクベスに「何のこと？」と尋ねるときも、「かわいいおまえは知らずともよい」（第三幕第二場四八行）と言う。破滅するバンクォーが、神こそが人の心を読むことでき、隠された陰謀を暴くことができると言って、心裡保留が実は虚偽にすぎないことを鋭く指摘しているのは皮肉である。

私としては、大いなる神の御手にわが身をゆだね、
そこから、隠された陰謀を暴き、
謀叛の悪意と戦うつもりだ。

（第二幕第三場一三二～三四行）

二枚舌を使うのがマクベスの習慣になればなるほど、マクベスは魔女から更なる保証を求めようとし、魔女たちはマクベスの希望につけ込み、なおも二枚舌を重ねて、悪霊を呼び出す。悪霊は「女から生まれた者にマクベスは倒せぬ」のだから「大胆に血を流せ、臆するな」と命じ、「広大なバーナムの森が」ダンシネーンの丘に向かってくるまではマクベスは決して滅びぬと告げる（第四幕第一場七九～八一、九三行）。バーナムの森から切り取られた枝をかざして軍隊がダンシネーンの丘を目指すのを信じがたい思いで見守るマクベスは、「真実のように嘘をつく悪魔の二枚舌」（第五幕第五場四三～四四行）の破壊的な結果を身にしみて知るのである。最後に、マクダフが女から生まれていない――帝王切開だったので、「母の腹から月足らずで引きずり出された」（第五幕第八場一六行）――と知ると、マクベスはついに二枚舌にやられたと考える。

あの嘘つきの悪魔など、もう信じまい。
二重の意味で翻弄し、
耳に入れた約束の言葉は守りながら、
その期待を裏切りやがる。

（第五幕第八場一九～二二行）

観客はマクベスとともに絶望のどん底へ突き落とされる。地上の地獄だ。「もう日の光を見るのはうんざりだ。この世の秩序など崩壊してしまえ」（第五幕第五場四九～五〇行）と、マクベスは言う。シェイクスピアにおけるたいていの悲劇の主人公と違って、マクベスには死に際の悟りの台詞はない。最後に聴く内省の弁は、今引用した、二枚舌の働きについてようやく得た洞察の言葉である。

二枚舌はマクベス夫人をも破滅させる。自分がダンカン殺しに関与したことを忘れようとし、また夫が関与したことも忘れようとして、夫人は二枚舌に熟達する。マクベスがバンクォーの亡霊を見て怯える宴会の場がよい例だ。夫人は、客たちに飄々と二枚舌を使ってこう言う。

主人はよくこうなるのです。
若い頃からそうでした。どうぞ、座ったまま。
発作は一時的なもの。すぐにまた
よくなります。

（第三幕第四場五三〜五六行）

「よくなります」の「よい（well）」は、このあと劇の最後まで二十回ほど繰り返されるが、「よい」とは何がよいのか曖昧な表現だ。口にしたことと、二枚舌を使って言わずにおいたことの違いを完璧に例示するかのように、正気を失った夢遊病のマクベス夫人は、あからさまに言えない「隠され、知らぬふりをされているもの」[*6]を書きつけ、それを読み直さずにはいられない。「ベッドから起きられて、ナイトガウンをお羽織りになり、戸棚の鍵を開け、紙を取り出し、折り畳み、何か書きつけ、読んでから封をし、またベッドにお戻りになりますが、そのあいだじゅうずっとお眠りになったままなのです」（第五幕第一場四〜七行）と侍女は報告する。

シェイクスピアは、エドガーが悪魔憑きの狂人を演じる場面を書く際にハースネットの『途轍もない教皇派のまやかしに関する報告書』を利用したので、この本は『リア王』の重要な種本として広く認められてきたが、『マクベス』の種本としてはめったに議論されてこなかった。しかし、『マクベス』

においてシェイクスピアがハースネットの議論――人間が悪に走るのは悪魔的なもののせいだと（そう思うのも無理はないが）誤って看做されてきたこと――をさらに深く追究していることは明らかである。

シェイクスピアがハースネットから影響を受けたことが最もはっきりわかるのは、カトリックの司祭たちのせいで自分は悪魔に憑かれてしまったと信じた十代の女性使用人フリズウッド・ウィリアムズについてのハースネットの説明を利用したところである。台所で働いているときに転んでお尻を傷つけ、その後も痛みが治まらず、司祭たちにそれは転んだせいではなく悪魔の呪いなのだと言われた少女の話である。「治す」ために、少女は悪魔祓いをされ、めまいがする薬を飲まされ、脚にピンを刺されたり、釘を呑まされたりした。釘はすぐに口から出されたが、トリックに気づかない目撃者たちは仰天した。司祭たちは、少女から悪魔を追い払う儀式の最中に、少女の口に殉教者の遺品さえ入れた。エドマンド・キャンピオンの「親指あるいは別の指」を入れられたことを少女は覚えている。ひどい目に遭わされたフリズウッド・ウィリアムズは、やがて自分が本当に悪魔に憑かれていると信じるようになった。疑念を抱くと、司祭たちは「疑っているのはおまえではなく、おまえの口を借りて話している悪魔だ」と教えたのだった。

あるとき、司祭に回廊に連れてこられた少女は、そこに「新しい首吊りの縄と二本のナイフ」があるのを見た。なぜナイフがあるのかと司祭に尋ねると、司祭は「目を凝らして見ているが、見えない」と答えた。幻影を見ているのかと怖くなったフリズウッド・ウィリアムズは手を伸ばし、「一メートルほど先に二本まとめて立っているナイフを指さした」。ところが、司祭は、少女が目の前に見ているものがやはり見えないという。ついに少女はナイフを取り上げて、「ほら、これ」と言った。そのときになって司祭は「確かに見える」と認めたが、「さっきは見えなかった」と言い張った。少女はあとで「悪魔に憑かれた人が縄で首を吊るかナイフで自殺するように、悪魔が回廊に置いたのだ」と教えられた。この話で真に悪魔的なのは、二枚舌を使う司祭のあざといやり口である。
シェイクスピアは、魔女たちが「蒼ざめたヘカテに供物を捧げ」る夜、マクベスがダンカンを殺しに行くとき、短剣の「忌まわしい幻影」が目の前の宙に浮かんでいるのを見る場面を書く際にこの強烈な話を思い出したと考えてよかろう（第二幕第一場五二〜五三行）。ハースネットの話と同様に、短剣が本物なのか、熱に浮かされた想像の産物なのか、あるいは悪魔がマクベスを地獄堕ちへ導こうとして仕掛けたものなのか、当初はわからない。

これは短剣か、目の前に見えるのは？
俺の手のほうに柄を向けて？　よし、とってやる。
とれない。だが、目には見えている。
忌まわしい幻影め、目には見えども
触れぬのか？　それともおまえは
心の短剣か、熱に浮かされた脳が生み出す
ありもせぬ幻か。

（第二幕第一場三四〜四〇行）

悪魔に憑かれているのではないのかという疑念は、マクベス夫人をどう解釈するかに関しても問題となる。自分に取り憑けと悪霊たちに呼びかける恐ろしい夫人の台詞では、夫人と悪の力とがしっかりと結びつくように思える。

さあ、殺意につきそう悪霊たち、
私の中に入ってきて！　私を女でなくしておくれ！
頭から爪先まで、おぞましい残忍さで
満たしておくれ！　この血をどす黒くし、
哀れみへの道筋をふさいでおくれ！
情けを起こして残酷な決意がぐらつき、
実現に至らぬことのないよう！
この女の乳房に入ってきて、
お乳を胆汁に変えておくれ！　人殺しの手先たち、
目には見えぬが、いつもどこかで
非道の悪さに手を貸しているおまえたち！

（第一幕第五場三四～四〇行）

夫人は深淵から恐ろしい悪霊を呼び寄せるが、夫人に取り憑き、夫妻を破滅させるものは、結局夫人の中からやってくるのである。

人が悪事を働くとき何に憑かれているのかについて安易な説明を避けるシェイクスピアは、まさに時代に即した劇を書いた。火薬陰謀事件の余波のなか、当時の人たちは、あれほどの悪魔的犯罪はいったいどうして生まれたのかと考えていた。事件が起きる前に悪事の源について書いていた人たちにとって、悪魔の役割は重要ではあっても二次的なものだった。

たとえば、五年前に牧師ジョン・ディーコンと説教師ジョン・ウォーカーは『ダレル氏の本への返答』のなかで、人間の腐敗を契機として悪魔に「取り憑かれた」と信じて悪となってしまうまでの過程を説明して、こう書いている。悪魔はまず「つい悪さをしてしまう下劣な性格の人」を探し出し、「その下劣な人の性格を巧みに破滅させ、本当に悪魔に取り憑かれてしまったのだと本人もつい信じ、周りの人たちもそう思ってしまう」ようにする。この人間の弱さと悪魔の誘惑との果てしない相互作用は、一五九七年当時のジェイムズ王の見解に近かった。その著書『悪魔学』のなかで、王は「古《いにしえ》のずる賢い蛇の姿をした悪魔は、易々と人間の気持ちを見抜き、人間を騙して破滅させるのだ」と結論づけている。それは劇のなかでバンクォーが表明する考えであり、バンクォーはマクベスに次のように警告する。

暗闇の使い手は人を破滅させるために、
しばしば真実を告げ、
つまらぬご利益で信頼させ、
土壇場で裏切るという。

（第一幕第三場一二三〜一二六行）

しかし、一六〇五年十一月以降、動きは変わった。たぶん国会のすぐ下の貯蔵室に仕掛けられていた破壊の規模の大きさから、この陰謀が悪魔の仕業だということになったのだろう。ガイ・フォークスが逮捕された後の最初の公式な説教で、ウィリアム・バーロウ主教は「地獄の劫火から飛び火した……炎の大虐殺」という言い方をした。一年後、ランスロット・アンドルーズが毎年恒例となる火薬陰謀事件についての最初の説教をしたときは、もはや比喩的な表現を使ってはいなかった。「説明をつけるには、我々は地上界ではなく地獄に目を向けねばならない。つまり、これはまちがいなく悪魔の仕業なのである」。

「火薬謀叛《パウダー・トリーズン》」の版画もやはり、陰謀は謀叛人どもが「実行」しようとしたものだが、「悪魔が計画」したとしている。セント・ポール大聖堂でガーネットが処刑されて一か月もしないうちに同じ場所で行われたジョン・ダヴの説教（二枚舌は悪魔が考え出したものと主張）においても、悪魔への責任転嫁ははっきりしていた。この見解はその後の数十年でさらに固まることになる。若きジョン・ミルトンが火薬陰謀事件について詩を書く頃には、もはや人災ではなく、ほぼ完全に悪魔の仕業とされていた。ますます悪魔のせいにされることで、一六〇六年一月下旬から五月上旬にわたって決行された処刑は、王国から悪魔を取り除くための悪魔祓いの様相を呈し、ついには毎年十一月五日に象徴的に思い出される儀式となったのである。

王と王国を脅かす、見えないが常在する力の恐怖は、ロンドンの説教師が利用するプロパガンダにとどまらなかった。少なくとも、悪魔を真剣に危険視した国民は当時実際にいたのだ。それは、ちょうど火薬陰謀事件直後の時代についての驚くべき考古学的発見が最近なされたことで確認された。一六〇六年初頭、大蔵卿トマス・サックヴィルは、ロンドンから四十キロメートル南東にあるケント州ノールに購入したばかりの家を、ジェイムズ王の来訪を視野に入れて急遽リフォームし、キングズ・タワーと呼ばれる三階建ての別館に王様用特別室を改装した。二〇一三～一四年に、ロンドンの大英博物館の考古学者たちが、ナショナル・トラストの要請により現地を視察し、その部屋の床下にこれまで隠されていた五メートルのつなぎ梁を偶然見つけた。そこには、ジェイムズ王朝の時代の大工たちが記した魔除けの五芒星の呪符や組み合わさったV字や焼き印などの不思議な模様が十以上発見されたのである。

これらの魔除けの印《アポトロペイック》は、悪魔や魔女といった悪しきものが入ってきて部屋にいる人に危害を加えないようにと意図されたものだ。「アポトロペイック」（魔除けの）という形容詞は、「退散させる」という意味のギリシャ語からきている。印は暖炉に面したオーク材の床梁の側面のみに記されていたので、恐らく暖炉と睡眠中の王とのあいだにバリアを張るつもりだったのだろう。蠟燭で作られた焼き印は、火によって地獄の劫火と張り合うものであり、つぶれた五角の星型のような線画は侵入する悪魔を動けなくするものだ。そして、イングランドが長くカトリックだった名残りとも言うべき組み合わさったV字は、聖母マリア（Virgin Mary）の御加護を願うものである。その他の魔除けの印も、その部屋の暖炉の両側の石柱に彫りつけられていた（暖炉と煙突は悪霊が好むすばやい出入り口と看做されていた）。

古い木材の年代をそこまで正確に割り出すのは異例ではあるが、樹木年代学によって、この床梁のオークの木は一六〇五年の後半に切られたとわかった。まだ緑でしなやかだった床梁は、大工によって加工され、一六〇六年春か初夏にキングズ・タワーに運び込まれた。床梁として組み込まれる前に焼いたり刻んだりされているというのが、考古学者たちの見解だ。当時の改修を監督した棟梁マシュー・バンクスは、サックヴィルと相談の上か独断かはともかく、床梁を王の部屋に組み込む前にこうした魔除けの印をつけさせたというわけである。

このように王様用の特別室に隠されていた印や、それらが示す今ではほとんど失われた複雑な信仰は、ちょうどその頃シェイクスピアが考えていた物語と関わりがあった。恐ろしい魔女たちが冒頭に登場し、信頼していた家臣のもとへ王が訪れ、睡眠中の無抵抗の王が殺害される劇『マクベス』である。この劇は、後代のために書かれたのではなく、マシュー・バンクスとその仲間の大工たちのような当時の人たちのために書かれたのであり、芝居を観ようという人たちは、火薬陰謀事件の直後だからこそ、計り知れない悪（人の悪意であれ悪魔的なものであれ）を描く悲劇に惹かれたのだ。『マクベス』は、今や表面化してきた深い文化的不安を驚くほど利用していたのである。

一六〇六年に『マクベス』を観た感想を記した人は、知られているかぎりでは、いない。史上初の感想は、初演の五年後、芝居好きな占星術師で医者でもあるサイモン・フォーマンが一六一一年四月にグローブ座での上演を観て書きつけたものだ。フォーマンは、魔女のことを「三人の女の妖精あるいはニンフ」としか書いていない。予言や幻影がいっぱいの劇であることは認めながら、殺人の責任はマクベス夫妻にあるとフォーマンは考え、「マクベスはダンカン王を殺そうとし、妻に促されて、その夜、自分の城の客となっている王を殺す」と記している。フォーマンはヘカテに言及していないので、ヘカテの登場する二つの場面はあとで加えられたとも考えられる。現在の学者たちに共通の意見では、トマス・ミドルトン――このときすでにシェイクスピアと共同執筆をしたことがあり、シェイクスピアが国王一座のためにジェイムズ王時代に書いた劇の何本かをのちに改訂した劇作家[*7]――が、ヘカテの部分を（ひょっとすると全部）書いたと考えられる。とりわけヘカテが歌い、魔女や霊たちが唱和する二つの歌――第三幕第五場の「おいで、おいで」と第四幕第一場で「黒い精霊」――の歌詞を書いたのはミドルトンだとされている。どちらの歌も、ミドルトンがシェイクスピアの死後に超自然界を描いた劇『魔女』に出てくるからだ。

シェイクスピアの『マクベス』の初演後十年ほどしてミドルトンがこの劇を改訂することになったとき、『マクベス』を悪魔の劇にしたほうがよいと思ったのかもしれないし、観客がそう求めたのかもしれない。ほんの少し手直しするだけで十分だった。一六二三年に『マクベス』をフォーリオに印刷するとき、シェイクスピアの劇団は、ミドルトンによる僅かな修正が入った台本の写しを出版者に渡した。一六〇六年当時、実際に何が上演されたかの記録はない。一六二三年刊のフォーリオにはミドルトンの歌の題名だけが印刷されているが、現代版のテクストや公演では、『魔女』にある完全な歌詞を持ってくることが多い。ミドルトンの二つの歌とヘカテの部分が加えられたことで、シェイクスピアが最初に書いた劇は超常現象が中心となる劇へと変わったことになる。

悪魔の力が働いているとしたがる昔からの衝動のせいかどうかわからないが、シェイクスピアの作品群のなかでもとりわけ『マクベス』には呪いがかかっているとする演劇界の言い伝えもある。すなわち、劇場内でうっかり『マクベス』という題名を口にした者は災厄に見舞われるというのだ。「あのスコットランドの劇（The Scottish Play）」という無難な呼び方をしなければならないのに、それをつい忘れて題名を言ってしまった俳優は、難を避けるためにまじないを言わなければならない。[*8] そんな呪いがいったいいつ頃からこの劇につきまとっていたのか、古い公演の記録をどんなに頑張って調べても、十九世紀末にある公演についてユーモア作家マックス・ビアボームが『サタデイ・レビュー』誌に掲載した劇評より前に遡ることはできない。ビアボームは、「マクベス夫人を演じるはずだった少年俳優ハル・ベリッジが『急に肋膜炎に罹ったため、シェイクスピア自身が代役を務めた』」という話をでっちあげ、十七世紀の伝記作家ジョン・オーブリーの記録にあると嘘をついたのだ。[*9] ビアボームの古風な綴り字が話をそれらしくみせたこともあり、このでっちあげ話はたちまち事実として受け取られてしまった。俳優たちは、『マクベス』上演中に起こったさらなる災厄の例を挙げていき——剣を使っての立ち回りもあれば、すべる血糊つきの短剣がどっさり出てくる劇なのだから、事故が多いのも驚くことではないが——我らがインターネットの時代には、このヴィクトリア朝の神話はもはや消し去ることはできないものとなっている。

『マクベス』という劇は超自然なるものに支配されているという理解ゆえに、ミドルトンによる改訂が行われ、題名を言ってはいけないという迷信も出てきたわけだが、現代の舞台でもそのように上演されることが多い。魔女とヘカテは神出鬼没で、袖に隠れていたり、ちょっとした脇役として登場したり、マクベスに短剣を手渡したり、劇の最後に再登場してまた誘いをかけたりする演出はざらだ。そうした解釈は演劇的に面白いものの、そこからわかるのは再演時の文化や受容についてであって、一六〇六年にシェイクスピアが何を書いたのかではない。『マクベス』の上演史を見れば、俳優や演出家たちは、悪魔的なるものの方へ劇の舵を切ってしまいがちで、《地上の生き地獄》というシェイクスピアの最初のイメージも同様に重視するということがない。

逆に、超常現象という束縛から劇を解放し、悪事の責任は野心的な夫婦にのみあるものとし、個人的な喪失やトラウマの反動で悪に走ったのだとする解釈はずっと少ない（そうした公演では、夫婦に子供がないことが大きく取り上げられることが多い）。この劇は『リア王』同様に家庭悲劇とすることもできるほど融通がきくので、それはそれで演劇的に強烈ではあるのだが、シェイクスピアがこの劇のなかに書き込んだ微妙な均衡を維持するのがいかに難しいかがこれでよくわかるだろう。なにしろ、ミドルトンが行ったとされる改訂が示すように、この均衡は十年ももたなかったのだから。

火薬陰謀事件の混乱した余波のなかで、政府のくるくる変わる説明や、事件に関与した人たちへの驚くほど厳しい処罰を当時の人たちがどれほど問題視していたのかはまったくもってわからない。陰謀者たちの血腥い処刑によってセント・ポール大聖堂を穢さないでほしいというアーサー・ゴージズの要請を見れば、政府の対応に不満を抱く人たちがいたことはわかる。ガーネットを五月一日に処刑すると騒ぎになるのではないかと恐れた政府の弱腰も見逃せない。

政府に対する批判があったことは、政府を擁護するオリヴァー・オームロッドという牧師の著述からも窺える。火薬陰謀事件が失敗に終わったとき、オームロッドはちょうどイギリスの国教忌避者を攻撃する『教皇派の肖像』という本を書き終えたところだった。この事件への政府の対応を批判する声の拡大を抑えようとして、あるいは本人がぶっきらぼうに記すように「正しい厳しさを示している政府が厳格すぎるだとか残酷だとか悪く言ったりする者の口を閉ざそう」として、加筆をしているのだ。政府の過剰反応を非難する連中を容赦なく攻撃することによって、オームロッドは、その当時囁かれていた声を（何もしなければ聞こえなくなっていたのに）意図せずに現代に伝えてしまっているのである。

問題の加筆とは、オームロッド自身のような牧師と議論下手な国教忌避者の想像上の対話である。国教忌避者が牧師に、火薬陰謀事件の犯人たちにはどんな罰が与えられるのかと尋ねると、牧師は、心臓を引きちぎり、首を切り落とすといった身の毛もよだつ処罰を事細かに説明する。国教忌避者はぞっとして、「そのようなおぞましいことを、処刑として行うどんな正当性があるのですか」と問う。現代の読者なら、オームロッドは国教忌避者の恐怖に同情していると誤解しかねないだろう。牧師が犯人の体が引きちぎられて四つに切られる様子をおぞましく描写し、国教忌避者がどうしてそんな残虐なことをするのかと尋ねると、牧師は勝ち誇ってこう答える。「神の御言葉があるからです」。そして、こう付け加える。「なぜ厳格さを問題視なさるのです。国王陛下をスキタイ人よりも残酷だなどと言ってはなりません。むしろ陛下の寛大さを称えるべきです」。

同じような抗議をした国教忌避者がもう一人いるが、それは想像上の人物ではなく、実在のベン・ジョンソンである。一六〇六年一月上旬に宗教上の理由で裁判所に出廷を求められ、そのあとでまた火薬陰謀事件に言及する劇『ヴォルポーネ』を書いたのだ。ジョンソンは遅筆で有名だったが、この劇は一気呵成に五週間もかけずに書いている。一月上旬に書き始め、やがて書き終え、急いで写本され、稽古して、恐らく二月末[*10]（三月五日から四旬節でひと月ほど劇場が閉鎖される前）までにシェイクスピアの劇団によりグローブ座で上演された。

『ヴォルポーネ』は、その創作の衝動にふさわしく、陰謀と、相手の裏をかく策謀とに溢れている。

これはヴォルポーネ〔狡賢い古ぎつね〕とその相棒モスカ〔食客のハエ〕という二人組の貪欲な策士の物語であり、最後には捕まって、裁判にかけられ、不当に厳しい罰を受ける。その鋭い批評は動物寓話というオブラートに包まれているものの、当時の事件をふまえていることは明らかである。少し列挙してみれば、厳しい尋問を受けていた者が吊るし責めにされたり、兵器庫に持ち込める「火口箱《ほくち》」〔第四幕第一場〕についての冗談があったり、「良心の自由」〔第四幕第二場〕に何気ない言及があったり、愚かな小人物が「国家を売る」〔第五幕第四場〕と言っているのをスパイに立ち聞きされ、書斎を捜索されるという話があったりする。投獄されたガーネットが大酒呑みだという噂へのなかばあからさまな言及として、「手足を引っ張る拷問で〔飲酒が原因の〕痛風が治ったと聞いたことがある」〔第四幕第六場〕とも書かれているが、治そうとする悪弊よりひどい拷問を政府がガーネットへの尋問で行ったと考えれば、この冗談は皮肉だ。当時の出来事への仄めかしがこれだけあれば、ジェイムズ朝の観客が気づかなかったはずはあるまい。[11]

悪の源は、人間に取り憑いた想像上の悪魔ではなく、人間そのものにあると考える点で、ジョンソンもシェイクスピアと同じだった。それゆえ、『ヴォルポーネ』は、最近のアン・ガンター事件を巧みに利用して、悪魔のせいだと主張すれば、二枚舌と同様に、誓っておいて嘘がつけることを示している。劇の終盤、盛り上がった裁判の場で、ヴォルポーネは強欲な弁護士ヴォルトーレに、ぶっ倒れて悪魔憑きになったふりをしろと言う。そうすれば、これまで言ったことはすべて嘘だと法廷は納得し、しかも悪魔が言っていたのだから偽証罪にはならないというのだ。

ヴォルポーネは、悪魔憑きの演じ方さえ指導する。アン・ガンターが教え込まれたトリックを真似るのである。「呼吸を止めて、顔を真っ赤にしろ」。ヴォルポーネはヴォルトーレにそう告げてから、法廷を振り返って、皆に「見ろ、見ろ、見ろ、見ろ！　曲がったピンを吐き出した！」と叫ぶ。一同は、期待どおりに「ああ、悪魔だ！」と反応する。ロンドンで実際に大掛かりに行われていたことをパロディにするかのように、ジョンソンは悪魔祓いの真似事を上演する。ついに悪魔は退散してヴォルトーレは「正気に戻る（自分自身に戻る）」。ぼうっとしているように見せかけたヴォルトーレは名演技を見せる――「ここはどこだ？」――すると、ヴォルポーネが「しっかりなさい。もう大丈夫です。あなたに憑いていた悪魔は退散しましたよ」（第五幕第十二場）と言ってみせるのだ。

劇の最後では、ほとんどすべての登場人物が――シーリアとボナーリオという善良さを戯画化した二人は除いて――私利私欲のために策を巡らし、相手の裏をかき、誓っておいて嘘をつく。裁判は、まさに面白い劇場だ。『マクベス』と同様に火薬陰謀事件を題材にしているのだが、『ヴォルポーネ』の創作の火種がどこにあったのか今ではかなりわからなくなってしまっている。

シェイクスピアの『マクベス』は、復活祭《イースター》のあと劇場が再開されてすぐ『ヴォルポーネ』と一緒にグローブ座のレパートリーに入っていたと思われるが、ジェイムズ朝のイングランドで起こっていた構造的転換を示して、『ヴォルポーネ』より一枚上手だと言わざるを得ない。ハムレットが二枚舌のことを政治色なしで言及できた時代は終わっていた。一六〇六年初頭までに、二枚舌がいったん根付いてしまうと、「あっというまに、信念も真実も信用もなくなる」という恐怖はあまりにも現実的なものとなっていた。

『マクベス』におけるシェイクスピアの最も強烈な洞察は、そのような悪弊の広まった状況では――中世スコットランドであろうが、ジェイムズ朝のロンドンであろうが――悪のみならず善もまた二枚舌を使うと見抜いていることだ。故郷ストラットフォード・アポン・エイヴォンのみならずロンドンでも、火薬陰謀事件のあとでは疑いの文化が根付き、もはや元には戻らなかった。『マクベス』の後半では、最も尊敬されるべき人物たちでさえ、誓っておいて嘘をつき、道徳を地に落としている。

たとえば、気高く見えるマクダフは、スコットランドから逃げ、家族を置き去りにしてしまう。妻が息子に、父親のマクダフは「誓いをたてて、嘘をつく」「謀叛人」であると話す場面をどのように解釈したらよいのだろうか。

息子 お父さんは謀叛人なの、お母さん?
妻 ええ、謀叛人でした。
息子 謀叛人って何?
妻 誓いをたてて、嘘をつく人。
息子 そうする人は、みんな謀叛人?
妻 そうする人は、みんな謀叛人。縛り首になるの。
息子 誓って嘘をつくとみんな縛り首なの?
妻 一人残らず。

（第四幕第二場四六〜五四行）

マクダフ夫人が二枚舌を使っているのでなければ、家族を捨てたマクダフが本当に誓いをたてて嘘をついていることになる。恐らくどちらも二枚舌を使わずにはいられないのだ。このやりとりがあった直後、マクベスが送り込んだ殺し屋たちが突入し、マクダフのことを「謀叛人」であると断言し、『曖昧表現論』にある想定問答のなかでも重要な問い、名うての謀叛人を匿う人に対してなされるまさにその問いをマクダフ夫人につきつける――「亭主はどこだ?」これに対して、夫人は二枚舌を使うしかない。「おまえたちに見つかるような汚らわしいところにはいません」（第四幕第三場七八〜八〇行）。

そのあとで夫人と子供たちは虐殺される。

マクダフ自身もやがて二枚舌の犠牲となる。口の重いロス卿が、マクダフの妻子が殺されたことを伝えなければならなくなって、意味深い「安らか」という語を――騙すつもりではないのだが――曖昧に使うのである。

マクダフ　妻はどうしている？
ロス　それは、安らかだ。
マクダフ　子供たちは？
ロス　やはり安らかだ。
マクダフ　暴君もそこまで手をのばしておらぬか？
ロス　ああ、無事だった、お別れしたときは。

（第四幕第三場一七七～八二行）

ロス卿がついに、家族が皆殺しになったという恐ろしい知らせをマクダフに打ち明けると、そのやりとりを聞いていたマルカムは、励ましのつもりでこう言う。「しっかりしろ。このひどい悲しみを治すには復讐という薬しかない」。これに対するマクダフの返事――「奴には子供がいない」（第四幕第三場二一四～一七行）――は、シェイクスピアの中でも最もつらい台詞だ。これもまた曖昧表現である。マルカムは、子供がいないマクベスに復讐をして同じつらさを味わわせることはできないと言っているのだろうか。それとも、自分のことを「奴」と言い、子供を失ってしまった自分の空しさを初めて噛みしめているのか。あるいは、復讐をしろというマルカムを嫌い、マルカムのように子供のない奴だけが慰めのつもりでそのような心ない無思慮なことを言えるのだと傍白しているのか。

この直前の心落ち着かぬ長い場面でも、やはり徳のあるように思えるマルカムがマクダフに誓いをたてて嘘をつく。自らの貪欲で凶暴な性格はスコットランド王たるにふさわしくないと言い、それから急にそれを否定するのだ。自分がそのような二枚舌を使ったのは悪魔のようなマクベスのせいであり、「先ほどの自分への悪口は取り消す」と宣言する。マクダフがどう反応してよいのかわからなくなるのは当然だ。気高い人物が好き勝手に自分の言ったことを取り消すような世界では、何を信じてよいかわからなくなる。

十一月五日に実際に破壊的攻撃があったわけではないものの、人の心が破壊され、取り返しのつかぬことになったのだ。その変化が『マクベス』に反映されている。一気呵成に書き上げようという勢いがあったことを考えれば、終わり方がすっきりしないのも説明がつく。慌ただしく体制が回復されるものの、どうも頼りなくしっかりしていない。現代の演出家のほとんどが、演劇でも映画でも、エンディングに手を入れたくなるのもしかたがない。二枚舌を封じ込めて、すっきりさせるために悪の根源は悪魔にあるとしてしまうのは、クックやダヴのような悪魔使いの発想と変わらない。マクダフが最後にマクベスの斬られた首を高く掲げて登場すると――再び舞台裏でのスコットランド王殺害であり、観客はそれを目にせず、想像するだけとなるわけだが――そうなると、多くの未回答の答えから観客の気は逸れてしまう。謀叛人の二枚舌野郎の首が一旦、棒の先に掲げられたら、悪はやっつけられたということなのか。「この死んだ人殺しと悪魔のようなその妃」(第五幕第八場七〇行)とけなせばよいだけなのか。もしバンクォーが、フリーアンスの血筋によって代々の王の父となるのであれば、どうして『マクベス』はマルカムが王位に就いたところで終わるのか。バンクォーの末裔がマクベスに代わってダンカン王の系譜を受け継ぎ、スコットランド王ジェイムズにまで至るまで、どんなさらなる流血があり、悪魔的な力が介入するのか。

　劇の政治的解決は、上演においては容易に手直しできる。現実世界では、やってしまったことはとりかえしがつかない。社会歴史学者たちは、ジェイムズ王が関与したオーヴァベリー醜聞[12]のために、一六一五年をジェイムズ王の統治に対する大いなる希望が終わった年と位置づけがちだ。経済史家たちは、国家の経済問題を解決する「大契約[13]」が失敗した一六一〇年頃から凋落は始まっていたとし、文学史家たちはもっと早く、一六〇六年春にジェイムズ王の治世への大きな期待は萎えていたのではないかとする。『マクベス』を観たあとグローブ座からの帰途、ガーネットら謀叛人どもの斬られた首の下を通っていったロンドンっ子たちは、きっと同意したことだろう。

II

THE KING'S EVIL

ピエール・フィロン画「瘰癧を触って治すフランスのアンリ四世」（1610 年頃）
Bibiothèque nationale, Paris, France

第11章 〃王の悪〃

ジェイムズ王が暗殺されたとの第一報がロンドンに届いたのは、一六〇六年三月二十二日（土曜）の未明だった。ウィーン大使によれば、知らせが広まると「騒動は驚くべきものとなり」、昨年の十一月さながら、再び「誰もが武器をとる」騒ぎとなった。「カトリックをやっつけろ、外国人をやっつけろ、スペイン人をやっつけろという叫びが聞こえたため」、カトリック信者と外国人らは暴行を恐れた。伝記作家エドマンド・ハウズは、ロンドンの三十七キロ南西にあるウォキングにて「王が殺されたという確かな情報」を聞きつけて政府は即座に動いたと記している。

ロンドン市長がすべての教区で「訓練兵を召集する」命令を出し、町のあらゆる門に武装護衛隊を配置した一方、ロンドン塔長官は跳ね橋を揚げて、囚人を確認し、どんな組織的攻撃をもはねつけようと大砲に弾をつめた。枢密院顧問官たちは、妊娠中の妃とヘンリー王子と一緒にホワイトホール宮殿におり、そこでは護衛が倍増された。どこで王が殺されたのかわからなかったが、どのように殺されたのかはそれ以上にはっきりせず、刺されたとか、寝ているところを窒息させられたとか、「乗馬中にピストルで撃たれた」など、様々な矛盾する報告が次々に飛び込んできた。

ハウズによれば、その日の朝に集まった国会議員たちは、今後の対応を議論した。また国会が標的になると恐れて逃げようとする議員もいれば、「急に軍を召集したりすると……宮廷も町も田舎も恐怖のどん底に落ちる」がゆえに、「いつもどおり穏やかにしているべきだ」という者もいた。町に入る続報によってさらなる詳細が伝えられ、国王側近のスコットランド人たちが王を守ろうと戦って殺されたという情報も入ってきた。

「王は毒を塗った短剣で刺されたとする報告がほとんどだった」が、暗殺者が誰かはまだはっきりしなかった。謀叛は「イングランドのイエズス会士らがやったと言う者もいれば、女装したスコットランド人がやったとか、スペイン人とフランス人がやったと言う者たちもいた」。ハウズは、ロンドン市民は「ひどく肝をつぶし」、「怯え」、「悲しみ」、「これほどあらゆる人々が悲しんだ知らせはなく、老いも若きも、金持ちも貧乏人も、乙女も妻も、大いに嘆いて泣いた」と記した。あたかもシェイクスピア悲劇で経験されるありとあらゆる感情が劇場からこぼれて、ロンドンの街並みへ流れていったかのようだった。

午前中の半ばに、風向きが急に変わり、「王様は生きていらっしゃる！」という吉報がロンドンに届いた。ある村を王が通り過ぎたあとに誤報が広まったのだ。その村では、男がちょっとした犯罪で逮捕されそうになり、犯人は抜き身を振りかざして馬で逃げ、その地域の巡査たちが「謀叛人、謀叛人」と叫びながらあとを追った。通りがかりの人たちは「さきほどお通りになった王様が攻撃されたに違いない」と思い、ロンドンへ駆けつけて「王様が殺された」と伝えた者がいたのだ。

いつもは落ち着いている顧問官たちは、王が殺されていなかったと知ると、喜びの大歓声をあげ、その知らせは確かなのだろうなとすぐに確認の手続きをとった。だが、「人々の乱れた心を鎮め」るのが急務と考えた枢密顧問官たちが、チープサイド・クロスにて、「治安を乱した噂」を非難して国王陛下はご安泰であるとの宣言を読み上げるまでは、「ロンドンに広まった恐怖と悲しみ」がおさまることはなかった。顧問官たちは、この騒ぎを起こした「不届き者ども」が見つかるまで、苛立った市民たちに武装を解除し、集まるのをやめるように命じた。

この大騒ぎのことを初め何も知らなかったジェイムズ王は、自分が無事であることをまず町に伝える伝令を送ったが、それから考え直して、自らロンドンに戻り、「死から蘇った人のような歓迎を受けた」。悲劇として始まったものが、復活をテーマにするロマンス劇に変わったのだ。ヘンリー王子、枢密顧問官たち、何千もの市民たちが、ナイトブリッジで国王陛下をお迎えし、その無事を目にすると、「皆、走ってきて息を切らし、涙と喜びで口もきけないまま膝をついた」という。町じゅうの鐘が鳴らされ、「花火やお祝い」があった。ロンドン以外の地方が同じように納得するまでには、さらに時間がかかった。ジョン・チェンバレンは、友人に宛てた手紙に、一旦噂が「広まってしまうと」、それが誤報だったと田舎までわからせるには三、四日かかると書いている。

チェンバレンは、王様が「こうした人々の喜びようを、皆が戦争に勝利したよりもうれしくお感じになり」、王様は国民に「自分は優れた王ではないかもしれないが、私ほど国民を愛し、国民のためを思う王はいないだろう」と仰ったと付記した。ベン・ジョンソンはすかさず国王にお世辞を使い、「ジェイムズ王陛下の訃報がうれしくも誤報と知りて、三月二十二日に」という詩を書いてみせた。これはこの日起こるドラマのエピローグとなった。

御崩御と思わせ、我らが愛を陛下に知らしめんと、
偉大なる天が悪評に自由な翼を与えたは良し、
それがためパニックと恐怖が起これども、何と
立派な王は淡然として清し。

杞憂の民は危ぶめど、一心に
陛下が噂を脱するを祝賀する。
危険を脱すると同様に。敬虔に、
陛下が国を守らんことを請願する。
我らは所詮、耳に目を持つ怯夫《きょうふ》
見るは、陛下の危険ならぬ我らが恐怖。

この詩の最初の二行は、人騒がせな噂を神様が与えてくださったものとしていて、かなり抜け目がない。国家を攪乱させようとしたカトリックの仕業かと疑う人が多かったのだが、それとは逆の発想だ。王様は、暖かい歓迎に満足されて、「王が国民からよく思われないだの、嫌われているだのと……外に広まっていた話」はまったく根拠のないものであったと確信したのである。

歴史家アーサー・ウィルソンは当時まだ十歳だったが、その日のことをよく覚えていて、数十年後にジェイムズ王の治世の歴史を執筆したとき、こう記した――その日の朝、ロンドン市民は「古い恐怖をかき集め、まるで何か新たな驚異でも見守るように、目を見開いて突っ立っていた」と。ウィルソンにとって、市民の異常なまでの興奮ぶりは、十一月五日と切り離せないものであり、一種の余震だった。「あの十一月五日に計画されていた恐ろしい災難が人々の心に過度な恐怖を植えつけたからこそ、ほんの些細な噂のせいで恐怖がどっと燃え上がり、実際に襲われもしないうちから人々の心が壊れてしまうのだ」。この「苦痛」はあまりに混沌として心を乱すものであるがゆえに、国王は「人々の気を静める」ために宣言を出さなければならなかった。現代の歴史家たちはこの誤報事件を無視してしまうが、これほど人々の心を深く揺り動かした一触即発の出来事はめったに起こるものではなかった。

成功している劇作家なら、観客が求めるものや恐れるものに根ざして劇が書けていれば、観客に喜んでもらえることを知っている。悲劇を観て観客が涙を流すのは、悲しみをわがことのように感じるからだ。ジョンソンもそういうことを今引用した詩の最後で言っている。我々は「陛下の危険ならぬ我らが恐怖」を見るのだ。その日、ロンドンの観客は自分で台本を書き、ちょっとした噂を聞いて「心が壊れる」と想像したのだ。その際、これまで劇場で観てきたことを利用した。ベッドで息の根を止められるのはデズデモーナの最期であり、国王の最期にしては華々しくないので、もっと王にふさわしい死に方が考えられた。ハムレットのように毒を塗った剣で刺されたのだ。想像上の犯人は——最近の恐ろしい暗殺計画はイングランド人の犯行であったものの、それはそれとして——舞台でお馴染みの悪党や外国人でなければならない。唯一ひっかかるのは、王が女装したスコットランド人に襲われたという奇妙な話だ。男か女かわからない魔女に奇妙にも似た服装倒錯者というわけである。「女であろうが、」と、バンクォーは魔女たちに初めて出会ったときに言う。「髭を生やしているから女とも思えぬ」（第一幕第三場四五〜四七行）。

その日の午前中に、街の雰囲気を誤解した者もいた。その日の午後、国会が審議を再開したとき、下院議員サー・エドウィン・サンディスは、「ロンドンとその周囲二十マイルからすべてのローマ教皇派」を追放する法案を提案した。動議は当初「拍手をもって迎えられ」たが、外国人を嫌う人たちの盛り上がりが収まると、「何もなされず、その話はそれきりになった」。国民が大喜びしたのは自分たちの生活が守られたからであり、王への愛は二次的なものでしかなかったのだ。そのことをジェイムズ王は見逃していた。ジェイムズ王は「王にふさわしく国民の愛や忠誠を認めて、にこやかに返礼をした」と伝えられているが、これは残念ながらダンカン王が臣民の忠誠と愛を誤解するのと似ている。『マクベス』で、ダンカン王がマクベスの城に着いたとき、王の死を願うマクベス夫人に挨拶する王の言葉ほど痛々しいものは少ない。「人の好意も、つきまとわれれば迷惑なこともあるが、好意は好意として感謝するもの」(第一幕第六場一一〜一二行)。

恐らく一月ほどのちに初演された『マクベス』を観た当時の観客にとって、スコットランド王暗殺を発見したときのマクダフの叫びは強烈に響いたことだろう――「起きろ、起きろ。警鐘を鳴らせ。人殺しだ、謀叛だ!」(第二幕第三場七四〜七五行)。

ジェイムズ王が誤解したのもしかたがない。これで一生の終わりかという体験をしたばかりなのだ。ただ今回ばかりは噂にすぎなかったものの、前回の暗殺未遂と同様、神より王権を与えられし者ゆえ、神の摂理によって命拾いしたことが確認されたとも言える。十五か月前の一六〇四年十二月、シェイクスピアとその仲間の役者たちは、有名なジェイムズ王暗殺未遂を題材に『ガウリの悲劇』[*1]を上演した。誰がこの劇を書いたのか、シェイクスピアが出演したのかもわからない(シェイクスピアはよく王の役を演じたという逸話は残っているが)。

だが、この悲劇は、たちまちヒットした。ジョン・チェンバレンは、最初の二回の公演に「ありとあらゆる階層の群衆」が押し寄せたと書いている。口伝を別にすれば、この劇を書いた劇作家が利用できた種本は一つしかない。すなわち、作者不明の政治宣伝的な小冊子『国王陛下の命を狙ったガウリ伯の陰謀』である。一六〇〇年のガウリ事件の直後にロンドンで二度出版されたベストセラーであり、ジェイムズがイングランド王に即位したのち、一六〇三年に四度再版された。ガウリ伯を劇にするなら、この二十ページの小冊子を利用するしかなく、この小冊子には幸い、対話やアクションもしっかり描かれていた。

この小冊子が伝える〝正規の〟話によれば、当時スコットランド王だったジェイムズは、一六〇〇年八月五日火曜日に供回りを連れてフォークランドで狩りをしていた。そこから、パース[*2]にあるガウリ邸へと、ガウリ伯の弟で勇み肌のアレグザンダー・ルースヴェンによってジェイムズは招き入れられた。ルースヴェンは、外国の金がつまったすごい壺が見つかったと王に告げたのだ。ガウリ邸に入ると、ジェイムズは供回りと離れ、ルースヴェンによって二階へ案内され、いくつかの部屋を通って小さな塔の小部屋へと通された。このときルースヴェンは振り返って、ジェイムズに、よくも父を殺したなと食ってかかった。ルースヴェンが王の両手を縛ろうとしたとき、ジェイムズは、自分は「自由な王として生まれたのであり、自由な王として死ぬ」と言ってそれを振り払った。ルースヴェンは剣を抜こうとしたが、ジェイムズは必死に戦って、ルースヴェンの拳と剣の柄を右手でつかむことができた。二人は互いに両手で相手の喉につかみかかり、ルースヴェンは王の口に指を何本かつっこんで、助けを呼ぶのをやめさせた。「こうして取っ組み合いながら」二人は部屋のなかを転がって、開いた窓に近づいた、と小冊子の話は続いている。ちょうどそのとき、王の供回りがガウリ伯と一緒に窓の下を通りかかった。ジェイムズは、窓から顔を突き出して、「殺される」と叫んだ。激しい乱闘は、グローブ座で演じたら、息を呑む場面となりそうだった。

大団円は速やかだった。王はすぐに救助され、ルースヴェンとガウリ伯は王の忠実な支持者たちに直ちに殺された。伯爵のポケットが調べられたが、陰謀の手がかりになるような手紙などは入っていなかった。ただ、「魔法の文字や呪文の言葉がつまった小さな羊皮紙の袋」が見つかり、伯爵が魔術を信じていたと思わせた。塔で何が起こったかを知っていて生き残っているのはジェイムズ王だけだった。すべてのつじつまを合わせて整理されたうえで印刷されたはずの本ではあるが、明らかにおかしなところが残っていた。これは、不首尾に終わった誘拐事件だったのか。誘拐するつもりでなく、殺すつもりだったら、なぜ王を縛ろうとしたのだろうか。それに、いつも警戒を怠らない王はなぜ一人でルースヴェンと一緒に、金の壺を見に個室に入ったのか。ジェイムズが美形の若者が好きだと知っている人たちは、王とのおふざけか逢い引きが失敗した可能性のほうが高いと思ったかもしれない。さもなければ、スコットランドでは知られた話だが、ジェイムズ王はこの兄弟から多額の借金をしていたので、兄弟を葬り去るべく立ち寄り、王自らが話をでっちあげたのか。犯人とされた人たちは殺されてしまい、逮捕や尋問を受けていないというのも疑念を呼ぶ。スコットランドの聖職者たちは、この信じがたい話を呑みこむのに時間がかかった。激怒したジェイムズは、聖職者たちに最後通牒をつきつけた。王の話を支持して説教で広めなければ、追放を覚悟せよ、と。この事件の王の説明を支持できないとなれば、王自身が嘘つきで人殺しだと言うに等しいというわけである。結局、ほとんどが（全員ではないが）王にしたがった。

国王一座が描いたこの話がどれほど国王の筋書きに沿うものであったかはわからない。と言うのも当初は人気を博していたにも拘わらず、劇は即座に上演禁止となり、戯曲は印刷もされなかったからだ。王の話したとおりに忠実に上演したところで、解決のつかない問題点は多かっただろう。この失われた劇についての唯一の情報源であるチェンバレンは、なぜこの劇が検閲を受けたのかわからなかった。「内容ないしは描き方がよくなかったのか、あるいは存命中の王が舞台に登場するのはよろしくないと判断されたのか。偉い顧問官たちがかなりこの劇に反対したと聞いている」。

シェイクスピアの時代には、不文律の規則があった。存命中の君主を舞台にのせないというのがその一つだ（ジェイムズ王の歩きぶりやスコットランド訛りをからかっているると思われたりしたら大変なことになる）。もう一つは、公の休日は故人を記念するものであって、生きている人を記念するものではないというものだ（休日というのは、結局、聖者を崇める聖なる日である）。『ガウリの悲劇』を上演することで、シェイクスピアの劇団は第一の規則を破ったし、ジェイムズ王は国民が八月五日を祝うべきだと主張して、第二の規則を破ったことになる。

一六〇三年の即位後まもなく、王室御用印刷者が『国王陛下がガウリ伯とその弟による血腥い謀叛の企てを幸い逃れた八月五日を祝って毎年国民全員で用いるべき感謝の祈りの形式』を出版した。ジェイムズ王は、この祝賀の一環として宮廷で毎年特別な説教をするようにも命じた。王は、自分が火曜日に命拾いし、ガイ・フォークスもまたその曜日に捕まったことは、神の恩寵であるとし、自分の治世中は火曜日ごとに特別の説教を聞くことにしたほどだった。

枢密院はしぶしぶとジェイムズ王の新休日に同意したが、最初は難色を示したイングランド人聖職者もいた。それまで最も忠実だったランスロット・アンドルーズもその一人だ。アンドルーズは、「ジェイムズ王の前に跪き、事件が真実でないなら神を嘲《あざけ》ることのないよう、火曜日の説教を勘弁して頂きたいと願った」と言われている。これに対し、この件への批判に過敏になっていたジェイムズ王は、「国王が実際に殺されないかぎり謀叛を信じようとしない人たちは大いに責められるべきだ」と返答した。その上で、アンドルーズに「キリスト教徒の信仰にかけて、そして王の言葉として言うが、二人が王の命を狙う謀叛を企てたことは、まったくの真実である」と請け合った。

国王一座はもはや『ガウリの悲劇』を演じられなくなったが、かりに問題含みだとしても、人気の題材であることはわかっていた。劇団の投資分を取り戻せなかったこの劇が上演禁止になって、シェイクスピアは二つのことを学んだだろう。すなわち、スコットランド王殺害計画の物語を観ようと観客は押し寄せること、そして、国王一座は政治の深みにはまらないように気をつけて舵を切らなければならないことを。

国王一座がガウリの物語を再演できないとしても、シェイクスピアには次善の策があった。別のスコットランド王を暗殺する歴史的に古い話を、気をつけて上演すればいいのだ。ジェイムズ王がほんの瞬間、特別出演するような劇を。

『マクベス』の後半にはジェイムズ王が——というより、王家の系譜に並ぶジェイムズ王の鏡像が——魔法の鏡に映る形で登場する。マクベスが魔女たちを再び訪ね、「バンクォーの子孫は、この王国を支配するのか」（第四幕第一場一〇二〜三行）を必死に知ろうとするときだ。魔女たちが「これ以上知ろうとするな」と警告するにも拘わらずマクベスが食い下がるので、「八人の王の幻影」が呼び寄せられる（第四幕第一場一一二行ト書）。この黙劇で、バンクォーの末裔たちが王たちとして登場する。

ランスロット・アンドルーズ
1606年、当代一の説教師アンドルーズは、ガウリ伯によるジェイムズ王監禁未遂事件記念日（8月5日）、火薬陰謀事件記念日（11月5日）、クリスマスといった重要な日に、王と宮廷人に説教を行った。

八番目の王が掲げる魔法の鏡のなかに、マクベスは、バンクォーのさらに多くの末裔を見るが、なかには「王の玉を二つ、王笏を三つ持っている」者もいる（第四幕第一場一二一行）。この王の行列は、第八代ステュアート朝スコットランド王であるジェイムズ自身にまで至るものなのである――ジェイムズの母親であるスコットランド女王メアリは一五八七年にエリザベス女王の命令により処刑されており、触れてはならない政治的に過敏な問題なので省略されているため、一人分勘定が少なくなっている。[*3]

容易にジェイムズ王と認められる人物をマクベスが魔法の鏡に見ることで、生存中の国王を舞台に登場させるという微妙な問題が避けられているし、ジェイムズ王自身も大いに喜んだかもしれない。だが、問題もある。これもまた、超自然の悪霊たちが見せる二枚舌を用いた歪みだったりしないのか。マクベスはありもしないものを見ているのではないか。確かなことはわからない。たまたま似たような鏡がリッチモンドの王宮にあって、観光客のお目当てになっていた。今では割れてしまい、ヘンリー七世の時代から使われていないが、一六一〇年の訪問客が記録したところによれば、この「丸鏡」によって王は「何でも見ることができ、王の使い魔（*spiritum familiarem*）がそのなかにいるのだとも言われていた」。「使い魔」というのは、魔法使いに服従する精霊や魔物のことで、その存在は信じられていたが、信頼はされていなかった。

「王の玉を二つ」とは、スコットランドとイングランドの王位を象徴する二つの玉のことであり、「王笏を三つ」とは、ブリテン、フランス、アイルランドの統合を象徴しているので、この言及はジェイムズ王が進めようとしている王国統合にはっきり賛同するものであり、ジェイムズ王の立場を支持するように思われる。[*4]

『マクベス』中のジェイムズ王と統合への言及は明白すぎて気づかれないことなどないが、同様にはっきりとジェイムズ王への言及をしながら、さほど批評家に注目されていないものもある。イングランド宮廷での「悪」と呼ばれる病気について、シェイクスピアが長い寄り道をしているところである。この話題が出てくる場面は筋の進行に無関係であり、実のところ、これほど短い劇でもたるくなってくるほど劇の流れを滞らせる場面だ。現代の公演ではカットされるのが通例である。余計な話だし、それにシェイクスピアがこれを書こうと思った文化的文脈が今では失われている。しかしながら、ジェイムズ朝の観客にとって、「悪」についてのイングランド宮廷でのやりとりは、この劇の核心に迫るものだった。

マルカムとマクダフの真意の見えない長いやりとりがようやく終わると、医者がやってきて、イングランド王——名前は言われないが、明らかにエドワード懺悔王[*5]のこと——がお出ましになったかを問われる。医者は、次の短い台詞を言うためだけにこの劇に登場するのだが、こう答える。

はい、可哀想な人たちが詰めかけ、
陛下の治療を待っております。その病は
いかなる医術でも治せませんのに、
天が聖なる力を陛下にお授けになったのでしょう、
お手を触れられるだけで治るのです。

（第四幕第三場一四二〜五行）

イングランドの宮廷に馴染みのないマクダフは、王が手を触れることによって治癒なさろうとしているのは何という病気なのかをマルカムに尋ね、マルコムは答える。「『悪』と呼ばれる病気だ」（第四幕第三場一四七行）と。そして、スコットランド人の知らないこのイングランドの慣習についてこう説明する。

イングランドの王が行う不思議な奇跡だ。
僕もここに来てから何度も目にした。
どのようにして天を動かすのか
わからぬが、奇病にとりつかれ、
全身腫れて膿んで見るも痛ましい姿となり、
医者が匙を投げた患者を治すのだ。
首に金貨をかけてやり、
聖なる祈りを捧げるだけでだ。噂では、
王は後継者にこの恵みの治癒力を
伝えるという。

（第四幕第三場一四八〜五七行）

「悪」ないしは「王の悪」という奇妙な名の病気は、悪の王を国から駆逐しようとするこの劇に素晴らしくふさわしい。これは、瘰癧《るいれき》——首や顔のリンパ節が数珠状に青く腫れる結核症——の当時の呼び名であり、ときどきその症状は緩和した。十八世紀まで続いた伝統では、患者がイングランドの君主の前に連れ出され、王は祈りを唱えながら腫瘍に手をかざすか触れるかして、「エンジェル」というちょうどよい名前の金貨ないしはリボンにぶらさげた「刻印」を一つ、患者の首にかけてやるのである。問題となるのは——ジェイムズ王にとっても、当時の観客にとっても、そして劇そのものにとっても——王が触ることでもたらされる治療は、結局神の力によるものであるという何気ない発言だ。

「天が聖なる力を陛下にお授けになったのでしょう」と、医者は言う。マルカムはそれほど確信が持てず、「どのようにして天を動かすのかわからぬ」という慎重な反応が問題の核心を衝く。

　神がどう関わっているというのか？　王が触れることで「悪」が治るのは、神から聖別された王は神からそのような超自然の力も授けられているからだという前提を受け容れるなら、暗黙のうちに王権神授説を認めることになる。マルカムは、父親ダンカンがそうしたように、いつかスコットランドを統治しようと思うものの、まず聖別された王マクベスを退位させなければならない。マルカムがひっかかるのも無理からぬことなのだ。

　ジェイムズ王はスコットランドを統治していた長年のあいだ、「悪」に触って治癒するという行事をしたことがなかった。強硬なプロテスタント改革派が、王に神の力があるかのような儀式を認めようとしなかったのだ。下々の、それも病気の民と接触することは王も眉をしかめていたし、王自身の知的かつ神学上の疑念もあったために、王としてはそれでよかった。ところが、一六〇三年にイングランドに来てみると、奇跡の時代など過去のものだと思っていたにも拘わらず、この行事はテューダー朝の歴代の王によってずっと実行されてきた恒例の行事となっており、ジェイムズ王に選択の余地はなかった。一六〇六年までに、王はためらいを抑えて、しばしば行事を行った。

　ガーネット処刑直前の受難週〔復活祭《イースター》前の一週間〕も例外ではない。王の動向を詳しく観察していた歴史家アーサー・ウィルソンが記したところによれば、ジェイムズ王は、王の悪は「奇跡が流行っていたとき、王の美徳を大きく見せるための仕掛け」に過ぎないと重々承知していた。それでも、ジェイムズ王は曖昧表現を使って、この行事を演じてみせた。王は「この行事を笑顔でお受け入れになった」と、ウィルソンは記している。「医者が処方する軟膏よりも、想像力の方がずっと治療に効果がある」と王は考えたのである。王は、ただそれらしく自分の役を演じさえすればよかった。

一六〇六年にジェイムズが行った奉仕活動の記録は残っていないが、恐らく一六一八年頃に大判の紙《ブロードサイド》に記された活動と似たようなものだっただろう（これは一六三四年の『聖公会祈禱書』に初めて記録された儀式と同じである）。ジェイムズ王が患者一人一人を順に触っていくと、マルコによる福音書の一節が唱えられる。「彼らはわたしの名によって悪霊を追い出し、新しい言葉を語る……病人に手を置けば治る」。この点において、王が神より力を得ていると確信できるかどうかは、悪魔の力が本物と信じられるかどうか次第ということになる。一六〇四年のハンプトン・コート会議においてジェイムズ王が「主教なければ、王なし」[*6]と述べたことは有名だが、「悪魔なければ、神聖なる権利なし」と付け加えてもよかったかもしれない。

一六〇六年末において、人生は芸術を模倣していた。[*7]イングランド王は、宮廷を訪れたスコットランドからの客人の前で、「悪」を治癒してみせたのだ。一六〇四年のハンプトン・コート会議が有名なのは、ジェイムズ王の欽定聖書が初めて提案され、王がその認可を与えたのはこの会議だったからである。この会議の主たる目的は、国内のあからさまな宗教対立を解消しようとするものであり、そのためにジェイムズは、国教会のみならず穏健派ピューリタンも招いて、ともに神学を論じ合うことにした。

今日ではほとんど知られていないが、王にとって同様に重要だったのは、一六〇六年九月のハンプトン・コート会議であり、そこでジェイムズ王は再び神学者たちと知恵を戦わせた。参加者として招待されたのは、スコットランド教会の代表八名であり、そのなかには頑固なアンドルー・メルヴィルとその甥のジェイムズ・メルヴィルがいたが、後者は王に宗教的権威があることをどうしても認めようとしなかったことで、あらゆるスコットランド人のなかで最もジェイムズ王に嫌われた男である。二人が王に逆らった話は、やがてロンドンで巷の噂となった。スペイン貴族ルイーザ・ドゥ・カヴァヤル・イ・メンドーザは、四月上旬にスペインの友人に宛てた手紙に、「スコットランドから来た六、七人の聖職者たちが、スコットランドで叛乱を企てた謀叛人として有罪判決を受けた。この国では、毎日のように謀叛の話ばかりだ」と書き記した。

この聖職者たちは、アバディーンで集会を開いて王の意向に逆らったため、ジェイムズは二人を服従させようとロンドンに召喚した。ジェイムズ王が、「次の国会で統合問題を成功させるために、民間に大きな影響力を持つ」スコットランドの聖職者たちには「王の意向にしたがうようにしてもらいたがっている」ことは、新ヴェニス大使ゾルジ・ジュスティニャーニを含め、誰の目にも明らかだった。

一同は五月に南下せよとの指示を受けて、八月に宮廷に到着した。ロンドンに着くと、王室礼拝堂の主席司祭がジェイムズ・メルヴィルに理を説こうとした。この国ではローマ教皇の宗教的権威がないことは同意されたが、メルヴィルが「長老派教会には権威がある」と論じると、「法律で国王に権威があると定められている」ために、イングランドでそのように言うことは謀叛であると教えられた。メルヴィルがスコットランドの法律ではそうではないと指摘すると、「そうであるとしなければならない」と警告を受けた。

シェイクスピアの時代、権威というデリケートな問題を扱うには芝居を用いるのが一番だったと我々は思いがちであるが、ジェイムズ王にとって、説教のほうが効果的だった。セント・ポール大聖堂で一般公開される説教にとどまらず、宮廷で王の前でなされる説教も重要であり、観劇の約六倍の頻度でジェイムズ王は説教を聞いていた。スコットランド代表団の到着に先だって、ジェイムズ王は四人の選り抜きの説教師――ウィリアム・バーロウ、ジョン・ブカレッジ、ジョン・キング、ランスロット・アンドルーズ――に、九月後半の二週間に長老派たちに聴かせるための連携した説教の原稿を書くように依頼した。この四人の説教師は、国王一座（King's Men）と同様に王の家臣（king's men）であり、執筆して大勢の前で演じてみせる方法が違うだけだった。現在を説明するために遠い過去を振り返り、言葉を駆使する人気あるこの二つの活動は、どちらも当時の社会問題を掘り下げようとしており、互いに通じ合っていた。ジェイムズ王は、四つの説教を出版するようにも命じたが、これは異例のことだった。本質的に、王の権威と宗教的権威についての国王の見解を明らかにした方針演説のようなものをより広めようというわけである。

ジョン・ブカレッジは二番目の説教を任じられた。ハンプトン・コート宮殿での王室礼拝堂で九月二十三日に「宗教面での国王陛下の権威について」語られた火曜日の説教である。スコットランド人は最前列に座らされた。ブカレッジのメッセージは明白だった。長老派は、「国王の優越性を否定する敵である」という点で、ローマ教皇派と何ら変わりはないというのである。どちらも最古のキリスト教徒のように振る舞い、あたかもジェイムズ王がキリスト教徒を迫害する暴君であるかのように言っているとして、スコットランド人の立場を否定するのがブカレッジの仕事だった。「暴君」という語は、偶然ながら『マクベス』で十五回も用いられる（ほかのシェイクスピア作品よりも高い頻度だ）が、ちょうど政府の弾圧が強まったこの時期、特に意味深長な言葉だった。ちょっとした非難でさえ、激しく抑圧されたのだ。

かくして、ブカレッジは、スコットランドの聖職者たちは、古代史を誤読しており、「教会は最初の三百年、いかなる皇帝や王もまだ公にキリスト教徒となっていないうちから存続していたが……時代は変わったのであり、何事も時代に応じて対処しなければならない」と論じた。当時は当時、今は今。その長い説教の最後までじっと座っていなければならなかった疑い深いスコットランド人の一人は、ブカレッジがそんなことを言うのは「無知からなのか、悪意からなのか」わからなかった。国王のメッセージは、この時点では、伝わらなかったのである。

こちらの考えにしたがわせることはできないとしても、少なくとも刺激することはできた。二つの杯と二本の蠟燭の載っている祭壇で王と王妃が聖体拝領をする様子をスコットランド代表団に見せたのも、そんな働きかけの一環だった。そんな儀式を軽蔑するカルヴィン主義のスコットランド人にとって、伝統的なカトリックを思わせるこんな儀式は言語道断だった。カトリックのミサを行っているも同然に思えたのだ。アンドルー・メルヴィルは向こう見ずだったので、このことについてラテン語の諷刺の歌を書いて回覧した。英語に訳すと、こんな感じだ。*8

なぜ王の祭壇には閉じた本が二冊あるのか。
なぜ二つの盲いた明かり、二つの乾いた盥《たらい》があるのか。
イングランドは避けるのか、神の慈愛と御心を？
穢れに塗《まみ》れたのか、光に導かれるべきところを？
ローマ教皇の儀式で飾るなかれ、王の礼拝を。
イングランドは駆逐すべし、教皇派の淫売を！

この詩に異議を唱えられると、メルヴィルはかっとなって、カンタベリー大主教のローブをつかんで叫んだ。「ローマ教皇のぼろきれだ。獣の印だ！」人騒がせな詩作をしたおかげで、メルヴィルはロンドン塔に宿泊することになり、その後追放された。

もしイングランドの聖体拝領だけでは刺激が足りないとしたら、国王の至高性を示す最後の見世物があった。ブカレッジの説教ののちに、スコットランド人たちは「国王の私室」へ案内され、そこで今まで見たこともないものを見せられたのだ。その特別なパフォーマンスのためにそこへ連れられてきた病気の子供に王が触って、「悪」を治癒するという王室行事である。このちょっとした王室劇場で確認されたのは、ブカレッジが長々と述べ、他の三人の説教師たちも繰り返していたこと――すなわち、神がジェイムズ王を通して奇蹟をなすのであるから、王の権威は政治を超えるということだ。子供を王宮に連れて来て治してやるというアイデアは、なかなかよかった。なにしろ、この喧嘩で負けが決まっているスコットランド人たちは、イングランドの宮廷に連れてこられて病気を治してやらなければならない我儘な子供のようなものだったのだから。

ジェイムズ王にとって暗殺未遂の脅威があって最もよかったのは、財布の紐を握っている国会が安堵して、喉から手が出るほど欲しかった収入を王に与える決定をついに下してくれたことだ。その年の二月、王の代弁者が国会に訴えたとおり、エリザベス女王が亡くなったとき、王室は四十万ポンドの負債を抱えていた。もっぱらアイルランド戦役と対オランダ戦争のためである。さらに女王の葬儀の費用、ジェイムズの戴冠式の費用、それに加えて王室維持の諸経費のために、負債は七十万ポンド以上になっていた。数か月もこの件を先送りにしてきた国会は、未婚で倹約家の前国王と違ってジェイムズの治世に何と金がかかることかと悩みながら、ついに助成金を出すことにした。

しかし、上院も下院も、ジェイムズ王が今期国会で決着をつけることを大いに期待している喫緊の統合問題に対峙する政治的意思は持ち合せていなかった。この件は、さらに一六〇六年十一月中旬の国会再会まで繰り延べるしかなかった。『リア王』と『マクベス』の両方で統合が問題となっているので、王国分割の議論が継続するということは、当時上演中のこの劇を一層タイムリーなものとしたのである。

この春のもう二つの政策は、シェイクスピアにもっと直接的な影響を与えただろう。第一は、一六〇六年二月十七日に下院で法案化され、五月二十七日に制定された〝役者の罵声禁止令〟だ。

シェイクスピアの活躍期において、役者に対して国会が規制をかけたのはこれのみであり、その後一六四二年に劇場が閉鎖されるまで他の規制はなかった。

ロンドンの演劇界は、なぜこの法制が進められてしまったか重々承知していた。二月に王妃祝典少年劇団がブラックフライアーズ劇場で上演したジョン・デイ作『馬鹿の島』[*9]のせいだ。サー・エドワード・ホウビーによれば、統合問題の扱いのことで、政府を怒らせてしまったのだ。この不届きな劇は、前述の法案化の一日か二日前の二月十五日ないし十六日に国会で取り上げられていた。上演に関係した者はブライドウェル監獄へ入れられたとも、ホウビーは伝えている。劇団は王妃の保護を直ちに剝奪された。議会で統合に懸念を表明するのが許されても、役者たちが北の隣人たちについてイングランド人が本当はどう思っているかを表明するのは許されなかったのだ。舞台にかかる劇を検閲する体制はすっかりできあがっており（祝典局長が監督していた）、印刷本と同様だった（こちらにはロンドン主教とカンタベリー大主教の許可が与えられた）。問題は、印刷されても問題があるようには見えなかった台本の言葉にあるのではなく、演じ方にあったのだ。少年俳優がスコットランド訛りを真似したり、特定の宮廷人を服装や仕草でパロディにしたりすることは容易であった（少年たちが大人の役を「身分の高きから低きまで」演じてみせたと書いたとき、ホウビーは身分の高い人が戯画化されたことを暗示しているのだろう）。激怒した下院議員たちはこれを機会に、冒瀆を取り締まるべしと行動を起こしたのだ。

それからは、神様、キリスト、聖霊、あるいは三位一体の名をふざけて、あるいは冒瀆して口にした役者は、十ポンドもの罰金を科せられた（年収の約半分）。これ以降、シェイクスピアの劇に「神」は出てこない。施行を促すために、この法令は、罰金の半分は国庫に入れられるが、あとの半分は違反を通報した者の懐に入ると定めていた。シェイクスピアがこれから書く劇だけでなく、すでに書いた劇についても法令は適用された。登場人物は「神かけて（by God）」とか「何と（by Lord）」とか「まあ（by my troth）」とか言ってはいけないだけではない。俗に多用される誓言――神の傷にかけて誓う「畜生（'swoundsや zounds）」、神の血にかけて誓う「くそ（'sblood）」、神の足にかけて誓う「ちぇ（'sfutや fut）」といった、マキューシオ、ハムレット、リチャード三世、フォールスタッフ、エドマンド、イアーゴーらがよく用いてその性格づけの一助となっていた何気ないキリスト教徒の感嘆詞――は、今や舞台で口にすることを禁じられたのだ。門番が二枚舌野郎のことを「神様のためなんて言って謀叛を犯しやがって」（第二幕第三場一〇行）と言う台詞や、ドグベリーのおかしな「この者たちは神様に仕えているつもりであると書いてください。あ、神様を先に書いてください。神様がこんな悪党のあとにきたりしては申しわけありませんからね」（『から騒ぎ』第四幕第二場一九～二一行）などは、グローブ座で二度と聞かれることはなかった。これこそ四十年後に劇場を閉鎖するに至るピューリタンの厳格主義の最初の表れだった。

具体的には、どの劇団も途方もない罰金を避けるためには、古い劇の台本を注意深くチェックして、冒瀆の言葉を削除するしかなかった。一六〇六年の前に出たクォート版では、オフィーリアの墓地でハムレットがレアーティーズに「畜生（'Swounds）、何をするか見せてみろ」（第五幕第一場二七七行）となじる台詞が、一六〇六年よりあとに出たフォーリオ版では「さあ（Come）、何をするか見せてみろ」に変わっている。『オセロー』でイアーゴーが初めて口をきくときの「畜生、俺の話を聞こうとしないじゃないか」と怒鳴るように言う慰めの台詞はカットしなければならず、フォーリオ版では「だけど、俺の話を聞こうとしないじゃないか」と泣き言を言うような台詞になってしまっている（第一幕第一場四行）。この調子であちこち失われるのだから、全体的な喪失は大きい。シェイクスピアの最初の戯曲集である第一フォーリオは確かに重要ではあるのだが、冒瀆の言葉が入った初版と比べると、下品な表現を取り除いた「お上品版」になってしまっている。

シェイクスピアが一六〇六年に書いたいくつかの劇には共通点が多いものの、政府の出した法令のせいで、『リア王』と『マクベス』というそれまでの世界と、異国を舞台にした『アントニーとクレオパトラ』の世界とを分けることになった。シェイクスピアの極めて生き生きとした登場人物たちは大いに誓言も使ってきたのだが、法令のせいでシェイクスピアは登場人物を創造しにくくなったのみならず、場面設定にも影響が出てきたのだ。登場人物の使える表現に新たな制限がかかると、キリスト教文化ではなく異国ないし古典世界に設定した方が面倒が少ない。このあと書かれる劇の設定にはそうした影響が働いたと考えてよいだろう。直近は『アントニーとクレオパトラ』であり、『コリオレイナス』、『ペリクリーズ』と続く。シェイクスピアにとっては面白い試練だったかもしれないが、長いあいだ台詞を一字一句そのまま暗記してきたベテランの役者たちにとっては、いつも使っていたのに今では不敬とされる言葉を言いそうになるのをやめるように気をつけなければならず、容易なことではなかっただろう。〝役者の罵声禁止令〟ゆえに罰金が発生した記録はないが、その必要はなかった。『馬鹿の島』関係者が投獄され、その劇団から王室の保護が剝奪された以上、メッセージは明瞭に伝わっていた。

この法令がシェイクスピアの仕事に影響を与えたとしても、それよりも強烈に効いたのは最後の法令の方だった。十一月五日の大騒動を受けて、政府はイングランドにいる国教忌避者たちを取り締まらざるを得なくなった。弾圧を大声で呼ばわる者たちは、カトリック信者たちはいざとなればローマからの命令にしたがい、謀叛を指示されれば蜂起するだろうと信じていた。穏健派の考え方では、カトリックと言っても本質的に二種類あって、ただ敬虔深いがゆえにまだ旧教を奉じている大多数と、王への忠誠よりもローマ教皇への服従を重視して謀叛に走る少数派とに分かれるのだから、法の適用対象を選ぶべきだとされた。

一月下旬に陰謀者たちが裁かれ、処刑された直後、国会は「国教忌避法」の法案化を始め、イングランドにおけるカトリック問題のさまざまな解決法を論じた。下院の強硬派は、国教忌避者の子供は親から引き離すべきだとか、国教忌避者と国教会信徒との結婚を禁じるべきだとか主張した。このときイングランドのカトリック信者があまねく経験していた恐怖は、ルイーザ・ドゥ・カヴァヤル・イ・メンドーザがスペインの友人に送った手紙に次のように記されている。

今ある敵意や脅威はものすごく、みな殺されるか追放されそうだ。さもなければ、国会で進められている法案のせいで一人残らずやられるだろう……いずれにせよ、どんなに勇敢で敬虔な人も、恐怖に打ちのめされ、かつてあった信仰を守る自信を失っている。

数か月にわたる交渉ののち、さほど苛酷でない多面的な法案が採択された。「ローマ・カトリックの国教忌避者を発見し抑圧する法令」と呼ばれるものだ。誰が国教を忌避しているかを見つける最も容易な方法は、聖体拝領を拒絶する者を特定するというものである。毎週教会に通うことは事実上習慣となっているが、教区民は復活祭《イースター》を含んで年に三度しか聖体拝領の義務がない。今後は、聖体拝領を拒んだ者は――カトリックの教えを実行している者だけが拒むと想定してのことだが――教会の教区委員に見つけられ、罰金を初年度は二十ポンド、二年目は四十ポンド、それ以降は年六十ポンドと増やして課すことになった。ものすごい金持ちの国教忌避者でもないかぎり、どんどん貧乏に追い込まれたわけである。

誰が国教忌避者か権力側に明らかになっても、誰を信用していいかを決めるためにまだ試験が必要だった。ここが、新しい法律のさらに巧妙なところだった。聖体拝領を拒絶し、定められた罰金を払うことに同意した者は、ジェイムズ王が自分たちの正規の王であるのみならず、ローマ教皇に王を退位させる権利もなければ、国教忌避者に王への忠誠を捨てさせてイングランド政府に対して武力蜂起をさせる権利もないということを誓わないと投獄すると定めたのである。イエズス会が巧みに言い逃れるのにうんざりした権力側は、国教忌避者は以上のことを「曖昧表現や精神的な逃げや秘密の保留など一切用いずに」誓わなければならないとした。

「忠誠宣誓」と呼ばれるようになったこの法令は、上手に規定されていた。振り返ってみれば、執筆した人がその強烈な意味合いをすっかり認識していたかどうかはわからない。当時、イングランドでも国外でも、ジェイムズ王とローマ教皇とを天秤にかけて熱く議論され、今日でもまだ論議は続いている。現代の歴史家のなかには、国家に対する政治的な忠誠を温和に確認するものでしかないと看做す人もいれば、宗教上の義務と世俗の義務をはっきり線引きした点に、現代の政治国家が出現した決定的瞬間があるとする人もいる。「忠誠宣誓」は、要するにイングランドのカトリックを粉砕する手段だと見る皮肉な人もいた。

一六〇六年当時、国教忌避者にとって、「忠誠宣誓」を頂点とする法令は、理論上の問題であるよりも、むしろ実際的な選択を迫るものだった。法案は七月上旬までジェイムズ王によって法制化されなかったものの、この復活祭《イースター》〔四月二十日〕でイングランド社会が忠臣か謀叛人予備軍かのどちらかに分けられるということは、地方の役人や教区民にとって二月の段階ではっきりしていたのである。忠誠が、新たな決まり文句なのだ。『リア王』はこの春以前に完成して初演がなされていたが、リアが冒頭の場面でケントに鋭く言う「聞け、忠誠の誓いにかけて、聞け！」という台詞を含めて、「忠誠宣誓」にまつわる議論を鑑みれば、分裂した忠誠は並みならぬ意味合いを持つ。『リア王』では、忠誠が分裂したり、多重になったりしており（この劇ではフランス軍はコーディーリアと一緒になってイングランドに侵攻する）、『マクベス』と同じなのだ（『マクベス』ではイングランド軍がスコットランドへの侵攻を援助する）。運命に見放されたバンクォーがマクベスに「常に心を清らかに保ち、忠誠に穢《けが》れな」いようにせよという言葉は、『アントニーとクレオパトラ』でイノバーバスが「落ちた主君への忠誠を守れば、主君を制した者を制することになる」（第三幕第十三場四四〜五行）と言って、忠誠を守れなかった自分を責めるのと同様、強烈な意味合いがある。

一六〇六年の復活祭《イースター》の日曜日が来ると、聖体拝領への参加を拒絶することは、もはや個人の自由ではなく、政治的にゆゆしき問題となった。失敗したミッドランド蜂起の近隣の町ストラットフォード・アポン・エイヴォンではまちがいなくそうだった。町の人たちのあいだでいつ暴力沙汰が起こらないとも限らず、まだ旧教に固執している人たちと改革後の信仰を受け容れた人たちとのあいだに、穏やかな和解など、もはやありえなかった。かつては町全体がカトリックであったことは、礼拝堂に描かれた地獄の口の生々しい絵を見てもはっきりしていたが、そうした絵が漆喰で塗られたことは誰もが覚えており、また復元されるかもしれなかった。ジョージ・バジャーのカトリックの祈禱書や遺品の入った袋が発見されことからもわかるように、カトリック復元のために頑張っている人もいたのだ。

町の隣人で、直接ないしは間接に火薬陰謀事件に関わりがあった国教忌避者は、死んだか、まだ投獄中か、あるいは鎖をかけられて一旦はロンドンに連行されたものの、ぽつりぽつりと町へ戻ってくる人たちもいた。三月末に国王が暗殺されたという虚報があり、心配は募るばかりだった。それゆえ、この復活祭《イースター》において、恐らく二千人の共同体のなかで、あえて教会に出席せず聖体拝領をしないことで不忠のレッテルを貼られる危険を冒そうとする者は誰かを特定しようと、地方の役人たちは特別な注意をしたはずである。

歴史的に言えば、ストラットフォード・アポン・エイヴォンで国教忌避者が監視されたり報復に遭ったりすることはそれまでなかった。シェイクスピアの時代の記録が少ないと言っても、教会に来ていないという理由で罰金を科せられたのは町の人口の一パーセント未満だったようである。一六〇六年は別として、一五九〇年から一六一六年までの二十五年間で聖体拝領を受けなかったと非難されたのはたった三人だった。そのうち一人はシェイクスピアの父親ジョンであり、一五九二年のことである。それがカトリックを信奉していたために国教会の教会を避けたのか、それとも史料が強く示しているように債権者に会うのを避けていたのか、学者の意見は分かれている。もちろん、ジョンは借金を背負った敬虔なカトリックだったかもしれないが、はっきりしたことは言えない。同じように、その息子のウィリアムの宗教がどのようなものであったのかについても、はっきりしたことは言えない。逮捕者が少なかったからといって、町にカトリックがいなかったことにはならず、むしろ、ストラットフォード・アポン・エイヴォンは隠れカトリックを大目に見ていたと考えるべきであろう。

一六〇六年四月二十日の復活祭《イースター》の日曜日に、聖体拝領が習慣となっていたにも拘わらず、二十一人のストラットフォード・アポン・エイヴォンの教区民が聖トリニティー教会への出席を拒んだのは、前代未聞の驚くべき事件だったに違いない。少なくとも町の三分の一は、イエズス会士を家に泊めたり、息子が神父となったりするような筋金入りのカトリックであり、シェイクスピアはこの二十一人のうちの何人かと知り合いだった。双子の子供の名付け親であるハムネットとジューディス・サドラー夫妻[*10]、遺書で記念の指輪を購入するための金を遺すことになるウィリアム・レノルズの母親マーガレット[*11]などがそうだ。

普通、劇場が長期に閉鎖される四旬節――この年は三月五日から四月十九日まで――は、シェイクスピアが馬で三日かけて帰郷して妻や娘たちや高齢の母親に会うにはちょうどよい時期だった。四旬節直前の懺悔節《シュローヴタイド》には王子一座が宮廷に招かれて上演することになっていたから、シェイクスピアはもっと早くロンドンを出て、仕事に（そして自分の教区である聖オラーヴ教会区に）戻るまで少なくともひと月、あるいはそれ以上あると見込んで帰郷したかもしれない。劇場再開は四月二十一日（それ以前の数年は復活祭《イースター》の数週間前）だったので、シェイクスピアは四月中まだ故郷にいて、この町に多くいる国教忌避者たちがこの危険な時期に忠誠を示さないとまずいと相談し合っていたのを目にしていたことだろう。町の聖トリニティー教会で聖体拝領を拒む人のなかに自分の長女スザンナもいたということを、シェイクスピアはすでに知っていたのでなければ、このとき知ったのかもしれない。

二十二歳の未婚女性がそのように自分の意思を貫くのは大胆なことだった。[*12] スザンナの母親も、妹も、祖母も、叔父も、故郷にいるどの親戚も、そんなふうに権力に挑んだりしていないし、自分の決意を表明したりしておらず、異例と言えよう。シェイクスピアがやめるように説得したとしても、失敗したわけである。

聖体拝領を拒絶した二十一人は五月六日、新牧師ジョン・ロジャーズの前に出頭して説明することを求められた。これはいわゆる「淫らな法廷《ボーディ・コート》」と呼ばれた裁判であり、不倫や不倫による妊娠や、酒乱や、シェイクスピアが『尺には尺を』などでずっと描いてきた人間的なトラブルを扱うことでよく知られていた。今期の法廷は主に宗教的感情を扱ったわけである。牧師の前に出頭した国教忌避者のなかには、貧乏や家族の諍いなどさまざまな理由を述べる者もいたが、次の法廷が開かれる前にきちんと聖餐《サクラメント》を受けますと約束する者もいた。しかし、少数だが、もっと大胆なことを述べて、我を張る者もいた。

ハムネットとジューディス・サドラー夫妻は、最初の召喚を無視していた。スザンナ・シェイクスピアと他の四人もそうしていたので、スザンナの裁きも次の法廷まで延期された。のちにスザンナの記録に「解決済み」と書き加えられており、結局は法にしたがい、国教会を受け容れたことがわかる。

町じゅうの人が最終的にそうなっていたが、サドラー夫妻は最後まで抵抗したようであり、七か月後の十二月上旬に再び出頭を命じられ、服従を強制されている。「良心を清める」ために猶予を求めると、聖体拝領を行う日を定められ、結局はその命令にしたがった。

このためにスザンナは結婚できなくなってしまうのではないかとシェイクスピアが心配したとしたら、それは取り越し苦労だった。翌年スザンナは、三十一歳の医師ジョン・ホールと結婚した。最近ストラットフォード・アポン・エイヴォンに越してきて、開業した医者である。この物語の謎を深めることになるが、ホールは強力なプロテスタント寄りの人間であり、カトリックのスザンナと結婚することがどういうことかお互いに承知していたはずだ。シェイクスピアがスザンナの行動についてどう感じていたか――長女を誇りに思って支持していたのか、それとも上手に立ち回らない意固地さに腹を立てていたのか、あるいはひょっとすると娘に二十ポンドの罰金を支払わなければならなくなったことを気にかけていたのか――はわからないものの、シェイクスピア作品に広くしみ込んでいる当時のイングランドの問題をシェイクスピア自身が切実に感じていたことは想像に難くない。

12

UNFINISHED BUSINESS

クレオパトラに扮したアン・クリフォード夫人（1610 年頃）

第12章　やりかけの仕事

一五九〇年代の劇は、シェイクスピアの劇も含めて、驚くべき高い割合でシリーズ物だった。シェイクスピアはその活動期の前半において、次に書く劇を前作の続編としてイメージすることが多く、『ヘンリー四世・第二部』のエピローグで次回作の予告をすることすらあった。*1 最初に書いた歴史劇四作（『ヘンリー六世』三部作と『リチャード三世』）も、その数年後に書いた第二・四部作（『リチャード二世』から始まって、『ヘンリー四世』二部作を経て『ヘンリー五世』で終結）も刺激的な連続ものだ。喜劇にも連続ものがある。『恋の骨折り甲斐』という失われた劇は、『恋の骨折り損』と明らかにペアになっていたはずだし、フォールスタッフが活躍する『ウィンザーの陽気な女房たち』は同時期の『ヘンリー四世』二部作の人気を利用したものだ。

一五九九年に執筆された『ジュリアス・シーザー』には、シェイクスピアがエリザベス朝時代に書いたほかの劇同様に、続編が書かれてもよかった。その前の悲劇二作——『タイタス・アンドロニカス』と『ロミオとジュリエット』——の終わり方が閉じているのに対して、『ジュリアス・シーザー』はわざと完結していないように見える。劇の最後で権力を握るローマの三頭政治はぐらついたままだし、マーク・アントニー（マルクス・アントニウス）とオクテイヴィアス・シーザー（カエサル・オクタウィアヌス）はどうやってレピドゥス（マルクス・アエミリウス・レピドゥス）を厄介払いするか話し合うものの、レピドゥスが片付けられる前に劇は終わってしまう。それに、オクテイヴィアスとアントニーとが互いに鎬を削る争いにも結着がつかないまま終わっている。フィリパイでの運命の決戦が始まるとき——この部分はシェイクスピアが創作したやりとりなのだが——オクテイヴィアスが、自分より戦闘経験のあるアントニーの戦闘計画をあっさり否定し、二人の敵意が垣間見られる（第五幕第一場）。敵対は劇の最後の台詞までくすぶり続ける。最後の台詞は舞台上で最も重要な人物が言うものだ。負けたブルータスをアントニーが「最も気高いローマ人」（第五幕第五場六八行）と称賛して劇を締めくくった——と、アントニーも観客も思い、劇はその偉大な台詞をもって終わろうとすると思いきや、オクテイヴィアスはそうはさせず、締めの台詞を言う立場にあるのは自分であるとばかりに、つっけんどんで拍子抜けの台詞を言うのだ——「では、戦場に休戦を告げ、行こうではないか。この幸ある日の栄光を分かち合おう」（第五幕第五場八〇～一行）。二人の対決は避けられない。この終わり方は、初期の『ヘンリー六世』で次はどうなるのだろうと観客に思わせていた感じに似ている。

かりにシェイクスピアが『ジュリアス・シーザー』の続編を書こうと考えていたとしても、その頃起こっていた事件のためにアントニー没落の政治性とアントニーとクレオパトラとの関係を掘り下げるのはあまりにも危険になっていたため、どのように続編が書けたのか想像もつかない。アントニーの話がその時期ある種の禁忌《タブー》だったことは、宮廷人で作家のフルク・グレヴィル[*2]の経験を通して間接的にわかる。グレヴィルはストラットフォード・アポン・エイヴォン近くで生まれ育ち、（ウォリックシャー州知事として火薬陰謀事件の共謀者を追い詰めるのに非常に大きな役割を果たした）父親同様、たぶんシェイクスピアによく知られていただろう。グレヴィルが書いたのは読むための戯曲であり、上演の意図はなかったし、生きているうちに出版するつもりもなかった。エリザベス朝時代の後半、グレヴィルは遠い時代の異国に設定した三本の政治劇を友だちと一緒に書いたのだが、その三本目は、シェイクスピアの『ジュリアス・シーザー』と同じ頃に書かれ、『アントニーとクレオパトラ』という題だった。執筆してまもなく、グレヴィルは原稿を焼き捨て、写しも残さなかったため、どれぐらい広く人に読まれたのか、シェイクスピアがその劇のことを聞き及んでいたのかもわからない。そういう劇を書いたということは、十年後にグレヴィルが執筆した『シドニー伝』の長めの余談に、そのことが記されていてようやくわかったのだ。しかも『シドニー伝』自体、グレヴィルの死後四半世紀後の一六五二年まで未出版だった。

グレヴィルが原稿を焼き捨てたのには理由があった。『アントニーとクレオパトラ』を書いてわりとすぐに、エセックス伯がアイルランドの叛乱の鎮圧に失敗して許可なく帰国したうえ、帰ってきた伯爵がいきなりエリザベス女王の部屋に飛び込むという事件が起こったのだった。女王の寵臣であった(そして愛人でもあったと噂された)エセックス伯が女王の御前に出たのはその日が最後となった。自宅監禁に処せられ、役職をとりあげられたエセックス伯は、一六〇一年二月に僅かの仲間とともにエリザベス女王に対して謀叛を起こして捕らえられ、その月の下旬に処刑された。

グレヴィルがアントニーとクレオパトラの関係について書いたのが何年か前だったら、エリザベス女王の政治へのそれとない批判は気にもとめられなかっただろう。サミュエル・ダニエルが一五九四年に書いたレーゼドラマ『クレオパトラ』も特に問題にされなかったし、それにダニエルの劇はそもそもアントニーの死から始まっていた。だが、現状では、ローマの没落兵士とエジプト女王の情事についての劇は、グレヴィルの言葉を借りれば、「詩的なものではなく、実は当時没落していたエセックス伯と」エリザベス女王の関係を書いているのは明らかと看做されてしまうとグレヴィルは気づいたのだ。

『アントニーとクレオパトラ』を読んだ友人たちは危険を察して、ほとんど「現代の為政者や政府の悪弊を描いていると解釈され、曲解されかねない」ので、この劇を破棄するように勧めた。エリザベス女王と結びつけられる可能性がある今、老いていくクレオパトラとそのカリスマ的な恋人の軍人の物語を語るのはあまりにも危険すぎた。それはグレヴィルだけの問題ではなかった。シェイクスピアの劇団仲間も『リチャード二世』をエセックス伯派に依頼されて上演した言い訳をしなければならなかったし、ヘンリー四世の治世についての歴史をエセックス伯に捧げたジョン・ヘイワードがエリザベス女王の治世を揶揄したとしてロンドン塔に入れられたこともわかっていたので、『ジュリアス・シーザー』の続編は（構想されていたとしても）中止せざるをえなかった。そして、後代の人間にとって幸せなことに、シェイクスピアはまったく違う悲劇『ハムレット』を書いてくれたのである。

グレヴィルはエセックス伯と親密な関係にあったにも拘わらず、依然としてエリザベス女王から死ぬまで信用され、報酬を受けていた。だが、ジェイムズ王の時代になると、宮廷での影響力は衰え、王から遠ざけられて苛立っていた。エリザベス女王が亡くなって七年後、欲求不満のグレヴィルがついに『アントニーとクレオパトラ』を葬り去った経緯を語ったとき、その劇の政治的意味合いは変わってしまっていた。時が経ち、善良なる女王ベス（エリザベスの愛称）を懐かしく思う気持ちが高まり、グレヴィルが破棄した劇は、今振り返ってみれば、このスコットランドの王が露骨にえこひいきをしすぎていることを暴くのに役立つのである（ジェイムズ王と違って、エリザベス女王は「どんなに立派な人がいても、寵臣扱いをして酒の取引を独占させたり国事を任せたりしなかった」とグレヴィルは書いている）。この過去を再び訪れることで、かつてはスキャンダラスだった『アントニーとクレオパトラ』の物語を何か高貴で英雄的なものにできるのではないかとグレヴィルは願った。「こうして私は（読者諸賢の忍耐を得て）、特に我らが君主の葬儀を思い出してもらうことで、あのエジプトとローマの悲劇にかつてないほど名誉ある埋葬をしたのである」。

このように『アントニーとクレオパトラ』を発掘することで、グレヴィルはこの劇を——そして、つまりは、今となっては過去の偉大な英雄たちとも言うべきエリザベス女王とエセックス伯を——自分の『シドニー伝』のなかに埋葬し直そうとしたわけだ。一六〇六年、シェイクスピアは『ジュリアス・シーザー』で中断したやりかけの仕事についに戻ってきたわけだが、このときアントニーとクレオパトラに関するどんな劇も、現在のみならず過去の体制を反映したものと見られたことだろう。この七年間に政治的状況がそれだけ変わったということだ。

シェイクスピアが遅ればせながらの続編を書くとすれば、その主たる種本はプルタルコスの『アントニー伝』でしかなかった。プルタルコスの五十編の伝記のなかで最も長く、恐らく最も内容が濃く、『ハムレット』より約三万七千語長くて読み応えがある。あらゆるプルタルコスの伝記のなかで、特にシェイクスピアの興味を惹き、ジェイムズ王時代の最初の数年間、シェイクスピアは何度も利用した。そうしたのは、この話に新たな文化的関心へのつながりを見出して、まだこの本を使い切っていないと思ったためか、それともシェイクスピアが自身をアントニーと重ねて見たためか、それらの理由がまざっていたのか、それはわからない。一五九九年に『ジュリアス・シーザー』を書いたときはまず精読したが、四十代前半でさらに熟読して、その題材をジェイムズ朝時代に書いた戯曲三本に使っているのだ。

その最初の作品は、一六〇五年に恐らく他の劇作家と共同執筆した『アテネのタイモン』である。十年前『恋の骨折り損』執筆中に、シェイクスピアは辛辣で孤独なタイモンに興味を惹かれ、「批判的なタイモンがつまらぬことに笑う」（『恋の骨折り損』第四幕第三場一六六行）という台詞を書いている。プルタルコスは「タイモンの生涯」をすっかり書かなかったが、短い伝記的スケッチが『アントニー伝』の長い余談のなかに存在する。アントニーがクレオパトラに裏切られ、アクティウムの戦いでオ

郵 便 は が き

おそれいりますが切手をおはりください。

101-0052

東京都千代田区神田小川町3-24

白 水 社 行

購読申込書

■ご注文の書籍はご指定の書店にお届けします。なお，直送をご希望の場合は冊数に関係なく送料300円をご負担願います。

書　　名	本体価格	部　数

★価格は税抜きです

(ふりがな)

お 名 前　　(Tel.　　)

ご 住 所　(〒　　)

ご指定書店名（必ずご記入ください） Tel.	取 次	（この欄は小社で記入いたします）

『『リア王』の時代』について	(9593)

■その他小社出版物についてのご意見・ご感想もお書きください。

■あなたのコメントを広告やホームページ等で紹介してもよろしいですか？
1. はい（お名前は掲載しません。紹介させていただいた方には粗品を進呈します）　2. いいえ

ご住所	〒　電話（　）		
(ふりがな) お名前	（　歳） 1. 男　2. 女		
ご職業または 学校名		お求めの 書店名	

■この本を何でお知りになりましたか？
1. 新聞広告（朝日・毎日・読売・日経・他〈　〉）
2. 雑誌広告（雑誌名　）
3. 書評（新聞または雑誌名　）　4.《白水社の本棚》を見て
5. 店頭で見て　6. 白水社のホームページを見て　7. その他（　）

■お買い求めの動機は？
1. 著者・翻訳者に関心があるので　2. タイトルに引かれて　3. 帯の文章を読んで
4. 広告を見て　5. 装丁が良かったので　6. その他（　）

■出版案内ご入用の方はご希望のものに印をおつけください。
1. 白水社ブックカタログ　2. 新書カタログ　3. 辞典・語学書カタログ
4. パブリッシャーズ・レビュー《白水社の本棚》（新刊案内／1・4・7・10月刊）

※ご記入いただいた個人情報は、ご希望のあった目録などの送付、また今後の本作りの参考にさせていただく以外の目的で使用することはありません。なお書店を指定して書籍を注文された場合は、お名前・ご住所・お電話番号をご指定書店に連絡させていただきます。

クテイヴィアスに負けてどん底にいるとき、アントニーは「町を捨て、味方を捨てて、海に家を建てて……タイモンのようにひどい目に遭ったのだからタイモンのように孤独に生きると言ってそこに住み、あらゆる人付き合いを避けてしまった」という流れからタイモンの話になっているのである。『アテネのタイモン』を執筆したとき、シェイクスピアは『アントニー伝』のこの箇所を徹底的に掘り返し、辛辣なタイモンが仲間のアテネ人たちを招待して、タイモンが切り倒そうとしていた木から首を吊るように勧める話を借用したり、タイモンが遺したとされる二つの墓碑銘を一字一句引用したりしている。しかし、『アテネのタイモン』ではどうして人は隠遁生活をしたくなるのか探ろうと大いに興がっていたものの、新たにアントニーについて書こうという今、同じ話を繰り返すつもりはなかったし、アントニーのそういった側面を仄めかそうとは思っていなかったため、『アントニーとクレオパトラ』を書く時には『アントニー伝』にあったこうした啓発的な寓話は無視したというわけである。

一、二年後に『マクベス』を執筆したとき、シェイクスピアはまた『アントニー伝』に戻っていた。今度はほぼまちがいなく記憶に頼っていた。プルタルコスの記述において、予言者がどのようにアントニーにオクテイヴィアス・シーザーを避けるように忠告したかをシェイクスピアは思い出している。アントニーはこう告げられる。「汝を護る善良なる霊がシーザーの霊を恐れている。単独であれば勇敢で意気揚々としているのに、シーザーのそばでは怯えて震えるのだ」。マクベスのかつての友で今は宿敵のバンクォーについても、同じことがあてはまる。「俺が恐れるのは、」とマクベスは言う。「奴だけだ。あいつには俺の守護神もしりごみする。マーク・アントニーの守護神がシーザーに臆したように」（第三幕第一場五五〜八行）。マクベスに恐怖を語らせ、その没落の前兆を示す際にシェイクスピアが頼ったのは、『マクベス』の主たる種本であるホリンシェッドの『年代記』ではなく、プルタルコスだったのである。だが、古典への言及は奇妙にも場違いに思え、高い代償を払うことになった。中世のスコットランド人がなんだってプルタルコスを言い換えて自分をアントニーになぞらえたりするのか。どうやらシェイクスピアの主人公たちは、シェイクスピアと同じように、『アントニー伝』に精通しているらしい。そして、シェイクスピアは一つの作品を書きながら、もう次の作品について考えているのではないかと疑いたくもなる。

『マクベス』執筆時に『アントニー伝』から借用したのは、これにとどまらない。バンクォー自身が魔女たちと遭遇した後に、マクベスに「それとも俺たち、毒茸でも食べて理性を抑えつけられたか」（第一幕第三場八四～五行）と言うときにも、それほど明確ではないものの依拠している。シェイクスピアがここで思い出したのは、アントニーの陣営で大変な飢饉が起きたときのプルタルコスの描写である——「薬草や根っこを食べてしのがねばならず……食べたことのないものも食べた。なかには食べると死んだり気が狂ったりするものもあった」。これは、大失敗に終わったアントニーのパルティアの会戦を長々と説明した文から採られたものであり、その部分は『アントニー伝』全体のおよそ五分の一を占めているが、シェイクスピアが数か月後に『アントニーとクレオパトラ』を書く際、これを最後に『アントニー伝』に戻ってきたときには、ほぼ完全に無視した箇所だった。アントニーがタイモンの厭世感を自分のものとした場合と同様、今書こうとしている話には合わなかったのである。

これほど一つの種本にシェイクスピアが依拠するのは珍しいことであり、新作を書く時には、その題材について手に入るありとあらゆるものを読むのがこれまでのシェイクスピアの習慣だった。サミュエル・ダニエルの『クレオパトラ』を読んだのは確かだが、それはあまり使わず、アピアノスの『ローマ戦争』やプルタルコスの『モラリア』の翻訳といった他の作品もせいぜい少ししか使っていない。プルタルコスの『アントニー伝』にほぼ一点集中的に依拠した一つの理由は、この伝記が明らかに強烈な魅力を持っていたという以外に、この物語の背景にある政治や恋人たちにプルタルコスが従来と違う解釈を施すことがなかったためであろう。

　アクティウムでアントニーが敗北した結果出来《しゅったい》した出来事の公式の見解——というのは、紀元一世紀のオクテイヴィアスの長い治世のあいだに執筆された（オクテイヴィアスの保護を受けた著述家の物も含めて）著述によるものであるが——は、この出費のかさんだ戦争の歴史を、かつては偉大だったローマ人が外国の女帝によって落ちぶれてしまったというわかりやすい物語にしてしまっていた。だから、たとえば、ホラティウスの『頌歌』では、アントニーは、英雄的な自害を遂げた以外に褒めるところのない魔性の女《ファム・ファタール》に抑え込まれたことになっている。ウェルギリウスも、その『アエネーイス』で、アントニーとクレオパトラを同じようにぱっとしない恋人たちと捉えている。ほぼ似たようなことが、プリニウスの『博物誌』からルカヌスの『内乱』に至るまで、シェイクスピアが使ったかもしれない古典すべてに言える。この見解は、ほとんど反駁されることもなく中世と近現代にまで存続した。ダンテは、クレオパトラを他の姦淫の罪を犯した者たちと一緒に地獄の第二層に入れ、ボッカッチョはアントニーの野心とクレオパトラの男漁りを激しく非難した。モンテーニュでさえアントニーを厳しく裁いているが、シェイクスピアはこの時期フローリオの翻訳でモンテーニュの随想録を精読していた。その「スプリナの物語」においてモンテーニュは、女性遍歴を重ねても野心が衰えることのなかったユリウス・カエサル（ジュリアス・シーザー）と違って、アントニウス（アントニー）は「性的な快楽のせいで、国政の運営を忘却してしまった偉大な人物」[*3]としている。チョーサーがアントニーを分別ある男とし、クレオパトラを愛のために命を犠牲にしたと褒めていたりするなど例外はあるものの、不倫の中年カップルを超越的どころか悲劇的と見る先例や規範はなかったのである。

　シェイクスピアが『ジュリアス・シーザー』を書き終えた頃には、振り子の針は恋人たちからさらに大きく離れて振れていたとさえ言える。と言うのも、後期エリザベス朝イングランドの著述家たちは、クレオパトラのライバルでアントニーの妻、じっと耐えてきたオクテイヴィア（オクタウィア）を、称賛すべき悲劇的人物と看做すようになっていたからだ。一五九八年末にサミュエル・ブランドンは『貞節なオクテイヴィアの悲喜劇』というレーゼドラマを出版している。翌一五九九年、サミュエル・ダニエルは、『クレオパトラの悲劇』（一五九四）のほかに感動的な「オクテイヴィアからマルクス・アントニウスへの手紙」を加え、この頃フルク・グレヴィルは未出版の『ある貴婦人への手紙』でオクテイヴィアについて素晴らしい文章を書き、「クレオパトラに対するアントニーの淫らで放縦な愛情」を非難している。これらの作品の主たる種本は『アントニー伝』であり、そこでプルタルコスは、オクテイヴィアのアントニーとの八年の結婚生活について同情的に詳しく記している。自分の子供たちの気まぐれな父親に対して揺るぎない貞節を尽くした結果、思いがけない結果になったとプルタルコスは記す。と言うのも、「彼女の貞淑な愛と夫思いの優しさのせいで、これほど立派な女性をそんなに不当に扱ったアントニーはひどいと誰もが思い、アントニーは嫌われてしまうからだ」。オクテイヴィアの悲劇が注目されてきたために、登場人物たちの積年の三角関係は複雑になり、オクテイヴィアスとアントニーとのあいだの政治対決よりもむしろ（アントニーがエジプト女王を愛して政治から目を逸らしてしまったこともあり）、袖にされた妻、不在の夫、そして不倫の愛人を巡る家庭劇となってしまった。

　こうしてアントニーとクレオパトラの情事を好意的に見ることは難しくなったが、ダニエルが示したように――そしてダニエルのパトロンであるメアリ・シドニーが、以前一五九〇年にギャルニエの『アントニーの悲劇』を訳した際にも示したように――クレオパトラは、オクテイヴィアスの凱旋時に引き回される恥辱を受けるくらいなら自害を選んだというところだけに絞れば、一人だけで悲劇的人物として描かれ得る。だが、シェイクスピアが『ジュリアス・シーザー』において途中でやめたところへ戻ってきたときには、アントニーとクレオパトラの関係を悪く言うのはすっかり当然となっていたことはまちがいない。かてて加えて、アクティウムで二人を倒してアウグストゥス・シーザーとしてローマの単独支配を再建したオクテイヴィアスへの尊敬は圧倒的なものとなっていた。ほぼ普遍的になっていたこの判断を問題視するのは至難の技だった。政治的のみならず文学的に言っても、アントニーとクレオパトラの絡み合った生涯を描く悲劇の続編など、ますます想像しにくくなっていたのである。

シェイクスピアは、トマス・ノースが生き生きと英訳したプルタルコスの本を所有していた。[*4] ストラットフォード・アポン・エイヴォンでシェイクスピアの学友だったリチャード・フィールドが出版したものだった。この本を前に広げながら『アントニーとクレオパトラ』を執筆したのではないかと思われる。シェイクスピアはとりわけ、プルタルコスが伝聞の引用を交えてわかりやすく描いた例に魅了されたようだ。たとえば、本の終わりのほうで、シーザーの兵士たちがクレオパトラの侍女チャーミアンを責めて、「そんなことをしてよいと思っているのか、チャーミアン?」と訊ねると、彼女は「よいのです。……何代も続く王家の姫にふさわしいのです」と答える。シェイクスピアはこのやりとりを写すとき、ほとんど言葉遣いを変えなかった。「なんということだ、チャーミアン? こんなことをしてよいと思っているのか?」という問いに、彼女はこう答えるのである。「よいのです。何代も続く王家の姫にふさわしいのです」(第五幕第二場三二五~七行)。

似たような例はいくらでも挙げられる。これほど種本の言葉遣いを一貫して守って書いた劇は、シェイクスピアには他にない。たとえば、クレオパトラに対してアントニーが今わの際にかける言葉。プルタルコスでは、こうなっている。

クレオパトラはアントニーの最期のこの運命の惨めな変わりようを嘆き悲しんだりしてはならない。むしろ、かつて勝利を収め、名誉を得たことで幸運な男だったと思ってほしい。生きているあいだは、最も気高い、世界一偉大な王者であった、と。倒れるのも、卑怯にではなく、勇敢に、ローマ人がローマ人によって倒されるのだ、と。

ここでもノース訳をアントニーの流れるような台詞に変えるのに、ほとんど手を入れる必要はなかった。シェイクスピアが借用した言葉や表現を傍点で示すことにする。

俺の最期のこの惨めな変わりようを
嘆き悲しんだりせずに、どうか、俺が
世界一偉大な王者であり、最も気高かった、
そのかつての幸運を思って喜びとしてくれ。
そして今も、卑しく死ぬのではない。
同国人に兜を脱ぐような卑怯な真似はせぬ。
ローマ人がローマ人によって、勇敢に
倒されるのだ。

（第四幕第一五場五三～六〇行）

だが、これほど種本に一見敬意を払って広範囲に写しているのでわかりにくいが、シェイクスピアはプルタルコスの物語の展開に必死に抵抗するという、これまでやったことのなかったことをやって

いるのだ。以前『アントニー伝』に依拠したときは、政治や人物についてプルタルコスの解釈の大枠を多かれ少なかれ受け容れて、不要と思われるところはただ無視したのだった。今度は、それではうまくいかなかった。なるほど、プルタルコスがオクテイヴィアスのことを持ちあげているのに水を差しているし、アントニーのことを快楽に耽る酔っ払いとする記述は軽んじ、クレオパトラの描写の不快な詳細（痛みのない死に方を求めて「投獄された死刑囚」で試した、など）は無視した。しかし、それだけでは十分でなかった。プルタルコスが思わずこれらの素晴らしい英雄的人物への称賛を表明している箇所を使い続けながらも、シェイクスピアは、ある時点でプルタルコスと袂を分かたなければならないと気づいたのだ。プルタルコスがアントニーとクレオパトラを悪く言ったおかげで、シェイクスピアは反対を向いたわけであり、二人の物語を語り直すに当たって、種本の道徳的な思い込みや結論を否定したのである。ちょうど『レア王』という古い劇の大団円（だけではないが）を最近ひっくり返してみせたように。

ローマとエジプトを訪問したことがあるローマ帝国のギリシャ市民であるプルタルコスにとって、アントニーとクレオパトラの物語は古代史ではなかった。アクティウムの戦いは、プルタルコス生誕の僅か七十七年前の出来事だった。プルタルコスは祖父からも当時の話を聞いて、それを物語に書いているところもある。例えば、アントニーの料理人と仲の良い友達の話があって、その料理人はその人に「八頭のイノシシの丸焼き」を十二人の客に出した豪勢な宴会の準備を見せたという。その素晴らしい詳細は、シェイクスピアの劇に入りこんでいる（第二幕第二場一八九〜九〇行）。それが祖父から教えてもらった話だったにせよ、あるいは多くのローマ人著述家たちによる定番の話だったにせよ（多くのローマ人著述家たちは愛よりもオクテイヴィアスの勝利に焦点を置いていた）、プルタルコスにとってこれは政治と人物の話であり、過剰さと弱さによって規定されるものだった。プルタルコスは、アントニーとクレオパトラの情事を紹介する前にわざわざ二人を非難しており、「気高い心」を持ったローマの指導者がエジプト人の愛人によってその長所を台無しにされ、短所を引き出された話にしている。彼女は「彼のなかに隠されていて誰にも知られていなかった多くの悪徳を呼び起こした。かすかな善良さのかけら、あるいは上昇の希望が残っていたとしても、クレオパトラはそれを容赦なく潰し、最悪にしたのである」と。

プルタルコスの物語を、二人の愛は特別で悲劇的なものだったとする物語へ変える際にシェイクスピアが直面した障害は生半可なものではなかった。もしシェイクスピアが物語を翻案するよりも自分で創作するタイプの劇作家だったら、アントニーとクレオパトラの悲劇をどこからともなく創り上げたかもしれない。しかしシェイクスピアはそういう書き方をしなかったし、とりわけ悲劇と歴史劇はそうだった。情け容赦なく厳しく、同情や称賛のかけらも見えない『アントニー伝』を用いて書かなければならなかったのだ。プルタルコスの描くクレオパトラは、人を操り、わざと嘘をつくし、クレオパトラのせいで「女々しく」なったアントニーは、「この女の虚しい愛に夢中になって、離れられなくなってしまう」。

シェイクスピアにとって、この問題の解決は、この説教臭い『アントニー伝』と今更ながら袂を分かとうとするシェイクスピア自身の遅ればせながらの態度と構造的に似た劇的経験を作ることにあった。そのために、プルタルコスが恋人たちを批判したのを無視するのではなく、シェイクスピアは他者の反応を通して描くというプルタルコス自身の技法を借りて、まずその批判に声を与えた。そして、種本では恋人たちの偉大さが軽視されていることを認識しながらも、シェイクスピアは『アントニー伝』のずっと前の方にあるアントニーの英雄的資質や闘志の物語を強調し、自分の語る話ではあちこちで過去の栄光を思い出させたのだ。このように過去を振り返ることで、昔を懐かしむのがこの悲劇の特徴となった。

　プルタルコスは、恋人たちの感情には一切触れないようにして、内省や親密さの瞬間をほとんど見せなかった。シェイクスピアはこの頃すでにベテランであったから、人物の本心を吐露する独白によって観客の心をつかんで恋人たちそれぞれの内面を描こうと思えばできたはずだが、そうしなかった。シェイクスピアの得意な独白は、『ハムレット』は別格として、最近の『マクベス』で最高の効果を見せたが、ここでは禁じ手となったのだ。一六〇六年に『アントニーとクレオパトラ』を観ていた観客は、どの場面を観ても、独白もなければ恋人たちが考えていることや感じていることを直接知ることもできないために、不安が募ったに違いない。第二幕第三場になってアントニーが短い独白をしても、明らかになるのは観客がすでに知っていることばかりだ。

　プルタルコスにない親密な場面を創作してしまうのではなく、シェイクスピアは種本にしたがい、アントニーとクレオパトラが二人きりで舞台にいる様子を決して見せない。これもまた、観客にとってはある種の驚きだっただろう。以前の恋人たちの二人きりの瞬間をどれほど印象的にシェイクスピアが描いていたか比べてみればわかることだ——ロミオとジュリエットが互いに愛を告白し合い、マクベス夫妻がダンカンを殺す計画を立てる——そこでは、二人きりのようすを観客は垣間見る。アントニーとクレオパトラの言動は常に舞台上の観客に目撃され（判断され）ているため、観客はそうした観察者の視点から二人を評価することになる。アントニーは常に観察されることにあまりにも慣れてしまうがゆえに、死後もそうなのだと思って、クレオパトラにこう語る。「魂が花園で横たわる天国で、俺たちは手をつなぎ、陽気にふるまって精霊たちの目を瞠《みは》らせてやろう」（第四幕第十四場五一〜二行）。この恋人たちは同時に常に見られていることを意識する政治家でもあるので、二人が人前で言ったり行ったりすることは、パフォーマンスの続きかどうかわからなくなってしまう。それを知る手立てはないのだ。舞台上で道徳的なコメントをつける人がいる場面設定では、二人のことを自信を持って判断することはほぼ不可能になる。

劇の冒頭の場面では、この革新的な手法の多くが導入されている。シェイクスピアは、つい一、二年前に『ジュリアス・シーザー』の幕切れとなった出来事から始めて、『アントニー伝』の最初から三分の一ほどのところにある次の一節を、第一幕第一場を始めるとっかかりとしている。

こうしてアントニーはクレオパトラにぞっこん惚れてしまったために、ローマでは妻のフルヴィアがアントニーの財産を守って若いカエサルと闘っていた……のに、アントニーはクレオパトラの言うままにアレクサンドリアに赴き、そこで子供じみた余興だのくだらぬ暇つぶしに、人間が費やせる最も貴重なるもの……すなわち時を浪費したのである。というのは、二人で「アミメトビオン」(比べようのない人生、という意味)という会を作り、毎日互いに饗宴を催して、あらゆる節度と理性を超越した浪費をしたのである。[*5]

この私的な契約を舞台化したり、観客が直接的に二人に接することができるようにしたりする代わりに、シェイクスピアは、アントニーの評価についてそもそも意見が分かれている二人のローマ兵士の激論の途中から劇を始める。最初に話すファイローは、すでにいろいろ知っているので、友人ディミートリアスが抱くアントニーへの明らかな同情を否定し、心奪われたアントニーがどこまで落ちてしまったかに関するプルタルコスの見解を確認する。

いや、我らが将軍ののぼせようは、

度を越している。全軍の隊列を睥睨《へいげい》した
あの立派な目は、かつては甲冑を纏《まと》う
軍神マルスさながら輝いていたのに、
今やあらぬ方を向き、一意専心見とれるのは、
浅黒い顔だ。総大将にふさわしいその心臓は、
戦の大乱闘に高鳴るあまり、胸当ての留め具が
ちぎれるほどだったのに、あらゆる節度を失って、
鞴《ふいご》か団扇《うちわ》に成り下がり、冷ましているのだ、
ジプシー女の情欲を。
　　見ろ、やってくるぞ。
よく見ておけ。世界を支える三本柱の
なれの果て、淫売女の道化役の
ご登場だ。さあ、お立ち会い。
（第一幕第一場一〜一三行）

プルタルコスの主たる用語「節度と理性」を抑え込むのではなく、シェイクスピアはそれらの言葉を、皆の意見の集約係のような批判的なローマ人に言わせている。そのような見方から評価すれば、評価されるべきものは、（ナイル河のように溢れて、女性的で、暗く、乱れたエジプト風なものとは逆に）控え目で、男性的で、節度があり、適度でなければならず、どうしたってアントニーは淫売女の道化役だと結論するしかない。

ファイローとディミートリアスの会話は、アントニーとクレオパトラの堂々たる登場によって中断され、二人の恋人が交わす大仰な言葉は、秩序にこだわり限度を決めたがるローマのやり方に対応しており、見守る連中にしてみれば、揶揄しているとも受け取れる。

クレオパトラ もし本当に愛しているなら、どれほどか教えて。
アントニー どれほどと言える愛など、貧しい愛だ。
クレオパトラ どこまで愛してもらえるのか知りたいの。
アントニー となると、新たな天地を見出すことになる。

（第一幕第一場一四～一七行）

二人はやがて退場するが、ディミートリアスはなるほどファイローの言ったとおりだと認める。

まったく残念だが、
あれではローマで悪口を言っている
嘘つきの言うとおりだ。

（第一幕第一場六〇～二行）

この劇のほとんどで――四十二の場面中最初の三十五場面で――このパターンが繰り返され、舞台上のローマ人のコメンテーター――スケアラス、キャニディアス、エーロス、無名兵士、そしてたいていはイノバーバス――が登場し、そのあとから登場した主要人物らの行動を捉えるフレームを与え、その発言の善し悪しを述べて、プルタルコスの「節度と理性」というプリズムを通して恋人たちを判断するように観客に促すのである。

『アントニー伝』のなかでシェイクスピアに特に強く印象を与えた一節は、クレオパトラが最初にアントニーの愛を勝ち得たときのプルタルコスの感動的な描写だ。それは二人の関係の説明の冒頭にある。

> クレオパトラはさまざまな手紙を、アントニウス自身からもその友人からも貰ったので、それを軽んじて、アントニウスを大いに嘲笑し、キュドノス河に船尾楼《せんびろう》を黄金で飾った艀《はしけ》を浮かべた。帆は深紅、櫂《かい》は銀で、笛《フルート》、オーボエ、シターン、ヴァイオルといった楽器が艀の上で奏され、その調べに合わせて櫂が漕がれた。さて、女王その人は、金糸と絹の天幕の下に、絵画にある女神ヴィーナスのように着飾って座り、そのそばには、両側に、可愛らしい美少年たちが絵に描かれた神キューピッドのような恰好をして両手に扇を持ち、扇いで女王に風を送っていた。

この生き生きとした描写は改善の余地がほとんどないほど優れたものであり、最初見たときシェイクスピアも改良しようとさえ思わなかったらしく、プルタルコスの散文をきわめて簡潔に流れるブランク・ヴァースへと翻訳している。ここでも借用箇所を傍点で示す。

> 女王の乗った艀は、磨き上げた玉座の如く、
> 水面《みなも》に燃えていた。船尾楼は金で覆われ、
> 帆は深紅、風が恋煩いをするほど

香が焚きしめられていた。櫂は銀、
それが笛の音に合わせて漕がれ、
打たれる水がその愛撫に惚れて、
我先にと追いすがる。女王その人は、
とても筆舌に尽くしがたい。金糸と絹で
織られた天幕の下に横たわり、自然を超越した
想像力によって描かれる美の女神ヴィーナスも
かくやとばかりの美しさ。その両側に立つ
微笑むキューピッドさながら可愛らしい
笑窪の少年たちが虹色の扇で風送れば、
扇《あお》いだ頬をほんのり上気させ、冷ます
熱《ほて》りは増すばかり。

（第二幕第二場二〇一〜一五行）

しかし、プルタルコスの話とシェイクスピアの話の違いは、こうした表面上の類似よりも重要だ。シェイクスピアはノース訳に大仰でエロティックな言葉を入れることで、ノース訳をすっかり書き換え、クレオパトラの魅力の核にある矛盾と魅惑を詩で表現したのである。まるで「プルタルコスはこの運命の出会いを描いてはいるが、その神秘を捉えていない」と言わんばかりだ。プルタルコスの描く帆は深紅だが、シェイクスピアの描く帆には風が「恋煩いをするほど」の香が焚きしめられ、魅惑的である。プルタルコスでは美少年たちがヴィーナスのように装ったクレオパトラを扇ぐが、シェイ

クスピアの女王は真に神さながらであり、少年たちはつきしたがうキューピッドそのものだ。そしてこの場面をしめくくるのは、女王を扇ぐ扇は「扇いだ頬をほんのり上気させ、冷ます熱りは増すばかり」という矛盾したイメージであり、歴史家には表せないものをいかに詩人が想像し得るかを示している。

シェイクスピアは自分の劇はプルタルコスが始めたところで終わると早くから決めていたに違いない。すなわち今引用した、艀の浮かぶシドナス河である。だが、クレオパトラの権力が絶頂にあったこの瞬間を懐かしく思い出す前に、シェイクスピア自身の語りのなかでこの描写にふさわしい場所を見つけなければならなかった。シェイクスピアはそれをプルタルコスより遥かに後に置き、劇の半ば、アントニーがローマに戻ってオクテイヴィアと結婚すると約束する直後で、イノバーバスにシドナス河での出会いを語らせたのである。イノバーバスは、アントニーの部下としてプルタルコスではほんの一瞬出てくるだけだが、シェイクスピアはこの名前を捉え、そこからヒントを得て最高の創造をした。種本にないローマ人を作り出して、ローマとエジプトの両方を自由に行き来できて観客が信頼できる役割を担わせる必要があったのだ。

イノバーバスは常に正しく思えるのは、効果的だ。シーザーのキャンプで、親しいライバルたちにシドナス河での有名な出会いの話をたっぷり聞かせたあと、イノバーバスは、アントニーが（オクテイヴィアス・シーザーの姉）オクテイヴィアと結婚するという計画を人がどう思おうが、アントニーが長いあいだクレオパトラを放っておくはずがないと請け合う（そして、それはやはり正しい）。ここでも、クレオパトラを語るイノバーバスの説明は逆説と誇張に満ちている。

あの女は年齢で枯れることはない。とめどなく
変化するから、付き合って飽きることがない。

他の女は満足させたら飽きられるが、あの女は
満たしても満たしても欲しがられる。
下品なことも素敵に思えるから、聖職者も、
ふしだらなあの女を祝福するのだ。

（第二幕第二場二四五～五〇行）

アントニーでさえイノバーバスを黙らせることはできない。アントニーが戦時や色事においてどうすべきかについて明晰な判断力をもつイノバーバスは、ぶっきらぼうな真実を語る男だ。アントニーの自己破壊的な判断が恋に落ちた阿呆の判断に思えるとき、イノバーバスのローマ人としての価値観が働いて、イノバーバスはアントニーの陣営を捨てて、オクテイヴィアスの陣営へ寝返る。だが、その結果、義理堅くて寛大なアントニーが感謝とともにイノバーバスのあとから金《きん》を送ってきたことを知ってイノバーバスは恥じ入るのである。まさにここ、劇の四分の三ほど進んだ第四幕第六場で、シェイクスピアは鋭い切り返しをして、初めて自己を吐露する独白を導入する。その独白でイノバーバスは、アントニーを見損なっていたことを認める。

俺はこの世で最悪の悪党だ。それは誰より
俺が一番よくわかっている。ああ、アントニー、
際限なく寛大な男、俺がもっと尽くしたら
どんな報いをくれたことか、俺の卑劣さに
金《きん》の冠を載せるとは！　胸が張り裂けそうだ。

（第四幕第六場三一〜五行）

その後、心破れたイノバーバスが「ああ、アントニー！　ああ、アントニー！」（第四幕第九場二六行）という言葉を最後に溝のなかで死ぬと、観客は舵を失ったまま放り出される。プルタルコスの『アントニー伝』と同様にこれまで舞台上で恋人たちにコメントする者の見解に満ち溢れていたローマ人の偏見や判断の限界が、明確になるのだ。

アクティウムの海戦でアントニーが敗北したあとは、もう幾つも場面が残っていないが、そこでシェイクスピアはこれまでとは違う見方を説得力をもって呈示する。それは、観客に、思い切って信じることを促す見方だ。もちろん、いつだって皮肉屋はいるもので、それはシェイクスピアの器用なごまかしでしかないと、ジョージ・バーナード・ショーは次のように切り捨てる。

> 放蕩によって破滅した兵士と、女の腕のなかで破滅するそういった男にふさわしい浮気女の姿をきちんと描いたのち、最後にシェイクスピアはその強大な修辞力と舞台上のパトスの力を無理やり総動員して、この話の悲惨な最後に演劇的な荘厳さを与え、この二人の敗北は素晴らしいと馬鹿な観客に思わせるのだ。

だが、この荘厳さを本物だと思う観客は多いだろう。それまで二人の情事は堕落した淫蕩として一貫して描かれてきたのだから、いきなり二人の愛の真実を信じさせようという展開は、初演時の観客の不意を衝いたであろう。それが機能するためには、劇のモードが急変しなければならない。まず、ペースダウンが起こる。この時点までの猛烈な場面展開——ここまで三十五場面もあるが、これまでのシェイクスピア劇はせいぜい十や二十の場面で成っており、それより少ない劇もある——が意味しているのは、そのうちの多くはあっという間に過ぎ去る速さで展開しているということだ。さらに、その時点まで、ローマからエジプトへ、エジプトからシリアへ、アテネへ、そしてまたローマへとめまぐるしく場面が移り変わるために我々は自分の立ち位置がわからなくなる。けれども、この劇の最後の七つの場面では、最も長い最終場も含めて、ずっとエジプトだ。劇の枠組みを与えていた道徳的コメンテーターたちが消え、なかなかやってこないように思われていた自己吐露の瞬間がきて、ついに短い独白が何度か語られる。劇が終わりに近づくとアントニーの諦念を垣間見ることになり、アントニーは幹を剝ぎ取られた木のように傷つき、曝された思いでこう言う。

すべてはこうなる運命か。かつては俺に
尻尾を振っていた連中は、俺が願いを
叶えてやったにも拘わらず、溶けて、その蜜を
花咲くシーザーに注ぎやがる。連中を見下していた
この松の木は、その皮を剝がれたのだ。

（第四幕第十二場二〇〜四行）

最終場で最も胸に迫るやりとりは、クレオパトラとローマ人ドラベッラの会話だ。ドラベッラは、オクテイヴィアスより派遣され、アントニーの自殺のあとの女王の身柄確保を命じられていた。二人の世界観の違いは大きく、クレオパトラは、プルタルコスのどこにも書かれていないアントニーの偉大さを天にも昇る壮大なものとして語ってみせる。

あの人は大海原を股にかけ、聳《そび》える腕で
世界を支えていた。声は天上の音楽のような
妙なる調べ、親しい者の耳には。
けれど、天地を揺らがそうとするときは、
轟く雷鳴。あの人の気前の良さときたら、
冬になることがなく、刈り入れるほどに
豊かになる秋のよう。あの人の喜びは、
イルカさながら。自らの居場所よりも
高く背中を出しておられた。

（第五幕第二場八一～九行）

クレオパトラが大言壮語してみせる見方は、激怒したドラベッラの節度ある現実と何の関係ももたない。女王から「私が夢に見たこの人ほど偉大な人がいた、あるいはこれからもいると思うか？」と問われると、ローマ人のように答えるしかない。「思いません」。すると、女王は答える。

嘘を申すな。神々が聞いておられるぞ。
だが、もしそんな人がいたとしても、
夢のなかに収まりきるまい。自然の実質は、
見たことのない形を生み出すのに空想には叶わない。

だが、アントニーを思い描いた自然は傑作を生み出し、
影を蹴散らして空想に勝利したのだ。

（第五幕第二場九四〜九行）

ドラベッラに同意するか、それともクレオパトラがアントニーという逆説を情熱的に弁護する弁論を受け容れるか、私たちに判断が任されている。それぞれが何度も明らかに愛を貫けなかったにも拘わらず、二人は互いに愛していたと弁護できるのか。

二人の愛についてのプルタルコスの道徳的見解を否認し、この想像上の弁論を提供したシェイクスピアは、さらに一歩進んで、シェイクスピア作品群中最も大胆な文を書く。そこでは、この瞬間まで観客が経験してきた劇的幻想を打破し、結局これは十二人ほどの役者と女役を演じる三人の少年によって上演されている芝居にすぎないということを認めさせるのだ。クレオパトラは、ローマで待ち受けている運命のことで警告を受ける。オクテイヴィアスの凱旋行列の目玉になるというのである。そして、万一そうしたローマの行列がどのようなものか観客にわからないといけないので、シェイクスピアはわざわざ劇の最初の方で、アントニーの副官ヴェンティディアスが率いる野蛮で屈辱的な行列を上演している。クレオパトラには、自分とアントニーが、大衆を喜ばせようとするローマの劇作家たちによって娼婦と酔っ払いとして戯画化されることがわかっている。

手の早い喜劇役者が即興で私たちを演じて、
アレクサンドリアの饗宴を舞台にのせ、
酔っ払いのアントニーが引っ張り出され、

どこかのキーキー声のクレオパトラ小僧が
わが偉大さを娼婦のしなを作って演じるのを
見るはめになるのだ。

（第五幕第二場二一六〜二二一行）

アントニーとクレオパトラに同情できるかどうかというきわどいところで、シェイクスピアは無茶と言ってもいいくらいの賭けに出たのだ。ローマにおいて二人がどのように記念されるであろうかを想像させながら——確かにプルタルコスに記されている以上、そこまで嘲笑的ではないにしろ、記憶されるわけだが——シェイクスピアはジェイムズ朝の観客に、まさに女の服を着たどこかの小僧がこの台詞をキーキー声で話しているのを聴いているのはほかならぬ自分たちであると思い出させるのである。観客が劇場に持ち込んだ想像力だけがこうした舞台の限界を受け容れ、容認できるのであり、だからこそプルタルコスの節度と理性を超えて、大言壮語と逆説によって深い真実が示される世界が見えてくることになる。ちょうどうまいぐあいに、クレオパトラは自らの勝利を演じることによって、オクテイヴィアスの予定していた勝利を台無しにするが、シェイクスピアはそうやってプルタルコスが始めたところで物語を終えるのである——「私はまたシドナス河へ戻る」と、王冠を戴き、ローブをまとい、自分を殺してくれる蛇を手にしてクレオパトラは言う。「マーク・アントニーに逢うために」。

＊

ある素晴らしいジェイムズ朝時代の絵画が、やはりクレオパトラの最後の死に至る場面を大きな同情をもって描いている（本章の扉図版を参照）。劇の一場面に基づく肖像画として現代に伝わっているのはこの一枚だけである。誰が描いたのかわからないし、二十世紀まで学者たちにその存在すら知られていなかった。この肖像画は、一九三一年にクリスティーの競売に出てきたもので、一九四八年のオークションで八ギニーで転売され、それきり消えてしまった。今どこにあるのか不明である。幸いなことに、その最後のセールのときに、ナショナル・ポートレート・ギャラリーによって写真が撮られていたのである。

この肖像画を詳細に研究したヤスミン・アーシャドは説得力ある議論により、クレオパトラの死を演じているジェイムズ朝時代の女性はレイディ・アン・クリフォードであると特定した。レイディ・アン・クリフォードは、初期のイングランド人日記作家であり、当時の芸術の強力なパトロンの一人だ。一五九〇年に生まれ、十九歳で第三代ドーセット伯リチャード・サックヴィルと結婚した。恐らく胸にぶらさげたペンダントに描かれているのは、ローマの服を着たリチャード・サックヴィル――彼女のアントニー――の絵なのであろう。異国情緒溢れる衣装は、レイディ・アン・クリフォードが結婚する少し前の一六〇九年にベン・ジョンソン作『女王の仮面劇』でエジプト女王ベレニケを演じた際に、イニゴー・ジョーンズがデザインした衣装に非常によく似ている。それによって、この絵の年代も特定でき、恐らく仮面劇より少し後の一六一〇年頃に描かれたと思われる。同時代の証言によれば、レイディ・アン・クリフォードは、並みならぬ人で、自分の美貌を誇りにし、意思が強く、とても才能に恵まれていたという。ジョン・ダンは、「どんな話題でも語ることのできる人」と言っており、エジプト女王に扮するにふさわしい人だった。

どの場面を描いたかわからなくならないように、絵の上部の右端に、サミュエル・ダニエル作『クレオパトラ』の死の場面からの十六行が書かれた折目のある紙が描かれている。ダニエルはクリフォード夫人の家庭教師であり、『クレオパトラ』が収められた一六〇七年の選集には夫人に捧げたソネットもあり、夫人とは長く親交があったため、女性がクリフォード夫人であると考えるのは一層理に叶っている。十六行は、ダニエルの劇の一六〇七年の改訂版か、一六一一年の再版から写されたものだ。これもまた重要な点である。なぜなら、ダニエルがこの劇の一六〇五年版と一六〇七年版のあいだで行った書き換えは、明らかにシェイクスピアの言葉遣いと舞台から影響を受けていると学者たちは長いあいだ考えてきたからだ（そのことからも、『アントニーとクレオパトラ』が一六〇六年末までに上演されたと確認される）。ダニエルが一六〇六年にシェイクスピアの『アントニーとクレオパトラ』をグローブ座で観たか、あるいは一六〇六年末に宮廷での未記録の上演を観たとして、そのあとで書き換えをしたわけだから、改訂の時間はかなり限られていたことになる。

この絵は多くの点で刺激的だ。この絵を撮影した写真を知っている人も僅かであるゆえ、この絵を研究した一握りの学者たちでさえまだ謎を解けずに途方に暮れている。それは、アーシャドが提案するように、クリフォード夫人がダニエルのレーゼドラマを私的に上演した記録なのだろうか。

この絵には――絵の内容が珍しいうえに、意味深長な台詞が添付されている――政治的かつ個人的なメッセージが籠められているのではないかと思われるが、もしそうなら、一体それは何なのか。アーシャドの考察によれば、この肖像画が数年後に描かれたのであれば、附された台詞はジェイムズ王を非難するものとも受け取れ、台詞のなかにある「傲慢な暴君カエサル」は実はジェイムズ王を指すのかもしれないという。夫人は財産相続のことでジェイムズ王と対立して長く争っていたからだ。

一方、クリフォード夫人の伝記作家たちは、夫人の夫が不実で放蕩者だったことに注目する。さらにわからないのは、既婚者である夫人がなぜ胸を露わにして描かれているのかという点である。当時、それは未婚の女性の姿とされており、それゆえ、たとえばエリザベス女王が年をとってからでも胸を露わにした衣装で宮廷に現れることがあった。とはいえ、エリザベスでさえ、このようにそれを絵に描かせることはなかった。

一つの説明として考えられるのは、これは既婚か未婚かの問題ではなく、シェイクスピアが描いてみせたクレオパトラの自殺のしかたと関係するのかもしれないということだ。ダニエルの物語では、プルタルコスの説明どおり、蛇はクレオパトラのむき出しの腕を嚙む。ところが、シェイクスピアのクレオパトラの死は、もっとエロティックであると同時に母性的でもある。グローブ座で女装してエジプトの女王を演じた十代の少年は、腕ではなく、むき出しの胸を嚙ませて、「わたしの赤ちゃんがわたしの胸でお乳を吸い、お母さんを眠らせてくれているのがわからないの?」と言うのだ（第五幕第二場三〇九～一〇行）。この強烈で独特な舞台のイメージはほとんどすぐに真似された。この年が終わる前に、バーナビ・バーンズが国王一座に『悪魔の特許状』（翌二月に宮廷上演）を書き、そのなかで殺人者が二人の眠っている王子の「それぞれの胸に毒蛇を」当てて殺す。バーンズはその毒蛇を「クレオパトラの小鳥たち」とさえ呼んでいる。

クリフォード夫人が左手に王笏を持っているのも、シェイクスピアが描写したクレオパトラの姿に基づく。王笏など、プルタルコスの『アントニー伝』にもダニエルの『クレオパトラ』のどの版にも出てこないのに、シェイクスピアのクレオパトラは自害を決意する場面で、「不当な神々に王笏を」投げつけると言うのだ（第四幕第十五場八一行）。そして、自殺の準備をして、チャーミアンに「王冠その他」を持ってくるように命じるとき、王笏もそのなかにあったかもしれない。

アン・クリフォード夫人が肖像画を描いてもらった頃には、シェイクスピアの舞台のおかげで、今や有名なクレオパトラのイメージが広く形成されるようになっていたのかもしれない。だから、この絵が、シェイクスピアとダニエルの両方に複雑に影響を受けていたとしても驚くに値しない。なにしろ両者はお互いのクレオパトラの描き方に影響を与えあっているのだ。この特筆すべき肖像画が投げかける多くの問題への答えは暫定的なものでしかないものの、一つだけはっきりしている。このジェイムズ朝のクレオパトラは、もはやプルタルコスの描く裏切り者でおべっか使いの妖婦ではなく、他を圧倒する挑戦的なヒロインであり、今も我々の心に訴えかけてくる人物だということである。

13

QUEEN OF SHEBA

マクシミリアン・コルト流絵画
「ウェストミンスター寺院にある女王エリザベス一世の墓碑」（1620 年頃）
Private Collection

第13章　シバの女王

一六〇六年七月十八日の朝、「群衆」が、シドナス河での有名な出会いに匹敵する場面を観ようと、テムズ河へ押し寄せた。八艘から成るオランダの艦隊が前夜からテムズ河口付近の町グレイヴズエンド〔ロンドン中央のチャリング・クロスから三十五キロ東南〕に停泊していた。群衆はやがて、息を呑む光景を目の当たりにした。ジェイムズ王とその供回りが、三十六隻の艀に乗ってオランダ艦隊に向かって進んで行ったのだ。〔サリー州の田舎にある〕オートランズ宮殿で狩猟中だったジェイムズは、妃の弟であるデンマーク王クリスチャン四世に挨拶するために駆けつけ、クリスチャン四世は旗艦トレ・クレノールの船上で王を迎えた。その朝、河岸に立ち並んだ見物客には知る由もないが、ジェイムズとクリスチャンはデンマークの公式訪英を行うことに同意した。ヨーロッパの支配者はめったに互いの王国に足を踏み入れることがなく、かなり異例だった。*1

ジェイムズとクリスチャンは以前一度だけ、デンマークで会っていた。一五八九年、スコットランド王であった若きジェイムズが、十四歳の花嫁アンを故郷へ連れ帰ろうと彼《か》の地を出航したときのことだ。それから十七年が経ち、ジェイムズは大人になったクリスチャンが飲酒と女遊びの評判を立てているのを知っていたが、アンの弟がこれほど勇ましいカリスマ的存在になるとは夢想だにしていなかった。

　この場面を報告するイングランドの著述家たちは、「鍍金《めっき》をし、旗で飾り立てた」オランダの旗艦と乗船客の華々しさを書き立てた。クリスチャン自身、「銀の布で作られているのだが黒く見える服を」お召しになり、「帽子には金の帯が王冠の形にあしらわれ、高価な宝石が施されていた」。クリスチャンほど

デンマーク国王クリスチャン四世
クリスチャン王は、1606 年夏に姉のアン王妃と義兄ジェイムズ王を訪ねて来英したとき、29 歳で、デンマーク王として 10 年目だった。軍人として、旗艦トレ・クレノール（三つの王冠）を先頭とする素晴らしいデンマーク艦隊でイングランドまで航行した。この酒好きのデンマーク王は芸術の擁護者であり、イングランド人やスコットランド人の建築家、音楽家、造船者を雇った。
Fine Art Images / Heritage Images

海軍を強く連想させる君主はいなかった。クリスチャンは自ら軍艦のデザインを監修したのだ。七十二台の真鍮製大砲に輝く力強い旗艦の美しさは筆舌に尽くしがたく、デンマーク人とその艦隊の見事な外観を書き立てる当時の文書は何ページにもわたった。

旗艦の上で王同士の非公式の挨拶が交わされてから、一同はジェイムズ王の公式の艀《はしけ》へ移動し、それに乗ってアン王妃の待つグリニッジへと河を渡った。その艀の飾り付けも豪華だった。ある目撃証言によれば、「塔ないしは小さな城の形に作られ、ガラス窓が全面についていて、窓枠は美しい曲線を描き、金で覆われ、かなりの技芸が施されていた。天井には銃眼付きの胸壁があり、小尖塔があり、ピラミッドがあり、細かな像で飾られていた」。

王室の艀は驚きを呼んだかもしれないが、デンマークの旗艦に横付けされると、繊細な疑似の城は圧倒的な三階建ての軍艦の影に隠れてしまった。クレオパトラの有名な艀から「目に見えない不思議な香りが、岸辺に立つ者の鼻を衝」(第二幕第二場二二一～三行)いたのとは違って、テムズ河に並んだ人々は、火薬の嫌な臭いに襲われた。と言うのも、ジェイムズ王らを乗せた艀が上流へと進んだとき、デンマーク軍艦が激しい礼砲の一斉砲撃で迎えたため、「煙で空が暗くなり」、大砲の音は「遠くまで聞こえた」のだ。ジェイムズ王は、火薬の臭いが大嫌いであり、しかも最近特に嫌いになる理由があったので、この壮大なるパフォーマンスを感嘆して見守る国民ほど面白がらなかっただろう。

このように両王室が互いの力を誇示し合うなかで、クリスチャンの旗艦の名前は、ジェイムズ王の興味をそそったかもしれない。三つの王国を平和裏に統合したいという希望をまだ持っている王が、旗艦の名がトレ・クレノール(three crowns――三つの王冠)であることに反応しなかったとは思えない。

この呼び名が、デンマーク人とスウェーデン人とのあいだの長い確執と緊張を示すことを王は知っていただろう。そもそも三つの王冠はスウェーデンが国章としてきたものであるが、デンマークがデンマーク王室の紋章に取り入れ、旗艦の名前にもしたことで[2]、スウェーデンにまで及ぼうとするデンマークとノルウェーの統合[3]が仄めかされていたのだ。デンマークが帝国主義的野望を強く打ち出してきたことをスウェーデンは恐れていた。デンマーク艦隊の大きさと見事さ（そのうち旗艦を含む二隻は、最近スコットランド人によって建造されたもの）には、ジェイムズ王も不安を感じたかもしれない。ジェイムズ王がスペインと平和条約[4]を結んだあと、エリザベス女王の伝説的な海軍を密かに縮小したことが注目されてしまうかもしれなかったからだ。クリスチャンの好戦的プロテスタンティズムは、ジェイムズ王のスタイルではなかった。ジェイムズ王は平和を求める別の道を選んだのであり、自分を現代のオクテイヴィアス（のちのオーガスタス・シーザー）と看做しており、戴冠式の記念のメダルに、ローマ人の恰好をした自らの姿を刻ませ、「ブリテンのカエサル・アウグストゥス、カエサル家の末裔カエサルたるジェイムズ一世」とラテン語で記したほどだ。シェイクスピアの劇にある次のようなオクテイヴィアスの希望にも同意したことだろう。

国際的和平の時代は近い。
今日が幸先のよい日となれば、三つの世界の
すみずみまでオリーブの葉が繁るだろう。
（第四幕第六場五〜七行）

二人の王の出会いを報告した人々が記さなかったのは、ジェイムズ王が最近ブリテンの統合を主張した

ことだ。イングランドとスコットランド両国のあらゆる船が、新しくデザインされた国旗をテムズ河にはためかせていたのに、見物客は気づいただろう。のちにユニオン・ジャックとして知られる旗である。三か月前、ジェイムズ王は、スコットランドとイングランドの船はすべて、メインマストの上にこの新しい旗を掲げるようにという布告を出していた。それはイングランドの聖ジョージの十字をスコットランドの聖アンドルーの×字にかぶせる形だったため、スコットランド人はやがて不服の意を王に伝えた。スコットランド人は、このようにイングランドに上から抑えられるのは「スコットランドの屈辱」であるとして別の図案を提案したが、無視された。このようにジェイムズの渇望する「ユニオン」(統合)のために旗を掲げさせてみたところで、逆に統合への抵抗の根の深さを強調する結果となってしまうのだった。

そのほか記されていなかったのは、長い船旅のためにブラックウォールの船渠で修理中の地味なイングランドの船三艘があったことである。スーザン・コンスタント号、ゴッドスピード号、そして中型船のディスカヴァー号だ。これら三艘の小ぶりの船はこれからヴァージニアへ向かい、そこで初めてアメリカ大陸にイングランドの永続的植民地ができてそれをジェイムズタウン[*5]と呼ぶことになるわけであるから、豪華なトレ・クレノール号よりも遥かに大きな遺産を遺すことになるのだ。ジェイムズ王のスペインとの平和条約によって、アメリカでの植民が可能になったのであり、四月十日にジェイムズは、ヴァージニア会社に勅許を与えた。この航海は巷を賑わせ、詩人で劇作家のマイケル・ドレイトンは「ヴァージニア航海へ寄せる」という愛国主義的な詩を急いで印刷し、この試みを祝った。小艦隊は一六〇六年十二月二十日に出航し、六週間後にアメリカ大陸を初めて目視した。シェイクスピアは国内の事件に気を取られていたが、五年後に『テンペスト』で、遅ればせながらアメリカ大陸とそこでの帝国の挑戦に注意を向けることになる。

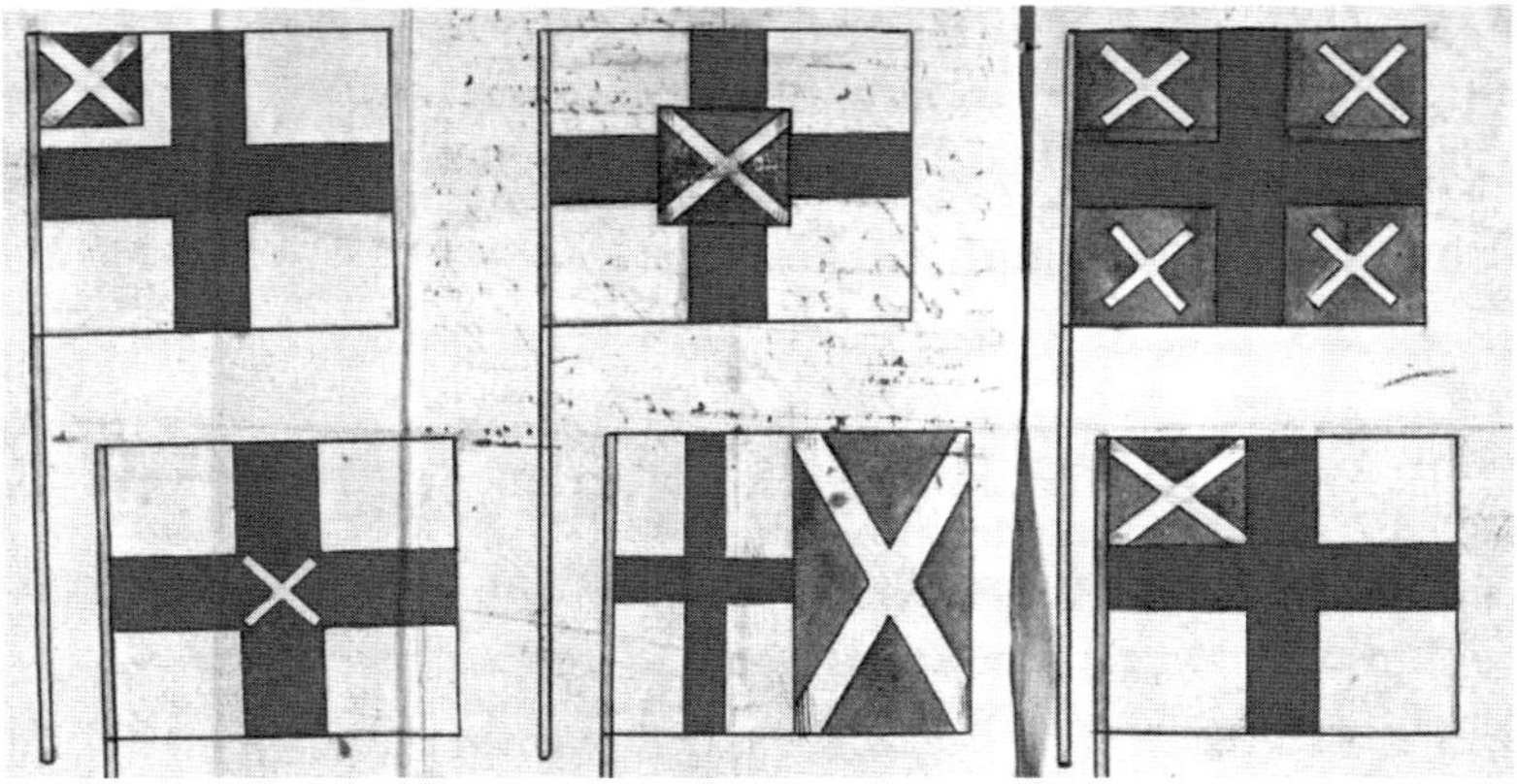

最初の英国国旗の図案
1606年、ジェイムズ王は、イングランド船、スコットランド船はすべて、ある種の統合旗（ユニオン・フラッグ）を掲げよと命じたが、その方が新たにユニオン・フラッグをデザインするより簡単だった。ここに掲げたのは、1606年に海軍大臣とノッティンガム伯によって発注された案であり、いずれも採用に至らなかった。これからもわかるように、スコットランドとイングランドの旗を統合することは容易でなかった。伝統的な紋章にどうしても両国の力関係が出てしまうからだ。現在のユニオン・フラッグが最終的に選ばれたときも、スコットランド人は、イングランドを表す聖ジョージの十字（白地に赤い十文字）がスコットランドを表す聖アンドルーの十字（青字に白の×）の上にかぶさっていることに不快を表明した。
National Library of Scotland

その夏のクリスチャン四世王の訪問は、シェイクスピアにとってプルタルコスの『アントニー伝』と同じほど豊かな材源となり、シェイクスピアのみならず、この王室訪問の記憶がまだ新しいロンドンの観客にとっても、シェイクスピアがちょうど書いていた劇のテーマをさらに鋭く浮かび上がらせることとなった。偶然の一致が多いとしても、『アントニーとクレオパトラ』と異様なほど符合したのである。この二人の強力な指導者のスタイルと個性を比べると、デンマーク王はアントニーと似て好戦的で酒と女が好きであるのに対し、イングランド王は平和を愛するオクテイヴィアスと自分を重ねて見ており、しかも夫と弟のあいだに立つアン王妃は、オクテイヴィアに似て落ち着かない立場にいた。とりわけ二人は公私の落差が激しく、人目に見えるところと実際とは随分違っていた。

二人の王の出会いを見守って感激した著述家の言葉は、『アントニーとクレオパトラ』でさまざまな支配者たちが声を掛け合う様子を見て発せられた言葉として当てはめてもいいくらいだ。「何という愛が、何という達成が、何という自然な愛情の繰り返しが二人のあいだでかわされたか、下々には思いもよらぬことであり、これほど偉大な人物であればこそわかるのだ」。シェイクスピアにもわかったことだろう。シェイクスピアは、この二人の王の前で三度上演した劇団の一員であるのみならず、ジェイムズ王の正式な供回りの一人として、そしてまた恐らくはロンドンじゅうを巡った儀式的な行進に参加した者として、二人の王のやりとりをたいていの人よりしっかりと見る機会があったはずだからだ。ジェイムズ王の時代を研究する歴史家たちは、歴史上重要ではないとしてこの訪問についてあまり語ることがないが、これは残念なことだ。この訪問について当時書かれたことや、とりわけ『アントニーとクレオパトラ』のようにそれに影響を受けた芸術作品を読めば、ジェイムズ王の治世三年目にして表れ始めていた亀裂が見えてくるからだ。

前年の八月、クリスチャン王の主たる大臣の一人ヘンリク・ラメルがひと月の滞在のために、五十人のデンマーク人の供回りをしたがえてイングランドに到着した。その二年前、クリスチャン王はガーター勲章を式典欠席で授与されることになり、ラメルは「その代理として厳かに勲章を拝受する」式典に派遣されたのだ。デンマーク代表団はサマセット・ハウスに宿泊し、「国王の侍従紳士、護衛隊、部屋付き係官」らの世話を受けた。ラメル自身、エルシノアで「酒の神バッコスが催すようなもてなし」でラットランド伯爵を歓迎したばかりなのだから、ジェイムズ王としてはそれぐらいのことをしなければ、失礼に思われたであろう。

おもてなしは、国王一座には馴染みの仕事だったはずだ。一年前に、正式な部屋付き係官として劇団員はロンドンのサマセット・ハウスへ呼ばれ、その時は平和条約を締結しにやってきたスペイン代表団の世話をしたのだった。シェイクスピアと仲間の劇団株主たちが国王一座に選ばれたのちにそれぞれ王室のお仕着せのために受け取った数メートルの赤い布は、決して単なる象徴ではなかった。とりわけグローブ座で稼ぎ時の夏のあいだにこうして駆り出されるのが、ジェイムズ王のお付きの者であることの面白くないところだった。現存する記録から、国王一座は一六〇四年八月に十八日間連続で宮仕えをしていたことが確認される[*6]のだが、一六〇五年にも働いた報酬の記録がないために、シェイクスピアの伝記作家たちは劇団員がサマセット・ハウスを再び訪れたことを見逃しているのだ。ガーター勲章の儀式にひと月もかからないはずなので、使節団も一緒に来ていて翌春のデンマーク国王の正式訪問の日程を考えたのだろう（イングランドが立派な王室の一行を歓迎するとなれば、四百人近いデンマーク人の随行があるはずだ）。だとしたら、国王一座は誰よりも早くデンマーク国王の四十日にわたる訪問計画を知ったであろうし、その歓迎式典で役者及び従者としてやることになるはずの役割もわかったであろう。

クリスチャン王はその滞在中、国をあげてもてなさなければならなかった。うまくいけば、イングランドの詩人たちや、肖像画を描く画家たちや、音楽家たちや、劇団の懐も満たされるはずだ。イニゴー・ジョーンズやイングランドの最高級の音楽家であるジョン・ダウランドは最近クリスチャン王の宮廷で仕事をしたばかりだったため、クリスチャン王のお気に召そうと必死な者たちはこの二人と話を交わしたり、あるいはエルシノアで上演したイングランド人役者たちと仲良くしようとしたりしたかもしれない。ジェイムズ王は、議会からもぎとったばかりの五十万ポンドの助成金をぱっぱと使って、歓待のために金に糸目をつけなかった。料理人たちは休む暇もなく、金細工師も、船大工も、武具屋も、踊りの教師も、剣士も、レスラーも、葡萄酒製造業者も大忙しだった。ホーソンデン在住のドラモンドが皆を代表して、国王の正式訪問の際に「宮廷では、トランペットとオーボエが鳴り響き、音楽とどんちゃん騒ぎと喜劇が繰り返されていた」と述べている。

当時の報告によれば、クリスチャン王は四月に到着する予定だった。何週間経っても艦隊がやってくる様子がなかったが、「もうすぐいらっしゃる」との噂が広まっていたので、二人の王をもてなすように依頼された多くの芸術家たちはかなり早く、二月末か三月上旬には準備を始めていたに違いない。その頃には祝典局長のエドマンド・ティルニーは、訪問中に宮廷で上演されることになる大量の劇を検閲する覚悟をしていただろう。延長されていたクリスマスの祝賀が三月の第一週になってようやく終わり、ティルニーは、国王一座、セント・ポール少年劇団、アン王妃一座、王子一座が宮廷で上演した十八本の劇を検閲し終えていたが、恐らく同じぐらいの数の劇をまた検閲することになるはずだ。しかも、そのほかに十二本以上の劇を次の年のクリスマス・シーズン用に選ばなければならないこともわかっていた。そんなにたくさんの新作はないし、王室がまだ観ていない旧作でレパートリーに入っているものもあまりなかったので、これは無理に思えた。結局、ティルニーの重荷は、クリスチャン王が滞在を切り上げて、予定より二週間早く立ち去ってくれたために軽くなったものの、ティルニーに前もってそれがわかっていたわけではないので、滞在中の追加公演のためにティルニーが選んだ劇団の役者たちはすでに稽古をしていたはずだった。

この祝賀はほとんど、シェイクスピアが『夏の夜の夢』で嘲っている王室余興を思わせるものだった。テーセウスは祝典局長に尋ねる。「今宵はどんな余興がある？ 仮面劇は？ 音楽は？」そして、「ケンタウロスとの戦い」「バッコスの信女の酒盛り騒ぎ。怒ってトラキアの歌い手を八つ裂きにするの巻」（第五幕第一場三九〜四九行）といった気の滅入りそうな演目から選ぶようにと言われる。ジェイムズ王とクリスチャン王は「学識深く、繊細で、重要な見世物や余興」といったお決まりのメニューに耐えねばならず、なかには、フリート街にあった巨大水栓の上で演じられた「好色な半人半獣サテュロスに捕らえられた妖精ニンフ」という市民劇や、セオバルズ通りで三人の神話的人物によってなされた手の込んだ挨拶などがあった。これに魅了されたあるデンマーク人は、日記に「きれいな服を着た小さな少年三人がある種の余興を見せた」と記している。後者の見世物の台本はベン・ジョンソンが『ヴォルポーネ』を書き終えた直後にさっと書き上げており、このちょっとした貢献に十三ポンドもの報酬を得たのである（大金ではあるが、この舞台装置をデザインしたイニゴー・ジョーンズに与えられた二十三ポンドよりは少ないことをジョンソンは意識していたに違いにない）。ニンフとサテュロスによる寓話劇は、別の人気諷刺劇作家であるジョン・マーストンが書いた。マーストンは二人の王を褒め称え、いつもの辛辣な皮肉やウィットを効かすこともなく、報酬を払うロンドン市当局を喜ばせたのだった。

依頼を受けた執筆は、ほぼ例外なく、恥も外聞もない追従だった。四百年後の今、読むに堪えないものとなっている。この黄金のチャンスをものにしようと頑張った若手ないし無名作家たちの個人的な努力にも同様のことが言える。たとえば二十歳のジョン・フォード（今日では数十年後に書いた『哀れ彼女は娼婦』で知られている）もその一人だった。最近ミドル・テンプル法学院から放校処分を受けたばかりのフォードは、どうしてもパトロンが必要で、この訪問についての作品を二つも急いで印刷したが、どちらも大して注目されなかった。一つは「君主たちの会見」という短いお世辞たらたらの詩だった。エドマンド・ボールトンがこの訪問について書いたラテン詩「三つの王冠《トリコロネ》」や、ヘレフォード在住のジョン・デイヴィスの同じぐらい手の込んだ「歓迎《ビアン・ヴニュ》」なども、やはりつまらないものだった。この追従合戦に加わった最年少作家は、恐らく将来詩人となりロンドン主教となったヘンリー・キングだったろう。当時やっと十四歳になったばかりだ。その無題の四句連が、訪問を祝ってオックスフォードの学者たちが書いたラテン語の九十七篇の他の詩と一緒に一冊の詩集『オックスフォード大学の三美神またはミューズの喜び』に収められた。この詩集はたぶんクリスチャン王がこの大学町を訪問なさることまで想定して準備されたものであろうが、王がオックスフォードを訪れることはなかった。献本が二人の王へ送られたが、それはオックスフォードでどのような豪華な余興が数多く計画されていたかの痕跡だった。

　もともとの旅程はわからないが、クリスチャン王は到着して一週間以内に、「長居をするつもりはないし、最初にイングランドへの旅行準備をしたときは国内をあちこち旅するつもりだったが、それも取りやめにした」と発表したため、ジェイムズ王はロンドン市長に命じて、予定より早めにロンドンへの歓迎式典を準備させた。クリスチャン王到着の十日後の七月三十一日に国王一座がオックスフォードで何をしていたのか説明するのは難しいが、そこで王の到着を待ちうけていた一座は急ぎグリニッジに駆け戻ってきて、その週末に二人の王のために上演したのかもしれない。

　クリスチャン王の訪英中の上演記録はあまりない。この英語を話さないデンマークの客人を最も喜ばせた劇は何か、あるいはスコットランド人の主人役は何が気に入ったのかと推測して学者たちはこの空白を埋めようとしてきた。デンマーク王の物語『ハムレット』がよいのではないかと誰もが思ったかもしれないし、シェイクスピアの最近のスコットランドの劇『マクベス』でもよかったかもしれない。当時の手紙や日記にほんの少し残っていた手がかりから、二人の王の前で上演された劇の名前が一つだけわかっている。今では失われた『悪用』という劇で、ほとんど消えかかっていたセント・ポール少年劇団によって七月三十日にグリニッジにて演じられた。その前の晩、ティルニーは人気を失ったブラックフライアーズ少年劇団にもグリニッジで上演させるように取り計らっており、これはひょっとすると政府がある種自暴自棄になっていたことを意味するのかもしれない。翌週少なくとも四本の公演があったが、上演した劇団名は知られていない。四本しか上演されなかったわけはないだろう。王子一座も上演しなかったとしたら、ジェイムズの嫡男——叔父のクリスチャン王と仲良しであることがよく知られていた——を軽視したことになってしまう。シェイクスピアの劇団は、八月七日にハンプトン・コートで一本、恐らくそれ以前にグリニッジでもう二本の計三本上演して報酬を得ているが、作品名はわからない。

ジェイムズ王の宮廷では、説教も重要な王の余興であり、当時の説教師たちはとても高い水準を維持していた。クリスチャン王の訪問時に説教するように選ばれた者たちは、両方の王が聴いて理解できるようにラテン語で行うようにと、さらにハードルを挙げられた。訪英中、毎日曜と毎火曜に行われた七つの説教のうち三つの記録が残っている。ケンブリッジの神学者トマス・プレイファーが早い段階で説教を行い、厳しい評を受けた。ダドリー・チャールトンが友だちに語ったところでは、プレイファーは「恥をかいたようなものだった」という。二週間後、ヘンリー・パリーの説教もかんばしくなかった（神学から哲学に話を広げたパリーは「かなり曖昧になり……わけがわからなくなった」とチャールトンは不平を洩らした）。パリーにとっては幸いなことに、クリスチャンはその話を大いに気に入って、貴重な指輪をパリーに贈ったのだった。

このとき成功を収めたのは、当時最大の説教師ランスロット・アンドルーズのみだった。八月五日にジェイムズ王の命を狙ったガウリ事件の六周年を記念して説教を行うようにと依頼されていたが、アンドルーズはこの事件の公的な説明は信憑性が欠けると思っていたため、これは容易なことではなかった。その説教は今もってあまり知られていないが、それと言うのも一六一〇年に公刊されたのはラテン語であり、一六四一年になるまで英語で出版されなかったせいかもしれない。英訳されたこの説教はジェイムズ王の『九十六の説教』第四版に付された。イングランドの最高級の劇作家同様、アンドルーズのような第一級の説教師は時代を掌握しており、その説教は当時の文化的瞬間をしっかりと捉え、定義づけている。

アンドルーズは詩篇一四四番十節の「あなた〔神〕は王たちを救い、僕《しもべ》ダビデを災いの剣から解き放ってくださいます」について説教することにした。誰もがこれが二人の王について「ぴたりと当てはまり、まさに今の話である」と認識すると自信を持っていたのだ。ガウリの嫌な話はさっさと終えて、アンドルーズは先の十一月に起こった、心に傷を残すような出来事に話題を変えた。「六年前、災いの剣からジェイムズ王を救ってくださった主は、つい最近、今年も、危険な火薬から王を救ってくださったのです」と。

このあいだの十一月にあった脅威は、はらわたを抉るようなものだった。あの計画が成功していたら、「血の雨が降り、あまりにも多くの首や、人体の多くの破片が飛び散ったことでしょう」。アンドルーズは、王室付のほとんどの説教師と同様、この数か月、カトリック非難から身を遠ざけていたが、驚いたことに、「がむしゃらに王国の転覆」を図った「王に対する謀叛人ども」である「怪物のような」イエズス会士を攻撃した。あるいは、説教を聴いてもらっている揺るぎないプロテスタントである君主二人の共通点を見つけたかったのかもしれない（そして出版されるラテン語版説教を読む国際的な観客に対してメッセージを送ろうとしたのかもしれない）。アンドルーズは、イエズス会士の二枚舌を特別に非難してみせた。ダビデ王が

「嘘と呼ぶ」ものは「二枚舌である」とし、迷えるイエズス会士らの心は「神から離れており、」それゆえに「危険な剣を研ぎ、毒を混ぜて、火薬陰謀に火をつけようとした」のだと説教したのである。

あの陰謀が明らかになってから九か月が経つものの、国民はこの心の傷からまだ癒されておらず、「地獄の底からあんな化け物が人間の姿でやってきて、あれほどひどいことを思いついたとは、我々が自分の目で見ても信じられないのだから、後世の人はとても信じられないでしょう」と、説教は続いた。アンドルーズは、神から授与された王権について好意的に語ることで二人の王を喜ばせたかもしれない（「一体化した三王国、三つで一つ」として三位一体により統合を認めたことで、ジェイムズはまちがいなく満足しただろう）。けれども、アンドルーズは二人の虚しい追跡を叱ることもできた。狩りばかりしているジェイムズ王と、海軍に投資しすぎるクリスチャン王を非難して、「馬の力にも」「海軍力にも」「王を守る力はない」と警告し、救済は天からのみくることを「王たちは知るべきである」と付け加えたのである。

グリニッジでのアンドルーズの説教は、二部作のうちの第一部と看做すのがよい。と言うのも、三か月後、アンドルーズは、ホワイトホール宮殿にて毎年恒例の火薬陰謀記念日説教のトップバッターとなったからだ。そこで、英語で、国内向きに説教を行ったアンドルーズは、向きを変えて、イエズス会士ではなく悪魔そのものを非難した。火薬陰謀事件を思いついたのは「人間ではなく悪魔であり」、「それを防いだのは人間ではなく神である」と述べたのである。ガウリ説教ではそう認めなかったものの、助かったからそれでよいとはならないと認めるならば、これはもう「奇蹟」と呼ぶしかなく、永遠に国の祝日とするにふさわしいと認めるしかないのだ。最近まで祝日（ホリディ）とは、エリザベス女王の即位記念日やさらに最近のガウリ記念日が政治的要素を持ち込んで境界線がはっきりしなくなるまで、本当に「聖なる《ホーリー》」日《デイ》であった。しかし、アンドルーズにとって、十一月五日に悪の力を防いだ神の役割ゆえ、この日は特別となったのだ。

「この日は滅びることなく、我々、いやその末裔まで忘れられることはなく、いつまでも記憶されよう。何世代にもわたって毎年この日が記念されよう」。そして、恐らくアンドルーズが行った最近のガウリ記念日説教のあとに行われた神聖ならざる祝宴が思い出されたのであろう。アンドルーズは、今度はこの日を祝う者たちが「座って飲み食いしたり、芝居を観たりして」神様を怒らせるようなことをしてはならないと警告した。

そのガウリ記念日の説教も聴いたダドリー・カールトンは、的確な説教だと思い、「誰もが、いつものアンドルーズより素晴らしいと思った」と記した。その前の晩(「踊りや芝居」で費やされた晩)にシェイクスピアの劇団がグリニッジで上演した可能性は大いにある。あるいはまさにその晩の「愉しい余興」を担当したのかもしれない。新作『マクベス』がグリニッジでのそうした機会に(あるいはその週末ハンプトン・コートで)上演されたかどうかはわからないが、もし上演されたなら、この劇の二枚舌、口と心の乖離、そして地獄の所業への興味は、この説教にも、アンドルーズが鋭く描く国の雰囲気にもぴたりと合ったことだろう。

クリスチャン王滞在の第一週はグリニッジで費やされ、そこでアン王妃は、生んだばかりの娘ソフィアがひと月前に亡くなり、ウェストミンスター寺院で埋葬されたことから立ち直ろうとしていた。この暗い死のために、訪問に影が差していた。ジェイムズはさらなる後継者が生まれるのを期待していたし、クリスチャン王は自分たちの母親ゾフィーにちなんで名づけられた子供の誕生のことで姉にお祝いを述べるつもりでいた。そして(当時の書簡からわかることだが)宮廷人たちは、こうした機会にたいてい出される祝い金で懐が潤うことを期待していた。アンは、産後の祈禱のために教会へ行くこともせず、八月三日まで部屋にこもりきりになっていた。この訃報は、王室の系譜の不幸な曲がり角となった。ソフィアを最後に子供が生まれなかったのだ。

この最初の週はほとんどプライベートに過ごしたようで、テニスの試合以外には余興も劇も記録されていない。二人の王は毎日狩りをして過ごし、クリスチャン王は狩りを楽しみはしたものの、やがてそれも飽きていた。

七月二十四日木曜日、王室の一行は、ロンドンから二十キロ北にあるソールズベリー伯の見事な領地にあるセオバルズ邸へと出掛けた。「数えきれないほどの大勢の人たち」がそのあとを追って押し寄せ、

ソールズベリー伯ロバート・セシル
ジェイムズ王が愛情をこめて「小さなビーグル犬」と呼んだ国務大臣。1606年にソールズベリー伯ロバート・セシルは、ジェイムズ王とその義弟クリスチャン四世王をセオバルズにある伯の素晴らしい邸に迎えた。

最初の四、五キロはあまりにも群衆がひしめいたので、「王室の一行が通る余地も残っていなかった」ほどだった。一行はセオバルズに四日滞在したが、クリスチャン王はどういうわけか、かんかんになってグリニッジのアン王妃のもとへ（最初は驚くべきことにジェイムズ王を置いて）帰ってしまった。

ジェイムズ王があまりに狩猟ばかりするのに嫌気がさしたのだという噂が広まった。ダドリー・カールトンによれば、クリスチャン王は「オランダで戦時にしかたなく死に至るよりも多くの馬が余興のために殺されるとは、余興として問題がある」と思ったらしい。ジェイムズ王の方は「デンマークの弟が狩猟を楽しまなかった」理由がわからなかった。二人のあいだの軋轢の原因は、男らしい活動の発想が違っていたとか、たった一日の狩猟で十二頭の馬が殺されたことにクリスチャン王が苛立ったとかいうことではなく、ジェイムズ王がアン王妃に対して無神経すぎることをデンマーク王が怒ったことにあった。フランス大使のドゥ・ラ・ボデリは、その直後、姉に対するジェイムズ王の態度にクリスチャン王が抗議したと本国に報告した。

スポーツマンである義弟と比べられるのはしかたなかったが、ジェイムズ王はその度に嫌な思いをすることになった。ジェイムズ王は、『アントニーとクレオパトラ』のアントニーに警告する予言者の「あの人と一緒に何かの試合をしたら、必ず負けます」（第二幕第三場二六～七行）という台詞に眉をしかめたかもしれない。クリスチャン王には勝てなかったからだ。とりわけ輪型の的を馬上から槍で突く競技でクリスチャンと争ったときの負けは忘れがたいものだった（ジェイムズは「かなり悔しがった」とされる）。クリスチャン王の帰国後まもなくして、ジェイムズ王が、「野生動物を追いかけたり」せずに「善政を考えるように」と警告し、「デンマーク王を見習って真に王らしい活動をすべきであり、さもなければ国民の愛情も尊敬もすっかり失ってしまうだろう」とする匿名の手紙を受け取ったとき、腹を立てたとしても驚きはしなかったのではないだろうか。

ベン・ジョンソンとイニゴー・ジョーンズによって用意された手の込んだ歓迎への報酬を別にすれば、セオバルズでの見世物への支払記録はない。しかし、ソールズベリー伯が金に糸目をつけずに食べ物や酒に膨大な費用をかける人であることを考えれば、何も計画されていなかったとしたら驚きだ。エリザベス女王の名付け子である作家で翻訳家の才子サー・ジョン・ハリントン（ジェイムズ王の宮廷では不遇をかこった）は、セオバルズでその週に目撃した貪欲さ、乱交、酩酊ぶりをある手紙に記しているが、全文を引用する価値がある驚くべき描写である。

私はデンマーク王御到着の一日か二日前に来たのだが、陛下が御到着になってから今に至るまで大酒盛りやありとあらゆる余興があって、まったく度肝を抜かれている。毎日繰り広げられる余興を見ると、ここはマホメットの楽園かと思えてくるほどだ。女もいれば、実に無尽蔵な酒があり、まじめな人が見たら目を回すだろう。饗宴は豪勢だった。二人の王はテーブルでとても愛情をこめて抱き合っていた。これまで酒を勧めても飲まなかった人たちがまわりの雰囲気にしたがって、けだもののような喜びに耽っていた。淑女方も節制を捨て、酩酊して転げまわっていた。実のところ、政府は寛大にも陛下にかなりな特別費を提供しており、おかげで楽しい暮らしに欠けることはなかった。朝から夜まで劇、見世物、宴会が途切れなかったのである。

ハリントンは堕落した宮廷の頽廃を信じることができなかったが、ジェイムズ王自身が下戸だっただけになおさら驚きだった（王に敵意を持つ十七世紀の伝記作家アンソニー・ウェルデンでさえ、ジェイムズ王は「飲みたくて飲んだのではなく、慣習にしたがって」飲んだと認めており、「一度に大さじ四杯以上飲むことはなく、大さじ一、二杯程度にとどめておくのが普通だった」としている）。しかし、深酒はデンマーク人が始めたのかもしれないが、酒盛りは主催者側の情けなさを示していたとハリントンは思った。「(大声ではないが)デンマーク人が再びブリテン人を征服したと私は言うのです。なにしろ、男も女ももはや思うように動けなくなってしまっていたのですから」。大虐殺を免れて数か月しか経っていないのというのに、ジェイムズ王の無思慮な宮廷は自己破壊をするつもりだったようだ。「火薬への恐怖がすっかり忘れられたわけではないのに、あちらこちらで乱痴気騒ぎ、暴飲暴食、時の無駄使い、無節制によって、あらゆる人がだめになるように悪魔が仕組んだかのような仕儀と相なった」。

この放蕩は、セオバルズにて二人の王の御前で上演された仮面劇で新たなレベルに達した。「ある日、大宴会が催され、食後に『ソロモンの寺院とシバの女王の来訪』という劇が二人の陛下の御前にてソールズベリー伯ほかの発案で上演された(というより、上演される予定だった)」。シバの女王がソロモンの宮廷を訪れた物語は、平和を愛するイスラエルの賢明な王に自らをなぞらえるジェイムズ王の前で上演するにふさわしい劇だっただろう。シバの女王が宮廷に到着したときに言った言葉は、デンマーク王公式訪問中のジェイムズ王にはとりわけうれしく聞こえたことだろう。「わたしが国で、あなたの御事績とあなたのお知恵について聞いていたことは、本当のことでした。わたしは、ここに来て、自分の目で見るまでは、そのことを信じてはいませんでした。しかし、わたしに知られていたことはその半分にも及ばず、お知恵と富は噂をはるかに超えています」(「列王記」上第十章六～七節)。ジェイムズ王自身、ヘンリー王子への指南書『王からの贈り物《バジリコン・ドロン》』を書いたとき、この類比を膨らませて、こう記している。「異国の人がおまえの宮廷を訪れるときは、シバの女王のように、おまえの家の栄華、おまえの従者らの整然たる秩序を見ておまえの賢明さに感心してもらえるように」。

シェイクスピアがあるアフリカの女王との有名な出会いの場面を描いていたときに、ハリントンの手紙にもアフリカの女王との出会いの場面が認められていたのは、めったにない偶然の一致だ。シバはエチオピアとエジプトの女王として知られ、ナイル河の近くに宮殿を持ち、シェイクスピアを含む多くの人がシバの女王を賢い政治家と考えていた。シェイクスピアの後期の共作『ヘンリー八世』において、クランマー大主教はエリザベス一世がこの有名な女王よりも賢くなるであろうと予言する。「この純真な心を持つ子は、シバよりも賢く美徳ある女王となろう」(第五幕第五場二四～二六行)。

将来を約束するようなこの筋書きはセオバルズにおける醜態によって裏切られ、シバの女王の仮面

サー・ジョン・ハリントン
宮廷人、作家、翻訳者にして、当代切っての鋭い観察者。ハリントンの書簡は、当時の最も生き生きとした、辛辣な批評となっている。
©The National Portrait Gallery, London

劇は酔っぱらいの乱痴気騒ぎとなってしまった。

だが、残念かな！　あらゆる地上のことどもが哀れな人間には楽しみとならぬように、我らの余興もこれまでだった。女王役を演じた淑女は両陛下に貴重な贈り物を運んだが、天蓋へとあがる段を踏み外し、その宝箱をデンマーク王陛下の膝の上へ落としてその足元に倒れた。というより、陛下の顔に直撃したと思う。大変な大騒ぎとなった。近くにあった布やナプキンですっかりきれいにした。そのあと陛下はお立ちになって、シバの女王と踊ろうとなさったが、お倒れになって、女王の前に転び、奥の部屋へ運ばれて、陛下のベッドに寝かされた。ベッドは、ワインやクリームやジェリーや飲み物やケーキやスパイスなど、シバの女王が陛下の服に投げつけた贈り物ですっかり汚れてしまった。余興と見世物は進行したが、出演者のほとんどは退行したか倒れるかのありさまだった。それほど上の部屋ではワインを飲んでいたのだ。

ジェイムズ王の宮廷の頽廃を分析するハリントンの手紙の内容は面白すぎて本当とは思われない。恐らく当時でもこの記述が嘘とわかっただろう。この手紙の受取人の「友人」とされた秘書バーロウというのは存在しないようだし、これほどひどい出来事について書いた者は他に誰一人いない。当時の仮面劇で女性がこんなに酔っ払って役を演じることはなかった。当時の宮廷仮面劇の約束事――出演者の名を記したり、音楽、構成、装置、そしてとりわけ贅を凝らした衣装について詳しく記したりといったこと――が一切無視されており、このあとにある「希望」、「信仰」、「慈善」、「勝利」といった人物についてのハリントンの説明――「希望」と「信仰」は「下のホールで」「気分が悪くなって吐いていた」し、「勝利」はジェイムズ王に「豊かな剣」を渡そうとして「王の手で払いのけられた」

というもの——はひどいでっちあげに思えるし、王が剣を払いのけたというのは明らかに平和主義のジェイムズに対する見え透いた当てこすりである。こんな叛逆罪すれすれの手紙を投函するなど、自殺行為に等しい。恐らくこの手紙は送られるべく書かれたのではなく、信頼のおける仲間うちで密かに声に出して読まれるべく書かれたのであろう。これが活字になったのは、約二百年が経ってからのことだった。

だが、ハリントンの虚構の描写が真実から程遠かったわけではなさそうだ。宮廷にいた多くの人々は、二年前の十二夜の祝祭で『黒の仮面劇』のあとの宴会が手に負えなくなったことを思い出しただろう。饗宴のテーブルはひっくり返り、めちゃくちゃな騒動となって、「ネックレス、宝石、財布」のみならず、「自分でも驚いていた」女性の「貞節」もなくなったという。セオバルズでの酒池肉林は、それに輪をかけたものだったのだろう。ハリントンの描いてみせた酔っ払いで好色のデンマーク王は、決して戯画ではないのだ。クリスチャン王は、日記をつけていて、ベッドまで運ばれるほど酔っ払った日には×をつけたことが知られている（意識をなくしたときは二重に×をつけた）。王は一晩に「ワインを三、四十杯空けることができ、王のロンドン訪問を祝って市当局が「コーンヒルの水道にクラレット・ワインを流すよう」命じたときには喜んだに違いないのだ。王の主たる大臣の一人が、王はひとしきり皆と飲んだあと、そのあたりの宿屋に若い娘はいないかと尋ねたことを記録している。このデンマーク王は、二人の妻と多くの愛妾とのあいだに少なくとも二十人の子供を儲けていた。ジェイムズ王が酒好きの義弟のペースについていったとは考えられない。滞在最後の数日に、渡し板でつなげたイングランドの船二艘でクリスチャン王をもてなしたとき（イングランド人貴族二人が酔っ払ってテムズ河へ落ち、一人が腰から下が真っ裸になって上がってきたとき）でも、深酒はしなかっただろう。『アントニーとクレオパトラ』で、酔っ払って正体をなくしたポンペイが運び出される船上の酒宴の場面は、プルタルコスには相当する箇所がなく、ひょっとするとクリスチャン王の滞在中の船上での深酒の話を聞いて書かれたのかもしれない。

ハリントンが伝統的な意味の手紙ではなく、立派な書簡文学ともいうべき虚構を書いたのは恐らくこれにとどまらない。そうした虚構は、実際に起こった事柄について、シェイクスピアの『アントニーとクレオパトラ』と同様、想像力に富んだ記述だからこそ伝えられる真実を教えてくれている。二人の書き手がこのときに表明しようとしていたのは、ますます強まるイングランドの亡き女王への郷愁《ノスタルジア》だった。多くの点で、過去の栄光こそがシバの女王の物語の寓意なのだ。

ハリントンはこう結論づけている。「この前代未聞の出し物には大いに驚いた。そして、われらが女王の時代にはどうだったかと思い出された。私自身微力ながらそうした出し物を主催したり、手伝ったりしたこともあったが、このように秩序も分別も真面目さもなくしてしまうようなことはかつてなかった」。クリスチャン王の訪問ののちにハリントンとシェイクスピアは、数年後にフルク・グレヴィルが歩む道とほぼ同じ道を歩んでいたのだ。すなわちグレヴィルは、エリザベス朝の昔をジェイムズ朝の現在から見つめ直し、自分がかつて書いたアントニーとクレオパトラの劇に「かつてないほど名誉ある埋葬」をしたのだった。

かつての君主と現在の君主を比べることは、ハリントンもグレヴィルもわかっていたように、命懸けの仕事だった。そして、アントニーとクレオパトラについて書くことは、最初グレヴィルが理解して今シェイクスピアが理解したように、どうしても政治的、時事的にならざるを得ず、扇動的なところもあった。それゆえ、シェイクスピアの新作が、シェイクスピアの英国歴史劇ほどはっきりしたことを書けないのはしかたのないことだった。とはいえ、この新作は、エリザベス朝時代とは変わってしまったジェイムズ朝時代の暮らしについて、曖昧ながらも強力で洞察力に富むことを示している。『アントニーとクレオパトラ』は、時代の変化について極めて自意識の強い劇なのである（その変化を生き抜いている人には、その変化が見えていなくとも）。

グローブ座の観客もまた、劇の途中で「ユダヤ王ヘロデ」（第三幕第三場三行）への何気ない言及を耳にして、物語の主人公たちが気づいている以上に大きな歴史的な力が働いているとわかって、この劇が時代の流れを強く意識させる劇なのだと感じたかもしれない。紀元前とか紀元後といった用語で歴史を語るときに想起される大きな時代の変化がこの劇には籠められているのだ。

『アントニーとクレオパトラ』は、古代の歴史を語り直す際に、かつてローマに住んでいた偉人たち――ジュリアス・シーザー、ポンペイ、ブルータス、キャシアスといったすでに亡き者たちと、やがて同様に過去の人物にならんとするアントニーとそのエジプト女王――に対して、この劇の明らかな勝者であるオクテイヴィアス・シーザーとを対置させている。後者はかなり小物となり、自分で戦うよりは他の者を戦闘に送り込み、巧みな計略によって世界制覇を狙い、征服した敵を引き連れて凱旋する夢を見、自分より先に死んだ偉人の埋葬を利用して自分の株を上げようとする。

シェイクスピアにとって、ハリントンにとってと同様に、武勇に優れたクリスチャン王の艦隊のこの夏の来訪は、当時の多くの人たちが感じていたことを象徴する事件だったのではないだろうか。つまり、エリザベス朝時代は過去のものとなり、アルマダ艦隊を打ち破り、アイルランドを征服した世界は消え去り、そこに大勢いた今では死んだか処刑されたか投獄されてしまった実物大以上の傑物――エセックス伯はもちろん、サー・ウォルター・ローリー、女王の強力な顧問バーリー卿（ソールズベリー伯の父）、亡くなったばかりのマウントジョイ卿、そしてもちろんエリザベス女王自身――もまた、つまらない人間（特にジェイムズ王）に取って代わられてしまったのだ。新しい王だけを見ていてそれが明確でなかったとしても、カリスマ的なクリスチャン王がやってきたかと思いきや急ぎ立ち去ったことで、十二分にはっきりしたはずだ。『アントニーとクレオパトラ』は、ノスタルジアの悲劇であり、エリザベス朝時代を懐かしむ政治的作品なのだ（もちろん古代と現代の人物のあいだにいちいち対応がわの昔は現在の政治的世界よりもずっと立派に見えたのである。欠点は多いにせよ、振り返ってみれば、エリザベス朝かるような危険なことはせず、曖昧にはしてあるが）。

＊

エリザベス女王は、その長い治世が終わりに近づいたとき、高価な墓で自らを記念碑化する必要を感じなかった。一六〇三年に亡くなったとき、ウェストミンスター寺院の祖父ヘンリー七世の墓に埋葬され、テューダー朝の最初と最後の王が肩を並べることになった。しかし、ジェイムズ王はエリザベス女王を別のところに埋葬する計画を立てていた。そして一六〇六年、ジェイムズ王は――四十六シリング四ペンスの費用をかけて――エリザベス女王を掘り出し、数メートル離れた義理の姉メアリの遺骨の上に埋葬し直した。それから二人の女王の上に精巧な八柱の記念碑を建てさせ、そのなかに大理石でエリザベスの彫像を横たえたのである。彫刻家マクシミリアン・コルトによって作られ、有名な画家ニコラス・ヒリヤードが細かな細工を施したこの墓は一六〇六年中に七百六十五ポンドというかなりな費用をかけて完成された。それは、ある意味で、もう一つのシドナス河の瞬間を捉えたものとも言え、死にゆくエリザベス女王のその瞬間を後世に伝えるものであり、大理石の顔は葬儀で用いた本物そっくりの実物大の彫像（これはマクシミリアンの兄であるジョン・コルトが作ったもので、ほぼまちがいなくデス・マスクを用いて女王の顔を復元している）に基づいている。

エリザベス女王の一六〇六年の再埋葬は、複雑な歴史修正主義のためになされた。ちょうどシェイクスピアが現在に照らして過去を書き換えるように、王もまたそうしたのだ。王はシェイクスピアのソネット五十五番の「王たちの大理石や金鍍金《めっき》の記念碑もこの強力な韻文より長く生きはしない」という予言に同意しなかっただろう。

王位に就いて三年経ってなお、イングランドの歴代の君主のなかでステュアート朝がどう位置づけられるのかいまだに不安を感じていたジェイムズ王は、エリザベスをしっかり埋葬したがっていた。ジェイムズ王は、ヘンリー七世からの血を継いでいるからこそイングランド王座に就く権利があるのだから、エリザベスもヘンリー七世の正当な後継者とわかる場所に埋葬すべきなのだ。一六二五年にジェイムズが死んだときも、もちろんヘンリー七世の礼拝堂に埋葬された。[*7] それ以降は、ヘンリー七世からの系譜は分かれている。ウェストミンスターの北側回廊に行くと、系譜が絶えてしまうのがわかる。北側回廊にはジェイムズの直接の前任者であった子供のいない二人のテューダー朝の女王メアリとエリザベスの墓があり、ジェイムズの夭折した二人の娘メアリとソフィアも埋葬されている（ソフィアは、家庭的な素敵な雰囲気で、アラバスターの揺り籠のヴェルヴェットの布団から小さな両手を出している像の墓の下に眠っている）。南側回廊へ行けば、こちらには豊かな系譜が続いており、ヘンリー七世の母レイディ・マーガレット・ボーフォートを祀る墓があり、それからヘンリー七世の孫娘であると同時にジェイムズ王の母スコットランド女王メアリの義母でもあるレノックス伯爵夫人マーガレット[*8]の墓がある。テューダー朝とステュアート朝とをつなぐ重要人物だ。その次には、スコットランド女王メアリの墓がある。この物語を石で造るために、ジェイムズは二十四年前にピーターバラで埋葬された母親を掘り返し、一六一二年にウェストミンスター寺院に、エリザベス女王の墓の約三倍もの費用をかけた贅沢な墓を建てて埋葬し直したのである。母親をその天敵であったエリザベスの反対側に置くことで、ジェイムズは自ら勝者と敗者を一つにする偉大な和平調停者の立場に立ってみせた。カトリックとプロテスタントのテューダー朝の女王たちの宗教的不和を象徴的に和解させたというわけである。ついでに母メアリと先王エリザベスが「復活を願って」そこに休んでいると宣言したラテン語の銘板を墓につけたが、二人のどちらがより嫌がったかわからない。

　エリザベス再埋葬工事がクリスチャン王の寺院訪問に間に合って終えられていたかどうかははっきりしない（クリスチャン王はその日、ヘンリー王子や諸侯に付き添われていたが、ジェイムズ王は同行していなかった。二人の王はこのときには互いにうんざりしていたらしい）。現代の学者マーガレット・オウエンズが示したように、この訪問の準備として、ジェイムズ王は七体のイングランドの最も偉大な王と王妃の彫像を「新たに美化し、修繕し、王室の衣類で飾る」ための費用を支払っている。イングランド王室の葬儀用彫像は、少なくともエドワード二世の時代からこの寺院に保管されていた。これは実物大のマネキン人形のようなものであり、木、石膏、織物、藁、蠟などから作られていた。本物そっくりの顔には彩色がなされ、王や王妃にふさわしい華美な装飾品や鬘で飾られ、座ったり、立ったり、横になったりと、姿勢が変えられるように関節が動いた。三年前、エリザベスの像の作成に十ポンドかかり、女王の仕立屋ウィリアム・ジョーンズは、白いファスチアン織布（麻と綿の混織物）の裏地がついた深紅のサテンのドレス代を支払われた。君主の「イメージ」ないし「表象《リプレゼンテーション》」などとさまざまに呼ばれたこの像の制作は費用をかけて慎重に行われた。これらの呼称は、これらの彫像を言い表す苦労を示している。十七世紀初期において、ウェストミンスター寺院は、宗教的な場であると同時に大霊廟でもあり、そしてまた蠟人形館の先駆けでもあったのである。

　クリスチャン王訪問のために一新された王室の随行員は、エドワード三世、ヘンリー五世、ヘンリー七世とそれらの王妃ら、そしてエリザベス一世であった。これらの王をこんなふうに一緒にしようなどと今まで誰も試みたことがなかった。ジェイムズ王はまた、特別な陳列棚を注文し、七人の王と王妃が舞台上の役者のように並んで立って、活人画のように見えるようにさせた。

　一六〇五年晩冬ないし一六〇六年早春に、シェイクスピアがウェストミンスター寺院での修復作業

キャサリン・オヴ・ヴァロワ（ヘンリー五世王妃）の彫像
中世および初期近代のイングランドの王や妃が死ぬと、その葬列では本人そっくりの人形が用いられた。これらのマネキンの手足は動き、木、漆喰、布、藁、蠟で出来ており、その後ウェストミンスター寺院に保管された。1606年、デンマーク王クリスチャンの来訪を控えて、ジェイムズ王はこうした王家の似姿のうち7体を「新たに美化し、修復し、王家の服を着せて飾ってから」展示するように命じた。そのうちの1体が、このヘンリー五世のフランス人妃である。
©Dean and Chapter of Westminster

の話を耳にしたとしたら、『マクベス』第四幕でバンクォーから始まる「八人の王の幻影」の系譜の列が音もなく舞台に現れ、マクベスには「最後の審判の日まで続く」（第四幕第一場一一七行）ように思われるという王の行列をイメージするヒントとなった可能性さえある。シェイクスピアのテクストからは、王たちが並んで立っているのか、あるいは一人ずつ登場して退場するのか明確ではない。たぶんジェイムズ王とシェイクスピアはたまたま同時期に別々に王の行列を考えたのであろうが、ジェイムズ王に至るまでの王の系譜を強調しようという目的は共通している。

寺院でジェイムズ王が用意した代々の王の陳列は、およそ幅三・三メートル、奥行き〇・九メートルだったと思われる。と言うのも、そのサイズのウェストミンスター・リテーブルと呼ばれる十三世紀のオーク板のパネル絵の一部として組み込まれていたからだ。作り変えられてしまう前の十八世紀初頭にエリザベス女王の彫像を見たジョージ・ヴァーチューの報告を信頼してよいなら、女王は晩年のお姿そのままに見えたという。「高くはなく、中背で、お顔は木でできていた。お年を召して、お顔に少し皺が寄っていた」。一六〇三年に女王の像が初めて公開されたとき、ヴェニス大使スカラメッリは「生きているかのように、本物そっくりに色が塗られていた」と報告した。

クリスチャン王がどう思ったかはわからないが、女王の顔の復元はそれからまもなくしてグローブ座でシェイクスピアの劇団が上演したミドルトン作『復讐者の悲劇』に強い影響を与えたようだ。ハムレットを演じて名を馳せたリチャード・バーベッジが、墓掘りの場でヨリックの頭蓋骨を掲げてみせたように、今度は別の復讐者ヴィンディチェとして登場した。再び頭蓋骨を掲げてみせる冒頭からして、昔懐かしいエリザベス朝の復讐劇の復活かと思わせる趣向だ。

ヴィンディチェは、「かつての妻」の頭蓋骨をこの九年間持ち歩いており、妻は公爵から言い寄られたのを断ったために毒殺されたのである。劇半ばのクライマックスの場面で、ヴィンディチェはこの「メメント・モリ」（死を想え）の思想を表す頭蓋骨で一種の像を作る（ト書には、「妻の頭蓋骨に服を着せて」登場とある）。「その可愛らしい唇」に毒を塗ったあと、ヴィンディチェは好色な公爵にこの「恥ずかしがっている淑女」にキスをさせる。毒を口にした公爵が苦しんで死ぬと、ヴィンディチェは公爵を殺した像の正体を明かす。「よく見るがよい。これはグローリアーナの頭蓋骨」。劇中ずっと明かされなかった妻の名前が「グローリアーナ」と知らされたとき、ジェイムズ朝の観客は驚いたかもしれない。「栄光ある女性」という意味のその名前は、エリザベス女王を指すものとして知られていたからだ。これは意味不明瞭な劇であり、特にこの場面は奇妙だ。しかし、取り返すことのできない失われた過去を求めるこの劇で、ヴィンディチェの亡き妻をグローリアーナと名付けることで、ミドルトンは当時盛り上がりをみせてきていた今は亡きエリザベス女王を懐かしく思う大きな動きに加わっていたのであろう。その年、ほかの劇にもそのような例はいくつか見られ、たとえばトマス・デカー作『バビロンの娼婦』では、エリザベス女王がかつてそう譬えられていた「妖精の女王」として登場する。この劇はエリザベス女王がアルマダ海戦のときティルバニーにてイングランド軍を鼓舞した有名な演説を思い出すことで締め括られる。

フランシス・ベーコンがジェイムズ王によってウェストミンスター寺院にエリザベスの記念碑が建てられることを聞いたとき、（何の皮肉も籠めるつもりなく）「きわめて正しい、王らしい報復である」と書いて、その政治的意味合いをこう記した。「像や絵が物言わぬ歴史であるように、歴史は物を言う絵である」。しかし、物言わぬ歴史であっても、いろいろに解釈され、思いもよらぬ読みをされることもある。ジェイムズ王はエリザベス女王をどけようとして、新たな注意を女王に向けてしまった。エ王の思惑は、寺院のなかにあるさまざまな墓に意味のある関係を持たせることだった。ところが、エリザベス女王の像のイメージはやがてその文脈から飛び出して、ジェイムズ王の目的とは裏腹に、独り歩きをしてしまったのだ。数十年後、トマス・フラーはジェイムズ王がエリザベス女王のために建てた墓の彫刻が国中の教区の教会を飾ったことを記している。「いきいきとしたその絵は、ロンドンじゅう、そしてほとんどの地方の教会に描かれ、どの教区も女王の墓の面影を誇りにした。それも当然であり、臣民一人一人が心の中で、女王の死を悼む記念碑を建てていたのである」。

エリザベス女王の記念碑を建てたジェイムズ王を称えたベーコンでさえ、女王を懐かしまずにはいられなかった。「対比によって偉人の生涯を描くプルタルコスが生きていたら、女王に匹敵する美徳と運命とを備えた女性を見つけるのに難儀することだろう」と、ベーコンは記している。やがてシェイクスピアがプルタルコスの『アントニー伝』を語り直すことでまさに匹敵する女性をクレオパトラに見出したとするのは言い過ぎなのだろう。ただ、エジプト女王クレオパトラの人物像や、この劇に漲《みなぎ》るノスタルジアは、亡くなったエリザベス女王に対してイングランドじゅうの人たちが感じ始めていた心境の変化の影響を受けていたことはまちがいない。

シェイクスピアは、エリザベス女王の治世の最後の十年間に宮廷に呼ばれることも多くなり、虚栄心に富み、強気で、才気渙発で、粗野で、ふざけ好きで、勇敢で尊大といったさまざまな気分の女王を目にしていたことだろう。だが、クレオパトラの場合と同様に、最も大切なのは、どのように記憶されるかだった。ゴッドフリー・グッドマン主教は、十七世紀の最初の数年を思い返して、エリザベス女王崩御の頃に人々は「老婆の治世にたいていかなりうんざり」していたと記している。それがジェイムズの時代になったとたん変わったと主教は付け加える。「と言うのも、我々がスコットランド式の政治を経験し、スコットランド人を軽蔑し、憎み、嫌ったところ、女王が思い返されるようになった。その記憶はかなり拡大され、華やかなものになり、女王を想っての説教がなされ、人々は喜んだのだ」。そう記すグッドマンは「多くの教会に描かれた女王の墓の絵」が果たした役割も認めており、「実質、ジェイムズ王がやってきたときよりも、女王の戴冠を思い出しての喜びと荘厳さのほうが大きいほどだった」のである。ジェイムズ王と同様にシェイクスピアのオクテイヴィアスは、自分が受け継ぐものは自分が埋葬する人々につながっていることを重々承知していた。ジェイムズ朝時代のクレオパトラが、自分のローブを求め、最後の瞬間を指揮するとき、自分の最後のイメージがその遺産の価値を決定することをわかっているように。

シェイクスピアの劇の終盤、ローマへの凱旋にクレオパトラを引き連れようとするオクテイヴィアスの計画をクレオパトラがだめにしたあとで、オクテイヴィアスは方法を変え、これを逆に利用した。亡き恋人たちの名誉を守りつつ、二人をかつての政敵としてではなく、名高い恋人たちとして記憶し、二人をとこしえに結びつけたのである。

女王は恋人アントニーの傍らへ埋葬しよう。
これほど名高き恋人たちを入れる
墓はかつてあるまい。

（第五幕第二場三五八〜六〇行）

14

PLAGUE

トマス・デカー著『逃亡者への鞭』より「主よ、我らを憐れみたまえ」（1620 年頃）

第14章　疫病

一六〇六年七月下旬、これまでにない最高傑作ばかりと言えるかもしれない何本かの新作がかかった刺激的な演劇シーズンのさなか、国王一座はグローブ座の旗を降ろし、劇場の扉に鍵をかけた。疫病がロンドンに戻ってきていたのだ。その突然の再発はロンドン市民の不意を衝いた。年の始まりは希望に満ちていたため、なおさらショックだった。毎週教区ごとに発表される疫病による死者数は、市当局によって毎木曜の朝に公表され、凝視された。一月から三月半ばまでは一桁で、四月下旬に突発的に上がったのちは、六月下旬まで週に二十人を超えることはなかった。二年前、三万人以上のロンドン市民が死んだ疫病流行があってからは、疫病の死者が「三十人以上」になったとき公衆劇場は閉鎖すると枢密院が決定していた。上演を再開してもよいのは、その数字より下がったときだけだ。トマス・ミドルトン作『お馴染み五人の伊達男』[*1]（一六〇七）を何気なく見ても、「数字が三十を超えちまったら、役者は干されちまう」という台詞があって、ロンドンの役者たちがその公的な禁令を気にしていたことがわかる。

だが実際は、四旬節《レント》のあいだの劇場閉鎖と同様に、抜け道はあったようであり、生活費を稼がなければならない役者たちは規則を破ることもあり、疫病死者数が四十あたりまで下がれば上演を再開することもないわけではなかった。十六世紀末から十七世紀初頭にかけてロンドンの疫病死を数える対象となる町と郊外の教区の数は当初およそ百だったのが、徐々に増えて、一六〇六年には百二十一となっていたため、劇場閉鎖を命じる回数も同様に増えていたと思われる。

この時期の枢密院の記録は一六一九年の大火で焼失したため、それぞれの事例において正確に何人の死者が出たときに閉鎖令が発令されたかはわからないが、ローディング・バリー作『ラム路地』[*2]（一六〇八）において、ある人物が「疫病死者四十人と発表があったときの新人の役者みたいに、萎えるなあ」と言うので、三十というのは厳密な数字ではなかったことが窺える。いずれにせよ、一六〇六年七月下旬までには、疫病死者数は四十を遥かに超え、毎週上がっていったため、少なくともその夏は公衆劇場での上演は無理だった。

誰もそのことを印刷された文書であえて述べていないが、デンマーク王が縮小された滞在期間のうちロンドンにいたのは僅か二日で、それ以外は郊外に連れ出されたのも疫病のせいと思われる（七月の第一週の時点でジェイムズ王自身が疫病死者数の増加を認め、「ロンドンに蔓延する病気を嘆く」と述べている）。ロンドンの劇団は、この二人の王の前で上演するように招かれなかったときは、地方へ巡業に出ていた。秋になって涼しくなれば、これまでそうだったように、ロンドンの疫病死者数もまずまずのところまで下がるだろうと期待していたのだ。九月末の秋の開廷期の始めぐらいには帰ってこられるだろう、と。

ジェイムズ王の最初の七年の治世のあいだにロンドンで疫病が毎年蔓延し、一六二二年の大流行の前に不思議にも一旦消えるまでは、毎年凄まじい苦しみを味わったり、それほどでない年もあったりしたはずなのに、家族や隣人といった現場の声の記録はほとんどない。つまり、現在わかっている情報のほとんどは公的書類、医療文書、疫病についての小冊子、説教、僅かな手紙から得たものなのだ。たとえば、ルイーザ・ドゥ・カヴァヤル・イ・メンドーザというスペイン人女性がロンドンのニュースを海外にいる友人に宛てた手紙がある。一六〇六年三月上旬には「お伝えすべき新しいことはなにもありませんが、先週の疫病の蔓延はものすごいものでした」と書き、七月上旬にはロンドンの街中で高まった不安を皮肉に捉えてこう記している。「人々は、決して消えない疫病がまた広がり出したと怯えているのです。ロンドンのすてきな特徴の一つですね！」。

隔離された家から逃げ出したところを捕らえられた者は、疫病の様子がなければ鞭打ちの刑に処され、明らかに疫病に罹っている者は重罪人として処刑されたということも、当時の記録から知られている。多くの人が群がらないように、葬式の参列は、棺を担ぐ人と牧師を含めて六人までとされたが、そうした規則は無視されることが多かった。家から家へ寝具を移動することも禁じられた。患者を看病する者は、通りを歩くとき、一メートルの赤い杖を持たなければならなかった。ロンドンの雑踏で他の人たちがその人を避けられるようにするためである。だが、そうした詳細は情報としては大切ではあるが、疫病のさなかでの生活がどのようなものであったのか肝心のところについては証拠がなさすぎた。

疫病が流行ると、確かにロンドンで聞こえる音が違ってきた。葬式は最後に弔いの鐘を——ときに一時間かそれ以上——ロンドンの二十六教区にある百十四の教会のあちらこちらで鳴らす。それは不協和音だった。『ヴォルポーネ』で、ヴォルポーネがレイディ・ウッドビーの大声を嘲るときも、この鐘の音が思い起こされる——「疫病のときの鐘の音だって、あんなにうるさくはない」〔第三幕第五場〕。気が狂いそうだと思った人もいるようで、ジョンソン作『エピシーン、物言わぬ女』[*3]（一六〇九）では、疫病期の「しつこい鐘の音」に苦しんだ主人公モロースが、「二重の壁と三重の屋根のある部屋で、窓はぴっちり閉めて隙間に詰め物をして」ほしいと願う（第一幕第一場）。シルバー通りの聖オラーヴ教会のはす向かいに住んでいたシェイクスピアが、執筆中この陰鬱なる騒音に耳をふさごうとしてふさぐことができたのだとしたら、それもまた抜群の才能に恵まれたシェイクスピアの特技の一つだったということになる。

と同時に、犬の吠え声といった町の音が不思議にも聞こえなくなっていた。ロンドンを走り回っていた野良犬は虐殺され、殺せば一匹一ペニーの報酬をもらえたのだ。ジョン・フレッチャーは、一六〇九年に書いた劇『つんとした淑女』[*4]のなかで、この風習に珍しい抗議の声をあげている。「今度大病が流行ったら、犬を殺さないでほしいわ。何の罪もないのですもの」。しかし、市民を守らなければならない市当局には、疫病の原因がわからない以上、ほかになすすべがなかった。星の並びが悪いのか？　神の怒りか？　瘴気か？　シェイクスピアが描くタイモンは、疫病の不思議な原因について話すとき、これら三つとも原因だと言っているようだ。「星による疫病のごとくあれ。ゼウスが悪徳高き都市に毒を撒き散らし、病んだ大気で覆うように」（『アテネのタイモン』第四幕第三場一一〜一三行）。原因はわかっていると思う人もいた。T・ホワイトという説教師は、一五七七年にセント・ポール大聖堂の説教壇からロンドン市民に呼びかけ、演劇のせいだとした。「疫病の原因は罪であり、罪の原因は芝居である」から、「疫病の原因は芝居である」という。

科学によってこの疫病はペスト菌と呼ばれるバクテリアによって惹《ひ》き起こされると発見されるのは、数世紀後の話だ。バクテリアは、感染した蚤（咬まれるとリンパ腺を冒して痛みを伴う腫れや横痃を生じる）や、感染した人の咳や息によって拡散し、急速に肺不全を惹き起こす。蚤は、齧歯類、特にドブネズミによって運ばれ、ネズミは煉瓦や石の家よりもロンドンに多くあった茅葺木造家屋を好んだ。蚤は摂氏二十度から二十五度ほどの湿った気候で繁殖するので、夏の暑さが続いて雨がちな秋になると、かなり長いあいだ生き延びた。

感染した蚤に咬まれたあとの症状はひどいものだ。発熱、頻脈、呼吸困難、そのあと背中や脚が痛み、喉が渇き、歩行困難となる。当時の人が記したように、さらにひどい症状には「精神的に落ち込み、陰々滅々となって悲嘆に暮れる」というものもある。感染したら最後にどうなるかわかっていた以上、意気消沈するのも無理はなかった。肌は熱と乾燥を感じ、「神の印」と呼ばれる黒い変色が表れる。横痃――シェイクスピアの時代には「疫病の腫れもの」とか「できもの」とか呼ばれたリンパ腺の硬い腫れ――が鼠径部や脇の下や首などにでき、それが破裂すると痛みはあまりに耐えがたく、窓から飛び出したり、河へ身を投げたりするほどだった。最後には口もきけなくなり、うわごとを言い、譫妄状態となり、心臓麻痺で死ぬ。恐ろしい最期であり、見ている方もつらい。残酷なことに、十歳から三十五歳のあいだの人たちが特に感染しやすかった。

日常生活のいろいろな可能性に鋭い洞察を与えてくれる演劇は、疫病に関しては無力だった。当時の劇作家たちは、ほとんどあらゆる問題やタブーとされていた題材を取り上げ、観客は舞台上で凌辱された被害者が脚をひきずって歩くのを目撃したり、喉がかっ切られ、目が繰り出されるのにたじろいたりしたものだ。しかし、舞台で決して描かれなかったのが疫病患者やその症状なのである。疫病について少しでも語ることすらなかった。劇場内でひしめく観客に病気がうつる危険を思い出させては商売あがったりになるからか、それともトラウマのようになっていてとても直視できなかったのか。シェイクスピア作品のなかに疫病の惨状についての言及がないわけではないが、その僅かな言及はそれゆえなおさら驚くべきものだ。最も忘れがたいのは『マクベス』のなかの、死者や死にゆく者たちのための教会の鐘の音が鳴りやまず、人々はもはや誰のために鐘が鳴らされているのさえ尋ねないという重たい表現である。健康そうだった人が、歩く死者となる。たった四行ではあるが、疫病がもたらした恐怖と沈鬱をこれほどうまく表すものはなかろう。

弔いの鐘が鳴っても
誰が死んだか問う者もない。
善男善女の命が、帽子に挿した花よりも早く事切れ、
病でしぼむ暇もない。

（第四幕第三場一七一～四行）

怒りのリアがゴネリルのことを「疫病の腫れものめ。わが血の穢れで腫れあがったできものめ」（第七場〔第二幕第四場〕）と呼んだり、『アントニーとクレオパトラ』でどちらが勝っているかと聞かれた兵士が、「死が確実な印のある疫病のように」（第三幕第十場九～一〇行）惨憺たる状況だと答えたりする場面において初演時の観客が感じたはずのショックは、四世紀後の我々には、わからなくなってしまった。一六〇六年の観客は、疫病の腫れものや「神の印」をあまりによく知っており、そうした恐ろしいイメージは単に比喩的なものではなく、我々の知らぬ恐怖を呼び起こすものだったのである。

秋が近づくと、八月末の疫病死者数は週百十六人というピークから減少していったものの、九月末にはまだ八十七人という多さで、不安は続いた。ジェイムズ王は、クリスマス前に王の統合計画を承認するための議会が開かれなくなってしまうのではないかと心配して、枢密院に疫病対策をせよとせっついた。枢密院は枢密院で、地方自治体にさらなる警戒態勢をとらせた。ロンドン市長は、「市内で疫病蔓延を抑えるための適切な処置」をとっていないという非難に抗弁する手紙を書き、全力を挙げて対処していると主張した。枢密院顧問官らは、感染した家々のドアに塗られた赤十字の印を、

あまりに多くの市民たちが洗い落としていると不平を述べた。市長は、それをやめさせるため、水性ペンキではなく、油性ペンキを用いると約束した。そして、市内と同様に厳しい警戒態勢を郊外でもとるように地方自治体に求めるよう、枢密院に嘆願した。「さもなければ、ロンドンにとってかなり危険なことになります。郊外居住者は日用品の購買や販売のために毎日ロンドンへやって来ているのですから」。ロンドンに買い物に来る郊外居住者がいるかぎり、感染の蔓延を阻止することは難しかった。

その週、依然として田舎で安穏と狩りをしていたジェイムズ王は、更なる対策を再度強く求め、ロンドン市長から週ごとの報告を要求し、自分の母国スコットランドで用いられているような強硬手段をロンドンでも用いるべしとした。死者数が依然として減らず、ロンドンに戻ることもできないジェイムズ王は、九月二十三日に声明書を出した。この秋の開廷期で「訴訟のために」ロンドンにやってくる「大勢の人々」のせいで疫病が蔓延することを危惧し、この度の開廷期の開始延期を命じたのである。

勅令は正解だった。十月初旬の死者数は週百四十一人と予想外の伸びを示したのだ。このために起きた混乱が当時の手紙から読みとれる。「先週の増加には誰もが驚いた」と書いたジョン・チェンバレンは、まちがいなく多くの人の代弁をしていた。この急増により新たに罹患した者は多く、六百人近いロンドン市民が十月に死亡した。ロンドンから逃げ出そうとする動きが強くなった。ヴェニス大使はその月に、「疫病が増大している。各国の大使たちが退出している。私もすぐに出る」と母国に書き送った。市長はより厳しい対策で対応するとして、市から乞食を追い出し、感染した各家の前に見張りを配置し、「当該家屋から何人たりとも出さない」と約束した。しかし、そんな約束は守れるはずがないと誰もがわかっていた。すでに一千人以上のロンドン市民が感染しているのであり、それほど多くの家を隔離するだけの財源も人材も、当局は持ち合せてはいなかった。
十一月一日、ジェイムズ王はついに首都へ戻ってきて、更なる発令を行い、「あらゆるロンドン市民、および感染した場所に居住する者は、宮廷への出入りを禁じる」とした。翌日、セント・ポール大聖堂の説教壇で説教をしたリチャード・ストックは、「神がこの疫病を我らから取り除き、これ以上増やしませんよう。だが、悲しいかな、事態は逆なのです」。ストックはお勧めの治療法は「ロンドンを逃げ出すことだ」と言うが、これでは非常に深刻な事態を笑う絞首台ジョークのようなものだった。聴いていた群衆にとって、ストックの説教はなんの慰めにもならなかった。「これこそ神の仕打ちです。皆の上に罪が広がっているのをご覧になって、皆に等しく罰をお与えになったのです」と説くストックは、己の「身を守る」ために「悪をなすをやめ、善をなしなさい」としか言ってくれないのだ。
感染してしまった人たちは、自分も疫病の腫れものができて死ぬのかどうか知りたくてたまらず、手書きの紙で回覧されていた医学的判別法を試してみたかもしれない。たとえば、その年に書かれたコーリヨン夫人の方法はこうである。

楓子香《ガバルナム》という樹液をフランス菊〔マーガレットに似た花〕の汁に溶かし、それを手袋屋が使う革の肉のついた側に伸ばしなさい。但し、患部を覆う以上には塗布剤を広げないこと。それを腫れものの上に置き、十五分ほど片手で押さえます。それでくっつけば、患者の命はまちがいなく助かります。くっつかなければ、死にます。

これでは、ストックの月並みな言葉のほうが、まだしも慰めになったかもしれない。疫病患者とともに家のなかに閉じ込められるとはどういうことなのか、あるいは愛する人をなくしたり疫病に罹ったりするとどんな感じだったのか、直接経験した人の話はほとんど残っていない。残っている非常に数少ない貴重な話は、占星術師で医者でもあったサイモン・フォーマンのノートにあった。そこからは、疫病の副産物である悪意や疑念についていろいろわかってくる。その十月に亡くなった人のなかに、ランベス地区のフォーマンの家で働いていた十二歳の召し使いの少年がいた。数年前にフォーマン自身が罹病しており、疫病の腫れものが「半ペニー硬貨ぐらい大きくなった」が、腫れものを突き刺して、特別な薬を飲むことで生き延びていた。快復に五か月かかり、恐らく免疫ができたため、そのあと疫病が蔓延しても大丈夫になったのだろう。フォーマンは疫病の原因と治療について詳しく自分の未発表のノートに記しており、他の多くの医者と異なり、ロンドンにとどまって発病した患者の治療に当たった。そのノートでフォーマンは、一六〇六年十月二十七日に起こったある疫病事件について何度も怒りをこめて言及している。その日付をよく覚えていたのは、自分の若い妻ジーンが初めての息子クレメントを自宅で出産したまさにその日だったからだ。一週間前に召し使いの少年が亡くなったにも拘わらず、自宅は隔離されていなかったらしい。だが、少年の遺体が葬式のために運び出され、その死も記録されているのだから、近所の人たちは怪しんだに違いない。

その日、フォーマンの別の召し使いでシシリーという女中が、患者の治療の手伝いのためか、近くのランベス沼にいた。女中はそこで気分が悪くなり、フォーマンの近所の人たちが家へ連れ帰った。女中が疫病に罹ったためにフォーマンが家の外へ追い出したのではないかと疑われたのも無理はなかった。召し使いが家じゅうの者に病気をうつすよりは、ロンドンの通りで野たれ死んでくれたほうがいいと思う家主もおり、疫病に罹ったとわかった女中を家の外に出すのはよくあることなので、近所の人たちはそう疑ったのである。フォーマンがそんな家主だと考えた人たちはまちがっていたが、召し使いの少年が一週間前に疫病で死んでいるため、その家から疫病が広がるのではないかと心配するのももっともだった。病気のシシリーを連れ帰った人たちは、フォーマン家のドアを叩き始め、「フォーマンとその妻を罵った。つい二時間前に出産を終えたばかりだというのに」。

人々は自分たちでなんとかしようとして、フォーマンの言葉によれば「自分たちが危険に曝されるよりは、私〔フォーマン〕と家の者たちが飢え死にした方がいいのだ」と告げて、フォーマンとその家族と召し使いたちを家から出さないようにバリケードを作ることにした。ドアが「頑丈に閉められ」、フォーマンとその妻、幼い息子そして召し使いたちは、フォーマンによれば「食べるものもなく」「不当な目に遭っ」たのである。

ひと月以上家族を家に閉じ込め、外に護衛をつければ、疫病の蔓延を遅らせることはできたかもしれないが、閉じ込められた方にしてみればたまったものではない。疫病に罹って死なずとも、飢えと狂気で死ぬかもしれない。それほど不穏な時代でなければ、隔離された家からでも食料と必需品を調達するために「探す人《サーチャー》」が赤い杖を手に外に出ることが許されていた。今はそれもだめだった。フォーマン一家は、そのとき家にあったものだけで暮らさなければならなかったのだ。ファーマンは、隣人たちに「頑固なユダヤ人」とかそれ以上ひどい悪口を浴びせて怒鳴ったが、どうしようもなかった。

フォーマンは、「恐怖、思考、悲しみ」に屈してしまう憂鬱なタイプのみが感染するのだと信じていた。女中シシリーはそういうタイプではなかった。シシリーは「例の少年が死んで七日も経たぬうちに、その少年の部屋に寝起きして同じベッドと布団を使った」のに何ともなかったのだから、自分の考えは正しいとフォーマンは思っていた。シシリーは部屋を掃除し、寝具を干して、その部屋を使った「のに、疫病に罹らなかった」のだ。「ランベスの人たちが私と妻に対してやったひどい仕打ちは、この最後の審判の日まで記録されるであろう」とフォーマンは記した。とりわけ苦々しかったのは、このようなことをした人々のなかに、自分が治療した人が何人かいたことだった。「だからと言って、連中が私に対してしたように、私は誰かへの同情を取り下げたり、閉め出しを喰らわせたりはしない」。

こうした隣人同士の対立がよくあることだったら、疫病死者数のグラフが示す以上に疫病は悲惨なものだったと言うべきだろう。多くのとりわけ若いロンドン市民が死んだだけではなく、忘れがたく許しがたい不信や敵意を生んだはずだ。ロンドンの劇作家が疫病を直接取り上げられなかった、あるいは取り上げようとしなかったにせよ、問題劇や暗い悲劇を見れば、疫病の副産物であった人心を蝕む不信や敵意が間接的に描かれているのがわかるだろう。

七月にロンドンのほぼ全域に疫病が広がっても、シェイクスピアの教区は助かっていた。聖オラーヴ教区は小さな教区であり、一六〇六年までの十年間、死者を弔う鐘は平均して月に二度しか鳴らされなかった（百二十五人の教区民が死亡した一六〇三年の疫病は例外）。一六〇六年夏にロンドンのあちこちで毎週疫病のせいで何十人と死んでいたときも、ひっそりとした聖オラーヴ教区では四月以来一度も埋葬が記録されておらず、八月末までに二人死んだだけだった。

聖オラーヴ教会の戸籍簿をつけていたケンブリッジ大学卒の牧師ジョン・フリントは、死亡を記録するとき、日付と死者の名とその職業だけを記していた（召し使いなら、妻子の有無と家主との関係も）。ふと詳細を書き込むこともあったが、記載は簡潔だった。ほかの牧師が時々するように、死因を書いたりはしなかった。教区の週ごとの死者のうち、どれほど疫病で死んだのかはもはや知りようがない。シェイクスピアの教区における疫病の影響は、ほかの方法で探るしかないのだ。

聖オラーヴ教会の運の良さは九月まで続いた。九月に死亡して聖オラーヴ教会に埋葬されたのは一人だけだった。ブレッドウェル氏の召し使いフランシス・フランクリンである。一六〇九年には取り壊されて建て直されることになるほど朽ち果てた古い教会での日曜の祈りに、教区民たちは神の手がお守りくださっていることを感じていたに違いない。ストラットフォード・アポン・エイヴォンで猛威をふるった疫病の大流行の少し前に生まれながら奇跡的に無事だったシェイクスピアは、それ以来疫病に罹っていないのをありがたく思っていたことだろう。ただ単にものすごく幸運であったか、あるいはひょっとすると幼児のときにある種の免疫ができていたのかもしれない。

十月上旬、聖オラーヴ教区の運は尽きた。フランシス・フランクリンは疫病で死んだらしい。と言うのも、十月四日にブレッドウェル氏の別の召し使いも死に、それから一週間もしないうちに、ブレッドウェル氏の家に宿泊していたトマス・ロウスが死亡したのだ。ブレッドウェル氏と息子と娘を含む家族は、家のなかでも感染が及んでいない部屋で居住していたためか無事だった。

やがて、近隣の家がやられた。ヘンリー・ミランドの召し使いジョン・クックが十月五日に死亡し、その仲間の召し使いマーガレットが三週間後に死んだ。聖オラーヴ教区で疫病が家から家へどのように移動したのかわからないが、じりじりと確実に広がっていた。「家じゅう、町じゅうが身をすくめていた。病人は死に、健康な者は病気になる」と、トマス・デカーは『グレーブズ・エンドからのニュース』に記している。シェイクスピアの下宿の近くでまた次々に死者を出したのは、刺繍職人ウィリアム・テイラーの家だった。十一月七日にテイラーの召し使いアンソニー・シェパードが最初に死亡した。テイラー自身が続いて十二月六日に死に、一週間経たぬうちに別の召し使いティモシー・ランドが死に、それからテイラーの息子二人、ジョージとウィリアムが死んだ。テイラーの幼い娘は無事だった。その名はコーディーリア。シェイクスピアが『リア王』を執筆中の一六〇五年十一月に洗礼を受けていた。

この注目すべき偶然を最初に発見したのは学者アラン・ネルソンだ。聖オラーヴ教区でのシェイクスピアの人生を見事に描いて本にした作家チャールズ・ニコルは、ネルソンによる古文書の発見を用いながら、ウィリアム・テイラーは刺繍の下請けをするなどして、近所に住む高級帽子職人のマリー・

マウントジョイとその夫と何らかの関係があったのではないかと推察している。もしそうなら、テイラーは、マウントジョイ家に下宿していたシェイクスピアと接触があったかもしれない。[*5] そうでなかったとしたら、テイラーが自分の息子にありきたりな名前をつけながら、娘にはこのきわめて異例な名前を選んだ理由がわからなくなる。ウェールズ系の「コーデュラ」ないし「コーデラ」（古い『レア王』では「コーデラ」となっている）をイングランド風に直すというのはシェイクスピアの発案ではないが、「コーディーリア」は当時のロンドンではほとんど知られていなかった（一五九〇年代にクリプルゲイト地区の聖ジャイルズ教区で洗礼を受けたコーディーリア・ギブソンとコーディーリア・クラークという二人の女性がいることを私は見つけ、教区の戸籍簿にはそれよりも昔にコーディーリアが何人かいることもわかったが、その程度である）。つながりそうで決め手に欠けるこうした糸口の存在は、逆にシェイクスピアの日常生活がよくわからないもどかしさを強調する。

一つ屋根の下で多くの死者が続々と出るのは疫病のせいだと言えるなら、一六〇六年十二月末までに聖オラーヴ教区での疫病によって少なくとも十二人が犠牲となった。うち十人は若く、召し使いか子供だ。それらの家で亡くなった人は必ずしも全員疫病のせいで死んだとは言い切れないし、この秋にフリント牧師が記録したそれ以外の死亡者十二人が疫病以外の死因だったとも言い切れないが、その十二人のうちやはり十人は召し使いか子供だったというのは注目すべきだ。つまり、やはりこれらの死の原因は、若者に犠牲者を多く出す疫病のせいだと言ってよいのではないか。

では、若くない残りの二人はなぜ死んだのか。一人は施しで暮らしていた乞食のウィリアム・ハウソン。年齢不詳。十二月末に死亡する理由はいろいろあったかもしれない。もう一人はシェイクスピアの家主のマリー・マウントジョイ。疫病が猛威をふるっていた十月三十日に、通りを挟んで家の向かいにある聖オラーヴ教会の墓地に埋葬されたとき、まだ四十になっていなかったのではないかと思われる。

一六〇六年のロンドンは、人口二十万まで膨れ上がっていたとはいえ、驚くほど小さな世界だった。偶然ながら、マウントジョイ夫人はサイモン・フォーマンの知り合いで、大切な財布を失くした一五九七年にフォーマンの占星術の助けを求めている。一、二年後にランベスのフォーマン宅を訪ねたときには、夫人が妊娠しているかどうか医者としての意見を求めている（フォーマンは、夫人が妊娠しているが流産するだろうと思っていた）。妊娠を心配したのは、夫人がフォーマンの別の患者、ヘンリー・ウッドという絹物商人と関係を持ったためかもしれない。マウントジョイ氏についてはあまり知られていないが、不愉快でけちな人だったようで、自分でもいろいろと浮気をしていて、宗教裁判所から不倫について咎めを受けている。

シェイクスピアの人生に関して知られているごく僅かな情報について言えば、シェイクスピアが妻とどんな会話をしたかはわからなくとも、このマウントジョイ夫人とどんな話をしたかはわかっているのだから面白い。一六〇四年にシェイクスピアは、マウントジョイ家の家庭内不和を解決すべく協力を求められたのだ。

十年前に子供を失くしたマウントジョイ夫妻には、ただ一人生き残ったメアリという名の娘がいて、同じ屋根の下にステーヴン・ベロットという腕のいい職人も住んでおり、夫妻はこの将来有望な若者に娘を嫁がせるつもりでいた。こんなことがわかるのも、約束された持参金の金額について話が違うと論争になり、八年後に裁判沙汰となって、出廷したシェイクスピアの証言やら何やらが一九一〇年に発見されたからだ。「当該の結婚が実現するよう」ベロットに「働きかけて説得して」ほしいと、マウントジョイ夫人がシェイクスピアに「懇請、懇願した（solicit and entreat）」と、シェイクスピアは自分の言葉で法廷において語った。

シェイクスピアの証言は、夫妻のもう一人の友人ダニエル・ニコラスによって確認された。若い二人は「シェイクスピア氏のおかげで合意をなし、結婚の同意をした」というのだ。さらに、気の進まないベロット青年を説得したのち、シェイクスピアは若い恋人たちに「手を握り合うことによる婚約」をさせたとも証言したが、この証言には削除線が引かれている。恐らくこれは憶測でしかないとして、証言として認められないと判断されたのだろう。「手を握り合う」とは、まさに『お気に召すまま』でロザリンドとオーランドーがシーリアによって結ばれるときになされる象徴的な結婚の儀式であり、当時法的な拘束力があった。そうした場面を劇場で舞台化した劇作家が、実生活でも同じことをしていたのだ。ベロットの婚約はたぶん一六〇四年十一月の第一週になされ、数週間後に聖オラーヴ教会で結婚式が執り行われた。

この法廷記録は、シェイクスピアの話した言葉を記録するほぼ唯一の資料である。その言葉遣いは非常に面白い。特にマウントジョイ夫人が「懇請、懇願した」とシェイクスピアは言っているが、どちらの語も夫人がかなり強く求めたことを示唆し、世事に長けた家主とやはり世事に長けた下宿人の並みならぬ親密さをも仄めかす。「懇願（entreat）」というのは強い動詞であり、シェイクスピアが戯曲や詩で、全部で一五九回という驚くべき頻度で用いる語だ。「とりなし、嘆願する」という今ではあまり使われない意味で用いるのが通例である。「懇請（solicit）」も、「促す、しつこく頼む、真剣に依頼する、執拗に頼む」など、かつてはいろいろなニュアンスのあった語だ。この宣誓証言からわかるのは、マウントジョイ夫人はシェイクスピアの仲介を一度頼んだだけではなく、何度も気軽に頼んだということである。メアリと結婚するようにベロットを説得して頂戴というのは、家主が普通の下宿人や知らない人に軽々しく頼めることではない。明らかにシェイクスピアはマウントジョイ氏とつきあうよりも夫人と仲良くしていたようであり[*6]、この男性中心の社会においてあってしかるべき男と男の話というのはなかったらしい。マウントジョイ氏も含む法廷に集まった人たちの前でなされたシェイクスピアの証言は、夫人の依頼を実際よりも改まったもののように感じさせているかもしれない。夫人は助けを必要とし、シェイクスピアに頼めるほどシェイクスピアをよく知っており、巻き込まれることをシェイクスピアが躊躇する気配を察して一所懸命依頼し、恐らくは何度かその話をしたのだろう。そうしたことは、シェイクスピアの劇のどこかにありそうな展開である。

若夫婦はやがて引っ越して新しい所帯を構えた。家には人を泊められる部屋が一人分しかなく、そのときシェイクスピアが住んでおり、シェイクスピアがよそに下宿を移ってくれと依頼されなかったことは明らかだ。メアリはもう両親と一緒に暮らすわけにはいかず、スティーヴンも召し使いや徒弟たちと一緒に暮らすわけにはいかなかった。そして、そのあとの持参金を巡る裁判沙汰が何かの手がかりとなるとしたら、ベロットとそのけちな義父とのあいだの確執はすでに始まっていたのかもしれず、それで二人は早々に家を出たのかもしれない。

二人はジョージ・ウィルキンズの持ち家に引っ越したため、そこでも新たなシェイクスピアとのつながりができた。ウィルキンズは数年後に『ペリクリーズ』をシェイクスピアと一緒に書いた人物だからだ。一六〇六年初頭、ウィルキンズはシェイクスピアの劇団のために単独で『強いられた結婚の悲惨』という劇を書いていた。ウィルキンズの表向きの仕事は「食料卸売」で、要するに居酒屋兼旅籠屋《はやごや》の経営者だった。そして、法廷に何度も呼び出されていることからわかるように、売春宿も経営していた。シェイクスピアの手引きで若夫婦がウィルキンズと接触したか、さもなければ若夫婦を通してシェイクスピアは将来の共同執筆者と出会ったということになる。

シェイクスピアは一六〇二年頃にシルバー通りに引っ越してきていた。サザック地区に戻ってそこでの暮らしが記録されるのは一六〇九年だ。マウントジョイ夫人が亡くなってまもなくしてシェイクスピアは聖オラーヴ教区を立ち去ったようだ。[*7] その代わりにスティーヴンとメアリ・ベロット夫妻が実家に帰ってきた。シェイクスピアの下宿していた部屋が空いたから帰ってきたのだろうし、しばらくスティーヴンを共同経営者としたマウントジョイ氏を助けようというつもりもあったのかもしれない。マウントジョイ夫人の死因は戸籍簿に記録されておらず、一六一二年の法廷記録にもそのことは触れられていない。この頃聖オラーヴ教区に疫病が蔓延していたため、犠牲となった可能性は高い。だとすると、我々が思っていた以上にシェイクスピアの近くまで疫病が迫っていたということになる。とりわけ、大流行のなかでもなかなか蔓延することのなかったこの最後の教区においても感染した家を隔離するようにという命令が出ていたとしたら、シェイクスピアは閉じ込められる危険すらあったことになる。

マリー・マウントジョイが十月末に埋葬されるまでに、シェイクスピアの最新作『アントニーとクレオパトラ』は書き終えられていたか、もうすぐ書き終えるところだっただろう。書いた本人が劇のヒロインの変死と、マリー・マウントジョイの突然の死に何かつながりを感じたかどうかはわからない。自分に「懇請、懇願した」女性をどう思っていたのか、なぜ夫人が死んだあとすぐにシルバー通りを出たのかは、シェイクスピアが何を思って暮らしていたのかと同様、謎だ。

この逸話が我々につくづく思い知らせるのは、シェイクスピアの生活、とりわけ人間関係についてわかっていることは本当に少ないということだ。かと言って、その人生についての記録がないわけではないので、それらをつなぎ合わすことさえできればよいのだ。一世紀前に発見された持参金を巡る貴重な裁判記録と、聖オラーヴ教会に残る疫病記録を合わせれば、シェイクスピアの人生の幸せな時代とそのすぐあとにやってきた不穏で恐ろしい時代が垣間見られる。シェイクスピアは火薬爆発の業火から命拾いをし、さらに自宅のドアまでやってきていた疫病の蔓延から命拾いをしたわけだが、そんなふうに感じていたのはシェイクスピアだけではなかったのではないか。

疫病死者数が急落するには、かなり冷え込む十一月半ばまでかかった。犠牲者数は十一月六日の六十八人から十三日の四十一人へ急に落ち込み、十一月の第三、四週には二十八、二十二というかなり落ち着いたレベルまでできていた。天災はかなり下火になったとは言え、数は減っても毎週死に続ける人はいたわけで、隔離された人、健康を取り戻そうと何週間何か月も頑張る人、そして亡くなり埋葬された子供、両親、配偶者、友人たちを惜しむ苦しみは変わることはなかった。

毎週の疫病犠牲者の数が公式に定められた三十を大幅に下回ると、公衆劇場は四カ月ぶりについに再開できるようになったはずである。ところが、そうした数値があるにも拘わらず、シェイクスピア学者たちは、一六〇七年四月に短期間再開されたのを例外として、公衆劇場は一六〇六年中閉鎖され続け、結局通算二十一か月閉鎖されたままだったと同意している。この考えは、リーズ・バロル（Leeds Barroll）の画期的な研究である『政治、疫病、シェイクスピアの劇場』（*Politics, Plague, and Shakespeare's Theatre*）に示された議論と表に大きく依拠している。この本は、劇場閉鎖の指針となる週三十人という数を絶対的なものとしているが、これは驚くべきことだ。劇作家たちがこの時期に書いた戯曲数は落ち込んでいないし、成人の劇団は他の疫病による劇場閉鎖の時期に金に困って戯曲を売ることはあってもこの時期には戯曲を売っていないのだから。

このことは『アントニーとクレオパトラ』初演を考えるときに問題になってくる。劇場が閉鎖されていたとしたら、国王一座が一六〇七年半ば以前に『アントニーとクレオパトラ』を上演する機会はなかったことになり、一六〇七年初期の他の劇作家の劇が明らかにシェイクスピアの『アントニーとクレオパトラ』上演に影響を受けていることの説明がつかなくなってしまう。唯一可能な説明として、『アントニーとクレオパトラ』は宮廷で初演されて、それを他の劇作家たちが見たということが考えられなくはないが、当時祝典局長は公共劇場で初演された劇のなかから選んで宮廷上演を許可していたので、そうだとすると前例のない異例なケースということになる。祝典局長ティルニーが次の休日シーズン用に十六本の劇と一本の仮面劇を検閲する仕事の報酬を宮廷に請求したとき、その仕事は一六〇六年十月三十一日より開始したと記したのは注目に値する。

成人の巡業劇団はいずれも十一月初旬までにロンドンに戻っていたようだ。と言うのもこの年それ以降、地方上演への報酬支払いの記録がないのである。十月中旬にイプスウィッチで上演報酬を受け取った王子一座は、ヘンリー王子の御前で十二月一日に上演するのに間に合って帰ってきていた。国王一座は、ほとんどケント州の海岸沿いの南東の町々を巡業しながらオックスフォードやケンブリッジにも行っていたが、その数か月に及ぶ巡業を終えて、十一月中旬までには戻ったようだ。三つ目に代表的な成人劇団であるアン王妃一座は、*8 ラドロー、ベヴァリー、コヴェントリーを初秋に巡ったのち、やはり戻ってきていて、この冬はボアズ・ヘッド亭で上演していた。そのことは、劇団の木戸番メアリ・フィリップスが劇場で勤務中淫売呼ばわりされた件で、劇団の看板役者トマス・グリーンが出廷して証言した言葉からわかる。一六〇七年七月にグリーンは、法廷で「こないだの冬、ボアズ・ヘッドでいつものように芝居がかかっていたときに」、リチャード・クリストファーないしはその妻が「劇場の木戸番をするような女は淫売だ」と侮辱したと、エリス・フィリップスなる男がグリーンに伝えたことを証言したのである。

さらに、王妃祝典少年劇団が十一月半ばにブラックフライアーズ室内劇場で上演を再開したということも、劇団で演じる少年の母親が法廷の場で、息子のアベル・クックが丁稚契約を守って一六〇六年十一月十四日から半年間「求めに応じて何度もブラックフライアーズで演じた」と証言したことからわかっている。ロンドンの役者や劇作家にとって幸いなことに、十二月の第一週に疫病死者数は四十五まで急上昇したにも拘わらず、クリスマス・シーズンのあいだは四十を下回り、次の復活祭《イースター》までずっとそのレベルを保った。劇場は再開したのだ。

十一月まで執拗に続いた疫病は、老人よりは若者に残酷な被害をもたらし、地方巡業で赤字を埋め合わせていた成人劇団よりも少年劇団に打撃を与えた。つい数年前、成人劇団の優位が少年劇団に深刻に脅かされたとき、『ハムレット』のなかでシェイクスピアは、「子供」が「今や売れっ子」となって、諷刺劇で「大人の芝居を扱《こ》き下ろす」と書いていた（第二幕第二場三三九〜四二行）。一六〇六年の長期の疫病は、少年劇団のなかでも最も有名だったセント・ポール少年劇団をだめにしてしまったよ*9うで、この劇団はその年の劇場閉鎖が解かれても復活しなかった。記録された最後の公演は一六〇六年七月にあり、それからまもなくして劇団の最新の戯曲がいくつもロンドンの書店に並ぶようになったが、それは明らかに劇団が解体したことを示していた。劇団のレパートリーにあった戯曲には、まだ生き延びていた少年劇団である王妃祝典少年劇団の手に渡ったものもあった。

王妃祝典少年劇団はロンドンの最も魅力的な室内劇場であるブラックフライアーズで上演し、目の肥えた高所得の観客を集めて、より多くの入場料を得ていた。しかも、もはやセント・ポール少年劇団と張り合って有能なフリーの諷刺劇作家を奪い合う必要もなくなり、トマス・ミドルトン、フランシス・ボーモント、ジョン・フレッチャー、ジョン・マーストン、ジョン・デイといった、トップの成人劇団よりも少年劇団に書きたがる劇作家たちを独り占めにしたのである。

なかでもベン・ジョンソンは特に頻繁に少年劇団に書いていた。成人劇団は、自分たちの生計が立ち行かなくなるのを恐れて、少年劇団が上演してのけた扇情的とまでは言わないまでも名誉棄損すれすれの諷刺劇など、とても怖くて上演できなかった。その結果、少年劇団と成人劇団がはっきり分かれたのみならず、劇作家が大きな力を持つ劇団と、株主の役者が支配する劇団とで違いが明確になった。一六〇六年末、ホワイトフライアーズの室内劇場で劇作家中心の劇団を作ろうという試みがあったが、あっさり潰《つい》えた。疫病がなかったら、ジェイムズ朝の演劇はかなり様相を異にしていただろう。

一六〇六年七月に疫病が発生したとき、かつて王妃祝典少年劇団として知られていた劇団は、セント・ポール少年劇団ほどの打撃は受けていなかったものの、やはり苦しんでいた。とは言え、かなり自業自得だった。一六〇四年のサミュエル・ダニエル作『フィロータス』[*10]が取り締まりを受けたうえ、翌年はさらにまずいことに、『東行きだよぉ』のスキャンダルゆえに作者のジョンソンとチャップマンが投獄されたのだ。一六〇六年二月に劇団が上演した『馬鹿の島』で激怒した当局の堪忍袋の緒が切れ、王室のパトロンも保護もなくなってしまった。翌月、アン王妃が、もう一つの王妃の劇団で人気上昇中の成人劇団であるアン王妃一座にロンドンと地方での上演に保護を与えると発表したのは、明らかに王妃祝典少年劇団への不快の表明として受け取られた。その少年劇団は、「王妃」の文字を外され、祝典少年劇団と名前を縮めることになった。

もう一つの、今度はかなり致命的な打撃は一六〇六年十一月に起こった。「神を称えて讃美歌を歌う者がそのような淫らで罰当たりな仕事に従事させられるのは不適当で見苦しい」がゆえに、少年聖歌隊から少年俳優を募ることが禁じられたのである。それまでは、海軍の強制徴募のようなことを行っており、劇団の聖歌隊指揮者は「英国におけるいかなる貴族の息子も採用する権威がある」と思い込んでいた。それが終わったのだ。「少年は日々減っていき」、この禁令により、劇団が長いあいだ頼っていた才能の補給線が完璧に断たれてしまった。

かつて一六〇四年、最後の大きな疫病流行のあと、経済的にも困窮して疲れ切っていた少年劇団の経営者ヘンリー・エヴァンズは、「大変な病気の流行」のために収益をあげる「見込みはない」と判断するや、ブラックフライアーズ劇場の二十一年貸借契約をキャンセルしようと、リチャード・バーベッジと交渉を始めた。この交渉は長引き、「長いあいだ話し合いが続けられ」、ブラックフライアーズ劇場を国王一座に返す契約は一六〇八年まで署名されなかった。だが、一六〇六年までに国王一座にとってはっきりしてきたのは、もともと一五九八年に自分たちが使うために造ったブラックフライアーズ劇場を買い戻すべきかどうかが問題なのではなく、いつ買い戻せばよいかが問題だということだった。この室内劇場を再び手に入れることは、英国一のプロの楽隊であるブラックフライアーズ室内楽団を手に入れることにもなるし、ついでに有望な若手スター役者を何人か呼び込んで、年老いていく劇団を刷新する手立てともなるはずだ。十年前にシェイクスピアは、蠟燭で灯されたこぢんまりとした空間で洗練された観客に見せるためにどんな劇が書けるだろうかと考えたことがあった。一六〇六年までに、またそんな劇を考えていたかもしれない。

それまで少年劇団のために劇を書くのを好んできた大胆な若手劇作家たちは、今や流れが変わったと気づいたことだろう。そして一六〇六年こそ、自分たちの才能を発表するのに最もふさわしい代表的成人劇団として、若い劇作家たちが国王一座を選んだ年なのだ。ただ、もはやかつてほど鋭い毒のある作品は書けなくなっていたけれども。諷刺的新作を劇団のレパートリーに加える流れのなかで、シェイクスピア自身の新作もそのように看做されることになったと思われる。

トマス・ミドルトンは駆け出しの頃、いくつかの少年劇団にヒット作を何本も書いていた。一六〇五年にはまだ少年劇団のために書きながらも、国王一座にも浮気をして、国王一座のために『ヨークシャーの悲劇』[*11]を書き、シェイクスピアの『アテネのタイモン』執筆に手を貸したようだ。一六〇六年後半には、ミドルトンの最大の劇『復讐者の悲劇』[*12]を国王一座に提供した。

ベン・ジョンソンもまたこの年、『東行きだよぉ』でやけどをしたのち、自らの傑作『ヴォルポーネ』を国王一座に売りつけていた。それまで少年劇団専属だったその他の新参の劇作家たち――なかでも注目すべきは、ボーモントとフレッチャーだが——は、やがてシェイクスピアの劇団に乗り換えていった。ボーモントとフレッチャーが初めて共同で一六〇六年初頭に書いた『女嫌い』[*13]は、セント・ポール少年劇団が最後に上演した劇の一つだった。国王一座は、ブラックフライアーズへ引っ越すまでに、ボーモントとフレッチャーの両方に劇を書いてもらうようになったらしく、フレッチャーはのちに国王一座の座付作家となった。

こうしたことのシェイクスピアへの影響は計り知れなかった。伝記作家たちは、シェイクスピアの作風の変化を作者の心理状態のせいにしてきた（つまり、喜劇やソネットを書く時はシェイクスピアは恋に落ちたり失恋したりして、落ち込めば悲劇を書き、『ハムレット』を書いたときなどは嘆き悲しんでいたということになる）。確かに作家の思いは執筆に大きく影を落とすだろうけれども、四半世紀にわたる執筆活動のあいだにシェイクスピアが感じていたことについて我々は実は何一つ知らず、ただ作品から逆に憶測しているだけなのだ。むしろわかっているのは、一六〇六年にネズミがもたらした災害でシェイクスピアの作家生活が大きく変わり、その劇団も変貌・刷新し、競争が減って、シェイクスピアが相手にする観客の質が変わり——それゆえシェイクスピアの作風が変わり——有能な音楽家や劇作家との共同作業ができるようになったということなのだ。それもこれも、シェイクスピアも命の危険を感じた疫病のせいである。

＊

「疫病が終わった今となっては、こちらでは誰もが国会の準備で大忙しです」と、十一月上旬に、ヴェニス大使は手紙に書いた。疫病が終わったと言うとはあまりに楽観的だったかもしれないが、皆の目が国会に向いたことに確かだった。ジェイムズ王は、十一月十八日の国会再会を命じ、長引いていた統合問題についに決着をつけ、「神がありがたくも、すでにジェイムズ自身の身をもってお示しになっている」として、スコットランドとイングランドの一体を法律でもって確認しようとしていた。そのほかに大きな議題はなく、これまで一年間繰り返し先送りされてきた統合問題はもはや先送りできなかった。これまでその代わりに何を議論していたかと言えば、反カトリック対策であり、ジェイムズ王のための助成金をしぶしぶ認可する法案であり、王室御用達の品物やサービスが王室付き役人によって不当な価格で徴用されることがあったために、腐敗した調達法によって収入を得る権利を王室から奪う法案を論じていたのだった。

ジェイムズ王は国会で自ら統合を訴えるという異例の手段に出た。王が纏う輝くばかりのローブと王冠に身を飾って、王は九十分間、「とても長い」「雄弁」などと評価された演説を行った。これまであまりにも多く国会での妨害や遅延があったため、王はこれが恐らく最後のチャンスであり、ある程度妥協してでも、長いあいだ求めてきたものを手に入れなければならないと考えていた。

まず一年前の「我々皆に対して謀られた恐ろしい謀叛」がすんでのところで避けられた話から始めた。だが、そのように皆が助かったとはいえ、皆が同じ立場にあるのではない。王は非難の対象として議会の急進派を選び、国家のより大きな利益を見ていない「言いたい放題の人民の保護者〔護民官〕」を激しく責めた。王がそのように厳しく攻撃しても意味はないのだが、王の意味深い「人民の護民官」という軽蔑的表現は、一、二年のうちに、『コリオレイナス』の政治紛争のなかで用いられるようになる（第二幕第二場一五二行）。

十一月のその日のジェイムズ王は、議論好きの支配者として絶好調だった。問題点を巧みに洗い出し、統合への反対意見に反駁し、自身の動機を明確にし、イングランドとスコットランドの両国にとっての政治的利益を全員に伝えた。国会が王の主張を今否定したとしたら、外国に対して示しがつかなくなると、王は国会議員たちに警告した。「失敗すれば、提案をした王が愚かだったか、それに賛同しなかった国民が強情だったということになろう」。もちろん議員らにしても、世界注視のなかで恥ずかしい目に遭いたくないし、自分たちの王を当惑させるのも望むところではなかった。ジェイムズ王が国会に要求しているのは無理なことではなかった。この時点で王は少なくとも途中まで譲歩しており、一六〇四年にスコットランドとイングランドの理事会で調整された統合協定書に記された四つの点のみの議決を求めていたのだ。すなわち、両国間の敵意ある法律の撤廃、国境地帯の別々の法的立場の解消、経済的統合の交渉、そして帰化問題の解決である（最後の問題は、民族と法律の両方が絡むので最も難しかった）。

こうした穏健な目標を掲げたにも拘わらず、王は屈辱的にもはねつけられることになる。歴史学者コンラッド・ラッセルがこの国会を説明して辛辣に記したように、「下院はそうするつもりがなくとも決議を遅らせるのが得意だが、そうするつもりになったら、完璧だった」のである。十二月上旬までに、ヴェニス大使のようによく見ている人には、「長く扱えば扱うほど、解決への道が見えなくなる。交渉は、イングランドとスコットランドの心を統合するよりは分割しそうだ。どちらも敵意を露わにし、自説を曲げない。与えるよりは勝ち得ようとする」ということがはっきりしてきた。もはや統合だけの問題ではなかったのだ。法律や民族的アイデンティティーの明確な違い、国王の権利などの問題が立ち現れると、社会的政治的な構造にほころびが見え始めた。そうした空気のなかで、ジェイムズ王を「グレイト・ブリテンの皇帝」と呼ぶ法案を弁護する演説は、「国会で失笑を買い」、さらに不愉快な三十分の重たい沈黙が続いたのだった。*14

そのあとの四週間、これらの問題について上院・下院とも熱く議論したが、想像した以上に質《たち》の悪い愛国主義は抑えようがなかった。そうしたやりとりを目撃したダドリー・カールトンは、スコットランドを愚弄するひどい発言を友人ジョン・チェンバレンに伝えている。ある下院議員が「当初は偶像崇拝で悪魔を崇めていた民族であるブリトン族」(ウェールズ人を指す)を攻撃する「長い演説」をしたかと思えば、別の議員がイングランドの隣人は「スコットランドの乞食」だと悪口を言うのだった。一年前の十一月には、ガイ・フォークスがスコットランド人を馬鹿にして祖国へぶっとばして帰してやろうとしたわけだが、今度は国会議員たちが同じような嘲笑をしていた。十二月十八日、もうすぐクリスマスだという焦燥はかえって事態を悪化させ、ジェイムズ王は審議を停止させ、国会議員を休暇のために家へ帰したのだった。

EPILOGUE : December 26, 1606

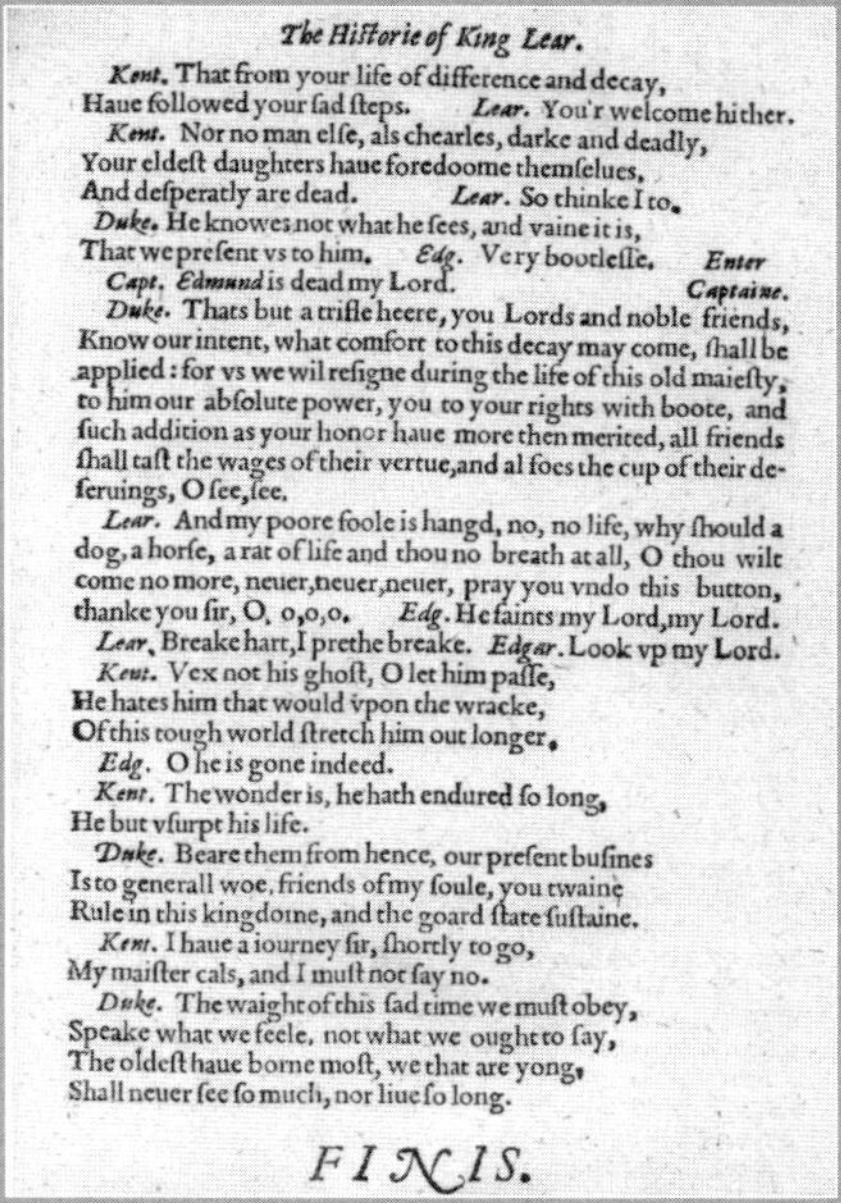

The Hiſtorie of King Lear.

Kent. That from your life of difference and decay,
Haue followed your ſad ſteps. *Lear.* You'r welcome hither.
Kent. Nor no man elſe, als chearles, darke and deadly,
Your eldeſt daughters haue foredoome themſelues,
And deſperatly are dead. *Lear.* So thinke I to.
Duke. He knowes not what he ſees, and vaine it is,
That we preſent vs to him. *Edg.* Very bootleſſe. *Enter*
Capt. *Edmund* is dead my Lord. *Captaine.*
Duke. Thats but a trifle heere, you Lords and noble friends, Know our intent, what comfort to this decay may come, ſhall be applied : for vs we wil reſigne during the life of this old maieſty, to him our abſolute power, you to your rights with boote, and ſuch addition as your honor haue more then merited, all friends ſhall taſt the wages of their vertue, and al foes the cup of their deſeruings, O ſee, ſee.
Lear. And my poore foole is hangd, no, no life, why ſhould a dog, a horſe, a rat of life and thou no breath at all, O thou wilt come no more, neuer, neuer, neuer, pray you vndo this button, thanke you ſir, O, o, o, o. *Edg.* He faints my Lord, my Lord.
Lear, Breake hart, I prethe breake. *Edgar.* Look vp my Lord.
Kent. Vex not his ghoſt, O let him paſſe,
He hates him that would vpon the wracke,
Of this tough world ſtretch him out longer.
Edg. O he is gone indeed.
Kent. The wonder is, he hath endured ſo long,
He but vſurpt his life.
Duke. Beare them from hence, our preſent buſines
Is to generall woe, friends of my ſoule, you twaine
Rule in this kingdome, and the goard ſtate ſuſtaine.
Kent. I haue a iourney ſir, ſhortly to go,
My maiſter cals, and I muſt not ſay no.
Duke. The waight of this ſad time we muſt obey,
Speake what we feele, not what we ought to ſay,
The oldeſt haue borne moſt, we that are yong,
Shall neuer ſee ſo much, nor liue ſo long.

FINIS.

『リア王』クォート版の最終ページ（1608）
STC 22292, Houghton Library, Harvard University

エピローグ　一六〇六年十二月二十六日

一六〇六年のクリスマスの日に、ランスロット・アンドルーズは、毎年恒例のキリスト降誕祭の説教をするためにホワイトホール宮殿に戻った。前年のクリスマスにもそこで説教をしていたが、火薬陰謀事件が発覚してほんの七週間後のその日の説教は、驚くほど希望に満ちていた。アンドルーズは、これまでに皆が経験してきたことを語り、もし陰謀が成功していたら「仕掛けられた火薬ですべてが吹き飛んでいたけれども」、「私たちを日々包み込んでくださる」神の御加護により「これまで想像されたことのないほど大規模で恐ろしい先般の危険からも」救われたと語った。阻止された攻撃に希望の光を見出し、皆が力を集めて、より深い自己理解ができるとアンドルーズは期待していた。その楽天的な説教は、やがて近寄る黒雲の気配を感じさせなかった。新たな始まりを祝ったその日、不安を抱えた国民は最近の出来事ゆえに一つになることができそうに思えていた。

それから一年後の一六〇六年のクリスマスの日にアンドルーズが宮廷の王の前で説教すべく戻ってきたとき、雰囲気はかなり暗くなっていた。アンドルーズは、聖書から「イザヤ書」第九章第五節を選んだ――「ひとりのみどりごがわたしたちのために生まれた。ひとりの男の子がわたしたちに与えられた。権威（government）が彼の肩にある」――暗い時代に言葉を伝えようとする点では、イザヤもアンドルーズも同じだった。なぜイザヤは予言をしに来たのだろうか、とアンドルーズは問うた。[*1]その答えはこうだ。「時代は非常に陰鬱です……キリストの最も重要な予言はそのようなときこそもたらされるのです」。

イザヤやキリストだけではない。使徒ペテロは、「預言の御言葉」を「暗き部屋」のなかの蠟燭に譬えている。意味は明確だ。そうした預言者たちと同じく、アンドルーズもまた、警告と慰めの言葉を伝えようとしていた――「暗い時代だからこそ、慰めの光が必要なのです」。

火薬陰謀事件の余波は、まだ国中で感じられていた。ハリントン卿は、このクリスマス休暇中に従兄弟のジョン・ハリントンに手紙を書き、危険は去ったわけではないと懸念を表明していた。「西にいる悪い心のカトリック信徒らが暗闇の帝王と手を結んでいる」がゆえに、「君の近辺でも気をつけて、捜索ができるような情報を与えて」ほしいと、従兄弟に懇願していた。ハリントン卿の手紙はさらに、あの運命の十一月の日から一年以上ずっと一部の人たちが経験し続けてきた一種のトラウマのような感覚にも言及した。卿自身が「こうした騒ぎで惹き起こされた熱病からまだ回復していない」と述べ、自分がお守りしているエリザベス王女は、ご家族が殺されたあとに謀叛人どもが王女に王座に就いて頂こうと計画していたことをお聞きになって、「そんなふうに王座について私はどんな女王となるのでしょう。そんな形で王冠を頂くよりは、むしろ父上と国会にいたかったと思うでしょう」と何度も仰ったことを悲しげに記すのだった。若い王女は、「まだあの驚愕から回復なされておらず、お病気で、ご心配になっておられる」のだった。

王女だけではなかった。アンドルーズはその説教のなかで、悩める国民もまだすっかり回復はしていないと述べた。その説教は政治面へと傾き、キリストを公国の王に譬えて、「多くの人民の混乱にも、一部の人の党派的野心にも限度があり、キリストのみが君主なのです。それが天の権威であり、キリストの権威（government）なのです」と述べたが、ジェイムズの政府（government）は事態をおさめてはくれなかった。

ホワイトホールにいたその他の人々同様、アンドルーズもこの国の終わりのない恐怖と疑念を感じるとともに、一週間前に突如終わった辛辣な国会討議が統合についてまとまらなかったことを知っていた。王に向けたメッセージのなかで、アンドルーズは、安楽な時代なら支配者は「人々を愛によって腕に抱き、配慮によって胸に抱いていたが、必要とあらば支配者はここでキリストの例にしたがって忍耐しなければならない」と述べた。だが、安楽な時代ではなかった。ジェイムズ王は党派的な野心に対峙して、キリストのような忍耐を示さなければならないのだ。知性だけでは十分ではなかった。その肩はさらに重い荷物を担がねばならなかった。そうした時代において権威は「よき頭のみならず、荷に耐えるよき肩を持たねばならない」とアンドルーズは説いた。

ランスロット・アンドルーズがホワイトホールで話した翌日、シェイクスピアの劇団はそこへ到着して、分割された王国についての最も暗い劇を上演した。『リア王』である。一六〇六年の聖ステファノの祭日（十二月二十六日）に宮廷でなされたその公演は当時の人にはとりわけ記憶に残るものだったであろう。と言うのもその日付、上演場所、そして王族の観客がいたことがこの劇が書籍商組合に登録されたときに記録され、一六〇八年発売のクォート版の表紙にも宣伝されたからだ。そんなことはいまだかつてなかったことだった。上演場所と併せてそこまで詳細な記録がなされたことはシェイクスピアの他の劇にはなかったのである。*2 宮廷でのこのクリスマス・シーズンにおいて、『リア王』は最高の扱いを受けた。ロンドンの劇団が上演する十五本の劇の筆頭であり、国王一座が上演した九本の筆頭だった。『リア王』が上演されたホワイトホール宮殿の大広間は、クリスマスの上演に備えてその月の早いうちに労働者たちが設えた部屋だった。

「大広間」（Great Chamber）という名前は誤解を招く。と言うのも、国王一座が上演した私的空間のなかでも最も狭く、迎賓館や大ホールなどホワイトホール宮殿のほかの部屋よりも狭かったのだ。しかし、演技空間としては魅力的で、長さ十八メートル、幅九メートル、天井まで六メートル、木製の床に冬は壁を織物のタペストリーが覆うので音響もよかった。舞台用の高台が組まれてしまうと、観客は三百人ぐらいしか入れなくなるので、宮廷人のなかでもかなり特権的な人たちだけがその晩『リア王』を見たわけであり、『ヒュメナイオスの仮面劇』に招待されたのはさらに少数だった。

宮廷で『リア王』が上演された頃は、シェイクスピアが『リア王』を書き始めた頃とは様子が違ってきていた。かつては、何らかの統合ができそうに思えていて、「王国分割」というテーマは深刻ではなくともタイムリーではあった。ところが今では、統一されたブリテン国がばらばらになる劇を見てぞっと身震いする人がホワイトホールにいそうだった。火薬陰謀事件はかつてこの王国にあった二分された忠誠に対する古い恐怖に再び火をつけ、ますます紛糾を極めてきた統合問題のせいで、政治権力の線引きについて新たな注意が払われるようになっていた。

このような状況下で、シェイクスピアが『リア王』を書いたときにはそれほど問題とは思えなかったことが今では大問題となっていた。コーディーリアの侵略軍に加わる者は、ブリテンの統治に逆らう外国勢力を支持する謀叛人なのか。グロスターを「いやらしい裏切り者」と呼ぶリーガンは正しいのか。シェイクスピアはこの劇のオープニングの場面を書いたとき、イングランドのこれほど多くの人たちが別種の忠誠テストを受けさせられ、期待どおりの言動を拒否したら罰せられるようになるとは思ってもみなかったはずだ。シェイクスピア自身の娘スザンナが、コーディーリアのように、権力の意思に屈しようとはしなかったのは皮肉としか言いようがない。

『リア王』の一六〇八年出版のクォート版以外に、当時のテクストがもう一つ残っている。十五年後の一六二三年に出版されたフォーリオ版である。学者たちは、これら二種類のテクストのあいだに一千もの違いを見つけた。ほとんどは些細なものであるが、十数箇所は重要な異同だ。フォーリオ版には全部で百行、クォート版にない台詞があり、逆にクォート版にはフォーリオ版に見当たらない三百行が含まれている。一七二三年のアレグザンダー・ポープ以来、編者は二つの版を一つにまとめることでこの問題に対処したが、それぞれの版からお気に入りの部分を選んだということにほかならない。それゆえ、ポープの版以降に出版されたどの版もそれぞれ違うのだ。一九八〇年に新しい世代の編者はこのやり方をやめようと考え、フォーリオ版はシェイクスピアがクォート版に手を加えた改訂版なのだと提案して、二つの版を別々に出版すべきだと主張した。その四半世紀後さらに繊細な見解が出てきて、作者がきちんと改訂したという説に疑義を差し挟み、クォート版とフォーリオ版はそれぞれ別個の経歴をもつ不完全なテクストであり、作品内容が違うと考えたのである。

当時のニコラス・オークスの印刷所でクォート版にさまざまな誤りが入り込んだことは明らかである。残念ながらオークスが戯曲を印刷したのは、それが初めてだったのだ。シェイクスピアの読みにくい原稿を活字に組むために雇われた植字工もまた未熟で、筆跡を判読するのに四苦八苦していた。クォート版にある明らかな誤りや混乱から逆算して学者たちにわかってきたことは、シェイクスピアはブランク・ヴァースの各行の頭をわざわざ大文字にせず欄外にも文字を書き込んだため、植字工たちは韻文を散文として組んだり、単純に読みちがえたり、わけがわからない文にしてしまったりしたことが非常に多かったということである。オークスの店で紙が足りなくなってしまったために、長い文を数ページに無理やり押し込めたりしたこともあった。

フォーリオ版の方は、編集上のさらに大きな難題を抱えていた。それは明らかに劇団の台本の基になった一六〇六年のシェイクスピアの草稿を写筆職人が写したものから印刷されていた。それから十五年のあいだに、『リア王』が再演されるたび、その台本は役者たちやプロンプターや検閲官や劇作家たち（もちろんシェイクスピア自身も含む）によって直されていき、それが印刷されるときにはそのときの監修者や植字工によって直しが加わった。つまり、『リア王』のフォーリオ版には抜け目ない演劇的な介入がかなり入っているというわけだ。だが、シェイクスピアが最初に書いたものにさまざまな手を加えたのは誰なのかを知ることはもはやできない。あるいはフォーリオ版が出版されるまでの長い時間のどの段階で改訂がなされたのかもわからない。そうした複雑な経緯を考えると、二つの版が現状のような違いを示しているのも無理からぬわけだが、一六〇六年末当時においては、シェイクスピアのオリジナルの原稿と、台本の基となった写しとの差はそれほど大きくはなかったはずなのだ。[*3]

こうしたテクスト上の異同は、リアの死に方が違っていたり、最後の台詞を話す人物が違っていたりして、二つの版の終わり方が激しく異なるために大きな問題となる。『リア王』のどこかをシェイクスピア自身が改訂したのなら、それは最終場だろう。これほど大胆に劇の結末を書き換えられるのは本人だけだ。植字工のヘマのせいで変わってしまったとは思えないし、劇場関係者がちょいと直してやろうとしたとも考えられない。と言うのも、たぶん一六〇六年十二月に上演されたときの台本としてあるのが、シェイクスピアの草稿から起こされた問題含みのクォート版であるわけだが、そこには考え得るかぎりつらくて黙示録的なエンディングが書かれているのだ。

リアが絞殺されたコーディーリアを腕に抱き抱えて登場する。コーディーリアはエドマンドの命令で殺されてしまった。リアはそれから、コーディーリアが死んでしまっていて永遠に失われたということを苦悩しつつ認識しながら死んでいく。

そして俺の哀れな阿呆は首をくくられた。そう、死んでしまった。
なぜ犬が、馬が、ネズミが生きているというのに、
おまえは息をしないのだ？　ああ、おまえはもう帰ってこない。
二度と、二度と、二度と。どうかこのボタンを
外してくれ。ありがとう。おお、おお、おお、おお！

（第二十四場〔第五幕第三場〕）

終わりの「おお」の音は、リチャード・バーベッジが断末魔の叫びを発することを示す記号のようなものだ。次の瞬間、リアは最期の言葉を言い、取り乱したリアは自らの死を求める。「胸よ、裂けよ、裂けてしまえ」。『レア王』という昔の物語では王は王座に復帰し、末娘とも和解するので、それを知っていた人はこの宮廷上演の結末に驚き、国家崩壊のイメージとその恐怖および王家の全滅は一年前の火薬陰謀の激しい幻想に似ていると思ったことだろう。

数行後にある、劇を締めくくる台詞はクォート版では、観客の期待どおりにオールバニ公爵が話す。生き残った貴族のなかで最高位であり、王国の半分を所有している人物だ。リアが死んだとき、義理の弟のコーンウォール公爵もリアの三人娘も亡くなっており、オールバニ公爵は気が進まぬながらも責任をとらなければならない。

この悲しき時の重荷、当然ながら我らが背負う。
言うべきことでなく、感じたままを語りあおう。

最も老いたお方が最も耐えられた。我らの苦労など及ぶまい。
若き我らがかくも存《なが》え、苦しむことなぞ、たえてあるまい。

（第二十四場〔第五幕第三場〕）

スコットランド人が支配をするというこの展開にジェイムズ王は喜んだかもしれない（オールバニはもともとスコットランドの古地名であり、ジェイムズ自身もかつてオールバニ公爵の称号を持っていた）が、妻を失い、子供のいないオールバニ公爵には、王国刷新の希望は少ない。クォート版には、生き残った者が行進して退場するというほとんどお決まりの最後のト書さえない。その代わりに、劇は死んだ王が殺された娘を抱き抱えて動かない静止した像で終わる。これは、数分前オールバニ公爵が「味方には各々の美徳の報いを味わわせ、敵には敵にふさわしい苦杯をなめさせる」と宣言したときに表明された敬虔さを嘲るものだ。これは暗い時代にふさわしいのかもしれないが、一六〇六年の聖ステファンの祝日に宮廷で演じられた『リア王』がここまで暗澹として希望がないというのは、この劇の長い上演史におけるどん底を示していたと言えよう。

この劇の終わりはあまりにも暗く、あまりにも耐えがたい。フォーリオ版をまとめたのが誰であれ、その人はたじろいで、この劇の終わりを深淵から引き戻した。二つの大きな変更がなされている。一つは、劇の最後の台詞をエドガーに言わせたこと。ずっと身分の高いオールバニがまだ生きているのだから、思いもかけぬ変更である。その効果は、より若い世代に権限が与えられ、将来に希望が見えてくるということだ。フォーリオ版でなされたその他の変更もその流れを強化するものであり、それゆえエドガーが耐えてきたことには後から振り返ると意味があり、この最後の瞬間につながっているように見える。付け加えられた締め括りのト書もこの新しい流れを支持している。フォーリオ版では、生き残った者たちは厳かに退場するのだ。「葬送行進曲とともに一同退場」。喪失は、次なる支配者の教育に貢献したがゆえに意味が与えられる。多くの点で、このほうが当たり前であり、納得のいく展開だ。

改訂版テクストは、壊れたリアが愛する娘の死という究極の極限に対峙するのを見守る苦悩からも尻ごみしている。フォーリオ版では例の「おお」という呻きはなくなり、胸が裂けてしまえというリアの最後の叫びもなくなり、その台詞はケントの台詞になっている。その代わりにリアは、最後の瞬間にコーディーリアの唇が動き、まだ息をしているのだと信じて死んでいくことになる。観客と同様に舞台上の他の登場人物たちには、リアが希望的観測をしているだけで、絞殺されたコーディーリアが生きているはずがないとわかっているのだが、フォーリオ版では十分に苦しんだリアは娘が生きていると錯覚したまま死んでいくという慰めが与えられる。

そして俺の哀れな阿呆は首をくくられた。そう、死んでしまった。
なぜ犬が、馬が、ネズミが生きているというのに、
おまえは息をしないのだ？　おまえはもう帰ってこない。
二度と、二度と、二度と、二度と、二度と！
どうかこのボタンを　外してくれ。ありがとう。
見たか？　見ろ、唇を、見ろ、
ほら、見ろ、ほら！
　　　　　　　　　　　　　　　　　死ぬ。

それでも残酷な終わり方ではある。十八世紀にサミュエル・ジョンソンが「コーディーリアの死に

私は非常にショックを受けたので、自分で編者としてこの劇を改訂しなければ、とても劇の最終場を読み直せなかったと思う」と語ったが、そうしたショックを受けたのはジョンソンだけではなかった。

フォーリオ版の改訂は、観客が耐えがたいと思った部分をどんどんやわらげていく改訂の大きな流れの第一歩だった。フォーリオ版が出版されて半世紀ほどたった一六八一年には、クォート版とフォーリオ版のエンディングは劇場でほぼ完璧に否定されてしまった。その年、ネイハム・テイトがシェイクスピアの『リア王』の復刻版として『リア王の物語』を出版したが、これは『レア王』にあったハッピー・エンディングを復活したのだが、それだけではなかった。なんとリアは生きていて、コーディーリアとエドガーが結ばれ、二人はリアの王国を継ぐのだ。「真実と正義は、最後には勝つのです」と、エドガーが皆に請け合って大団円となる。この改訂に微笑むのは今だからこそできることであって、そのあと一世紀半ものあいだ、役者も観客もこの方がクォート版やフォーリオ版のエンディングよりも納得がいくと考えたのである。すなわち、テイトが書き直した『リア王』は、一六八一年から一八三八年まで舞台を席巻したのだった。

『リア王』は、創られた時から現在に至るまで、ハムレットが言う「時代の形や姿」に応じて変わってきた。核の脅威とポスト・ホロコーストの二十世紀末の歴史に置いて見るなら、この劇の黙示録的世界が大きく浮かびあがってくるし、二十一世紀初頭には、リアを王としてよりも父として見る公演が多くなり、痴呆の恐ろしさが大きく取り上げられるようになったが、いずれにせよ『リア王』は時代に応じた新たな意味を与えてくれる。シェイクスピアはこのことをわかっていて、一六〇六年に矢継ぎ早に起こったさまざまな出来事のせいで観客の反応も変わってきたうえに、役者が舞台上で言えることすら変わってきたことを自分の目で確かめたのだ。たとえば、エドガーは禁令のせいで神の足にかけて誓うことができなくなったし、道化はお偉いさん方が専売特許を欲しがるという冗談が言えなくなった（〔第一幕〕第二場、〔第一幕〕第四場）。

そのあとの三年はシェイクスピアにとっては比較的静かな三年だった。その間、『ペリクリーズ』を（ジョージ・ウィルキンズと）執筆し、『コリオレイナス』と『終わりよければすべてよし』も執筆した。そのあと二度、大きな執筆熱が二度起きた。一度は一六一〇～一一年、三本のロマンス劇『シンベリン』、『冬の夜話』、『テンペスト』を書いたときだ。充電期間のあと強烈な創造力が湧き起こる波はもう一度来て、今度はジョン・フレッチャーと共同で、一六一三～一四年にまた三本――『ヘンリー八世』、『二人の貴公子』、そして失われた『カルデーニオ』――を書いたのだった。二年後シェイクスピアは五十二歳でストラットフォード・アポン・エイヴォンに没した。

ジェイムズ朝時代、王の統治の最初の数年間に足場を固めようと務めていたシェイクスピアにとって、一六〇六年ほど一年で驚くべき成果をあげた年はない。『リア王』、『マクベス』、『アントニーとクレオパトラ』というある種の三部作はこの年に充満していた文化的な瞬間を映し出している。そこにある忘れがたい台詞は、私たちの言語や想像力に跡を残し、次のようなちょっとした言葉に金言の力を与えている。

「俺は罪を犯したよりも犯された男だ」（『リア王』第九場〔第三幕第二場〕）

「あの女は年を重ねても萎びない。果てしなく変わるがゆえに慣れて飽きることもない」（『アントニーとクレオパトラ』第二幕第二場二四五～六行）

「恩知らずの子を持つのは、毒蛇に咬まれるよりつらい」（『リア王』〔第一幕〕第四場）

「人生は歩く影法師。哀れな役者だ、出番のあいだは大見得切って騒ぎ立てるが、そのあとは、ぱったり沙汰止み、音もない」（『マクベス』第五幕第五場二四～六行）

「俺は地獄の炎の車輪に縛りつけられ、この涙は溶けた鉛のようにこの身を焼く」(『リア王』第二十一場〔第四幕第七場〕)

一六二三年のフォーリオ版の序としてベン・ジョンソンは、こうした意味深い台詞を叩き出す詩人の苦労を誰よりも巧みに表現している。

生きている詩行を書く者は、詩神の鉄床で
(汝がそうしたように) 汗をかいて、
第二の熱を打ちこみ、それを(そして、
それとともに自分も) 変えなければならない。

しばしば複製される有名な肖像画のなかでジェイムズ王は「グレイト・ブリテンの鏡」と呼ばれる立派な宝石を帽子につけている。その大きなダイヤモンドの集まりは、王が必死で求めた統合を象徴している。恐らくブリテンの君主が身につけた最も高価な装飾品であろう。その一部はエリザベス女王の宝石コレクションからとってきたものであり、「大ハリー」と呼ばれるものは王の母が持っていた一番よい宝石であり、三つ目はフランスから購入したもので、十五世紀末にインドから入手した「サンシー」と呼ばれる宝石だ。ジェイムズ王は、これらは「分けがたく」「永遠に……この王国のものである」と宣言した。だが、一六二五年に王が没する前に、この素晴らしい品は分解され、いずれのダイヤモンドも質に入れられた。時代の流れは変わり、統合は王の存命中になされず、王は金が必要になったのである。

そのときには、王はアン王妃を埋葬していたのみならず、一六一二年には十八歳のヘンリー王子にも先立たれていた。王家にとって、そして国民にとって圧倒的な損失だった。ジェイムズは生き残った娘エリザベスを結婚させたが、ボヘミア王妃としてのエリザベスの統治はたったひと冬であり（それゆえ「冬の王妃」と呼ばれた）、王妃はその生涯のほとんどを亡命者として過ごした。父親を継いだチャールズ王子は、多くの未解決の経済的、宗教的、政治的問題も引き継ぎ、やがて暴動そして革命を起こされることになる。チャールズは廃位され、一六四九年に、新迎賓館の前の処刑台で公開処刑された。

「グレイト・ブリテンの鏡」が売り払われる二年前の一六二三年、シェイクスピアのフォーリオ版が刊行され、『マクベス』と『アントニーとクレオパトラ』が初めて活字となったのみならず、それまで出版されてこなかったシェイクスピアのその他の十六本の戯曲[*4]も掲載された。『リア王』もそのフォーリオ版に含まれていたが、すでにクォート版で出版されていた他の十七本の歴史劇、喜劇、悲劇も改めて掲載された。この本は今日では単に「ファースト・フォーリオ」として知られており、その著者は「グレイト・ブリテンの鏡」よりも有名になって当然の人物であり、その多様な劇はその人が生きた時代が抱えていた恐怖や希望を見事に映し出していたのである。

作品執筆年について

学者たちは、『リア王』、『マクベス』、『アントニーとクレオパトラ』がこの順に執筆されたことについて同意している（文体分析によっても確認されている）。『リア王』は、一六〇六年十二月に宮廷で上演された。この日付は一六〇七年の書籍出版業組合登録や、一六〇八年のクォート版の表紙にも記されている。『リア王』の執筆年はその前ということになるが、どれほど前か。主たる種本である女王一座の『レア王』に広範囲に亘って依拠していることから、『レア王』公演を観た、あるいは出演した記憶からではなく、出版されたテクストを開きながら執筆したのであろうと推測されている。『レア王』の初版は一六〇五年五月に書籍出版業組合に登録された。[*1] 戯曲は登録の二か月ほど後に出版されるケースが多いので、シェイクスピアがこの本を手にして仕事を始めたのは、早くて一六〇五年の晩夏という計算になる。『リア王』執筆が同年十二月（十月から閉鎖されていた劇場が再び開場となった月）までに終わっていたなら、一六〇五年十二月下旬から一六〇六年三月上旬のあいだにジェイムズ王御前で上演する十本のうちの一本として祝典局長が選ぶ時間はあったはずだ。ところが、『リア王』は一六〇六年十二月まで宮廷で上演されていないため、一六〇五年秋までには執筆が始められていたものの、一六〇六年初頭の時点でまだ書き終えられておらず、グローブ座での上演もされていなかったと考えられる。*2

『マクベス』は一六二三年のフォーリオ版よりも前に出版されなかったので、執筆年代は『リア王』よりもはっきりしない。「王たちの見世物」の場にあるジェイムズ王への言及により、一六〇三年より後だとわかる。上演の最初の記録は、サイモン・フォーマンが一六一〇年四月にグローブ座で観た記録だ。『マクベス』は、デンマーク王クリスチャンがイングランドを訪問中の一六〇六年夏にジェイムズ王とデンマーク王の前で上演されたはずだと言われるものの、宮廷上演の記録はない。明確な時事性が特に門番の場にあるために（イエズス会士の二枚舌へのはっきりとした言及がある）、十八世紀後半のエドモンド・マローン以降、現在に至る学者たちに至るまで、火薬陰謀事件の裁判と処刑後の一六〇六年に書かれたと広く認められている。

『アントニーとクレオパトラ』は、シェイクスピアが『マクベス』を書いているときから構想されていたようだ。マクベスは、自分とバンクォーを、アントニーとオクテイヴィアス・シーザーに比べている。「俺が恐れるのは奴だけだ。あいつには俺の守護神もしりごみする。マーク・アントニーの守護神がシーザーに臆したように」。一六〇八年五月二十日、出版者エドワード・ブラントは、『ペリクリーズ』と「『アントニーとクレオパトラ』という本」の二冊を書籍出版業組合に登録した。『ペリクリーズ』は一六〇九年にクォート版で出版されたが、『アントニーとクレオパトラ』のほうは一六二三年まで未出版だった。当時のほかの芝居にある言及から、それよりも早い年代が見えてくる。シェイクスピアの劇団は、バーナビ・バーンズ作『悪魔の憲章』を一六〇七年二月二日に宮廷で上演した。この芝居を印刷したクォート版には、エジプトコブラでいっぱいの箱で毒殺しようとする悪党が登場する場面があり、それを犠牲者の胸に当てるとき「クレオパトラの小鳥たち」と呼ぶ。プルタルコスの物語では蛇は犠牲者の腕を咬むのであり、胸に変えたのはシェイクスピアの発案である。この場面は明らかに、シェイクスピアが描いたクレオパトラの死の場面に言及している。一六〇六年末までにシェイクスピアの『アントニーとクレオパトラ』の影響を受けたのはバーンズにとどまらない。一五九四年、サミュエル・ダニエルはレーゼドラマとして『クレオパトラの悲劇』を執筆し、版も五度重ねていたが（一六〇五年に第五版出版）、その十七年後の一六〇七年に改訂版を出し、シェイクスピアの劇からマイナーな登場人物を借用して、どうやらダニエルが観た舞台を真似てアントニーの死を描き直している。バーンズもダニエルも、たぶんシェイクスピアの劇を一六〇六年末のクリスマスか宮廷上演で（ダニエルなら宮廷で観た可能性が高い）、あるいは十一月末から十二月上旬にかけてグローブ座で（疫病のために七月上旬から閉鎖されていた劇場が再開場されたときに）観たと想定され、その頃までに『アントニーとクレオパトラ』は完成され、上演されたということになる。

同様の結論と追加の詳細（執筆年代特定のための文体分析を含めて）については、スタンリー・ウェルズとゲイリー・テイラー編纂のオックスフォード版全集の『テクストのコンパニオン』（オックスフォード大学出版局、一九八七）一二七〜三〇ページ、及びそれぞれの劇のアーデン版、ケンブリッジ版、オックスフォード版を参照されたい。

訳者あとがき

本書は、James Shapiro, *1606: Shakespeare and the Year of Lear* (London: Faber & Faber, 2015)〔英国版、ペーパーバック〕の全訳である。初版は米国で *The Year of Lear: Shakespeare in 1606* (New York and London: Simon & Schuster, 2015) という題で刊行されたが、そのあと前掲の英国版で初版の表現が多数訂正されたため、英国版から訳すことにした。但し、英国版には新たな誤植（例えば、一九四ページ一行目「サフォーク」は「サマセット」の誤り）も混入しており、初版、キンドル版と比較しながら作業を進めた。キンドル版は初版の一部の誤植を訂正したものである。

ジェイムズ・S・シャピロ氏は、一九五五年にブルックリンに生まれ、コロンビア大学を卒業したのち、シカゴ大学で修士号と博士号を取得し、現在コロンビア大学教授である。これまでにも『ライバルの劇作家たち──マーロウ、ジョンソン、シェイクスピア』（一九九一）、『シェイクスピアとユダヤ人』（一九九六）などの研究書を上梓し、長年シェイクスピアやエリザベス朝文化を研究してきたシャピロ氏は、二〇〇五年に『一五九九年──ウィリアム・シェイクスピアの生涯に於ける一年』（*1599: A Year in the Life of William Shakespeare*）を出し、これにより翌年シアター・ブック賞およびサミュエル・ジョンソン賞を受賞した。

『ガーディアン』紙（二〇〇五年六月五日付）は、『一五九九年』について、映画『恋に落ちたシェイクスピア』のアドヴァイザーを務めた高名なシェイクスピア学者スティーブン・グリーンブラット氏のベストセラー『シェイクスピアの驚異の成功物語』（白水社より訳書既刊）ほど優雅ではないが、シェイクスピアの物語を魅力的に語ってみせてくれたという趣旨の記事を載せている。

グローブ座が建てられた年である一五九九年に焦点を絞った『一五九九年』は、シェイクスピアがその年に『ヘンリー五世』を完成させ、『ジュリアス・シーザー』と『お気に召すまま』を書き、『ハムレット』の下書きにかかったと想定した。この点について、ケンブリッジ大学教授ジョン・ケリガンは、本書『一六〇六年』の書評（『タイムズ文芸付録』（TLS）二〇一五年十月九日号掲載）で次のように記している。

『一五九九年』の書評者のなかには、シャピロが劇の執筆年代を捻じ曲げて――『ハムレット』の草稿を含め――その〝驚きの年〟のなかにいろいろ詰め込み過ぎたと文句を言う者もいた。『一六〇六年』にはそのような欠点はないが、それでも大きな枠組みを設定している。

大きな枠組みとは、一六〇六年に『リア王』『マクベス』『アントニーとクレオパトラ』の三作が執筆されたとする主張である。これら三作品の執筆年についてシャピロ自身が「作品執筆年について」を記しているが、ここで通説をまとめておくことにする。

『リア王』

一六〇七年十一月二十六日に書籍出版業組合に登録され、その際「一六〇六年十二月二十六日にホワイトホール宮殿で上演された」と記載された。一六〇八年にクォート版で出版されたのち、一六二三年のフォーリオに収められた。本書第4章で論じられているように、『リア王』における悪魔への言及はサミュエル・ハースネットの本『途轍もない教皇派のまやかしに関する報告』（一六〇三年初版、同年三月十六日登録）を利用していると考えられており、『リア王』は少なくとも一六〇三年三月以降の作品とされる。

本書第3章冒頭にあるように、シェイクスピアは一六〇五年五月に出版された古い劇『レア王』を参照しながら書いたのだろうとする説は、アーデン版のR・A・フォークスなどが支持している。これに対して、リヴァーサイド版のフランク・カーモードが主張するように、一五九四年から上演されていた『レア王』の台本をシェイクスピアがすでに入手していたとすれば、新しい『リア王』が上演されたのに刺激されて古い『レア王』が出版されたと考えることもできる。カーモードは、一六〇四〜一六〇五年前半を『リア王』執筆推定年としている。

ゲイリー・テイラーが、『リア王』は一六〇五年夏に初演された『東行きだよぉ』の影響を受けていると論じた論文（'A New Source and an Old Date for *King Lear*', *Review of English Studies*, 33 (1982), 396-413）にしたがえば、『リア王』の推定執筆年は一六〇五年夏以降となる。だが、シェイクスピアは真似たのではなく、真似られたのだとするならば、『リア王』は一六〇五年夏前の作品ということになる。劇中に言及される日食・月食が一六〇五年九月と十月に起きた現象への言及だとするならそれ以降に書かれたことになるが、第4章訳注2に記したように、一五九八年の皆既日食・皆既月食への言及とも考えられる。

二〇一五年十月六日に『ニュー・ステイツマン』紙に本書の書評（Nowhere man: the challenges of tracking down Shakespeare）を寄せたシェイクスピア学者ジャーメイン・グリアは、「『リア王』は一六〇五年初頭に初演されたと考えられている」と断言しているが、そのあたりが真相に近いのかもしれない。

『マクベス』

初版は一六二三年のフォーリオ。上演記録のうち最も古いものはサイモン・フォーマンによる「一六一〇年四月二十日、土曜日にグローブ座での上演を観た」という記録。だが、この年の四月二十日は土曜日でないため、「一六一一年四月二十日」のことであろうとされている。門番が口にする「二枚舌野郎」は、一六〇六年三月二十八日以降火薬陰謀事件裁判にかけられ、同年五月三日に処刑されたヘンリー・ガーネットのことを指すと考えられており、一六〇六年を執筆年と推定する学者が多い。ただし、ニュー・ケンブリッジ版編者A・R・ブラウンミュラーのように一六〇三年だと異説を唱える学者がいないわけではない。

『アントニーとクレオパトラ』

一六〇八年五月に書籍出版業組合に登録されたが、その年に出版されず、初版は一六二三年のフォーリオである。上演記録としては、一六六九年にトマス・キリグリューが上演許可を得たときに「かつてブラックフライアーズ劇場で上演された」という記載があるものの、それ以上のことはわからない。サミュエル・ダニエルの『クレオパトラの悲劇』（一五九四）が一六〇七年になってシェイクスピアの作品との類似を含んだ改訂版となって再版されたため、ダニエルがシェイクスピアを真似たのであれば、シェイクスピア作品は一六〇七年の復活祭以前に上演されたことになる（疫病のため一六〇七年は復活祭から十二月まで劇場が閉鎖された）。また、一六〇七年二月二日に国王一座が上演したバーナビ・バーンズ作『悪魔の憲章』に『アントニーとクレオパトラ』からの引用があるため、推定執筆年は一六〇六年〜一六〇七年一月とされている。

このように作品の執筆年それ自体にさまざまな議論があるなかで、シャピロは大胆な推測を加えていく。

推測と事実とを自在に織り交ぜる本書の語りは、魅力的であると同時に、学問的に警戒しなければならない点も多々あることは付記しておかねばなるまい。

とはいえ、ジェイムズ朝の時代に深く切り込んでいく本書の面白さは類書にはない優れた特質だ。特に『マクベス』と一六〇六年一月に裁判が行われた火薬陰謀事件との関連を解き明かす語りは秀逸である。学問に命を吹き込むには、膨大な知識のほかに想像力が必要であることは認めざるを得ない。

ペーパーバック版の冒頭には、本書を称える多くの書評の抜粋が羅列されている。その筆頭の三つを紹介する。

「私にとって今年一番の本……。小説のように読める珍しい学術書だ。ページを繰るごとに少なくとも一つは大きな発見のある小説だ。」（ポール・モルドゥーン、『TLS』、「今年最良の本」）

「シャピロの『一五九九年』の素晴らしい続編。ジェイムズ朝の世界を蘇らせる興味深い発見が詰まっている。」（ステファニー・メリット、『オブザーヴァー』紙、「今年最良の本」）

「シャピロ氏は再びシェイクスピアの世界をまざまざと描いてくれた……。できればシェイクスピアの生涯の毎年について一冊ずつシャピロ氏に書いてほしいくらいだ。」（サイモン・キャロウ、『ウォール街ジャーナル』）

前述したジョン・ケリガンの書評も次のようにまとめられている。

「ジェイムズ・シャピロはこの本を、戯曲が書かれて収められた箱のように扱ったりはしていない。常に過程を大事にし、問題としている悲劇が、それが書かれた不穏な状態にどのように条件づけられ、当時の出来事の前と後とでどのように劇の意味が違ってくるのか注意を払っている……。読みやすく情報が多く、読み応えがあり、批評的に信頼できる。」（ジョン・ケリガン、『TLS』）

ケリガン教授が「批評的に信頼できる」と褒めてはいるものの、細かく見ていくと学問的に警戒すべき点や説明が必要と思われる箇所があるため、そうしたところには訳注を附した。また、人物名については、巻末の人名索引を簡易な事典の形にすることで、訳注の数を減らして読みやすくする努力もした。なお、本書では、「法の支配」の原理を確立したとして知られる法学者の名前を「エドワード・コーク」ではなく「エドワード・クック」と表記したことをお断りしておく。その理由は第7章訳注5に詳述したので、参照されたい。

シャピロは本書の前に執筆した『疑われたウィル——誰がシェイクスピア作品を書いたのか』（*Contested Will: Who Wrote Shakespeare*, 2010）によって二〇一一年にジョージ・フリードリー記念賞を受賞した。さらに同年シャピロは、アメリカ芸術科学アカデミーの会員に選ばれている。『疑われたウィル』は、「シェイクスピア＝オックスフォード伯爵説」を完璧に否定する本であったため、これに激怒したオックスフォード伯派は、本書が刊行されると反撃に出た。二〇一六年二月に本書を攻撃する *Contested Year: Errors, Omissions and Unsupported Statements in James Shapiro's "The Year of Lear: Shakespeare in 1606"* をキンドル版で出版したのである（「攻撃書」と言及することにする）。この攻撃書は、レスター大学客員研究員アレグザンダー・ウォーの呼びかけによって、オックスフォード伯派の人々が結集して、シャピロの *1606: Shakespeare and the Year of Lear* を攻撃するものだ。と言うのも、シェイクスピア作品の真の著者であると彼らが主張するオックスフォード伯は一六〇四年六月四日に死亡しているため、彼らにとって『リア王』の執筆年が一六〇六年であっては困るのである。オックスフォード伯派によれば、すべてのシェイクスピア作品は一六〇四年五月までに書き終えていなければならず、それ以降の執筆年はすべて誤りとなるわけだ。このため攻撃書では、一六〇四年以降に執筆されたと考えられている作品についての言及をすべて誤りと執拗に断じている。

攻撃書の執筆者のうち、アレグザンダー・ウォーのほか、ワシントン州立大学教授マイケル・デラホイド、『ほかの名前のシェイクスピア』（二〇〇五）の著者マーク・アンダーソン、『オックスフォード伯と〝シェイクスピア〟の成り立ち』（二〇一二）の著者リチャード・マリムといった研究者らの批判には傾聴に値するところがあったが、それ以外のほとんどの人たちの記述はシャピロの表記の問題点を指摘するというより、シェイクスピア＝オックスフォード伯説にそぐわない点を誤りと断ずるもので、読むに値するものではなかった。ともあれ、この本のすべてに目を通して有用と思われる点は訳注に盛り込んだ。なお、オックスフォード伯派の〝説〟に対しての反論は http://oxfraud.com に「なぜ第十七代オックスフォード伯がシェイクスピアの戯曲を書いたのではないか」として詳しくまとめられている。

本書は二〇一五年十月に初版が出る前からＰＤＦで校正刷が手に入っており、これなら早く邦訳の準備ができて、ひょっとすると原書初版と同時に翻訳も出せるかもしれないと意気込んでいたのに、シェイクスピア没後四百年の二〇一六年に仕事が想定以上に多くなり、大幅に遅れてしまった。ただ、初版の誤りが正された再版と、本書を批判する攻撃書が出たあとで、翻訳を手掛けることになったのは怪我の功名だったかもしれない。とても辛抱強くお待ちくださった編集者和久田頼男氏に深いお詫びとともに感謝する次第である。

河合祥一郎

訳注

「訳者あとがき」で言及した本書を攻撃する本 Alexander Waugh and others, *Contested Year: Errors, Omissions and Unsupported Statements in James Shapiro's "The Year of Lear: Shakespeare in 1606"* (2016)（以下「攻撃書」）が掲げる傾聴すべき点は、すべてこの訳注に網羅した。確かに原書の米国版には誤謬が多かったが、攻撃書により指摘された誤りのいくつかはペーパーバック版（英国版）で訂正されているので、訂正された点についてはここではあえて触れない。

プロローグ　一六〇六年一月五日

＊1　一六〇六年、年が明けて最初の日曜日、一月五日　ケンブリッジ大学教授ジョン・ケリガンが『タイムズ文芸付録（TLS）』二〇一五年十月九日号に記した本書の書評で指摘しているとおり、これは当時のユリウス暦での一月五日であり、グレゴリオ暦では一月十五日に相当する。

また、当時は聖母マリアのお告げの祝日（三月二十五日）が一年の始まりであったので、正しくは一六〇五年一月五日である。

＊2 アランソン公爵がエリザベス女王に求婚しに来英した一五八一年に、女王が公爵を迎えるために建てさせた仮の迎賓館　原書には「一五八二年」とあり、攻撃書はこう記した――「これは誤りである。迎賓館は一五八一年四月に完成した。一五八二年は、アランソンが最後にイングランドを去った年であり、『求婚しに来英した』年ではない」。そのとおりなので、翻訳では「一五八一年」に訂正した。

フランス王アンリ三世の弟であるアランソン公爵（一五五五〜八四）は、一五七九年八月十六日にお忍びで来英した。迎賓館は一五八一年三月二十六日に着工され、三週間と二日後の四月十八日に完成された（ユリウス暦）。その年の六月二日に公爵はフランス王の許しを得ないまま来英、十月に再び来英した。その際、女王は毎朝公爵の部屋を訪れ、二人きりで過ごしたという。同年十一月の時点で、女王はすっかり公爵と恋人気分で、結婚するつもりでいた。ところが結局、女王は気を変え、翌八二年に再び公爵がやってきたときには破談となり、一五八二年二月一日に公爵はイングランドを去った。

＊3 エリザベス朝時代のうちに書いた悲劇としては最後の作品となった『オセロー』の宮廷初演　『オセロー』の執筆推定年は一六〇三〜四年であり、ジェイムズ朝時代に書かれた可能性がある。また、一六〇四年の祝典局の記録に「十一月一日の諸聖人の日に、国王一座によりホワイトホールの迎賓館で『ヴェニスのムーア人』という劇を上演」とあるのが、『オセロー』（副題は一六二二年の初版表紙では『ヴェニスのムーア人』）の宮廷上演を指すと考えられるが、宮廷初演であるかどうか定かではない。

＊4　シェイクスピアはホワイトホール宮殿で頻繁に上演していたので、観客のなかには知っている顔がたくさんあった　この段落の冒頭の文「シェイクスピアは、この場所をよく知っていた」もそうだが、推測に基づいた記述。『恋の骨折り損』、『尺には尺を』、『オセロー』などがホワイトホール宮殿で上演された記録はあるが、シェイクスピアがホワイトホール宮殿へ行ったかどうかはわからず、ましてどれぐらい知り合いがいたかについてはまったくわからない。

＊5　シェイクスピアも客席のどこかにいたと思われる　ケリガン（注1参照）は、シェイクスピアが一六〇五年一月五日のこの仮面劇を観ていた証拠は何もないと指摘する。関係者でもないシェイクスピアがこの仮面劇を観ることができたと考えるのは、確かにバードラトリー（シェイクスピア崇拝）の悪影響とも言えなくもない。実際に観ていなくても、のちに情報を収集する力はシェイクスピアにはあったであろう。

＊6　カリスマ的な叛逆者、第二代エセックス伯爵ロバート・デヴァルーを処刑　エセックス伯は、宮廷内で、和平派であるセシル親子との対立を深め、対スペイン戦争継続を主張して権勢を摑んだ。ところが、女王の寵臣であることをいいことに尊大な態度をとりすぎ、一五九八年七～八月に女王との関係を悪化させた。アイルランド叛乱鎮圧で名誉を挽回しようとするも、一五九九年に鎮圧に失敗した上に独断で休戦して帰国してしまった。女王の怒りを買ったエセックス伯は自宅謹慎処分となり、その上ワイン輸入税独占権まで奪われて、経済的にも追いこまれた。八方ふさがりとなったエセックス伯は、サウサンプトン伯ヘンリー・リズリーら仲間とかたらってロバート・セシル排除を目的としたクーデターを一六〇一年二月八日に起こす。この前日に、一味がシェイクスピアの劇団に『リチャード二世』を上演させて、自分たちを鼓舞した話は有名。ところがクーデターを決行してみると、協力を約束したロンドン長官

トマス・スミスにも逃げられ、失敗する。二月十九日に裁判にかけられ、二十五日に処刑された。

＊7 執筆依頼があったとしても断ったのだろう。 シェイクスピア学者ジャーメイン・グリアは、「シェイクスピアは劇作家として経験を積んでいても仮面劇を書いたことがなかったのに対して、ロンドンには仮面劇を手掛けたことのある若い作家が大勢いたがゆえに、シェイクスピアに仮面劇執筆依頼がなかっただけだろう」と指摘する（二〇一五年十月六日付『ニュー・ステイツマン』書評）。「仮面劇執筆の依頼があったとしてもシェイクスピアは断っただろうとするのはまったくの推測だ」とする攻撃書の指摘は正しいが、推測や想像に意味がないわけではない。ここと次の段落はシャピロの想像である。

＊8 新しい王の時代となって初めての戯曲『尺には尺を』 新しい王の時代となって初めての戯曲は『終わりよければすべてよし』である可能性もある。

＊9 ジェイムズ王が王座に就いてから三年のうちに、シェイクスピアはもう一本、『アテネのタイモン』しか書いていない 『アテネのタイモン』の推定執筆年は一六〇五〜八年。ジェイムズ王が王座に就いてから三年のうちに書かれていないかもしれない。逆にこの時期に書かれた可能性が高いのは、『終わりよければすべてよし』である。

＊10 共同執筆者は有望な劇作家トマス・ミドルトン 攻撃書の以下の指摘は正しい――「シェイクスピアの『アテネのタイモン』がジャコビアン期に上演されるに当たってミドルトンの手が入ったかもしれないことには学問的同意があるが、ミドルトンがシェイクスピアと一緒に、あるいは同時に執筆したという証拠はない」。また、攻撃書は「『アテネのタイモン』のある箇所をミドルトンが執筆したというのは、純粋に文体分析に基づく推論である」とも指摘しており、

これも正しい。

＊11　このことを一六四〇年代に記録した人物によれば　二〇一四年九月二十四日付『タイムズ文芸付録』にウィンスコンシン＝ミルウォーキー大学の歴史学教授マーサ・カーリンが寄せた記事によれば、エディンバラ大学所蔵の二十七葉の草稿（MS La. II 422/211）にサザック地区のタバード居酒屋への言及が次のようになされている──「タバード居酒屋は、マスター・ウィル・シェイクスピア、サー・サンダー・ダンカム、ローレンス・フレッチャー、リチャード・バーベッジ、ベン・ジョンソン、そしてその他のジェイムズ王時代の彼らの騒々しい仲間たちがよく行った店である。その大きな部屋のパネルに彼らは名前を刻みつけた」。サー・サンダー（あるいはサンダーズ）・ダンカムという人は一六一七年に騎士に叙された人物で、演劇人らと一緒に騒いだ仲間とは思えず、あとから自分の名をそこへ刻んだのかもしれない。ローレンス・フレッチャーは、一六〇三年に急に国王一座の団員として名が挙げられた人物であり、一五九九年にシェイクスピアらが名前を刻んだ後から名前を加えた可能性もある。残念ながらこの居酒屋は一六七六年のサザック地区の大火事で焼失しており、詳細は確かめられない。草稿は清書されており、一六四三年十一月の日付が附された記載が含まれており、文中の手がかりからこれを書いたのは未婚の王党派で、ウィリアム・ハーヴェイ博士の知人かつロンドン地図を作製したウェンセスラス・ホラーの友人であることがわかる。カーリン教授は、ＪＥというイニシャルが記されていることから、日記作家ジョン・イーヴリン（一六二〇〜一七〇六）かもしれないが確かなことは言えないとしている。

＊12　シェイクスピアが毎日舞台に立つのをずっと観てきた人たちも、シェイクスピアを見かけなくなっていた。　シェイクスピアが毎日舞台に立った時期があったかどうかわからない。劇作に

専念していて舞台に立つのは時折だったということも考えられる。ジョナサン・ベイトは、『時代の魂』（ヴァイキング社、二〇〇八）三五五〜六ページで、「シェイクスピアは、一六〇三〜四年の疫病勃発の頃に演じるのをやめた」と論じ、その根拠として、ベン・ジョンソンの劇『癖者ぞろい』（一五九八）と『セジェイナス』（一六〇三）の出演者表にシェイクスピアの名前があったのに、その後の『ヴォルポーネ』（一六〇五）、『錬金術師』（一六一〇）、『キャティリーン』（一六一一）の出演者表に（リチャード・バーベッジ、ジョン・ヘミングズ、ヘンリー・コンデルといった国王一座の仲間の名が記載されているのにシェイクスピアの名は）ない上に、一六〇七年の王室記録にあった国王一座の役者名のなかにも記されていないことを挙げている。シャピロの議論は、このベイトの議論に基づく。ただし、そもそもシェイクスピアの出演記録は、『癖者ぞろい』と『セジェイナス』の二回以外残っていない。

＊13　一六〇六年という年は、シェイクスピアにとってはよい年　攻撃書の以下の指摘は正しい——「一六〇六年のシェイクスピアと結びつく記録は二つのみ。一つはウォリックシャー州の村の土地登録簿に、この年八月一日付で、シェイクスピアはチャペル・レインの小屋を二シリングで借りたと記載されていること。もう一つは、ラルフ・ヒューバンドなる人物にシェイクスピアが二十ポンド借りている記録があること。いずれの記録も、シェイクスピアにとって『よい年』であることを示していない」。

＊14　平均寿命が四十代半ば　攻撃書は、「幼児の死亡率の高さが数値を引き下げているので、この文脈で〝平均〟というのは無意味。成人に達した場合、長生きすることは多かった」と指摘する。無意味とまでは言い切れないが、幼児の死亡率は高かった。

＊15　土地の十分の一税徴収権　原文は、「土地の借地権」だったが、訂正した。一六〇五年七月

二十四日、シェイクスピアはラルフ・ヒューバンドに四四〇ポンド支払って、ストラットフォードの土地などから徴収される十分の一税の半分を得る権利を三十一年契約で買い取っている。

＊16 『リア王』を仕上げた。一六〇六年が終わらぬうちに、『マクベス』と『アントニーとクレオパトラ』も書き上げることになる。『リア王』が一六〇六年に書かれたという点については異説がある。これら三作品についての執筆年については、「訳者あとがき」と「作品執筆年代について」を参照されたい。

＊17 シェイクスピアの双子の子供の名付け親　シェイクスピアの双子の子供の名前はジューディスとハムネットであるが、当時シェイクスピア家の近所に住んでいたパン屋のサドラー夫妻がジューディスとハムネットという名前であったことから、夫妻が名付け親であろうと言われている。夫ハムネット・サドラーはシェイクスピアの遺書にその名を記され、二十六シリング八ペンスを故人の記念の指輪を購入する費用として遺されている。

＊18 忠誠宣誓　一六〇六年六月二十二日に発布された「イングランド王ジェイムズ一世への忠誠宣誓」は、教皇が超国家的権力を有するとする教皇主義者を排除し、穏健なカトリック信者に宗教的寛容を認めようとするもの。教皇はこれに反対して、枢機卿ベラルミーノらが内政に介入しようとした。

＊19 第二回ハンプトン・コート会議　ハンプトン・コートはウィンブルドン近くにある宮殿。もともとウルジー枢機卿の屋敷だったが、一五二五年にヘンリー八世の所有となった。プロテスタント急進派であるピューリタンらから提出された「千人請願」に対応すべく一六〇四年一月十四日に開かれたのが第一回ハンプトン・コート会議であり、結局「主教なくして国王なし」

ン塔送りとなった。

として国教会を優遇し、『欽定訳聖書』を作成する命令が出された。一六〇六年の第二回の会議では、スコットランドの長老派への圧力が強められ、ジェイムズを「神の愚かなしもべ」と呼んだスコットランドの神学者アンドルー・メルヴィルはこの会議の直後に逮捕され、ロンドン塔送りとなった。

*20 偽の悪魔憑きの事件　第四章で取り上げられるが、ここにその概略を記しておく。一六〇六年二月に星室裁判所にて少女アン・ガンターとその父親に対する裁判が開催された。オックスフォード近郊の村ノース・モアトン在住の娘アン・ガンターは、一六〇四年に、体が歪み、没我状態ないし昏睡状態となり、針のような異物を口から吐き出すという悪魔憑きの症状を見せた。衆目のなか、娘は自分に魔法をかけた女三人の名前を言った。アグネス・ペプウェルとその娘メアリ・グレゴリーとエリザベス・グレゴリーである。一六〇五年五月、名指された女の一人が行方をくらませると、残った二人が裁判にかけられた。ところが、傍聴席にいたトマス・ヒントンというウィルトシャー州の紳士が、アンが演技をしていると見抜き、より厳密な裁判の結果、被告らは無罪放免となった。アンの父親ブライアン・ガンターはこれで引き下がらず、一六〇五年の夏にジェイムズ王がオックスフォードへやってきたとき娘を王の前に連れ出したが、王は娘の悪魔憑きを信じず、カンタベリー大主教リチャード・バンクロフトの手に委ねた。大主教は疑ってかかり、娘を尋問したところ、娘は父親に無理強いされて、言われたとおりに魔法憑きの振りをしていたことを告白した。父親は娘の狂乱状態をそれらしく見せるために、シェリー酒とサラダ油の混交物を飲ませて気分を悪くさせ、感覚を麻痺させて針を刺しても痛みに耐えられるように仕向けていた。父親ブライアン・ガンターは、その地域の農業労働者の利益の上まえをはねるような不正なビジネスを手掛ける嫌われ者であり、一五九八年にそ

の地域で開催されたフットボールの試合観戦中に喧嘩を起こし、選手二人（ジョンとリチャード・グレゴリー兄弟）に暴行を加え、二人は数日後に死亡していた。遺族に殺人罪で訴えられて逆恨みしたガンターは、グレゴリー家に対して復讐を企てたのである。ガンターが目をつけたのは死亡した二人の義姉エリザベスだった。「がみがみ女」の悪名高き女性で、頻繁に村人と揉め事を起こしていた。当時、魔女として疑われるのは「がみがみ女」と相場が決まっていたので、アン・ガンターが奇矯な振る舞いをしたとき、村人はまずエリザベスを疑った。アンが名前を出した三人の女性は、アビントンの裁判所で魔女として裁きを受けた。ここまでは、ブライアン・ガンターの筋書きは完璧だった。当時の社会的風潮を利用した犯罪と言える。詳しくは James Sharpe, *The Bewitching of Anne Gunter: A Horrible and True Story of Deception, Witchcraft, and the King of England* (New York: Routledge, 2000) を参照。

なお、シャピロの原書では、この文の直後に「初めて外国の元首の訪問があった年でもある」とあったが、「これは誤りである。スペイン王フェリペ二世が一五五七年三月から七月にかけてイングランドを訪問した」という攻撃書の指摘が正しいので、削除した。フェリペ二世は王太子時代の一五五四年七月に西英条約を取り決めるために来英し、当時三十七歳のイングランド女王メアリ一世と出会って二日後の七月二十五日にウィンチェスター大聖堂にて式を挙げた。一五五六年にスペイン王となったあと、一五五七年三月に二度目の来英をしており、これが初めての外国の元首の訪問となる。

＊21 新聞　最古の新聞は一六〇五年にストラスブルグにてドイツ語で刊行されたとされる。英字新聞は一六六五年に刊行された『オックスフォード・ガゼット』が早い例。

＊22 エイヴォンのやさしい白鳥よ！　攻撃書は、「エイヴォン」とは、シェイクスピアの故郷

のことではなく、ロンドンのハンプトン・コートを指すという驚くべき新説を掲げている。これは攻撃書の編者とも言うべきレスター大学客員研究員アレグザンダー・ウォーによる新説であり、エリザベス朝の詩人ジョン・リーランド著『ゲネシリアコン』（一五四三）に「ハンプトン・コートはエイヴォンの名で知られていた」とあり、リーランド著『シグネア・カンティオ』（一五四五）には、ハンプトン・コートはAvondunum（川辺の砦）を略してAvonと呼ばれたという説明があることを踏まえての議論である。これに対してオックスフォード伯派を攻撃するサイト（oxfraud.com）では、リーランドの著作をきちんと読めば、これらがリーランドの創作であることがわかるとしている。オックスフォード伯派の説にはときどきどきりとさせられるが、結局は誤りないし偶然の一致といったことが多い。エイヴォンは、従来どおり、ストラットフォード・アポン・エイヴォンに流れるエイヴォン川を指すと考えてよい。ちなみに「エイヴォン」とはケルト語で「川」の意味であり、他にもエイヴォン川という名の川は多数ある。

＊23　グリニッジ宮殿、ハンプトン・コート宮殿、ホワイトホール宮殿で国王一座の団員として王の前で演じたり、御寝所係官として行幸に参加したり　攻撃書の指摘するとおり、シェイクスピアが宮廷で演じたり行幸に参加したりした証拠はない。国王一座の上演記録があり、シェイクスピアが御寝所係官（Groom of the Chamber）に任じられた記録があるのみである。

第1章　国王一座

＊1　ウィリアム・シェイクスピアがその本を手に取った　これは想像である。

＊2　チープサイド・クロス　エレノア・クロスとも。エドワード一世が一二九〇年十一月二十四日に亡くなった妃エレノアを偲んで、その遺体をウェストミンスター寺院へ運ぶ途中に棺を一夜休めた宿場十二か所に、一二九一年から一二九四年にかけて建てた十字架記念碑。チープサイド（ウェストチープ）に建てられた碑は一六四三年五月に取り壊され、今あるものは復元されたもの。なお、現在のチャリング・クロスがその名を得たのは、エレノア・クロスがかつてチャリング村落と呼ばれていた場所に建てられたためである。ただし、現在チャリング・クロス駅前にある記念碑はヴィクトリア時代に復元されたものであり、現存するエレノア・クロスはゲディントン、ノーサンプトン、ウォルサムのもののみ。

＊3　懺悔節（シュローヴタイド）　懺悔（告解）日曜日——一六〇六年において三月二日——から懺悔火曜日（Shrove Tuesday）までの三日間。懺悔火曜日はパンケーキ・デイとも言われ、フランス語ではMardi grasと呼ばれ、謝肉祭の最後の日。その翌日の灰の水曜日（Ash Wednesday）から復活祭前夜までが四旬節や受難節などと訳されるレント（Lent）であり、キリストが荒野で四十日間断食したことにちなんで、肉、卵、油、乳製品の摂取を控える（日曜も含めて数えると四旬節は四十六日間）。四旬節が明けて復活祭（Easter）となる。一六〇六年において四旬節は三月五日より始まり四月二十日が復活祭。

＊4　万聖節（ハロウマス）　諸聖人の日とも。聖公会とカトリック教会では十一月一日。この日の前日がHallow eveで、これがなまってHallowe'en（ハロウィーン）と呼ばれるようになった。毎年十月三十一日に催されるハロウィーンはアメリカ合衆国で広まった民間行事であり、キリスト教の伝統行事ではない。

＊5　『癖者そろわず』*Every Man Out of His Humour*　『気質なおし』とも。*Every Man In His Humour*（『気質

くらべ』、『十人十色』とも）の後編であり、諷刺劇流行の嚆矢。この二部作に『癖者ぞろい』『癖者そろわず』という訳を提言したのは村上淑郎。

＊6　国務大臣ロバート・セシル　エリザベス女王の懐刀であった初代バーリー男爵ウィリアム・セシル（一五二〇～九八）の次男（一五六三～一六一二）。ケンブリッジ大学とリンカーン法学院卒、ソルボンヌ大学留学後、一五九一年政界入り。父が亡くなった九八年以降、女王とジェイムズ王の国務大臣を務めた。エセックス伯と対立し、一六〇一年のエセックス伯の没落後、絶大な権力を握った。ジェイムズ王の王位継承にも尽力し、一六〇五年五月より初代ソールズベリー伯爵となった。セシルは父親同様、スパイ組織を持ち、諜報活動を抜かりなく行った。一六〇八年に大蔵卿に就任。その四年後死亡（享年七十七）。

＊7　カスバート・バーベッジ　リチャードの兄カスバート（一五六五～一六三六）は、バーリー卿ウィリアム・セシルのはとこであるサー・ウォルター・コウプに仕えていた。一六〇三年にカスバートは、コウプの指示に従ってセシル家で王妃アンをもてなすためにシェイクスピアの『恋の骨折り損』を一座で再演した。手紙に言及されているのはカスバートだと解釈するのが自然であろう。

＊8　ロバート・アーミンは、かなりタイプが違った　原文にはアーミンに「小柄な」という形容詞をつけ、ケンプは小柄でないかのような書き方をしているが、ケンプが小柄であったことは拙著『ハムレットは太っていた』第二章参照（ケンプは『ロミオとジュリエット』で小柄なピーター役を演じている）。これに対して、アーミンが演じた役が小柄だったことを示す史料はない。多くのシェイクスピア学者が David Wiles, *Shakespeare's Clown: Actor and Text in the Elizabethan Playhouse* (Cambridge: Cambridge University Press, 1987) によってまき散らされたケンプへの誤解を継承してしまっており、シャピロも例外ではないのかもしれない。

＊9　長らくカットされていたのも驚くことではない　一六八一年に初演されたネイハム・テイトによる翻案『リア王物語』には、道化は出てこない。コーディーリアがエドガーと結ばれてめでたしめでたしで終わるこの翻案は、一八三八年まで百五十年以上原作に代わって上演された。

＊10　ジョン・ローウィンとアレグザンダー・クック　ジョン・ローウィン（一五七六〜一六五三）は二十七歳のときウスター伯一座から国王一座に移籍した。演じた役柄のうち、はっきりとわかっている役は、『ヘンリー八世』のヘンリー八世、『モルフィ公爵夫人』初演・再演の悪党ボゾラ、『古ぎつね』再演のポリティック・ウッドビー及びヴォルポーネなど十八ある。十七世紀の演劇史家ジェイムズ・ライトは、「ローウィンは、大変な喝采を受けて、フォールスタッフ、モロース、古ぎつね、そして『錬金術師』のマモン、『乙女の悲劇』のメランティウスを演じた」と記している。線の太い恰幅ある姿の肖像画が残っており、『リア王』のエドマンド、『マクベス』のバンクォー、『アントニーとクレオパトラ』のイノバーバスなどを演じたかもしれない。アレグザンダー・クック（？〜一六一四）はヘミングズの弟子で、一五九四年頃には男役に転じたと推察される。『セジェイナス』（一六〇三／四）、『古ぎつね』（一六〇六）、『錬金術師』（一六一〇）、『キャティライン』（一六一一）、『キャプテン』（一六一二）の出演者表に名前がある。

＊11　最後に書いた十作のうちの半分が共同執筆である　最後に書いた十作とは、『マクベス』（ミドルトンの筆あり）、『アントニーとクレオパトラ』、『ペリクリーズ』（ウィルキンズと共作）、『コリオレーナス』、『冬の夜話』、『シンベリン』、『テンペスト』、『カルデーニオ』（フレッチャーと共作）、『ヘンリー八世』（フレッチャーと共作）、『二人の貴公子』（フレッチャーと共作）である。

第２章　王国分割

＊１　ブルータスと三人の息子の物語　このブルータスは、『ジュリアス・シーザー』のブルータスではなく、トロイのブルータスとも呼ばれ、中世のブリテン伝説においてブリテンを建国した最初の王である。王の死後、ブリテン島は三人の息子らに分け与えられ、カンベルにはウェールズ、アルバナクトゥス（アルバナクト）にはスコットランド、ロクリヌス（ロクライン）にはイングランドが与えられた。

＊２　『ブルータス王の長男ロクラインの嘆かわしい悲劇』***The Lamentable Tragedy of Locrine, the Eldest Son of King Brutus***　一五九五年の初版本の表紙にW・S作とあることから、シェイクスピア外典の一つとされる。シェイクスピア・フォーリオ第三版（一六六四）と第四版（一六八五）に収録されている。表紙にW・S作とあるのは他に『クロムウェル』と『ピューリタン』がある。一五九〇年代前半に女王一座によって上演されたものと思われる。王ブルータスは、臨終の席に貴族らや息子ロクライン、カンベル、アルバナクトを呼び寄せ、長男ロクラインに王の弟コリネイウスの娘グエンドリンを娶らせ、イングランド王位を譲り他界する。敵国がイングランドに侵攻し、アルバナクトは戦死。ロクラインは勝利するものの、敵王の妃に惚れてしまい、妻グエンドリンを無視して、情婦とする（『タイタス・アンドロニカス』のサターナイナスとタモーラの関係を想起させる）。副筋に女好きな滑稽な軍人ストランボが活躍し、戦場で死んだふりをして倒れながらむっくり起き上がったりするところはフォールスタッフを思わせる。王妃グエンドリンが王子とともに挙兵するのは『ヘンリー六世』のマーガレット風。雷鳴と稲妻があり、コリネイウスの亡霊が登場し、ロクラインは情婦とともに逃走し自害する。ロバート・グリーン作と思われる『セリマス』と酷似する。

＊3　七つの小さな王国　中世初期にアングロ・サクソン人がグレイト・ブリテン島に建国した七つの王国（ヘプターキー）のこと。

＊4　スコットランドとイングランドは昔から仲違いをしており、ローマの平和が短かった　征服王ウィリアム一世の時代からイングランドはたびたびスコットランドに侵攻し、スコットランドはフランスと同盟を結んで対抗した。エドワード一世が一二九六年にスコットランドの王座のシンボルであるスクーンの石を奪ったのち、スコットランド独立戦争が起こり、一三一八年には独立を獲得した。一五〇三年、ジェイムズ四世がイングランド王ヘンリー七世の娘マーガレット・テューダーを妃としてからは、イングランド王座継承権を得、ジェイムズ五世、スコットランド女王メアリを経て、ジェイムズ六世に至る。「ローマの平和」（パクス・ロマーナ）は、アウグストゥスが帝政を確立した前二七年から五賢帝時代の終わりの一八〇年までの二百年。

＊5　ジェイムズ王の長男ヘンリーが現在のコーンウォール公爵であり、二男のチャールズがオールバニ公爵である　原書には「ジェイムズ王の長男ヘンリーが現在のオールバニ公爵であり、二男のチャールズがコーンウォール公爵である」と逆になっていたが、誤りであるので改めた。ジェイムズ王の長男ヘンリー（一五九四～一六一二）は、ジェイムズがイングランド王となった一六〇三年にコーンウォール公爵となり、将来の王としての教育を受け、期待の星であったにも拘わらず、十八歳で腸チフスのため急死した。二男チャールズは、一六〇〇年十二月に生まれて洗礼を受けると同時にオールバニ公爵となった。これはスコットランド王の二男が代々受け継いできた爵位であり、ジェイムズ五世の二男ロバートもこの爵位を受けた。第四期オールバニ公爵位はメアリ・スチュワートの夫ダーンリー卿とその息子ジェイムズ六世＆一世から始まり、その次の代になって再び二男に与えられることになったわけである。なお、チャールズ

は一六二五年に王位につき、一六四九年に清教徒革命の犠牲となり処刑された。

攻撃書の次の指摘は傾聴に値する。「シャピロは、ジャコビアン期の王子ヘンリーとチャールズが生まれるずっと前にコーンウォールとオールバニの名がリア王の物語と結び付けられていたことを明らかにしていない。ストウ著『イングランド年代記概要』（一五六五）には、『レアの末娘コーディラは、父の跡を継ぎ、二人の従兄弟、オールバニ公モーガンとカンベル王にしてコーンウォール公爵コネダグスにひどく困らされた』とある。」

＊6 その意識が変わってきた　このあと原文には次の段落があったが、以下に示す理由により、ここへ移動した。

はっきりとした証拠がある。シェイクスピアがエリザベス朝時代に書いた劇では「イングランド」という語は二百二十四回現れるのだが、ジェイムズが王となってからの十年間で「イングランド」は二十一回しか現れない（その多くは最後にジョン・フレッチャーと共同執筆した『ヘンリー八世』に出てくる）。「イングリッシュ」という語はエリザベス朝時代には百三十二回使っているのに、ジェイムズ朝時代には十八回のみだ。ジェイムズが即位するまでシェイクスピアは「ブリティッシュ」という語を用いる機会はなく、初めて観客がそれを耳にするのは『リア王』においてであり、三度出てくる。同様に「ブリテン」という語もエリザベス朝時代に書かれたシェイクスピア劇に二度しか出てこないが、『リア王』では頻出し、ジェイムズ朝時代に書かれたシェイクスピア劇で合計二十九回用いられている。シェイクスピアはイングランド人気質からブリテン人気質へと関心を移すことで、ジェイムズ王がやってくるまでは誰も関心を持たなかった問題に応えているのである。スコットランド出身の国王が統合を主張したために、これまで自分は何者かなどと悩んだこともなかった国民はアイデンティティーの危機を感じることになったのだ。文化全般にとって解決のつけがたいこの問題は、これまでアイデンティティーの危機をさまざまに描いてきた劇作家にとって、贈り物のようなものだった。ジェイムズが言う統合は、政治、家族、結婚、信仰のいずれにも関わる問題だった。

原文には以上の段落があったが、ここに示された数字に問題があり、それに基づく議論にも問題があると判断したので、このように訳注に回して問題点を指摘することにした。シャピロが用いたとしているコンコーダンス（Marvin Spevack, ed., *The Harvard Concordance to Shakespeare*）で確認したところ、England はジェイムズ朝に二十一回ではなく二十三回あった。また England's（エリザベス朝に書かれた作品で六十五回使用）を数えていないのはおかしい。English の数字も微妙に合わない。最も問題なのは、「ブリテン」という語が「エリザベス朝時代に書かれたシェイクスピア劇に二度しか出てこない」としているが十二回出てくる点である。ジェイムズ朝では二十九回としているが、正しくは三十五回。いずれにしても、エリザベス朝時代にはシェイクスピアが用いていなかった「ブリテン」という語がジェイムズ朝時代には頻繁に用いられているという論旨になっているが、実際のところは古代ブリテンに時代が設定された『シンベリン』において何度も使われているというのが実情である。結論から言うと、シェイクスピアが「ブリテン」及び「ブリティッシュ」や「ブリテンズ」などの派生形を含めた語を用いたのは三作においてであり、『ヘンリー八世』が一回、『リア王』がクォート版三回、フォーリオ版二回、『シンベリン』が四十七回。単語の使用頻度の比較によってエリザベス朝時代とちがってシェイクスピアが「ブリテン」を意識するようになったと言えるのか甚だ疑問である。

＊7　名前が何だというのか？　『ロミオとジュリエット』第四幕第二場バルコニー・シーンでのジュリエットの台詞「名前が何だというの？　バラと呼ばれるあの花は、ほかの名前で呼ぼうとも、甘い香りは変わらない」より。

＊8　「イングランド人の血の臭いがする」のはずだ　『ジャックと豆の木』で巨人が歌う歌より。「フィー、ファイ、フォー、ファム、イングランド人の血の臭いがする。生きていようが死んでいようが、そいつの骨を砕いて俺のパンをこねよう」(Fee-fi-fo-fum, / I smell the blood of an Englishman, / Be he alive, or be he dead / I'll grind his bones to make my bread) と四歩格のリズムで歌われる。作家ゲイブリエル・ハーヴィーを攻撃してトマス・ナッシュが書いた小冊子『サフロン・ウォールデンで首根っこ洗って待ってろ』(一五九六) にも、古い歌として「ファイ、ファー、アンド、ファム、イングランド人の血の臭いがする」と記されている。

＊9　ジョン・ケリガンが指摘　文献一覧では John Kerrigan, *Archipelagic English: Literature, History, and Politics 1603-1707* (Oxford, 2008) が挙げられているが、この本には該当箇所が見当たらなかった。問題の台詞がジェイムズ朝時代の「ポリティカル・コレクトネス」のジョークであり、エドガーは「イングリッシュ」と言いそうになるのをやめて、皮肉を籠めて「ブリティッシュ」という新たに認められた語を言ったのではないかという指摘は、Philip Schwzer, *Literature, Nationalism, and Memory in Early Modern England and Wales* (Cambridge: Cambridge University Press, 2004), p. 160 にある。

第3章　レアからリアへ

＊1　四十作もの戯曲　日本では長年シェイクスピアの戯曲は三十七作とされてきたが、近年ではそれに『二人の貴公子』、『エドワード三世』、『サー・トマス・モア』が加わって四十作とされる（小林・河合編『シェイクスピア・ハンドブック』三省堂や、河合著『あらすじで読むシェイクスピア全作品』祥伝社参照）。但し、二〇一六年十二月刊行のオックスフォード版全集においてゲイリー・テイラーは「シェイクスピア戯曲四十四作中、十七作は共作」と発言し、さらに四作増やした。そのうち一作は、シャピロが記すように、トマス・キッド作『スペインの悲劇』であり、その一部をシェイクスピアが書いたとする説に基づく。他の三作は、シェイクスピア外典の『フェバーシャムのアーデン』、ベン・ジョンソン作『セジェイナス』の一部、ジョン・フレッチャーと共作したことが知られているものの現存しない作品『カルデーニオ』である。新オックスフォード版全集には『カルデーニオ』の復元断片が掲載されている。

＊2　「リア王の真の悲劇」　一六二三年フォーリオ版に収められた劇の題名が「リア王の悲劇」であることを踏まえている。

＊3　リア王とコーディーリアの再会があるのだ　シャピロの原書初版（及びキンドル版）に、「まず リアとコーディーリアの再会があり、その直後に二つの筋が一つに交わるところで、狂乱のリアと盲のグロスターが出会う」と明らかな誤記があり、ペーパーバック版では順序が正されているものの、「その直後に二つの筋が一つに交わるところで」の位置がそのままになってしまっていた。「二つの筋が一つに交わるところ」とは主筋のリアと副筋のグロスターが出会うところと解釈して訂正した。

＊4　「アレ（thing）」がない　『ハムレット』第三幕第二場でも、ハムレットが同じ意味の卑猥な冗談を言う。

*5　下手な二行連句　コーデラの台詞に二行連句（二行の行末の単語が押韻しているもの）が入っている。該当箇所の押韻された単語を引用部に示した。

第4章　悪魔憑き

*1　『東行きだよぉ』*Eastward Ho!*　いわゆる「市民喜劇」のジャンルに属する作品であり、デカーとウェブスター共作『西行きだよぉ』（一六〇四）に対応して書かれたもの。一六〇五年夏、王妃祝典少年劇団によりブラックフライアーズ劇場にて初演。一六〇五年九月四日書籍出版業組合登録。同年初版から第三クォート迄出版。一六一三年八月エリザベス王女一座により再演（場所不明）。一六一四年一月二十五日エリザベス王女一座によりジェイムズ王御前宮廷上演の報酬十ポンドをジョゼフ・テイラーが代表で受領。スコットランド人を揶揄した（第三幕第三場四一～七行）ために、チャップマンとジョンソンは投獄されたが、おそらく責任者は投獄を免れたマーストンらしいことがチャップマンの手紙よりわかる。種本は中世ナポリのマスッチオ・サレルニターノ作『物語集』など。あらすじは以下のとおり——金細工師ウィリアム・タッチストーンには、ゴールディングと、その兄貴分のフランシス・クィックシルバーという二人の紳士生まれの徒弟がいた。真面目で勤勉なゴールディングは、タッチストーンの次女の大人しいミルドレッドと結婚し、義父タッチストーンの信頼を得る。高慢な長女ガートルードは、そんな父や妹を軽蔑し、娘を淑女にしようという野望を抱く母に支えられて、実は貧乏な騎士サー・ペトロネル・フラッシュと結婚して鼻を高くし、東にある城を目指して憧れの馬車で旅する（従者にハムレットがいる）が、それは空中楼閣であり、やがて夫にも逃げられて、金もなくなり、泣きを見ることになる。

治安判事の次男で怠け者のクィックシルバーは、紳士生まれを誇り、勤勉を卑しんで、日の昇る東を目指そうと、仲間の高利貸しセキュリティ、騎士フラッシュと図って、ガートルードを騙して彼女の土地を金に変えて、シーガル船長、スケイプスリフトやスペンドオールらの冒険者とともにヴァージニアを目指して出航するまではよかったが、テムズ河で嵐に遭って犬の島まで東に流され、投獄されてしまう。その後、人が変わったように悔悛したクィックシルバーは、市会議員に出世したゴールディングの働きかけによりタッチストーンに赦され、処刑を免れることになる。クィックシルバーはガートルードの侍女役を演じさせていた自分の娼婦シンディファイと結ばれ、一方、弁護士ブランブルを寝盗られ亭主にするつもりで自分が寝盗られかかったセキュリティも、肉屋の徒弟スリットガットが見晴らす中、テムズ河を流されて散々な目に遭い、カウンター監獄看守のウルフやホールドファストの監視の元で反省し、結局保釈され、妻ウィニフレッドと和解する。西がタイバーンの絞首刑場に象徴される行き止まりであるのに対し、東は果てることのない希望を示す。夢と現実の区別がつかぬまま「それでも私は淑女だ」と言い張る滑稽なガートルードなどの人物は、極めて生彩に巧みに描かれている。

＊2　一六〇五年九月十七日の月食と十月二日の日食　初版で「九月十七日の日食と十月四日の月食」とあったのが再版で訂正された。これらの日食・月食が部分的であったのに対して、一五九八年に皆既日食・皆既月食が起こっており、『リア王』が言及しているのは一五九八年の現象なのではないかとする説もある。

＊3　浣腸器　ソールズベリー伯ロバート・セシルに宛てた手紙には cylster spout とあるが、シャピロはこれを clyster spoon と誤記している。リチャード・ヘイドックはオックスフォードの医師であり、自分のどもりを治そうとして説教の本を覚えて真夜中に暗誦していたら、眠りながら

説教をしていると誤解され、その誤解を利用して有名になった人物。「再び浣腸器を手にする」とは、また医療に戻ったという意味。

*4 ダレルの妻 ジョン・ダレルは、111〜112ページで言及されている偽悪魔祓い師。

*5 モアの手先 ジョージ・モアはダレルとともにランカシャー州でスターキー家の七人の子供たちに悪魔祓いを行った牧師。

*6 スケルトン、エバンズ、スワン、ルイス Frank Walsh Brownlow, *Shakespeare, Harsnett, and the Devils of Denham* (Newark: University of Delaware Press; London and Toronto: Associated University Press, 1993), p. 331 によれば、この四人は、メアリ・グローヴァーの悪魔払いを行った六人の説教師たちの四人で、あとの二人はバーバーとブリッジズであり、シャープではない。シャープについては詳細不明。ジョン・スワンは『メアリ・グローヴァーの苦悩に関する真実の短い報告』(一六〇三)を書いており、彼らはすっかりメアリ・グローヴァーが本物の悪魔憑きだと信じた。

メアリ・グローヴァーに関する事件が起こったのは一六〇二年四月末のことだった。母の使いでエリザベス・ジャクソンの家へ行った十四歳の少女メアリは、エリザベスから「悪意のある噂をばらまいた」と恨まれ、呪われ、すぐ病気になった。次の月曜の午後にエリザベスがメアリのもとへ行くと、メアリは口がきけなくなり、目が見えなくなり、首と喉が異様に膨れ上がった。それから十八日間、日に三、四度の発作に見舞われたメアリは、体の自由がきかなくなり、息が臭くなり、首が腫れ、喘ぎ、口が歪み、腹部から喉の方へ腫れが移動するなどの悪魔憑きの症状を見せた。しかも、「唇が閉じているのに、鼻孔から声が漏れてくるのだ。Hung her (死んでしまえ) と言っているような声が、エリザベス・ジャクソンが家にいるあいだじゅうずっと聞こえ、彼女が家を出たとたんに止むのである」。以上は、立ちあった医師スティーブン・ブラッドウェルの著書 (Stephen Bradwell, *Mary Glover's Late Woeful Case*, 1603) より。この本には、メアリの体が異様に重たくなり、二人がかりで首を持ち上げることもできないのに、ある神聖な紳士が抱き起こすと急に軽くなり、寝かせるとまた重くなったというのも魔法憑きであることを示すものだと記されている。一六〇二年十二月一日、エリザベス・ジャクソンを裁く法廷が開かれた。エリザベスが近くにいると知らないはずのメアリは発作に襲われ、三人の屈強な男たちに別室に運ばれたが、三人は「こんなに重たいものを運んだことはない」と言った（上記ブラッドウェルの本より）。裁判官の一人サー・ウィリアム・コーンワレスはメアリの体が硬直しているのを確認し、メアリの手が焦げるまで火をつけた紙をかざしたが、メアリは意識を失ったままのようだった。その部屋にエリザベス・ジャクソンが入ってきたとたん、例の「死んでしまえ」という声がメアリの体から聞こえてくる。エリザベスにメアリを触らせると、メアリの体は激しくのたうちまわった。これは悪魔憑きではなくヒステリーの症状だと主張する医師が三人いたが、結局エリザベスは有罪判決を受けた。だが、見物に集まったロンドン市民たちは納得せず、メアリが症状を見せたとき「ふりをしているだけだ！」と叫んだという。判決によって、反対意見を出していた医師たちは面子をつぶされた。しかも、この裁判後にメアリのために断食して祈りを捧げた説教師たちは、当局の許可を取らずに秘密裏にこれを行ったため、当局は悪魔払いについての法の改正を行うことにしたのである。前期スワンとブラッドウェルの本は、*Witchcraft and Hysteria in Elizabethan London: Edward Jorden and the Alan Glover Case*, ed. Michael MacDonald (London, 1991) に再録されている。ほかに Philip C. Almond, *Demonic Possession and Exorcism in Early Modern England: Contemporary Texts and their Cultural Contexts* (Cambridge: Cambridge University Press, 2004); Kathleen R. Sands, *Demon Possession in Elizabethan England* (Westport, CT: Praeger, 2004) 参照。

＊7　ウェストン　ウィリアム・ウェストン（一五五〇頃～一六一五）のこと。

＊8　一五八三年に謀叛の咎で処刑されたパーク・ホールのエドワード・アーデン　きっかけは、一五八三年十月二十五日、アーデン家の娘婿ジョン・サマヴィルがストラットフォード・アポン・エイヴォン近くの村エドストーンで、「カトリックの教義を貫くためにエリザベス女王を射殺する」と公言して逮捕されたことだった。即座にウォリックシャー州行政長官トマス・ルーシーがアーデン家に家宅捜索に入り、自宅にカトリックの司祭を匿っていたエドワード・アーデンを逮捕した。

＊9　母方の名家の紋章に組み合わせる申請を紋章院に行ったばかりだった　このあと原文には「メアリ・アーデンが本当に名家のアーデン家と遠縁なのか、それともただ、そうだったらいいとシェイクスピアが思い込んでいただけなのか真相はわからない」とあるが、以下のように考えてほぼまちがいないであろう。シェイクスピアの母メアリ・アーデンの両親はロバート・アーデン（一五〇六頃～五六）とメアリ・ウェッブ（旧姓）であり、ロバート・アーデンの両親はサー・トマス・アーデン（一四六九頃～一五四六頃）とジェイン・アーデン、サー・トマス・アーデンの兄がサー・ジョン・アーデン（一四六〇頃～一五二六）、その孫がウィリアム・アーデン（一五〇九～四五）、その息子が処刑されたエドワード・アーデン。484～485ページの家系図参照。

＊10　これがハースネットの悪魔が「おぅ、おぅ、おぅ、体が焼ける、焼ける、火傷する、煮える、苦しい」と地獄で叫ぶ声と似ていないとは言えないだろう　この一文から始まる段落とそれに続く引用は二ページ後の「俺を墓から引き出したりせんでくれ……溶けた鉛のようにこの身を焦がす」の引用の直後に置かれていたが、リアの「くさい。燃える。嫌だ、嫌だ、嫌だ、ぺっ、ぺっ！」と呼応していると解釈し、原文の段落を移動させた。

第5章　手紙

＊1　ついに、十一月四日、国会議事堂の下の「巨大な貯蔵室」の調査がなされた　この書き方だと調査隊が踏み込んだように思えるかもしれないが、そうではなく、宮内大臣として国会開会の責任者であるサフォーク卿が、モンティーグル卿を伴って、こっそりと貯蔵室の様子を探ったのみであり、その場にいたガイ・フォークス（偽名ジョン・ジョンソン）に疑念を抱かせないように注意をしたという。サフォーク卿は貯蔵室に何気なく目をやっただけだったが、莫大な量の薪束が積んであるのは一目瞭然だった。なお、その日の深夜、貯蔵室に踏み込んだ調査隊は、ウェストミンスター治安判事サー・トマス・ネヴィットを責任者とする少人数だった。

＊2　親戚である強力な枢密顧問官であるカトリックのノーサンバランド伯　第九代ノーサンバランド伯ヘンリー・パーシーのこと。トマス・パーシーのはとこに当たる第八代ノーサンバランド伯の息子。486～487ページの家系図参照。

＊3　疑わしきは……ロバート・ケイツビー、アムブローズ・ルークウッド、キーズなる者、トマス・ウィンター、ジョン・ライト、クリストファー・ライト、それからグラントなる者も怪しい　このリストは確かに驚くほど正確だった。第7章で明らかにされるとおり、陰謀は、ロバート・ケイツビーが発案し、そのはとこのトマス・ウィンター、友人ジョン・ライトにもちかけ、続いてヨークの聖ペテロ校でライトの学友だったガイ・フォークスと、その主人である儀仗衛士トマス・パーシーが仲間にされたのだが、そのすべての名が掌握されている。そのあと加わった八人（第7章訳注4参照）のうち四人の名もここにある。すなわち、六番目に参加した赤ひげの

ロバート・キーズ、九番目に加わったジョン・グラント、ジョン・ライトの弟で十番目のクリストファー、十二番目のアムブローズ・ルークウッドの名がここにある。ちなみに陰謀者たちは全部で十三名。十三番目に加わったフランシス・トレシャムが、十三番目の使徒ユダのように裏切ったのではないかと言われている。

このリストは首席裁判官サー・ジョン・ポパムがソールズベリー伯に渡したものであり、政府は陰謀者の大多数を一日にして掌握していたことになる。歴史学者アントニア・フレイザーは、最後に陰謀に加わったフランシス・トレシャムが情報源である可能性を示唆する。中部地方で活動していたディグビーとロバート・ウィンターの名前が落ちているのは、ロンドンを本拠としていたトレシャムが二人の存在を知らなかったためであり、またトマス・ベイツの名が落ちているのは「身分が低いため政府にとってさしあたり関心がなかったことによるのかもしれない」としている（フレイザー著、加藤弘和訳『信仰とテロリズム――一六〇五年火薬陰謀事件』慶應義塾大学出版会、二〇〇三、二二七ページ）。そのほか名前がないのはフランシス・トレシャムのみである。

＊4　ノーサンバランド伯の弟サー・ジョスリン・パーシー　サー・ジョスリン・パーシー（?～一六三二）は、兄のサー・チャールズ・パーシーおよびモンティーグル卿とともに一六〇一年二月五日（木）ないし六日（金）にオーガスティン・フィリップスと会って宮内大臣一座に『リチャード二世』の上演を依頼した一人。上演は二月七日（土）に行われた。486～487ページの家系図を参照のこと。トマス・パーシーの祖父もジョスリン・パーシーという名であるが、別人。

第6章　ミサの遺品

＊1　このグラントという男は、シェイクスピアの知り合いだったかもしれない　原書には「知り合いだっただろう」とあったが、表現を弱めた。ジョン・グラントの祖父エドワード・グラントはスニッターフィールドの地主であり、シェイクスピアの父ジョンに羊毛を二千八百ポンドで不法に売った記録はあるが、攻撃書が指摘するとおり、ウィリアム・シェイクスピアとジョン・グラントが知り合いだったという手がかりはない。ちなみに、ジョン・グラント（一五七〇頃～一六〇六年一月三十日没）は火薬陰謀事件の加担者で、ウォリックシャー州ノーブルック在住。一緒に加担したトマス・ウィンターの妹ドロシーの夫でもある。ロバート・ケイツビーによって仲間に加えられ、ミッドランド蜂起での物資供給を担当した。

＊2　九年戦争　ティローンの叛乱とも（一五九四年八月～一六〇三年三月三十一日）。アイルランドの指導者ヒュー・オニールと在アイルランドのイングランド政府との対立から始まり、プロテスタントのイングランド政府に不満をもつカトリック勢力を巻き込んで争われた。新たにアイルランド総督となった第八代マウントジョイ男爵チャールズ・ブロントがヒューを服従させたとき、三月二十四日にエリザベス女王が亡くなっていたことは伏せていた。488ページの家系図参照。

＊3　マクベスを倒すためにマルカムがイングランド軍に頼って以来のアングロ＝スコット軍　厳密に言えば、攻撃書が指摘するとおり、一五六〇年リース城包囲の際に、プロテスタントのスコットランド軍がイングランド軍と手を結んでフランス軍と戦ったのが「マクベスを倒すためにマルカムがイングランド軍に頼って以来のアングロ＝スコット軍」となる。スコットランド

王ジェイムズ五世が一五四二年に没し、幼い王女メアリ・スチュアートをヘンリー八世の王子エドワードに嫁がせる縁談があったのを、メアリの母メアリ・オヴ・ガイズが破談にして一五五八年に娘をフランス王子フランソワと結婚させ、フランスと親交を結んだのが契機。一五五九年末からフランス軍がエディンバラ近郊にあるリース城に駐留し、これをプロテスタントのスコットランド軍とイングランド軍が攻撃した。イングランド軍の敗北と一五六〇年六月十一日メアリ・オヴ・ガイズの死去とによって、七月にエディンバラ条約で和平が結ばれた。

＊4　ジョン・フェラーズ　シャピロの原文では「フェラー」となっているが、フェラーズ。

＊5　シェイクスピアはグレヴィルをよく知っていた　ピーター・アクロイド著『シェイクスピア伝』邦訳（白水社）八六ページに、シェイクスピアは「地元の近くの、ストラットフォードから二〇キロメートル離れたボーシャン・コートに住んでいたサー・フルク・グレヴィルの庇護下に教師生活を送ったのではないかと言われたこともある。同姓同名の詩人の父親だったグレヴィルは、教育問題に大きな関心を寄せた地元の名士だった。しかもアーデン家の親族でもあった」という記述がある。この説はE・K・チェインバーズが始めたもので、ローズマリー・シソン著『若いシェイクスピア』（一九五九）やキャサリン・ダンカン＝ジョーンズ著『ジェントルでないシェイクスピア』（二〇〇一）が支持している。シャピロもこの説を支持しているわけである。一方、シェイクスピアが知っていたグレヴィルは詩人のほうだったという可能性もある。アクロイド著『シェイクスピア伝』四六八ページには、「それから、ブルック男爵フルク・グレヴィルがいた。ストラットフォードのため大活躍をしたビーチャム・コートのフルク・グレヴィルの嫡男だ。詩人・劇作家として、グレヴィルはシェイクスピア

を大変よく知っていて、ある意味でシェイクスピアの「先生」だったという謎めいた逸話を残している」という記載がある。詩人グレヴィルが自らを「先生」と称した逸話は、『宗教改革以降のイングランドの政治家と寵臣』（一六七〇）のなかで著者デイヴィッド・ロイドが記したグレヴィル伝に「私はシェイクスピアとベン・ジョンソンの先生（マスター）だ」と述べたという記載に基づく。

＊6　ビーチャム・コート　アルスターにあるサー・フルク・グレヴィルの屋敷の所在地。Beauchamp Court というスペルなのでフランス語読みではボーシャンとなるが、十三世紀の第九代ウォリック伯爵ウィリアム・ド・ビーチャム（William de Beauchamp）から十五世紀の第十四代ウォリック伯爵（初代ウォリック公爵）ヘンリー・ド・ビーチャム（Henry de Beauchamp）及び第十五代ウォリック伯爵夫人アン・ド・ビーチャム（Anne de Beauchamp）のビーチャム家に因む名前なので、「ビーチャム・コート」と発音される。

＊7　七月にシェイクスピアが十分の一税を獲得した土地　原書には「借地契約をした」とあったが訂正した。プロローグ訳注15参照。

＊8　ケイツビーともう一人の陰謀者トレシャムの伯父にも当たるのだ　ケイツビーの親類縁者については489ページの家系図参照。

＊9　ロバート・ウィンターとトマス・ウィンターの兄弟とも遠縁の親戚だったということになる　488～489ページの家系図参照。エイドリアン・クイニーは一六一三年五月七日にエレノア・ブッシェルと結婚し、弟トマス・クイニーは一六一六年二月十日にジューディス・シェイクスピアと結婚した。但し、エレノア・ブッシェルとその家族の生没年など不詳であり、関係性に疑念がないわけではない。

＊10　シェイクスピア宛ての手紙として唯一残っているもの　この手紙の送り主は、リチャード・クイニーである（索引を兼ねた人名事典参照）。以下に手紙の訳を掲げる。

親愛なる同郷の士へ。友人として僭越ながら、三十ポンドのご援助をお願い申し上げる。保証人はブッシェル氏と私、あるいは私とともにいるミトン氏が請け合ってくれます。ラセル氏はまだロンドンに来ておらず、私には特別な理由があります。ロンドンでの我が負債すべてを返済するご助力を頂ければ、ご厚情を神に感謝し、甚だ安堵致します。私は今、仕事を片付けるために枢密院へ向かわねばなりません。神の御心あれば、私のせいで金銭も信用も失うことはありません…〔中略〕…また、もしさらにお取引くださる場合は、お支払いくださる金額はそちらでお決めください。今は時間がないので、この件はあなたに委ね、助力を願います。今晩は宮廷から帰ってこられないかもしれません。急いでください。神があなたとともに、我々とともにありますよう。アーメン。カーター通りのベル亭より。一五九八年十月二十五日。感謝とともに。リチャード・クイニー

*11 エレノアの義理の叔母エリザベス・ウィンターもまたトマスとロバート・ウィンター兄弟の叔母であった　488ページの家系図参照。

第7章　忘れるな、忘れるな

*1 グイド・フォークス　「ガイ・フォークス」が本名。本人がイタリア系の「グイド」で呼ばれるのを好んだ。

*2 はとこのトマス・ウィンター　ロバート・ケイツビーの祖父のサー・ロバート・スロックモートン（一五一〇頃～一五八一）の妹キャサリンの孫がトマス・ウィンター。488～489ページの家系図参照。

＊3　ジョン・ライト　原書ではどの版でも「Catesby, his cousin Thomas Wright and Thomas Winter」となっていたが、訂正した。おそらく一五九六年に国教忌避のため投獄され、一六〇一年に『心の情熱』を刊行したカトリック司祭トマス・ライト（一五六一頃～一六二三）と混同したのであろう。陰謀者ジョン・ライト（一五六八年一月十三日生）はガイ・フォークスの学友で、弟クリストファーとともに陰謀に加わった。ジョンは剣術に優れていることでも知られていたが、ホルベッチ・ハウスで襲撃され、弟とともに射殺された。ガイ・フォークスを紹介したのはジョンとトマス・ウィンター。

＊4　さらに八人を仲間に加えることになる　まず、一六〇四年十月に赤ひげのロバート・キーズが参加した。次にケイツビーの家来のトマス・ベイツが一六〇四年十二月に偶然、計画を知ってしまい、仲間に入った。一六〇五年二月にトマス・ウィンターの兄ロバート・ウィンターと、その義理の弟でノーブルックに屋敷を持つジョン・グラントが加わった。続いてジョン・ライトの弟のクリストファーが参加。八月にサー・エヴァラード・ディグビー、九月にアムブローズ・ルークウッドが仲間に入り、十月に最後のフランシス・トレシャムが加わった。

＊5　司法長官サー・エドワード・クック　Edward Coke（一五五二～一六三四）日本の法学者の多くはCokeのスペルから「コーク」ないし「コウク」と表記しているが、Cokeは Cocke とも綴られた。全四巻に及ぶ固有名詞発音辞典を編んだジョゼフ・トーマスによれば、本人の存命中「クック」と発音され、辞典が編まれた十九世紀末においてもイングランドの法曹界ではそのように発音された。その傍証として、以下のとおり、Coke が「ツク」と発音する語とライムしているいくつかの詩行を指摘している。Joseph Thomas, *The Universal Pronouncing Dictionary of Biography and Mythology*, vol. 1 (Philadelphia: Lippincott Co., 1889; New York: Cosimo Classics, 2009), Introduction, p. 7 及び Coke の項参照。

"May he
Be by his father in his study took
At Shakespeare's plays instead of my Lord Coke."

Abraham Cowley: "A Poetical Revenge."

"And said she must consult her books,
The lover's Fletas, Bractons, Cokes."

Jonathan Swift: Cadenus and Vanessa.

"Also observe that, like the great Lord Coke,
(See Littleton,) whene'er I have expressed
Opinions two which at first sight may look
Twin opposites, the second is the best."

Lord Byron: Don Juan, canto xv. Stanza lxxxvii.

クック卿の妻が夫のことを「my Cook」と呼んだり、自分のことを「Cook's wife」と称したのは、妻が夫を蛇蝎のごとく嫌ったからではなく、当時 cook と cocke のスペルの違いが認識されなかったためであろう。Shaxpere と Shakespeare と Shacksper が同一人物と看做された時代であることを認識する必要がある。

サー・エドワード・クックは、エリザベス朝、ジェイムズ朝を通して最大の法学者と看做された人物。ケンブリッジ大とイナー・テンプル法学院卒。二十六歳で弁護士として活動を始め、のちに下院議員を経て、司法長官となり、エセックス伯ロバート・デヴァルー、サー・ウォルター・ローリー、火薬陰謀事件等を裁いた。今日の法の基盤と看做される「法の支配」という憲法原理を確立したことで知られる。国王たりとて法の下にあることを明言し、一六二八年の権利の請願で「法の支配」という概念を明確化した。

第8章 『ヒュメナイオスの仮面劇』

＊1 故エセックス伯の叔父サー・ウィリアム・ノリスと結婚した　故エセックス伯の母レティス・ノリスの弟に当たる。490～491ページの家系図参照。

＊2 『十二女神のヴィジョン』 *Vision of the Twelve Goddesses*　スチュアート朝初の王室仮面劇であり、翌年からジョンソンが仮面劇を担当してゆくことになるが、まずは宮廷と結び付きの深かったダニエルが作家として選ばれた。一六〇四年一月八日（日）アン王妃と十一人の淑女が踊り手となり、ハンプトン・コートの広間にて上演された。初版一六〇四年。ジェイムズ王が観劇した。費用は衣裳が主で、二千～三千ポンドかかった。広間の一方に岩場の舞台があり、一番上から中程の高さまで螺旋階段がつけられ、そこから女神に扮した踊り手たちが三人ずつ組になって降りてくる。まず〈夜〉が息子の眠りの神ソムヌスを起こし、幻想により寺院が見えるようにさせる。女神らからの使者アイリスが来て、その平和の寺院の巫女に女神らを迎える準備を命じる。巫女は十二人の女神らを観客に解説する。美の三女神が登場して歌い、十二人の女神らが登場し、踊りとなる。それから紳士らとの踊りがあって、アイリスが別れの挨拶をし、最後の踊りが終わると再び山へ上がってゆく。アン王妃はアテネの守神パラス役で、最も上手に踊ったという。パラスの衣裳は膝上までのミニスカートで、紳士諸氏を驚かせた。サフォーク伯爵夫人がジュノー役で、ダニエルが献辞を書いたベッドフォード公爵夫人は火の女神ヴェスタに

扮した。踊り手たちは真夜中に仮面を取り、宴会に入った。

＊3　『黒の仮面劇』*The Masque of Blackness*　一六〇五年十二夜（一月六日）ホワイトホールの旧宴会場エリザベスの間にて上演されたベン・ジョンソン作の仮面劇。『美の仮面劇』とあわせて『王妃の仮面劇』と呼ばれる。アン王妃と淑女らが踊り、ジェイムズ一世、スペイン大使、ヴェニス大使らが観劇した。原稿は「十二夜の余興」と題され、一六〇八年初版。アン王妃の黒人になりたいという願いに応えて書かれ、王妃以下十二人の淑女が顔と手と肘まで腕を黒く塗って、額・首・手首に真珠をつけて出演した。総出費四千ポンド以上。イニゴー・ジョーンズとジョンソンの最初の共作で、ジョーンズのデザインになる舞台装置は広さ四十平方フィート、高さ四フィートで、車輪により動く仕掛があり、森が描かれたカーテンが落ちると、布で波の上下の動きを出す巨大な機械が海を現出する。波の上の奥に巨大な貝が口を開けており、その中は四段になっていて、そこに十二人のニンフがいる。貝の両側の六体の巨大な海の怪物の背に、海神オーケアノスの十二人の娘たちが明かりを持っている。その前に六人の人頭魚体のトリトンと一対の人魚がおり、トリトンの一人（テナー）と人魚（ソプラノ）の歌で劇は始まる。その前の二頭の巨大な海馬に、青い体に角と髭を生やしたオーケアノスとその息子である黒人が跨り、二人の歌が続く。「かつて黒こそ美であるとされたが、それが変わってしまい、娘たちの涙が河に注がれた。ある夜湖に現れた顔が『タニア』で終わる土地を求めよと告げた……」光を放つ銀の王座に座るエチオピアが月として現れ、その土地は「ブリタニア」であると語る。この時、踊り手たちが象徴的絵の描かれた扇を持って貝から降りてきて踊り、紳士らと踊る。やがて部屋のあちこちでこだまする歌が歌われる間に、踊りながら再び貝に戻り、退場する。

＊4　『ヒュメナイオスの仮面劇』*Hymenaei*　一六〇六年一月五日、サフォーク伯の次女フランセス・

ハワードと第三代エセックス伯の結婚祝賀に宮廷で上演されたベン・ジョンソン作の仮面劇。初版一六〇六年。美術を担当したイニゴー・ジョーンズのデザイン画は現存しない。ジョーンズがデザインした舞踏衣裳を、踊り手の一人であるベッドフォード伯爵夫人ルーシー・ラッセル(旧姓ハリントン)が着た絵が現存する(本書17ページの図版参照)。舞台が開くと礼拝壇があり、白装束の五人の小姓が入り、その後ろに新郎役の紫と白の服を着た男が登場する。反対側から結婚神ヒュメナイオス(ハイメン)に続き、三人の若者に付き添われた花嫁役が髪を垂らして白い服で現れる。上部の雲には薔薇の冠を被った楽士らがいる。歌の後、ヒュメナイオスが二人を婚姻の生贄にすると宣する。すると礼拝壇の後ろの地球が回転して、その凹面に座った八人の男性仮面舞踏者が現れる(前年の *The Masque of Beauty* の貝の趣向と似る)。八人は四気質と四つの感情を表し、赤い服を着て、最初の舞踏を踊る。踊りの最後に壇を取り囲み、剣を抜いて生贄の邪魔をする。ヒュメナイオスが助けを呼ぶと、燃える松明を持って地球の上に坐っていた《理性》(白い髪を垂らした女性)が降りてきて彼らを鎮める台詞を言う。これにより八人は剣を収めて舞台端に退場。やがて舞台上部の雲が開き、二羽の孔雀、獅子、妖精らを従えて王座に坐るユノー(ジュノー)が現れる。上には雷を振り回すジュピター、下には天空色に着飾った八人の淑女(婚姻の力を表す)が虹アイリスとともに登場、雲によってゆっくりと地面におり、第二の踊りとなる。理性の部下の《秩序》(髪と髭の長い男)の導きで、淑女らは紳士らとペアを組み、踊りとなる。ペアを変えて踊りは続き、歌が歌われる。やがてハイメンと理性が夜の到来を告げ、一同は元の場所に戻って最後の踊りを踊る。長い祝婚歌が歌われる。以上が第一夜で、作者は男女の衣裳、地球などの機械仕掛などを詳しく説明している。第二夜は舞台に霧がかかり、戦闘の音がするなかから全く同じ格好をした《真実》と《意見》の二人の淑女が現れ、霧が晴れるとともに口論を始める。やがて騎士の戦いによって決着をつけようということになり、それぞれ十六人の武装した騎士が登場する。最初のペアが名乗りをあげ、次に三人ずつ名乗りをあげ、最後の組が終わらぬうちに閃光が走って天使が登場し、本物の《真実》が降りてきて、偽の《真理》は実は《意見》であったことを明らかにする。

＊5　王子一座　ヘンリー王子一座。海軍大臣一座が一六〇三年にヘンリー皇太子の保護を得て改名した劇団名。一六〇四年の春から再びフォーチュン座を拠点として活動した。一六一二年十一月六日ヘンリー皇太子が死に、パトロンを失うが、一六一三年一月四日勅命が出てプファルツ選帝侯のパトロンを得てポールズグレイヴ伯一座と名前を改めた。一六〇八年にはチャールズ王子一座が結成された。

＊6　四つの気質と四つの感情　人間は血液、粘液、黄胆汁、黒胆汁でできているとするギリシャ時代の医者ヒポクラテスの四体液説に基づき、当時、気質（humours）には、粘液質、胆汁質、多血質、憂鬱質の四つの気質があるとされ、それぞれ水、火、空気、土の四元素に対応するとされた。四つの感情は喜怒哀楽。

＊7　二十歳のフィリップ・ハーバートを、オックスフォード伯の十七歳の娘スーザン・ドゥ・ヴィアと結婚させたばかりだった　フィリップ・ハーバートは第四代ペンブルック伯。兄とともにシェイクスピアのファースト・フォーリオを捧げられた人物。492〜493ページの家系図参照。

＊8　結婚仮面劇　フィリップ・ハーバートとスーザン・ドゥ・ヴィアの結婚を祝う結婚仮面劇は、一六〇四年十二月二十七日にホワイトホールにて開催された『ジュノーとヒュメナイオス』。テクストは残っておらず、作者名もわからない。

＊9　淡紅色と白　ジョージ・ピールは「イングランドの休日」（一五九五）という詩に「無垢の白と

美しき淡紅色という朗らかな色の服を着て先頭に立つは、若くして賢明にて武勲愛するとして勇名を馳せる気高きエセックス伯」と記している。

*10 護国卿クロムウェルの伯父　シャピロは「大伯父」と書いているが、正しくは「伯父」。

*11 観客の中にシェイクスピアもおり……かきたてられていた　断定しているが、シャピロの推測であり、この後の記述も推測が続く。プロローグ訳注5参照のこと。『テンペスト』に確かに『ヒュメナイオスの仮面劇』からの影響はあるが、台本は出版されているので、公演を観ずに台本を読んだのかもしれない。もちろん観た可能性も否定できない。

*12 サー・トマス・オーヴァベリー……を毒殺する陰謀を巡らし、そしてその罪を結局認めたのである　サー・トマス・オーヴァベリー（一五八一～一六一三）は、オックスフォード大卒の詩人。代表作に「妻」を含む『人物描写』。一六〇一年頃ダンバー伯の小姓だったロバート・カーと知り合い、親友となる。カーはオーヴァベリーのおかげで権力の階段を駆け上がり、ロバート・セシルに次ぐ権勢を誇るようになる。セシルが一六一二年に亡くなると、政権を握ろうと画策したハワード家（セシルに代わって財政を主導していた初代ノーサンプトン伯ヘンリー・ハワード、その甥のサフォーク伯トマス・ハワード、その義理の息子ノリス卿、アルマダ海戦で司令官だったノッティンガム伯チャールズ・ハワードら）に与したカーは、エセックス伯と結婚したフランシス・ハワードと不倫の関係にあった。オーヴァベリーは、フランシス・ハワードはふしだらな女だと悪評が高いし、カーの出世の妨げになるからと、カーに忠告をしたが、フランシスにのぼせていたカーはオーヴァベリーの言葉をすべてフランシスに告げていた。オーヴァベリーが書いた詩「妻」に描かれた貞節は、友人の目を覚まさせるためのフランシスへの当てこすりとも読めた。フランシスの画策によってジェイムズ王はオーヴァベリーにロシア大使を任命したが、友のそばを今

離れてはならないと思ったオーヴァベリーはこれを断った。王は怒って一六一三年四月二十二日にオーヴァベリーをロンドン塔に幽閉し、九月十四日にオーヴァベリーは死体で発見された。二年後、毒殺だったという通報を受けてジェイムズ王が調査を命じ、エドワード・クックとサー・フランシス・ベーコンが裁判を司り、毒殺に関わった四人が死刑に処せられたのち、フランシスとカーが法廷に召喚された。フランシスは罪を認めたが、カーは否認した。ジェイムズ王はカーが王をも巻き込むのではないかと恐れて、「罪を認めれば勅許を出す」と何度も手紙を送ったが、カーに固辞された。やがてフランシスとカーは有罪とされ、ロンドン塔に一六二二年まで幽閉された。カーが赦しを得たのは一六二四年だった。

＊13　この劇はジェイムズ王のご機嫌を取るために書かれた……　ジョン・ケリガンは、『マクベス』が王の注意を引くように書かれていることはまちがいないとし、「ジェイムズ王が特別出演する」『マクベス』第四幕第一場の説明が不十分であることを指摘している（『タイムズ文芸付録』二〇一五年十月九日号）。

第9章　二枚舌

＊1　「エクィヴォケーション」はもともと珍しい学術用語であり、十六世紀のイングランドでは数十冊の本でしか用いられておらず　攻撃書は、「Early English Books Online は、十六世紀の印刷物において「エクィヴォケーション」という語の使用を百五十回以上記録している。同幹の語（equivocare, equivocating, equivocated など）は、ジェイムズ王治世前に印刷物に二百四十五回以上現れている」と記す。但し、シャピロの表記を訂正する必要はない。

＊2　ほとんど一夜にして、国民にショックを与えるキーワードとなり　シャピロの書き方では、一六〇五年秋にベーコンがこの語を用いた時点まで「曖昧な表現」を意味していたこの言葉が、一六〇五年十一月の火薬爆発事件が契機で発見された『曖昧な表現論』のあとでその意味が変わったかのように読めるが、攻撃書が指摘するとおり、一五八一年のイエズス会士エドマンド・キャンピオンの裁判において、この語は既に二枚舌の意味で用いられており、一五八一年に没したキャンピオンは、イエズス会士が用いる「エクィヴォケーション」が単なる嘘とはちがうと論じていた。攻撃書が指摘するとおり、アンソニー・マンディー著『エドマンド・キャンピオンとその共謀者らの暴露』（一五八二年）やウィリアム・セシル著『謀叛人取り調べと宗教問題で謀叛人らに不正になされたとされる拷問に対して女王陛下の委任の正当執行の宣言書』（一五八三年）に於いてこの語は言葉巧みな虚偽の言説の意味で用いられており、一五九五年のロバート・サウスウェルの裁判でも同様である。

　なお、この語が十六世紀のイエズス会士らにどのように用いられたかについて恐らく最も詳細に論じているのは Peter Zagorin, *Ways of Lying: Dissimulation, Persecution and Conformity in Early Modern Europe* (Harvard University Press, 1990) であり、それによればイングランドでの迫害を逃れるために十六世紀のイエズス会士らがこの語を用いるようになったのは、一五四九年の Navarrus, *Handbook for Confessors and Penitents* の発想を採用したのだという (p. 165)。Navarrus は、「心、体、名誉、美徳を守るために」罪を犯すことなく曖昧な文を用いることができると主張した (Zagorin, pp. 171-6)。なお、スペイン人学者マルティン・デ・アスピルクエタ（別名ナバラの博士、ドクター・ナバロ）が一五八四年に刊行した *Commentary on the Chapter, 'Humanae Aures', XXII. qu. V. on the Truth of an Answer partly expressed in Speech and partly reserved in the Mind, and concerning the good and bad*

Art of Dissimulation という本があり、二〇一三年五月にウォリック大学に提出されたMáté Vinceの博士論文では、厳密に言えば「エクィヴォケーション」の歴史はマルティン・デ・アスピルクエタのこの本から始まり、一五九〇年代のロバート・サウスウェルとジョン・ジェラールらイエズス会士の裁判で不安が起こり、イエズス会神父ヘンリー・ガーネット（一五五五〜一六〇五）の裁判と処刑後の公論で突然熱く論じられるようになり、一六七九年に教皇ピウス十一世が非難して終結したとされている（Máté Vince, "From 'Aequivocatio' to the 'Jesuitical Equivocation'; The Changing Concepts of Ambiguity in Early Modern England," p.2）。

＊3 イングランドの上流階級の指紋が至るところについていた　フランシス・トレシャム兄弟の父親である騎士サー・トマス・トレシャムはノーサンプトンシャー州知事で広大な土地の地主。ジョージ・ヴァヴァソーの父親である騎士サー・ウィリアム・ヴァヴァソーはヨークシャー州のヘイゼルウッド城の城主であり、ウエスト・ライディングの治安判事、ヨークシャー州知事、国会議員を歴任した。

＊4 ……のは、この主の曖昧表現であると、論文は主張している　「創世記」第20章第2節に「アブラハムは妻サライのことを、「これはわたしの妹です」と言った」とあり、それを信じたゲラルの王アビメレクが夢のお告げで「その女は夫のある身だ」と知り、アブラハムを責めると、第20章第11節でアブラハムはこう抗弁する、「事実、彼女は、わたしの妹でもあるのです。わたしの父の娘ですが、母の娘ではないのです。それで、わたしの妻となったのです」。「創世記」第十二章でアブラハムがエジプト人に自分の妻のサライのことを「妹」だと言った

＊5 「燃える赤子」　サウスウェルの詩「燃える赤子」は、弱強七歩格の英雄詩体。全文とその訳を掲げておく。

As I in hoary winter's night stood shivering in the snow,
Surpris'd I was with sudden heat which made my heart to glow;
And lifting up a fearful eye to view what fire was near,
A pretty Babe all burning bright did in the air appear;
Who, scorched with excessive heat, such floods of tears did shed
As though his floods should quench his flames which with his tears were fed.
"Alas!" quoth he, "but newly born, in fiery heats I fry,
Yet none approach to warm their hearts or feel my fire but I!
My faultless breast the furnace is, the fuel wounding thorns,
Love is the fire, and sighs the smoke, the ashes shame and scorns;
The fuel Justice layeth on, and Mercy blows the coals,
The metal in this furnace wrought are men's defiled souls,
For which, as now on fire I am to work them to their good,
　So will I melt into a bath to wash them in my blood."
　With this he vanish'd out of sight and swiftly shrunk away,
　And straight I called unto mind that it was Christmas day.

冬の夜、雪に震えておりました。
すると、心温まる不意の熱に驚きました。
何の火かと怯える目を上げれば、確かに見える。
空中に可愛い赤子が明るく燃える。

激しき熱に焼かれて流す涙は滝のよう。
あたかも炎を消そうとするかのよう。
「嗚呼」と赤子は言いました。「生まれたばかりで炎に焼かれ、埒もない。
我のみ火に苦しみ、誰もその心を温めんと我に近寄る者もない。
わが無垢の胸は炉なり、薪は血のつくイバラの冠、
愛は火なり、恥と嘲りは灰なり、溜息は煙。
正義が薪をくべ、慈悲が炭を吹くも悲しい。
この炉を作りし鉄は、人の穢れた魂。
人を善に向けんがため、我は焼かれ、身を捧げよう。
人々をわが血で洗うべく、我は血の海に溶けよう。
そんな言葉が聞こえ、見ると赤子は消えております。
気づけば今日はクリスマス。

＊6　指先から血が滴るのではないかと思われた　手首にはめた枷のせいで枷から上にある手が異様に腫れあがり、血流停止のための神経の痛みや痺れが血管の痛みと錯覚され、「指先から血が滴る」感覚となる。末梢血行障害で指先にピリピリとした痛みが走る症状が過激になったものと考えればよい。この拷問を何度も失神しながら受けたジョン・ジェラール神父は、手があまりに腫れて普通の袖を通すことができなくなり、三週間は指を動かすこともできなかったという。

＊7　バビントン事件　ジェイムズ王の母親であるスコットランド女王メアリは、国内の混乱を逃れてイングランドへ亡命したが、エリザベス女王に代わる王位継承者としてカトリック勢力に担ぎ出されそうになる危険があったため軟禁状態に置かれ、最後にはバビントン陰謀事件で有罪

とされた。国務大臣でスパイ・マスターだったサー・フランシス・ウォルシンガムが送り込んだカトリック助祭ギルバート・ギフォードの諜報活動により、一五八六年七月、カトリックのアンソニー・バビントンからメアリ宛の手紙に「スペイン国王フェリペ二世のイングランド侵攻を手引きし、エリザベス女王を暗殺、ウォルシンガムとバーリー卿ウィリアム・セシルを暗殺し、メアリ救出を謀る」とあるのを解読。ウォルシンガムはメアリがこれに同意の返事を書くまで待ち、さらにエリザベス女王暗殺を狙う共謀者の名前がわかるまでそのまま解読を続け、一五八六年八月ついに共謀者を逮捕、九月処刑となった。

＊8　**ジェローム・ベラミー**　シャピロの表記は「ジェレミー」だが、多くの資料では「ジェローム」。ロンドン郊外に住んでいたカトリック信徒。バビントンとその仲間のロバート・バーンウェルとヘンリー・ダン（詩人ジョン・ダンの兄）を家に匿った容疑で逮捕、処刑された。

＊9　**この教義には名前がついた。エクィヴォケーション——つまり「二枚舌」である**　少なくとも一五八〇年代から「エクィヴォケーション」という名でこの教義が問題となっていたことについては本章の訳注2を参照のこと。

＊10　**アエアキダ**　『ヘンリー六世・第二部』第一幕第四場七〇一行に引用されているラテン語。シャピロは「アエアキダ *Aeacida*」を「アカキダ *Acacida*」としてしまっているが、これは一九六七年のシグネット版および一九七二年のシグネット全集にある誤植を踏襲したものと思われる。J. W. Binns, 'Shakespeare's Latin Citations: The Ediotrial Problem', *Shakespeare Survey* 35 (1982): 119-28 (p. 123) 参照。

＊11　**ピュロス**　『ハムレット』で言及されるギリシャ神話の人物（アキレウスの子でプリアモス王を倒した、別名ネオプトレモス）ではなく、紀元前二八〇年にローマ人に戦を仕掛けたイピロス（ギリシャ）

の王。アポロンから問題の神託を受けた。

＊12　シビュラの託宣　古代の巫女シビュラが行った宣託を集めた書は焼失し、のちにさまざまな地域から「宣託」が集められて本となった。

＊13　コウトン・コート　現在もウォリックシャー州に現存する大邸宅。一四〇九年からスロックモートン家が住んでいた領地に建てられ、サー・ジョージ・スロックモートン（八人の息子と九人の娘がいた）が一五五二年に死んだあと、家を継承した長男サー・ロバートとその家族がカトリックであったため、神父を隠す仕掛けなどがこの家に設けられた。サー・ロバートと最初の妻ミュリエルとのあいだの娘メアリが嫁いだエドワード・アーデンはシェイクスピアの母メアリ・アーデンのはとこの息子。サー・ロバートと後妻エリザベスとのあいだの娘アンがケイツビー家に嫁ぎ、その息子の一人がロバート・ケイツビー。アンの妹ミュリエルはトレシャム家に嫁ぎ、その息子の一人がフランシス・トレシャム。フランシスの妹エリザベスはモティーグル卿の妻。なお、コウトン・コートは一五八三年のスロックモートン陰謀事件の舞台でもある。サー・ロバート・スロックモートンの甥サー・フランシス・スロックモートンが、スコットランド女王メアリをイングランドの女王として、スペインの助力を得てガイズ公にイングランド侵攻をさせるという計画を立てたが、政府の諜報機関のボスであるフランシス・ウォルシンガムに逮捕された。489ページの家系図参照。

＊14　害を及ぼします　このあと、シャピロは引用していないが、以下のように続く。「また、いかなるときも曖昧表現が正当化されるのではなく、不正や悪から身を守る必要があるとき、あるいは他人に迷惑をかける恐れがなくて大いに重要な利益を得られるときのみに限られます」。

＊15　悪事隠して十字切る」。244ページに言及される「プリンケプス・プロディトールム（裏切り

の者たちの指導者）」という大判のバラッドよりの引用。原文は［Garnet］was acquainted with the plot of late, / Though by equivocation, he denied, / The Pope allows them to equivocate, / The root of their abhorred intents to hide. 原文の交互韻を日本語でも表現した。

＊16 エセックス伯の支持者たちから四十シリングを受け取った事件　一六〇一年二月五日ないし六日、エセックス派がグローブ座を訪れ、リチャード二世を廃位する劇を上演するようにと四十シリングを与えた。二月七日、宮内大臣一座の『リチャード二世』を観劇した一味のなかには、モンティーグル卿、レスター伯の騎兵隊長でエセックス伯の義父サー・クリストファー・ブラント、火薬陰謀事件に連座する第八代ノーサンバランド伯ヘンリー・パーシーの弟たちサー・チャールズ・パーシーとサー・ジョスリン・パーシーらがいた。エリザベス女王を廃位させるに当たって、リチャード二世を廃位させた劇を上演させて自分たちの義を確かめたのである。上演料として四十シリングを受け取った宮内大臣一座の役者オーガスティン・フィリップスは、事件後取り調べを受けた。第5章訳注4参照。

第10章　地上の地獄

＊1 プリンケプス・プロディトールム　ここに引用されているのは、プリンケプス・プロディトールム――ローマ教皇のお気に入り、あるいは十二使徒への案内」（英国博物館所蔵）の最後にある行句とされるが、現在はその最初のページしか残っておらず、確かめられない。一六〇八年と一六一六年にトマス・トレヴィリアンが内容を写した手書き原稿がその唯一の手がかりである。「プリンケプス・プロディトールム」はそれが言及している一六〇六年五月三日の処刑の直後に発行

されたらしい。まったく同じ表現を用いた *The shameful Downefall of the popes Kingdome conteyninge the life and deathe of Stephen (sic) Garnett the popes Cheife preiste* は一六〇六年五月五日に書籍出版業組合に登録されている。

＊2　一六〇六年の春にシェイクスピアの『マクベス』の初演　『マクベス』の初演は不詳であり、これは推定。記録に残る『マクベス』上演は、一六一一年に医者サイモン・フォーマンが観劇を記録したもの。

＊3　ドゥ・クィンシーは論じる　ドゥ・クィンシーの論の要点は、「極度の緊張状態や偉大なる人物の死などに伴う厳粛な沈黙が破れるとき、中断された生命が蘇り、血が通い出して日常性が戻って来る、それこそが沈黙を破る門を叩く音の効果なのだ」というもの。邦訳は、『トマス・ド・クィンシー著作集』全四巻（国書刊行会、一九九五～二〇〇二）、第一巻（一九九五）所収「『マクベス』劇中の門口のノックについて」小池銈訳。シャピロはドゥ・クィンシーの論旨を汲まず、地獄の門番という「見立て」によって悪魔的なるものが表象されるとしている。

＊4　シェイクスピアがほとんど使わなかった語だ　farmer はシェイクスピア作品群のほかで一度も用いられておらず、farmer's という所有格が『じゃじゃ馬馴らし』で二回、『リア王』で一回用いられるのみ。

＊5　「誰がじっとしていられよう、愛する心があるのなら、そしてその心に愛を示す勇気があるのなら？」　表の意味は「ダンカン王を愛する心があるなら、その王を殺した犯人を目の前にして誰がじっとしていられよう」であるが、マクベスが心の中で言っているのは「妻を愛する心があるなら、決行するしかない」という意味だと解釈される。

＊6　「隠され、知らぬふりをされているもの」　原文は undivulged pretence. 第二幕第三場でダンカン

王の遺体が発見されたとき、マクベスが白を切って、「私としては、大いなる神の御手にわが身をゆだね、そこから、隠された陰謀を暴き、謀叛の悪意と戦うつもりだ」という台詞のなかにある「隠された陰謀」と訳した箇所の表現。

*7 すでにシェイクスピアと共同執筆をしたことがあり、シェイクスピアが国王一座のためにジェイムズ王時代に書いた劇の何本かをのちに改訂した劇作家　トマス・ミドルトン（一五八〇～一六二七）は代表作に『女よ、女に心せよ』『取り替えっ子』『魔女』『チェスゲーム』がある。かつてシリル・ターナー作とされていた『復讐者の悲劇』は現在ではミドルトン作とされている。シェイクスピアと『終わりよければすべてよし』（推定執筆年一六〇二～〇五年）と『アテネのタイモン』（推定執筆年一六〇五～〇八年）を共同執筆し、『尺には尺を』（推定執筆年一六〇三～〇四年）を改訂したのではないかと言われている。「のちに改訂した」何本かとはどれを指すのかシャピロは明記していない。

*8 まじないを言わなければならない　『マクベス』にまつわるこの迷信は現在のイギリスでもよく知られている。誤って題名を言ってしまった場合の厄払いの儀式には諸説ある。三回まわって左の肩越しに唾を吐き、『ハムレット』の「天使たちよ、護らせたまえ！」など『マクベス』以外の台詞を言うとか、一旦劇場を出て三度回ってから、唾を吐き、罵り、ノックをして入れてもらうなど。

*9 少年俳優ハル・ベリッジが……という話をでっちあげた　当時ハル・ベリッジなる少年俳優がいた記録はない。この少年俳優がマクベス夫人を演じようとして死んだというのが迷信の発端とされたが、シャピロが指摘するように、この話はどうやら十九世紀に生まれたと思われてきた。ただし、ゲイブリエル・イーガンは、一六三四年八月に国王一座がグローブ座で上演した

リチャード・ブロームとトマス・ヘイウッド共作『最近のランカシャーの魔女』のなかにある、「あなた、まるであのスコットランドの魔女みたい You look like one o' the Scottish weird sisters」という台詞は weird sisters という表現から『マクベス』の魔女を指すものだとし、初演の三十年後に「あのスコットランドの劇」に近い表現があったことを指摘している（Gabriel Egan, 'The Early Seventeenth-century Origin of the Macbeth Superstition', Notes and Queries, vol. 247 (2002): 236-7)。

＊10 おそらく二月末　『ヴォルポーネ』の初演時期については、ベン・ジョンソンの一六一六年のフォーリオ版に国王一座により「一六〇五年に上演された」とあり、当時の暦においては「一六〇六年三月二十五日」までが一六〇五年に相当する（プロローグ訳注1参照）ので、この日より前という言い方もなされる。

＊11 吊るし責め　背中で縛った両手首から体を吊るして肩を脱臼させる拷問のやり方。十七世紀の公開拷問などで用いられた。重りをつけて痛みを増すこともある。シェイクスピア作品では、『ヘンリー四世・第一部』第二幕第四場で「わけを言ってみろ」と迫られたフォールスタッフが「たとえ吊るし責めにあっても言うもんか」と答える台詞で一度用いられるのみ。

＊12 オーヴァベリー醜聞　第8章訳注12を参照のこと。

＊13 大契約　ソールズベリー伯が一六一〇年二月に提案した財政再建案。国王が徴発権などの封建的権利を放棄する代わりに、年間二十万ポンドの収入を地租と消費税から確保する権利を得るという案。七月の議会では合意に至りそうになっていたが、絶対王政を指向するジェイムズ王と租税が新たな負担となると感じた議会の双方が反発し、十一月の議会で破棄された。

第11章 〝王の悪〟

＊1 『ガウリの悲劇』*The Tragedy of Gowrie* 一六〇四年十二月十八日付のジョン・チェンバレンからラルフ・ウィンワード宛ての手紙によって、国王一座がおそらくグローブ座で上演した作品としてその存在が知られるが、現存していない。

＊2 パース スコットランド中央の町。エディンバラの北、テイ川の右岸に位置し、十五世紀までは実質上の首都。スコットランド王の戴冠式が行われてきた由緒あるスクーン宮殿がある。前の文にあるフォークランドは、パースより二十キロ南東に位置する。

＊3 一人分勘定が少なくなっている ホリンシェッドによればフリーアンスはウェールズに逃げ、その息子ウォルター・フィッツアランがスコットランド王の初代執事長となった。執事の「スチュワード」から「スチュワート」の名前が生まれ、六代目のウォルター・スチュワートがスコットランド王女マージョリーと結婚し、その息子がスコットランド王ロバート二世としてステュアート（スチュワート）朝を創始した。ロバート三世の息子ジェイムズ一世からは二世、三世、四世、五世と続き、その後がスコットランド女王メアリ。メアリを数えなければ、スコットランド王としてはジェイムズ六世となるジェイムズ一世王は、八人目のスチュアート朝スコットランド王となる。493～494ページの家系図を参照のこと。なお、ジェイムズの父方のスチュアート姓は、ロバート二世の祖父の弟に始まる分家スチュアート・オヴ・ダーンリー家のもの。

＊4 ジェイムズ王の立場を支持するように思われる。 このあと原文は以下のように続くが、あとに示す理由でここへ移動した。

劇の最終場でマルコムがスコットランドの領主たちを「スコットランドで初めての栄えある称号」となる伯爵にすることで称えようと言う（第五幕第八場六四～五行）のは、ジェイムズ王がイングランドの王位に就いて最初の三年間にほぼ似たようなことをせっせとやっていたことを考えれば、これもまた王へのお世辞と言えるだろう。だが、スコットランド人にイングランドの称号を与えるというジェイムズ王自身の施策はやりすぎだと感じるイングランド人が一六〇六年までには多くなり、それをからかった『東行きだよぉ』を書いたことでベン・ジョンソンが投獄された以上、シェイクスピアのお世辞はどうにも具合の悪いものだったとも言えるかもしれない。いつものように、シェイクスピアの意図はわからずじまいで、あれやこれやの解釈を呼び込む。

――このようにシャピロは書いているが、『東行きだよぉ』は「スコットランド人にイングランドの称号を与えるというジェイムズ王自身の施策」をからかうものではないし、攻撃書が指摘するとおり、ジェイムズ王が一六〇六年までにスコットランド人に与えたイングランドの称号はチャールズ王子に与えたヨーク公爵位のみであり、「それ以外のジェイムズ王が一六〇三年から一六〇六年までに与えられたイングランドの称号は、すべてスコットランド人ではなくイングランド人に与えられている」。

＊5　エドワード懺悔王（一〇〇四頃～一〇六六）　イングランド王。エドワード証聖者とも。マクベスがダンカン一世を殺害してスコットランド王座をつかむと、王子マルカム・カンモアはエドワード懺悔王の宮廷に亡命した。一〇五四年にエドワードはシワードを派遣して、スコットランドに侵攻してマクベスを倒し、マルカムは南スコットランドを掌握。一〇五八年にマルカムはマクベスを倒し、スコットランド王となる。なお、手を触れることで治癒を施す儀式を始めた

最初の王はエドワード懺悔王とされている。

＊6　主教なければ、王なし　一六〇四年、ハンプトン・コート宮殿で開かれた会議において、ピューリタンが主教制度の見直しを迫ったときに、ジェイムズ一世が言った言葉。王権の維持のためには、主教の権威が必要と考えた。

＊7　人生は芸術を模倣していた　「人生は芸術を模倣する」は、オスカー・ワイルドが『虚言の衰退』で用いた表現として知られる。

＊8　こんな感じだ　アンドルー・メルヴィルによる諷刺歌のラテン語原文と解説は、Jemes Doelman, *King James I and the Religious Culture of England* (Cambridge: Brewer, 2000), pp. 65-66にあり、翻訳はその解説に基づく。

＊9　ジョン・デイ作『馬鹿の島』　初版一六〇六年。少年劇団上演の『フィロータス』（一六〇四）と『東行きだよぉ』（一六〇五）に続く政治批判劇とされ、ナッシュの『犬の島』（一五九七）を意識した表題であるとも考えられる。内容はフィリップ・シドニーの『アルカディア』のバーレスクである。サー・エドワード・ホウビーの一六〇六年三月七日付サー・トマス・エドモンズ宛の手紙で「この頃（二月十五日頃）ブラックフライアーズの芝居が大いに話題となり、『馬鹿の島』の登場人物は高位も下々もすべて二国民（アルカディア人＝イングランド人と古代スパルタ人＝スコットランド人）に分けて演じられ、多くの者がブライドウエル牢獄に投獄されたらしい」とあるように、芝居のスコットランド批判はジェイムズ王を怒らせ、上演関係者で逮捕される者もいた。作中の狩り好きな公爵バジリウスがジェイムズ王をモデルにしていることは明らかだが、他の人物にもモデルがあるとする必要はないだろう。デカーは『バビロンの娼婦』（一六〇七）や『馬鹿の手習い帳』（一六〇九）で本作に言及している。序幕があり、芝居を観にきた三人の紳士と序詞役の少年がやりあうが、これは少年劇団上演形式の一つのパターンである。あらすじは

以下のとおり――アルカディア老公爵バジリウスは弟にアルカディアの政治を任せ、妻ジネシアや二人の娘ヴァイオレッタとヒポリタ（『アルカディア』ではパメラとフィロクリア）とともに無人島ラケダイモーンにやってくる。娘たちをものにできれば公爵領を与えるという話を聞いて隣国の王子たちが警護の厳しい島に侵入して来る。王子ライサンダー（『アルカディア』ではピロクリーズ）はゼルメインと名乗ってアマゾンに変装し、王子ディミートリアス（『アルカディア』ではムシドーラス）はドーラスと名乗って木こり（『アルカディア』では羊飼）に変装する。アマゾンとドーラスは娘たちの危ないところを救い、恩人として彼女らに急接近し、ライサンダーはヴァイオレッタを口説き、ヒポリタの召し使いとなったディミートリアスは駈落ちをもちかける。一方、公爵はアマゾンを女と信じて恋に落ち、公爵夫人は彼を男と見破ってやはり恋に落ちる。この他、ヴァイオレッタの保護を任されているキャプテン（『アルカディア』では牧夫）のダミイータス（王の寵臣サマセット伯ロバート・カーがモデルか）、その口やかましい妻ミソ、その愚かな娘モプサらがドーラスと関わってくる。芝居が原作どおりなのはこの辺りまでで、この後、ライサンダーとディミートリアスに騙された人物らが居もしない結婚相手を求めてアドーニスの礼拝堂へやってきて騙されたことを知ってライサンダーらに笑われるという形で大団円へ向かう。この作品は更に原作をひねっており、もう一組の王子アミンターとジューリオが登場しており、勝利したと思っているライサンダーらを彼らが出し抜き、娘たちをものにしてしまうという形でオチがついている。John Day, *The Isle of Gulls: A Critical Edition*, ed. Raymond S. Burns (New York: Garland, 1980) を参照のこと。

＊10　双子の子供の名付け親であるハムネットとジューディス・サドラー夫妻　ストラットフォード・アポン・エイヴォンのハイ・ストリートとシープ・ストリートの角でパン屋を商っていた夫妻。旦那はシェイクスピアと同い年。一五八五年二月、シェイクスピアの双子の子供ハムネットと

ジューディスが教区の教会で洗礼を受けたとき、夫妻から名前をもらっている。サドラー夫妻に息子が生まれたときにはウィリアムと名づけられた。

＊11　ウィリアム・レノルズの母親マーガレット　シェイクスピアが遺書で二十六シリングと八ペンスを指輪購入のために遺した紳士ウィリアム・レノルズ（一五七五～一六三三）の母。トマスの妻。ニュー・プレイスの四軒先に住み、一六〇六年のイースターに聖体拝領をしなかったために、スザンナ・シェイクスピアとともに非難を受けた。

＊12　二十二歳の未婚女性がそのように自分の意思を貫くのは大胆なことだった　ジャーメイン・グリアは、「わかっているのはスザンナが聖体拝領をしなかったという事実だけであり、それはたぶんストラットフォード・アポン・エイヴォンにいなかったからだろう。スザンナの件がそれきりになったのは、酌量すべき情状があったからではないか。シャピロはシェイクスピアの娘たちは故郷で母親と同居したと考えているが、一六〇六年の時点で娘たちの所在はわからない。この階級でこの年齢の未婚女性は奉公に出るのが普通の時代だった」と指摘する（二〇一五年十月六日付『ニュー・ステイツマン』書評）。

第12章　やりかけの仕事

＊1　『ヘンリー四世・第二部』のエピローグで次回作の予告をすることすらあった　次回作となる『ヘンリー五世』でフォールスタッフが死ぬと告げている。

＊2　フルク・グレヴィル　第6章訳注5参照のこと。

＊3　「性的な快楽のせいで、国政の運営を忘却してしまった偉大な人物」　宮下志朗訳、モンテーニュ

＊4　『エセー5』（白水社、二〇一三）二六五頁より引用。

＊5　プルタルコスの本を所有していた　友人リチャード・フィールドから借りてその本を読んだという可能性もある。フィールドについては巻末の索引を兼ねた人名事典参照。

こうしてアントニーは……浪費をしたのである。　河野与一訳『プルターク英雄伝　十一』岩波文庫（岩波書店、一九五六）、100～101ページ参照。

第13章　シバの女王

＊1　かなり異例だった　原文にはこのあと「最後にイングランドを訪問した外国君主は、ヘンリー八世の時代、神聖ローマ帝国の皇帝シャルル五世だ」とあったが、一五二〇年にシャルル五世が訪問したのち一五五七年七月にスペインのフェリペ二世が訪問している。

＊2　三つの王冠はスウェーデンが国章としてきたものであるが、デンマークがデンマーク王室の紋章に取り入れ、旗艦の名前にもした　一五五〇年代にスウェーデン王は、デンマーク王クリスチャン三世（クリスチャン四世の祖父）がその紋章に三つの王冠を入れたことに気づいた。スウェーデンは抗議したが、デンマークは逆にスカンジナビア統合の象徴である三つの王冠の紋章をスウェーデンが独占することは許されないと主張し、一五六三年にデンマーク王フレゼリク二世（クリスチャン四世の父）がスウェーデンに宣戦し、北方七年戦争（スカンディナヴィア七年戦争）が勃発、一五七〇年まで続いた。一五八八年にクリスチャン四世が即位し、一六〇一年に建造した戦艦にトレ・クレノールと命名した。

＊3　デンマークとノルウェーの統合　デンマークとノルウェーは、一人の君主が支配する二つの

国（同君連合）であった。『ハムレット』では、両国の王同士が一騎打ちで戦い、勝者が両国を支配することになったという逸話が語られ、最後にはデンマーク王家が断絶したことによりノルウェー王家のフォーティンブラスが王位に上ることになるが、歴史的には一三七五年にデンマーク王が死去したとき、男子後継者がいなかったため、娘であったノルウェー王妃マルグレーテが実権を握ったことに端を発する。一三八〇年、夫であるノルウェー王が亡くなったとき、マルグレーテはノルウェー摂政となり、かつデンマーク王位につけていたマルグレーテの息子オーロフが一三八七年に十七歳の若さで亡くなると、デンマーク摂政ともなった。女王の称号はなかったものの、実質的に両国の支配者として活躍した。一方、スウェーデンとノルウェーは一三一九年から一三五〇年代まで同君連合を結んでいたが、これが分裂し、デンマークはスウェーデンと戦って勝利し、一三九六年マルグレーテは姉の孫で自分の養子としたエーリヒを三国の王として即位させ、北欧三国は同君連合となった。翌九七年にマルグレーテの招集を受けて結ばれたカルマル同盟により、スウェーデンが離脱する一五二三年まで三国の王は同じであった。一四四八年に三国の王であったクリストファー三世が死に、デンマークの伯爵クリスチャンが前王の妃ドロシアと結婚してクリスチャン一世として王位に就いてオルデンブルク（デンマーク語ではオレンボー）朝が始まった。その五代目であるクリスチャン三世はルター派を支持して、宗教改革を支えた。なお、スウェーデンの王グスタフ一世（在位一五二三年～一五六〇年）は、ルター派の教義を認め、カトリック教会の土地を没収し、プロテスタント国として力を増した。

＊4 スペインと平和条約　一六〇四年八月十八日（新暦では二十八日）に調印されたロンドン条約により、一五八五年より続いていた英西戦争（アングロ＝スパニッシュ・ウォー）は終結した。スペイン王フェリペ三世とジェイムズ一世とのあいだで交渉された。

＊5　ジェイムズタウン　一六〇七年四月にアメリカ大陸に上陸した植民団によって建設された入植地。大英帝国の広大な植民地の第一歩。

＊6　国王一座は一六〇四年八月に十八日間連続で宮仕えをしていたことが確認される　一六〇四年八月九日から二十六日まで国王一座の十二人がサマセット・ハウスにてスペイン大使に仕えた。役者兼部屋付き係官として、それぞれ日給二シリングを貰っている。十二人の代表としてジョン・ヘミングズとオーガスティン・フィリップスが報酬を受け取っているが、残り十人のなかにはシェイクスピアもいたと考えられる。

＊7　一六二五年にジェイムズが死んだときも、もちろんヘンリー七世の礼拝堂に埋葬された　ジェイムズ一世とアン王妃はヘンリー七世の礼拝堂に埋葬されたが、どちらも墓碑はない。

＊8　レノックス伯爵夫人マーガレット　ジェイムズ一世の祖母。494ページの系図参照のこと。

第14章　疫病

＊1　『お馴染み五人の伊達男』 ***Your Five Gallants (The Five Witty Gallants)***　トマス・ミドルトン作の喜劇。一六〇七年にセント・ポール少年劇団により上演。詐欺師や女衒といった悪党五人が金持ちの娘キャサリンの夫になろうと画策するが、彼女の恋人の紳士フィッツグレイブが変装してバウザーと名乗って活躍、伊達男らの正体を暴き出すという筋。

＊2　『ラム路地』 ***Ram Alley***　ローディング・バリー作の喜劇。一六〇八～一〇年に国王祝典少年劇団によりホワイトフライアーズ劇場にて上演。初版一六一一年。法学院の学生レベルの観客を想定し、かなり卑猥でちょっと気取った抱腹絶倒の喜劇。富裕なサー・ジョン・サマーフィー

ルドの娘コンスタンシアが愛しいトマス・ブッチャーに女がいるのではと疑って男装して小姓としてブッチャーに仕え、最後に姿を現してめでたく結婚するというお決まりのパターンは利用されるものの、二重にも三重にも捻りが加えられ、単なるロマンスに終始しない。主筋は、ブッチャーの友人で文無しの次男坊ウィリアム・スモールシャンクスが富裕な未亡人タファタを（ライバルとなった父サー・オリヴァーを蹴落として）自分のものとする争奪戦および自分の情婦であるフランシスをサマーフィールドのお嬢様に仕立て上げ、ポンびきのビアード中尉をその執事に仕立て、弁護士スロートを騙して金を奪った上に、フランシスを彼の女房にしてしまうという顛末。タファタの侍女エイドリアーナやウィリアムらの卑猥な言葉が作品のトーンを軽いものにしている上、彼らと違って真面目なブッチャーがタファタに袖にされたショックで首を吊ると、ウィリアムは長々と『スペインの悲劇』に登場するヒエロニモの有名な場面を演じてみせるなど、スラップスティック的爆笑場面が展開する。シャピロが問題としている台詞を言うのは、ウィリアム・スモールシャンクスである。また、サー・オリヴァーが未亡人のスカートの中に隠れて、彼女を自分の女だと主張するフェイス（パフ）大尉にけっとばされるという場面もある。ウィリアムの兄で馬鹿のトマスは、弁護士から更にフランシスを奪う。荒唐無稽ではあるが、単純に楽しむ作品として出来は悪くない。一七二三〜二四年にドルリー・レインで再演された。テクストに Peter Corbin & Douglas Sedge, eds, Nottingham Drama Texts (1981) がある。

＊3 『エピシーン、物言わぬ女』***Epicoene, or The Silent Woman***　ベン・ジョンソン作の喜劇。一六〇九年十二月ないし翌年一月王妃祝典少年劇団によりホワイトフライアーズ劇場にて初演。モルダヴィア王子と結婚の話があった王の従姉妹アラベラ・ステュワートへの言及（第五幕第一場一七〜二三行）のために二月迄に上演禁止となった。現存最古版一六一六年。一六一九ないし

一六二〇年国王一座宮廷上演予定。ピエトロ・アレティーノの喜劇『主馬頭』（一五三三）（冗談好きの紳士が女嫌いの花婿に結婚の苦痛と女の恐ろしさとを説き聞かせ、恐れをなした花婿が不能を宣言して結婚を逃れようとした時点で、花嫁が少年であると明かす）、四世紀のレバニオスの declamations XXVI（音の嫌いな男が大人しいはずの妻と結婚してみたら結婚式の席でがみがみ屋だと判明する）と XXVII（笑われるのが嫌いな男が仕返しに息子を廃嫡する）などを種本とする。音が嫌いで召し使いにも動作で返事させるモロースは、床屋カットビアードの紹介で沈黙の女エピシーンを妻にして、甥のサー・ダフネ・ユージーンを廃嫡しようとする。だが床屋も女も実は甥の仲間であり、女は結婚すると途端に喋り出し、モロースを苦しませる。甥の友人の知恵者トゥルーウィットとネッド・クレリモントは、結婚の宴、かしましい女性客や楽隊などをモロース宅に送り込んで彼を苦しませる。更にトゥルーウィットは、恰好だけの気どり屋サー・ジャック・ドーとサー・アモラス・ラ・フールを互いに敵対させて怯えさせ、女たちの前で殴ったり蹴ったりしてその臆病ぶりを証明したり、女たちがダフネに惚れるように仕向けて、人の考えや感情の基盤が如何に頼りないものかを見せたりする。また女房の尻に敷かれたキャプテン・トム・オターが女房に襲われ、大切にしていた牛のコップの頭を壊す悲哀もある。最後にトゥルーウィットの指揮でオターが聖職者に、床屋が弁護士に化けて離婚をやかましく論じてモロースを苦しめたり、ドーとラ・フールが見栄からエピシーンと寝たと嘘を言ったりして、モロースは恥を忍んで自分が不能だと宣言しても売女と離婚できないという状況にまで追いつめられる。そこでダフネが伯父に金を出させる条件で彼女が実は少年であることを明かして、トゥルーウィットやクレリモントのみならず観客をも驚かす。一六六〇年六月劇場再開の際最初に上演された作品らしい。ドライデンが絶賛し、王政復古期劇作家の規範となり、人気を博した。チャールズ二世は女房の尻に敷かれたヨーク公をトム・オターというあだ名で呼んだ逸話もある。一七五〇年頃から人気は衰えた。

＊4 『つんとした淑女』*The Scornful Lady* フランシス・ボーモントとジョン・フレッチャー共作の喜劇。一六一三〜一六年頃、ブラックフライアーズにあるピーターズ・ホールにて初演。初版一六一六年。一六二五年までに国王一座によりブラックフライアーズ劇場にて再演二回。ラブレス兄弟が悩みを語る。弟は金欠で、高利貸しのモアクラフトに土地を奪われそうであり、兄は恋人の淑女に嫌われてしまったら旅に出ると言う。兄は、人前でキスをしたために冷たくなってしまった淑女の態度を変えようと様々な手を打ち、恋の知恵合戦が繰り広げられる。自分は死んだことにして変装して彼女を悲しませようとしても変装を見破られ、逆に手玉に取られていた兄だが、最後に元競争相手のウエルフォードの協力を得て、彼を女装させて新しい女として紹介し淑女の嫉妬心を刺激し、見事結婚に到達する。ウエルフォードは淑女の妹マーサの処女をだまし取る。ラブレス弟は、高利貸しモアクラフトを出し抜いて金持ちの未亡人を獲得、兵士や詩人などの取り巻きを引き連れて陽気に騒ぐ。他に忠実だが愚かな執事サヴィルも登場。特に老女中アビゲイルと喧嘩をしたりする滑稽な司祭サー・ロジャー（台詞は一一九行）を国王一座のジョン・シャンクが演じて大人気を博した。王政復古期にも再演された。

＊5 テイラーは、マウントジョイ家に下宿していたシェイクスピアと接触があったかもしれないここで言及されているチャールズ・ニコルの小説『下宿人——シルバー通りのシェイクスピア』第六章の最後には次のようにある。

「一六〇五年十二月、テイラーの娘が聖オラーヴ教会で洗礼を受け、コーディーリアと名付けられた。この名前は——Cordelia という綴りで記録されている——当時まだ珍しく、ケルト系のコーデュラ（コーデル）の形の方が多かった。もちろん最も有名なコーディーリアは、虚構の、リア王の娘だが、テイラー家はこの芝居を読んだり観たりしていない。この芝居の初演は一六〇六年、初版は一六〇八年なのだ。恐らくは近くに住んでいてこの劇を執筆中のシェイクスピアからこの名をもらったのではないか。生まれたばかりの娘によい名前はありませんかと尋ねて、美しいコーディーリアという名前を贈られたのだ。」

訳者あとがきに記したように、『リア王』は一六〇五年に書かれたとする説もあるうえに、『リア王』の原典においてすでにコーディーリアの名がCordeliaという綴りで与えられていることも踏まえておく必要がある。ジェフリー・オヴ・マンモスが語るブリテン史によれば、コーディーリアは伝説の王レアの末娘であった。この話は、スペンサー著『妖精女王』(一五九〇)でも語られており、女王コーディーリア(Queen Cordelia)とはっきり言及されている。ほかにも、『フェイビアンの年代記』(一五三三)、ランケット著『年代記概要』(一五五九)、グラフトン著『イングランドの出来事年代記』(一五六九)、ホリンシェッド著『年代記』(一五七七)において、すでにコーディーリアへの言及がある。

*6 **夫人と仲良くしていたようであり** ジャーメイン・グリアは、マウントジョイ夫人の依頼をシャピロは「解釈しすぎ」であると批判している(二〇一五年十月六日付『ニュー・ステイツマン』書評)。結婚は新郎新婦の友人(たいていは身分のある紳士)があいだに立って手続きするのが通例で、あいだに立つ役は単なる手続き上の、特に感謝されることのない役割だった。また、シャピロの記述では、シェイクスピアはマウントジョイ夫人が亡くなるまでシルバー通りに住んでいたことになっているが、グリアはその証拠がないことを指摘し、むしろシェイクスピアがロンドンに住んでいたとき課された税金が異様に少額であることから判断して非常に身軽な生活をしていたことがわかるので、恐らく劇場閉鎖のたびに故郷へ帰り、下宿は引き払って帰京の際に

新たな下宿を得たのではないかと記している。

＊7　マウントジョイ夫人が亡くなってまもなくしてシェイクスピアは聖オラーヴ教区を立ち去ったようだ　マウントジョイ夫人は一六〇六年十月三十日に聖オラーヴ教会に埋葬された。一六〇六年までシェイクスピアがこの地区に居住を続けたと考える根拠はないとジャーメイン・グリアは批判している（二〇一五年十月六日付『ニュー・ステイツマン』書評）。攻撃書も同様の批判を行い、「チャールズ・ニコルは『下宿していたのは一六〇三～五年頃と考えるのが適当であろう』としている（*The Lodger: Shakespeare on Silver Street*, 2007, p. 18)」とニコルの推測とも異なることを指摘する。一六〇五年七月二十四日に、「ストラットフォード・アポン・エイヴォンのウィリアム・シェイクスピア」はラルフ・ヒューバンドに四四〇ポンド支払って、ストラットフォードの土地などから徴収される十分の一税の半分を得る権利を三十一年契約で買い取っており、この時点でシルバー通りの下宿を引き払ったとするのがニコルの推測の根拠であろう。一六〇九年六月七日付でジョン・アデンブルックから訴えられたときも、シェイクスピアは「ストラットフォード・アポン・エイヴォン在住の」と記録されている。

＊8　三つ目に代表的な成人劇団であるアン王妃一座　一六〇二年にウスター伯一座とオックスフォード伯一座が合併して、宮内大臣一座と海軍大臣一座に続く第三の劇団としてスタートを切った。ローズ座が拠点。一六〇三年にアン王妃一座と改称。団員にはウィリアム・ケンプ、ジョン・ローウィン、クリストファー・ビーストンらがおり、トマス・ヘイウッドは役者兼劇作家として重要な地位を占めた。他にこの劇団に戯曲を提供した劇作家にはヘンリー・チェトル、トマス・デカー、ジョン・デイ、ジョン・ウェブスターらがいた。

＊9　一六〇六年の長期の疫病は、少年劇団のなかでも最も有名だったセント・ポール少年劇団を

だめにしてしまった　攻撃書は、アンドルー・ガー著『シェイクスピアの劇団』（一九九六）三四四～三四五ページから以下の引用をして、ガーはセント・ポール少年劇団の衰退の理由として疫病を挙げていないことを指摘する。「この劇団が終了した理由として最もありえそうなのは、収入不足である。小さなセント・ポール少年劇団の劇場では、ブラックフライアーズの半分しか観客が入らず、ブラックフライアーズでさえも大入りではなかった。劇団経営者ヘンリー・エヴァンズはすでに劇場の地主であるバーベッジ一家と交渉を始めていた。」

＊10

サミュエル・ダニエル作『フィロータス』 ***The Tragedy of Philotas***　ダニエルがクローゼット・ドラマとして意図した悲劇だが、一六〇四年秋、王妃祝典劇団によりブラックフライアーズで上演されたと推測される。一六〇一年処刑されたエセックス伯への同情があるとして物議を醸し、作者は枢密院に呼び出され、一六〇五年の初版には「お詫び」を書いてエセックス事件との類似は偶然であると主張した（但しこの文は実際には一六二三年版にしか残っていない）。パーメニオの息子フィロータスは勇敢なギリシャ人としてマケドニア人の人気を得、アレクサンドロス王の寵愛を受けた。親友や部下を愛し、寛大な人格であったが、虚栄や色情を好み、友人チャリスシーンズの忠告も聞かず、父の権勢を頼んで好き勝手に振る舞った。彼の人気を好ましく思わぬ王は、狡猾な顧問官エフェスティオンやクラテロスの忠告を受けて彼を警戒する。彼は陰謀者の一味ではないかと疑われ、いったんその疑いは晴れるが、かつて彼が情婦アンティゴナへ言った言葉が、嫉妬する娼婦サーイスの告げ口によりクラテロスへ伝わり、フィロータスは叛逆者として裁判にかけられることになる。やがて拷問にかけられ、謀叛を自白させられ、王国を支配する野望をもったことを明らかにして死ぬ。コロスは王国の三体を表す三人のギリシャ人と人民を表わす一人のペルシャ人から成る。最後の場面は、使者がコロスに自白に至る次第を報告する形になっている。

*11 『ヨークシャーの悲劇』*A Yorkshire Tragedy*　作者不明だが、ミドルトンを含めた共作という説が強い。一六〇五〜八年に国王一座によりグローブ座にて初演。初版一六〇八年。一六〇五年実際にヨークシャー州のカルヴァリー家で起こった殺人事件に取材したショッキングな作品。一六〇八年五月二日登録の表記および初版と第二版（一六一九）の表紙に「W・シェイクスピア作」とあり、シェイクスピア外典。家柄はよいが自堕落な夫は、博打・酒・女に金を浪費し、妻の所有になる土地を売って金を作れと妻に要求し、狼藉を重ねる。そして彼を叱りにきたという紳士と争った末、倒されると、妻が浮気をしているのだと逆恨みをする。夫に脅えながらも懸命に彼に尽くす妻は、子供達のためにも残しておきたい土地を売る代わりに、親切な伯父から宮廷での仕事口を貰ったことを夫に話す。金を期待していた夫は怒り狂い、妻に向かって短剣を抜くが、そこへ召使が大学の先生がやってきたと告げる。大学の学寮長は、夫に、弟さんは大学の期待の星であるにも拘わらず、あなたの借金の保証人となって投獄されたと話す。彼は突然恥の意識におそわれ、深夜、子供を乞食にはしないといって長男を刺し殺し、続いて赤子を抱いた女中を二階から下へ突き落とす。起きてきた妻は子供を守ろうとするが、夫は子供を刺し、妻も傷つける。屈強の召し使いが彼を止めようとするが、逆にやられてしまい、夫は保育所に預けてある三人目の最後の子供を殺しに出かけてゆく。大学の先生や召し使いらは惨状を目にして、医者を呼ぶとともに男を追わせる。先生と三紳士らが、あと一人殺せば終わるのにと呟く男を見つけ捕らえ、牢へ送る。最後に、傷つきながらも生きながらえた妻の優しい言葉と、二人の子供の死体を前にして、男は後悔の念に駆られながら処刑場へ送られ、大学の先生は彼の弟も死んだことを告げる。極めて短い作品。当時、劇場がいわばテレビの代わりとなって庶民の好奇心を満たした様子が伺われる。

＊12『復讐者の悲劇』*The Revenger's Tragedy*　作者不明だが、ミドルトン作とされるようになった悲劇。一六〇五～六年に国王一座初演。初版一六〇七／八年。ヴィンディチェがかつての彼の許嫁《いいなずけ》を凌辱したうえ毒殺した好色な公爵への復讐を遂げるのが主筋。彼はピアト（潜在）と名を騙って変装し、弟ヒッポリトと共謀して公爵の嫡男ラスーリオーソ（好色）の手下になりすます。ところが嫡男から自分の妹カスティーサ（純潔）を口説けと命じられて、妹の貞節の堅さを試すために仕事を引き受けるが、母のグラシアーナ（恩寵）が物欲に誘惑されて妹に身売りを勧めるのを見て激怒する。公爵家のどろどろの内部抗争が描かれた末、ヴィンディチェは許嫁の骸骨に衣装をつけ、唇に毒を塗って公爵に口づけさせて殺す。ラスーリオーソが新公爵となった宴会では、仮面劇の踊り手に変装して登場して、新公爵をも殺す。一九八七年スワン劇場でのRSC公演ディ・トレヴィス演出ではアントニー・シャーがヴィンディチェを演じた。

＊13『女嫌い』*The Woman Hater*　フランシス・ボーモントとジョン・フレッチャーの喜劇。一六〇六年に王妃祝典少年劇団初演。初版一六〇七年。ある屋敷に雨宿りのために偶然立ち寄ったオリアーナは、その家の主ゴンダリーノが女嫌いであることを面白く思って、わざと困らせようとふざけてしつこく迫る。ゴンダリーノの仕返しによりオリアーナの貞節が疑われるが、彼女の無実は証明され、ゴンダリーノは女責めの罰を受ける。副筋に珍魚を喰うためには娼婦との結婚も辞さないラザレッロが、珍魚を追い求めて勇敢に家から家へと走り回るドンキホーテ的滑稽がある。

＊14ジェイムズ王を「グレイト・ブリテンの皇帝」と呼ぶ法案を弁護する演説は、「国会の失笑を買い」、さらに不愉快な三十分の重たい沈黙が続いたのだった　失笑を買った演説をしたのは、ウェールズ人議員のウィリアム・モーリス（当時六十四歳）。一六〇四～一〇年のあいだに十二回も統合問題賛成の演説を行ったが、一六〇六年十一月二十二日の彼の「くだらない

演説」が「国会の失笑を買った」と、当時出席していたロバート・ボイヤーが記録している（*The Parliamentary Diary of Robert Bowyer, 1606-1607*, ed. David Harris Willson [1931; repr. New York: Octagon, 1971], 189）。一六一〇年二月にサー・トマス・エドモンズが記した書簡によれば、モーリスは統合を支持する演説を六点に分けておきながら、最初の二点で二時間も話し続け、残りの四点を忘れた。

エピローグ

＊1　なぜイザヤは予言をしに来たのだろうか、とアンドルーズは問うた　攻撃書が指摘するとおり、アンドルーズが問うたのは、『なぜイザヤは予言をしに来たのだろうか』ではなく、『なぜイザヤはユダヤの王アハズのもとへキリスト到来のことを言いに来たのか』である。Lancelot Andrewes, *Ninety-Six Sermons*, vol. 1 (Oxford: John Henry Parker, 1841), pp. 19-20 参照。

＊2　上演場所と併せてそこまで詳細な記録がなされたことはシェイクスピアの他の劇にはなかったのである　女王陛下の御前でクリスマスに上演されたと『恋の骨折り損』の一五九八年クォート版に記載されたことはあった。

＊3　一六〇六年末当時においては、シェイクスピアのオリジナルの原稿と、台本の基となった写しとの差はそれほど大きくはなかったはずなのだ　このシャピロの説は、これまでのいわゆる改訂説をあえて否定するもの。シェイクスピア自身がクォート版のもとになった草稿を改訂してフォーリオ版となったとする改訂説については、Gary Taylor, Michael Warren, eds, *The Division of the Kingdoms: Shakespeare's Two Versions* (Oxford: Oxford University Press, 1987) 参照。

＊4　その他の十六本の戯曲　『ヴェローナの二紳士』、『ジョン王』、『じゃじゃ馬馴らし』、『ヘンリー

六世』第一部、『まちがいの喜劇』、『ジュリアス・シーザー』、『お気に召すまま』、『十二夜』、『オセロー』、『尺には尺を』、『終わりよければすべてよし』、『コリオレーナス』、『冬の夜話』『シンベリン』、『テンペスト』、『ヘンリー八世』の十六本。

作品執筆年代について

＊1 『レア王』の初版は一六〇五年五月に書籍出版業組合に登録された 確かに初版は一六〇五年になってから出ており、その出版業組合登録は五月八日ではあるが、『レア王』はすでに一五九四年五月十五日に書籍出版業組合に登録されており、そのときは出版されなかった。『レア王』の原稿を手に入れることができた場合、シェイクスピアが執筆にとりかかったのは一五九四年五月十五日以降という可能性もある。シェイクスピア学者のなかには、シェイクスピアの『リア王』が上演されたために、古い『レア王』が売りに出たのではないかと考える人もいる。

＊2 『リア王』は一六〇六年十二月まで宮廷で上演されていないため、一六〇五年秋までには執筆が始められていたものの、一六〇六年初頭の時点でまだ書き終えられておらず、グローブ座での上演もされていなかったと考えられる。 日本シェイクスピア協会が発行している『シェイクスピア・スタディーズ』第五十四巻（二〇一六）で本書を書評した太田一昭教授が指摘するとおり、一六〇五年十二月下旬から一六〇六年三月上旬のあいだにジェイムズ王御前で上演した十本は（『ミューセドーラス』を除いて）題名が知られていないため、そこで『リア王』が宮廷上演された可能性は否定できず、シャピロのように「宮廷で上演されていない」と断言することはできない。「訳者あとがき」に示したとおり、ジャーメイン・グリアのように『リア王』初演を一六〇五年と考える学者は多い。

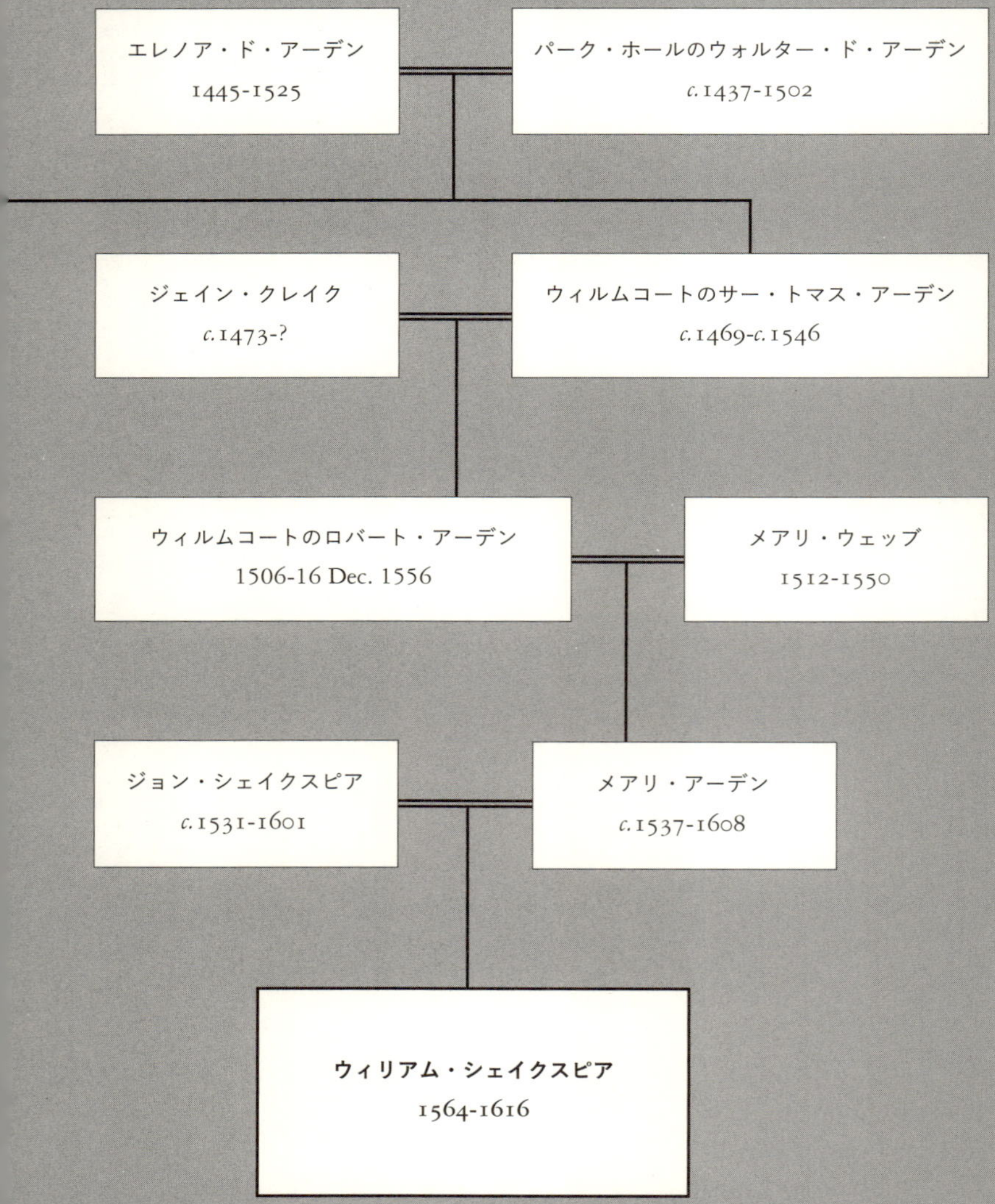

＊省略されている人物もいる

アーデン家系図

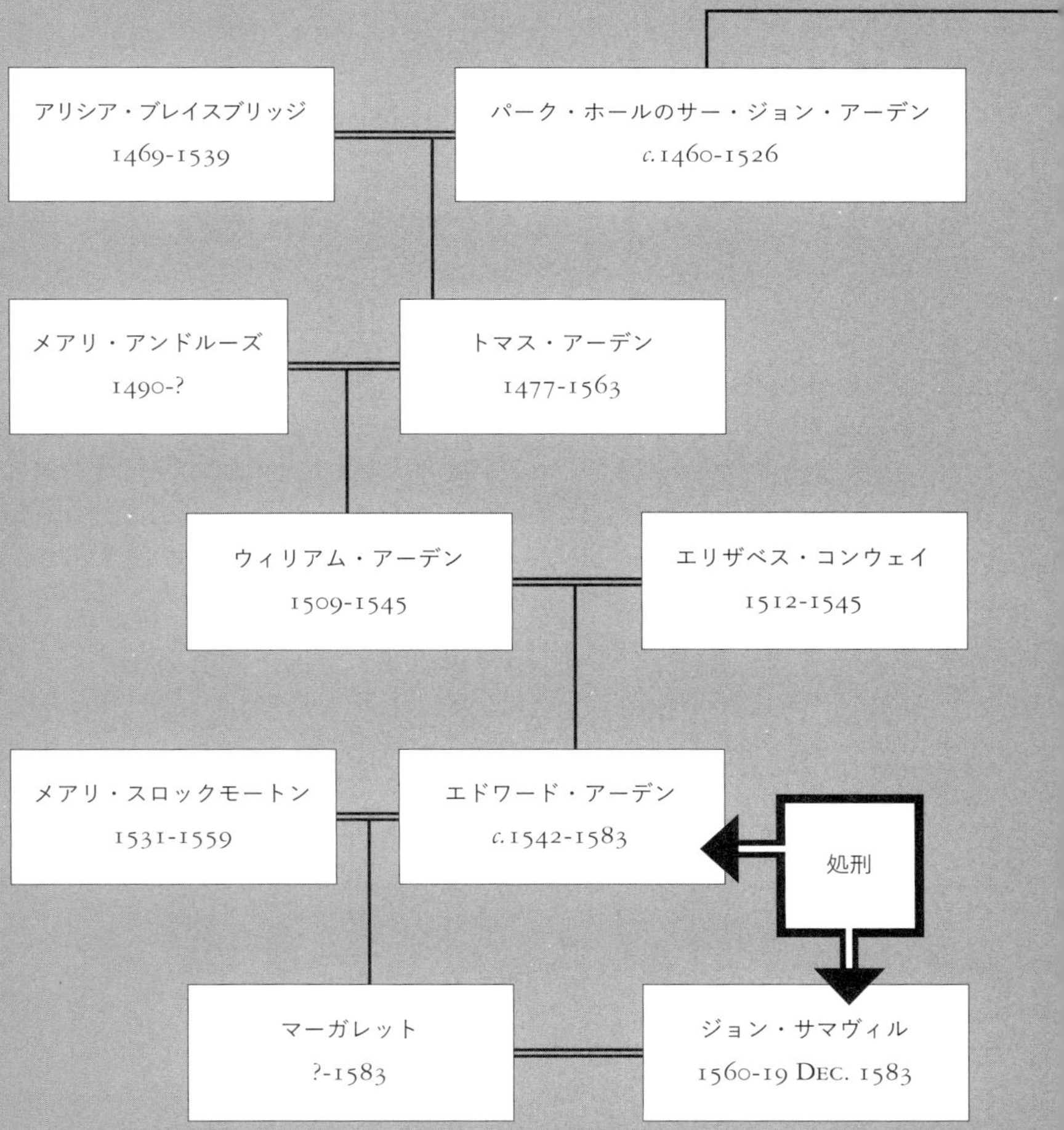
アリシア・ブレイスブリッジ
1469-1539
パーク・ホールのサー・ジョン・アーデン
c.1460-1526
メアリ・アンドルーズ
1490-?
トマス・アーデン
1477-1563
ウィリアム・アーデン
1509-1545
エリザベス・コンウェイ
1512-1545
メアリ・スロックモートン
1531-1559
エドワード・アーデン
c.1542-1583
処刑
マーガレット
?-1583
ジョン・サマヴィル
1560-19 Dec. 1583

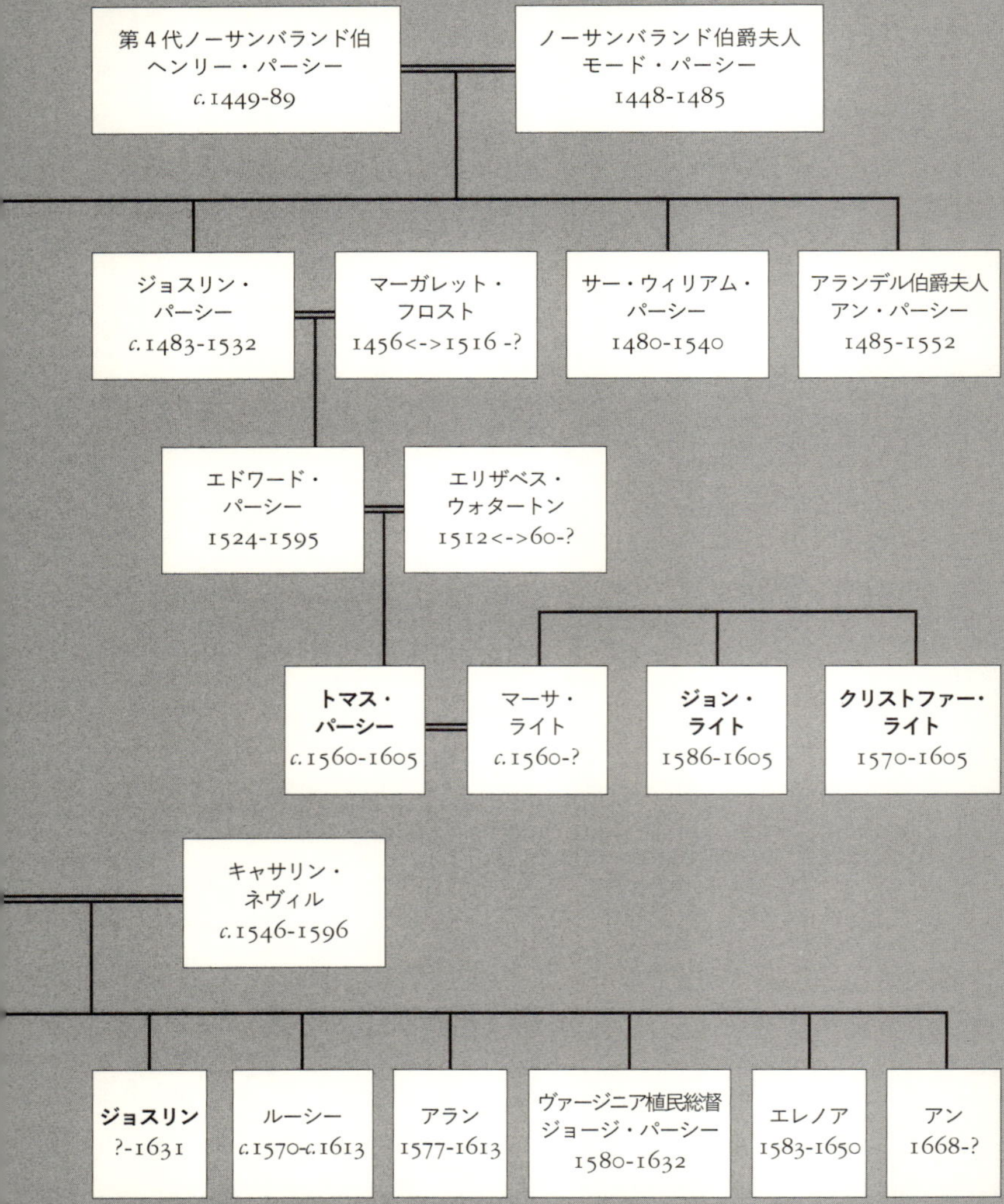

＊省略されている人物もいる

パーシー家／ノーサンバランド伯爵家系図

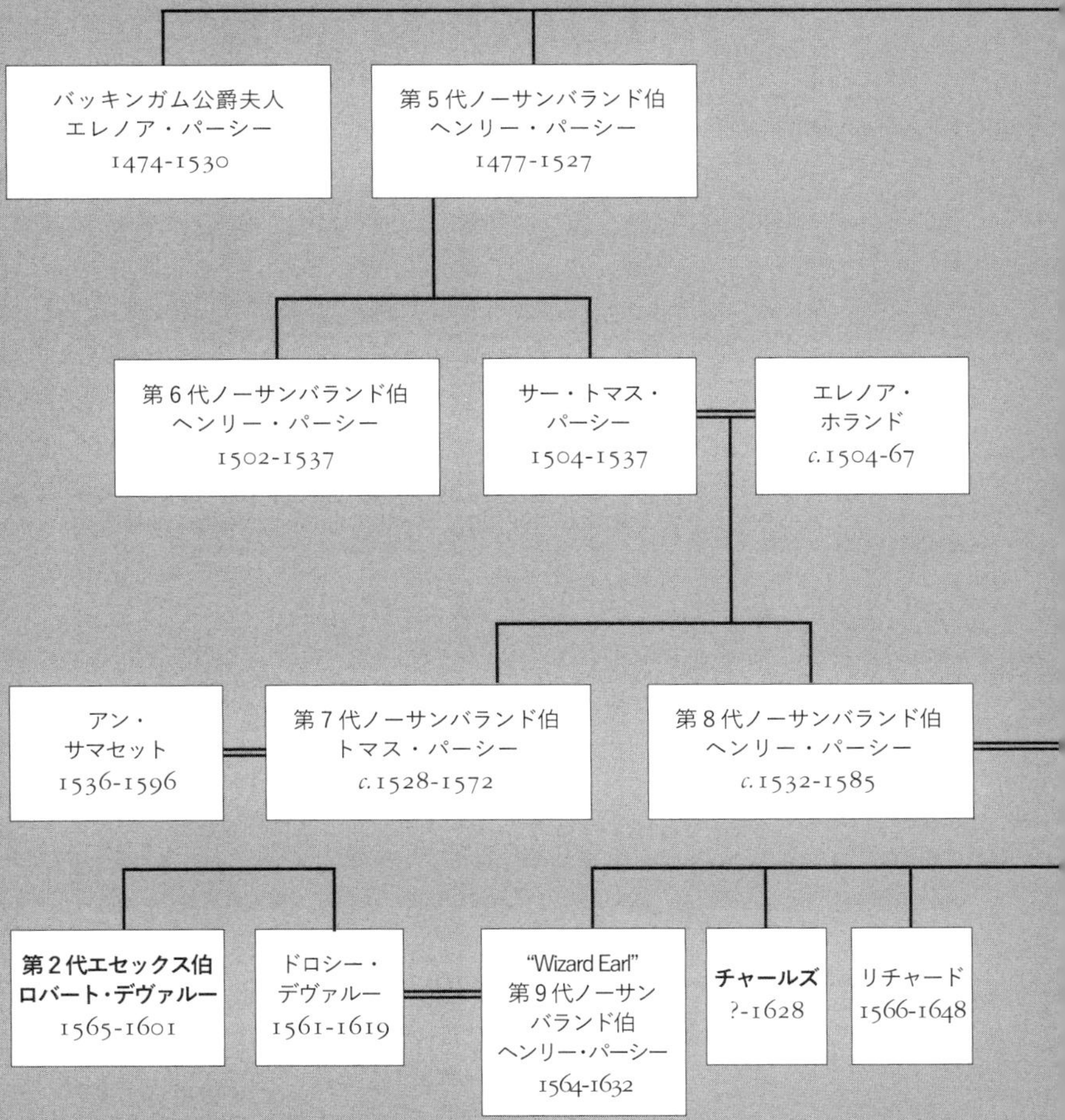

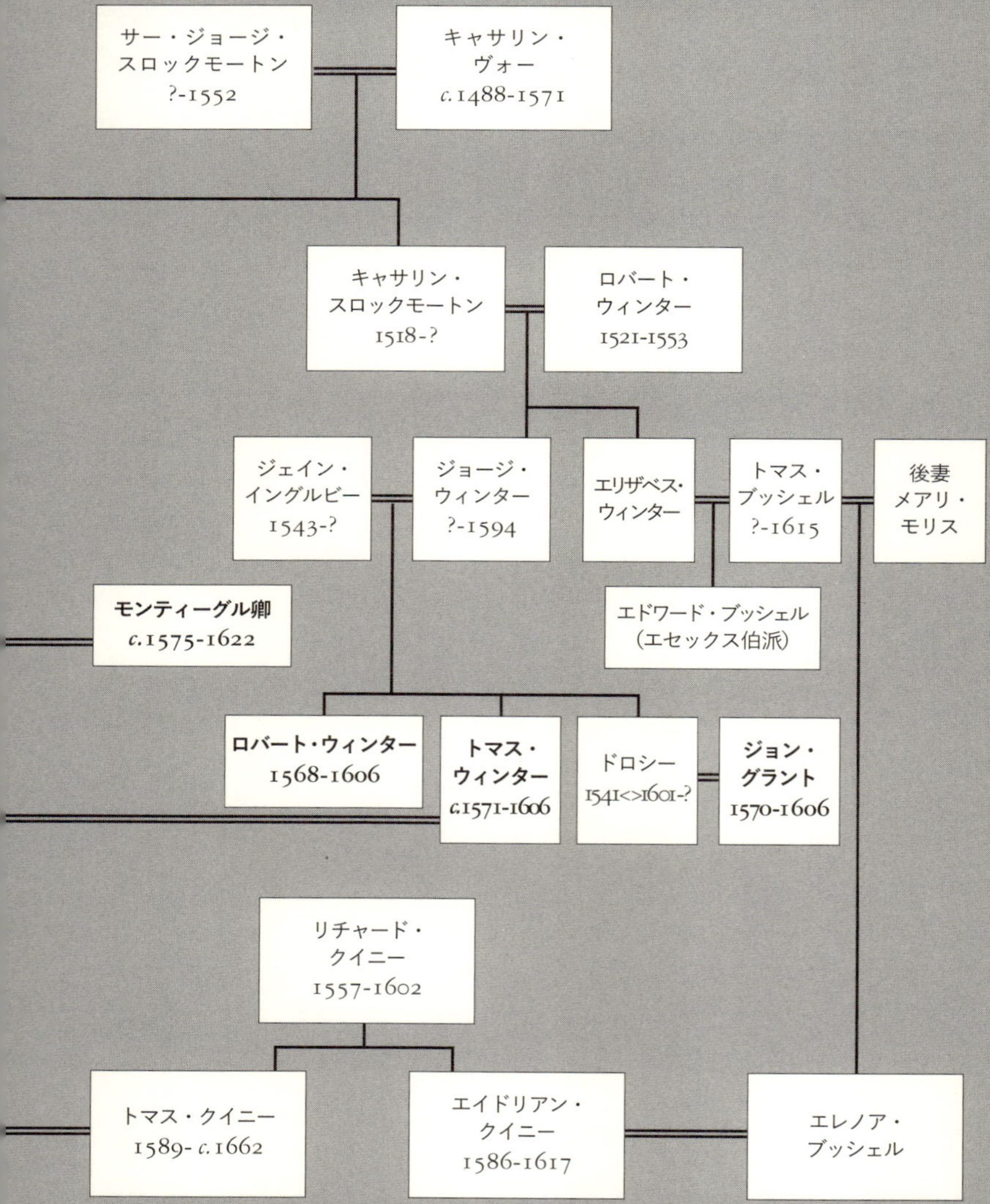

＊省略されている人物もいる

ケイツビー家／ウィンター家／クイニー家系図

太字が事件関係者

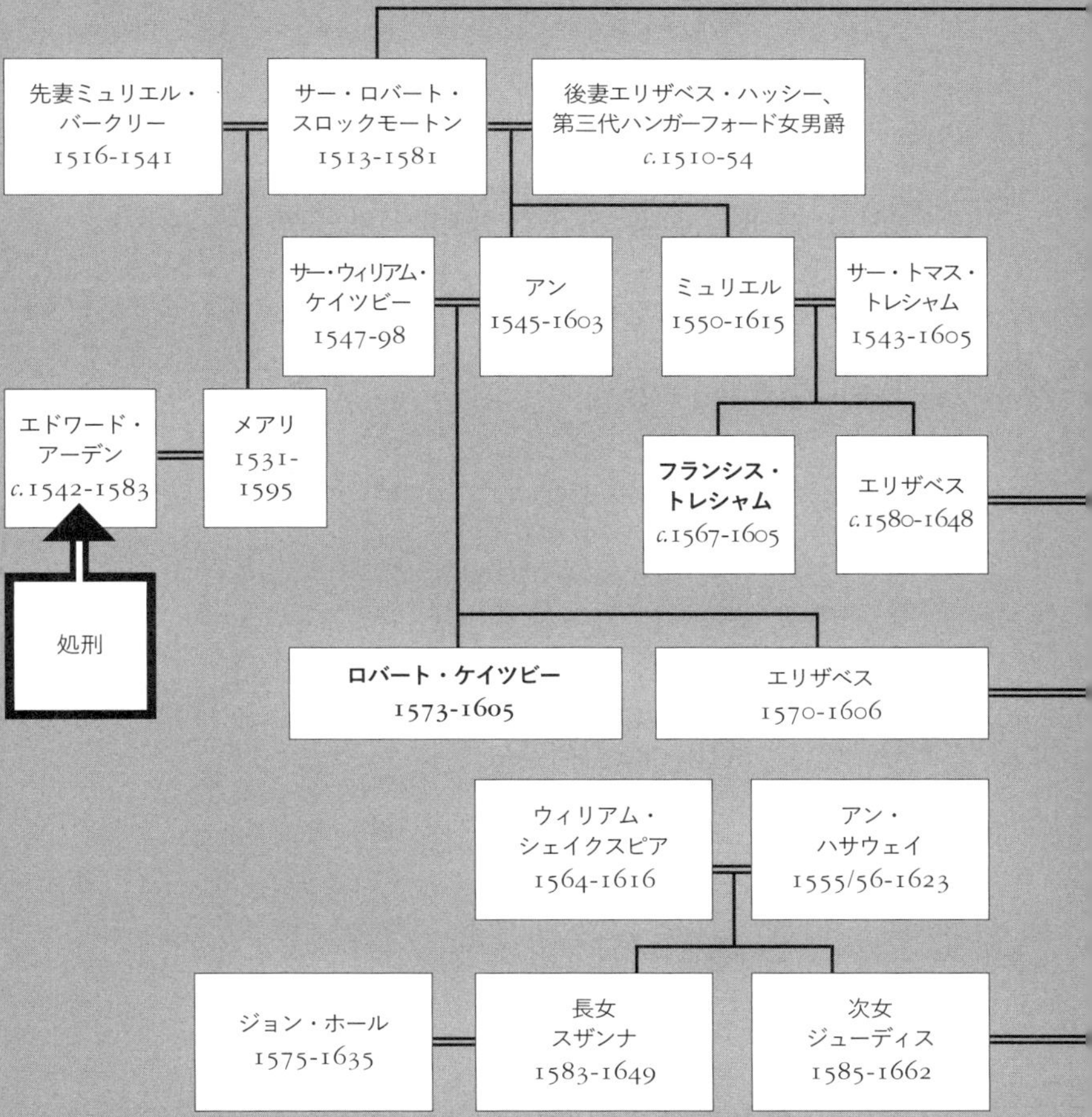

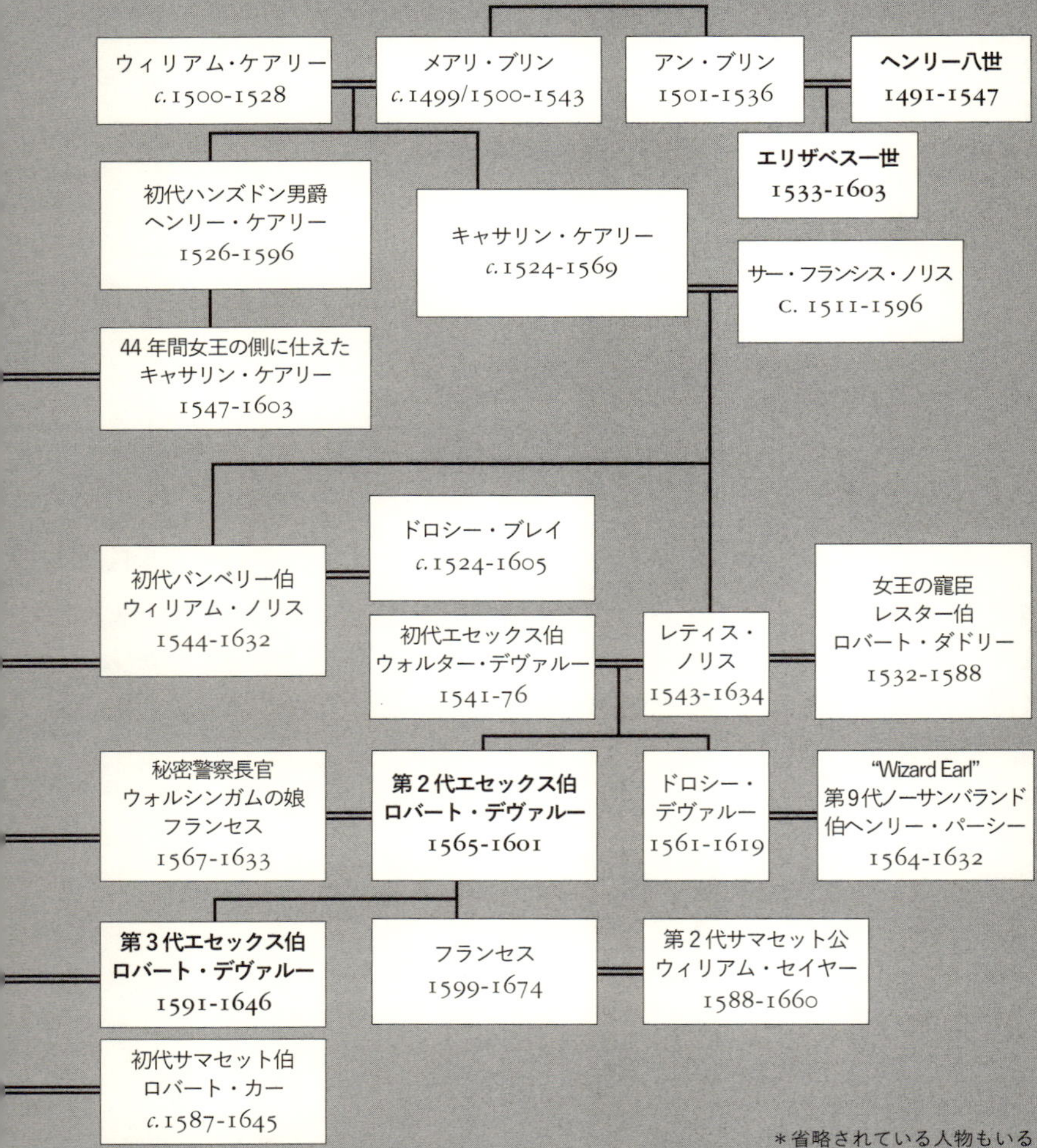

＊省略されている人物もいる

ハワード家／エセックス伯爵家系図

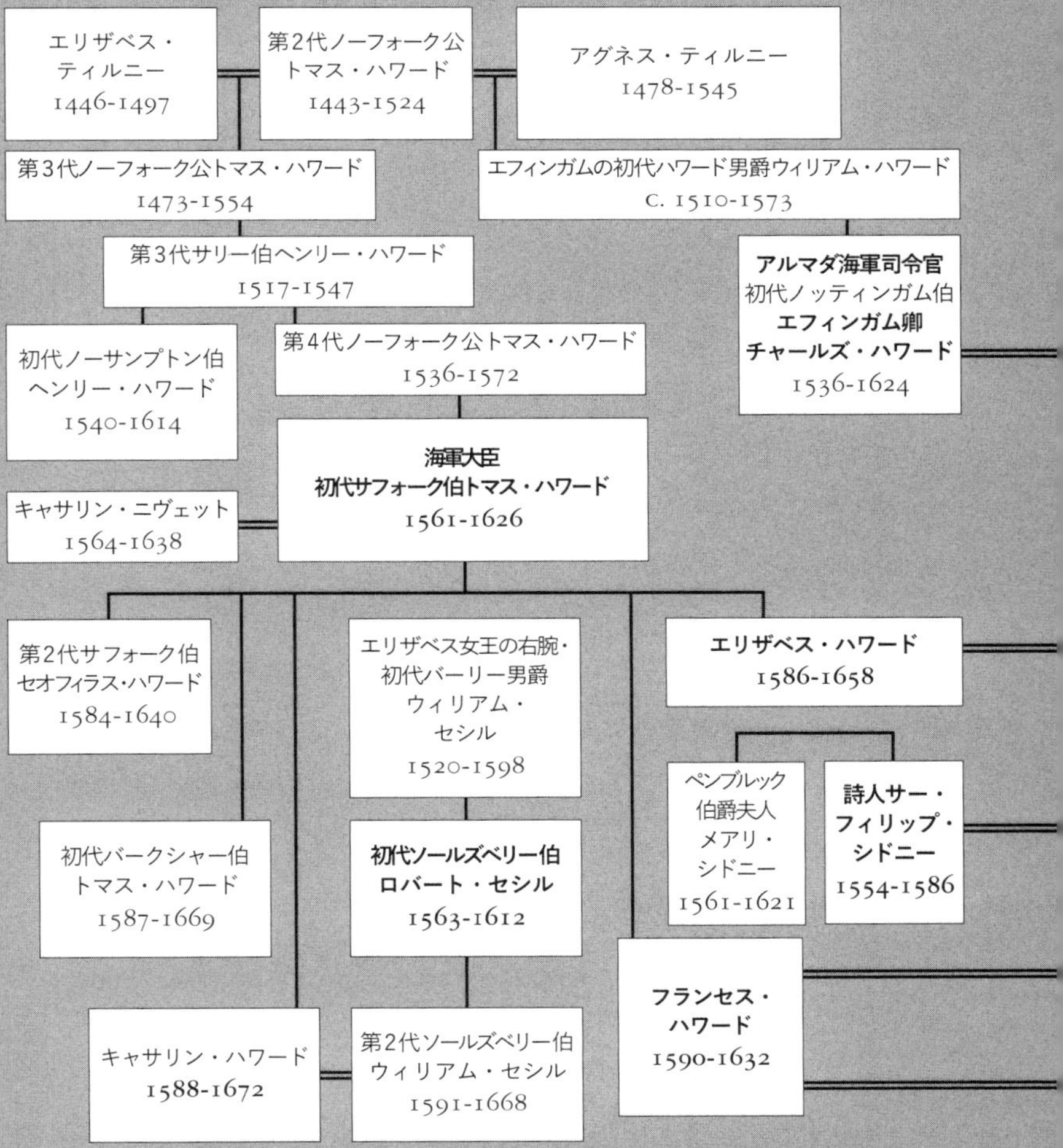

エリザベス・ティルニー 1446-1497
第2代ノーフォーク公 トマス・ハワード 1443-1524
アグネス・ティルニー 1478-1545
第3代ノーフォーク公トマス・ハワード 1473-1554
エフィンガムの初代ハワード男爵ウィリアム・ハワード c. 1510-1573
第3代サリー伯ヘンリー・ハワード 1517-1547
アルマダ海軍司令官 初代ノッティンガム伯 エフィンガム卿 チャールズ・ハワード 1536-1624
初代ノーサンプトン伯 ヘンリー・ハワード 1540-1614
第4代ノーフォーク公トマス・ハワード 1536-1572
海軍大臣 初代サフォーク伯トマス・ハワード 1561-1626
キャサリン・ニヴェット 1564-1638
第2代サフォーク伯 セオフィラス・ハワード 1584-1640
エリザベス女王の右腕・初代バーリー男爵 ウィリアム・セシル 1520-1598
エリザベス・ハワード 1586-1658
ペンブルック伯爵夫人 メアリ・シドニー 1561-1621
詩人サー・フィリップ・シドニー 1554-1586
初代バークシャー伯 トマス・ハワード 1587-1669
初代ソールズベリー伯 ロバート・セシル 1563-1612
フランセス・ハワード 1590-1632
キャサリン・ハワード 1588-1672
第2代ソールズベリー伯 ウィリアム・セシル 1591-1668

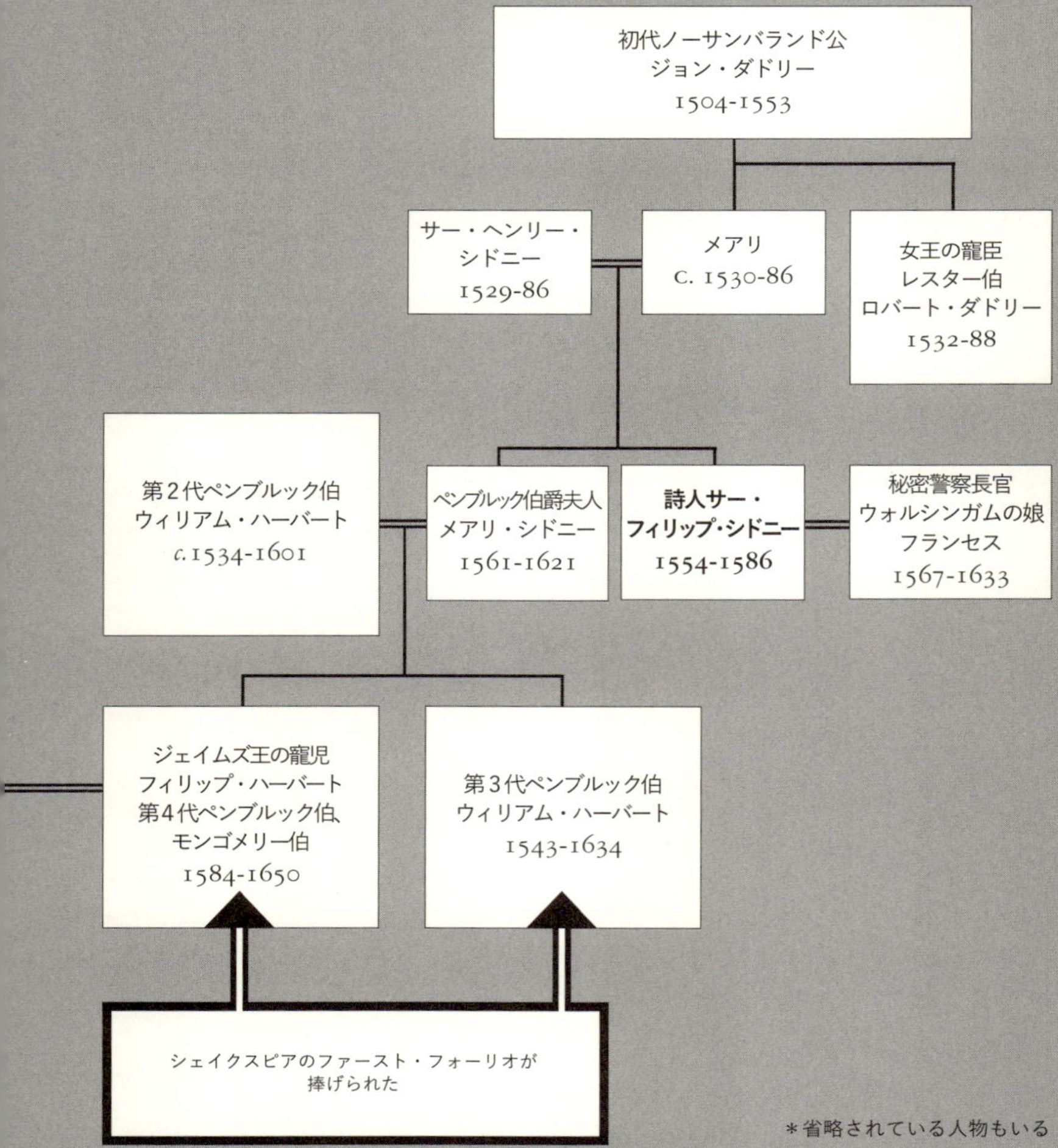
初代ノーサンバランド公
ジョン・ダドリー
1504-1553
サー・ヘンリー・シドニー
1529-86
メアリ
c. 1530-86
女王の寵臣
レスター伯
ロバート・ダドリー
1532-88
第2代ペンブルック伯
ウィリアム・ハーバート
c.1534-1601
ペンブルック伯爵夫人
メアリ・シドニー
1561-1621
詩人サー・フィリップ・シドニー
1554-1586
秘密警察長官
ウォルシンガムの娘
フランセス
1567-1633
ジェイムズ王の寵児
フィリップ・ハーバート
第4代ペンブルック伯、
モンゴメリー伯
1584-1650
第3代ペンブルック伯
ウィリアム・ハーバート
1543-1634
シェイクスピアのファースト・フォーリオが
捧げられた

＊省略されている人物もいる

オックスフォード伯爵家／ペンブルック伯爵家系図

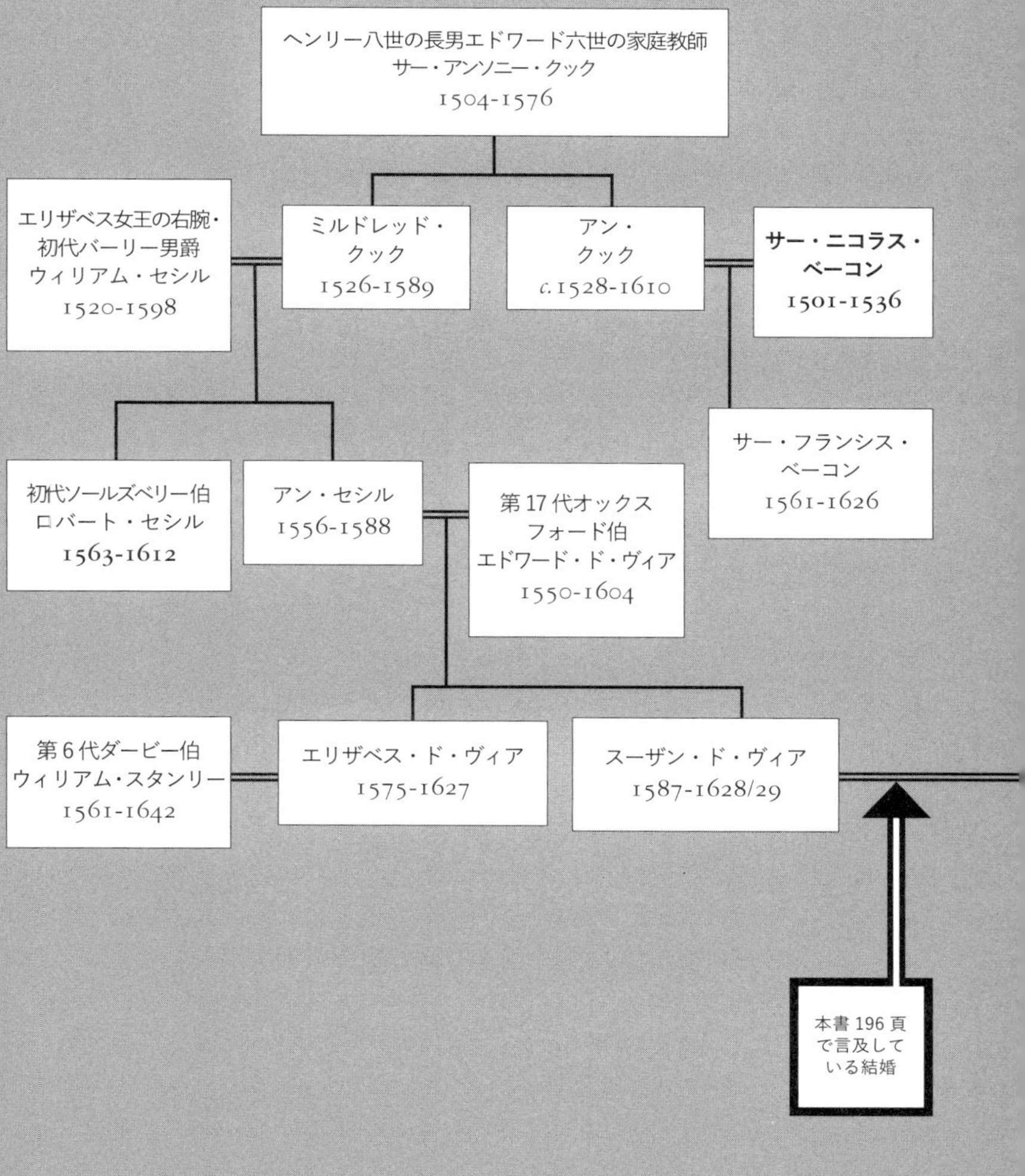

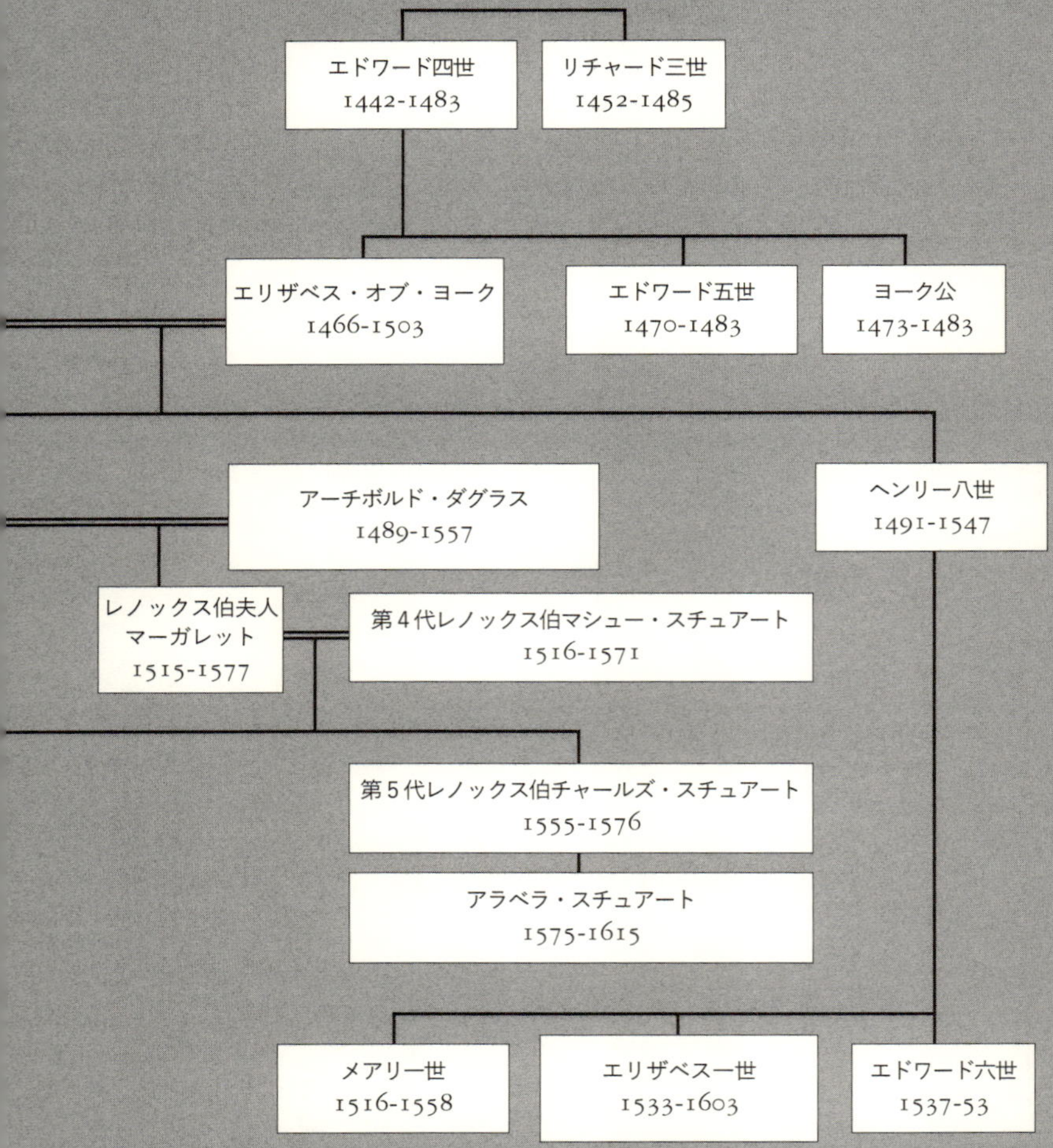

＊省略されている人物もいる

スチュアート朝／テューダー朝系図

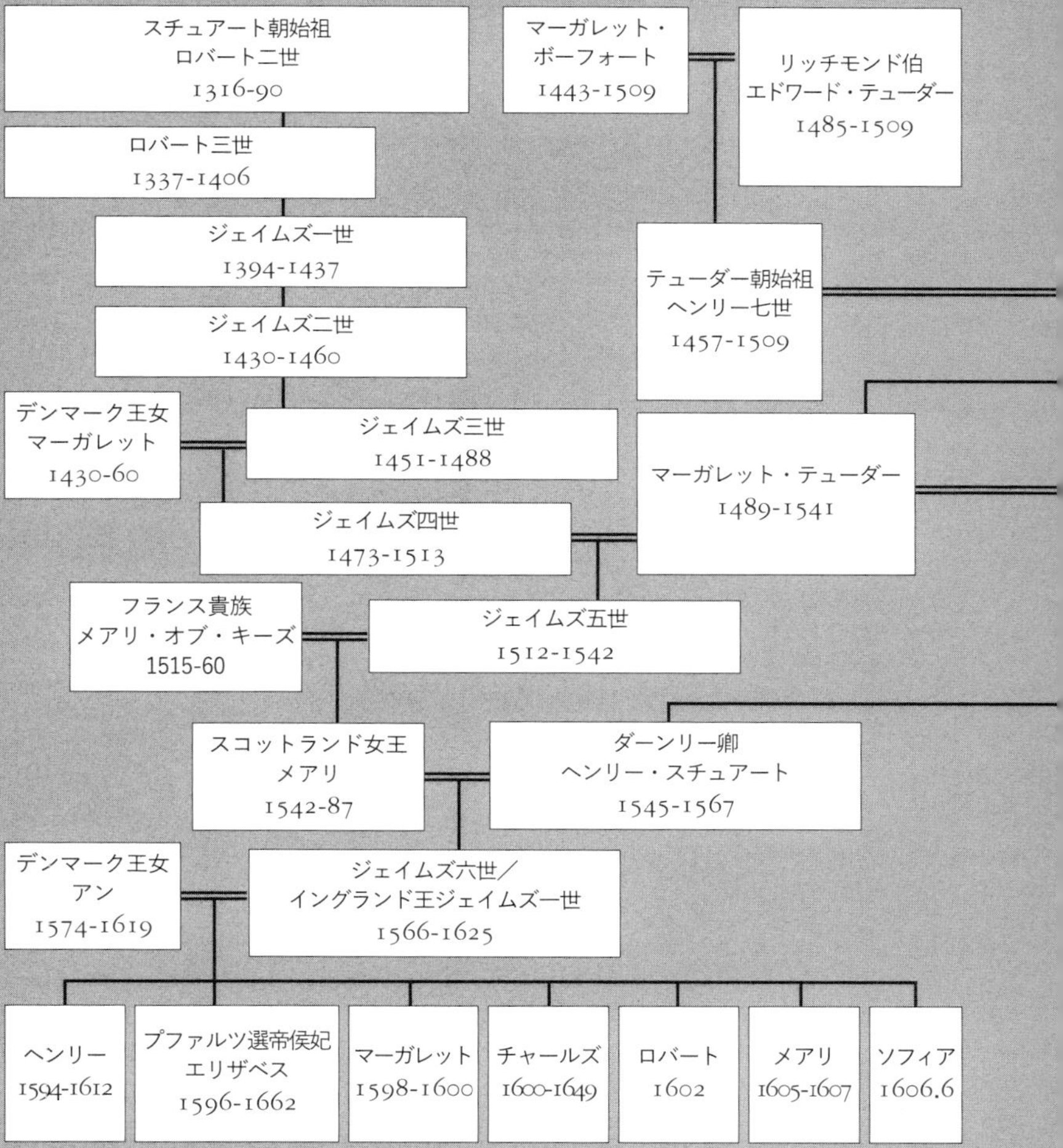

事項索引

ア

曖昧表現（二枚舌） equivocation　28, 209-215, 222-227, 229-234, 236-237, 239, 247-251, 253, 256, 262-266, 280, 283, 290, 293, 344-346, 408, 414, 455-457, 460-461, xxxiv-xxxvii
『曖昧表現論』 *A Treatise of Euivocation*（ガーネット作）222, 231, 237, 264, xxxv-xxxvi
『悪魔学』 *Demonology*（ジェイムズ王著）106, 255
悪魔憑き demonic possession　29, 32, 99, 105-107, 110-116, 121-123, 128, 183, 230, 251, 262, 425, 437, 439-440, xxx
『悪魔の特許状』 *The Devil's Charter*（バーンズ作）328
悪魔祓い exorcisms　111, 114-119, 122, 125, 127, 252, 256, 263, 439, xxxi
『アテネのタイモン』 *Timon of Athens*（シェイクスピア作）22, 304-305, 369, 387, 421, 464, xxvii
『アルカディア』 *Arcadia*（シドニー作）79, 83, 468-469
『アルビオンのイングランド』 *Albion's England*　77
アン王妃一座 Queen Anne's Men　340, 384, 386, 478
『アントニー伝』 *Life of Antony*（プルタルコス作）32, 304-308, 311-312, 314, 317, 321, 328, 338, 362
『アントニーとクレオパトラ』 *Antony and Cleopatra*（グレヴィル作）301-304
『アントニーとクレオパトラ』 *Antony and Cleopatra*（シェイクスピア作）26, 32, 200, 291, 294, 302-306, 309, 313, 327, 338, 348, 353-355, 371, 382-383, 404, 406-409, 412, 414, 424, 430, xxii, xl-xli
『アントニーの悲劇』 *The Tragedy of Antony*（ギャルニエ作）308

イ

イエズス会士 Jesuits　28, 116, 132, 151, 169, 171, 177, 213, 215-218, 222, 228-230, 237, 239, 246, 247, 249, 271, 295, 344-345, 408, 456-457, xxxv
『為政者の鑑』 *The Mirror for Magistrates*　77
『イングランド、スコットランド、アイルランドの年代記』（『年代記』） *The Chronicles of England, Scotland and Ireland*　64, 77, 103, 305, 477

ウ

ヴァージニア Virginia　336, 438, xli
『ヴィーナスとアドーニス』 *Venus and Adonis*（シェイクスピア作）25
『ウィンザーの陽気な女房たち』 *The Merry Wives of Windsor*（シェイクスピア作）24, 46, 300
ウェストミンスター寺院 Westminster Abbey　7, 29, 43, 142, 346, 356-361, 428
『ヴェニスの商人』 *The Merchant of Venice*（シェイクスピア作）24, 46
ウォリックシャー州での蜂起 Warwickshire uprising　27, 150-151, 157, 168-169, 171, 228, 294
『ヴォルポーネ』 *Volpone*（ジョンソン作）48, 101, 261-263, 341, 368, 387, 423, 430, 465, xxxii-xxxiii, xxxvii
ウスター伯一座 Worcester's Men　40, 430, 478

エ

『英詩の技法』 *The Art of English Poesy*（パットナム作）226
疫病 plague　26, 29, 43-45, 53, 60, 100, 102, 120, 130, 365-391, 409, 414, 423, 473, 478-479, xxvii, xxx, xliii-xliv, xlvi
エクィヴォケーション　→　曖昧表現
エセックス伯派 Essex faction　18-19, 197-199, 239, 303
『エドワード二世』 *Edward the Second*（マーロウ作）64
『エピシーン、物言わぬ女』 *Epicoene, or The Silent Woman*（ジョンソン作）368, 474-475

オ

『王からの贈り物（バジリコン・ドロン）』 *Basilikon Doron*（ジェイムズ王著）58, 60, 66, 350
王子一座 Prine's Men　191, 295, 340, 343, 384, 453
王妃祝典少年劇団　→　祝典少年劇団
『お気に召すまま』 *As You Like It*（シェイクスピア作）50-51, 152, 201, 380, 412, 483
『オセロー』 *Othello*（シェイクスピア作）18, 46, 47, 51, 88, 118, 121, 244, 290, 419-420, 483
オックスフォード Oxford　31, 44, 100, 102-105, 107, 110, 342, 384, 425-426, 438, xxx
『お馴染み五人の伊達男』 *Your Five Gallants*（ミドルトン作）366, 472
『終わりよければすべてよし』 *All's Well That Ends Well*（シェイクスピア作）404, 421, 464, 483
『女嫌い』 *The Woman Hater*（ボーモント、フレッチャー作）388, 481

カ

海軍卿一座 Lord Admiral's Men → **海軍大臣一座**
海軍大臣一座 Lord Admiral's Men 40-41, 453, 478
ガウリ記念日 Gowrie Day 182, 345
『ガウリの悲劇』 *The Tragedy of Gowrie*（作者不明） 275, 277-278, 466
『学問の進歩』 *Advancement of Learning*（ベーコン著） 210
カーテン座 Curtain Theatre 40, xliv
カトリック Catholicism 8, 27-28, 100, 111-112, 117, 119, 132, 134-137, 140-141, 144, 148, 151, 155, 157-161, 163, 166-169, 173-174, 176, 181-182, 186-188, 207, 210-213, 215-217, 219-220, 228, 233, 242, 252, 257, 270, 273, 287, 291-298, 344, 357, 389, 395, 424, 428, 441-442, 444, 448, 459-461, 472, 481, xxxii, xxxix
仮面劇 masques 16, 18-19, 22, 26-27, 101, 141, 188-197, 200-207, 326, 341, 350, 352-353, 384, 397, 420, 421, 450-454, 481, xxvi, xxxiii-xxxiv
火薬陰謀事件 Gunpowder Plot (1605) 7-9, 27-28, 140-145, 148, 151, 156, 159, 162-163, 175, 180-181, 183, 190, 192, 197, 211, 213-215, 228, 230, 238, 241-243, 254-257, 260-261, 263, 279, 294, 301, 345, 394-395, 397, 408, 414-415, 443, 444, 449, 462, xxiv, xxxi-xxxiii, xxxvii
『から騒ぎ』 *Much Ado About Nothing*（シェイクスピア作） 24, 50, 51, 290
『カルデーニオ』 *Cardenio* 404, 430, 436

キ

『気質くらべ』 → **『癖者ぞろい』**
『気質なおし』 → **『癖者そろわず』**
祈禱書 The Book of Common Prayer 158
『驚異の年』（デカー著） 44
『教皇派の肖像』 *The Picture of a Papist*（オームロッド作） 260
『兄弟』 *Adelphoe*（テレンティウス作） 65

ク

『癖者ぞろい』 *Every Man in His Humour*（ジョンソン作） 46, 115, 423, 429
『癖者そろわず』 *Every Man Out of His Humour*（ジョンソン作） 46, 428
宮内大臣一座 Lord Chamberlain's Men 36, 40-41, 47-48, 237, 443, 462, 478
『クレオパトラの悲劇』 *The Tragedy of Cleopatra*（ダニエル作） 308, 409, 414
『グレーブズ・エンドからのニュース』 *News from Gravesend*（デカー作） 377
『黒の仮面劇』 *The Masque of Blackness*（ジョンソン作） 189, 353, 451
グローブ座 Globe Theatre 20, 23-24, 26, 34, 40, 42, 45, 47, 54, 71, 76, 93, 100, 172, 190-191, 202-203, 258, 261, 263, 267, 276, 290, 327-328, 339, 355, 360, 366, 408-409, 412, 414, 462, 464, 466, 480, 483
クロプトン・ハウス Clopton House 155, 157, 163, 166

ケ

劇場閉鎖 closure of playhouses 366, 367, 383, 385, 477, xliv
『けしからん文書への返答』 *An Answer to Certain Scandalous Papers*（ソールズベリー伯著） 231
『血縁の二公子』 → **『二人の貴公子』**
検閲 censorship 28, 181, 192, 227, 244, 277, 289, 340, 384, 399, xxiv, xxxviii

コ

『恋の骨折り損』 *Love's Labour's Lost*（シェイクスピア作） 22, 46-47, 300, 304, 420, 430, 482
『恋の骨折り甲斐』 *Love's Labour's Won*（シェイクスピア作？、消失） 300
国王一座 King's Men 14, 16, 24, 29, 30, 32, 42, 43, 44, 45-47, 68, 100, 159, 186, 190, 192, 258, 277-278, 285, 328, 339-340, 342, 366, 383-384, 387-388, 396, 397, 414, 419, 422-423, 427, 430, 464-466, 473, 475-476, 480-481, xxvii-xxviii
『国王陛下の命を狙ったガウリ伯の陰謀』 *The Earl of Gowrie's Conspiracy against the King's Majesty*（小冊子） 275
国教忌避者（リクーザント） 28, 148, 150, 159, 160, 168-169, 212, 216, 217, 230, 261, 291-294, 296
『コリオレイナス』 *Coriolanus*（シェイクスピア作） 291, 389, 404, 430, 483

サ

『再統合されたブリタニアの勝利』（パジェント） 66
サセックス伯一座 Lord Sussex's Men 36
サマセット・ハウス Somerset House 339, 473

シ

シアター座 The Theatre 40
『強いられた結婚の悲惨』 *The Miseries of Enforced Marriage*（ウィルキンズ作） 381
ジェイムズタウン Jamestown 29, 336, 473, xli
『失楽園』 *Paradise Lost*（ミルトン作） 183
『シドニー伝』 *Life of Sidney*（グレヴィル作） 302, 304
『尺には尺を』 *Measure for Measure*（シェイクスピア作） 22, 25, 46, 296, 420-421, 464, 483
『十二女神のヴィジョン』 *Vision of the Twelve Goddesses*（ダニエル作） 189, 450-451
『十二夜』 *Twelfth Night*（シェイクスピア作） 50, 93, 114, 483

祝典少年劇団 Children of the (Queen's) Revels　289, 384-386, 437, 473, 474, 481, xliv
『ジュリアス・シーザー』 *Julius Caesar*（シェイクスピア作）39, 121, 300-304, 307, 309, 314, 412, 431, 483, xxxix
女王一座 The Queen's Men　36-38, 47, 95, 407, 431, xxvii
『女王の仮面劇』 *The Masque of Queens*（ジョンソン作）326
書籍出版業組合登録 Stationers' Register　37, 39, 78, 396, 407-408, 412, 414, 437, 463, 480, 483
『ジョン王』 *King John*（シェイクスピア作）37-39, 482
『ジョン王の乱世』 *The Troublesome Reign of King John*（作者不明）37
『シンベリン』 *Cymbeline*（シェイクスピア作）404, 430, 434, 435, 481, xlv

ス

枢密院 Privy Council　41, 100, 111, 137-140, 143, 150-151, 153, 160, 175, 211, 229, 270, 278, 366, 367, 371-372, 447, 479, xxv
ストラットフォード・アポン・エイヴォン Stratford-upon-Avon　26, 37, 39, 100, 116, 148, 150, 153-155, 157-158, 161, 163, 166, 204, 263, 294-295, 297, 301, 309, 376, 404, 424, 427, 441, 469, 470, 478, xxi, xxxix
『スペインの悲劇』 *The Spanish Tragedy*（キッド作）77, 436, 474, xxx
『スペインの迷路』 *The Spanish Maze*（作者不明）46
スワン座 Swan Theatre　20, 40

セ

星室庁（星室裁判所） Star Chamber　29, 111-112, 230, 425
聖オラーヴ教会（教区） St Olave's Church (Parish) 34, 296, 369, 376, 378, 380, 382, 476, 478
セント・オラーヴ　→　聖オラーヴ
セント・ポール大聖堂 St. Paul's Church　34, 142-144, 174, 177-178, 223, 236, 256, 260, 285, 369, 373
セント・ポール少年劇団 Paul's Boys (Children of Paul's) 340, 343, 385-386, 388, 473, 478, 479

タ

『タイタス・アンドロニカス』 *Titus Andronicus*（シェイクスピア作）39, 77, 300, 431
『ダレル氏の本への返答』 *Answer to... Master Darrell His Books*（ディーコンとウォーカー共著）255

チ

忠誠宣誓 Oath of Allegiance　293, 424, xxix

ツ

吊るし責め strappado 262, 465
『つんとした淑女』 *The Scornful Lady*（フレッチャー作）369, 476

テ

『テンペスト』 *The Tempest*（シェイクスピア作）202-204, 206, 337, 404, 430, 454, 483, xxxiv, xlv

ト

『途轍もない教皇派のまやかしに関する報告』 *A Declaration of Egregious Popish Impostures*（ハースネット著）111-113, 117-118, 125-126, 251, 413
『トロイラスとクレシダ』 *Troilus and Cressida*（シェイクスピア作）25, 50

ナ

『内乱』 *Pharsalia*（ルカヌス作）307
『夏の夜の夢』 *A Midsummer Night's Dream*（シェイクスピア作）24, 90, 341

ニ

日食 eclipses　108-109, 413, 438
二枚舌　→　曖昧表現

ネ

『年代記』→『イングランド、スコットランド、アイルランドの年代記』

ノ

ノーブルック Norbrook　148, 150, 153, 157, 163, 169, 444, 448

ハ

『馬鹿の島』 *The Isle of Gulls*（デイ作）289, 291, 386, 468, xxix, xxxviii
『博物誌』 *Naturalia Historia*（プリニウス作）307
『バジリコン・ドロン』→『王からの贈り物』
バビントン（陰謀）事件 Babington Plot　217, 459-460
『ハムレット』 *Hamlet*（シェイクスピア作）22, 24, 38-39, 50-51, 121, 181, 303-304, 313, 342, 385, 388, 412, 437, 460, 464, 472
ハンプトン・コート（宮殿） Hampton Court　32, 44, 189, 286, 343, 346, 424, 427, 450, 468, xxvi
ハンプトン・コート会議 Hampton Court Conferences 29, 182, 284, 424, 468, xxiv, xxxviii

ヒ

『東行きだよぉ』 *Eastward Ho!*（チャップマン、ジョンソン、マーストン合作）102, 192, 386-387, 413, 437, 467, 468
『ヒュメナイオスの仮面劇』 *Hymenaei*（ジョンソン作）185-207, 397, 450, 451-452, 454, xxxiii-xxxiv

フ

フォーチュン座 Fortune Theatre　40, 453
『フィロータス』（ダニエル作）386, 468, 479
『復讐者の悲劇』 *The Revenger's Tragedy*（ミドルトン作）49, 360, 387, 464, 481
『二人の貴公子』 *The Two Noble Kinsmen*（シェイクスピア作）404, 430, 436
『冬物語』→『冬の夜話』
『冬の夜話』 *The Winter's Tale*（シェイクスピア作）404, 430, 483
ブラックフライアーズ（室内）劇場　Blackfriars Theatre 40, 202, 203, 289, 384-388, 414, 437, 468, 476, 479
『ブルータス王の長男ロクラインの嘆かわしい悲劇』 *The Lamentable Tragedy of Locrine, the Eldest Son of King Brutus*（作者不明）59, 431-432

ヘ

『ペリクリーズ』 *Pericles*（シェイクスピア作）291, 381, 404, 408, 430
『ヘンリー五世』 *Henry V*（シェイクスピア作）19, 24, 37-39, 46, 64, 172, 300, 358, 412, 470
『ヘンリー五世の有名な勝利』 *The Famous Victories of Henry V*（作者不明）37-38
『ヘンリー八世』 *Henry VIII*（シェイクスピア、フレッチャー共作）181, 351, 404, 430, 433-434, 483
『ヘンリー四世』 *Henry IV*（シェイクスピア作）24, 38, 39, 154, 300, 465, 470
『ヘンリー六世』 *Henry VI*（シェイクスピア作）24, 39, 223-225, 227, 300-301, 431, 460, 483, xxxvi

ホ

ボアズ・ヘッド亭 Boar's Head Inn　384, xliv

マ

『マクベス』 *Macbeth*（シェイクスピア作）8, 26, 28, 29, 32, 53, 103, 121, 145, 180, 207, 210, 211, 224-225, 244-246, 248, 251, 257-260, 263, 266, 267, 274-275, 279-280, 286, 288, 291, 294, 305-306, 313, 343, 346, 360, 370, 404, 406-408, 412, 414, 415, 424, 430, 455, 463-465, xxii, xxvi, xxviii-xxix, xxxiii, xxxvi-xxxvii
『魔女』 *The Witch*（ミドルトン作）258, 464
『まちがいの喜劇』 *The Comedy of Errors*（シェイクスピア作）46, 114, 483

ヤ

役者の罵声禁止令 Act to Restrain the Abuses of Players 288, 291, xxxix

ユ

ユナイト（硬貨）'the Unite' coin　57, 59
ユニオン・ジャック Union Jack　29, 336, 337, xli

ヨ

『妖精女王』 *The Faerie Queene*（スペンサー作）77, 477
『ヨークシャーの悲劇』 *A Yorkshire Tragedy*（ミドルトン作）387, 480

ラ

『ラム路地』 *Ram Alley*（バリー作）367, 473-474

リ

『リア王』 *King Lear*（シェイクスピア作）9, 12, 26, 29, 32, 47, 50-52, 66-68, 70-71, 73, 75-97, 109, 113-114, 118-121, 127-128, 130, 137, 145, 180-181, 183, 245-246, 251, 260, 288, 291, 293, 377, 393, 396-399, 401, 403-408, 412-413, 417, 424, 430, 433-434, 438, 463, 477, 483, xxii, xxvii, xxix-xxxi, xlv
『リチャード三世』 *Richard III*（シェイクスピア作）24, 38-39, 88, 300
『リチャード三世の真の悲劇』 *The True Tragedy of Richard the Third*（作者不明）37, 38
『リチャード二世』 *Richard II*（シェイクスピア作）24, 39, 62, 69, 237, 300, 303

レ

『レア王』 *King Leir*（作者不明）33, 76-97, 311, 378, 400, 403, 407, 413, 483, xxvii, xxix

ロ

『ロクラインの悲劇』→『ブルータス王の長男ロクラインの嘆かわしい悲劇』
ローズ座 Rose Theatre　20, 36, 40, 478
『ロミオとジュリエット』 *Romeo and Juliet*（シェイクスピア作）24, 90, 188, 300, 429, 435
『ローマ戦争』 *The Roman War*（アピアノス作）306
ロンドン塔 The Tower of London　20, 43, 132, 138, 171, 176, 192, 206, 211, 217, 229, 232, 233, 270, 287, 303, 425, 455

人名索引事典

原著の索引に訳者が説明を書き加え、簡易な人名事典とした。

ア

アーシャド、ヤスミン Yasmin Arshad (1975 –) ロンドン大学英文科博士号取得候補生時代の 2013 年に「肖像画の謎――アン・クリフォード夫人とダニエルのクレオパトラ」を発表。327

アーシュリー、サー・ジョン → アストリー、サー・ジョン

アストリー、サー・ジョン Sir John Astley (Ashley) (? – 13 Jan. 1641) 1614 年より下院議員。1622 年ジョージ・バックの後任として祝典局長となるが、1623 年にヘンリー・ハーバートに権利を譲渡する。xxxiv

アスピノル、アレグザンダー Alexander Aspinall (*c.*1546 –1624) 1582 年よりストラットフォードの学校教師。シェイクスピアは習わなかった。154, 163

アーデン、エドワード Edward Arden (*c.*1542 – 1583) シェイクスピアの母メアリ・アーデンのまたいとこウィリアム・アーデンの息子。娘婿ジョン・サマヴィルの謀叛の咎を受け、処刑。8, 116, 162, 441, 461, 483(系図), 489(系図)

アーデン、メアリ Mary Arden (*c.*1537 –1608) シェイクスピアの母。ウォリックシャー州の名家の分家出身。1557 年にジョン・シェイクスピアと結婚、ジョーン (1558)、マーガレット (1562–63)、ウィリアム (1564–1616)、ギルバート (1566–1612)、ジョーン (1569–1646)、アン (1571–79)、リチャード (1574–1613)、エドマンド (1580–1607) を産む。8, 295, 441, 461, 484(系図)

アピアノス Appian (生没年不詳) 2 世紀のギリシャ人。主著『ローマ史』(全 24 巻)。306

アーミン、ロバート Robert Armin (*c.*1568 – Nov. 1615) ケンプの後任の道化役者として宮内大臣一座に参加。50-51, 245, 429, xxviii

アランデル伯爵トマス・ハワード Thomas Howard, 21st Earl of Arundel (7 July 1586 – 4 Oct. 1646) 父の第 20 代アランデル伯爵フィリップ・ハワードが大逆罪で獄死したのち、1604 年に爵位を回復した。1616 年枢密顧問官。xxxiv

アランソン公爵 Duc d'Alençon (18 March 1555 – 10 June 1584) フランス王アンリ二世と妃キャサリンの末子フランシス。24 歳のとき 46 歳のエリザベス女王との縁談が持ち上がったが、本人がカトリックであったことやイングランドがフランスに統合される可能性などから反対された。16, 419

アレン、エドワード Edward Alleyn (1 Sept. 1566 – 25 Nov. 1626) 海軍大臣一座の看板役者。愛称ネッド。興行師フィリップ・ヘンズロウが義父。52

アン王妃 Queen Anne (12 Dec. 1574 – 2 March 1619) ジェイムズ王の妃。デンマーク王フレデリック二世の次女。16, 47, 102, 106, 135, 148, 149, 155, 176, 187, 189, 270, 287, 289, 332, 334, 338, 340, 346, 348, 386, 406, 450-451, 473, 495(系図)

アンドルーズ、ランスロット Lancelot Andrewes (1555 – 25 Sept. 1626) ウィンチェスター主教。ジェイムズ王の欽定訳聖書の監修をした。255, 278-279, 285, 344-346, 394-396, 482, xxv, xxxvii-xxxiii, xlii-xliv

ウ

ヴァヴァソー、ジョージ George Vavasour (*c.*1548 – ?) ヨークシャー州ヘイゼルウッド生まれ。騎士ウィリアム・ヴァヴァソーの六男。211-212, 457

ヴァーチュー、ジョージ George Vertue (1684 – 24 July 1756) 好事家、彫刻師。テューダー朝時代を描く版画を多く制作した。360

ヴァーニー、リチャード Richard Verney (1563 – 7 Aug. 1630) 地主。政治家。1582 年に法学院グレイズ・インに入学、同年 10 月 29 日に州副知事サー・フルク・グレヴィルの娘マーガレットと結婚。1590 年から翌年までと 1604 から翌年までウォリックシャー州知事を務めていたので、シェイクスピアが一方的に知っていた可能性は否定できない。1603 年騎士に叙任。153-154, 156, 160

ウィリアムズ、サラ Sara Williams (1570 – ?) 悪魔憑きの症状を見せた少女。120

ウィリアムズ、フリズウッド Friswood Williams (1584 – ?) バッキンガムシャー州デナム在住の少女。悪魔憑きの症状を見せた。112, 252-253

ウィルキンズ、ジョージ George Wilkins (*c.*1576 – 1618) 劇作家。宿屋経営者。『ペリクリーズ』の共作者。ほかにデカーらとの『強いられた結婚の悲惨』の劇作がある。381, 404, 430

ウィルソン、アーサー Arthur Wilson (Dec. 1595 – 1652) 劇作家、歴史家、詩人。『心変わりの淑女』などの劇作のほか、『英国史、ジェイムズ一世王治世

下の暮らし』の著作で知られる。196, 273, 283
ウィルソン、ロバート Robert Wilson (*fl.*1605)　クロプトン・ハウスの留守番役。155, 156
ウィロビー卿 Robert Bertie, Lord Willoughby de Eresby (16 Dec. 1582 – 24 Oct. 1642)　母は第16代オックスフォード伯爵の娘メアリ・ド・ヴィア。1597年に騎士に叙任され、1601年に第14代ウィロビー・ドゥ・アーズビー男爵となり、『ヒュメナイオスの仮面劇』で踊り、槍試合をした。1626年にはリンゼー伯となり、1636年には海軍大臣。1642年、国王軍将軍としてエッジヒルで戦傷を負った。xxxiv
ウィンザー卿ヘンリー・ウィンザー Henry Windsor, 5th Lord Windsor (10 Aug. 1562 – 6 April 1605)　第3代ウィンザー男爵エドワード・ウィンザーと第16代オックスフォード伯ジョン・ド・ヴィアの娘キャサリン・ド・ヴィアの次男。170
ウィンター、エリザベス Elizabeth Winter (1546 – ?)　キャサリン・スロックモートンとロバート・ウィンターの長女。トマス・ブッシェルの妻。ロバートとトマス・ウィンターの叔母。162, 488(系図)
ウィンター、トマス Thomas Winter (1572 – 30 Jan. 1606)　サー・ジョージ・スロックモートンの曾孫。ジョージ・ウィンターとジェイン・イングルビィの次男。兄ロバートとともに火薬陰謀事件に関与。101, 140, 156, 162, 167, 176-178, 442, 444, 446-448, 488(系図)
ウィンター、ロバート Robert Winter (1568 – 30 Jan. 1606)　サー・ジョージ・スロックモートンの曾孫。ジョージ・ウィンターとジェイン・イングルビィの長男。弟トマスとともに火薬陰謀事件に関与。妹ドロシーの夫にジョン・グラント。155, 162, 165-166, 171, 175-177, 230, 443, 446-448, 488(系図)
ウェストン、ウィリアム William Weston (*c.*1550 – 9 June 1615)　イエズス会士。エドモンズやハントなどの偽名も用いた。パリ、ドゥエー、ローマ、スペインを巡った末、1584年9月にイングランドに帰国。カトリックのアランデル伯フィリップ・エドワードに保護された。ウェストンの悪魔祓いにより、悪魔憑きとなった者の皮膚の下で悪魔が魚のようにのたうつのが目撃されたという。ウェストンが祓ったとされる悪魔の名前モデュは『リア王』で用いられている。その後投獄され、1599年ロンドン塔で失明し、1603年国外追放された。116, 216, 441
ウェルギリウス Virgil (BC 70 – BC19)　古代ローマの詩人。代表作に『牧歌』『アエネーイス』307
ウェルダン、アンソニー Anthony Weldon (1583 – 1648)　ジェイムズ王朝の宮廷から追放された政治家。ジェイムズ王は「キリスト教圏で最も賢い阿呆」と断じた『ジェイムズ一世王の宮廷と人物像』(1650)の著者であろうと目される。31
ウォーカー、ジョン John Walker ピューリタン説教師。ジョン・ディーコンとともに教皇派を批判する『ダレル氏の本への返答』を執筆。255, xxxvii
ウォルシンガム、サー・フランシス Sir Francis Walsingham (*c.*1532 – 6 April 90)　エリザベス女王時代の国王秘書長官、秘密警察長官。460-461
ウォルシンガム、フランセス Frances Walsingham (1567 – 17 Feb. 1633)　エリザベス女王時代の秘密警察長官ウォルシンガムの娘。詩人・宮廷人のサー・フィリップ・シドニーに6歳で嫁ぐが、夫が1586年に戦死すると、1590年に第2代エセックス伯ロバート・デヴァルーと結婚し、6人の子を儲ける。1601年に夫が処刑されると、1603年に第4代クランリカード伯リチャード・バークと結婚してアイルランドへ移住。490(系図), 492(系図), xxxiv
ウォルデン卿 Lord Theophilus Howard Walden (13 Aug. 1584 – 3 June 1640)　初代サフォーク伯トマスの長男。1626年に第2代サフォーク伯となる。『ヒュメナイオスの仮面劇』と『ハディントン仮面劇』で踊り、1606年の槍試合と1614年のサマセット伯の結婚式で槍を振るった。xxxiv
ウスター伯爵 4th Earl of Worcester (*c.*1550 – 3 March 1628)　第4代ウスター伯エドワード・サマセット。ジェイムズ王の重要な顧問役。133, xxxiv

エ

エヴァンズ、ヘンリー Henry Evans (*c.*1543 – after 1612)　ウェールズ人代書人。演劇プロデューサー。少年劇団を組織した。386, 479
エセックス伯爵（第2代）ロバート・デヴァルー 2nd Earl of Essex, Robert Devereux (10 Nov. 1566 – 25 Feb. 1601)　エリザベス女王の寵臣。ケンブリッジ大卒。1585年にレスター伯に従ってネーデルランドに遠征。帰国後シドニーの寡婦フィリップ・フランセスと結婚。クーデターを起こして失敗し、処刑された経緯についてはプロローグ訳注6参照。11, 18-19, 132, 143, 150, 151, 172, 188, 197-199, 211, 237, 239, 302-304, 355, 420, 429, 449, 450, 454, 462, 479, 487(系図), 490(系図), xxxiv
エセックス伯爵（第3代）ロバート・デヴァルー 3rd Earl of Essex, Robert Devereux (11 Jan. 1591 –14 Sept. 1646)　前項の第2代エセックス伯とフランセス(旧姓ウォルシンガム)の息子。イートン校在学中の1604年4月に議会の議決により、父の爵位を

回復。オックスフォード大卒。1606 年に初代サフォーク伯トマス・ハワードの娘フランセスと最初の結婚をするが、1613 年に離婚。1631 年にサー・ウィリアム・ポーレットの娘エリザベスと再婚。1641 年に枢密顧問官。ピューリタン革命時に議会軍総司令官。11, 19, 188, 195-197, 206, 452, 454, 490(系図)

エドモンズ、サー・トマス Sir Thomas Edmondes (1563 – 20 Sept. 1639) 外交官。フランス大使を長く務めた。173、468, 482, xxxii, xxxviii, xxxix

エドワード三世 Edward III (13 Nov. 1312 – 21 June 1377) プランタジネット朝のイングランド王 (在位 1327- 77)。エドワード二世の子。1348 年にガーター騎士団を創設し、軍事面のみならず政治経済にも手腕を発揮して名君の誉れが高い。フランス王位継承を主張し、1337 年に百年戦争を始めた。長男のエドワード黒太子を 1376 年に失い、没後はその長男のリチャード二世が王位を継いだ。358, 436

エドワード二世 Edward II (25 April 1284 – 21 Sept. 1327) プランタジネット朝のイングランド王 (在位 1307- 27)。ギャヴィストンら寵臣に政治を牛耳られ、失脚し、監禁中に惨殺された。クリストファー・マーロウが戯曲に描いている。64, 358

エフィンガム卿チャールズ・ハワード Charles Howard Lord Effingham (1536 – 14 Dec. 1624) 初代ノッティンガム伯爵。第二代エフィンガム男爵。1585-1619 年に海軍大臣。スペイン艦隊アルマダ打破に功績があった。198, 491(系図)

エリザベス一世(女王) Queen Elizabeth I (7 Sept. 1533 – 3 April 1603) テューダー朝最後の君主。ヘンリー八世と第二の妃アン・ブーリンの娘。異母姉メアリ一世の跡を継いで王位に就いた。在位 1558 –1603 年。その治世下でエリザベス朝文化が生まれた。16-18, 29, 39-40, 45-46, 58, 158, 178, 190-191, 193, 200, 207, 215-217, 221, 237, 280, 288, 302-304, 328, 331, 335, 345, 349, 351, 355-362, 405, 419, 429, 441, 444, 459-460, 462, 490(系図), 494(系図), xxxiv, xlii-xliii

エリザベス王女 Princess Elizabeth (19 Aug. 1596 – 13 Feb. 1662) ジェイムズ王の長女。ボヘミアのエリザベスとも。148, 150, 153, 166, 168, 395, 438

オ

オーヴァベリー、サー・トマス Sir Thomas Overbury (1581 – 14 Sept. 1613) 詩人。オックスフォード大卒。代表作に「妻」を含む『人物描写』。1601 年頃ダンバー伯の小姓だったロバート・カーと知り合い、親友となる。第 8 章訳注 12 参照。206, 267, 454-455, 465

オーウェン、ニコラス Nicholas Owen (*c.*1562 – 2 March 1606) イエズス会士。エドマンド・キャンピオンやヘンリー・ガーネットに仕え、逮捕、拷問、処刑された。229-230

オークス、ニコラス Nicholas Okes (? – 1645) 印刷業者。シェイクスピアの『ルークリースの凌辱』第５版 (1607) や『リア王』初版 (1608) などを印刷。398

オームロッド、オリヴァー Oliver Ormerod 牧師。『教皇派の肖像』の著者。260-261

オールドコーン、エドワード Edward Oldcorne (1561– 7 April 1606) イエズス会士。火薬陰謀事件後、計画を知っていたのに隠していたとしてガーネットと共に逮捕、拷問、処刑された。229, 230, 232

オーブリー、ジョン John Aubrey (1626 – 97) 伝記作家。主著に『名士列伝』(1813)。161, 178, 259

カ

カー、ロバート Robert Carr (*c.*1587 – 17 July 1645) 初代サマセット伯。ジェイムズ王の寵臣。206, 454, 455, 469, 490(系図)

ガイ・フォークス → フォークス

カヴァヤル・イ・メンドーザ、ルイーザ・ドゥ Carvajal y Mendoza, Luisa de (2 Jan. 1566 – 2 Jan. 1614) スペイン貴族。火薬陰謀事件直後にカトリック布教のため来英して逮捕。246, 285, 292, 368, xxxix

カウリー、リチャード Richard Cowley (? – 1619) 宮内大臣一座 (国王一座) の役者。『から騒ぎ』でケンプ演じるドグベリーの相手役ヴァージズを演じた。52

ガウリ伯爵(第３代) ジョン・ルースベン 3rd Eral of Gowrie, John Ruthven (*c.*1577 – 5 Aug. 1600) スコットランド人貴族。182, 275-279, 344-346, 466, xxxiv, xxxviii, xlii

カトリーヌ・ド・ヴァロワ → キャサリン・オヴ・ヴァロワ

ガーネット、ヘンリー Henry Garnet (1555 – 3 May 1606) イエズス会士。ケイツビーの爆破計画を告解により知り、通報しなかったために謀叛人として裁かれる。罪を逃れるための曖昧表現を是とした。169, 209, 216, 219, 222, 228-237, 243-244, 246-248, 256, 260, 262, 267, 283, 414, 457, xxxv-xxxvii

カルー卿 Sir George Carew (29 May 1555 – 27 March 1629) エリザベス女王にもジェイムズ王にも気に入られた政治家。1586 年に騎士に叙されてからはサー・ジョージ・カルーと呼ばれ、1605 年に男爵の爵位を得てから 1626 年に初代トトネス伯爵となるまでのあいだはカルー卿(Lord Carew) と呼ばれた。

エリザベス女王のもとではアイルランド遠征などに活躍し、女王やその右腕ウィリアム・セシル、その息子ロバート・セシルに気に入られ、ジェイムズ王にも寵愛された。クロプトン・ハウスは、クロプトン家の遺産相続者であるジョイス・クロプトンとの結婚により、カルー家の屋敷となった。155-156
カールトン、ダドリー Dudley Carleton (10 Oct. 1573 – 15 Feb. 1632) 初代ドチェスター侯爵。1628 〜 32 年国務大臣 。190, 196-197, 234, 346, 348, 391
ガンター、アン Anne Gunter (*c.*1584 –1623)　バークシャー州ノース・モートン在住の少女。悪魔憑きの症状を見せた。104-112, 133, 230, 262, 425-426, xxx

キ

キーズ、ロバート Robert Keyes (*c.*1565 – 31 Jan. 1606)　火薬陰謀事件に参加した六人目。北ダービーシャー州の教区牧師の息子。金に困っていた。ロンドンのランベスにあるロバート・ケイツビーの自宅に保管した爆発物を管理する係。事件発覚後ロンドンから逃げたが、逮捕された。140, 171, 176, 178, 442, 443, 448
キッド、トマス　Kyd, Thomas (bapt. 6 Nov. 1588 – 15 Aug. 94)　劇作家。代表作は『スペインの悲劇』。マーロウと同居しており、マーロウ逮捕の際の拷問がもとで死亡。77, 436
ギャルニエ、ロベール Robert Garnier (1544 – 90)　フランス人詩人、劇作家。その『アントニーの悲劇』はペンブルック伯爵夫人に英訳された。308
キャサリン・オヴ・ヴァロワ Catherine of Valois (27 Oct. 1401 – 3 Jan. 1437)　フランス名はカトリーヌ・ド・ヴァロワ。フランス王シャルル六世の末娘。ヘンリー五世の王妃となり、1421 年王子（後のヘンリー六世）を出産。夫の死後、秘書官オウエン・テューダーと通じ、エドマンドら三男一女を儲け、エドマンドの長男が後にヘンリー七世となる。359
キャンピオン、エドマンド Edmund Campion (24 Jan. 1540 – 1 Dec. 1581)　イエズス会司祭。ロンドン生まれ。オックスフォード大に進学、特別研究員となり、公開討論でエリザベス女王を感心させた。その後ドゥエーにてカトリックに改宗し、1580 年からイングランドで伝道開始。1581 年に逮捕、拷問、処刑された。252, 456
キング、ジョン John King (? – 30 March 1621)　1611-21 年にロンドン主教。285
キング、ヘンリー Henry King (1592 – 30 Sept. 1669)　詩人。チチェスター主教。ジョン・ダン、ベン・ジョンソンの友人。342

ク

クイニー、エイドリアン Adrian Quiney (1586 – 1617)　シェイクスピアの娘ジューディスの夫トマス・クイニーの３つ上の兄。162, 446, 488（系図）
クイニー、リチャード Richard Quiney (1557 – 31 May 1602)　ストラットフォード・アポン・エイヴォンの参事会員と町長を務めた。町への税金免除と援助金の支給増額を求める嘆願にロンドンに出てきた際、4 か月も滞在を余儀なくされて借金を抱え、1598 年 10 月 25 日、ロンドン在住のシェイクスピア宛てに 30 ポンドの援助を願う手紙を書いた。前項の父親。446, 447, 488（系図）
クイニー夫人 Mrs. Elizabeth Quiney (1565 – 15 Oct. 1632) 前項の妻。その三男トマス（葡萄酒商人）は、1616 年 2 月 10 日、シェイクスピアの次女ジューディスと結婚した。154-155, 163
グウィン、マシュー Matthew Gwinne (1558 – 1627)　医師。ジェイムズ王に自作の劇を見せた。103
クック、アレグザンダー Alexander Cooke (? – 1614)　国王一座の役者。第 1 章訳注 10 参照。52, 430
クック、サー・エドワード Sir Edward Coke (1 Feb. 1552 – 3 Sept. 1634)　司法長官。第 7 章訳注 5 参照。142, 176, 181, 211-215, 220-222, 231-234, 237-239, 266, 416, 448, 449, 455, xxxvi
グッドマン、主教ゴッドフリー Bishop Godfrey Goodman (28 Feb. 1582/3 – 19 Jan. 1656)　アン王妃のチャプレン。362, xliii
クーム、ウィリアム William Combe (June 1551 – 1610)　甥のジョン・クームと一緒にオールド・ストラットフォードの土地 107 エーカーをシェイクスピアに売却した資産家。1610 年 9 月に遺言執行者として、リチャード・ヴァーニー、ジョン・フェラーズ、デイヴィッド・ウィリアムズの３人を指名。甥のジョン・クームは遺言でシェイクスピアに 5 ポンドを贈っている。ジョンの弟のトマス・クームは 1605 年にシェイクスピアが購入した十分の一税徴収権の共同権利者であり、その権利を相続した長男ウィリアム・クーム（1586-1667）は――賃貸料納入を怠り、シェイクスピアに 1611 年に追訴された人物でもあるが―― 1615 年にウォリックシャー州知事を務めた。シェイクスピアはその弟トマス・クーム（1589–1657）に遺言で剣を贈っている。153
グラント、ジョン John Grant (*c.*1570 – 30 Jan. 1606)　火薬陰謀事件の共謀者。第 6 章訳注 1 参照。140, 148, 150, 153, 155-156, 160, 166-167, 170, 176-178, 442-444, 448, 488（系図）
クリスチャン４世、デンマーク王 Christian IV, King of Denmark (12 April 1577 – 28 Feb. 1648、在位 1588 – 1648)　アン王妃の弟。332-335, 338-348, 353-355,

358-360, 408, 471-472, xxvi, xli-xlii
クリフォード、アン Lady Anne Clifford (30 Jan. 1590 – 22 March 1676)　文学の擁護者。15 歳で男爵位を継ぐ。299, 326-329, xl
グリーン、トマス Thomas Greene (1573 – 1612)　アン王妃一座の道化役者。384
グリーン、ロバート Robert Greene (bapt. 11 July 1558 – 3 Sept. 1592)　劇作家。小冊子作家。1583 年にケンブリッジ大学より修士号取得。マーロウと交友があり、T・ナッシュを弟子のように可愛がった。劇作には『怒れるオーランドー』『修道士ベイコンと修道士バンゲイ』『ジェイムズ四世のスコットランド物語』など。小冊子『グリーンの三文の知恵』(1592) に「成り上がり者のカラスが我こそはシェイク・シーンだと自惚れている」と記したことで有名。432
グレイ、サー・ジョン Sir John Grey (? –1611)　宮廷人。エセックス伯の叛乱時に逮捕者の保護監督を任された。198
グレイ、ジェイン Lady Jane Grey (*c.*1537 – 12 Feb. 1554)　夏目漱石の『倫敦塔』に描かれた九日間の女王。232
クレイトン、フランシス Francis Clayton (*fl.*1600)　アイルランド戦役の功労で日給２シリングの年金を得ていたが、芝居に２シリング、珍獣見世物に 12 ペンスの課税を要求した。42, xxvii
グレヴィル、サー・フルク Sir Fulke Greville (1536 – 15 Nov. 1606)　ウォリックシャー州知事。第四代ウィロビー・ド・ブルック卿。ビーチャム・コート在住。娘マーガレットはサー・リチャード・ヴァーニーに嫁いだ。次項の父。153, 155, 163, 301, 445
グレヴィル、サー・フルク Sir Fulke Greville (3 Oct. 1554 – 30 Sept. 1621)　前項の息子。劇作家・詩人。ウォリックシャー州ビーチャム・コートに生まれる。前項のフルク・グレヴィルの息子。シュリューズベリー校時代から詩人サー・フィリップ・シドニーの学友にして親友。ケンブリッジ大卒。エリザベス女王の寵臣として顕職につき、1604 年にはエイヴォン川に面したウォリック城をジェイムズ王より与えられている。初代ブルック男爵。フランシス・ベーコンとも交友が厚く、G・ブルーノの滞在中は終始面倒を見た。ウォリック城で召し使いに刺されて奇妙な死を遂げた。『シドニー伝』(1652) の著者として知られるが、ソネット集『シーリカ』(1633)、悲劇『ムスタファ』(1596 頃)、『アラーハム』(1600 頃) などを執筆。153, 301-304, 308, 354, 445-446, 470
クロムウェル、サー・オリヴァー Sir Oliver Cromwell (*c.*1562 – 28 Aug. 1655) イングランド共和国初代護国卿のオリヴァー・クロムウェルの伯父。198, 454

ケ

ケアリー、サー・ジョージ Sir George Carey, 2nd Baron Hunsdon (1547 – 9 Sept. 1603)　第 2 代ハンズドン卿（男爵）。父である初代ハンズドン卿ヘンリー・ケアリー (1526-96) はエリザベス女王のいとこで 1585–96 年宮内大臣。父の跡を継いで 1596 年宮内大臣一座のパトロンとなったときはまだ宮内大臣ではなかったので、劇団は一時ハンズドン卿一座と呼ばれた。1597–1603 年宮内大臣となって、シェイクスピアの劇団のパトロンを続けた。一人娘エリザベスはバークレー卿夫人となる。40-41, 43, xxxiv
ケアリー、サー・ロバート Sir Robert Carey (*c.*1560 – 12 April 1639)　初代ハンズドン卿の末子。初代モンマス伯。43
ゲアリー、サミュエル Samuel Garey (1582/3 – 1646)　ノーフォーク州の説教師。177
ケイツビー、ロバート Robert Catesby (1573 – 18 Nov. 1605)　火薬陰謀事件の首謀者。父ウィリアム・ケイツビーはイエズス会士エドマンド・キャンピオンを匿った容疑で投獄され、罰金を科せられた。8, 11, 101, 140, 156, 162, 165-170, 174-175, 215, 228-229, 442, 444, 446-448, 461, 489(系図)
ケリガン、ジョン John Kerrigan (1956–)　ケンブリッジ大学教授。72, 412, 415-416, 418, 420, 435, 455, xxix
ケンプ、ウィリアム William Kempe (? – *c.*1603)　宮内大臣一座の道化役者。50, 429, 478, xxviii

コ

コウプ、サー・ウォルター Sir Walter Cope (*c.*1553 – 30 July 1614)　1603 年ジェイムズ王をエディンバラまで迎えに行った政府高官。バーリー卿のまたいとこで、その息子ロバート・セシルの親友。46, 47, 429
ゴージズ、サー・アーサー Sir Arthur Gorges (*c.*1569–10 Oct. 1625)　ウォルター・ローリーの従兄弟。1584 年に国会議員に選出される。1588 年のアルマダの海戦でウォースパイト号の船長。1597 年に騎士に叙される。詩人、翻訳者、宮廷人。178, 260, xxxiii
コタム、トマス Thomas Cottam (1549 – 30 May 1582)　カトリック神父。エドマンド・キャンピオンとともに糾弾され、処刑された。次項の弟。116
コタム先生 John Cottam (*fl.*1679-81)　1579 ～ 81 年にストラットフォード・アポン・エイヴォンのグラマースクールで教鞭をとった先生。シェイクスピアを教えた可能性がある。前項の兄。116
コルト、ジョン John Colt　フランスのアルトワ生まれの彫刻家。1635 年 10 月 28 日のセント・バー

ソロミュー教区（ロンドン）の登録簿に約 50 年そこに在住しているとある。356
コルト、マクシミリアン Maximilian Colt (*fl.*1595 – 1645) ジェイムズ王のお抱え彫刻家。前項の弟。前項の登録簿に約 40 年の在住記録あり。二男二女の父親。ウェストミンスター寺院にあるエリザベス女王の墓を作ったことで知られる。331, 356
コールリッジ、サミュエル・テイラー Samuel Taylor Coleridge (21 Oct. 1772 – 25 July 1834) ロマン派詩人、批評家。245, xxxvi
コンウェイ、サー・エドワード Sir Edward Conway (1564 – 3 Jan. 1631) 政治家。1623-27 年に国務大臣。211
コンスタブル、サー・ウィリアム Sir William Constable (1590 –15 June 1655) イングランド内戦時に議会派を支持した准男爵。198
コンデル、ヘンリー Henry Condell (bapt. 5 Sept. 1576 – Dec. 1627) 国王一座の役者。ジョン・ヘミングズと共同でファースト・フォーリオを編纂。51-52, 423

サ

サウサンプトン伯爵（第 3 代）ヘンリー・リズリー 3rd Earl of Southampton, Henry Wriothesley (6 Oct. 1573 – 10 Nov. 1624) シェイクスピアのパトロン。第 2 代エセックス伯ロバート・デヴァルーの親友。エセックス伯の叛乱に加担して投獄されるが、ジェイムズ王即位に際して恩赦を受け、剝奪されていた爵位も取り戻し、1605 年からは東インド会社の経営に参加。19, 43, 420
サウスウェル、ロバート Robert Southwell (*c.*1561 – 21 Feb. 1595) イエズス会士。詩人。リチャード・トップクリフに拷問され、絞首刑にされた。216, 218-222, 234, 456-457, xxxiv-xxxv
サセックス伯爵（第 5 代）ロバート・ラドクリフ 5th Earl of Sussex, Robert Radclyffe (12 June 1569? – 22 Sept. 1629) 1593 年まではフィッツウォーター侯爵。1601 年のエセックスの叛乱に関与したにも拘わらず、エセックスを裁く委員会への参加を求められた。36, 198
サックヴィル、セシリー Cecily (Cecilia) Sackville (*c.*1593 – 1676) 第 2 代ドーセット伯ロバート・サックヴィルの娘。サー・ヘンリー・コンプトンに嫁ぐ。次項の孫。xxxiv
サックヴィル、トマス Thomas Sackville (1536 – 19 April 1608) 初代ドーセット伯。1561 年トマス・ノートンとともにブランク・ヴァースによる最初の英語詩劇『ゴーボダックの悲劇』執筆。1591-1608 年オックスフォード大学総長。1599-1608 年大蔵卿。256, 257
サドラー夫妻、ハムネットとジューディス Hamnet and Judith Sadler シェイクスピアの親しい友人。プロローグ訳注 17 参照。163, 295-297, 424, 469
サフォーク伯爵トマス・ハワード Thomas Howard, 1st Earl of Suffolk (24 Aug. 1561 – 28 May 1626) 第 4 代ノーフォーク公トマス・ハワードの次男。1606 年 1 月の『ヒュメナイオスの仮面劇』は娘フランセス・ハワードと第 3 代エセックス伯ロバート・デヴァルーとの結婚を祝うもの。1599 年より海軍大臣。1603-14 年に宮内大臣、1614-18 年に大蔵卿。カトリックであったため失脚。19, 133-134, 188, 451, 454, 491（系図）, xxxiv
サマセット、レイディ・ブランシェ Lady Blanche Somerset (*c.*1583 – 28 Oct. 1649) 第 4 代ウスター伯エドワード・サマセットの六女。第 2 代アランデル男爵サー・トマス・アランデルと結婚。『ヒュメナイオスの仮面劇』に出演。xxxiv
サマセット伯爵トマス Thomas Somerset, 1st Viscount Somerset (1579 – 1651) 第 4 代ウスター伯エドワード・サマセットの三男。1601 年に国会議員に選出。『ヒュメナイオスの仮面劇』に出演。xxxiv
サンディス、サー・エドウィン Sir Edwin Sandys (9 Dec. 1561 – Oct. 1629) 下院議員。アメリカの植民を進めるヴァージニア会社を推進した功績がある。274

シ

シェイクスピア、アン Anne Shakespeare (1555/56 – 6 Aug. 1623) シェイクスピアの妻。旧姓ハサウェイ (Hathaway)。26 歳のとき 8 歳年下のシェイクスピアと結婚、長女スザンナを生む。26, 295, 296, 379, 489（系図）
シェイクスピア、ウィリアム William Shakespeare (bapt. 26 April 1564 – 23 April 1616), passim, 484（系図）, 489（系図）
シェイクスピア、ジューディス Judith Shakespeare (2 Feb. 1585 – 9 Feb. 1662) シェイクスピアの次女。ハムネットと双子。トマス・クイニーと結婚。26, 154, 162, 163, 295, 470, 489（系図）
シェイクスピア、ジョン John Shakespeare (*c.*1531 – 7 Sept. 1601) シェイクスピアの父。手袋職人。羊毛取引も兼業。名家アーデン家のメアリと結婚。1569 年に町長。四男四女を儲ける。ウィリアムは長男。1578 年頃から公職を退き、経済的に困窮。116, 295, 484（系図）
シェイクスピア、スザンナ Susannah Shakespeare (bapt. 26 May 1583 – 11 July 1649) シェイクスピアの長女。医師ジョン・ホールと結婚。26, 163, 295-297, 397, 470, 489（系図）, xxxix
シェイクスピア、ハムネット Hamnet Shakespeare (bapt. 2 Feb. 1585 – 11 Aug. 1596) シェイクスピアの長男。ジューディスと双子。11 歳で夭折。26, 163, 295-296, 424, 469

シェイクスピア、ヘンリー Henry Shakespeare (*c.*1538 – 96)　シェイクスピアの叔父。スニッターフィールドで農業に携わり、幼年時代のシェイクスピアに親しく接した。妻マーガレットとのあいだに二子を儲けた。154

シェイクスピア、メアリ　→ アーデン、メアリ

ジェイムズ一世　James I (19 June 1566 – 27 May 1625)　スコットランド女王メアリと2番目の夫ダーンリー卿ヘンリー・ステュアートの一人息子。1567年よりスコットランド王ジェイムズ六世だったが、1603年よりイングランド・アイルランド王も兼ねた。イングランド王在位1567年7月29日～1625年3月27日。長男ヘンリーに先立たれ、次男チャールズが王位を継いだ。passim, 495（系図）

ジェフリー・オヴ・モンマス Geoffrey of Monmouth (*c.*1100 – *c.*1155)　中世の聖職者、歴史家。代表作に『ブリタニア列王史』。59, 73, 77

シドニー、サー・フィリップ Sir Philip Sidney (30 Nov. 1554 – 17 Oct. 1586) 詩人、宮廷人。母は初代ノーサンバランド公ジョン・ダドリーの娘。1583年にサー・フランシス・ウォルシンガムの娘フランセスと結婚。代表作に『アルカディア』『アストロフェルとステラ』『詩の弁護』。79, 83, 113, 308, 468, 491（系図）, 492（系図）, xxxiv

シドニー、メアリ Mary Sidney (27 Oct. 1561 – 25 Sept. 1621)　前項の妹。文学に造詣が深い。第2代ペンブルック伯ヘンリー・ハーバートと結婚。息子のウィリアム（のちの第3代ペンブルック伯）とフィリップ（モンゴメリー伯、第4代ペンブルック伯）はシェイクスピアのファースト・フォーリオを捧げられた二人。308, 491（系図）, 492（系図）

シャープ、ジェイムズ James Sharpe　歴史家。2016年にヨーク大学定年退職。ヨーク大学名誉教授。代表作に『初期近代イングランドにおける妖術』(2001)。104

ジュスティニャーニ、ゾルジ Zorzi Giustiniani　1606年1月から1608年8月までロンドン駐在ヴェニス大使。『ペリクリーズ』を観劇した。285, 372, 388-390, xxiv

ショー、ジュライ Julius or July Shaw (1571 –1629)　アレグザンター・アスピナルの義理の息子。ストラットフォード・アポン・エイヴォンのチャペル通り在住。ニュー・プレイスの二軒先。ナッシュ家の隣。1594年アン・ボイズと結婚。1613年参事会員。1616年シェイクスピアの遺書の証人。157, 161

ショー、ジョージ・バーナード George Bernard Shaw (26 July 1856 – 2 Nov. 1950)　劇作家、政治家。劇作に『シーザーとクレオパトラ』ほか。321, xl

ジョンストン、ロバート Robert Johnston (*c.*1567 – 1639)　エディンバラ大卒の学者。『ブリテン史』の著者。104-105, xxv

ジョーンズ、イニゴー Inigo Jones (15 July 1573 – 21 June 1652)　イングランド王室や貴族の邸宅を設計した建築家。仮面劇のデザインも手掛けた。ホワイトホール宮殿のバンケティング・ハウスのほか、クィーンズ・ハウス、サマセット・ハウスなど多数の建築を手がけ、仮面劇の装置・衣裳のデザインも担当。16, 17, 189, 194-195, 326, 340, 341, 349, 359, 451-452, xxvi, xlii

ジョンソン、ウィリアム William Johnson (*fl.*1613) マーメイド亭の主人。163

ジョンソン、サミュエル Samuel Johnson (18 Sept. 1709 – 13 Dec. 1784)　詩人、批評家。主著に『英語辞典』『詩人列伝』『シェイクスピア全集』。94, 97, 402, 412, xxx, xlv

ジョンソン、ジョン John Johnson, 135-136, 139, 140, 166, 442 →　**フォークス、ガイ**

ジョンソン、ベン Ben Jonson (11 June 1572 – 6 Aug. 1637)　劇作家。代表作に『ヴォルポーネ』『癖者ぞろい』『癖者そろわず』『バーソロミューフェア』『錬金術師』がある。8, 12, 23, 30 46, 48-49, 53-54, 60, 69, 100, 115, 140-141, 189-195, 198, 200, 202-203, 206, 216, 261-263, 272, 274, 326, 341, 349, 368, 385-387, 405, 411, 422-423, 436-437, 446, 450-452, 465, 467, 474, xxiii, xxvi, xxviii, xxxii-xxxiii, xxxvii

シンクロー、ジョン John Sinklo or Sinkler (*fl.*1592 – 1604)　宮内大臣一座の雇われ役者。極端に痩せていた。49

ス

スカラメッリ、ジョヴァンニ Giovanni Scaramelli　ヴェニス大使。1603年2月にエリザベス女王に迎えられた。360

ストック、リチャード Richard Stock (1569 – 1626)　ケンブリッジ大卒の神学者。サー・アンソニー・コウプのチャプレン。ピューリタンの説教師。373, xliii

スペンサー、エドマンド Edmund Spencer (*c.*1552 – 13 Jan. 1599)　詩人。ケンブリッジ大卒。代表作に『妖精女王』『羊飼いの暦』。77, 477

スライ、ウィリアム William Sly (? – Aug. 1608)　宮内大臣一座、国王一座の役者。1605年にグローブ座の株主となる。49

セ

聖アウグスティヌス St. Augustine（13 Nov. 354 – 28 Aug. 430）初期キリスト教の指導者。主著に『告白』。222

セシル、ウィリアム William Cecil → **バーリー卿**
セシル、サー・ロバート Sir Robert Cecil → **ソールズベリー伯**

ソ

ソフィア王女 Princess Sophia (22 June 1606 – 23 June 1606) アン王妃が最後に産んだ王女。149, 346, 357, 495（系図）
ソールズベリー伯爵ロバート・セシル Robert Cecil, Earl of Salisbury (1 June 1563 – 24 May 1612) エリザベス女王の懐刀であったバーリー卿ウィリアム・セシルの息子。ジェイムズ王のもとでスパイ組織を運営。第1章訳注6参照。46, 108-110, 132-134, 138, 140, 145, 150-153, 168, 174, 178, 188, 219, 231, 248, 347, 349, 350, 355, 438, 443, 465, 491（系図）, 493（系図）
ソーンバラ、ジョン John Thornborough (1551– 1641) エリザベス女王のチャプレン。1603年よりブリストル主教、1617年よりウスター主教。65, 66

タ

ダウランド、ジョン John Dowland (1563 – 20 Feb. 1626) 作曲家。リュート奏者。340
ダヴ、ジョン John Dove (1561 – 1618) 説教師。ロンドンのポールズ・クロスでの説教で、ハースネットに反対の意見を述べた。223-225, 236, 237, 256, 266
ダニエル、サミュエル Samuel Daniel (1563? –14 Oct. 1619) 詩人、劇作家。代表作に詩劇『フィロータス』『クレオパトラの悲劇』『十二女神のヴィジョン』など。189, 201, 302, 306-308, 327-329, 386, 409, 414, 450, 479, xl
ダレル、ジョン John Darrell (*c.*1562 –1602) シェイクスピアとほぼ同世代の悪魔祓い師。ケンブリッジ大卒業後、国教会牧師となり、1586年にダービーシャーでキャサリン・ライトに対し悪魔祓いを行ったと称し、投獄されそうになる。1596年にはバートン・オン・トレント在住の14歳の少年トマス・ダーリングに悪魔祓いを行い、翌年ノッティンガムで説教。調査を受け、説教を禁じられた。ロンドン主教バンクロフトやS・ハースネットらの審議を受け、1599年5月26日に詐欺とされ、少なくとも1年間投獄された。その妻はダレルの弁護のために奔走した。111-112, 116, 117, 255, 439, xxx, xxxvii
タールトン、リチャード Richard Tarleton (? – Sept. 1588) 道化役者。女王一座で活躍。36
ダン、ジョン John Donne (1572 – 31 March 1631) 形而上詩人。1621年にセント・ポール大聖堂の首席司祭。326, 460
ダンテ、アリギエーリ Dante Alighieri (1265 – 14 Sept. 1321) フィレンツェの詩人、政治家。代表作に『神曲』。307

チ

チェンバレン、ジョン John Chamberlain (1553 – 1627) 学者。その多くの手紙から当時の様子が知れる。137, 190, 234, 272, 275, 277, 372, 391, 466, xxxviii, xliii
チャップマン、ジョージ George Chapman (*c.*1560 – 1634) 劇作家。オックスフォード大卒。代表作に悲劇『ビュシー・ダンボワ』。102, 192, 386, 437
チャールズ王子 Prince Charles (19 Nov. 1600 – 30 Jan. 1649) のちのチャールズ一世。ピューリタン革命により処刑される。68, 135, 406, 433, 453, 467
チョーサー、ジェフリー Geoffrey Chaucer (*c.*1340 – 25 Oct. 1400) 中世最大の詩人。高級官吏。代表作に『カンタベリー物語』。307

テ

デイ、ジョン John Day (1574 – 1638?) 劇作家。ケンブリッジ卒。代表作に『馬鹿の島』『ベスナル・グリーンの盲乞食』など、他の劇作家との共作が多い。289, 385, 468, 478
デイヴィス、ジョン John Davies (*c.*1565 – July 1618) ヘリフォード生まれの詩人。代表作に『小宇宙』。50, 342
ディグビー、サー・エヴァラード Sir Everard Digby (*c.*1578 – 30 Jan. 1606) プロテスタントだったがカトリックに改宗し、火薬陰謀事件に加担。166-169, 176-178, 443, 448, xxxii
ディーコン、ジョン John Deacon 1568年に牧師に叙任され、1577年よりレスターシャー州サクスビィを中心に牧師、説教師を長年務める、1590年代にはノッティンガムシャー州で副牧師となる。1601年にジョン・ウォーカーとともに教皇派を批判する『ダレル氏の本への返答』を執筆、刊行。255
テイト、ネイハム Nahum Tate (1652 – 30 July 1715) アイルランド出身の劇作家。『リア王』をハッピー・エンディングにした改作で知られる。403, 430
ディブデイル、ロバート Robert Dibdale (*c.*1556 – 8 Oct. 1586) ストラットフォードの教区出身のカトリック司祭。逮捕され、処刑された。116
テイラー、ウィリアム William Tailer 次項の父親。377, 476
テイラー、コーディリア Cordelia Tailer (bapt. 1 Dec. 1605 – ?) シェイクスピアがロンドンで住んでいた聖オーラヴ教区に生まれた娘。377, 476-477

ティルニー、エドマンド Edmund Tilney (1536 – 1610) 宮廷祝典局長として戯曲の検閲をした。191-192, 340-341, 343, 384, xxxiv, xliv

ティローン伯爵ヒュー・オニール Hugh O'Neill, Earl of Tyrone (*c.*1550 – 20 July 1607) アイルランド九年戦争の指導者。アイルランドの名家に生まれ、やがてイングランド政府と対立を深め、アイルランド九年戦争を指導した。1599年9月7日、新たにアイルランド総督となったエセックス伯が独断でティローン伯と休戦を結んだことが、エセックス伯没落の契機となった。151, 444

デヴォンシャー伯爵 Earl of Devonshire (27 Dec. 1552 – 3 March 1626) 初代デヴォンシャー伯ウィリアム・キャヴェンデッシュ。国会議員、ダービーシャー州知事を歴任。151-152

デヴァルー → エセックス伯爵

デカー、トマス Thomas Dekker (*c.*1572 – 25 Aug. 1632) 劇作家。代表作に『靴屋の祭日』『貞節な娼婦』。ウェブスターとの合作に『西行きだよぉ』『北行きだよぉ』がある。44, 62, 361, 377, 437, 468, 478, xliii

テシモンド、オズワルド Oswald Tesimond (1563 – 23 Aug. 1636) 火薬陰謀事件の共謀者とされるイエズス会士神父。ヨーク市の学校でガイ・フォークス、エドワード・オールドコーン、ライト兄弟らと級友だった。ロバート・ケイツビーの告解により火薬陰謀事件の計画を事前に知り、上司のヘンリー・ガーネット修道士に伝えた。謀叛を知りながらも口外しなかったため、1606年1月15日に逮捕された。イタリア語で書かれた事件の記述は、おそらく最も詳細な事件の記録である。151, 169, 171, 229

デブデイル → ディブデイル

テレンティウス Terence (BC195/185 – BC159) 共和政ローマの劇作家。代表作に『兄弟』『宦官』。65

ト

ドゥ・ヴィア、スーザン Susan de Vere (26 May 1587 – 29 Jan. 1628/ 29) 第17代オックスフォード伯の娘。17歳のとき、20歳のフィリップ・ハーバートと結婚して、モンゴメリー伯爵夫人となった。196, 453, 493(系図)

ドゥ・ラ・ボデリ、アントワンヌ・ル・フェーヴル Antoine Le Fevre de la Boderie (1555 – 1615) 1606年4月から1609年7月まで、同12月から1611年までロンドン滞在のフランス大使。348

ドゥ・クィンシー、トマス Thomas de Quincey (15 Aug. 1785 – 8 Dec. 1859) 評論家。主著に『阿片服用者の告白』。245-246, 463, xxxvi

ドーセット伯爵（第2代）ロバート・サックヴィル Robert Sackville, 2nd Earl of Dorset (1561 – 1609) 1580年に第4代ノーフォーク公トマス・ハワードの娘マーガレットと結婚。次項の父。xxxiv

ドーセット伯爵（第3代）リチャード・サックヴィル Richard Sackville, 3rd Earl of Dorset (18 March 1589 – 28 March 1624) 前項の長男。アン・クリフォードの最初の夫。1609年に父より伯爵位を継ぐ。326

トップクリフ、リチャード Richard Topcliffe (14 Nov. 1531 – 1604) 地主、国会議員。カトリック狩りの先導者。拷問を積極的に行い、記録した。216-220

ドライデン、ジョン John Dryden (9 Aug. 1631 – 12 May 1700) 王政復古期の詩人、劇作家。53, xxxviii

ドラモンド、ウィリアム William Drummond of Hawthornden (13 Dec. 1585 – 4 Dec. 1649) スコットランド人詩人。ベン・ジョンソンとの対話の記録がある。340

ドルーシャウト、マーティン Martin Droeshout (1601 – 50) フランドル系版画家。ファースト・フォーリオの肖像画を作った。13, 242

ドルーシャウト、ミヒェル Michael Droeshout 前項の父親。版画家。242-245

ドレイトン、マイケル Michael Drayton (1563 – 23 Dec. 1631) 詩人。代表作に『ポリオルビオン』。336

トレシャム、サー・トマス Sir Thomas Tresham (1543 –11 Sept. 1605) ノーサンプトンシャー州の地主。1573年同州長官となり、1575年に騎士に叙せられた。カトリックであるために1581年から1605年のあいだに膨大な罰金を支払った(当時の8000ポンド、現代の日本円に換算して2億2千万円強)。212, 457, 489(系図)

トレシャム、フランシス Francis Tresham (*c.*1567 – 23 Dec. 1605) 前項の長男。オックスフォード大卒。エセックス伯の叛乱に参加、投獄される。ケイツビーらの企画していた火薬陰謀事件に1605年10月に参加。義弟のモンティーグル卿に国会を欠席するように手紙を書いた人物と目される。101, 140, 162, 167, 171, 211-212, 233, 443, 446, 448, 457, 461, 489(系図), xxxii

ニ

ニコラス、ダニエル Daniel Nicholas (1550/40 – ?) スティーヴン・ベロットの義父の旧友。1612年のベロット = マウントジョイ訴訟で証言。380

ニコル、チャールズ Charles Nicholl (1950 –) 作家。ケンブリッジ大卒。代表作にシェイクスピアの下宿時代を描いた『下宿人──シルバー通りのシェイクスピア』。377, 476, 478

ネ

ネル、ウィリアム William Knell (? – June 1587)　女王一座の役者。巡業中の 1587 年に喧嘩で急死。37

ネルソン、アラン Alan Nelson　カリフォルニア大学バークレー校教授。1966 年に同校を卒業。377

ノ

ノーサンバランド伯爵（第 9 代）ヘンリー・パーシー Northumberland, Henry Percy, 9th Earl of (27 April 1564 – 5 Nov. 1632)　膨大な蔵書を持ち、錬金術と地図作成に凝ったため "Wizard Earl" の異名がある。1594 年第 2 代エセックス伯ロバート・デヴァルーの姉ドロシーと結婚。ジェイムズ王の治世下では枢密院顧問官となるも、親類のトマス・パーシーが起こした火薬陰謀事件のために嫌疑をかけられ、17 年間ロンドン塔に投獄され、罰金 3 万ポンド（約 8 億 6 千万円相当）を徴収された。最終的に、事件当日自分も国会に出席する予定であったという主張が認められて出獄した。134-135, 139, 140, 442, 443, 462, 487（系図）

ノーサンプトン伯爵ヘンリー・ハワード Henry Howard 1st Earl of Northampton (25 Feb. 1540 – 15 June 1614)　カトリックだったが 1611 年からソールズベリー伯を継いで大蔵卿を務めた。133, 454, 491（系図）

ノース、トマス Thomas North (1535 – 1604)　翻訳者、治安判事。プルタルコスの『英雄列伝』の英訳で知られる。309-310, 318

ノッティンガム伯爵チャールズ・ハワード 1st Earl of Nottingham, Charles Howard (1536 – 14 Dec. 1624) 1563 年頃初代ハンズドン男爵ヘンリー・ケアリーの娘エリザベスと結婚。1585 年～ 1619 年に海軍大臣を務め、アルマダ海戦を指揮。41, 133, 337, 454

ノリス、サー・ウィリアム Sir William Knollys (1544 – 25 May 1632)　国会議員。1603 年に初代ノリス男爵。1605 年に初代サフォーク伯トマス・ハワードの娘エリザベス・ハワードと結婚。1626 年に初代バンベリー伯爵となる。188, 450, 490（系図）, xxxiv

ハ

ハウズ、エドマンド Edmund Howes (*fl.*1607 – 31)　ロンドン在住の年代記作家。1615 年に歴史家ジョン・ストウの『年代記』の増補版を出した。137-139, 270-271

パウルス五世（ローマ教皇） Pope Paul V (17 Sept. 1550 – 28 Jan. 1621) 1607 年 7 月にジェイムズ王に書簡を送り、火薬陰謀事件に遺憾の意を表明している。187

ハクルート、リチャード Richard Hakluyt (1553 – 23 Nov. 1616)　北アメリカの植民地建設に尽力した著述家、聖職者。ソールズベリー伯のチャプレン。xliii

バークレー卿夫人エリザベス Lady Berkeley Elizabeth (24 May 1576 – 23 April 1635)　第 2 代ハンズドン男爵ジョージ・ケアリーの一人娘。1596 年 2 月 19 日、19 歳でサー・トマス・バークレーと結婚。『夏の夜の夢』の初演はその祝賀とする説がある。xxxiv

ハサウェイ、アン Anne Hathaway　→　**シェイクスピア、アン**

パーシー、サー・ジョスリン Sir Jocelyn Percy (? – 1631)　第 9 代ノーサンバランド伯ヘンリー・パーシーの弟。140, 443, 462, 486（系図）

パーシー、サー・チャールズ Sir Charles Percy (? – 1628) 第 9 代ノーサンバランド伯ヘンリー・パーシーの弟。443, 462, 487（系図）

パーシー、トマス Thomas Percy (*c.*1560 – 8 Nov. 1605)　火薬陰謀事件共謀者の一人。ケンブリッジ大卒。はとこの子である第 9 代ノーサンバランド伯ヘンリー・パーシーに仕える。ジェイムズ一世即位前に、ノーサンバランド伯とジェイムズとのあいだに立って働いていたが、イングランドのカトリックに対して寛容を約束されていたのを即位後にジェイムズに裏切られたという思いがあり、1603 年 6 月にロバート・ケイツビーと出会って陰謀に参加した。妻マーサ・ライト（1591 年に結婚）の弟たちジョン・ライトやクリストファー・ライトも既に参加していた。134-137, 139, 151, 165-168, 170, 174-175, 215, 442-443, 486（系図）, xxxii

バジャー、ジョージ George Badger (*fl.*1578 – 98)　ストラットフォード・アポン・エイヴォンのヘンリー・ストリートの西端に家を持っていた羊毛生地商。1597 年にシェイクスピアの父ジョンは、2 ポンドという廉価でヘンリー・ストリートの土地の一部をバジャーに売却している。但し、バジャーの店はシープ・ストリートにあったので、そちらに居住していた可能性もある。バジャーは町の参事会員だったが、カトリックであったためにその資格を剝奪され、投獄された。1578 年に反カトリック政策のための集金を、ジョン・シェイクスピア、トマス・レノルズ、トマス・ナッシュら他のカトリック信者とともに拒絶している。157, 161, 163, 294

ハースネット、サミュエル Samuel Harsnett (June 1561 – May 1631)　『途轍もない教皇派のまやかしに関する報告書』の著者。1629 年よりヨーク大主教。32, 110-116, 118-120, 122-123, 125-128, 183, 251-253, 413, 441, xxx-xxxi, xxxvii

パットナム、ジョージ George Puttenham (1529 – 90)　批評家。『英詩の技法』の著者。226-227, xxxvi

ハーバート、スーザン　→　ド・ヴィア、スーザン
ハーバート、フィリップ　→　ペンブルック伯爵、フィリップ・ハーバート
ハビントン、トマス Thomas Habington (1560 –1647) 好事家。バビントン陰謀事件関与の容疑で投獄。228
バーベッジ、カスバート Cuthbert Burbage (*c.*15 June 1565 – 15 Sept. 1636)　リチャード・バーベッジの兄。国王一座の幹部。47, 429
バーベッジ、リチャード Richard Burbage (6 Jan. 1567 – 12 March 1619)　宮内大臣一座（のちに国王一座）の看板役者。22, 43, 47-53, 360, 386-388, 400, 422-423, 479, xxviii
パリー、ヘンリー Henry Parry (1561– 1616)　ウスター主教。エリザベス女王のチャプレン。343
バリー、ローディング Lording Barry (1580 – 1629) 劇作家、海賊。『ラム路地、陽気ないたずら』の作者として知られる。367, 473
バーリー卿 Lord Burleigh William Cecil (13 Sept. 1520 – 4 Aug. 1598)　エリザベス女王の右腕とも言うべき重鎮。国務大臣、大蔵卿。息子のソールズベリー伯が重鎮の役を継承した。第1章訳注６参照。355, 429, 460, 491（系図）, 493（系図）
ハリントン、サー・ジョン Sir John Harington (bapt. 4 Aug. 1560 – 20 Nov. 1612)　宮廷人、著述家。107, 349-355
ハリントン、ジョン、初代ハリントン男爵 1st Baron Harington of Exton, John Harington (1539/40 – 23 Aug. 1613)　エリザベス王女の保護監督を任じられた。長女ルーシーは第３代ベッドフォード伯爵エドワード・ラッセルに嫁ぎ、芸術のパトロンとなった。148, 150, 395, xlii, xlv
ハリントン、ルーシー　→　ラッセル、ルーシー
バーロウ、ウィリアム Bishop William Barlow (? – 1568) チチェスター主教。142-143, 174, 180, 255, 285, 352
バロル、リーズ Leeds Barroll　バルチモアのメリーランド大学名誉教授。1950 年ハーバード大卒。1956 年プリンストン大学で博士号取得。383
ハワード、エリザベス Elizabeth Howard (1586 – 1658) 初代サフォーク伯トマス・ハワードの娘。1605 年 12 月 23 日に 19 歳で初代バンベリー伯ウィリアム・ノリスと結婚。188, 491（系図）, xxxiv
ハワード、キャサリン Catherine Howard (1588 – 1672)　初代サフォーク伯トマス・ハワードの娘（前項の妹）。ソールズベリー伯ロバート・セシルの長男ウィリアムと結婚。同姓同名にヘンリー八世の５番目の王妃（1521 – 13 Feb. 1542）がいる。188, 491（系図）
ハワード、トマス　→　サフォーク伯爵
ハワード、フランセス Frances Howard (31 May 1590 – 23 Aug. 1632)　初代サフォーク伯トマス・ハワードの娘。1606 年 1 月に第 3 代エセックス伯ロバート・デヴァルーと政略結婚。それを祝してベン・ジョンソンが『ヒュメナイオスの仮面劇』を書いた。結婚後二人は別居し、肉体的接触のないままエセックス伯は深刻な天然痘に罹り、フランセスは初代サマセット伯ロバート・カーと恋仲になり、1613 年 9 月に夫と離婚、12 月にカーと結婚した。だが、カーに対して結婚をやめるよう説得していたサマセット伯の友人サー・トマス・オーヴァベリー卿が毒殺されたため、カー夫妻はロンドン塔へ送られた。1622 年に恩赦を受けて、釈放。19, 188, 195-197, 206. 452, 491（系図）
バンクロフト、リチャード Richard Bancroft (1544 – 2 Nov. 1610)　1597 年ロンドン主教。1604 年カンタベリー大主教。1608 年オックスフォード大学総長。欽定聖書の首席幹事。115, 425
バーンズ、バーナビ Barnaby Barnes (1569? – 1609) 詩人、劇作家。主著に反カトリック的な悲劇『悪魔の特許状』。328, 408, 414
ハンズドン卿　→　ケアリー、サー・ジョージ
ハンティンドン伯爵（第４代）ジョージ・ヘイスティングズ George Hastings, 4th Earl of Huntingdon (1540 – 30 Dec. 1604) 次女にドロシー・ヘイスティングズ。伯爵位を継いだのは孫。xxxiv

ヒ

ビアボーム、マックス Max Beerbohm (24 Aug. 1872 – 20 May 1956)　作家、評論家、戯画家。259-260
ピウス五世（ローマ教皇） Pope Pius V (17 Jan. 1504 – 1 May 1572) エリザベス一世を破門した教皇。215-216
ヒリヤード、ニコラス Nicholas Hilliard (1537 – 7 Jan. 1619)　細密肖像画で知られる画家。356

フ

ファインズ、リチャード、第７代セイ＝セレ男爵 7th Baron Saye and Sele, Richard Fiennes (*c.*1557 – 6 Feb. 1613)　オックスフォードシャー州知事、オーストリア大使などを歴任。41-42, xxvii
フィリップス、オーガスティン Augustine Phillips (? – May 1605)　宮内大臣一座創立メンバーの役者。グローブ座の６人の株主のうちの１人。49, 443, 462, 473
フィールド、リチャード Richard Field (1561 – 1624) ストラットフォード・アポン・エイヴォンではシェイクスピアの学友だった、ロンドンの印刷業者。元主人のフランス人妻ジャックリーン・ヴォートロリエと結婚して、元主人の店を継いだ。シェイクスピアの『ヴィーナスとアドーニス』

(1593) の印刷・出版と、『ルークリースの凌辱』(1594) の印刷を請け負った。1587 年にホリンシェッドの『年代記』第二版を出版。シェイクスピアが『年代記』初版ではなく第二版を利用したのは、第二版が友人の店にあったからだろう。シェイクスピアの種本であるプルタルコスのノース訳『英雄列伝』再版 (1595)、「不死鳥と雉鳩」所収の『愛の殉教者——ロザリンの嘆き』(1601) なども出版した。シェイクスピアは 1604 年にフィールドの店があるセント・ポール大聖堂から遠くないシルバー通りに引っ越した。309, 471

フェッラボスコ、アルフォンゾ二世 Alfonso Ferrabosco (*c.*1575 – 11 March 1628)　イタリア出身の作曲家。ベン・ジョンソンの仮面劇の音楽を手掛けた。189

フェラーズ、ジョン John Ferrers (1566 – 1633)　ウォリックシャー州知事。タムワースのサー・ハンフリー・フェラーズの実質的長男で地主、政治家。オックスフォード大及びリンカーンズ法学院卒。1586 年に下院議員となって以来 1611 年までに何期か務めた。1614 – 15 年にウォリックシャー州知事。153, 445

フォークス、ガイ（別名ジョン・ジョンソン） Guy (Guido) Fawkes alias John Johnson (13 April 1570 – 31 Jan. 1606)　火薬陰謀事件の共謀者。最初は偽名を用い、ジョン・ジョンソンと名乗っていた。7-8, 165-167, 171, 174, 176-178, 182, 212, 215, 242, 243, 255, 278, 391, 447-448, xxxiii

フォード、ジョン John Ford (1586 – *c.*1639)　劇作家。代表作に『哀れ、彼女は娼婦』。341, xli

フォーマン、サイモン Simon Forman (30 Dec. 1552 – 15 Sept. 1611)　占星術師。258, 374-375, 379, 408, 414, 463, xliii

ブカレッジ、ジョン John Buckeridge (*c.*1562 – 23 May 1631)　ジェイムズ王のチャプレン。オックスフォード大卒。1611 年よりロチェスター主教。285-288

ブッシェル、エドワード Edward Bushell (? – 1617)　ケイツビーのいとこ。エセックスの叛乱に連坐。156, 488(系図)

ブッシェル、エレノア Eleanor Bushell (*fl.*1616)　エイドリアン・クイニーの妻。次項のトマス・ブッシェルが妻エリザベス・ウィンターと死別したのちメアリ・モリスと再婚し、そこで生まれたのがヘンリーとエレノア。162, 446, 488(系図)

ブッシェル、トマス Thomas Bushell (? – 1615)　シェイクスピア先妻エリザベスの縁により、陰謀者であるロバートとトマス・ウィンター兄弟の叔父。162, 488(系図)

フラー、トマス Thomas Fuller (1608 – 61)　聖職者、歴史家。代表作に『イングランドの名跡名士列伝』。362

ブラント、エドワード Edward Blount (1562 – 1632)　出版者。シェイクスピアのファースト・フォーリオ、フローリオの伊英辞典などを出版。408

ブランドン、サミュエル Samuel Brandon　『貞節なオクテイヴィアの悲喜劇』(1598 年刊行) の作者。308

プリニウス Pliny the Elder (23 – 79)　大プリニウス。博物学者、哲学者。代表作に『博物誌』。307

ブルータス Brutus (Brute)　ブリテンを建国したとされる伝説の王。死後、島は 3 人の息子たちに分割され、ロクリヌスはイングランドを、カンベルはウェールズを、アルバナクトゥスはスコットランドを支配した。58-60, 66-67, 431

プルタルコス Plutarch (*c.*46/48 – *c.*127)　ギリシャ人著述家。代表作に『英雄列伝』。32, 304-309, 311-315, 317-319, 321, 323-325, 328-329, 338, 353, 362, 408-409, 471, xl

プレイファー、トマス Thomas Playfere (1561 – 2 Feb. 1609)　神学者。ケンブリッジ大学神学教授。ジェイムズ王のチャプレン。343

フレックノー、リチャード Richard Flecknoe (*c.*1600 – 78) 劇作家。詩人。音楽家。「英国演劇小論」の著者。48, xxviii

フレッチャー、ジョン John Fletcher (Dec. 1579 – Aug. 1625)　劇作家。シェイクスピアの後継者で、シェイクスピアとの共作が 3 作ある。369, 385, 388, 404, 430, 433, 436, 476, 481

フレッチャー、ローレンス Laurence Fletcher (? – 1608)　国王一座創立時の役者。23, 42-43, 49, 422, xxvii

ブロムリー、ヘンリー Sheriff Henry Bromley (1560 – 15 May 1615) 国会議員、ウスターシャー州知事。229

へ

ヘイ、サー・ジェイムズ Sir James Hay, 1st Earl of Carlisle (*c.*1580 – March 1636)　スコットランド出身の貴族。1603 年にジェイムズ王の寵臣として騎士、御寝所係になる。1606 年『ヒュメナイオスの仮面劇』で踊る。1607 年 1 月 6 日『ヘイ卿の仮面劇』によってデニー卿の娘との結婚を祝われる。1615 年貴族院議員。1617 年第 9 代ノーサンバランド伯の娘と再婚。1622 年カーライル伯となる。xxxiv

ヘイウッド、トマス Thomas Heywood (1574? – 1641)　劇作家。代表作に『優しさで殺された女』。191, 465, 478, xxxiv

ヘイスティングズ、ドロシー Dortohy Hastings, (1579 – 1622)　第 4 代ハンティンドン伯の次女。夫ジェ

イムズ・スチュワートがサー・ジョージ・ウォートンと決闘して 1609 年に死亡したのち、第 2 代ロスコモン伯ロバート・ディロンと再婚した。xxxiv

ベイツ、トマス Thomas Bates (1567 – 30 Jan. 1606) 火薬陰謀事件の共謀者の一人。ケイツビーの手下。156, 165, 167, 169, 176-177, 228, 231, 443, 448

ヘイドック、リチャード Richard Haydock (*c.*1570 – *c.*1642) オックスフォード大学ニュー・カレッジの特別研究員。「眠れる説教師」とされた医者。第 4 章訳注 3 参照。108, 133, 438

ヘイルズ、バーソロミュー Bartholomew Hales (? – 1599) ウォリックシャー州スニッターフィールドの地主。154, 160, 163

ヘイワード、ジョン John Hayward (*c.*1564 – 27 June 1627) サフォーク出身、ケンブリッジ大卒の歴史家。1599 年に出版した『ヘンリー四世の生涯と治世の第一部』にはエセックス伯への献辞があり、リチャード二世廃位を肯定する点が伯爵に女王廃位を促すものと受け取られて逮捕、投獄された。ジェイムズ一世の宮廷では重用された。主著に『イングランド・スコットランド統合論』。303

ベーコン、フランシス Francis Bacon (22 Jan. 1561 – 9 April 1626) ジェイムズ王の時代の大法官。哲学者でもあり、主著に『学問の進歩』、『新機関』。68, 70, 139, 195, 210, 242, 245, 361, 362, 455, 456, 493(系図), xxxvi, xliii

ヘミングズ、ジョン John Heminges (bapt. 25 Nov. 1566 – 10 Oct. 1630) 宮内大臣一座（国王一座）の役者。コンデルとともにファースト・フォーリオを編集。52-53, 430, 473, xxviii

ベラミー、アン Anne Bellamy (1564 – ?) 次々項のリチャードの三女。トップクリフに拷問､強姦され、妊娠し、1592 年にサウスウェル神父の情報を漏らすことになった。217-222, xxxv

ベラミー、ジェローム Jerome Bellamy (? – 21 Sept. 1586) 次項の末弟。バビントン陰謀事件に連坐して処刑された。第 9 章訳注 8 参照。217, 460

ベラミー、リチャード Richard Bellamy (1541 – ?) 前項の長兄。ロンドン郊外ハロウ・オン・ザ・ヒルに住むカトリック。二男三女の父親。自宅にサウスウェル神父らを匿い、投獄、拷問された。217

ベロット、スティーヴン Stephen Belott シェイクスピアの下宿先の帽子職人マウントジョイの徒弟。1604 年 11 月 19 日に親方の娘メアリと結婚し、義父となった親方を訴え、1612 年 5 月 11 日の法廷にシェイクスピアが証人として出廷した。379-382

ペンブルック伯爵、ウィリアム・ハーバート Pembroke, William Herbert, 3rd Earl of (8 April 1580 – 10 April 1630) 第 2 代ペンブルック伯爵ヘンリー・ハーバートとその妻メアリ・シドニーの長男。強硬なプロテスタント。弟フィリップとともにシェイクスピアのファースト・フォーリオを捧げられた。43, 453, 492(系図)

ペンブルック伯爵、フィリップ・ハーバート Pembroke, Philip Herbert, 4th Earl of, and 1st Earl of Montgomery (10 Oct. 1584 – 23 Jan. 1650) 兄ウィリアムとともにファースト・フォーリオが捧げられた貴族。母はメアリ・シドニー。196, 492(系図)

ペンブルック伯爵夫人メアリ → シドニー、メアリ

ヘンリー王子 Prince Henry (19 Feb. 1594 – 6 Nov. 1612) ジェイムズ王の長男ヘンリー・フレデリック。腸チフスで 18 歳で死去。58, 102, 135, 176, 195, 231, 270-272, 350, 358, 384, 406, 453

ヘンリー七世 Henry VII (28 Jan. 1457 – 21 April 1509) ボズワースの戦いでリチャード三世を破ったヘンリー・テューダー。62, 280, 356-358, 472, 473, 495(系図)

ヘンリー八世 Henry VIII (28 June 1491– 28 Jan. 1547) 前項の王の次男。テューダー朝第二代のイングランド王（在位 1509-47）。ローマ・カトリック教会から離れ、6 人の妃を持った。3 番目の妃ジェーン・シーモアとの息子がエドワード六世として王位を継いだ。27, 471, 424, 430, 445, 494(系図)

ホ

ホウビー、サー・エドワード Sir Edward Hoby (1560 – 1 March 1617) 、外交官、国会議員、学者、軍人。バーリー卿セシルの甥。女王の親族。ジェイムズ王の寵臣。289, 468, xxxviii-xxxix

ボッカッチョ、ジョヴァンニ Giovanni Boccaccio (1313 – 21 Dec. 1375) イタリアの詩人。主著に『十日物語』。307

ポープ、アレグザンダー Alexander Pope (21 May 1688 – 30 May 1744) 詩人。ニコラス・ロウに次いで 2 番目のシェイクスピア全集を編纂した。398

ボーフォート、マーガレット Lady Margaret Beaufort (31 May 1443 – 29 June 1509) ヘンリー七世の母。ランカスター公ジョン・オヴ・ゴーントの曾孫。357

ポパム、サー・ジョン Sir John Popham (1531 – 10 June 1607) 下院議長。主席裁判官。140, 220, 443

ボーモント、フランシス Francis Beaumont (1584? – 6 March 1616) 劇作家。ジョン・フレッチャーとともに『乙女の悲劇』などを執筆。385, 388, 476, 481

ホラティウス Horace (BC 65 – BC 8) 古代ローマ時代の詩人。代表作に書簡詩『詩について』。307
ポリー、ジョン John Pory (1572 – 1636) 英語によるジャーナリストの嚆矢とされる。ケンブリッジ大卒。1605-10 年にブリッジウォーター区代表の国会議員。1607 年以降海外を広く旅し、アメリカのヴァージニアにも居住した。1620 年代からロンドンで定期的に新聞を発行。xxxiv
ホリンシェッド、ラファエル Raphael Holinshed (1528? – 80?) 年代記作家。代表作に『イングランド、スコットランド、アイルランドの年代記』。64, 66, 77, 103, 305, 466, 477
ホール、エドワード Edward Hall (1497 – 1547) 『ランカスター、ヨーク両名家の和合（年代記）』の著者。225
ホール、ジョン John Hall (1575 – 25 Nov. 1635) シェイクスピアの娘婿。医師。297, 489(系図)
ホール、スザンナ → シェイクスピア、スザンナ
ボールトン、エドマンド Edmund Bolton (1575 – 1633) カトリックの詩人、歴史家。ケンブリッジ大学卒。342
ポーレット、ジョン John Poulett (1585 – 20 March 1649) 初代ポーレット男爵。オックスフォード大卒。24

マ

マウントジョイ卿 8th Baron Mountjoy (? – 3 April 1606) 第 8 代マウントジョイ男爵だったが、1603 年にデヴォン伯となった。継嗣のないまま死亡。355, 444
マウントジョイ、クリストファー Christopher Mountjoy (*fl.*1612) シェイクスピアの下宿先の家主。帽子職人。34, 378-382, 476, xliii
マウントジョイ、マリー Marie Mountjoy (? – buried 30 Oct. 1606) 前項の妻。34, 377-382, 476-478
マシュー、トービー Tobie Matthew (3 Oct. 1577 – 13 Oct. 1655) フランシス・ベーコンの親友。ヨーク大主教の息子。オックスフォード大学卒。22 歳のときグレインズ・イン法学院でフランシス・ベーコンと学友で親友となった。1601 年に国会議員。1604 年にフィレンツェに旅し、国教会からカトリックに改宗して神父となったが、ジェイムズ王に気に入られ、帰国を認められ、1623 年チャールズ皇太子とスペイン王女マリーア・アナとの縁談をまとめる役を引き受けた。縁談は破談となった。書簡集はジョン・ダンが編纂(1660)。242, xxxvi
マーストン、ジョン John Marston (7 Oct. 1576 – 25 June 1634) 劇作家、詩人。オックスフォード大卒。代表作に『アントーニオの復讐』『役者への懲らしめ』。100, 192, 341, 385, 437
マナーズ、エリザベス（旧姓シドニー） Elizabeth Manners (neé, Sidney), Countess of Rutland (1585 – 1612) サー・フィリップ・シドニーとフランセス・ウォルシンガムの唯一の子供。処刑されたエセックス伯の義理の娘。1599 年に第 5 代ラトランド伯ロジャー・マナーズと結婚。xxxiv
マナーズ、ロジャー → ラトランド伯
マーロウ、クリストファー Christopher Marlowe (1564 – 30 May 1593) 劇作家。ケンブリッジ大卒。代表作に『エドワード二世』『タンバレイン大王』『フォースタス博士』『マルタ島のユダヤ人』。64, 411
マローン、エドモンド Edmond Malone (4 Oct. 1741 – 25 May 1812) アイルランドの学者。独自のシェイクスピア全集 (1790) を編纂。408
マンセル、サー・ロバート Sir Robert Mansell (1573 – 1656) 英国海軍大臣、ウェールズ代表国会議員。1600 年の決闘で有名。198
マンデイ、アンソニー Anthony Munday (1560 – 10 Aug. 1633) 劇作家。代表作に『ジョン・ア・ケントとジョン・ア・カンバー』『ハンティンドン伯ロバートの没落』など。シェイクスピアの自筆原稿を含むと考えられる共同執筆作品『サー・トマス・モア』の取りまとめ役。66

ミ

ミドルトン、トマス Thomas Middleton (18 April 1580 – July 1627) 劇作家。代表作に『女よ、女に心せよ』『取り替えっ子』『魔女』『チェスゲーム』がある。第 10 章訳注 7 参照のこと。23, 60, 69, 258-260, 360-361, 366, 385, 387, 421, 430, 464, 473, 480-481, xxxvii, xliv
ミルトン、ジョン John Milton (9 Dec. 1608 – 8-10 Nov. 1674) 詩人。代表作に『失楽園』。183-184, 256, xxxiii

メ

メアリ、スコットランド女王 Mary, Queen of Scots (8 Dec. 1542 – 8 Feb. 1587) メアリ・スチュアートとも。スコットランド女王メアリ一世として在位 1542-67 年。ジェイムズ五世の長女。ジェイムズ王の母。64, 107, 217, 280, 357, 432, 459, 461, 466, 459(系図)
メアリ王女 Princess Mary (8 April 1605 – 16 Dec. 1607) ジェイムズ王の三女。2 歳で夭折。357
メアリ女王 Queen Mary I (18 Feb. 1516 – 17 Nov. 1558) ヘンリー八世と最初の王妃キャサリン・オヴ・アラゴンの娘。在位 1553-58 年。カトリックを復活。29, 157, 215, 357-358, 426, 494(系図)
メイニー、リチャード Mainy Richard (*fl.*1602) バッキンガムシャー州デナム在住の紳士。122

メルヴィル、アンドルー Andrew Melville (1 Aug. 1545 – 1622)　スコットランドの宗教改革者。パリ大学に留学。1580 年にセント・アンドルーズ大学学長。ジェイムズ王を「神の愚かな僕」と呼んだ。284-285, 287, 425, 468

メルヴィル、ジェイムズ James Melville (26 July 1556 – 1614)　スコットランドの宗教改革者。前項の甥。セント・アンドルーズ大学でヘブライ語を講じた。284

モ

モードーント、ヘンリー Henry Mordaunt, 4th Baron Mordaunt (*c.*1564 – 1608)　第 4 代モードーント男爵。第 3 代男爵ルイス・モードーントの息子。カトリック教徒。火薬陰謀事件に関与した容疑でロンドン塔に一年間投獄された。140

モリーノ、ニコロ Nicolo Molino　1603 年 11 月から 1606 年初頭までロンドンに滞在したヴェニス大使。137-139, 141-142, 173, 175, 186-188, xxiv

モンゴメリー伯爵　→　ハーバート、フィリップ

モンティーグル男爵、ウィリアム・パーカー（第 4 代） Monteagle, William Parker, 4th Baron (1575 – 1 July 1622)　火薬陰謀事件発覚に功績のあった貴族。1589 年にフランシス・トレシャムの妹エリザベスと結婚。131-133, 143, 144, 167, 174, 198, 442-443, 462, 488（系図）, xxxii

モンテーニュ、ミシェル・ド Michel de Montaigne (28 Feb. 1533 – 13 Spet. 1592)　フランスの随筆家。代表作に『エセー』。307, 470-471, xl

ラ

ライト、クリストファー Christopher Wright (1570? – 8 Nov. 1606)　愛称キット。1605 年 3 月に兄のジョンに誘われて火薬陰謀事件に関与した。140, 165, 167, 442, 486（系図）

ライト、ジョン John Wright (1568 – 8 Nov. 1606)　前項の兄。兄弟はヨークでガイ・フォークスと学友だった。兄弟はエセックス伯の叛乱にも参加、国教忌避者として何度も逮捕されていた。140, 165, 167, 170, 442-443, 448（系図）, xxix

ライト、ジョン John Wright (*fl.*1602 – 1658)　ロンドンの書籍商。1609 年にシェイクスピアの『ソネット集』を販売。34-36

ラッセル、コンラッド Conrad Russell (15 April 1937 – 14 Oct. 2004)　第 5 代ラッセル伯コンラッド・セバスチャン・ロバート・ラッセル。17 世紀を専門とする歴史家。イエール大学、ロンドン大学教授を歴任した。390

ラッセル、ルーシー 、ベッドフォード伯爵夫人 Lucy Russell, Countess of Bedford (1580 – 1627)　旧姓ハリントン。芸術・文学のパトロンであり、自ら詩も書いた。いとこにペンブルック伯爵夫人メアリ。『ヒュメナイオスの仮面劇』に出演。17, 452, xxxiv

ラトランド伯爵（第 5 代）ロジャー・マナーズ 5th Earl of Rutland, Roger Manners (6 Oct. 1576 – 26 June 1612)　エセックス伯の叛乱参加者。ジェイムズ王の寵臣。妻にサー・フィリップ・シドニーの一粒種エリザベス。イニゴー・ジョーンズのパトロン。xxxiv

ラメル、ヘンリク Henrik Ramel (*c.*1550 – 1610)　デンマーク王クリスチャン四世の重臣。王子クリスチャンの目付け役。338, xli

リ

リトルトン、スティーヴン Stephen Littelton (*c.*1575 – 1606)　スタフォードシャー州の自宅ホルベッチ・ハウスが火薬陰謀事件のアジトとなった。次項の従兄弟か。168, 170-171, 230

リトルトン、ハンフリー Humphrey Littelton (1576 – 7 April 1606) 国教忌避者。火薬陰謀事件に連座して処刑。前項の父ジョージ・リトルトンの弟で、スティーヴンの叔父という説もある。230

ル

ルカヌス Lucan (39 – 65)　ローマ帝国の詩人。代表作は『内乱』。307

ルークウッド、アムブローズ Ambrose Rookwood (*c.*1578 – 31 Jan. 1606)　火薬陰謀事件の共謀者の 1 人。裕福なカトリックの家に生まれ、兄はフランシスコ会修道士、弟 2 人はカトリック神父となったが、自らは馬の生産者となった。カトリックのティリット家の娘エリザベスと結婚。1605 年 9 月にロバート・ケイツビーの仲間に入る。事件が発覚するとロンドンから逃げたが、逮捕され、1606 年 1 月 27 日裁判にかけられ、4 日後に処刑された。140, 155-156, 166-167, 170, 176-177, 178, 442-443, 448

ルースヴェン、アレグザンダー Alexander Ruthven (12 Jan. 1580 – 5 Aug. 1600)　スコットランド人貴族。初代ガウリ伯ウィリアム・ルースヴェンの三男。エディンバラ大卒。兄ジョンとともにジェイムズ王を 1600 年 8 月に誘拐・殺害しようとしたとして、同年 11 月 17 日にエディンバラで絞首刑、四つ裂きにされた。276

レ

レノックス伯爵夫人マーガレット・ダグラス Margaret Douglas, Countess of Lennox (8 Oct. 1515 – 7 March 1578)　ヘンリー八世の姪。スコットランドの貴族に嫁ぐ。ジェイムズ王は孫。357, 494（系図）

レノルズ、サー・ケアリー Sir Carey Reynolds (*c.*1563 – 1624)　1599年にエセックス伯によりサー・ウィリアム・コンスタブル、サー・リチャード・ホートンと共に騎士に叙任された。この3人は1606年の『ヒュメナイオスの仮面劇 Hymenaei』で一緒に馬上槍試合を行った。198

レノルズ、マーガレット Margaret Reynolds　第11章訳注11参照。295, 470

ロ

ローウィン、ジョン John Lowin (bapt. 9 Dec. 1576 – 24 Aug. 1653)　国王一座の役者。第1章訳注10参照。52, 430, 478, xxviii
ロジャーズ、ジョン John Rogers (*c.*1500 – 55)　聖書翻訳者。メアリー世治世下におけるプロテスタント最初の殉教者。『マシュー聖書』を刊行。296
ローリー、サー・ウォルター Sir Walter Raleigh (1552 or 1554 – 29 Oct. 1618)　エリザベス女王の寵臣。アメリカ大陸に渡って植民地の端緒を作り、アイルランド蜂起を鎮圧した。1603年に謀叛の罪で訴えられたとき、裁いたのはサー・エドワード・クック。211, 355, 449

文献について

本書で扱った事柄についてさらに知りたいという読者のためのみならず、特定の文献を探す読者のためにも役立つように下記に文献についての解説を加えた。各章ごとの文献を記す前に、私の考えや結論をまとめるに役だった主要な文献について記す。これらはシェイクスピアの伝記、作品群、ジェイムズ朝演劇、17 世紀初頭の英国史についての文献である。

主要文献

■ シェイクスピアの伝記

シェイクスピアの生涯についての事実は、E. K. Chambers, *William Shakespeare: A Study of Facts and Problems*, 2 vols (Oxford, 1930) と S. Schoenbaum, *William Shakespeare: A Documentary Life* (Oxford, 1975)［シェーンボーム著、小津次郎他訳『シェイクスピアの生涯——記録を中心とする』紀伊國屋書店、1982］にまとめられている。J. O. Halliwell-Phillipps, *Outlines of the Life of Shakespeare* (11th impression; London, 1907) はまだ有用だ。新たな発見については、David Thomas, ed., *Shakespeare in the Public Records* (London, 1985) と Robert Bearman, ed., *Shakespeare in the Stratford Records* (Stroud, Gloucestershire, 1994) に記されている。シェイクスピアの時代のストラットフォード・アポン・エイヴォンに関する史料は、James O. Halliwell, *A Descriptive Calendar of the Ancient Manuscripts and Records in the Possession of the Corporation of Stratford-upon-Avon* (London, 1863) にまとめられている。また、*The Minutes and Accounts of the Corporation of Stratford-upon-Avon and Other Records*, vols 1-4 (Hertford, 1921-30), ed. Richard Savage and E. I. Fripp; vol. 5 (Hertford, 1990), ed. Levi Fox, そして 1606 年に最も関連のある vol. 6: *Minutes and Accounts of the Stratford-upon-Avon Corporation, 1599-1609*, ed. Robert Bearman (Bristol, 2011) も参照のこと。ストラットフォード・アポン・エイヴォン及びその周辺におけるシェイクスピアについては、*Master Richard Quyny, Bailiff of Stratford-upon-Avon and Friend of William Shakespeare* (Oxford, 1924), *Shakespeare's Stratford* (Oxford, 1928), *Shakespeare's Haunts Near Stratford* (Oxford, 1929), *Shakespeare: Man and Artist*, 2 vols (Oxford, 1938) などの Edgar I. Fripp の著作、Charlotte Carmichael Slopes, *Shakespeare's Warwickshire Contemporaries* (rev. edn, Stratford-upon-Avon, 1907), Mark Eccles, *Shakespeare in Warwickshire* (Madison, 1961) を参照。さらに 2 冊貴重な本を挙げれば、Robert Bearman, ed., *The History of an English Borough: Stratford-upon-Avon 1196-1996* (Stroud, Gloucestershire, 1997) と Jeanne Jones, *Family Life in Shakespeare's England: Stratford-upon-Avon 1570-1630* (Stroud, Gloucestershire, 1996) である。

現代の伝記も多数参考にした。Peter Thompson, *Shakespeare's Professional Career* (Cambridge, 1992); Park Honan, *Shakespeare: A Life* (Oxford, 1998); Jonathan Bate, *The Genius of Shakespeare* (New York, 1998); Anthony Holden, *William Shakespeare: His Life and Work* (London, 1999); Katherine Duncan-Jones, *Ungentle Shakespeare* (London, 2001); Michael Wood, *In Search of Shakespeare* (London, 2003); Stanley Wells, *Shakespeare for All Time* (Oxford, 2003); Stephen Greenblatt, *Will in the World* (New York, 2004); René Weis, *Shakespeare Revealed: A Biography* (London, 2007)、そして Lois Potter, *The Life of William Shakespeare: A Critical Biography* (Maiden, Mass., 2012) である。私自身の *1599: A Year in the Life of William Shakespeare* (London, 2005) に盛り込んだ情報も利用したことも附しておこう。

シェイクスピア時代のロンドンについては史料が少ない。場所については John Stow, *The Survey of London* (London, 1598; 1603) に拠った。これは C. L. Kingsford, ed. (Oxford, 1908; rpt. 1971) の現代版もある。Lena Cowen Orlin, ed., *Material London, ca. 1600* (Philadelphia, 2000) もまた役に立った。London Topographical Society が刊行した 2 冊、Adrian Prockter and Robert Taylor, eds, *The A to Z of Elizabethan London* (London, 1979) と Ann Saunders and John Schofield, eds, *Tudor London: A Map and a View* (London, 2001) には大いに助けられた。Ida Darlington and James Howgego, *Printed Maps of London, circa 1553-1850* (London, 1964: rev. edn, 1979) も参照のこと。E. H. Sugden, *A Topographical Dictionary to the Works of Shakespeare and His Fellow Dramatists* (Manchester, 1925) は現在も欠かせない。休日や日の出日没の時間については、Edward Ponde, *A New Almanacke and Prognostication* (London, 1606) を参照した。

シェイクスピアの戯曲と詩

シェイクスピアの作品の研究は、どの版を用いるかというところから始まる。オリジナルのクォートやオクテーヴォ（八折り本）やフォーリオを用いるという段階を越えてからは、まず H. H. Furness 編纂による詳しい注のついた Variorum Shakespeare のシリーズを読むべきだろう。それを補うのは優れたトリオ―― The Arden Shakespeare (Arden 2 に続いて Arden 3 のシリーズが刊行中)、The Oxford Shakespeare、そして The New Cambridge Shakespeare のシリーズである。1606 年にシェイクスピアが執筆した 3 作については、『リア王』は、*A New Variorum Edition of Shakespeare: King Lear*, ed. Horace Howard Furness (Philadelphia, 1908); R. A. Foakes, ed. *King Lear* (London, 2006); *The Tragedy of King Lear*, ed. Jay L. Halio (Cambridge, 1992): *The History of King Lear*, ed. Stanley Wells, on the basis of a text prepared by Gary Taylor (Oxford, 2000) を参照。『リア王』の 1608 年版と 1623 年版の比較については、*King Lear: A Parallel Text Edition*, ed. René Weis, 2nd edn (Harlow, 2010) と *The Complete King Lear, 1608-1623, William Shakespeare; Texts and Parallel Texts in Photographic Facsimile*, ed. Michael Warren (Berkeley, 1989) を参照した。『マクベス』は、*A New Variorum Edition of Shakespeare: Macbeth*, ed. Horace Howard Furness. 3rd edn (Philadelphia, 1903); *Macbeth*, ed. Kenneth Muir (London, 1972); *Macbeth*, ed. A. R. Braunmuller (Cambridge, 2008); *The Tragedy of Macbeth*, ed. Nicholas Brooke (Oxford, 1990) を参照した。『アントニーとクレオパトラ』は、*A New Variorum Edition of Shakespeare: Antony and Cleopatra*, ed. Marvin Spevack (New York, 1977); *Antony and Cleopatra*, ed. M. R. Ridley (London, 1984); *Antony and Cleopatra*, ed. John Wilders (London, 1995); *Antony and Cleopatra*, ed. David Bevington (Cambridge, 1990); *The Tragedy of Anthony and Cleopatra*, ed.

Michael Neill (Oxford, 1994) を参照した。シェイクスピアの劇の出典については、Geoffrey Bullough, *Narrative and Dramatic Sources of Shakespeare*, 8 vols (London, 1957-75); Kenneth Muir, *The Sources of Shakespeare's Plays* (London, 1977) を参照のこと。シェイクスピア作品のコンコーダンスは、Marvin Spevack, ed., *The Harvard Concordance to Shakespeare* (Cambridge, Mass., 1973) である。本書に多数あるベン・ジョンソンの作品からの引用は、*The Cambridge Edition of The Works of Ben Jonson*, ed. David Bevington, Martin Butler, and Ian Donaldson, 7 vols (Cambridge, 2012) からのものである。

■シェイクスピアの舞台と出版

依然として乗り越えられない重要な書が E. K. Chambers, *The Elizabethan Stage*, 4 vols (Oxford, 1923) と G. E. Bentley, *The Jacobean and Caroline Stage*, 7 vols (Oxford, 1941-68) である。戯曲執筆の文化については R. A. Foakes and R. T. Rickert, eds, *Henslowe's Diary* (London, 1961) に拠っている。他の重要な研究書に、*Annals of English Drama, 975-1700*, ed. Alfred Harbage, S. Schoenbaum, and Sylvia Stoler Wagonheim (3rd edn, New York, 1989); R. A. Foakes, *Illustrations of the English Stage, 1580-1642* (Stanford, 1985); Herbert Berry, *Shakespeare's Playhouses* (New York, 1987) がある。*English Professional Theatre, 1530-1660*, ed. Glynne Wickham, Herbert Berry and William Ingram (Cambridge, 2000) にも関連資料がある。2つの新たなリソース—— The Henslowe-Alleyn Digitisation Project と The Database of Early English Playbooks ——は、ありがたい助っ人だ。

Andrew Gurr の影響力のある本—— *The Shakespearean Stage 1574-1642* (Cambridge, 1970; 3rd edn, 1992); *Playgoing in Shakespeare's London* (Cambridge, 1987; 2nd edn, 1996); *The Shakespearian Playing Companies* (Oxford, 1996); *The Shakespeare Company, 1594-1642* (Cambridge, 2004); *Shakespeare's Opposites: The Admiral's Company, 1594-1625* (Cambridge, 2009)——も参照した。その他、Bernard Beckerman, *Shakespeare at the Globe 1599-1609* (New York, 1962); Roslyn Lander Knutson, *The Repertory of Shakespeare's Company, 1594-1613* (Fayetteville, 1991); Roslyn Lander Knutson, *Playing Companies and Commerce in Shakespeare's Time* (Cambridge, 2001); John H. Astington, *English Court Theatre 1558-1642* (Cambridge, 1999); Stanley Wells, *Shakespeare and Co.: Christopher Marlowe, Thomas Dekker, Ben Johnson, Thomas Middleton, John Fletcher and the Other Players in His Story* (London, 2006); Eva Griffith, *A Jacobean Company and Its Playhouse: The Queen's Servants at the Red Bull Theatre* (Cambridge, 2013); James P. Bednarz, *Shakespeare & the Poets' War* (New York, 2001) や、John D. Cox and David Scott Kastan, eds, *A New History of Early English Drama* (New York, 1997) に収められた有用な論文、Richard Dutton, ed., *The Oxford Handbook of Early Modem Theatre* (Oxford, 2009) も参照した。少年劇団については、H. N. Hillebrand, *The Child Actors: A Chapter in Elizabethan Stage History* (Urbana, 1926); Michael Shapiro, *Children of the Revels: The Boy Companies of Shakespeare's Time and Their Plays* (New York, 1977); Reavley Gair, *The Children of Paul's: The Story of a Theatre Company, 1553-1608* (Cambridge, 1982); Lucy Munro, *The Children of the Queen's Revels: A Jacobean Theatre Repertory* (Cambridge, 2005) を参照した。ジェイムズ朝時代のトーナメントについては、Alan Young, *Tudor and Jacobean Tournaments* (London, 1987) を参照。役者の情報については、Edwin Nungezer, *A Dictionary of Actors* (New Haven, 1929) と、Mark Eccles が 'Elizabethan Actors' について Notes and Queries, vols 236-8 (1991-93) に発表した4つの論文、John H. Astington,

Actors and Acting in Shakespeare's Time: The Art of Stage Playing (Cambridge, 2010) も参照。演劇史と考古学をつなげる読みやすい研究として、Julian Bowsher, *Shakespeare's London Theatreland: Archeology, History and Drama* (London, 2012) がある。舞台の検閲については、Janet Clare, *Art Made Tongue-tied by Authority: Elizabethan and Jacobean Dramatic Censorship*, 2nd edn (Manchester, 1999); Richard Dutton, *Mastering the Revels: the Regulation and Censorship of English Renaissance Drama* (Iowa City, 1991) を参照。

印刷されたシェイクスピアの戯曲についての議論は、A.W. Pollard and G. R. Redgrave, eds, *A Short-Title Catalogue of Books Printed in England, Scotland, Ireland and of English Books Printed Abroad, 1475-1640*, 2 vols (2nd edn, rev. London, 1976); Edward Arber, ed., *A Transcript of the Registers of the Company of Stationers of London 1554-1640*, 5 vols (London, 1875-77); W. W. Greg, *A Companion to Arber. Being a Calendar of Documents in Edward Arber's 'Transcript of the Registers of the Company of Stationers of London'* (Oxford, 1967); Greg's *A Bibliography of the English Printed Drama to the Restoration* (London, 1939) から始まる。最近の研究については、Douglas A. Brooks, *From Playhouse to Printing House: Drama and Authorship in Early Modern England* (Cambridge, 2000); David Scott Kastan, *Shakespeare and the Book* (Cambridge, 2001); Andrew Murphy, *Shakespeare in Print: A History and Chronology of Shakespeare Publishing* (Cambridge, 2003); Lukas Erne, *Shakespeare as Literary Dramatist* (Cambridge, 2003); Lukas Erne, *Shakespeare and the Book Trade* (Cambridge, 2013) を参照。

ジェイムズ朝時代の書簡、ジャーナル、説教、政府文書

本書ではできるかぎり当時の人の声を聴くようにした。多くの点で依拠した二つの資料が、*The Letters of John Chamberlain*, ed. Norman E. McClure, 2 vols (Philadelphia, 1939) と *Dudley Carleton to John Chamberlain, 1603-1624: Jacobean Letter*, ed. Maurice Lee Jr. (New Brunswick, 1972) である。また、*Nugae Antiquae*, ed. T. Park, 2 vols (London, 1804) と *The Letters and Epigrams of Sir John Harington*, ed. Norman E. McClure (Philadelphia, 1930) に収められたサー・ジョン・ハリントンの書簡を頻繁に引用した。また、Thomas Birch, *The Court and Times of James the First*, 2 vols (London 1848); Arthur Collins, ed., *Letters and Memorials of State* (London, 1746); Edmund Sawyer, ed., *Memorials of Affairs of State in the Reigns of Q. Elizabeth and K. James I. Collected (Chiefly) from the Original Papers of the Right Honourable Sir Ralph Winwood*, 3 vols (London 1725) も参照。当時のさまざまな史料のコレクションについては、John Nichols, ed., *The Progresses, Processions, and Magnificent Festivities of King James the First*, 4 vols (London, 1828) を参照。

旅行客や大使は主要な情報源だ。William B. Rye, ed., *England as Seen by Foreigners in the Days of Elizabeth and James the First* (London, 1865) 参照。ヴェニス大使ニコロ・モリーノとゾルジ・ジュスティニャーニ（2 人は 1606 年 1 月に僅かにかぶっており、その後ジュスティニャーニがモリーノの跡を継いだ）の報告を記録した公文書のほか、ジェイムズ王の宮廷を訪れたフランス大使の手紙は *Ambassades de Monsieur de La Boderie, en Angleterre* (n.p., 1750) に刊行されており、当時イングランドを訪れたスペイン女性の生き生きとした手紙は、Glyn Redworth, ed., *The Letters of Luisa De Carvajal y Mendoza*, 2 vols (London, 2012) にある。詩、戯曲、絵画と同様に説教も当時の文化を読みとる手立てとなる。各章で様々な説教師の特定の説教に言及しているが、最も重要なのは 1606 年というこの年、復活祭の日曜、聖霊降臨祭の日曜、ガウリ記念日、第 2 回ハンプトン・コート会議、火薬陰謀事件 1 周年記念

日、クリスマスの各日に、国王の前で説教を行ったランスロット・アンドルーズの説教だ。その説教集が *XCVI Sermons by the Right Honorable and Reverend Father in God, Lancelot Andrewes* (London, 1629) である。

政府の年中行事表がなければ、1606年という年の歴史を考えることはできない。私はとりわけ、*The Calendar of State Papers Domestic: James I, 1603-1610*, ed. Mary Anne Everett Green (London, 1857); *Calendar of State Papers Relating to English Affairs in the Archives of Venice, vol. 10: 1603-1607*, ed. Horatio F. Brown (London, 1900); *Calendar of State Papers Relating to Ireland, of the Reign of James I*, vol. 1, ed. C. W. Russell and John P. Prendergast (London, 1872); *Calendar of State Papers, Colonial: East Indies 1513-1616*, ed. W. Noel Sansbury (London, 1862) を参照した。また、*The Calendar of the Cecil Papers in Hatfield House, part 18* (1606), ed. Montague Spencer Giuseppi (London, 1940) も参照。スコットランドの時事については、*Register of the Privy Council of Scotland*, vol. 7 (1604-1607), ed. David Masson (Edinburgh, 1885) を参照。残念ながら、1606年のイングランドの枢密院の記録は1619年のホワイトホール宮殿の火事で焼失した。多くの個人の情報については、貴重な *Oxford Dictionary of National Biography* (これ以降 ODNB と記す) に依拠した。

ジェイムズ王と当時の歴史

ジェイムズ王のイングランド治世の初期については、なによりも王自身の著述を集めた *The Works of the Most High and Mighty Prince James* (London, 1616) を参照した。また、Johann P. Sommerville, ed, *King James VI and I: Political Writings* (Cambridge, 1994); Neil Rhodes, Jennifer Richards, and Joseph Marshall, eds, *King James VI and I: Selected Writings* (Burlington, 2003); G. P. V. Akrigg, ed., *Letters of King James VI and I* (Berkeley, 1984); Daniel Fischlin, Mark Fortier, and Kevin Sharp, eds, *Royal Subjects: The Writings of James VI and I* (Detroit, 2002) 参照。勅令については、James F. Larkin and Paul L. Hughes, eds, *Stuart Royal Proclamations*, vol. 1 (Oxford, 1973) 参照。当時の年代記については、John Stow, *The Abridgement or Summarie of the English Chronicle, First Collected by Master John Stow*, by E[dmond] H[owes] (London, 1607); John Stow, *The Annales, or a Generall Chronicle of England Begun First by Maister John Stow, and After Him by Edmond Howes* (London, 1615); Robert Johnston, *Historica Rerum Britannicarum, 1572-1628* (Amsterdam, 1655) 参照。

ジェイムズ王の伝記及びその治世の分析については、Antony Weldon, *The Court and Character of King James* (London, 1650): Arthur Wilson, *The History of Great Britain, being the Life and Reign of King James the First* (London, 1653); David Harris Willson, *King James VI & I* (New York, 1956); Robert Ashton, *James I by His Contemporaries* (London, 1969); Graham Parry, *The Golden Age Restored: The Culture of the Stuart Court, 1603-42* (Manchester, 1981); Maurice Lee, Jr., *Great Britain's Solomon: James VI and I and His Three Kingdoms* (Urbana, 1990): Linda Levy Peck, ed., *The Mental Word of the Jacobean Court* (Cambridge,1991); David M. Bergeron, *Royal Family, Royal Lovers: King James of England and Scotland* (London,1991); W. P. Patterson, *King James VI and I and the Reunion of Christendom* (Cambridge, 1997); Roger Lockyer, *James VI and I* (London,1998); Leeds Barroll, Anna of Denmark, *Queen of England: A Cultural Biography* (Philadelphia, 2001); Pauline Croft, *King James* (Houndmills, Basingstoke, 2003); Alan Stewart, *The Cradle King: A Life of James VI and I* (London, 2003); Diana Newton, *The Making of the Jacobean Regime: James VI and I and the Government of England 1603-1605*

(Woodbridge, 2005); Tim Harris, *Rebellion: Britain's First Stuart Kings, 1657-1642* (Oxford, 2014) を参照。また、修正主義の Jenny Wormald の重要な二つの論文、'James VI and I: Two Kings or One', *History* 68 (1983), 187-209; 'Gunpowder, Treason, and Scots', *Journal of British Studies* 24 (1985), 141-168 及び Wormald が執筆した ODNB のジェイムズ王の項目を参照のこと。Richard Button, '*King Lear*, *The Triumphs of Reunited Britannia*, and "The Matter of Britain"', *Literature and History* 12 (1986), 139-51; Christopher Wortham, 'Shakespeare, James I and the Matter of Britain', *English* 45 (1996), 97-122 も参照。特に多くを学んだ本は、Kevin Sharpe, *Image Wars: Promoting Kings and Commonwealths in England, 1603-1660* (New Haven, 2010) である。また、*James VI and I: Ideas, Authority, and Government*, ed. Ralph Houlbrooke (Aldershot, Hampshire, 2006) と *The Accession of James I: Historical and Cultural Consequences*, ed. Glenn Burgess, Rowland Wymer and Jason Lawrence (Basingstoke, Hampshire, 2006) という論集からも多くを得た。さらに、Henry N. Paul, *The Royal Play of Macbeth* (New York, 1950) の『マクベス』はジェイムズ王を喜ばせるために書かれて、8 月 7 日にハンプトン・コートで王とクリスチャン王の前で上演されたという主張には賛同できないものの、この本からも多く学んだ。Leeds Barroll の記念碑的な *Politics, Plague, and Shakespeare's Theater: The Stuart Years* (Ithaca, 1991) は、1606 年に書かれた戯曲を特定する最も優れた考察をしており、この年の疫病がシェイクスピアの執筆に与えた影響の分析もすばらしい。

プロローグ

宮廷上演については、John Astington, *English Court Theatre* を参照。ホワイトホール宮殿と古いバンケティング・ハウスについては、Simon Thurley, *Whitehall Palace: An Architectural History of the Royal Apartments, 1240-1698* (New Haven, 1999) と同著者の *The Royal Palaces of Tudor England* (New Haven, 1993); G. S. Dugdale, *Whitehall through the Centuries* (London, 1950); *The London County Council Survey of London*, *The Parish of St Margaret, Westminster*, part II, vol. 1, Neighbourhood of Whitehall (London, 1930) 参照。Martin Butler, *The Stuart Court Masque and Political Culture* (Cambridge, 2008); Stow, *The Survey of London* 参照。この仮面劇の目撃情報については、William S. Powell, *John Pory, 1572-1636: The Life and Letters of a Man of Many Parts* (Chapel Hill, 1977). この仮面劇については本書第 8 章参照。会場の大きさから計算する（空のとき、およそ 511 平方メートル）以外、古いバンケティング・ハウスで仮面劇を上演した際どれほどの観客が入ったかわからない。特に会場にはイニゴー・ジョーンズの複雑な舞台装置（8 人の宮廷人を隠すほど大きな球などもあった）を入れなければならなかったし、複雑な踊りのスペースや王の席のスペースも確保する必要があった。それゆえ、ここで古いバンケティング・ハウスの客数を 600 人ほどとしたのは、あまり根拠のない他の資料で言われている 1000 人よりずっとおとなしい（たとえば、Astington, *English Court Theatre*, pp. 170-71 は、こうした宮廷の余興では豪華なドレスが必要だとしながら、1 人あたりの席を 45 センチメートル幅というありえない想定をしており、このとき数について言及している唯一のヴェニス人オラッツィオ・ブシノーの証言のみに依拠している。ブシノーは 1618 年にひどくぎゅう詰めのバンケティング・ハウスでベン・ジョンソンの『和解した喜び』を観たとき、女性だけで 600 人いたと言うのである）。

シェイクスピアの初期ジェイムズ朝時代の戯曲の執筆年代と順序については、現

段階で学者の意見の一致が見られているわけではないが、大筋で *The Oxford Shakespeare: The Complete Works*, ed. Stanley Wells and Gary Taylor with John Jowett and William Montgomery (Oxford, 2005) に拠った。『アテネのタイモン』は『リア王』よりあとの、1607年頃に書かれたとする学者もいるが、私にはそうは思えないし、その証拠もない。但し、『終わりよければすべてよし』は恐らく1607年と1609年のあいだに書かれたとする修正論の学者には賛同する。この点に関しては、Laurie Maguire and Emma Smith, 'Many Hands: A New Shakespeare Collaboration?' in *The Times Literary Supplement*, April 19, 2012 やそれへの反応、また Lois Potter, *The Life of William Shakespeare* や Gordon McMullan, 'What is a Late Play?', *The Cambridge Companion to Shakespeare's Last Plays*, ed. Catherine M. S. Alexander (Cambridge, 2009), 5-28 を参照。

シェイクスピアの生涯とその家族については、E. K. Chambers, *William Shakespeare: A Study of Facts and Problems* を参照のこと。ポーレットの手紙の現物は、British Library Add. MS 11757, fols. 105-106b にある。その詳細な解説は、Hilton Kelliher, 'A Shakespeare Allusion of 1605 and Its Author', *The British Library Journal* 3 (1977), 7-12 にある。ロンドンの書店におけるシェイクスピアの本については、Andrew Murphy, *Shakespeare in Print* と Lukas Erne, *Shakespeare and the Book Trade* 参照。シェイクスピアの名前が1607年の役者の給金表にないことについては、Peter R. Roberts, 'The Business of Playing and the Patronage of Players at the Jacobean Court', in *James VI and I: Ideas, Authority and Government*, ed. Ralph Houlbrooke, 88 参照。1606年にシェイクスピアが将来の劇作家ウィリアム・ダヴナントの母ジェネット（ジェイン）・ダヴナントと浮気をしたとする話（話の出所はウィリアム・ダヴナント自身であり、自分は私生児であってもシェイクスピアの息子なのだと思われたいのである）を強調し過ぎる最近の伝記作家については、Park Honan, *Shakespeare: A Life* や René Weis, *Shakespeare Revealed* を参照。この話の最初の出典は John Aubrey であり、問題の逢い引きがあったとされてから75年後に初めて記録されたのだ（E. K. Chambers, *Facts and Problems* 参照）。シェイクスピアがタバード宿屋の壁板に名前を彫ったという最近の発見は、Martha Carlin が2014年9月26日付の *Times Literary Supplement*, 15 に発表したものであり、誰が書いたかわからない1643年頃の描写は、エディンバラ大学図書館 (MS La. II 422/211) に保存されている。

1. 国王一座

シェイクスピアが住んでいたあたりの通りについては、Adrian Prockter and Robert Taylor, eds, *The A to Z of Elizabethan London* 参照。女王一座については、Scott McMillin and Sally-Beth MacLean, *The Queen's Men and Their Plays* (Cambridge, 1998); Brian Walsh, *Shakespeare, the Queen's Men, and the Elizabethan Performance of History* (Cambridge, 2009) 参照。『レア王』の支払いについては、R. A. Foakes and R. T. Rickert, eds, *Henslowe's Diary* 参照。ファインズとクレイトンの話については、Peter R. Roberts, 'The Business of Playing and the Patronage of Players at the Jacobean Court', 95-104 参照。ローレンス・フレッチャーについては、Roberts, 'The Business of Playing' と合わせて Sir James Fergusson, *The Man Behind Macbeth and Other Studies* (London, 1969), 13-21 参照。1603年の疫病については、Paul Slack, *The Impact of Plague in Tudor and Stuart England* (London, 1985); J. F. D. Shrewsbury, *A History of Bubonic Plague in*

the British Isles (Cambridge, 1970); F. P. Wilson, *The Plague in Shakespeare's London* (Oxford, 1927, rpt. 1963); Charles Creighton, *A History of Epidemics in Britain* (Cambridge, 1891) 参照。また、Thomas Dekker, *The Wonderfull Yeare. Wherein Is Shwed the Picture of London Lying Sicke of the Plague* (London, 1603) と F. P. Wilson, ed., *The Plague Pamphlets of Thomas Dekker* (Oxford, 1925) も参照のこと。

巡業については、E. K. Chambers, *Facts and Problems* と *The Records of Early English Drama* の各巻及び Dutton, ed., *The Oxford Handbook of Early English Theatre* の 292-306 ページに Peter Greenfield が 'Touring' としてまとめた有用な概論を参照。宮廷におけるシェイクスピアと国王一座については、Astington, *English Court Theatre* 参照。1604-1605 年の祝典局の記録については、W. R. Streitberger, ed., 'Jacobean and Caroline Revels Accounts, 1603-1642', *Malone Society Collections* 13 (Oxford, 1986) 参照。1605 年 1 月 11 日付のコープの手紙は、*HMC Report on the Calendar of the MSS of the Marquess of Salisbury* (London, 1933), 16:415 にある。リチャード・フレックノーによるバーベッジ回想は、Richard Flecknoe, *Euterpe Restored* (London, 1672) にある。その他のシェイクスピアの劇団員については、Nungezer の *Dictionary of Actors* や Mark Eccles が *Notes and Queries*, 32 (1985) 〜 37 (1990) に掲載した当時の役者についての論考を見よ。有名な役者についてはODNB を参照のこと。「どもりのヘミングズ」については、E. K. Chambers, *Elizabethan Stage*, 2:421 参照。ケンプとアーミンについては、David Wiles, *Shakespeare's Clown: Actor and Text in the Elizabethan Playhouse* (Cambridge, 1987) 参照。ケンプが 1610 年頃まで生き延びたかもしれないことは、K. Duncan-Jones, 'Shakespeare's Dancing Fool', *The Times Literacy Supplement*, 13 August, 2010 及び Martin Butler が ODNB に執筆した Kempe の項目参照。エリザベス朝及びジェイムズ朝の役者の引退年齢についてこれまで学者は驚くほど注意を払ってこなかったが、入手しうる史料からは、50 代以降も続けた役者は片手で数えられるほどのようだ（数に入るのは、ジョン・ローウィン、ジョゼフ・テイラー、ロバート・リー、そしてひょっとするとケンプ）。現存する証拠に基づけば、シェイクスピアは 1603 年以降まだ演じ続けていた最年長組だった。『マクベス』についてベン・ジョンソンが言ったことのジョン・ドライデンの回想については、John Dryden, 'Defense of the Epilogue', George Watson, ed., John Dryden, *Of Dramatic Poesy and Others Critical Essays*, 2 vols (London, 1962), 1:173 参照。

2. 王国分割

統合問題についての最もきちんとした解説は、Bruce Galloway, *The Union of England and Scotland 1603-1608* (Edinburgh, 1986) を見よ。問題を論じた小冊子については、Bruce R. Galloway and Brian P. Levack, eds, *The Jacobean Union: Six Tracts of 1604* (Edinburgh, 1985) 参照。また、Roger A. Mason, ed., *Scots and Britons: Scottish Political Thought and the Union of 1603* (Cambridge, 1994); Brian P. Levack, *The Formation of the British State: England, Scotland and the Union, 1603-1707* (Oxford, 1987); *Shakespeare and Scotland*, ed. Willy Maley and Andrew Murphy (Manchester, 2004); David M. Bergeron, 'King James's Civic Pageant and Parliamentary Speech in March 1604', *Albion* 34 (2002), 213-31; Jenny Wormald, 'The Creation of Britain: Multiple Kingdoms or Core and Colonies?', *Transactions of the Royal Historical Society*, 6th Series, vol. 2 (1992), 175-94; Jenny Wormald, 'The Union of 1603', Mason, ed., *Scots and Britons*, 17-40 も参照。当時の文献については、

The King's Majesty's Speech . . . in Parliament, 19 March 1603 (i.e., 1604); John Thornborough, *The Joyful and Blessed Reuniting the Two Mighty and Famous Kingdoms* (Oxford, 1605); Ben Jonson, 'Pangyre, On the Happy Entrance of James Our Sovereign to His First High Session of Parliament in This His Kingdom, the 19th of March 1604', in *The Cambridge Edition of The Works of Ben Jonson*, 2:473-82 参照。Antony Munday, *The Triumphs of Re-united Britannia* の現代版は、*Renaissance Drama: An Anthology of Plays and Entertainments*, ed., Arthur F. Kinney, 2nd edn (Maiden, 2005) にある。

統合問題の議会審議については、William Cobbett, ed., *The Parliamentary History of England, from the Earliest Period to the Year 1803*, vol. 1 (London, 1806); *Journal of the House of Commons*, vol. 1 (London, 1802); *The Parliamentary Diary of Robert Bowyer*, ed. D. H. Willson (Minneapolis, 1931); 'Certain Articles or Considerations Touching the Union of the Kingdoms of England and Scotland', in *The Works of Francis Bacon*, ed. James Spedding, Robert Leslie Ellis, and Douglas Denon Heath, 14 vols (London, 1857-74), 10:218-34; 'The Journal of Sir Roger Wilbraham . . . for the years 1593-1616', ed. Harold Spencer Scott, in *Camden Miscellany* 10 (London, 1902) 参照。また、Andrew Thrush, *The House of Commons, 1604-1629* (Cambridge, 2011), vol. 1 参照。この議論について鋭く論じたものに、Conrad Russell, *King James VI and I and His English Parliaments: The Trevelyan Lectures*, ed. Richard Cust and Andrew Thrush (Oxford, 2011) がある。また、Wallace Notestein, *The House of Commons 1604-1610* (New Haven, 1971) も参照。そのほか David L. Smith, *The Stuart Parliaments, 1603-1689* (New York, 1999); Megan Mondi, 'The Speeches and Self-Fashioning of King James VI and I to the English Parliament, 1604-1624', *Constructing the Past 8* (2007); Annabel Patterson, *Censorship and Interpretation: The Conditions of Writing and Reading in Early Modern England* (Madison, 1984), 58-72; John Draper, 'The Occasion of King Lear', *Studies in Philology* 34 (1937), 176-85; Philip Schwyzer, 'The Jacobean Union Controversy and King Lear', in *The Accession of James I*, ed. Glenn Burgess, Rowland Wymer, and Jason Lawrence, 34-47; Jenny Wormald, 'Gunpowder, Treason, and Scots'; Alex Garganigo, '*Coriolanus*, the Union Controversy, and Access to the Royal Person', *Studies in English Literature* 42 (2002), 335-59 も有用。1606 年 3 月 7 日付のサー・エドワード・ホウビーからサー・トマス・エドマンズ宛ての『馬鹿の島』に関する議会での討議については、Thomas Birch, *The Court and Times of James the First*, 1:60-61; Tristan Marshall, *Theatre and Empire: Great Britain on the London Stages under James VI and I* (Manchester, 2000) 参照。本章における分析及び『リア王』と『マクベス』の歴史的政治的文脈の議論については、John Kerrigan, *Archipelagic English: Literature, History, and Politics 1603-1707* (Oxford, 2008) に負っている。

3. 『レア王』から『リア王』へ

『レア王』からの引用は、Tiffany Stern, ed. *King Leir* (London, 2002) からのものである。もう 1 つ、Donald M. Michie, ed., *A Critical Edition of The True Chronicle History of King Leir and His Three Daughters, Gonorill, Ragan, and Cordella* (New York, 1991) という現代版もある。ジョン・ライトについては、R. B. McKerrow, *A Dictionary of Printers and Booksellers in England, Scotland and Ireland, and of Foreign Printers of English Books 1557-1640* (London, 1910), 197-98; Lemuel Matthews Griffiths, *Evenings with Shakspere* (London, 1889), 299-300 参照。2 つの戯曲の関係については、上記に引用した『リア王』のケンブリッジ版、オックスフォード版、アーデン版の各序

論に加えて、Wilfred Perrett, 'The Story of King Lear from Geoffrey of Monmouth to Shakespeare', *Palaestra* 35 (Berlin, 1904); Richard Knowles, 'How Shakespeare Knew *King Leir*', *Shakespeare Survey* 55 (2002), 12-35; Martin Mueller, 'From *Leir* to *Lear*', *Philological Quarterly* 73 (1994), 195-217; Meredith Skura 'What Shakespeare Did with the Queen's Men's *King Leir* and When', *Shakespeare Survey* 63 (2010), 316-25; Roger Adger Law, '*King Leir* and *King Lear*: An Examination of the Two Plays', in Don Cameron Allen, ed., *Studies in Honor of T. W. Baldwin* (Urbana, 1958), 112-24; Scott McMillin and Sally-Beth Maclean, *The Queen's Men and Their Plays*, 160-66 参照。『リア王』の言語の研究について多数あるが、特に Frank Kermode, *Shakespeare's Language* (London, 2000) と Leslie Thomson, ' "Pray you undo this button": Implications of "un-" in *King Lear*', *Shakespeare Survey* 45 (1993), 79-88 参照。『スペインの悲劇』の改訂でシェイクスピアの筆が入っている可能性については、Douglas Bruster, 'Shakespearean Spellings and Handwriting in the Additional Passages Printed in the 1602 *Spanish Tragedy*', *Notes and Queries* (2013) 参照。『リア王』のエンディングについてのサミュエル・ジョンソンのコメントは、Arthur Sherbo, ed., *Johnson on Shakespeare*, in *The Yale Edition of the Works of Samuel Johnson*, vol. 8 (New Haven, 1968), 659-705 にある。

4. 悪魔憑き

フィレンツェ大使の報告（疫病とロンドンの犬の駆除）については、John Orrell, 'The London State in the Florentine Correspondence, 1604-1618' *Theatre Research International* 3 (1978), 157-76 参照。1605 年にジェイムズ王がオックスフォードを訪問した際の記述については、Antony Nixon, *Oxfords Triumph: in the Royal Entertainement of His Moste Excellent Majestie, the Queene, and the Prince: the 27 of August Last, 1605* (London, 1605) を参照。マシュー・グウィンのラテン語の翻訳は、Bullough, *Narrative and Dramatic Sources of Shakespeare*, 7:470-72 を参照。アン・ガンターとその話からの引用は、James Sharpe, *The Bewitching of Anne Gunter: A Horrible and True Story of Football, Witchcraft, Murder and the King of England* (London, 1999) に拠る。ロバート・ジョンストンの *Historia Rerum Britannicarum* の訳も Sharpe のものを使わせて頂いた。当時の悪魔憑きの演劇性については、Richard Raiswell, 'Faking It: A Case of Counterfeit Possession in the Reign of James I', *Renaissance and Reformation* 23 (1999), 29-48 を参照。

初期近代イングランドとスコットランドにおける魔術と悪魔憑きに関する資料は膨大である。以下の研究が最も有用である。James Sharpe, *Instruments of Darkness: Witchcraft in England 1550-1750* (London, 1996); Keith Thomas, *Religion and the Decline of Magic: Studies in Popular Beliefs in Sixteenth- and Seventeenth-Century England*, rev. edn (London, 1973); D. P. Walker, *Unclean Spirits: Possession and Exorcism in France and England in the Late Sixteenth and Early Seventeenth Centuries* (London, 1981); Marion Gibson, *Possession, Puritanism, and Print* (London, 2006); Nancy Caciola, *Discerning Spirits: Divine and Demonic Possession in the Middle Ages* (Ithaca, 2003); Hilaire Kallendorf, *Exorcism and Its Texts* (Toronto, 2003); Moshe Sluhovsky, *Believe Not Every Spirit: Possession, Mysticism, and Discernment in Early Modern Catholicism* (Chicago, 2007); *Witchcraft and Hysteria in Elizabethan London: Edward Jorden and the Alan Glover Case*, ed. Michael MacDonald (London, 1991); *Witchcraft and the Act of 1604*, ed. John Newton and Jo Bath (Leiden, 2008). ハースネットとダレルと『リア王』については、Kenneth Muir, 'Samuel Harsnett and King Lear', *Review of English Studies* 2

(1951), 11-21 及び Muir 編纂のアーデン版『リア王』、Stephen Greenblatt, 'Shakespeare and the Exorcists', *Shakespearean Negotiations* (Berkeley, 1988), 94-128 そして特に F. W. Brownlow, *Shakespeare, Harsnett, and the Devils of Denham* (Newark, 1993) は重要で、この本からハースネットの *A Declaration of Egregious Popish Impostures* を引用した。また、Amy Wolf, 'Shakespeare and Harsnett: "Pregnant to Good Pity"?', *Studies in English Literature* 38 (1998), 251-264; Marion Gibson, *Possession, Puritanism and Print: Darrell, Harsnett, Shakespeare and the Elizabethan Exorcism Controversy* (London, 2006); John L. Murphy, *Darkness and Devils: Exorcism and 'King Lear'* (Athens, Ohio, 1983); Nina Taunton and Valerie Hart, 'King Lear, King James and the Gunpowder Treason of 1605', *Renaissance Studies* 17 (2003), 695-715; Thomas Freeman, 'Demons, Deviance and Defiance: John Darrell and the Politics of Exorcism in Late Elizabethan England', in Peter Lake and Michael C. Questier, eds, *Conformity and Orthodoxy in the English Church, c. 1560-1660* (Woodbridge, 2000) も参照。許可のない悪魔祓いを禁じる教会法については、*Constitutions and Canons Ecclesiastical Treated upon by the Bishop of London* (London, 1604), chapter lxxii 参照。哀れなトムの言葉については、S. Musgrove, 'Thieves' Cant in *King Lear*', *English Studies* 62 (1981), 5-13 を参照。魔女についてジョン・ハリントンがジェイムズ王と交わした会話については、John Harington, *Nugae Antiquae*, 1:366-71 を参照。

5. 手紙

火薬陰謀事件について今日知られていることの多くは、ロンドンのキュー地区の公文書館所蔵の、ジェイムズ朝の政府が最初に収集保存し、19 世紀半ば以降「火薬陰謀事件簿」として知られるようになった資料である。本書の記述は現代の歴史家と同様に、この資料に大きく依拠している。私が参照して役に立った現代の資料として——膨大な史料だが——権威のある Mark Nicholls, *Investigating Gunpowder Plot* (Manchester, 1991) と Nicholls による個々の共謀者についての ODNB の記述を筆頭に挙げるべきだろう。James Travers, *Gunpowder: The Players Behind the Plot* (Kew, Richmond, 2005) は、恐らくこのトピックについて最高の導入だ。また、Antonia Fraser, *The Gunpowder Plot: Terror and Faith in 1605* (London, 1996) と、仮想の歴史を想定した、Fraser の *What Might Have Been* (London, 2004) における 'The Gunpowder Plot Succeeds' の章、George Blacker Morgan が個人的に印刷した *The Great English Treason for Religion*, 2 vols (London, 1931-32); Henry Hawkes Spink, *The Gunpowder Plot and Lord Monteagle's Letter* (London, 1902); Paul Durst, *Intended Treason* (London, 1970); Francis Edwards, *The Enigma of Gunpowder Plot, 1605: The Third Solution* (Dublin, 2008); Alan Haynes, *The Gunpowder Plot: Faith in Rebellion* (Dover, New Hampshire, 1994): Jenny Wormald, 'Gunpowder, Treason and Scots'; David Cressy, *Bonfires and Bells: National Memory and the Protestant Calendar in Elizabethan and Stuart England* (Berkeley, 1989) も参照。さらに、Paul Wake, 'Plotting as Subversion: Narrative and the Gunpowder Plot', *Journal of Narrative Theory* 38 (2008), 295-316 も参照。

事件の当時の記述については、William Barlowe, *The Sermon Preached at Paules Crosse, the Tenth Day of November Being the Next Sunday after the Discoverie of This Late Horrible Treason* (London, 1606); *His Majesty's Speech in the Last Session of Parliament as Near His Very Words as could be Gathered at the Instant. Together with a Discourse of the Maner of the Discovery of This Late Intended Treason, Joyned with the Examination of Some of the Prisoners* (London, 1605); Thomas Morton, *An Exact Discoverie of the Romish*

Doctrine in the Case of Conspiracie and Rebellion (London, 1605); *A True and Perfect Relation of the Whole Proceedings against the Late Most Barbarous Traitors* (London, 1606); Thomas Campion, *De Pulverea Conjuratione*, ed. David Lindley, with trans. by Robin Sowerby (Leeds, 1987); Francis Edwards, trans. and ed., *The Gunpowder Plot: The Narrative of Oswald Tesimond alias Greenway* (London, 1973); Samuel Garey, *Great Brittans Little Calendar: or Triple Diane, in Remembrance of Three Days* (London, 1618) 参照。ハリントン卿から従兄弟への手紙については、John Harington, *Nugae Antiquae*, 1:371-75 参照。エドモンズの書簡については、Winwood, *Memorials* 参照。チャリング・クロスにてパーシーが王位継承を宣言するというディグビーの記述は、*The Gunpowder Treason: With a Discourse of the Manner of Discovery* (London, 1679) の補遺として最初に出版された 'Several Papers or Letters of Sir Everard Digby, Chiefly Relating to the Gunpowder-Plot' にある。傍聴席の超満員に関するルークノーの記述については、Willson, ed., *The Parliamentary Diary of Robert Bowyer*, 10 参照。モンティーグル卿への手紙を書いたのはトレシャムであろうという点については、Oliver Ormerod, *The Picture of a Papist . . . Together with a Discourse of the Late Treason, and of the Execution of Some of the Traitors* (London, 1606),124 参照。Ormerod はフォークスのことを「マッチを持ったマキャヴェリアン」などと素晴らしい表現をしている。ベン・ジョンソンと火薬陰謀事件については、Ian Donaldson, *Ben Jonson: A Life* (London, 2011); Richard Dutton, *Ben Jonson, Volpone and the Gunpowder Plot* (Cambridge, 2008) 及び *The Cambridge Edition of the Works of Ben Jonson Online* で 'Gunpowder Plot' で検索して出てくる資料も参照のこと。

6. ミサの遺品

シェイクスピアのミッドランドと事件との関係については、Robert Bearman, ed., *Minutes and Accounts of the Stratford-upon-Avon Corporation, 1599-1609*; Michael Hodgetts, 'Coughton and the Gunpowder Plot', in *Catholic Gentry in English Society: The Throckmortons of Coughton from Reformation to Emancipation*, ed. Peter Marshall and Geoffrey Scott (Farnham, Surrey, 2009), 93-121; Hodgetts, 'The Plot in Warwickshire and Worcestershire', *Midland Catholic History* 12 (2006), 16-34; Edgar I. Fripp, *Shakespeare Studies, Biographical and Literary* (Oxford, 1930); Fripp, *Shakespeare: Man and Artist*, *Shakespeare's Stratford*; Fripp, *Shakespeare's Haunts near Stratford*; Richard Wilson, *Secret Shakespeare: Studies in Theatre, Religion and Resistance* (Manchester, 2004); W. Salt Brassington, *Shakespeare's Homeland* (London, 1903) 参照。共謀者とシェイクスピアの個人的関係については、Leslie Hotson, *I, William Shakespeare* (London, 1937); John W. Hales, 'At Stratford-on-Avon', *Fraser's Magazine* (April, 1878), 413-27; Francis Edwards, trans. and ed., *The Gunpowder Plot: The Nairative of Oswald Tesimond* 参照。クロプトン・ハウスで没収されたカトリック用品については、Stratford's Shakespeare Center Library and Archive, ER 1/1 /56; Richard Savage, *Catalogue of the Books, Manuscripts, Works of Art, Antiquities, and Relies at Present Exhibited in Shakespeare's Birthplace* (Stratford-upon-Avon, 1910); the 'List of such as were apprehended for the Gunpowder Plot. The names of such as were taken in Warwick and Worcestershire and brought to London', British Library Add. MS 5847, ff. 322-323 参照。1570 年代初頭のストラットフォードに於ける衣服の販売については、J. R. Mulryne, ed., *The Guild and Guild Buildings of Shakespeare's Stratford: Society, Religion, School and Stage* (Farnham, Surrey, 2012), 167 参照。

7. 忘れるな、忘れるな

この章は第5章と第6章と共通した資料に依拠した。特に Mark Nicholls, *Investigating Gunpowder Plot*; James Travers, *Gunpowder*; Antonia Fraser, *The Gunpowder Plot*; Paul Durst, *Intended Treason*; Francis Edwards, *The Enigma of Gunpowder Plot*; Alan Haynes, *The Gunpowder Plot*; *Faith in Rebellion*; *A True and Perfect Relation of the Whole Proceedings against the Late Most Barbarous Traitors*; Michael Hodgetts, 'Coughton and the Gunpowder Plot'; Hodgetts, 'The Plot in Warwickshire and Worcestershire', 及び様々な公文書である。また、Mary Whitmore Jones, *The Gunpowder Plot and the Life of Robert Catesby* (London, 1909) も参照。サー・トマス・エドモンズの書簡については、Winwood, *Memorials*, 2:183-84 参照。事件の裁判の詳細な記述は、*A Complete Collection of State Trials, and Proceedings for High-Treason*, ed. Francis Hargrave, 4th edn (London, 1776) にある。事件に着想を得た詩については、Edward Hawes, *Trayterous Percyes & Catesbyes Prosopopeia* (London, 1606); Richard F. Hardin, 'The Early Poetry of the Gunpowder Plot: Myth in the Making', *English Literary Renaissance* 22 (1992), 62-79; Robert Appelbaum, 'Milton, the Gunpowder Plot, and the Mythography of Terror', *Modem Language Quarterly* 68 (2007), 461-91; David Quint, 'Milton, Fletcher, and the Gunpowder Plot', *Journal of the Warburg and Courtauld Institutes* 54 (1991), 261-68. '*In Quintum Novembris*' 及びミルトンの 11 月 5 日に関する他の詩や翻訳については、John Milton, *Complete Poems and Major Prose*, ed. Merritt Y. Hughes (1957; Indianapolis, 2003) を参照。サー・アーサー・ゴージズの書簡はセシル文書にある。『マクベス』にある火薬の臭いについては、Jonathan Gil Harris, 'The Smell of *Macbeth*', *Shakespeare Quarterly* 58 (2007), 465-86 を参照。ベン・ジョンソンの火薬陰謀事件への文学的反応については、Ian Donaldson 著の伝記 *Ben Jonson: A Life* の他に Frances Teague, 'Jonson and the Gunpowder Plot', *Ben Jonson Journal* 5 (1998), 249-52 と Richard Dutton, *Ben Jonson, Volpone and the Gunpowder Plot* を参照のこと。11 月 5 日の文化的遺産に関する最高の本は、James Sharpe, *Remember, Remember the Fifth of November: Guy Fawkes and the Gunpowder Plot* (London, 2005) である。また、A. W. R. E. Okines, 'Why Was There So Little Reaction to Gunpowder Plot?', *Journal of Ecclesiastical History* 55 (2004), 275-92 も参照。

8. 『ヒュメナイオスの仮面劇』

この仮面劇のテクストについては、Ben Jonson, *Hymenaei: The Solemnities of Masque, and Barriers Magnificently Performed on the Eleventh, and Twelfth Nights, from Christmas; at Court* (London, 1606); *The Workes of Benjamin Jonson* (London, 1616); David Lindley, ed., *Hymenaei*, in *The Cambridge Ben Jonson*, 2:657-712; Stephen Orgel, ed., *Ben Jonson: The Complete Masques* (Yale, 1969) 参照。この仮面劇の批評については D. J. Gordon, '*Hymenaei*; Ben Jonson's Masque of Union', *Journal of the Warburg and Courtauld Institute* 8 (1945), 107-45; Stephen Orgel, *The Illusion of Power: Political Theater in the English Renaissance* (Berkeley, 1975); Stephen Orgel and Roy Strong, *Inigo Jones and the Theatre of the Stuart Court*, 2 vols (Berkeley, 1973); David Lindley, 'Embarrassing Ben: The Masques for Frances Howard', *English Literary Renaissance* 16 (1986), 343-59; Lindley, *The Trials of Frances Howard: Fact and Fiction at the Court of King James* (Routledge, 1993); Alastair Bellany, *The Politics of Court Scandal: News Culture and the Overbury Affair, 1603-1660* (Cambridge, 2002); Martin Butler, *The Stuart Court Masque and Political Culture* を参照。また、Marie H. Loughlin, '"Love's Friend and Stranger to Virginitie":

The Politics of the Virginal Body in Ben Jonson's *Hymenaei* and Thomas Campion's the *Lord Hay's Masque*' *English Literary History* 63 (1996), 833-849; Barbara Ravelhofer, *The Early Stuart Masque: Dance, Costume, and Music* (Oxford, 2006); Lesley Mickel, 'Glorious Spangs and Rich Embroidery: Costume in the *Masque of Blackness* and *Hymenaei*', *Studies in the Literary Imagination* 36 (2003), 41-59; Kevin Curran, *Marriage, Performance, and Politics at the Jacobean Court* (Burlington, Vermont, 2009) も参照。この仮面劇上演の費用については、*HMC Rutland*, 4:457-58 と W. R. Streitberger, ed., 'Jacobean and Caroline Revels Accounts, 1603-1642', 18 を参照。エリザベス女王の衣装については、Janet Arnold, *Queen Elizabeth's Wardrobe Unlock'd* (Leeds, 1988) 参照。ジョン・ポリーによるこの仮面劇の描写は William S. Powell, *John Pory, 1572-1636* にある。槍試合については、Alan Young, *Tudor and Jacobean Tournaments* 参照。『テンペスト』との関係については、Stephen Orgel のオックスフォード版 *The Tempest* (Oxford, 1982) の序論、及び David Lindley, 'Music, Masque, and Meaning in *The Tempest*', in *The Court Masque*; Catherine Shaw, '*The Tempest* and *Hymenaei*', *Cahiers Elisabéthains* 26 (1984), 29-39; Andrew Gurr, '*The Tempest*'s Top', *Notes and Queries* 59 (2012), 550-552 を参照。ティルニーとシェイクスピアについては、Richard Dutton, *Mastering the Revels* の他に Dutton, 'The Court, the Master of the Revels, and the Players', in Dutton, ed., *The Oxford Handbook of Early Modern Theatre*, 362-79 を参照。祝典局とトマス・ヘイウッドについては、Thomas Heywood, *Apology for Actors* (London, 1612), Elv. を参照。

仮面劇に出演した宮廷人は、ウィロビー卿、ウォルデン卿、サー・ジェイムズ・ヘイ、モンゴメリー伯、サー・トマス・ハワード（サフォーク伯)、サー・トマス・サマセット（サマセット伯)、アランデル伯、サー・ジョン・アストリーである。出演した若い淑女は、モンゴメリー伯爵夫人スーザン・ハーバート、第2代ドーセット伯の娘セシリー・サックヴィル、ハンティンドン伯爵次女レイディ・ドロシー・ヘイスティングズ、ベッドフォード伯爵夫人ルーシー・ラッセル（芸術のパトロン)、花嫁の妹エリザベス・ハワード（62歳のサー・ウィリアム・ノリスと結婚したばかりの20歳)、シェイクスピアの元パトロンであるサー・ジョージ・ケアリーの一人娘であるバークレー卿夫人エリザベス（29歳の最年長)、ウスター伯の六女レイディ・ブランシェ・サマセット、ラットランド伯爵夫人エリザベス・マナーズ、サー・フィリップ・シドニーとフランセス・ウォルシンガムの一粒種であるラトランド伯爵夫人エリザベス・マナーズ（処刑された第2代エセックス伯の義理の娘で、エセックス伯の支持者である第5代ラトランド伯爵の妻)。〔以上、人物の詳細は巻末の索引を兼ねた人名事典参照のこと。〕

9. 二枚舌

本章は、Mark Nicholls, *Investigating Gunpowder Plot*; James Travers, *Gunpowder*; Antonia Fraser, *The Gunpowder Plot*; Paul Durst, *Intended Treason*; Francis Edwards, *The Enigma of Gunpowder Plot*; Alan Haynes, *The Gunpowder Plot: Faith in Rebellion*; Michael Hodgetts, 'Coughton and the Gunpowder Plot' にかなり依拠した。Calendars of State Papers Domestic and Venetian と、ODNB のきわめて有益な項目も参照した。さらに詳細な研究は、サウスウェルについては Pierre Janelle, *Robert Southwell the Writer* (London, 1935); Christopher Devlin, *The Life of Robert Southwell: Poet and Martyr* (London, 1956); R. Simpson, 'Father Southwell and His Capture', *The Rambler: A Catholic Journal and Review* n.s. 7 (1857), 98-118; Thomas M. McCoog, *The Society of Jesus in Ireland, Scotland,*

and England, 15S9-1597 (Famham, Surrey, 2012); *A Brefe Discourse of the Condemnation and Execution of Mr. Robert Southwell* (Stonyhurst College, MS Anglia A. III, 1-11) を再録している Henry Foley, SJ, *Records of the English Province of the Society of Jesus* (London, 1877), vol. 1; Nancy Pollard Brown, 'Robert Southwell: The Mission of the Written Word', in *The Reckoned Expense: Edmund Campion and the Early Jesuits* (Woodbridge, Suffolk, 1996), 196-97 を参照。サウスウェルの晩年の著述については、Robert Southwell, *Two Letters and Short Rules of a Good Life*, ed. Nancy Pollard Brown (Charlottesville, 1973) を参照。アン・ベラミーについての優れた議論は、Anne Swärdh, *Rape and Religion in English Renaissance Literature* (Uppsala, 2003) である。ベラミーの物語についての追加情報は、William Done Bushell, 'The Bellamies of Uxendon. Lecture Delivered before the Harrow Church Reading Union. Feb. 19th, 1914', *Harrow Octocentenary Tracts* 14 (Cambridge, 1914), 1-55; M. A. Tierrney, ed., Charles Dodd [i.e., Henry Tootell], *Church History of England*, vol. 3 (London, 1840), Appendix 37, cxcvii-cxcviii 参照。ヘンリー・ガーネットについては、Samuel R. Gardiner and Henry Garnett, 'Two Declarations of Garnet Relating to the Gunpowder Plot', *The English Historical Review* 3 (1888), 510-519: Philip Caraman, *Henry Garnet 1555-1606 and the Gunpowder Plot* (London, 1964); Philip Caraman, *A Study in Friendship: Saint Robert Southwell and Henry Garnet* (St. Louis, 1995); John Gerard, *The Autobiography of an Elizabethan*, trans. Philip Caraman and intro. Michael Hodgetts (Oxford, 2006); Thomas M. McCoog, *The Enigma of Gunpowder Plot, 1605: The Third Solution* (Dublin, 2008) 参照。ガーネット逮捕については、C. Don Gilbert, 'Thomas Habington's Account of the 1606 Search at Hindlip', *Recusant History* 25 (2001), 415-22 を参照。ガーネットの裁判の詳細な当時の記録は、*A True and Perfect Relation of the Proceedings at the Severall Arraignments of the Late Most Barbarous Traitors* (London, 1606) にある。また、H. L. Rogers, 'An English Tailor and Father Garnet's Straw', *Review of English Studies* 16 (1965), 44-49 も参照。

ガーネットの『曖昧表現論』の直筆原稿は、Oxford: Bodleian Library, MSS Laud Misc. 655 にある。その写しは、Rome: Venerable English College, MS. Z. 53 (Collectanea F. ff. 8r-39v) にある。これはまず David Jardiue, ed., *A Treatise of Equivocation* (London, 1851) として編纂され刊行され、さらに Henry Garnet, '"Treatise of Equivocation", ca. early 1598' として Ginevra Corsignani, Thomas M. McCoog and Michael Questier, with the assistance of Peter Holmes, eds, *Recusancy and Conformity in Early Modem England: Manuscript and Printed Sources in Translation, Monmnenta Historica Societatis Iesu*, n.s. 7 (Rome, 2010), 298-343 に刊行された。Archibald E. Malloch and Frank L. Huntley, 'Some Notes on Equivocation', *PMLA* 81 (1966), 145-46; A. E. Malloch, 'Father Henry Garnet's Treatise of Equivocation', *Recusant History* 15 (1981), 387-95 も参照のこと。当時イングランド人のイエズス会士が多いに利用した影響力のある『曖昧表現論』(小冊子) については、Martin Azpicueta (Doctor Navarrus), *Commentarius in cap. Humanae Aures XXII q. V: de veritate responsi partim verbo, partim mente concepti; et de arte bona et mala simulandi* (Rome, 1584) を参照。また、Philip Caraman がラテン語から英訳した John Gerard, *The Autobiography of an Elizabethan*, Appendix E, on 'Southwell's Defense of Equivocation', 279-80, and Appendix F, 'Report of Fr Gerard's Examination concerning Equivocation', 281 や、Johann P. Sommerville, 'The New Art of Lying: Equivocation. Mental Reservation, and Casuistry', in *Conscience and Casuistry in Early Modern Europe*, ed. Edmund Leites (Cambridge, 1988), 159-84; Stefania Tutino, 'Nothing But the Truth? Hermeneutics and Morality in the Doctrines of Equivocation and Mental

Reservation in Early Modern Europe', *Renaissance Quarterly* 64 (2011), 115-155; Stefania Tutino, *Law and Conscience: Catholicism in Early Modern England, 1570-1625* (Aldershot, Hampshire, 2007); A. E. Malloch, 'Equivocation; A Circuit of Reasons', in Patricia Bruckmann, ed., *Familiar Colloquy: Essays Presented to Arthur Barker* (Ottawa, 1978), 132-43; Janet E. Halley, 'Equivocation and the Legal Conflict over Religious Identity in Early Modern England', *Yale Journal of Law & the Humanities* 3 (1991), 33-52; Paula McQuade, 'Truth and Consequences: Equivocation, Inwardness, and the Secret Catholic Subject in Early Modern England', *The Ben Jonson Journal* (2001), 277-290; Arthur Marotti, *Religious Ideology and Cultural Fantasy: Catholic and Anti-Catholic Discourses in Early Modern England* (Notre Dame, 2005); Michael Carrafiello, 'Robert Parsons and Equivocation, 1606-1610', *Catholic Historical Review* 79 (1993), 671-80; Todd Butler, 'Equivocation, Cognition, and Political Authority in Early Modern England', *Texas Studies in Literature and Language* 54 (2012), 132-154 を参照。『曖昧表現論』を扱った当時の論文としては、Thomas Morton, *An Exact Discovery of Romish Doctrine in the Case of Conspiracie and Rebellion* (London, 1605); Thomas Morton, *Full Satisfaction Concerning a Double Romish Inquiry, Rebellion, and Equivocation* (London, 1606); Robert Parsons, *A Treatise Tending to Mitigation* (London, 1607); The Earl of Salisbury, *An Answer to Certain Scandalous Papers* (London, 1606) がある。Bill Cain がこのテーマを扱った素晴らしい戯曲 *Equivocation* (2009) は 2014 年に the Dramatist's Play Service によって出版されており、強く推したい。

『ヘンリー六世・第二部』と魔術の関係については、Nina S. Levine, 'The Case of Eleanor Cobham: Authorizing History in *2 Henry VI*', *Shakespeare Studies* 22 (1994), 104-21; Ronald Knowles, ed., *King Henry VI, Part 2* (London, 1999) を参照。パットナムのシェイクスピアへの影響については、George Puttenham, *The Art of English Poesy*, ed. Frank Wigham and Wayne A. Rebhorn (Ithaca, 2007); William Lowes Rushton, *Shakespeare and 'The Arte of English Poesie'* (Liverpool, 1909) を参照。サー・エドワード・クック（彼のシェイクスピアの利用も含めて）については、1606 年 8 月 4 日にノリッジ巡回裁判所でクックが行った演説を詳細に語っている Robert Pricket, *The Lord Coke His Speech and Charge* (London, 1607) 及び Marc L. Schwarz, 'Sir Edward Coke and "This Scept'red Isle": A Case of Borrowing', *Notes & Queries* 233 (1988), 54-56 を参照。また、Allen D. Boyer, *Sir Edward Coke and the Elizabethan Age* (Stanford, 2003); F. A. Inderwick, *A Calendar of the Inner Temple Records* (London, 1898), vol. 2 を参照のこと。

10. 地上の地獄

フランシス・ベーコンからトービー・マシュー宛ての手紙については、James Spedding, ed., *Letters and Life of Francis Bacon*, 7 vols (London, 1861-74), 4:10 を参照。'The Powder Treason' と題された印刷物については、Michael Hunter, ed., *Printed Images in Early Modern England: Essays in Interpretation* (Famham, Surrey, 2010); Jonathan Bate and Dora Thornton, eds, *Shakespeare: Staging the World* (New York, 2012) を参照。'The Powder Treason' の一部の表現の出典となった日付のない大判印刷物 *Princeps Proditorum: The Popes Darling: Or, a Guide to his Twelve Apostles* は、1606 年ないし 1607 年のものと思われる。その最初のページだけが現存し、British Museum に保存されている。『マクベス』の門番の場のノックについてのコールリッジとドゥ・クィンシーの議論については、Samuel Taylor Coleridge, *Lectures 1808-1819 on Literature II*, in *The Collected Works*, vol. 5, ed. R. A. Foakes (Princeton, 1987), 149; Thomas De Quincey, 'On

the Knocking at the Gate in *Macbeth*', first published in the *London Magazine* (October, 1823) and reprinted in *The Collected Writings of Thomas De Quincey*, ed. David Masson, vol. 10 (1890), 389-394 を参照。'Mister Farmer' としてのガーネットについては、Glyn Redworth, *The Letters of Luisa De Carvajal y Mendoza*, 1:118 を参照。曖昧表現（二枚舌）と『マクベス』については、『マクベス』の主要な版の序論での議論に加え、Frank L. Huntley, 'Macbeth and the Background of Jesuitical Equivocation', *PMLA* 79 (1964), 390-400; H. L. Rogers, '*Double Profit*' *in Macbeth* (Melbourne, 1964) を参照。さらに一般的に、Henry N. Paul, *The Royal Play of Macbeth*; Stephen Greenblatt, 'Shakespeare Bewitched', in *New Historical Literary Study: Essays on Reproducing Texts, Representing History* (Princeton, 1993), 108-35; Arthur F. Kinney, *Lies Like Truth: Shakespeare, Macbeth, and the Cultural Moment* (Detroit, 2001) も参考になる。ハースネットにおけるナイフや首くくりの縄のイメージについては、Brownlow, *Shakespeare, Harsnett, and the Devils of Denham* を参照。ダレルに対してのジョン・ビーコンとジョン・ウォーカーの本は、*A Summarie Answere to Al the Material Points in Any of Master Darel His Bookes* (London, 1601) である。ランスロット・アンドルーズによる火薬陰謀事件の説教は、古いものから順に並べられた *XCVI Sermons* (London, 1641) である。1606 年に曖昧表現に関してなされた説教や論文は、John Dove, 'A Sermon Preached at St Paul's Cross the First of June 1606', Folger, MS V.a.151; Lancelot Andrewes, 'A Sermon Preached before Twro Kings, on the Fifth of August, 1606'(*XCVI Sermons* 所収) を参照。オリヴァー・オマーロッドについては、Oliver Ormerod, *The Picture of a Papist* (London, 1606) を参照。『マクベス』公演を観たフォアマンの記述は広く流布しているが、Nicholas Brooke 編のオックスフォード版『マクベス』234-36 を参照。

私は、ナショナル・トラストのナタリー・コーヘンと、ロンドン考古学博物館のジェイムズ・ライト、そしてその同僚たちに、ケント州ノウルにある厄除けの印についての素晴らしい研究を教えてもらったことを感謝する。また、ナショナル・トラストには、私が委託された報告「ノウル・ハウス――床下探査」をそこで作成させてくれたことを感謝している。その内容は 2014 年 11 月に新聞各紙に報告しており、たとえば、『ガーディアン紙』（http://www.theguardian.com/cuture/2014/nov/05/witch-marks-king-james-i-knole-sevenoaks-national-trust）などの当時のイギリスの多くの新聞で記事となっている。

『マクベス』とトマス・ミドルトンとの関係については、オックスフォード版、ケンブリッジ版、アーデン版『マクベス』の序論のほか、Gary Taylor and John Lavagnino, eds, *Thomas Middleton: The Collected Works* (Oxford, 2007) と、それに付随する *Thomas Middleton and Early Modern Textual Culture* (Oxford, 2007) を参照。『マクベス』の呪いの神話については、Laurie Maguire and Emma Smith, *30 Great Myths about Shakespeare* (Chichester, West Sussex, 2013); Stanley Wells, 'Shakespeare in Max Beerbohm's Theatre Criticism', *Shakespeare Survey 29* (1976), 133-45 を参照。ジョンソンの『ヴォルポーネ』については、David Bevington, Martin Butler, and Ian Donaldson, eds, *The Cambridge Edition of the Works of Ben Jonson*, vol. 3 所収の Richard Dutton による『ヴォルポーネ』序論、及び Dutton, *Ben Jonson, Volpone and the Gunpowder Plot* 参照。また、James P. Bednarz, 'Was *Volpone* Acted at Cambridge in 1606?', *Ben Jonson Journal* 17 (2010), 183-96; Martin Butler, 'Ben Jonson's Catholicism', *Ben Jonson Journal* 19 (2012), 190-216; James Tulip, 'Comedy as Equivocation: An Approach to the Reference of *Volpone*', *Southern Review* 5 (1972), 91-100; James Tulip, 'The Contexts of *Volpone*' in *Imperfect Apprehensions: Essays in English Literature in*

Honour of G. A. Wilkes (Sydney, 1996), 74-87 参照。『馬鹿の島』の醜聞についてわかっていることは、Thomas Birch, *The Court and Times of James the First*, 1:60-61 所収の 1606 年 3 月 7 日付サー・トマス・エドモンズ宛てのサー・エドワード・ホウビーの手紙、及び Lucy Munro, *Children of the Queen's Revels*, 29 を参照のこと。

11. "王の悪"

ジェイムズ王が暗殺されたという噂の記述については、Calendar of State Papers Venetian, 1603-1607, 332-33 を参照。チェンバレンの書簡は Winwood, *Memorials* 所収。Arthur Wilson, *History of Great Britain*, 32-33; John Stow, *The Abridgement or Summarie of the English Chronicle* (1607); Stow, *The Annales* (1614); David Harris Willson, *The Parliamentary Diary of Robert Sawyer*, 88-91; Edmund Lodge, ed., *Illustrations of British History, Biography, and Manners* (London, 1791), 3:305-306 も参照。ガウリについては、*The Earle of Cowries Conspiracy against the Kings Majestie. At Saint Johnstown upon Tuesday the Fifth Day of August* (London, 1603); Samuel Garey, *Great Brittans Little Calendar* (London, 1618); Andrew Lang, *James VI and the Gowrie Mystery* (London, 1902); Edward Cardwell, *Documentary Annals of the Reformed Church of England*, 2nd edn, 2 vols (Oxford, 1844), 2:59 を参照。また、ODNB の John and Alexander Ruthven の項目参照。ガウリの物語の信憑性へのランスロット・アンドルーズの疑念については、John Hacket, *A Century of Sermons* (London, 1675) を参照。ガウリと魔術については、Roy Booth, '*Macbeth*, King James and Witchcraft', in Lawrence Normand and Gareth Roberts, eds, *Witchcraft in Early Modern Scotland* (Exeter, 2000), 47-68 を参照。

王が治すという瘰癧（頚部リンパ腺結核）については、William Clowes, *Right Fruitful and Approved Treatise, for the Artificial Cure of That Malady Called in Latin Struma, and in English, the Evil* (London, 1602); Raymond Crawford, *The King's Evil* (Oxford, 1911); Marc Bloch, *The Royal Touch: Monarchy and Miracles in France and England*, trans. J. E. Anderson (1961; New York, 1989); Keith Thomas, *Religion and the Decline of Magic*, 192-98; Deborah Willis, 'The Monarch and the Sacred: Shakespeare and the Ceremony for the Healing of the King's Evil', in Linda Woodbridge and Edward Berry, eds, *True Rites and Maimed Rites: Ritual and Anti-Ritual in Shakespeare and His Age* (Chicago, 1992), 147-168; Daniel Fusch, 'The Discourse of the Unmiraculous Miracle: Touching for the King's Evil in Stuart England', *Appositions: Studies in Renaissance / Early Modern Literature & Culture* 1 (2008) を参照。また、Richard C. McCoy, '"The Grace of Grace" and Double-Talk in *Macbeth*', *Shakespeare Survey* 57 (2004), 27-37; Frank Barlow, 'The King's Evil', *English Historical Review* 95 (1980), 3-27 も参照。1606 年に王が手当てをしたという件については、*Calendar of State Papers Venetian*, 10:44 を参照。瘰癧についての場面が部分的に検閲を受けた可能性については、Nevill Coghill, 'Have We Lost Some Part of the Scene at the Court of King Edward the Confessor', in *The Triple Bond*, ed. Joseph G. Price (London, 1975), 230-34 を参照。

第 2 回ハンプトン・コート会議については、James Melvill, *The Autobiography and Diary of Mr. James Melvill*, ed. Robert Pitcairn (Edinburgh, 1842), 653-57 を参照。4 つの説教については、William Barlowe, *One of the Four Sermons Preached before the Kings Majestie at Hampton Court* (London, 1606); John Buckeridge, *A Sermon Preached at Hampton Court before the Kings Majestie* (London, 1606); Lancelot Andrewes, *A Sermon Preached before the Kings Majestie, at Hampton Court* (London,

1606); John King, *The Fourth Sermon Preached at Hampton Court* (Oxford, 1606) を参照。また、Peter E. McCullough, *Sermons at Court* (Cambridge, 1998); David Calderwood, *The History of the Kirk of Scotland*, ed. T. Thomson and D. Laing (Edinburgh, 1842-49), 6:477-81, 568-83; ODNB の Andrew Melville の項目、そして啓蒙的な Lori Anne Ferrell, *Government by Polemic: James I, the King's Preachers, and the Rhetorics of Conformity, 1603-1625* (Stanford, 1998) を参照。「謀叛を犯しそうな」聖職者の噂話については、Redworth, *The Letters of Luisa De Carvajal y Mendoza*, 1: 118 を参照。「役者の罵声禁止令」については、Thomas Birch, *The Court and Times of James the First*, 1:60-61 所収の 1606 年 3 月 7 日付サー・トマス・エドモンズ宛てのサー・エドワード・ホウビーの手紙参照。また、Hugh Gazzard, 'An Act to Restrain Abuses of Players (1606)', *Review of English Studies* 61 (2010), 495-528 も参照。驚くべきことに、学者たちはホウビーの手紙を役者に対する政府の禁止令と結び付けてこなかった。また、Dutton, *Mastering the Revels*; Gary Taylor and John Jowett, *Shakespeare Reshaped, 1606-1623* (Oxford, 1993) も参照。『マクベス』に於ける魔法の鏡については、'Diary of the Journey of Philip Julius, Duke of Stettin-Pomerania, through England in the Year 1602', ed. Gottfried von Bülow and Wilfred Powell, *Transactions of the Royal Historical Society*, n.s. 6 (1892), 57; Margaret Downs-Gamble, '"To the Crack of Doom": Sovereign Imagination as Anamorphosis in Shakespeare's "Show of Kings"' in Willy Maley and Rory Loughnane, eds, *Celtic Shakespeare: The Bard and the Borderers* (Farnham, Surrey, 2013), 157-68 を参照。忠誠の誓いについては、Bernard Bourdin, *The Theological-Political Origins of the Modern State: The Controversy between James I of England & Cardinal Bellarmine*, trans. Susan Pickford (Washington, D.C., 2010); Michael Questier, 'Loyalty, Religion and State Power in Early Modern England: English Romanism and the Jacobean Oath of Allegiance', *The Historical Journal* 40 (1997), 311-29; Michael Questier, 'Catholic Loyalism in Early Stuart England', *English Historical Review* 123 (2008), 1132-65; Stefania Tutino, *Law and Conscience* を参照。議会活動については、*The Parliamentary Diary of Robert Bowyer* を参照。スザンナ・シェイクスピアに関する情報は 1964 に発見された。これについては、Hugh A. Hanley, 'Shakespeare Family in Stratford Records', *Times Literary Supplement*, May 21, 1964, 441 を見よ。スザンナ・シェイクスピアとストラットフォード・アポン・エイヴォンに於ける国教忌避については、E. R. C. Brinkworth, *Shakespeare and the Bawdy Court of Stratford* (London, 1972); Schoenbaum, *William Shakespeare: A Documentary Life*; Park Honan, *Shakespeare: A Life* を参照。当時のカトリックのイングランド人の経験をルイーザ・ドゥ・カヴァヤル・イ・メンドーザがどう語っているかは、Glyn Redworth, ed., *The Letters of Luisa De Cawajaly Mendoza* を参照。

12. やりかけの仕事

『ジュリアス・シーザー』のエリザベス朝時代の続編の可能性については、Geoffrey Bullough, *Narrative and Dramatic Sources of Shakespeare*, 5: 215-19 を、フルク・グラヴィルが自分の戯曲を破棄した件については、Ronald A. Rebholz, *The Life of Fulke Greville, First Lord Brooke* (Oxford, 1971); Joan Rees, *Fulke Greville, Lord Brooke, 1554-1628: A Critical Biography* (Berkeley, 1971) 及び ODNB の Fulke Greville の項を参照のこと。グラヴィルの *Life of Sidney* と *A Letter to an Honourable Lady* の現代版は、Mark Caldwell, ed., *The Prose of Fulke Greville, Lord Brooke* (New

York, 1987) を参照。エセックス・サークルについては、Paul E. J. Hammer, *The Polarisation of Elizabethan Politics. The Political Career of Robert Devereux, 2nd Earl of Essex, 1585-1597* (Cambridge, 1999) 及びハマー執筆の ODNB の Essex の項参照。古いクレオパトラ劇については、Karen Raber, *Dramatic Difference: Gender, Class, and Genre in the Early Modern Closet Drama* (Cranbury, New Jersey, 2001) と Paulina Kewes, '"A fit memoriall for the times to come...": Admonition and Topical Application in Mary Sidney's *Antonius* and Samuel Daniel's *Cleopatra*', *Review of English Studies* 63 (2012), 243-64 を参照。

シェイクスピアが『アントニーとクレオパトラ』でプルタルコスを利用した点については、C. B. R. Pelling, ed., *Plutarch, Life of Antony* (Cambridge, 1988) の特に 37-45 ページを参照。また、M. W. MacCallum, *Shakespeare's Roman Plays and Their Background* (London, 1910); Gordon Braden, 'Shakespeare', in Mark Beck, ed., *A Companion to Plutarch* (Chichester, 2014), 577-91 を参照。さらに、*Cleopatra: A Sphinx Revisited*, ed. Margaret M. Miles (Berkeley, 2011) も参照。アーデン版、オックスフォード版、ケンブリッジ版の各序論の優れた議論のほか、Marvin Spevack がヴァリオラム版で詳細な議論を行っているのに注目されたい。材源については、Bullough, *Narrative and Dramatic Sources* と Muir, *The Sources of Shakespeare's Plays* のほか、Marilyn L. Williamson, *Infinite Variety: Antony and Cleopatra in Renaissance Drama and Earlier Tradition* (Mystic Conn., 1974) を参照。モンテーニュの 'The Historic of Spurina' は、ジョン・フローリオの翻訳が収められている Everyman 版の *Montaigne, Essays*, 3 vols (New York, 1980), 2:462 から引用した。『アントニーとクレオパトラ』へのジョージ・バーナード・ショーのコメントについては、G. B. Shaw, Preface to *Three Plays for Puritans* (London, 1900) を参照。『アントニーとクレオパトラ』の文体と構造の議論に関しては、Janet Adelman, *The Common Liar: An Essay on Antony and Cleopatra* (New Haven, 1973) に多くを負っており、この本は今でも最高の『アントニーとクレオパトラ』論である。エノバーバスについては、Elkin Calhoun Wilson, 'Shakespeare's Enobarbus', in James G. McManaway et al., eds, *Joseph Quincy Adams Memorial Studies* (Washington, D.C., 1948), 291-408 を参照。また、『アントニーとクレオパトラ』の文化背景について私とはかなり異なる考察 2 つとして、Paul Yachnin の '"Courtiers of Beauteous Freedom": *Antony and Cleopatra* in Its Time', *Renaissance and Reformation* 24 (1991), 1-20 と 'Shakespeare's Politics of Loyalty: Sovereignty and Subjectivity in *Antony and Cleopatra*', *Studies in English Literature* 33 (1993), 343-363 を挙げる。クレオパトラに扮したレイディ・アン・クリフォードを描いた驚くべき肖像画についての説得力ある議論として、Yasmin Arshad, 'The Enigma of a Portrait: Lady Anne Clifford and Daniel's *Cleopatra*', *The British Art Journal* 11 (2011), 22-23 を見よ。サミュエル・ダニエルが自らの『クレオパトラ』を改訂し、シェイクスピアに負っているという点は、M. Lederer, *Daniel's The Tragedie of Cleopatra nach em Drucke von 1611* (Louvain, 1911); Joan Rees, 'An Elizabethan Eyewitness of Antony and Cleopatra', *Shakespeare Survey* 6 (1953), 91-93; Arthur M. Z. Norman, 'Daniel's *The Tragedy of Cleopatra* and the Date of *Antony and Cleopatra*', *Modern Language Review* 54 (1959), 1-9 を参照。

13. シバの女王

1606 年のクリスチャン王のイングランド訪問については、John Chamberlain, *Letters*; Stow's *Annales* の Howes による増補部分、Winwood の *Memorials* にある書簡、フランス

大使・イタリア大使による記述、そして以下の当時の資料を見よ。Anon., *The King of Demarkes Welcome* (London, 1606); Henry Robarts, *The Most Royall and Honourable Entertainement of the Famous and Renowned King Christiern* [*sic*] (London, 1606); Henry Robarts, *England's Farewell to Christian the Fourth* (London, 1606). クリスチャン王の艦隊とその旗艦トレ・クレノールについては、Martin J. Bellamy, *Christian IV and His Navy: A Political and Administrative History of the Danish Navy, 1596-1648* (Boston, 2006) を参照。クリスチャン王が姉であるイングランド王妃に対するジェイムズ王の待遇を批判したことについてはDe la Boderie, *Ambassades*, 1:311 を参照。クリスチャン王訪英の意義と『アントニーとクレオパトラ』との関係については、H. Neville Davies の先駆的仕事、とりわけ 'Jacobean *Antony and Cleopatra*', *Shakespeare Studies* 17 (1985), 123-58 を見よ。また、H. Neville Davies, 'The Limitations of Festival: Christian TV's State Visit to England in 1606', in J. R. Mulryne and Margaret Shewring, eds, *Italian Renaissance Festivals and Their European Influence* (Lewiston, New York, 1992)、そして J. W. Binns と共同して書いた 'Christian IV and *The Dutch Courtesan*', *Theatre Notebook* 44 (1990), 118-22 を見よ。1605 年 8 月のヘンリク・ラメルの国を代表しての訪英については、John Nichols, *Progresses . . . of King James*, 1:577 を参照。宮内官としてのシェイクスピアの役割については、Ernest Law, *Shakespeare as a Groom of the Chamber* (London, 1910) を参照。ジェイムズ王が自らをシーザーと見なした点については、Kevin Sharpe, *Image Wars*, 80-81 及び Edward Hawkins, *Augustus Franks and Herbert Grueber, Medallic Illustrations of the History of Great Britain and Ireland*, 2 vols (London, 1885), 1:187, 191 を参照。新しく作られたユニオン・フラッグについては、Larkin and Hughes, *Stuart Royal Proclamations*, 135-36 にある「南ブリテンと北ブリテンが海上でどのような旗を掲げるべきか」を定めた 1606 年 4 月 12 日の勅命のほか、Nick Groom, *The Union Jack: The Story of the British Flag* (London, 2006) を参照。旗の図案に不平を漏らした 1606 年 8 月 1 日付のスコットランドの船大工の手紙については、*Register of the Privy Council of Scotland*, 7:498 を参照。デンマーク王訪英に対するイングランドの著述家たちの反応については、John Marston, 'The Argument of the Spectacle Presented to the Sacred Majesties of Great Britain and Denmark as They Passed through London', in *The Poems of John Marston*, ed. Arnold Davenport (Liverpool, 1961), 185-88 を参照。ジョン・フォードについては、*The Collected Works of John Ford*, ed. Gilles Monsarrat, Brian Vickers, and R. J. C Watt, vol. 1 (Oxford, 2012) 所収の 'Honor Triumphant' と 'The Monarches Meeting' への優れた序論及びクリスチャン王の訪問をまとめた優れた年表を参照。また、John Davies of Hereford, *Bien Venu: Great Britaines Welcome to Her Great Friends, and Deare Brethren, the Danes* (London, 1606); Edmund Bolton, *Tricorones* (London, 1607); *Charites Oxonienses sive Laetitia Musarum*, British Library Royal MS 12 A. LXIV 参照。

ジェイムズタウン探検については、Philip L. Barbour, *The Jamestown Voyages under the First Charter, 1606-1609*, 2 vols (London, 1969); Karen Ordahl Kupperman, *The Jamestown Project* (Cambridge, Mass., 2007); Peter C. Mancall, *Hakluyt's Promise: An Elizabethan Obsession for an English America* (New Haven, 2007) を参照。失敗した北ヴァージニア探検（1606 年 8 月にメイン海岸を目指した探検隊で、本書では取り上げなかった）については、Henry S. Burrage, *The Beginnings of Colonial Maine, 1602-1658* (Portland, Maine, 1914) を参照。植民地計画を祝う詩については、Michael Drayton, 'To the Virginian Voyage. Ode 11', *Poemes Lyrick and Pastorall* (London 1606) を参照。この詩は 1606 年 4 月 19 日に書籍出版業組合に登録されたが、その

１週間前にハクルートが代行者として勅許状に署名している。アンドルーズによるガウリ記念日の説教は、初め 1610 年にラテン語で出版され、1641 年のアンドルーズ説教全集 *Ninety-Six Sermons* に加えられるまでは英語で出版されなかった。この説教についての優れた議論として、Lori Anne Ferrell, *Government by Polemic*, 88-95 を見よ。セオバルズでの飲食の法外な出費とイニゴー・ジョーンズへの報酬については、Hatfield House, Cecil Papers, 111, f.162 (*Cambridge Edition of the Works of Ben Jonson Online* でアクセス可能) を参照。クリスチャン王の飲酒と女性問題については、Michael Srigley, '"Heavy-headed revel east and west": Hamlet and Christian IV of Denmark', in *Shakespeare and Scandinavia* (Newark, 2002), 168-92 を参照。ハリントンの書簡については、*Nugae Antiquae*, 1 :348-54 を参照。その分析については、Martin Butler, *Stuart Court Masque*；William Tate, 'King James I and the Queen of Sheba', *English Literacy Renaissance* 26 (1996), 561-85; Clare McManus, 'When is a Woman Not a Woman?', *Modern Philology* 105 (2008), 437-74; J. Scott-Warren, *Sir John Harington and the Book as Gift* (Oxford, 2001), 185-88 を参照。ソロモン王としてのジェイムズ王については、Maurice Lee, Jr., *Great Britain's Solomon* を参照。ジェイムズ王に警告をした無署名の手紙については、Friedrich Ludwig von Raumer, *History of the Sixteenth and Seventeenth Centuries*, 2 vols (London, 1835), 2:217 を参照。

エリザベス女王を懐かしむ思い、女王とクレオパトラ及びその碑と結びつける発想については、Helen Morris, 'Queen Elizabeth I "Shadowed" in Cleopatra', *Huntington Library Quarterly* 32 (1969), 271-278; Keith Rinehart, 'Shakespeare's Cleopatra and England's Elizabeth', *Shakespeare Quarterly* 23 (1972), 81-86; Hannah Betts, 'The Image of this Queene so Quaynt: The Pornographic Blazon, 1588-1603', in *Dissing Elizabeth: Negative Representations of Gloriana*, ed. Julia M. Walker (London, 1998), 153-84; Anne Barton, 'Harking Back to Elizabeth: Ben Jonson and Caroline Nostalgia', *English Literary History* 48 (1981), 706-31; Peter Hyland, 'Re-membering Gloriana: *The Revenger's Tragedy*' in Elizabeth H., *Resurrecting Elizabeth I in Seventeenth-Century England* (Madison, New Jersey, 2007), 82-94; Catherine Loomis, *The Death of Elizabeth: Remembering and Reconstructing the Virgin Queen* (New York, 2010), 119-156; Julia Walker, *The Elizabethan Icon, 1603-2003* (New York, 2004); Nigel Llewellyn, 'The Royal Body: Monuments to the Dead for the Living' in *Renaissance Bodies: The Human Figure in English Culture*, ed. Lucy Gent and Nigel Llewellyn (1990), 218-40; David Howarth, *Images of Rule: Art and Politics in the English Renaissance, 1485-1649* (London, 1997) を参照。ウェストミンスターでの葬儀の似姿については、Margaret Owens, 'Afterlives of the Royal Funeral Effigies', *Paper Presented at the Annual Meeting of the RSA, Grand Hyatt, Washington, D.C.*, 21 March, 2012; Margaret Owens, '*The Revenger's Tragedy* as *Trauerspiel*', *Studies in English Literature*, 55.2 (2015), 403-21、そして Owens の近刊予定の *Afterlives of the Royal Funeral Effigies*（仮題）を参照されたい。似姿の製作については、W. H. St. John Hope, 'On the Funeral Effigies of the Kings and Queens of England', with a 'Note on the Westminster Tradition of Identification', by Joseph Armitage Robinson, *Archaeologia* 60 (1907), 517-70; R. P. Howgrave-Graham, 'Royal Portraits in Effigy: Some New Discoveries in Westminster Abbey', *Journal of the Royal Society of the Arts* 101 (1953), 465-74; Anthony Harvey and Richard Mortimer, eds, *The Funeral Effigies of Westminster Abbey*, rev. edn (Woodbridge, 2003); A. P. Stanley, *Historical Memorials of Westminster Abbey*, 5th edn (London 1882) を参照。また、Jennifer Woodward, 'Images of a Dead Queen', *History Today* 47 (1997): 18-23; Jennifer Woodward, *The Theatre of Death: The Ritual Management of Royal Funerals in Renaissance*

England, 1570-1625 (Woodbridge, Suffolk, 1997) も参照。ゴッドフリー・グッドマン主教がエリザベス女王を懐かしんだ件については、*The Court of King James the First*, 2 vols (London, 1839), 1:98 を参照。エリザベス女王の墓に関するベーコンの書簡については、Spedding, ed., *Letters and Life of Francis Bacon*, 3 :249-50 を参照。

14. 疫病

初期近代イングランドに於ける疫病の歴史については、Paul Slack, *The Impact of Plague in Tudor and Stuart England*; J. F. D. Shrewsbury, *A History of Bubonic Plague in the British Isles*; F. P. Wilson, *The Plague in Shakespeare's London*; Charles Creighton, *A History of Epidemics in Britain* を参照。特に Leeds Barroll, *Politics, Plague, and Shakespeare's Theater*; Leeds Barroll, 'The Chronology of Shakespeare's Jacobean Plays and the Dating of *Antony and Cleopatra*' in *Essays on Shakespeare*, ed. Gordon Ross Smith (University Park, 1965), 115-62 を参照。また、Rebecca Totaro and Ernest P. Gilman, eds, *Representing the Plague in Early Modern England* (New York, 2011); Ernest P. Gilman, *Plague Writing in Early Modern England* (Chicago, 2009); Rebecca Totaro, *The Plague in Print: Essential Elizabethan Sources, 1558-1603* (Pittsburgh, 2010) も参照。1666 年のロンドンの大火で焼失しかねなかった疫病記録は、John Bell, *London's Remembrancer: Or a True Accompt of Every Particular Week's Christenings and Mortality in All of the Years of Pestilence* (London, 1665) で読める。1605 年から 1610 年までの毎年の疫病患者数については、John Graunt, *Natural and Political Observations* (London, 1662) を参照。デカーによる疫病についての詳細な観察は、F. P. Wilson, ed., *The Plague Pamphlets of Thomas Dekker* 及び E. D. Pendry, ed., *Thomas Dekker*, The Stratford-Upon-Avon Library 4 (Cambridge, MA, 1968) を参照。そのほかの疫病資料や書簡は、John Chamberlain の書簡や、*The Letters of Luisa De Carvajal y Mendoza* を参照。当時の疫病治療については、Mrs. Corlyon, *A Booke of Such Medicines as have been Approved by the Speciall Practize* (*c.* 1606) Folger MS Add 334 を参照。疫病の規制については、Wilson, Slack, Barroll 及びさまざまな国内外の State Papers のほかに、*The Analytic Index to the Series of Records Known as the Remembrancia. Presented among the Archives of the City of London. A.D. 1579-1664* (London, 1878) を参照。リチャード・ストックの説教は、Richard Stock, *A Sermon Preached at Paules Crosse, the Second of November 1606* (London, 1609) を参照。サイモン・フォーマンの未刊行の原稿は、Bodleian Library, Oxford, Ashmole MS 1436, folio 72 を特に参照。この古文書から 1606 年の関連資料を書き写すに際してはエリザベス・ウィリアムソンの世話になった。さらにフォーマン関係は、Barbara Traister, *The Notorious Astrological Physician of London* (Oxford, 2000); Barbara Traister, '"A Plague on both your houses": Sites of Comfort and Terror in Early Modem Drama' in *Representing the Plague in Early Modern England*, 169-82; Lauren Kassell, *Medicine and Magic in Elizabethan London: Simon Forman, Astrologer, Alchemist, and Physician* (Oxford, 2005) を参照。シェイクスピアとマウントジョイ家について参照すべき啓蒙的な Charles Nicholl, *The Lodger: Shakespeare on Silver Street* (London, 2007) には、シェイクスピアの証言を書き起こしたものが記録されている。Alan H, Nelson, 'Calling All (Shakespeare) Biographers! Or, a Plea for Documentary Discipline' in Takashi Kozuka and J. R. Mulryne, eds, *Shakespeare, Marlowe, Jonson: New Directions in Biography* (Aldershot, Hampshire, 2006), 55-67 は、聖オラーヴ教区の記録を書き起こしてくれていて、ありがたかった。さまざまな教区については、Ancestry.com を参照のこと。

1606年晩秋から初冬にかけて劇場が開いていたという情報は、王妃一座については、Mark Eccles, 'Elizabethan Actors II: E-J', *Notes & Queries* 236 (1991), 456; Eva Griffith, *A Jacobean Company and Its Playhouse: The Queen's Servants at the Red Bull Theatre* (Cambridge, 2013) を参照。王妃祝典少年劇団については、Lucy Munro, *Children of the Queen's Revels*; H. N. Hillebrand, *The Child Actors*, 197-98 を参照。劇場が開いていたという更なる確認が必要なら、シーズンの始まりのほうにある。復活祭の一週間後の1607年4月12日に毎週の疫病死者数が23のとき、春が来て暖かくなってきたために疫病が再燃するのではないかと心配したロンドン市長が宮内大臣に「毎日上演を続け、時に大勢の雑多な群集をこの町に面した郊外で集めているのをやめさせ」てほしいと手紙を書き送っているのである。市長は、疫病の死者数を抑えるために、枢密顧問官らに「ホワイトチャペル、ショアディッチ、クラーケンウェルにしっかり対策を」求めており、つまり、役者たちが上演中だったボアズ・ヘッド亭、カーテン座、レッド・ブル座がある北の郊外に言及しているのである。これは Tanya Pollard, ed., *Shakespeare's Theater: A Sourcebook* (Oxford, 2004), 328-29 に引用がある。1606年の宮廷上演へのティルニーの勘定書きは、W. R. Streitberger, ed., 'Jacobean and Caroline Revels Accounts, 1603-1642', *Malone Society Collections* 13 (Oxford, 1986), 15-25 を参照。疫病のための劇場閉鎖の臨機応変さについては、Andrew Gurr, *The Shakespearian Playing Companies*, 87-92 を参照。本書で扱った1606年の劇壇については、Chambers, *The Elizabethan Stage*; Andrew Gurr, *The Shakespeare Company*; Gurr, *Shakespeare's Opposites*; Reavley Gair, *The Children of St. Paul's*; Frederick G. Fleay, *A Chronicle History of the London Stage 1559-1642* (London, 1890), H. N. Hillebrand, 'The Children of the King's Revels at Whitefriars', *Journal of English and Germanic Philology* 21 (1922), 318-34; Albert H. Tricomi, *Anticourt Drama in England, 1603-1642* (Charlottesville, 1989); William Ingram, 'The Playhouse as an Investment, 1607-1614: Thomas Woodford and Whitefriars', *Medieval and Renaissance Drama in England* 2 (1985), 209-30; Julian Bowsher, *Shakespeare's London Theaterland*; Eva Griffith, 'Martin Slater and the Red Bull Playhouse', *Huntington Library Quarterly* 74 (2011), 553-74; David Kathman, 'How Old Were Shakespeare's Boy Actors?', *Shakespeare Survey 58* (2005), 220-46; R. V. Holdsworth, '*The Revenger's Tragedy* on the Stage', in R. V. Holdsworth, ed., *Three Jacobean Revenge Tragedies: A Casebook* (London, 1990), 105, 118-19; Roslyn L. Knutson, 'Falconer to the Little Eyases: A New Date and Commercial Agenda for the "Little Eyases" Passage in *Hamlet*', *Shakespeare Quarterly* 46 (1995), 1-31 を参照。当時のトマス・ミドルトンの活動については、Gary Taylor, ed., *The Collected Works of Thomas Middleton*; Gary Taylor, ed., *Thomas Middleton and Early Modern Textual Culture: A Companion to The Collected Works* を参照。'Mirror of Great Britain' については、Roy Strong, 'Three Royal Jewels: the Three Brothers, the Mirror of Great Britain and the Feather', *Burlington Magazine* 108 (1966), 350-352 を参照。

エピローグ

ランスロット・アンドルーズについては、Peter McCullough, ed., *Lancelot Andrewes: Selected Sermons and Lectures* (Oxford, 2005) 及びアンドルーズの *Sermons at Court* を参照。降誕の説教については、Andrewes, *XCVI Sermons* を参照。ホワイトホール宮殿については、Simon Thurley, *Whitehall Palace*; Thurley, *The Royal Palaces of Tudor England* を参照。ホワイトホールのグレイト・チェインバーが1606年12月にいろいろな劇の上演のために整えられた事実

については、W. R. Streitberser, ed., *Jacobean and Caroline Revels Accounts, 1603-1642*,13 を参照。ハリントン卿から従兄弟へ宛てた手紙は、Harington, *Nugae Antiquae*, 1:371-75 にある。

『リア王』の難解なテクスト問題については、Richard Knowles, 'The Evolution of the Texts of *Lear*' in Jeffrey Kahan, ed., *King Lear: New Critical Essays* (New York, 2008), 124-155; Madeleine Doran, *The Text of King Lear* (Stanford, 1931); Madeleine Doran, 'Elements in the Composition of *King Lear*', *Studies in Philology* 30 (1933), 34-58; Steven Urkowitz, *Shakespeare's Revision of King Lear* (Princeton, 1980); Gary Taylor and Michael Warren, eds, *The Division of the Kingdoms: Shakespeare's Two Versions of King Lear* (Oxford, 1983); Peter W. M. Blayney, *The Texts of King Lear and their Origins* (Cambridge, 1982) を参照。『リア王』の上演史によってわかる文化的変遷については、R. A. Foakes, *Hamlet versus Lear: Cultural Politics and Shakespeare's Art* (Cambridge, 1993) を参照。また、Alexander Pope, *The Works of Shakespear*, 6 vols (London, 1723-25); Nahum Tate, *The History of King Lear* (London, 1681) も参照。『リア王』編纂についてのサミュエル・ジョンソンのコメントは、Arthur Sherbo, ed. *Johnson on Shakespeare*, 659-705 にある。シェイクスピアが『シンベリン』『冬の夜話』『テンペスト』を互いにかなり似せて書いていることについては、John Pitcher のアーデン版 *The Winter's Tale* (London, 2010) への序論がすばらしい。

訳者略歴

河合祥一郎（かわい・しょういちろう）

東京大学大学院総合文化研究科教授。東京大学英文科卒業後、東京大学大学院とケンブリッジ大学大学院より博士号を取得。著書にサントリー学芸賞受賞作『ハムレットは太っていた！』（白水社）、『シェイクスピア――人生劇場の達人』（中公新書）、『あらすじで読むシェイクスピア全作品』（祥伝社新書）、『謎解き『ハムレット』』（ちくま学芸文庫）、『シェイクスピアの正体』（新潮文庫）ほか。共著に *The Cambridge Guide to the Worlds of Shakespeare* ほか。シェイクスピア新訳を角川文庫より刊行中。

白水社からの訳書に、シェイクスピア『エドワード三世』『二人の貴公子』、ピーター・アクロイド『シェイクスピア伝』、スティーヴン・グリーンブラット『シェイクスピアの驚異の成功物語』、ジョン・アップダイク『ガートルードとクローディアス』、ピーター・ブルック『ピーター・ブルック回想録』がある。

劇作も手がけ、『国盗人』（白水社）ほかの作品がある。

『リア王』の時代
一六〇六年のシェイクスピア

二〇一八年一月二〇日　印刷
二〇一八年二月一〇日　発行

著者　ジェイムズ・シャピロ
訳者©　河合祥一郎
発行者　及川直志
印刷所　株式会社　三陽社
発行所　株式会社　白水社

東京都千代田区神田小川町三の二四
電話　営業部〇三（三二九一）七八一一
　　　編集部〇三（三二九一）七八二一
振替　〇〇一九〇-五-三三二二八
郵便番号　一〇一-〇〇五二
http://www.hakusuisha.co.jp
乱丁・落丁本は、送料小社負担にてお取り替えいたします。

株式会社松岳社

ISBN978-4-560-09593-5

Printed in Japan

■ピーター・アクロイド　河合祥一郎、酒井もえ訳

シェイクスピア伝

シェイクスピアの全生涯、そして最初の戯曲全集が編まれるまでを、巧みな筆致で物語る。英国が誇る稀代のストーリーテラーによるシェイクスピア伝の決定版。

■スティーヴン・グリーンブラット　河合祥一郎訳

シェイクスピアの驚異の成功物語

シェイクスピアに学ぶ「勝ち組」の物語！　その人生と作品の関わりを、サクセスストーリーとして読み解く。アメリカを代表する新歴史主義の領袖による評伝。

■ヤン・コット　蜂谷昭雄、喜志哲雄訳

シェイクスピアはわれらの同時代人（新装版）

サルトルの実存主義、ベケットの不条理劇、ジュネの同性愛の美学……かつてない視点で読み解いた、画期的なシェイクスピア論！　ピーター・ブルックも絶賛の名著。

■河合祥一郎

国盗人

国家をのっとる大悪党の物語――シェイクスピアの『リチャード三世』を、日本ならではの設定で描いた歴史劇。野村萬斎との共同作業を得て、待望の刊行！

FINSBURY FIELDS
SHOREDITCH
GOLDEN LANE
The Fortune
The Curtain
HIGH ST
SPITALFIELDS
Silver Street (Shakespeare's lodgings)
Cripplegate
MOOR FIELDS
Moorgate
Aldersgate
Guildhall
Bishopsgate
St Paul's Cathedral
GRACECHURCH
WEST CHEAP
CORNHILL
Boar's Head Inn
Blackfriars
Aldgate
FENCHURCH
THAMES ST
Tower of London
Bull Ring
London Bridge
The Rose
The Globe
SOUTHWARK
City Wall
Boundary of area within jurisdiction of Guildhall
Shakespeare's London c.1606